Ines Thorn ist in Leipzig aufgewachsen und lebt seit 1990 in Frankfurt a. M. Bei rororo sind bereits ihre historischen Romane «Die Wunderheilerin» (rororo 24264) und «Galgentochter» (rororo 24603) sowie der Roman «Unter dem Teebaum» (rororo 24484) erschienen.

Ines Thorn

Die Pelzhändlerin
Die Silberschmiedin

Historische Romane

Rowohlt Taschenbuch Verlag

Einmalige Sonderausgabe
Veröffentlicht im Rowohlt Taschenbuch Verlag,
Reinbek bei Hamburg, August 2008

Karte im zweiten Band Peter Palm
Umschlaggestaltung any.way,
Barbara Hanke/Cordula Schmidt
(Abbildung: © Francis G. Mayer/CORBIS)
Druck und Bindung CPI – Clausen & Bosse, Leck
Printed in Germany
ISBN 978 3 499 24756 9

Die Pelzhändlerin

Teil 1

Kapitel 1

Frankfurt am Main im Jahre 1462

Die Turmuhr der nahen Liebfrauenkirche schlug die Mittagsstunde. Martha seufzte. Sie richtete sich auf und streckte mit einem Klagelaut den schmerzenden Rücken. Im großen, hölzernen Waschzuber vor ihr schwammen die Nachthemden des Hausherrn. Auf dem Steinboden daneben lagen mehrere Haufen Tischtücher, Unterzeug und Arbeitskittel.

Wie gut, dass es in diesem Haushalt keine Frau gibt, deren Kleider ich auch noch waschen muss, dachte Martha und wischte sich eine schon ergraute Haarsträhne, die unter ihrer Haube hervorschaute, aus der schweißnassen Stirn.

Seit Jahren schon kam sie an jedem Donnerstag in das Haus des Kürschnermeisters Wöhler, um die Wäsche zu besorgen. Genauso, wie sie an jedem Montag zum Kaufmann Lehrte ging, dienstags die Wäsche des Schulmeisters Hufe machte, mittwochs für den Drucker Horn wusch und freitags und samstags für die Wirtschaft «Zur goldenen Ziege» die Hände in den Waschzuber steckte.

Im Morgengrauen spaltete sie das Holz, das sie brauchte, um das Wasser in den riesigen Kesseln über den gemauerten Kochstellen zu erhitzen. Sobald es kochte, schleppte sie, unter der Last schwankend, die glühend heißen Kessel zu den mächtigen Zubern, schüttete das Wasser hinein, gab erst Seifenlauge, dann die Wäsche hinzu, rührte, schrubbte, schlug jedes einzelne Stück, bis es sauber war. Die wenigsten Haushalte hatten Waschküchen, sodass Martha meist gezwungen war, die Wäsche sommers wie winters und bei jeder Witterung im Hof zu besorgen. Ein Tag begann wie der andere und hörte ebenso auf. Woche für Woche, Monat für Monat, Jahr für Jahr.

Nur der Sonntag gehörte ihr. Manchmal, wenn sie nicht zu müde war und sich das Gliederreißen aushalten ließ, besuchte sie ihre 16-jährige Tochter Luisa, die im Dorf Hofheim am Taunus, einen halben Tagesmarsch entfernt, in einem Feldsiechenhaus die Wäsche besorgte und irgendwann die gleichen aufgerissenen, verquollenen, roten Hände haben würde wie ihre Mutter.

Martha rührte mit einem riesigen Holzlöffel die Wäsche im Zuber um, dann holte sie damit die Kleidungsstücke einzeln heraus und warf sie in einen anderen Bottich mit klarem, kaltem Wasser, das sie eimerweise vom städtischen Brunnen herangeschleppt hatte, um die Seifenlauge herauszuspülen. Ihre Arme und Schultern schmerzten, denn die nassen Wäschestücke waren schwer, die Zuber riesig, und am Abend würde sie nicht mehr in der Lage sein, auch nur einen Finger zu rühren.

Das Geräusch der Wäsche, die ins Spülwasser klatschte, war so laut, dass Martha das Klopfen an der Tür zunächst überhörte. Doch dann trocknete sie die Hände an ihrem Kittel ab und ging schlurfend zur Haustür.

«Gott zum Gruße, Frau, ich bringe Nachricht für den Meister Wöhler», sagte der berittene Bote und holte einen versiegelten Umschlag aus seiner Satteltasche.

«Der Herr ist nicht da», erwiderte Martha. «Auch die Magd ist ausgegangen. Nur die beiden Gesellen sind in der Werkstatt.»

Der Bote musterte die Frau von oben bis unten. Er sah eine abgearbeitete, verhärmte Wäscherin unbestimmbaren Alters, deren Rücken von jahrelanger Arbeit krumm geworden war. Ihre blauen Augen blickten ihn gerade an, und ihr Gesicht hatte klare Züge. Früher war sie vielleicht sogar schön gewesen war, doch jetzt sah sie verbittert aus.

«Dann übergebe ich Euch die Nachricht. Ihr werdet sie doch weiterleiten?», fragte er schließlich mit leisem Zweifel in der Stimme.

Martha nickte. «Gewiss.»

Sie streckte die Hand nach dem Umschlag aus und betrachtete ihn. Der Brief kam vom Kloster Engelthal, in das Sibylla, die Tochter des Kürschnermeisters Wöhler, nach dem Tod ihrer Mutter vor vier Jahren gegeben worden war, damit sie eine ordentliche Erziehung bekam.

Martha steckte den Umschlag in ihre Kitteltasche, winkte dem Boten einen Abschiedsgruß zu und blieb noch ein wenig in der Tür stehen, um die milde Septemberluft zu genießen.

Der Herbst wird bald kommen, dachte Martha und seufzte. Ihre Hände würden dann ob der Kälte noch rissiger und wunder sein, der Rücken steifer, und die Knochen würden auch nachts nicht warm werden.

Aber noch war es spätsommerlich mild, noch schien die Sonne, wärmte Marthas Gesicht, trocknete den ewig feuchten Kittel und die roten, klammen Hände. Sie hielt sie in die Sonnenstrahlen und betrachtete sie.

Hände, in die ein ganzes Leben eingezeichnet war. Hände, die so oft schon verbrüht oder erfroren und mit dicken, schmerzenden Frostbeulen oder eitrigen Brandblasen bedeckt gewesen waren. Hände, die noch schneller gealtert waren als der restliche Körper und die auch zuerst sterben würden. Wie viel Zeit blieb ihnen noch?

Die Seifenlauge hatte sich tief in die aufgeschwemmte Haut gefressen und schmale, manchmal eitrige Risse mit grauwulstigen Wundrändern hinterlassen. Besonders schlimm war es zwischen Fingern. Dort trocknete die Haut nie ganz, und jedes Mal, wenn Martha die Hände erneut in die beißende Lauge steckte, durchfuhr sie ein scharfer Schmerz, der ihr fast den Atem nahm. Fingernägel hatte sie schon lange nicht mehr, nur noch Stellen mit einer unnatürlich verdickten Hornschicht von der Farbe uralter Steine. Obwohl sie erst 36 Jahre alt war, hatte die Gicht ihre Gelenke bereits befallen, mit schmerzenden Knoten bedeckt und die Finger zu Krallen gekrümmt, die sich von Tag zu Tag schlechter bewegen ließen. Wie lange würde es noch dauern, bis sie den schweren Holzlöffel nicht mehr greifen konnte?

Und wie lange würde es noch dauern, bis Luisas Hände ebenso aussahen, sie den Rücken nicht mehr strecken konnte und das Gliederreißen auch nachts nicht aufhörte? In Gedanken sah sie ihre Tochter vor sich, die schon seit ihrem zwölften Lebensjahr als Wäscherin arbeitete.

Luisas Zukunft würde aussehen wie Marthas Vergangenheit: schwere Arbeit, wenig Freude, alt vor der Zeit mit kaputten Knochen und ewig schmerzendem Rücken.

Mit einem bisschen Glück und vielen Gebeten bekam Luisa vielleicht irgendwann einen Knecht zum Manne. Einen Feldsiechendiener, der sie zu einer halbwegs ehrbaren Frau machte und der – wie die meisten im Siechenhaus – früh sterben und sie allein mit den Kindern lassen würde, die Brot und Kleider brauchten und die, sobald sie alt genug waren, mit dafür sorgen mussten, dass das Holz im Herd brannte, um am Morgen die dünne Grütze darauf zu kochen.

Einen Mann finden und heiraten, das war das Wichtigste im Leben. Was war eine Frau ohne Mann wert? Nichts, gar nichts. Eine Frau ohne familiäre Bindung und ohne männlichen Schutz war eine freie Frau. Eine Hure selbst dann, wenn sie das Bett noch nie mit einem Mann geteilt hatte. Wenn sie doch wenigstens Witwe wäre! Eine Witwe hatte einen guten Ruf und bekam vielleicht noch einmal einen Mann, selbst wenn die Jugend lange hinter ihr lag. Einen, der alt, krank und gar bösartig war, der sie schlug und dessen Kinder sie großziehen musste. Auch das war kein Vergnügen, aber alles war besser, als eine freie Frau zu sein, eine Wäscherin lebenslang.

So wie es ihr geschehen war.

Martha war elf Jahre alt gewesen, als nach dem frühen Tod ihres Vaters während einer Pockenepidemie auch noch die Mutter starb, sodass sie waschen gehen musste, weil niemand da war, der für sie und die jüngeren Geschwister sorgte. Mit 20 war sie von einem Handwerksgesellen schwanger geworden. Sie hatten sogar heiraten wollen, doch dann starb der Meister, der Handwerksgeselle nahm die Meisterin zur Frau, um die Werkstatt übernehmen zu können, und machte Martha zu einer Dirne mit einem unehelichen Kind. Und Luisa wurde zu einem Bastard, dem lebenslang die Bürgerrechte oder gar eine Verbindung zum ehrlichen Handwerk verwehrt blieben.

Der liebe Gott wusste, dass Martha alles getan hatte, um ihrem Kind dieses Schicksal zu ersparen. Sie war sogar bei einer Kräuterkundigen gewesen, bei einer Zauberschen, die ihr Tränke gegeben hatte, von denen Martha die Besinnung verlor, und die mit zangenähnlichen Geräten in ihren Schoß gedrungen war, um das Kind aus Martha herauszuholen und zurück in Gottes Reich zu schicken. Noch Tage danach hatte sie hohes Fieber gehabt, einzelne Blutstropfen waren ihr immer wieder die Beine hinabgelaufen, doch das Kind war stärker, ließ sich nicht wegschicken. Im Gegenteil, es trieb ihr den Leib auf, machte die Brüste groß und schwer und war bald sichtbar für jeden. Martha hatte nacheinander die meisten ihrer Waschstellen verloren.

Eine immer schwerfälliger werdende Wäscherin mit dickem Bauch und ohne Mann zu beschäftigen, das machte fast niemand. Sie hatte manches Mal gehofft, im Kindbett zu sterben oder wenigstens ein totes Kind zur Welt zu bringen, um das sie trauern konnte, ohne es versorgen zu müssen. Doch Luisa war gesund, und irgendwann hatte Martha sich von der Geburt erholt und war wieder waschen gegangen. Die Kleine nahm sie mit, ob es stürmte oder schneite. Sobald sie alt genug dafür war, ließ sie sie allein in der winzigen Kammer zurück, die sie im schäbigen Haus eines Besenbinders bewohnte. Einen Mann gab es nicht mehr in Marthas Leben. Wer wollte schon eine Frau mit einem Bastard? Niemand. Noch nicht einmal der ärmste Grabenfeger, der schäbigste Bettelvogt oder der kümmerlichste Feldsiechendiener. Es hätte wohl manchen gegeben, der das Lager, nicht aber das Leben mit ihr geteilt hätte, doch die Angst, noch einen weiteren Bastard zur Welt zu bringen, kühlte ihr das heiße Blut.

Und Luisa selbst würde es auch schwer haben, einen Mann zu finden. Der Makel der unrechten Geburt klebte an ihr wie ein Kainsmal, machte sie schon jetzt zu einer freien Frau, auch wenn sie noch nie die Haut eines Mannes an ihrem warmen Leib gespürt hatte. So musste sie waschen gehen, seit sie groß und stark genug war, die schweren Waschzuber zu füllen und die Wäschestücke auszuwringen.

Martha war keine gebildete Frau, aber eines wusste sie genau: Eine Zukunft hatte Luisa nicht, ihr Leben war bereits vorgezeichnet. Sie würde ihr Leben lang auf die eine oder andere Art für sich selbst sorgen müssen und vor der Zeit alt und müde werden. Genau wie ihre Mutter.

Martha seufzte noch einmal, ihre Blicke schweiften durch die Trierische Gasse, in der das übliche Treiben eines ganz normalen Werktages herrschte.

Die Kürschner hatten die hölzernen Laden vor den Werkstätten im Erdgeschoß weit aufgestoßen. Hier und da hingen Pelze und Rauchwaren zum Lüften, doch der ätzende Geruch von Gerbsäure lag wie ein zerfressenes Tuch über den Häusern und vermischte sich mit dem Gestank des Abfalls.

Aus den Werkstätten drangen vielerlei Geräusche. Gegenüber klopfte ein Lehrjunge die Felle aus, dass Staub und Holzspäne in die Luft stiegen, daneben stand ein Geselle hinter dem Rumpelbock und schnitt mit dem Scherdegen die Lederseite eines Felles so dünn es eben ging, um später den fertigen Umhang so leicht wie möglich zu halten.

Die Straße war ungepflastert, nur in der Mitte waren dicke Holzbohlen in die Erde gelassen. Rechts und links der Bohlen türmte sich der Abfall aus den Häusern. Herrenlose Hunde stöberten darin nach Essbarem und wurden von einem Knecht mit dem Knüppel verjagt, als sie sich an die Hühner heranmachen wollten.

Ein wandernder Scherenschleifer bog in die Gasse ein, und die lauten Rufe, mit denen er seine Dienste anbot, schallten von den Mauern der schmalen, meist dreigeschossigen und tief gestaffelten Giebelhäuser aus Fachwerk zurück. Fensterläden wurden aufgestoßen und aus den weit überhängenden Obergeschossen der Nachbarhäuser, in denen sich die Wohnräume befanden, beugten sich die Hausfrauen und Mägde, riefen nach dem Scherenschleifer oder schwatzten miteinander über die Gasse hinweg.

Martha fröstelte. Der Waschkittel klebte feucht auf ihrer Haut und verursachte unangenehme Schauer wie von leichtem Fieber. Noch einmal zog sie die wehen Schultern nach hinten, um die steifen Muskeln zu lockern, dann ging sie zurück ins Haus.

Sie war gerade dabei, Handtücher aus feinem Leinenstoff auszuwringen, als sie Meister Wöhler heimkommen hörte. Ihr fiel der Brief ein, und sie stieg die Treppe in den ersten Stock hinauf in die Meisterstube.

Meister Wöhler saß hinter einem großen, abgenutzten Kontortisch aus Eichenholz und hatte das Auftragsbuch vor sich liegen. Nachdenklich sah er hinein, die Feder schreibbereit in der Hand. Sein schwerer Körper wirkte selbst hinter dem Tisch noch massig, das dunkelbraune dichte Haar lag wie eine Fellmütze auf seinem Kopf, unter den buschigen Brauen sahen ihr zwei haselnussbraune Augen fragend entgegen.

«Nun, Martha, was gibt es? Ist die Seife alle? Ein Tischtuch zerissen?»

Die Wäscherin schüttelte den Kopf.

«Ein Bote brachte eine Nachricht aus dem Kloster Engelthal.»

Sie griff in ihre Kitteltasche und holte den Brief hervor, der von der Feuchtigkeit in der Waschküche ein wenig gewellt war.

«Aus dem Kloster», wiederholte Wöhler, nahm den Brief entgegen und erbrach das Siegel.

Martha sah ihm beim Lesen zu. Sorgsam faltete er den Bogen auseinander, studierte Datum und Unterschrift, dann begann er zu lesen. Plötzlich wich alle Farbe aus seinem Gesicht. Die Lippen verfärbten sich blauviolett. Er starrte auf den Bogen, als täte sich vor ihm die Hölle auf. Martha fühlte sich unbehaglich. Sie strich unruhig mit beiden Händen wieder und wieder ihren Kittel glatt und wartete darauf, dass Wöhler sie entließ. Doch der stöhnte plötzlich auf, ließ den Brief zu Boden fallen und drückte beide Hände auf die linke Hälfte der Brust.

«Meister Wöhler, was ist?», rief Martha besorgt, hob den Brief vom Boden auf und hielt ihm dem Meister wieder hin.

Doch Wöhler antwortete nicht, sondern sah Martha nur mit blicklosen Augen an, sackte auf dem Lehnstuhl zusammen, die Arme fielen kraftlos herab, dann sank sein Kopf auf die Brust, der Oberkörper kippte nach vorn, und er schlug mit der Stirn hart auf der polierten Platte des Schreibtisches auf. Der Schlag hallte im Raum. Martha stand wie festgefroren und blickte fassungslos auf den Meister.

«Meister Wöhler? Meister Wöhler!», rief sie zuerst leise und fragend, dann lauter und voller Schrecken und rüttelte an seiner Schulter.

Aber Wöhler rührte sich nicht mehr.

Martha lief zur Treppe und rief angsterfüllt: «Gesellen, kommt schnell! Schnell doch!»

Die Magd Barbara, inzwischen vom Markt zurückgekehrt, schaute aus der Küche.

«Martha, was schreist du so?»

«Meister Wöhler», Martha rang nach Atem. «Ich glaube, er ist tot.»

«Herr Jesus!»

Barbara raffte ihr bodenlanges Tuchkleid und rannte die Treppe herauf, bekreuzigte sich dabei und blieb an der Schwelle zur Meisterstube wie erstarrt stehen. Martha hielt noch immer den Brief in den Händen. Ohne sich dessen bewusst zu sein, faltete sie ihn ordentlich zusammen und steckte ihn zurück in ihren Kittel.

Inzwischen waren auch die Gesellen aus der Werkstatt herbeigeeilt. Der Jüngere ging zu Wöhler und presste sein Ohr auf dessen Rücken, richtete ihn auf und hielt eine kleine, zarte Feder vor den Mund des Kürschnermeisters.

«Sein Herz schlägt nicht mehr, glaube ich. Und die Feder bleibt still, also atmet er nicht», stotterte der Geselle unsicher.

Er blickte die anderen Rat suchend an, zuckte hilflos

mit den Schultern und sagte dann mit dunkler Stimme: «Der Meister ist tot.»

«Tot?», fragte die Magd mit vor Entsetzen weit aufgerissenen Augen und bekreuzigte sich erneut. Die anderen taten es ihr nach, murmelten ein Gebet.

Stumm standen sie da, schauten auf den toten Meister, der vor wenigen Stunden noch mit festen Schritten durch Haus und Werkstatt geeilt war.

«Was wird nun aus uns?», heulte die Magd. Niemand wusste eine Antwort. Innerhalb von wenigen Augenblicken hatte sich ihr Leben verändert. Aus Gesellen und Magd waren Herrenlose geworden, die sich um das tägliche Brot sorgen mussten. Die Erkenntnis ließ sie verstummen. Was sollte aus ihnen werden? Wie würde es weitergehen? Was würde passieren?

Martha fasste sich als Erste. «Vielleicht sollte einer von uns den Arzt holen. Wenn jemand noch etwas machen kann, dann er. Wenn nicht, kann er den Totenschein ausstellen», sagte sie und bemerkte dabei kaum, dass ihre Hände sich in den Stoff des Kittels verkrallt hatten und an dem dünnen Tuch rissen.

Bei diesen Worten brach die Magd Barbara erneut in Tränen aus und hielt sich laut jammernd die Hände vors Gesicht.

Martha sah den Altgesellen fragend an, und als dieser zustimmend nickte, stieg sie die Treppe hinunter. Sie eilte durch die Trierische Gasse, lief über den Liebfrauenberg weiter in Richtung Römer, am Bartholomäus-Dom vorbei bis hin zum Viertel der Ärzte, Bader und Bartscherer.

Vor einem schmalen Haus blieb sie schließlich stehen und griff nach dem Türklopfer. Eine Magd öffnete.

«Der Arzt muss in die Trierische Gasse kommen. Meister Wöhler ist wohl tot oder doch nahe dran.»

Die Magd ließ sie ein, und Martha erzählte dem Arzt, was mit dem Kürschnermeister passiert war.

«Blaue Lippen, sagst du?», fragte der Arzt.

«Ja, Herr, und ein weißes Gesicht, grau beinahe.»

«Geatmet hat er noch?»

Martha schüttelte den Kopf. «Nein, und auch kein Herzschlag mehr, sagt der Geselle.»

«Nun», erwiderte der Arzt und streckte seine Nase in Richtung Küche, aus der köstliche Gerüche nach Gebratenem drangen. «Nun, ich bin sicher, er ist tot, und ich muss mich nicht eilen. Geh schon vor, ich komme später nach.»

Langsamer, als sie zum Haus des Arztes gelaufen war, ging Martha durch die Stadt zurück zur Kürschnerei. Wöhlers Tod entsetzte auch sie. Sie würde eine langjährige Waschstelle verlieren, eine Stelle, die sie brauchte, um wenigstens genügend Holz und Brot kaufen zu können. In ihrem Alter war es schwierig, einen neuen Haushalt zu finden. Die jungen Wäscherinnen waren gesünder, kräftiger und schneller als sie.

Plötzlich war ihr kalt. Sie steckte die Hände in die Taschen ihres Kittels und fand darin den Brief.

Der Brief aus dem Kloster Engelthal. Martha blieb stehen und holte ihn vorsichtig heraus. Was wohl darin steht?, überlegte sie und ging langsam weiter. Wenn darin steht, dass Sibylla heimkommen, heiraten und Meisterin werden wird, dann könnte ich die Stelle vielleicht behalten. Aber dann hätte den Meister bestimmt nicht der Schlag getroffen, es sei denn, vor Freude.

Sie war inzwischen auf dem Römer angekommen. Die

rote Fahne hing vom Rathaus herab und verkündete, dass Marktrecht geboten war. Der Handel war in vollem Gange.

Ein Karren mit Brennholz, gezogen von einem klapprigen Esel, rumpelte über das holprige Kopfsteinpflaster in Richtung Holzmarkt, und Martha wich ihm aus.

Beinahe wäre sie dabei mit einem Bettelmönch zusammengestoßen, dessen schäbige und staubige Kutte von seinem weiten Weg erzählte.

«Habt Ihr ein Stück Brot für einen armen Gottesdiener auf Wanderschaft, gute Frau?», fragte der Mönch.

Martha schüttelte den Kopf, doch dann fiel ihr der Brief wieder ein. «Könnt Ihr lesen?»

«Ja, lesen und schreiben auch», erwiderte der Mönch.

Martha reichte ihm den Brief.

«Lest mir vor, was darin geschrieben steht», bat sie.

Der Mönch sah sie misstrauisch an. Der Brief konnte nicht an diese einfache Frau gerichtet sein. Zu kostbar war das Papier, zu edel das Siegel. Und überhaupt: Wer sollte einer Wäscherin schreiben? Dann konnte man den Brief ja gleich an den Hofhund schicken! Doch was kümmerte ihn das? Er hatte Hunger und es war ihm gleichgültig, wer der Adressat dieses Briefes war. «Einen viertel Heller, gute Frau, dann lese ich ihn Euch vor.»

Martha gab ihm den viertel Heller, verzichtete damit auf ein bisschen Schmalz, das sie davon kaufen wollte, und sah mit Verwunderung, wie schnell das Geldstück in den Tiefen der ärmlichen Mönchskutte verschwanden. Der Mönch räusperte sich, dann begann er zu lesen: «Wir müssen Euch leider anzeigen, dass Eure Tochter Sibylla am gestrigen Abend, versehen mit den Sterbesakramenten, heim ins Reich Gottes gegangen ist. Ihr Leiden war kurz und die Aufnahme in den Himmel ist ihr gewiss ...»

Sibylla? Tot?, dachte Martha und schüttelte fassungslos den Kopf.

Kein Wunder, dass dem Meister der Schreck so ins Herz gefahren war, dass es gleich stehen geblieben und ihm der Atem für immer versiegt war. Sie selbst merkte ja, wie ihr Herz bei dieser Nachricht für einen Moment aussetzte. Sibylla würde nie mehr nach Hause kommen, und Martha war ihre Stellung los. Sie seufzte und wünschte sich für einen Augenblick an die Stelle der jungen Sibylla.

Sie hörte kaum zu, als der Mönch weiterlas, merkte sich nur, dass Sibylla auf dem Klosterfriedhof beigesetzt und ihre persönlichen Sachen unter den Armen verteilt werden sollten. Genauso, wie es damals, bei Sibyllas Ankunft im Kloster mit Meister Wöhler vereinbart worden war.

Martha dankte dem Mönch, steckte den Brief zurück in die Tasche, ging langsam weiter und erinnerte sich dabei an Sibylla, die sie vor mehr als vier Jahren zum letzten Mal gesehen hatte.

Sibylla, die kleine Sibylla mit den langen braunen Haaren, die in der Sonne ein bisschen rötlich leuchteten, und den graublauen Augen, die wie gefrorene Pfützen im Winter aussahen. Sie war schon eine Freude gewesen, die hübsche Kleine, und Martha hatte sie gern gehabt. Vielleicht, weil Sibylla ihrer eigenen Tochter Luisa so ähnlich sah. Das gleiche Haar, die gleichen Augen, nur dass die von Luisa vielleicht ein bisschen mehr ins Grüne gingen und ihr in manchen Augenblicken etwas Katzenhaftes verliehen. Martha fühlte große Traurigkeit und Verzweiflung in sich und wusste nicht, wem sie galten: Sibylla, Meister Wöhler und dem Verlust ihrer Stellung oder Luisa, der eigenen Tochter, die lebte, aber von der niemand wusste, wie lange noch.

Einmal hatten sich die beiden Mädchen getroffen. An einem Sonntag beim Kirchgang war das gewesen. Sibylla hatte die Wäscherin freundlich begrüßt und auch Luisa die Hand gereicht.

Und Luisa hatte ihre Hand am Kleid abgewischt und verschämt die spröde Haut angesehen, ehe sie sie Sibylla zum Gruße hinhielt.

Martha war dieser Anblick schmerzhaft in Erinnerung geblieben. Die rote, wunde Hand Luisas, die schon damals erste Spuren von Wasser und scharfer Seifenlauge trug, und die weiche, weiße Hand Sibyllas, die makellos war. Und der bewundernde Blick Luisas angesichts der Schönheit Sibyllas. Ihrer eigenen war sie sich nicht bewusst. Doch selbst wenn Luisa geahnt hätte, dass sie, wenn schon nicht schön, so doch reizvoll war, hätte das nichts geändert. Schönheit war kein Pfund, mit dem ein Bastard wuchern konnte.

«Du hattest neulich Recht, Martha, wir sehen uns wirklich sehr ähnlich», hatte Sibylla gut gelaunt und unbeschwert Marthas düstere Gedanken unterbrochen und dabei gekichert, wie es Mädchen in diesem Alter tun. «Luisa und ich könnten Schwestern sein.»

Dann war dem Mädchen ein Einfall gekommen, bei dem es noch mehr kicherte: «Schwestern, ja. Und wir könnten, wenn wir uns einen Schabernack ausdenken wollten, die Rollen tauschen. Dann würde ich als Luisa die Wäsche waschen, und du», sie zeigte mit dem Finger auf die Tochter der Wäscherin, «du müsstest meinen Vater versorgen.»

Wenn es doch so wäre!, hatte Martha gedacht und Luisa über das Haar gestrichen.

Luisa aber hatte nicht gelacht. Sie hatte die Hände hinter ihrem Rücken verborgen und auf den bestickten Gürtel Sibyllas geblickt, der ihr Kleid verzierte.

«Der Gürtel, er passt nicht zu deinem Kleid», hatte Luisa schließlich schüchtern und trotzig zugleich gesagt, und Sibylla und Martha hatten die kleine Wäscherin verwundert angesehen.

«Wie kommst du darauf? Kleid und Gürtel sind von einem guten Schneider», hatte Sibylla geantwortet und verlegen beobachtet, wie sich Luisa zu dem Gürtel herabbeugte, ihn sich so genau anschaute, als wolle sie ihn später malen, und behutsam mit dem Finger darüber strich.

«Die Materialien passen nicht zueinander. Seide und Filz, nein, das geht nicht», hatte Luisa schließlich erwidert und war rot geworden, als sie den tadelnden, angstvollen Blick ihrer Mutter spürte.

Bevor Sibylla antworten konnte, war Meister Wöhler dazugekommen, hatte seine Tochter am Arm genommen und sie mit sich gezogen, als wolle er nicht, dass sich die Wäscherin und deren Bastard mit Sibylla unterhielten.

Martha hatte Luisa Vorwürfe gemacht. Wie kam sie, eine kleine Wäscherin, dazu, einer Meisterstochter zu sagen, dass ihre Garderobe nicht stimmte? Sibylla war die Vornehmheit angeboren, eine Vornehmheit, die ihrem Stand entsprach und von der Luisa keine Ahnung hatte.

Luisa hatte zwar den Kopf gesenkt, doch in ihren Augen zeigte sich keine Scham oder Reue. Trotzig, wenn auch leise, erwiderte sie: «Die Sachen haben nicht zueinander gepasst. Ich weiß es besser, ich habe es gesehen.»

«Dann soll Gott dich mit Blindheit strafen», hatte Martha geschrien und sich gefragt, woher das Mädchen diesen Hochmut hatte.

War es nicht auch ihr Hochmut gewesen, der Luisa schließlich ins Feldsiechenhaus gebracht hatte?

Martha erinnerte sich noch genau an diesen Schicksalstag nur wenige Wochen nach dem Treffen der beiden Mädchen.

Luisa hatte in einem Putzmacherhaushalt die Wäsche besorgt. Schon sehr früh am Morgen war sie mit den beiden Mägden zum Main hinuntergelaufen, um die Kleider der Herrschaft zu waschen. Die vollen Körbe auf den Köpfen balancierend, waren sie gegen Mittag zurück in die Stadt gekommen, hatten die Kleider im warmen Sommerwind auf der Bleiche trocknen lassen und anschließend mit heißen Steinen geglättet.

Was war nur über Luisa gekommen, dass sie sich plötzlich das Kleid der Meisterin vor dem Spiegel aus poliertem Metall anhielt? Und warum, mein Gott, warum nur hatte sie dieses Kleid auch noch anprobieren müssen? Die Meisterin hatte sie dabei erwischt und Zeter und Mordio gebrüllt.

«Eine Diebin bist du, hast dich an meinen Kleidern vergriffen», hatte sie geschrien und den heißen Stein nach Luisa geworfen, der sie an der Schulter traf und dort verbrannte.

«Ich wollte das Kleid nur anprobieren, gewiss nicht stehlen», hatte Luisa beteuert, doch die Putzmacherin hatte nicht hören wollen.

Mit dem Finger hatte sie auf die Haustür gewiesen, Luisa wie einen räudigen Hund davongejagt und sie nicht einmal mehr angeblickt.

Martha hatte am Abend davon erfahren. Luisas Gesicht war ganz verschwollen gewesen vor lauter Tränen, dennoch hatte Martha ihre Tochter nicht ganz verstanden. «Warum?», hatte sie sie gefragt, doch Luisa hatte nur mit den Achseln gezuckt und geantwortet: «Ich wollte sehen, ob mir das Kleid besser steht als der Putzmacherin.»

Martha hatte es nicht geschafft, den Eigensinn und die Dünkelhaftigkeit aus Luisa herauszuprügeln. Und da die Putzmacherin Luisas «Diebstahl» in der ganzen Stadt herumposaunte, war Martha schließlich nichts anderes übrig geblieben, als ihre Tochter ins Feldsiechenhaus nach Hofheim zu geben.

Und Luisa hatte trotzig ihre Sachen genommen und in jedes Ding eine kleine gelbe Sonne gestickt.

Die kleine gelbe Sonne. Woher hatte Luisa dieses Verlangen, alles, was sie besaß, das denkbar Wenige, mit einem eigenen Kennzeichen zu versehen? Weshalb das Bedürfnis, alles zu markieren, was ihr gehörte? Jeden schäbigen Fetzen Stoff, jedes ärmliche Haarband, jedes noch so triste Kleidungsstück? Und woher dieses Bestreben, alles, was sie besaß, zu verschönern? Ein buntes Band an das Kleid, einen Ring aus einem Lederrest. Eine Kette gar aus trockenem und gebranntem Hartweizen, die auf der Haut scheuerte. Warum? Und für wen? Sie war eine Wäscherin und nicht gemacht für Putz und Tand. Keine der anderen Wäscherinnen schmückte sich. Sowieso wurden die meisten Dinge nach kurzer Zeit unansehnlich, weil durch die feuchte Luft in den Waschküchen die Farben verblassten, die Bänder sich wellten, der Lederring hart wie Stein am Finger wurde und die Kette am Hals zerbröselte.

Es war, als hadere Luisa mit ihrem Schicksal, als wolle sie sich von den anderen Wäscherinnen unterscheiden. Sie war anders als diese, hatte sich nie bescheiden können mit dem, was sie war: ein Bastard, der anderer Leute Dreckwäsche wusch. Aber warum nur? Martha wusste es nicht. Sie seufzte, als sie sich an Luisas allererste Waschstelle bei einem Schulmeister erinnerte. Stumm hatte das Mädchen dagestanden, als der Schulmeister seinen wenigen Schülern das Lesen und Schreiben beibrachte. Schweigend und beharrlich war sie gewesen und hatte sich nicht zurück in die Waschküche schicken lassen. So lange, bis er ihr hin und wieder erlaubte, beim Unterricht zuzuhören, wenn sie mit ihrer Arbeit fertig war.

Martha gab zu, dass es sie stolz machte, eine Tochter zu haben, die ein bisschen lesen und schreiben konnte. Niemand aus ihrer Familie war je so weit gekommen. Trotzdem: Eigensinn und Träumerei, das waren Luisas große Schwächen. Sie hatten Luisa ins Feldsiechenhaus gebracht.

Und dort überlebte man nicht lange. Die Siechen litten an ansteckenden, tödlichen Krankheiten, die auch durch die Wäsche, die durch Luisas Hände ging, weitergegeben wurden. Wie lange würde der junge Körper sich dagegen behaupten können?

«Es ist nur für eine kurze Zeit», hatte die weinende Martha ihre verstummte Tochter getröstet. «Bald wird vergessen sein, was die Leute heute über dich reden, und du kannst zurückkommen. Ich werde neue Stellen für dich finden. Irgendetwas wird sich schon ergeben.»

«Warum?», hatte Luisa gefragt, und Martha wusste, dass sie nicht das Feldsiechenhaus meinte, sondern die Art, wie sie behandelt worden war.

«Dein Hochmut ist es. Und vielleicht, dass du anders bist als die anderen. Die Leute mögen es nicht, wenn man nicht so ist, wie es einem gebührt. Es macht ihnen Angst, und das macht sie wütend.»

Aber es hatte sich seitdem nichts ergeben, und so war Luisa schon das dritte Jahr im Feldsiechenhaus, wurde von Mal zu Mal blasser, ihre Augen glanzlos und ihr Haar stumpf.

Sie stirbt mir vor den Augen weg, dachte Martha jedes Mal, wenn sie Luisa sonntags besuchte. Aber vielleicht ist es besser so. Vieles bliebe ihr erspart, holte Gott sie jetzt schon zu sich.

Sibylla wäre niemals so behandelt worden. Im Gegenteil: Die Putzmacherin hätte sich darum gerissen, der Tochter des Kürschnermeisters Wöhler das Kleid zu schenken. Aber Sibylla war tot, und Luisa lebte. Noch.

Plötzlich kam Martha ein Einfall. Er schien ihr selbst so gewagt, so ungeheuerlich, dass sie mitten auf der Gasse wie angewurzelt stehen blieb, nach Luft schnappte und nicht einmal bemerkte, dass sie von links und rechts angerempelt wurde.

Was wäre, wenn sie jetzt die Rollen tauschen würden? Wenn aus Luisa Sibylla werden und sie die Rolle als Tochter und Erbin des Meister Wöhler übernehmen würde?

Kapitel 2

Es war schon dunkel, als Martha an diesem Abend nach Hause ging. Das Wöhler'sche Haus lag in der Altstadt, dort, wo die Häuser der gehobenen Handwerkerschaft, der Goldschmiede, Feinbäcker, Seidensticker, der Hutmacher, Glaser, Maler und Apotheker lagen. Sie selbst wohnte in der Neustadt zwischen Tagelöhnern, Packträgern, Besenbindern, Flickschustern und anderen Waschfrauen. Die meisten Häuser in ihrem Viertel verdienten den Namen nicht. Es waren Katen, die sich eng an die Ränder der morastigen Gassen kauerten und in denen Mensch und Tier, meist sogar in einem Raum, Platz finden mussten.

Die niedrige, strohgedeckte Kate, in der Martha eine winzige Kammer bewohnte, diente im Erdgeschoss einer sechsköpfigen Besenbinderfamilie als Küche, Wohn- und Schlafraum gleichzeitig. Nachts und im Winter kamen noch die Hühner und ein mageres Schwein dazu. Ratten huschten lautlos über den Boden, Fliegen und anderes Ungeziefer schwirrten durch die stickige Luft des Raumes.

Über eine schmale, wackelige Stiege, die eher einer Hühnerleiter glich, gelangte Martha zu ihrer Kammer. Sie seufzte, denn das Hochsteigen bereitete ihr nach dem langen Tag Mühe und Schmerzen.

Der Arzt war erst am Nachmittag zum Wöhler'schen Haus gekommen und hatte, nachdem er nur einen flüchtigen Blick auf den Meister geworfen hatte, den Totenschein ausgestellt. Danach war der jüngere Geselle zum Sargtischler gelaufen, der Ältere hatte der Zunft Bescheid gegeben, und die Magd war gegangen, die Leichenwäscherin zu holen. Martha aber hatte sich freiwillig erboten, den Brief an das Kloster Engelthal, den der Junggeselle geschrieben und laut vorgelesen hatte und der Sibylla vom Ableben ihres Vaters in Kenntnis setzte, einem Boten zu übergeben.

Es war ihr nicht wohl dabei, denn sie allein wusste, dass der Brief überflüssig war. Doch der Gedanke, der ihr mitten auf der Straße im Menschengewühl gekommen war, hatte sich in ihr festgesetzt. So trug sie sowohl den Brief vom Kloster als auch den zweiten Brief an Sibylla in ihrer Kitteltasche mit sich herum.

Es hat ja keine Eile damit, hatte sie sich getröstet, die beiden waren schließlich tot. Ob die Nachrichten einen Tag früher oder später ankamen, machte nichts aus.

Schwer ließ sie sich auf einen hölzernen Schemel fallen, stützte beide Ellbogen auf den wackeligen Holztisch und vergrub das Gesicht in den Händen.

Der Mond schien silbrig und kalt durch einen Riss in der mit Lumpen verhängten Dachluke, die die Nachtfröste nur ungenügend abhalten konnten, doch Martha bemerkte es nicht. Sie hörte auch das Rascheln der Mäuse nicht, mit denen sie ihr Strohlager teilte.

Ihre ganze Aufmerksamkeit galt dem tollkühnen Einfall vom Mittag.

Nein, dachte sie, nein, es war ganz und gar unmöglich, auch nur daran zu denken, Luisa als Sibylla in das Kürschnerhaus zu schicken. Betrug wäre es, der schlimmste Betrug, der sich denken ließ. So schlimm, dass er sie beide auf den Scheiterhaufen oder an den Galgen brächte, käme er heraus. Und danach wäre ihnen das ewige Fegefeuer gewiss. Gott hatte sie an den Platz gestellt, der ihnen gebührte. Und ein Mensch sollte daran nicht rütteln. Sie durfte nicht weiter darüber nachdenken, sondern sollte endlich aufstehen, sich ausziehen, schlafen legen und morgen früh als Erstes in die Kirche gehen, um ihre sündigen Gedanken zu beichten und Vergebung dafür zu erbitten.

Doch Martha stand nicht auf. Sie blieb sitzen, und auch die Gedanken ließen sich nicht verscheuchen. Ich werde sicher bald sterben, dachte sie, ich sehe es an meinen Händen, die denen von Toten fast gleichen, wären die schwärenden Wunden nicht. Eiter und aufgequollenes, zuckendes Fleisch die einzigen Anzeichen von Leben, dass sie noch einer Lebenden gehörten.

Und Luisa? Wie lange würde sie in dem Feldsiechenhaus überleben? Gab es ein trostloseres Leben als das einer Wäscherin im Feldsiechenhaus?

«Aber es ist ein ehrliches Leben!»

Martha hatte nicht bemerkt, dass sie laut gesprochen hatte.

«Ein ehrliches Leben, ja!», murmelte sie, wieder leiser werdend. «Doch wem nützt die Ehrlichkeit? Wird der belohnt, der am ehrlichsten ist? Wird man so Handwerksmeister? Meisterstochter?»

Sie hob den Kopf, starrte vor sich und fuhr, ohne es zu

merken, mit dem Finger über die Astlöcher in der Tischplatte.

«Dem Ehrlichen gebührt das Himmelreich. Aber warum muss er dafür auf Erden durch die Hölle gehen? Ist das Gottes Gerechtigkeit? Eine Gerechtigkeit, die denen den besten Platz im Paradies verspricht, die den Himmel schon auf Erden und Geld für die Stiftung von Altären haben?»

Sie dachte dabei an Luisas Vater, einen heute angesehenen Handwerksmeister, der sie damals so schmählich und in Schande hatte sitzen lassen und sich niemals auch nur mit einem Wort nach seiner Tochter erkundigt hatte, geschweige denn, das Seine zu tun, damit wenigstens Luisa das harte Leben einer Wäscherin erspart bliebe. Und sie dachte dabei an den Ruf, der ihrer Berufsgruppe vorauseilte. Viele Bürger machten die Wäscherinnen für die zahlreichen Pestepidemien in den letzten Jahren, die Hunderte von Todesopfern gefordert hatten, verantwortlich. Jedes Stück, das sie berührt hatten, selbst das Wasser, hätte die Pest in die anderen Häuser gebracht, sagte man. Und während der letzten Seuche hatten sogar die Kinder auf der Gasse den Frauen in den Waschkitteln «Pest-Marie» nachgerufen und waren davongelaufen, als wäre der leibhaftige Teufel hinter ihnen her.

Sie schüttelte den Kopf. Wenn es einen gerechten Gott im Himmel gab, dann konnte er nicht wollen, dass Luisa vor die Hunde ging. Um mich ist es nicht schade, dachte Martha, aber Luisa, die sich schon vor ihrer Geburt gegen das Sterben gewehrt hat, soll leben. Von ganzem Herzen wünsche ich ihr das Leben einer Kürschnerstochter. Einer Frau, die die Bürgerrechte besitzt, die einen Mann ehelichen und Kinder bekommen kann. Die ehrbar und anständig ist, einen guten Ruf hat, die niemals hungern und frieren muss und der keiner auf der Straße Hohn- und Spottworte nachruft.

Mit Freuden sterben würde ich, könnte ich Luisa damit helfen. Sollen sie mich doch hängen, vierteilen, teeren, verbrennen. Oder häuten.

Martha schaute auf ihre Hände, von denen sich die Haut in Fetzen löste. Häuten, ja. Den ganzen Körper statt nur der Hände. Was war das schon für ein Unterschied? Sollen sie mich doch auf einen Bock schnallen, mir mit scharfen Messern die Unterschenkel aufschneiden und mir bei lebendigem Leibe die Haut abziehen. Davor habe ich keine Angst mehr.

Aber Luisa soll leben. Sie soll es besser haben als ich. Mein Gott, ich bin bereit, alles dafür zu tun.

Habe ich sie nicht in dieses Leben hineingeboren? Bin ich es nicht, die nun dafür sorgen muss, dass das Elend ein Ende hat?

Martha starrte verzweifelt auf die Wand, auf die der Mond gespenstische Schatten malte.

Und wenn ich alles nur noch schlimmer mache? Wenn ich auch Luisas Platz im Himmel verwirke? Ich mache doch auch sie zur Betrügerin.

Tränen stiegen ihr in die Augen. Verzweifelt rang Martha die Hände und betete:

«Lieber Gott, bitte sag du mir, was ich tun soll.»

Wenn Gott aber nun schon gesprochen hatte? Wenn er es war, der ihr diesen Einfall geschickt hatte, um Luisa die Gelegenheit zu geben, ein ehrbares Leben zu führen? War er es nicht, der die beiden Mädchen einander zum

Verwechseln ähnlich gemacht hatte? Und war er nicht auch dafür verantwortlich, dass Luisa so anders als die anderen Wäscherinnen war? So, als würde er zeigen wollen, dass sie nicht dorthin gehörte?

Die Glocken der nahen Kirche verkündeten Mitternacht, als Martha ein Satz einfiel, den sie kürzlich in einem Gottesdienst gehört hatte: «Gott ist nicht ein Gott der Toten, sondern der Lebenden.»

Ja, dachte Martha, Gott ist ein Gott der Lebenden, und wenn wir es ihm nachtun wollen, so müssen wir uns um die Lebenden kümmern, nicht um die Toten. Wem schadet es, wenn aus Luisa Sibylla wird? Wer wird dabei betrogen?

Mit einer energischen Handbewegung strich sie sich die Haare aus der Stirn, als wolle sie alle Zweifel tilgen.

«Ist es nicht eher so, dass das Leben Luisa betrogen hat? Sie ist keine Wäscherin, ist nicht wie die anderen. War es niemals und wird es niemals sein. Keine Frau ist von Anbeginn Wäscherin mit schlechtem Ruf. Die anderen machen sie dazu. Und Gott allein weiß, warum das so ist», sagte Martha mit leiser, aber fester Stimme. «Wir fügen niemandem einen Schaden zu. Und wer weiß, ob Luisa als Sibylla nicht glücklich werden wird?»

Entschlossen holte sie die beiden Briefe aus ihrer Kitteltasche, nahm sie in die Hand, brachte das billige Talglicht zum Brennen, entzündete daran das Papier und ließ die brennenden Fetzen in eine tönerne Schüssel fallen, wo sie zu weißer Asche zerfielen.

Drei Tage blieben noch bis zur Beerdigung des Kürschnermeisters Wöhler. Drei Tage, um aus der Wäscherin Luisa die Meisterstochter und Klosterschülerin Sibylla zu machen, die aus Engelthal zurückgekehrt war, um ihr Erbe anzutreten.

Martha nahm sich einen freien Tag und wanderte am Taunus entlang nach Hofheim ins Feldsiechenhaus. Sie brauchte nicht lange, um ihre Tochter für ihren Einfall zu gewinnen. Wenigstens Luisas Lebenshunger hatte bei den Siechen keinen Schaden genommen.

«Ich werde Meisterstochter, ja» sagte sie. «Werde es nicht schlechter machen als Sibylla. Aber wird mich auch niemand in Frankfurt erkennen?»

«Nein! Wie auch?», beruhigte sie Martha. «Die Siechen können keinen Fuß vor den anderen setzen. Sie kommen niemals nach Frankfurt. Auch den Bediensteten bleiben die Stadttore verschlossen. Du weißt selbst, dass ihr Frankfurt nicht betreten dürft, aus Angst, ihr könntet Krankheiten einschleppen. Du hast in den letzten drei Jahren wie in einem Versteck gelebt, hast dich verändert seither. Und auch Sibylla war jahrelang fort.»

Luisa packte ihr kleines Bündel und folgte ihrer Mutter. Sie war froh, dem lauernden Tod im Feldsiechenhaus zu entkommen. Wie oft schon hatte sie befürchtet, sich angesteckt zu haben. Doch das würde nun vorbei sein.

Am Stadttor gab es keine Schwierigkeiten, die Wächter beachteten die beiden ärmlich gekleideten Frauen kaum, winkten sie blicklos durch und kümmerten sich dann wieder um einen jungen Adligen, der mit seinem Gefolge Einlass begehrte.

Es gelang ihnen auch, in Marthas winzigen Verschlag zu kommen, ohne von den Besenbindern gesehen zu werden.

Zuerst holte Martha die kleine Ölkanne, die sie sorgsam hütete, denn Öl war teuer. Doch jetzt war nicht die Zeit für Sparsamkeit. Luisas Hände mussten heilen, mussten makellos weiß und glatt aussehen wie die einer Klosterschülerin. Martha stiegen die Tränen in die Augen, als sie die Hände sah. Tiefe Risse durchzogen sie, die Fingernägel zeigten bereits leise Anzeichen von Auflösung. Martha hob Luisas Hand, führte sie an ihren Mund und legte leicht ihre Lippen darauf, als könne allein ihr mütterlicher Wille heilen.

«Mutter», Luisa erschrak vor der unvertrauten Nähe.

Martha blickte ihre Tochter lange an. Ihr Gesicht war ein blasses Oval mit hohen Wangenknochen unter dichten, stumpfem Braunhaar. Ihre Augen waren groß und glanzlos, aber nicht ohne Feuer, ihre Nase schmal, und ihr Mund konnte sinnlich, aber auch über die Maßen trotzig wirken.

Was immer auch kommen mag, Luisa», flüsterte Martha. «Du musst wissen, dass ich dich liebe.»

Luisa schluckte, öffnete die Lippen ein wenig, doch sie blieb stumm. Solche Worte und Gesten waren unüblich zwischen ihnen. Sie waren ungewohnt, weckten in Luisa aber auch eine unbestimmte Sehnsucht.

Ganz behutsam strich Martha ihrer Tochter das Öl über die Hände, band dann Lappen darum, die über Nacht dafür sorgen sollten, dass sich die Haut beruhigte und die Rötungen und Risse verschwanden.

Als Nächstes wurde Luisas bestes und einziges Kleid besichtigt, die Schäden daran vermerkt und über ein bisschen Aufputz gesprochen, als ginge es um einen bevorstehenden Maitanz. Beide Frauen vermieden es, über den tatsächlichen Anlass zu sprechen, als fürchteten sie sich vor den eigenen Worten.

Bevor sie schlafen gingen, zählte Martha die wenigen Geldstücke, die sie im Laufe der Jahre für Notfälle beiseite gelegt hatte, um zu sehen, ob das Geld für ein Paar einfache Schuhe und anderes notwendiges Beiwerk ausreichte. Es ist nicht schade um meine Ersparnisse, tröstete sich Martha stumm und versuchte, die aufsteigende Angst zu unterdrücken. Brauchen werde ich sie nicht mehr. Entweder lande ich am Galgen, oder aber Luisa wird als Sibylla für mich sorgen, wenn meine Zeit als Wäscherin endgültig vorbei ist.

Eng aneinander geschmiegt, lagen sie auf dem Strohsack. Doch schlafen konnten beide nicht.

«Mutter, ich habe Angst», gestand Luisa leise in die Dunkelheit. «Ich weiß nicht, wie sich Bürgerstöcher benehmen, wie sie sprechen, sich kleiden, sich bewegen.»

«Du musst Augen und Ohren offen halten. Sprich zu Anfang nur, wenn du gefragt wirst, ahme nach, was die anderen tun. Beobachte und schweige, wie du es als Wäscherin gelernt hast.»

Auch Martha hatte Angst. Angst um ihr Kind, Angst auch vor der eigenen Entschlossenheit und dass Luisa sie eines Tages dafür hassen würde. Nur Angst um ihr eigenes Leben hatte sie nicht.

Luisa schlief die ganze Nacht schlecht und erwachte sehr zeitig am Morgen. Obwohl Martha ihr verboten hatte, das Haus zu verlassen, ging sie zum Gottesdienst in die Liebfrauenkirche in der Altstadt, unweit des Wöhlerschen Hauses. Luisa wusste, dass in diese Kirche am Sonntag die

Handwerker mit ihren Gattinnen gingen, auch Patrizier und Ratsherren waren dort anzutreffen. Sie versteckte ihr Gesicht unter der großen Kapuze ihres einzigen Umhangs.

In der Kirche, die zu den prachtvollsten Frankfurts zählte, war es kühl. Die ersten Sonnenstrahlen drangen durch die bemalten Butzenscheiben der hohen Kirchenfenster in das gewaltige Kirchenschiff. In ihrem Licht tanzte der Staub.

Luisas Holzschuhe klapperten bei jedem Schritt. Sie waren viel lauter als die der wenigen anderen Besucher, deren Schuhe Ledersohlen hatten. Beschämt und in dem Bewusstsein, nicht in die prunkvolle altstädtische Liebfrauenkirche, sondern eher in die bescheidene und beinahe fensterlose Johanniskirche, die sich zwischen die Katen der Neustadt duckte, zu passen, bemühte sich Luisa, so geräuschlos wie möglich aufzutreten.

Sie suchte sich einen Platz in einer Seitenkapelle hinter einem Pfeiler, von dem aus sie einen guten Überblick über die Kirche hatte, aber selbst nicht gesehen wurde. Sie fürchtete sich vor den Blicken der Altstädter, las in ihren Mienen den Satz, der sie bloßstellte: Du gehörst hier nicht her.

Nur wenige Besucher waren an diesem Morgen anwesend; die meisten Frankfurter kümmerten sich um ihre Tagesgeschäfte, konnten den Herrn nur am Sonntag heiligen.

Lange beobachtete Luisa ein Mädchen, das in ihrem Alter war. Sie trug ein langärmliges, bodenlanges Unterkleid aus leuchtend rotem Stoff, darüber ein himmelblaues, leicht gefälteltes und ärmelloses Oberkleid, das unter der

Brust gegürtet war und formlos bis auf die Schuhspitzen fiel. Ein einfacher Besatz an den engen Ärmeln und am viereckigen Ausschnitt unterstrich die Schlichtheit. Ihre Haare flossen offen über die Schultern und wirkten wie ein drittes Kleid aus kostbarem Fell. Die Wangen des Mädchens waren rosig und die Augen durch keinerlei Leid getrübt.

An der Kleidung erkannte Luisa, dass das fremde Mädchen die unverheiratete Tochter eines einfachen Handwerkers oder Schulmeisters war, die über einen ehrlichen Geburtsschein verfügte, die Bürgerrechte besaß und deshalb ohne Scham in den vorderen Kirchenbänken sitzen durfte.

Während Luisa mit eingezogenen Schultern hinter dem Pfeiler kauerte, bemüht, so wenig Platz wie möglich einzunehmen, und kaum wagte, den Blick zu heben, saß das fremde Mädchen raumgreifend, gerade und mit erhobenem Kopf an seinem Platz. Ihre Hände hatte sie in den Schoß gelegt. Weiße, weiche Hände mit glänzenden, festen Fingernägeln und schmalen Gelenken. An einem Zeigefinger war ein kleiner schwarzer Fleck zu sehen, Tinte vielleicht, den das Mädchen abzukratzen versuchte. Jetzt sah sie sich um, drehte den Kopf furchtlos nach links und rechts und musterte die wenigen Anwesenden ohne Scheu.

Die Messdiener kamen und entzündeten die Kerzen auf dem Altar, legten die kostbare, in Leder gebundene Bibel bereit.

Das Mädchen hatte den Rücken angelehnt, den Kopf leicht geneigt, und wickelte sich gelangweilt eine ihrer blonden, glänzenden Haarsträhnen um den Finger. Sie rutschte hin und her, gähnte versteckt und kicherte sogar, als sich der dicke Priester japsend auf die Kanzel hochquälte. Doch plötzlich schrak das Mädchen zusammen und mit ihm auch Luisa.

«Sünder, allesamt!»

Die donnernde Stimme des Priesters dröhnte durch das Gotteshaus, und Luisa spähte hinter ihrem Pfeiler hervor nach vorn zur Kanzel, auf der der dickwanstige Gottesdiener stand, die Hände fest um das Geländer gekrallt.

«Sünder vor Gott seid ihr!», schrie er nun wieder und sprühte Spucketröpfchen durch das Kirchenschiff.

«Ihr verstoßt gegen die zehn Gebote», tobte der Priester weiter auf seiner Kanzel, die unter seinem beträchtlichen Gewicht gefährlich ächzte.

«Du sollst nicht begehren deines Nächsten Haus. Du sollst nicht begehren deines Nächsten Frau, Knecht, Magd, Rind, Esel noch alles, was dein Nächster hat, steht geschrieben im Buch der Bücher. Doch ihr begehrt von morgens bis abends, was euch nicht zusteht.»

Wie ein Racheengel, der in der Hand das flammende Schwert hielt, thronte der Priester über den Köpfen seiner erschrockenen Gemeinde und predigte von Schuld und Sühne.

Luisa war auf der harten Kirchenbank noch mehr zusammengesunken und hatte die Blicke schuldbewusst auf den Boden gerichtet. «Du sollst nicht begehren …»

Der Satz schwirrte in ihrem Kopf herum und hallte wie ein tausendfaches Echo in ihr wider. «Du sollst nicht begehren …»

Ich bin eine Sünderin, dachte Luisa bestürzt. Ich begehre das, was Sibylla gehört, begehre mehr als nur ihr

Haus und ihren Besitz; ich begehre ihr Leben und stehle ihr den Tod.

Ein Mordbube ist einer, der einem anderen das Leben stiehlt. Ich aber will Sibyllas Tod stehlen. Was ist das Gegenteil von Mord? Wiedererweckung? Auferstehung?

Luisas Atem stockte. Nein, nein, bat sie in Gedanken Gott um Abbitte. Ich wollte nicht lästern, nicht hochfahrend sein, bestimmt nicht.

«Nicht an deinen Worten wirst du gemessen, spricht der Herr, sondern an deinen Taten», dröhnte der Priester.

Obwohl seine letzten Worte beinahe hysterisch klangen, fühlte sich Luisa seltsam beruhigt.

An meinen Taten werde ich gemessen, dachte sie erleichtert. Nicht an meiner Herkunft, nicht an meiner Geburt, vielleicht nicht einmal daran, dass ich eine andere sein möchte. Wichtig ist, was ich daraus mache.

Trotzig sah sie hoch, musterte noch einmal das Mädchen im roten Kleid, das nun vornüber gebeugt saß und die Hände unter den Oberschenkeln versteckt hielt, dabei leicht vor- und zurückwippte, als würden die Worte des Priesters sie nicht betreffen.

Wahrscheinlich tun sie das auch nicht, überlegte Luisa. Was will dieses Mädchen schon von anderen begehren? Sie hat doch alles, braucht nichts mehr zum Glück. Und für alles, was sie hat, musste sie nicht einmal den Rücken krümmen, dachte sie voller Neid. Ja, was hat die da schon tun müssen für ihr Glück? Sie weiß nichts von der stinkenden, mit Eiter befleckten Wäsche der Siechen. Wäsche, die nach Angst stank, nach Angst, Fäulnis und Tod und oft steif war von Schweiß, Kot und Urin. Wäsche, die das Wasser rot oder braun färbte, sodass auch die Hände am Abend nach Blut und Verwesung stanken. Ein Geruch, der sich in der Haut festsetzte, in den Haaren hing, sogar auf der Zunge, sodass selbst Brot nach Tod schmeckte und Wasser nach Blut. Nichts davon wusste dieses selbstgerechte Mädchen, gar nichts. Wäre ich sie, könnte ich leicht ein guter und gottgefälliger Mensch sein.

Luisa stutzte, dachte über den letzten Satz nach. Hieß das etwa, dass die Armen einfach aus Not schlechter waren als die Reichen, die nicht stehlen mussten, um satt zu werden, nicht zu lügen und betrügen brauchten, um ein bisschen Anerkennung zu bekommen, um einen Platz in der Gemeinschaft zu haben? Waren die Reichen gottgefälliger, einfach, weil sie reich waren und schon besaßen, was die Armen niemals mit Ehrlichkeit erringen konnten? War das Gerechtigkeit? Nein, dachte Luisa, das konnte nicht Gottes Gerechtigkeit sein. Göttliche Gerechtigkeit war nicht das, was auf Erden dafür gehalten wurde.

Ich bin nicht schlechter, weil ich arm und unehrlich geboren bin, erkannte Luisa. Und ich werde beweisen, dass ich den Platz, an den ich mich selbst stellen werde, auch gut ausfüllen kann. An meinen Taten sollt ihr mich erkennen. Genau so, wie es in der Bibel geschrieben steht.

Luisa schwor sich, die unverhoffte und einmalige Gelegenheit, ein anderes, ein neues Leben auszuprobieren, zu nutzen und dafür immer dankbar zu sein. Und dieses neue Leben so zu gestalten, das es sie unabhängig machte. Von ihrem Geburtschein und von dem, was andere von ihr dachten.

Zwingen würde sie die Menschen, die in ihr zu sehen, die sie war, und nicht die, die sie nach den Regeln zu sein hatte. Im Waschkittel war sie die Wäscherin, die Pest-Marie, die freie Frau. Niemand hatte sich je dafür interessiert, wer oder was sie wirklich war. Als Sibylla aber würde sie sie selbst sein.

Mit Entschlossenheit sprach Luisa das Vaterunser, lauschte dem Segen und wartete am Ende des Gottesdienstes, bis alle die Kirche verlassen hatten. Ganz allein saß sie in der Kirchenbank, die Hände im Schoß gefaltet, und hielt Zwiesprache. Zwiesprache mit sich und mit Gott oder ihrem Gewissen.

«Ich werde Gutes tun», flüsterte sie. «Ich werde beweisen, dass die Herkunft nicht wichtig ist, sondern die Taten zählen. Und ich werde niemals mehr arm sein! Als Sibylla werde ich immer reich genug sein, um gut zu sein, das schwöre ich.«

Sie atmete noch einmal tief durch, erhob sich, lief nach vorn zum Altar und bekreuzigte sich dort, um ihrem Schwur Nachhaltigkeit zu verleihen. Dann drehte sie sich um und lief mit nun laut klappernden Holzschuhen und ohne Scham hinaus aus der Kirche.

Am Abend brachte Martha ein Stück roten Stoffes und ein Paar einfache Stiefel mit nach Hause. Das leichte Tuch ähnelte in der Farbe dem Kleid des Mädchens aus der Kirche. Luisa wusste, dass Marthas Ersparnisse damit aufgebraucht waren, und konnte sich nicht ohne Schuldgefühl freuen. Doch als sie die Freude in Marthas Augen sah, umarmte sie ihre Mutter und schmiegte sich fest an sie.

Sie fasste den Ausschnitt ihres blaugrünen Kleides mit dem roten Besatz ein, verzierte auch die Ärmel und nähte aus den Reststücken sogar noch einen glutroten Gürtel.

Sie probierte alles an, schlang den Gürtel weit oberhalb der Taille unter ihre Brüste und drehte sich hin und her.

Martha stand dabei und betrachtete ihre Tochter voller Stolz. «Du siehst aus wie Sibylla. Glaub mir, du wirst ihr alle Ehre machen.»

«Nicht ihr, uns will ich Ehre machen», erwiderte Luisa ernst.

Sie sah ihrer Mutter in die Augen und las darin neben der Freude leise Furcht, aber auch Auflehnung. Es war der Widerstand derjenigen, die sich vom Schicksal oder von Gott betrogen wussten und nun entschlossen waren, ihr Geschick in die eigenen Hände zu nehmen.

Die beiden Frauen lächelten sich an, zuerst noch zaghaft und beinahe entsetzt über den eigenen Wagemut, dann breiter, und schließlich brachen sie in lautes Gelächter aus, das nicht unbedingt fröhlich, dafür aber kraftvoll und entschlossen klang.

Der nächste Tag war der Sonntag, der letzte Tag Luisas in ihrem alten Leben. Die gesamte Besenbinderfamilie war in aller Frühe mit ihrem Karren zu einem Jahrmarkt in eines der umliegenden Dörfer gezogen, um dort ihre Besen anzubieten. Bis zum Abend würde das Haus still und verlassen sein.

Martha hatte eimerweise Wasser vom nahen Main herangeschleppt und erhitzte es nun über dem Herdfeuer der Besenbinder. Auch einen Zuber hatte sie vom Hof hereingeholt, um Luisa ein Bad zu bereiten.

Luisa stand dabei, beide Hände wieder mit ölgetränkten Lappen umwickelt, und sah ihrer Mutter zu.

Wie jung sie heute aussieht, dachte sie und betrachtete

Marthas gerötete Wangen in dem sonst so grauen Gesicht. Ihre Bewegungen waren fließend und zeigten keine Anzeichen von Schmerz. Kraftvoll goß sie das heiße Wasser in den Zuber, schüttete mit Schwung kaltes hinterher. Ihre Augen glänzten, und selbst ihre Hände wirkten heute glatter und weniger rau als sonst.

«Mutter, lass mich dir helfen. Nimm mir die Wickel ab», bat Luisa, der es Unbehagen bereitete, zuzusehen, wie Martha sich für sie abschuftete.

Martha lächelte und pustete sich übermütig eine Haarsträhne aus dem Gesicht. «Du bleibst, wo du bist und wie du bist», bestimmte sie. «Wirst dich sowieso bald daran gewöhnen müssen, dass deine Mutter im Wöhlerhaus die Schmutzwäsche besorgt für dich.»

«Das kann ich nicht. Niemals», erwiderte Luisa erschrocken. «Schuldig wäre ich ab meinem ersten Tag als Meisterstochter, und du wärest die stete Zeugin dieser Schuld.»

«Dann wirst du mich aus deinen Diensten entlassen müssen», sagte Martha ernst.

Luisas Blick verdunkelte sich. Sie schwieg, hielt den Kopf gesenkt und biss sich auf die Lippen.

Martha stellte den Eimer aus Rindshaut auf den Boden, kam zu ihrer Tochter, nahm sie in den Arm und wiegte sie hin und her.

«Du musst stark sein, Luisa. Das Leben im Kürschnerhaus wird nur körperlich leichter sein als dein bisheriges. Vieles wird geschehen, was dir wehtut. Dieser Rollentausch ist kein Kinderspiel. Er wird dir viel abverlangen. Dinge, die du bisher nicht kanntest. Aber du wirst stärker werden dabei. Mit jedem Tag ein bisschen mehr.»

«Ich kann mein Aussehen verändern, meine Frisur, meinen Gang. Aber meine Gedanken werden sich nur schwer verändern, und meine Vergangenheit und alles, was ich erlebt habe, wird so bleiben», flüsterte Luisa.

Martha strich ihrer Tochter sanft mit dem Finger über die Wangen.

«Komm, wir haben noch viel vor heute. Es wird Zeit, dass du in den Zuber steigst», sagte sie und half ihrer Tochter beim Auskleiden.

Als Luisa nackt, noch immer mit umwickelten Händen, im Zuber saß, überkam sie der Abschiedsschmerz.

«Ich werde dich vermissen, Mutter», flüsterte sie.

«Jeden Donnerstag wirst du mich sehen», erwiderte Martha tröstend. «Das ist mehr als zu deiner Zeit im Siechenhaus.»

«Aber wir werden niemals wieder Mutter und Tochter sein.»

«Du brauchst mich als Mutter nicht mehr, Luisa. Du wirst einen Mann finden, heiraten und Kinder ehrlicher Abstammung bekommen. Du wirst nicht schutzlos sein, sondern einen guten Mann haben, der für dich sorgt und dir sagt, was du tun sollst. Vor allem aber wirst du eine richtige, vollständige und von anderen anerkannte Frau sein, die die Aufgaben, die sie von Gott aufgetragen bekam, erfüllen kann.»

Martha betrachtete den nackten Körper ihrer Tochter, die zarte, unberührte Haut, die schmalen und doch kräftigen Schultern, die runden, kleinen Brüste, den flachen Bauch und die dünnen Schenkel, die Luisa fest zusammenpresste.

Wie lange wird es noch dauern, bis ein Mann diesen

Körper nimmt?, fragte sie sich im Stillen, verteilte ein wenig Seife in ihren Händen und wusch Luisas Rücken, streichelte dabei die unberührte, makellose Haut, die noch nichts von der Liebe wusste.

Kapitel 3

Der Abend vor Meister Wöhlers Beerdigung war da. Doch nicht nur der Kürschnermeister wurde morgen begraben, auch die Wäscherin Luisa würde es nur noch in der Erinnerung geben, sobald sie die Schwelle der Besenbinderkate übertreten und sich auf dem Weg in die Trierische Gasse gemacht hatte.

Luisa trug das Kleid mit dem neuen roten Besatz und an den Füßen Stiefel aus derbem Filz, in die sie kleine Steine hineingelegt hatte, um sich daran zu erinnern, aufrecht zu gehen und nicht zu schlurfen wie früher mit den Holzschuhen.

Jeder Schritt schmerzte. Die kleinen Steine bohrten sich in ihre Fußsohlen, doch Luisa verzog keine Miene. Mit ernstem Gesicht lief sie durch die Straßen, immer dicht an den Hauswänden entlang, um nicht gesehen zu werden.

Lange hatten Martha und sie überlegt, wie sie am besten als Sibylla in das Kürschnerhaus käme, ohne dass es auffiel, dass sie weder Gepäck noch Begleitung hatte. Schließlich war Martha der Sonntagabend eingefallen. Dann hatte die Magd frei, die Gesellen waren in der Zunftstube und die Gassen nach der Abendmesse wie leer gefegt. So würde es leichter für sie sein, das neue Leben zu beginnen. Am nächsten Morgen würde sie den anderen Bewohnern mit der Selbstverständlichkeit der heimgekehrten Tochter des Hauses begegnen.

Vor der Tür des Kürschnermeisters blieb Luisa stehen. Sie war so schnell gelaufen, wie sie konnte. So als wollte sie vor irgendetwas fliehen. Vor ihrem alten Leben? Davor, dass sie es sich im letzten Moment doch anders überlegte? Noch war Zeit umzukehren. Die letzte Möglichkeit. Sollte sie wirklich hineingehen? Oder rasch nach Hause zurücklaufen und das Leben seinen Gang gehen lassen? Sie stand da und schaute die Straße entlang, sah die Häuser, die um so vieles prächtiger waren als die in der Neustadt.

Nein, ein Zurück gab es nicht mehr. Die verlockenden Möglichkeiten des neuen Lebens hatten sich längst in Kopf und Seele eingenistet. Ginge sie zurück, würde sie lebenslang dieser nicht genutzten Gelegenheit hinterhertrauern und sich niemals wieder mit dem bescheiden können, was sie hatte.

Ein letztes Atemholen noch als Luisa, dann schloss sie mit Marthas Schlüssel die Tür auf und trat ein. Ihre Augen brauchten einen Augenblick, um sich an die Dunkelheit des Korridors zu gewöhnen.

Aufmerksam sah sie sich um. Links musste die Küche sein. So jedenfalls hatte Martha es ihr erklärt. Und rechts die Werkstatträume. Oben, im ersten Geschoss, die Meisterstube und Sibyllas Schlafkammer, daneben das große Wohnzimmer. Auf der anderen Seite befanden sich die Schlafkammer des Meisters, eine kleine Näh- und Wäschekammer und ein unbewohnter Raum, der wohl einmal für mehrere Kinder gedacht war. Unter dem Dach schliefen die Gesellen, und die Magd hatte ihre Kammer neben den beiden Lagerräumen.

Tief sog sie den typischen Geruch einer Kürschnerei ein, der im ganzen Haus hing. Ein Geruch nach Fell, ein wenig nach Gerbsäure, nach Knochenleim und Sägespänen.

Zögernd und mutig zugleich ging sie hinauf in Sibyllas Schlafkammer. Sie öffnete die Tür, schlüpfte hinein, schloss sie wieder, atmete auf und lehnte sich mit geschlossenen Augen an den Rahmen. «Geschafft», murmelte sie und bemerkte erst jetzt, wie sehr ihr die Knie zitterten und dass ihr der Schweiß in Strömen über den Rücken lief.

Als sie sich ein wenig beruhigt hatte, öffnete sie die Augen und stieß einen freudigen Ausruf aus. Das Zimmer – ihr Zimmer – war das schönste, das sie je gesehen hatte:

Die Wände waren hell verputzt, durch das große Fenster mit den Butzenscheiben und den hölzernen Läden kam das Mondlicht herein und tauchte alle Gegenstände in ein Silberbad. Der Boden bestand aus hellen Holzdielen, und in der Mitte des Raumes lag ein kleiner Teppich. An der Wand stand ein Bett. Sie lief mit einem kleinen Jauchzer dorthin und ließ sich darauf fallen. Ein richtiges Bett mit Decke und Kissen aus Gänsefedern und weißer, frisch duftender Wäsche. Ganz für sie allein. Sie breitete die Arme aus, genoss das wohlige Gefühl und sah sich nun in aller Ruhe in ihrem neuen Reich um. An der anderen Wand stand eine verzierte Kleidertruhe aus glänzendem Holz, daneben ein kleiner Tisch. Darauf war eine polierte Metallplatte, in der man sich sehen konnte, befestigt. Sie stand auf und betrachtete sich darin. Sie würde es schaffen, Sibylla zu sein.

Dann zündete sie das Wachslicht in einem der Leuchter an und machte sich auf einen Rundgang durch das Haus, durch ihr neues Zuhause. Sie musste sich eilen, denn bald würden die Gesellen aus der Zunftstube zurückkommen. Sibylla-Luisa wollte ihnen heute nicht gegenübertreten, sondern bis zum morgigen Tag abwarten. Doch bis dahin musste sie das Haus ein wenig kennen gelernt haben, um sich darin bewegen zu können, als hätte sie es von Kindesbeinen an getan.

In der Küche begann sie. Der einzige Raum, in dem die Frau das Sagen hat, dachte sie und betrachtete die Kupferkessel, die blank geschrubbt und glänzend an einem Gestell neben dem gemauerten Herd hingen. Im Regal standen neben Schüsseln und Platten aus grauem Ton mit blauer Lasur zahlreiche Krüge und Becher, das Alltagsgeschirr. Auf den Fenstersimsen verströmten Kräutertöpfchen ihren würzigen Duft, und die Vorratskammer hing voller Würste, Speck und Schinken. Mehrere Fässer in unterschiedlichen Größen und gefüllt mit Sauerkraut, Apfelwein oder Bier standen da, Rüben, Zwiebeln und Äpfel lagen in Kiepen, sogar ein halber Laib Käse, der verlockend roch, lag neben Schüsseln voller Eier und ausgelassenem Schmalz.

Zufrieden betrachtete Sibylla-Luisa die Schätze und füllte in Gedanken bereits einen Korb mit Lebensmitteln für ihre Mutter. Ihr selbst wäre das Wasser im Mund zusammengelaufen, hätten ihr nicht Angst und Aufregung die Kehle zugeschnürt. So trank sie nur einen Schluck Wasser, dann nahm sie den Leuchter und ging weiter. Die Werkstätten ließ sie aus und begab sich gleich in das Wohnzimmer im ersten Geschoss. Hier waren die Wände mit Holz vertäfelt, der Boden mit dunklen Teppichen belegt. Von der Decke hing ein eiserner Leuchter herab, der mit Lichtern aus Wachs bestückt war. Auch hier stand ein großer Tisch, der von gepolsterten Lehnstühlen umgeben war, und die Bänke, die sich um den Kamin drängten, waren mit Kissen belegt.

Unter den Fenstern, die von dunklen Samtvorhängen eingerahmt waren, standen mit weichen Fellen bedeckte Truhen, die als zusätzliche Sitzgelegenheiten dienten. Sibylla-Luisa öffnete sie und staunte beim Anblick der vielen Leintücher, die sie zwar aus anderen Waschküchen kannte, aber noch niemals selbst besessen hatte. Behutsam strich sie mit den Fingern über den dichten Stoff, drückte ein Stück Spitze an ihre Wange und freute sich an den gestärkten Tüchern und Decken. Sie fühlte sich reich angesichts der kostbaren Dinge hier im Haus, angesichts der vollen Kammern und Truhen, angesichts auch des wertvollen Zinngeschirrs und der Kristallkaraffe, die sie in einem Wandschrank des Wohnzimmers gefunden hatte.

Zum Schluss ging sie in die Meisterstube, nahm – ein wenig zögerlich – hinter dem Kontortisch Platz, klappte das Auftragsbuch auf, blätterte darin und starrte auf die vielen Zahlen, die ihr nichts sagten.

Auf der Gasse wurde es laut. Männerstimmen waren zu hören, jemand grölte ein Lied. Schnell eilte sie zurück in ihre Kammer, löschte das Licht und saß mit angehaltenem Atem auf dem Bett. Sie lauschte angespannt den schweren Schritten zweier Männer, die die Treppe erklommen, hörte eine Tür schlagen, dann herrschte wieder Stille im Haus.

Plötzlich bemerkte sie ihre Müdigkeit. Sie zog die Stiefel aus, legte das Kleid ordentlich auf die Truhe und sank in das Bett, das ihr so groß, weich und herrlich erschien wie eine Himmelswolke. Gleich darauf war sie eingeschlafen.

Als sie am nächsten Morgen von den Geräuschen im Haus geweckt wurde, wusste sie nicht sofort, wo sie war. Doch dann erinnerte sie sich, und ihr Herz begann wieder aufgeregt und ängstlich zu schlagen. Jetzt musste sie sich der Magd und den Gesellen zeigen. Jetzt kam der Augenblick, in dem unwiderruflich aus Luisa Sibylla wurde. Sie straffte die Schultern, strich sich mit der Bürste langsam über das Haar, um sich zu beruhigen. Dann atmete sie noch einmal tief durch, verließ ihr Zimmer und stieg die Treppe hinunter.

Plötzlich ging die Küchentür auf, und Barbara, die Magd, trat in den Flur. Als sie Sibylla sah, schlug sie die Händen über dem Kopf zusammen und rief voller Erstaunen: «Herr Jesus, die Sibylla. Wo kommt Ihr denn so plötzlich her?»

Sie ging auf das Mädchen zu, um es zu umarmen, doch Sibylla bewegte sich nicht, lächelte auch nicht, sah ihr ernst entgegen, ohne zu antworten. Das Herz schlug ihr bis zum Halse, aus Angst, schon jetzt als Betrügerin entlarvt zu werden. Barbara spürte die Abwehr und fasste Sibylla nur an den Händen.

«Groß seid Ihr geworden, Sibylla. Eine richtige junge Frau.»

Dann besann sie sich auf den Anlass von Sibyllas Heimkehr und fügte hinzu: «Das mit Eurem Vater tut mir Leid. Die Zunft hat schon das Begräbniszeichen von Haus zu

Haus geschickt. Bald werden sie hier sein, um den Trauerzug zu führen.»

«Kann ich ihn noch einmal sehen? Wo ist er?», fragte Sibylla. Wenigstens einmal richtig anschauen wollte sie den Mann, dessen Tochter sie nun war.

Barbara schüttelte den Kopf. «Niemand wusste, dass Ihr kommt. Die Zunft hat vorgestern in der Kürschnerkapelle der Liebfrauenkirche Abschied genommen. Danach hat der Tischler den Sarg vernagelt.»

«Ich bin gestern Abend angekommen. Ein Klosterdiener hat mich begleitet», erwiderte Sibylla und seufzte.

«Na, na», tröstete die Magd. «Weint nicht. Euer Vater ist jetzt bestimmt im Himmel.»

Sie ahnte nicht, dass Sibyllas Seufzer nicht die der Trauer, sondern die der Anspannung und leisen Furcht vor einem neuen Leben waren.

Die Gesellen hatten gehört, dass jemand gekommen war. In der Annahme, es seien die Zunftbrüder, kamen sie in den Flur.

«Sibylla ist da», verkündete die Magd.

Der Altgeselle nickte. «Sibylla», rief er. «Es ist gut, dass Ihr gekommen seid. Es tut uns Leid, dass Euer Vater gestorben ist, doch das Leben muss weitergehen.»

Er machte eine Pause und stieß die Werkstatttür so weit auf, dass Licht in den Flur fiel. «Als ich Euch das letzte Mal sah, da wart Ihr noch ein Kind. Jetzt seid Ihr eine Frau», sagte er.

Sibylla entspannte sich, als sie merkte, dass niemand hier bezweifelte, dass sie Wöhlers Tochter war. Dann räusperte sie sich. «Ja, jetzt bin ich eine Frau und gekommen, die Werkstatt weiterzuführen.»

«Ihr wollt heiraten?»

«Alt genug bin ich wohl.»

«Und der Bräutigam?»

Sibylla lächelte. «Ich werde mir einen suchen müssen.»

«Das ist wohl wahr», bestätigte der Altgeselle, der Heinrich hieß, und fuhr sich mit der Hand über das stoppelige Kinn.

«Ihr kennt die Bräuche», murmelte er. «Es ist bei Gott nicht ungewöhnlich, dass ein Altgeselle Meister wird.»

«Wir werden sehen», erwiderte Sibylla vage.

Dann sah sie den Junggesellen. Er hatte bescheiden in der Nähe gestanden, ohne sich in das Gespräch einzumischen. Jetzt kam er zu ihr:

«Ihr kennt mich nicht, Meisterin», sprach er sie höflich an. «Jochen Theiler heiß ich und bin seit zwei Jahren hier.»

Sibylla nickte. Sie hatte gesehen, dass der Junggeselle, der vielleicht zehn Jahre älter war als sie, hinkte.

«Was ist mit Eurem Bein?», fragte sie.

«Ein Unfall als Kind», murmelte Jochen Theiler und schwieg dann.

Sibylla stand da und wusste nicht, was sie als Nächstes tun oder sagen sollte. Schließlich half ihr die Magd. «Ihr habt noch nichts gegessen. Kommt mit in die Küche, damit ich Euch ein Frühstück machen kann.»

«Gern», erwiderte Sibylla dankbar, folgte Barbara in die Küche, trank dort aber nur einen Becher mit viel Wasser und wenig Apfelwein und stocherte in einer Schüssel mit Grütze herum. Sie war noch immer so angespannt, dass sie keinen Bissen herunterbringen konnte, und eilte, sobald sie konnte, zurück in ihre Kammer.

Noch einmal sah sie sich sehr genau in diesem Zimmer um. Wie war Sibylla Wöhler gewesen? Wer war das Mädchen, das ihr so ähnlich sah, dessen Platz sie jetzt einnahm?

Sie betrachtete jeden Gegenstand in der Hoffnung, dass er das wahre Wesen der Wöhlertochter preisgeben möge, doch die Dinge blieben stumm, verrieten nichts über ihre vormalige Besitzerin.

Kurz darauf hörte sie Lärm aus den unteren Geschossen. Sie wusste, dass es die Zunftbrüder waren, und ging nach unten.

In der geräumigen Küche saßen acht Männer um den großen Tisch herum und tranken Apfelwein. Als Sibylla die Küche betrat, verstummten die Gespräche. Nur Barbara murmelte leise: «Der Alte ist noch nicht unter der Erde.»

«Halt den Mund, Weib!», herrschte ein Meister sie an.

«Grüß Euch Gott, Ihr Herren», sagte Sibylla.

Außer den beiden Wöhler-Gesellen saßen zwei fremde Gesellen und vier Meister, die nach dem Brauch den Sarg aus der Kirche hinaus zum Friedhof tragen sollten, in der Küche. Als sie ausgetrunken hatten, machten sich alle auf den Weg zur Liebfrauenkirche, wobei der Zunftmeister, der zugleich ihr Patenonkel war, Sibylla am Arm geleitete.

Der Trauergottesdienst flog an Sibylla vorüber. Sie war so damit beschäftigt, alles zu beobachten, dass nicht ein einziges Wort in ihrem Gedächtnis haften blieb. Ebenso erging es ihr beim eigentlichen Begräbnis. Schweigend lief sie hinter dem Sarg her, warf eine Hand voll Erde in das offene Grab und ließ sich vom Zunftmeister danach zum Leichenmahl in das Zunfthaus führen.

Alle zweiundzwanzig eingetragenen Meister der Kürschnerzunft und vier Meisterssöhne, dazu die Wöhler'schen Gesellen, ein Abgesandter der Kürschnergesellenbruderschaft und der Priester hatten sich um den riesigen Holztisch versammelt.

Sibylla nahm den Ehrenplatz, rechts neben dem Zunftmeister Ebel, ein und lauschte den Gesprächen ringsum.

Nachdenklich betrachtete sie die Männer und hoffte, dass niemand sie ansprach und nach ihrer Zeit im Kloster fragte. Zu unsicher fühlte sie sich. Sie war noch nie mit so vielen fremden Männern zusammen gewesen, hatte noch nie eine Zunftstube von innen gesehen, noch niemanden beerdigen müssen. Was sollte sie sagen? Wie sich verhalten? Sie wusste es nicht und hätte am liebsten die Zunftstube verlassen und sich ins Wöhlerhaus geflüchtet.

Ebel sprach sie an, und augenblicklich verstummten alle anderen Gespräche am Tisch.

«Was hast du vor, Sibylla? Was soll aus der Kürschnerei werden?»

Sibylla zuckte hilflos mit den Achseln. Die energische, feste Stimme des Mannes und der herablassende Blick, mit dem er sie musterte, schüchterten sie ein. Doch zugleich erwachte das Misstrauen in ihr. Ebel hatte bestimmt nur seine eigenen Interessen im Kopf.

«Ich weiß es nicht», erwiderte Sibylla und zeigte eine undurchdringliche Miene. Sie wusste, dass die Männer bereits vor Stunden in der Küche des Wöhlerhauses über ihre Zukunft gesprochen hatten.

Der Zunftmeister tätschelte ihren Arm, sein Blick wurde

freundlicher. «Natürlich weißt du es nicht. Wie auch, du bist eine Frau. Es wird sich alles richten. Vertrau auf uns. Geschäfte sind Männersache», sagte er. «Ich werde die Abwicklung übernehmen, bin schließlich dein Pate.»

Sein Ton war so bestimmend, dass Sibylla ihm nicht widersprechen konnte, selbst wenn sie es gewollt hätte.

Der Altgeselle meldete sich zu Wort: «Es darf nicht lange gezögert werden, die Auftragsbücher sind voll, und der Winter steht vor der Tür. Wird die Kürschnerei nicht verkauft, muss Sibylla heiraten.»

«Am besten dich, was?», fragte einer am anderen Ende des Tisches, und die Übrigen lachten.

«Warum nicht? Ich kenne die Kundschaft, weiß um ihre Wünsche und verstehe auch das Handwerk», begehrte Heinrich auf.

«Sie muss verkaufen. Das ist das Beste für die Zunft. Wöhlers Kundschaft ist nicht die richtige für die Trierischee Gasse: verarmte Ritter, brave Bürger, kleine Handwerker anderer Zünfte, Bauern aus dem Umland sogar. Frankfurt entwickelt sich zum Dreh- und Angelpunkt für Rauchwaren, und die Trierische und Schnurrgasse spielen dabei eine wichtige Rolle. Die Händler und Gäste, die zu den Messen kommen, sind verwöhnt. Sie wollen edles Pelzwerk, nach der neuesten Mode gemacht.»

Der Mann, der das gesagt hatte, saß ganz oben am Tisch, auf der anderen Seite des Zunftmeisters. Seine Kleidung zeigte, dass er wohlhabend, vielleicht ein Patrizier war.

Meister Ebel schlug mit der flachen Hand auf den Tisch. «Die Zunft bestimmt, was geschieht. Wir haben vier Meisterssöhne ohne eigene Werkstatt. Einer von ihnen wird den Wöhler-Laden übernehmen. Ob als Ehemann oder als Käufer, wird sich weisen.»

Der Zunftmeister blickte nacheinander jeden einzelnen Gast an, ehe er weitersprach: «Eines aber steht fest: Neben Lämmer-, Ziegen-, Reh- und Hasenfellen wird es demnächst auch Zobel und Hermelin im Wöhlerhause geben müssen.»

Am Tisch setzte Gemurmel ein. Sibylla fing einige Satzfetzen davon auf. «Zobel und Hermelin», hörte sie. «Die teuersten Felle, die es gibt. Wollen der Zunftmeister und sein Beisteher uns, die wir das Geld für solche Felle nicht haben, aus der Altstadt vertreiben?»

«Spekulationen waren Wöhlers Sache nicht. Er war ein guter Handwerker, der sein Brot auf ehrliche Weise verdient hat», sagte ein anderer.

«Haben wir nicht schon genug Gecken in Frankfurt? Wer macht die Umhänge für die einfachen Leute?», sagte wieder der Erste.

«Geld verdient man am leichtesten mit Zobel und Hermelin», kam es zurück.

Jeder wusste, dass der Zunftmeister selbst zwei Söhne hatte, von denen nur einer die Werkstatt seines Vaters übernehmen konnte, und auch Sibylla hatte davon gehört.

Aus den Augenwinkeln beobachtete sie aufmerksam die Männer. Sie sah den Altgesellen nicken, seine Versuche, sich beim Zunftmeister lieb Kind zu machen. Gleichzeitig spürte sie die abschätzenden Blicke der Meisterssöhne, die über ihr Gesicht und ihren Körper glitten und sie musterten, als wäre sie eine Partie Fell.

Nur der Junggeselle, der am untersten Rand der Tafel

saß, schwieg und hielt seinen Becher mit beiden Händen umklammert. Er wirkte traurig. Einmal aber hob er den Becher, sah in die Runde und sagte: «Gott sei der Seele des Wöhlermeisters gnädig. Er war ein guter Meister.»

Die anderen nickten, hoben ebenfalls ihre Becher.

Der Zunftmeister räusperte sich. «In einer Woche wird die Zunft vermelden, wie es mit der Wöhler-Kürschnerei weitergeht», sagte er entschieden und gab damit das Zeichen, das Thema zu wechseln.

Am Abend saß Sibylla wieder in der Meisterstube hinter dem abgewetzten Kontortisch und hatte die Bücher vor sich. Die vielen Zahlen und die unbekannten Begriffe verwirrten sie.

Wie soll ich wissen, was für das Geschäft das Beste ist, wenn ich doch nicht genau weiß, was in den Büchern steht?, überlegte sie und erinnerte sich dabei an die Gespräche in der Zunftstube. Und genau wie am Nachmittag hatte sie auch jetzt das Gefühl, dass der Zunftmeister so entscheiden würde, wie es für ihn am besten wäre, nicht aber für das Wöhlerhaus und schon gar nicht für sie.

Welche Rechte habe ich?, fragte sie sich. Worüber darf ich entscheiden? Und wie finde ich heraus, was richtig ist?

Sibylla starrte vor sich hin, dachte an die wunderbaren Dinge hier im Haus und an ihren Schwur in der Liebfrauenkirche. An meinen Taten sollt ihr mich erkennen.

Ich werde die Werkstatt weiterführen, beschloss sie und nahm die Glockenschläge des nahen Kirchturms, die Mitternacht verkündeten, als Zeichen der Bekräftigung. Ich werde die Werkstatt weiterführen, werde beweisen, dass eine Frau das kann. Alles, was ich dazu wissen muss, werde ich lernen. Ich werde lernen, wie man die Auftragsbücher liest und führt und mich kundig machen über das Kürschnern. Und weil ich einen Mann dazu brauche, werde ich mir einen suchen, der mich dabei unterstützt. Der in mir mehr sieht als nur die Gefährtin fürs Bett und Versorgerin der Kinder.

Gleich am nächsten Morgen, das Tagewerk hatte gerade begonnen, erschien der Zunftmeister.

«Ich komme mit einem Angebot, einem sehr guten Angebot sogar», sagte er, und Sibylla bat ihn in die Meisterstube.

«Was für ein Angebot?», fragte sie.

«Nun», der Zunftmeister rutschte behaglich auf dem dick gepolsterten Meisterlehnstuhl hin und her, als würde er bereits ihm gehören. Sibylla musste vom Schemel aus zu ihm aufschauen und fühlte sich noch unbedeutender und jünger, als sie war. «Ich biete dir 100 Gulden für die Werkstatt. 100 Gulden!! Viel Geld für ein Mädchen wie dich. Geld, mit dem du dich gut verheiraten kannst. Mehr, als Haus und Werkstatt wert sind.»

Sibylla schwieg und sah den Zunftmeister an. 100 Gulden waren ein Vermögen! Unvorstellbar für eine Wäscherin, deren ganzes Leben nicht ausreichte, um eine solche Summe zu verdienen. Ein Schwein auf dem Markt kostete vier Gulden.

Doch warum machte der Pate so viele Worte, wenn das Angebot tatsächlich so gut war?

«100 Gulden sind zu wenig. Das Haus ist mehr wert. Bedenkt die gute Lage», erwiderte sie auf gut Glück und dachte dabei an die gestrigen Gespräche.

Ebel sah überrascht hoch.

«Wer hat dir das erzählt? Wer sagt, dass dein Besitz mehr wert ist?»

«Ich habe selbst Augen und Ohren.»

«Nun», überlegte der Zunftmeister laut. «Vielleicht könnte man noch ein paar Gulden zugeben. Doch rechne nicht mit zu viel.»

Sibylla winkte ab. «Macht Euch keine Mühe, Pate. Ich verkaufe nicht.»

Der Zunftmeister sah sie drohend an. «Was redest du da? Verkaufen ist das Beste, was du machen kannst. Glaube mir! Ich kenne mich aus, kenne die Werkstatt wie meine eigene. Ein maroder Laden ist das, der sich nicht mehr lange halten lässt. Ich will doch nur dein Bestes, Kind.»

«Wenn der Laden so marode ist, wie Ihr sagt, warum wollt Ihr ihn dann kaufen?»

Der Zunftmeister sah sie mit zusammengekniffenen Augen an, und Sibylla bekam Angst. Sie hatte keine Ahnung, wie es um das Geschäft stand. Sie ahnte nur, dass der Zunftmeister kein ehrliches Spiel mit ihr trieb, auch wenn er ihr Pate war.

«Widerspenstig bist du, Sibylla. Widerspenstig, großspurig und dumm wie jedes Weib, dass keinen Mann zur Seite hat. Ich wollte dir helfen, denn das habe ich damals vor dem Taufbecken versprochen.»

Sibylla hatte das Gefühl, zu weit gegangen zu sein. Sie wollte den Zunftmeister nicht verärgern, denn jeder Städter wusste um seine Macht. Es wäre unklug, ihn sich zum Feind zu machen.

«Ich möchte das Andenken meines Vaters bewahren», sagte sie schließlich.

Die Miene des Zunftmeisters entspannte sich. Sibylla atmete auf. «Dann musst du heiraten.» Sibylla bemerkte, dass er sie unziemlich musterte. Sie fühlte sich nackt. Widerwillig nickte sie. «Ich weiß.»

Ebel stand auf und ging um den Kontortisch auf Sibylla zu. Er tätschelte ihre Schulter, und Sibylla spürte, wie die fremde Männerhand ihr Fleisch befühlte, sich langsam zu den Brüsten vortasten wollte.

Sie stand auf, schüttelte dabei Ebels Hand ab. Der Zunftmeister lachte keckernd. «Die Klosterluft steckt noch in dir, was?»

Er machte eine kleine Pause, bevor er versöhnlich sagte: «Ich helfe dir, einen passenden Ehemann zu finden. Gleich nachher schicke ich dir meinen Sohn. Er ist ein braver Mann, der dir gefallen wird. Du gehörst doch zur Familie.»

Er hielt inne, betrachtete noch einmal schamlos Sibyllas Körper und nickte schließlich.

Sibylla schwieg. Sie hatte den Sohn im Zunfthaus gesehen, einen hochnäsigen, dummen Burschen, der mehr trank, als er vertrug, und Händel suchte.

«Gebt mir ein paar Tage Zeit», erbat sie. «Bis zum Sonntag nur, damit ich nachdenken kann.»

«Nachdenken?», fragte der Zunftmeister. «Nachdenken ist nicht Sache der Weiber. Kauf dir lieber ein paar neue Kleider, ein bisschen Tand dazu.»

Er wartete auf Sibyllas Reaktion, doch sie schwieg und sah ihn mit unbewegtem Gesicht an.

«Gut», stimmte Ebel schließlich zu. «Ich gebe dir drei Tage Zeit. Dann weißt du, ob du verkaufen oder meinen Sohn zum Manne nehmen willst.»

Beim Mittagessen, das wochentags in der großen Küche eingenommen wurde, fragte der Altgeselle, was der Zunftmeister gewollt hatte.

«Ein Angebot, zu verkaufen, hat er unterbreitet», gab Sibylla zu.

«Und? Wie habt Ihr Euch entschieden?»

«Bedenkzeit habe ich erbeten», erwiderte Sibylla.

«Wenn Ihr nicht wollt, so müsst Ihr nicht verkaufen. Meister Wöhler hätte gewollt, dass die Werkstatt in der Familie bleibt.» Heinrich räusperte sich, dann stieß er den Junggesellen, der schweigend seine Suppe gegessen hatte, an und sagte zu Sibylla: «Wegen uns muss sich hier nichts ändern. Wir haben immer friedlich zusammengelebt und einander geholfen, wenn es Not tat. Wenn Ihr Euch nach einem Mann umseht, vergesst das Naheliegende nicht dabei.»

Sibylla sah den Altgesellen an, der nun bereits zum dritten Mal erkennen ließ, welche Rolle er in Zukunft im Wöhlerhaus zu spielen wünschte.

«Ich werde daran denken», erwiderte sie knapp.

In den nächsten beiden Tagen wurden alle vier Meisterssöhne der Kürschnerzunft bei Sibylla vorstellig, außerdem zwei Gesellen und ein Meister, dessen Frau vor kurzem verstorben und ihn mit drei kleinen Kindern allein gelassen hatte. Der Sohn des Zunftmeisters verkündete, kaum dass er das Haus betreten hatte, bereits, wie er die Werkstatt umbauen, das Warenangebot erweitern, einen Lehrjungen einstellen und alsbald einen Platz im Rat der Stadt einnehmen wolle.

«Gute Gesellen gibt es zur Genüge. Der Alte muss weg,

der Junge kann zunächst bleiben. Man sagt, er habe ein goldenes Händchen für wertvolle Pelze. Ich werde zwei weitere Gesellen mitbringen.»

Er sah Sibylla beifallheischend an, doch sie schwieg.

«Wir werden uns schon einig», sagte er zu Sibylla, fuhr mit seinen Blicken über ihren Körper, von dem sein Vater ihm vertraulich vorgeschwärmt hatte, und leckte sich dann über die Lippen. «Wenn du tust, was ich dir sage, wirst du es gut bei mir haben», versicherte er.

Der Witwer lamentierte über die Last mit seinen Kindern und flehte Sibylla beinahe an, sich seiner und ihrer anzunehmen.

Sibylla hörte jedem von ihnen zu, doch sie machte keine Zusagen, sondern zog ihrerseits Erkundigungen ein. Oft war sie in der Küche bei Barbara und fragte sie unauffällig nach den betreffenden Männern aus. Und Barbara erzählte, was sie wusste, und horchte die anderen Mägde aus den Kürschnerwerkstätten auf dem Markt aus.

Die Gesellen beobachteten mit Sorge, was im Haus vor sich ging. Am Donnerstag, als sich zur Mittagsstunde die Gesellen, die Magd und Martha, die zum Waschen da war, um den großen Esstisch in der Küche versammelt hatten, hielt es der Altgeselle nicht länger aus.

«Was wird aus der Werkstatt?», fragte er. «Was wird aus uns?»

Sibylla sah in die Runde. In allen Augen erblickte sie Verdruss. «Ich habe noch keine endgültige Entscheidung getroffen», sagte sie und sah, wie die Sorge in den Gesichtern größer wurde. «Aber niemand wird vor die Tür gesetzt. So, wie es mein Vater gehalten hat, wird es bleiben.»

Die Gesichter der anderen entspannten sich, die Magd

lächelte: «Ihr habt Euch – gottlob – nicht verändert, Sibylla», sagte sie. «Seid noch immer die, die Ihr früher wart.»

Sibylla blickte die Magd aufmerksam an. «Erzählt mir von meiner Kindheit, Barbara. Ich glaube, in den Klosterjahren habe ich manches vergessen.»

Die Magd lachte. «Ein gehorsames Kind seid Ihr gewesen. Ein hübsches Kind auch, das mit jedermann gut Freund war. Bescheiden, heiter und gottesfürchtig. Habt noch niemals einer Fliege etwas zuleide tun können. Ein ganz gewöhnliches, wohlgeratenes Mädchen eben, das seinen Eltern viel Freude gemacht hat.»

Sibylla nickte, dann fragte sie weiter: «Gab es nichts, das mich von den anderen unterschied?»

Barbara überlegte. «Nein, ich wüsste nicht.»

Sie bleibt mir unsichtbar, dachte Sibylla. Wie soll ich ihren Platz einnehmen, wenn ich nicht weiß, wer sie war?

Barbara lachte plötzlich. «Eines fällt mir ein. Ihr wart noch klein, sechs, sieben Jahre vielleicht. Eines Tages fandet Ihr eine Krähe im Hof, die wohl aus dem Nest gefallen war. Ein Jungtier noch, das den Schnabel weit aufriss und mit seinem Gekrächze die anderen Tiere verrückt machte. Ihr wolltet sie zähmen, die Krähe, habt sie gefüttert und getränkt, habt ihr die Flügel geglättet und sie im Arm herumgetragen. Doch eines Tages hackte die Krähe nach Euch. Ihr ließet sie vor Schreck fallen, da erhob sie sich in die Lüfte und flog davon, den anderen Krähen hinterher. Vorher aber stahl der Vogel Euch noch die blitzende Spange aus Eurem Haar und trug sie im Schnabel davon. Zuerst standet Ihr wie erstarrt, aber dann fingt Ihr an zu schreien und zu weinen. Jeder dachte, Ihr weintet um

Eure Vogelfreundin, doch nein, so war es nicht. Ihr weintet, weil die Krähe Euch die Spange geraubt hatte. Drecksviech, habt Ihr geschrien und dem Vogel mit Eurer kleinen Faust gedroht. Ich habe dich gefüttert, und du bestiehlst mich zum Dank.

Hast du geglaubt, der Vogel würde für immer bei dir bleiben?, hat die Mutter Euch gefragt.

Natürlich, habt Ihr geantwortet. Ich habe ihm doch das Leben gerettet.

Und Eure Mutter hat geantwortet. Du hast ihm nicht das Leben gerettet, du hast es ihm geschenkt. Ein Vogel ist frei, du kannst ihn nicht halten.»

Merkwürdig, dachte Sibylla und sah auf den Tisch vor sich. Sie hätte mir ihren Platz wohl nicht freiwillig überlassen. Wenn sie wüsste, dass ich nun an ihrer Stelle hier sitze, würde sie sich wieder fühlen, als hätte jemand sie bestohlen. Aber so ist es ja auch, nur dass ich diesmal die Krähe bin.

Was hätte Sibylla jetzt an meiner Stelle getan? Wen hätte sie geheiratet?

Später, als die Gesellen in der Werkstatt und Barbara auf dem Hof beschäftigt waren, ging Sibylla zu ihrer Mutter in die Waschküche.

«Wie finde ich heraus, welcher Mann der Richtige ist? Wen hätte die echte Wöhlertochter geheiratet?», fragte Sibylla.

Martha wischte sich den Schweiß von der Stirn und ließ sich erschöpft auf einen Holzschemel sinken. «Ein guter Ehemann ist einer, der für dich und die Kinder sorgt, der dich nur schlägt, wenn es nötig ist, nicht allzu viel trinkt und dich ansonsten in Ehren hält, wenn du ihm gehorchst.»

«Das reicht mir nicht», antwortete Sibylla.

«Was willst du noch?», Marthas Stimme klang erstaunt, als hätte Sibylla die Sterne vom Himmel gefordert.

Sibylla zuckte mit den Achseln. Wie sollte sie ihrer Mutter erklären, was sie wollte, wenn sie es selbst nicht benennen, wohl aber fühlen konnte? Seit sie denken konnte, wusste sie, dass das Leben als Wäscherin nicht ihres war. Wie oft hatte sie in den Haushalten der Herrschaft gedacht, dass sie eine bessere Hausherrin und Meisterin abgeben würde als jene, die an diese Stelle gesetzt worden waren. Doch so etwas dachte man nur im Geheimen. Aussprechen durfte man es nicht.

Martha sah ihre Tochter an. Sie hat sich schon verändert, dachte sie und sagte leise: «Hast schon angefangen, dich als Herrin aufzuspielen, dabei klebt der Geruch des Feldsiechenhauses noch an deinen Kleidern, und deine Hände zeigen noch die letzten Spuren der Seifenlauge.»

Betroffen blickte Sibylla auf ihre Hände. Die Mutter hatte Recht. Die wunden Stellen waren verheilt, doch zwischen den Fingern war die Haut noch immer ein wenig rissig und rau. Auch die beiden winzigen Brandnarben am linken Handgelenk, die von einem glühenden Kessel stammten, würden für immer bleiben.

Am Abend ließ sie den Junggesellen zu sich in die Meisterstube kommen. Vor ihr lag das Auftragsbuch. Sibylla hatte seit Stunden darin gelesen, doch die vielen Zahlen und Begriffe aus dem Rauch- und Pelzwarenbereich wollten ihr einfach nichts sagen, sooft sie auch darin las.

«Könnt Ihr das Auftragsbuch lesen?», fragte sie Jochen Theiler.

Er nickte.

«Dann erklärt mir, welchen Wert die Werkstatt hat, ob genügend Aufträge da sind, wer die Kunden sind und was die einzelnen Zahlen in den verschiedenen Spalten zu bedeuten haben.»

Sibylla erwartete, dass Jochen Theiler ihr widersprach oder zumindest voller Zweifel an den weiblichen Verstandeskräften fragte, warum sie das wissen wolle.

Doch Jochen Theiler tat nichts dergleichen. Schweigend nahm er sich das Auftragsbuch vor und las Seite für Seite. Sibylla beobachtete ihn. Er machte sich gut hinter dem großen Kontortisch, seine Ernsthaftigkeit rührte sie. Schließlich blickte er auf.

«Nun?», fragte sie und sah ihn gespannt an.

«Meister Wöhler war ein umsichtiger Mann», erklärte Theiler. «Er verstand sich ausgezeichnet auf das Herstellen von Kleidung und Decken der einfachen Machart aus preiswerten Fellen. Die Gewinne, die er damit erzielte, waren nicht hoch, aber sie kamen stetig. Die Werkstatt hat keine Schulden bei Pelzhändlern und Gerbern. An Bargeld ist genügend da, um bei der nächsten Messe neue Partien Felle zu kaufen.»

Theiler sah Sibylla fragend an: «Versteht Ihr?»

Sibylla nickte. «Ein gut gehendes, ehrliches Geschäft also», sagte sie. «Eine Werkstatt aber auch, die sich nicht nach den neuesten Moden richtet und deshalb auch nicht wachsen wird. Ist es so?»

«Ja», erwiderte Theiler. «Doch die Kürschnerei ernährt ihren Mann und ist vor Spekulationsverlusten sicher.»

«Spekulationsverluste? Meint Ihr damit die Ausrichtung des Geschäftes auf die teuren Pelze Zobel und Hermelin?»

Theiler nickte wieder und blickte sie ein bisschen überrascht an. «Ihr seid zwar erst seit wenigen Tagen wieder hier, doch habt Ihr schon viel gelernt.»

«Und ich möchte noch mehr lernen», gab Sibylla zu. «Wärt Ihr bereit, mir beizubringen, was Ihr wisst?»

«Wenn Ihr es wünscht, so lehre ich Euch gern, was ich kann», erwiderte der Junggeselle und lächelte Sibylla an.

«Danke, Theiler.» Sibylla war ihm dankbar. Der Mann schien zu meinen, was er sagte. Auf einmal wusste sie, was sie zu tun hatte.

Sie holte tief Luft, straffte noch einmal die Schultern. «Traut Ihr Euch auch zu, eine Werkstatt zu führen?»

«Ich bin Junggeselle», erwiderte Theiler bescheiden. «Das Handwerk kann ich schon, auch die Buchführung ist mir nicht fremd. Doch warum fragt Ihr?»

«Weil ich Euch bitten möchte, mich zu heiraten», erklärte Sibylla. Obwohl ihre Stimme fest und klar war, konnte sie ihre Unsicherheit doch nicht ganz verdecken.

«Heiraten? Euch? Wie kommt Ihr darauf?» Theiler sah nicht nur überrascht, sondern geradezu verblüfft aus.

«Sibylla», er fasste über den Tisch zaghaft nach ihrer Hand. «Sibylla, ich bin ein Krüppel mit einem Hinkefuß, bin nicht vermögend, habe es noch nicht einmal zum Altgesellen gebracht. Ihr könntet einen besseren Mann bekommen. Ihr seid jung und gesund, könnt wohl auch anpacken, und die Männer läuten nicht nur wegen der Werkstatt an der Tür. Eine Frau, wie Ihr es seid, kann jeden haben. Warum ich?»

«Ich habe Vertrauen zu Euch», erwiderte Sibylla. «Und fühle, dass Ihr der Richtige seid.»

Sibylla meinte, was sie sagte. Theiler war genau der Richtige für sie: Er musste mit seiner Behinderung leben, sie mit ihrer Herkunft. Und so, wie sie zeitlebens keine Ruhe und Sattheit finden würde, die sie ihre Herkunft vergessen lassen würden, so würde auch Theiler für immer ein Krüppel bleiben, stets bestrebt, die anderen durch Taten und Leistungen davon abzulenken. Das war es, was sie beide miteinander verband. Sie waren gleich, waren einander ähnlich. Nur mit ihm würde sie ihre Pläne verwirklichen können.

«Eine Heirat ist eine zu ernste Sache, als dass man sie allein von Gefühlen abhängig machen sollte», erinnerte Theiler. Sibylla verzog ein wenig den Mund.

«Das weiß ich, Theiler. Wollt Ihr mich nun heiraten, oder wollt Ihr nicht?», fragte sie mit leisen Zeichen von Ungeduld in der Stimme.

Jetzt zog ein Lächeln über Theilers sonst so ernstes Gesicht. Er drückte Sibyllas Hand, die noch immer locker in der seinen lag, und sagte, ohne seine Gefühle zu verbergen: «Ja, Sibylla Wöhler, ich nehme Euch gern zum Weib.»

Kapitel 4

Für den nächsten Abend hatte Sibylla Barbara um ein besonderes Festessen gebeten. Gebratene Hühner sollte es geben, Mandelkuchen und Bier, so viel jeder trinken mochte. Auch Martha war für diesen Abend bestellt, um Barbara in der Küche zur Hand zu gehen und mit Sibylla eine Aufstellung der Wäsche im Haus vorzunehmen.

Heinrich schlich in der Küche herum und versuchte herauszufinden, was das alles zu bedeuten hatte. «Werden Gäste erwartet?», fragte er. Barbara schüttelte den Kopf.

«Hat jemand Namenstag? Nein? Wozu dann der Aufwand?»

Sie zuckte mit den Achseln. «Ich weiß es nicht, aber wir werden es noch früh genug erfahren.»

Jochen Theiler war es, der bei Tisch das Wort ergriff.

Er stand auf, nahm seinen Becher und stellte sich hinter Wöhlers Platz am Kopf des Tisches, der seit dessen Tod leer geblieben war.

«Sibylla und ich werden heiraten», sagte er und hob seinen Becher. Man merkte ihm an, dass er es nicht gewohnt war, das Wort zu führen und im Mittelpunkt zu stehen. «Ich trinke auf den Fortbestand der Kürschnerei Wöhler.»

Theiler trank, stellte seinen Becher ab und nahm nun den Platz am Kopf des Tisches ein, den Platz, der dem Hausherrn gebührt.

«Nein!»

Der Altgeselle spuckte dieses Wort in den Raum.

«Nein!», schrie er erneut, sprang auf und ließ den Holzschemel hinter sich zu Boden krachen. Beide Fäuste auf die Tischplatte gestemmt, den Oberkörper weit nach vorn gebeugt, fixierte er den Junggesellen mit wutsprühenden Blicken.

Überrascht sahen die anderen ihn an.

«Du hast sie gezwungen, Theiler. Weißt genau, dass dies nicht üblich ist. Ungültig ist das Eheversprechen, es verstößt gegen die Regeln!», zischte Heinrich.

Theiler schwieg. Er hielt dem Blick des Altgesellen stand.

Schließlich sagte er: «Es gibt keine Zunftregel, die verbietet, dass die Meisterin den Junggesellen heiratet. Gezwungen habe ich sie nicht.»

Heinrich hieb seine Faust auf den Tisch, dass die Becher, Platten und Schüsseln darauf wackelten.

«Aber Brauch ist es, dass der Altgeselle das Vorrecht hat», schrie Heinrich. «Noch nie hat es eine Verbindung wie Eure gegeben! Verstößt sie nicht gegen die Regeln, so doch gegen Anstand und Sitte.»

Sibylla war aufgestanden und hatte sich hinter Theiler gestellt. Barbara und Martha beobachteten das Geschehen mit ernsten Mienen.

«Dann ist diese eben die erste ihrer Art» sagte Sibylla bestimmt. «Die Zunftregeln werden eingehalten, das allein zählt. Ich muss Euch nicht fragen, ob und wen ich heiraten will. Wem das nicht passt, der kann gehen.»

«Nicht, Sibylla, sei still», sagte Theiler, doch es war zu spät.

Heinrich wischte mit einer wütenden Bewegung seinen Becher vom Tisch, der auf dem Boden zerschellte. Sein Gesicht war zornesrot, auf der Stirn schwoll eine dicke Ader. Martha zog ihn am Ärmel, damit er sich setzen und beruhigen würde, doch Heinrich riss sich los und stürzte aus der Küche. Wenig später krachte die Haustür ins Schloss.

Die anderen schwiegen. Schließlich ergriff Barbara das Wort. «Sibylla, Ihr habt Euch einen guten Mann gewählt. Es wird zwar Ärger geben in der Zunft, doch in ein paar Monaten wird auch der vergessen sein. Meinen Glückwunsch Euch beiden.»

Martha dagegen schüttelte den Kopf. In ihrem Gesicht stand die Furcht geschrieben. «Es ist nicht gut, sich mit der Zunft anzulegen, überhaupt nicht gut. Schon gar nicht als Neuling», sagte sie leise und warf Sibylla einen vorwurfsvollen Blick zu.

Sibylla sah sie nicht an. Seit sie im Wöhlerhaus war, wusste sie nicht mehr, wie sie mit ihrer Mutter umgehen sollte. Wie sollte sie sie ansprechen? Mutter? Nein, das war sie nicht mehr. Martha? Aber war sie denn ihre Domestikin? Auch nicht. Niemals würde sie ihr Anweisungen erteilen können. Egal, was Sibylla sagte und tat, es war falsch. Darum fühlte sie sich unwohl, wenn sie ihrer Mutter begegnete. Zu sehr erinnerte sie sich noch an früher, an die alte Luisa, die sie vergessen musste, damit sie als Sibylla leben konnte.

«Soll ich etwa den Mann heiraten, den die Zunft mir sucht? Gleich, ob er zu mir und ins Wöhlerhaus passt oder nicht?», begehrte Sibylla trotzig auf.

«Manchmal ist es besser, nichts zu tun als das Falsche. Es ist nicht die beste Zeit, sich ins Gerede zu bringen», erwiderte Martha orakelhaft, doch als sie sah, dass sich Sibyllas Augen verdunkelten, hob sie den Becher, zwang sich ein Lächeln ab und wiederholte die Worte der Magd: «Ihr habt eine gute Wahl getroffen. Möge sie Euch Glück bringen.»

Barbara brachte am nächsten Tag die Neuigkeiten vom Markt mit. «Die ganze Stadt spricht über Euch. Der Altgeselle ist gestern schnurstracks in die Zunftstube geeilt, um seiner Wut Luft zu machen. Die Köpfe hätten sie sich heiß geredet, sagt man, weil die Heirat mit dem Zunftmeisterssohn als beschlossene Sache galt. Der alte Ebel soll so aufgebracht gewesen sein, wie man ihn selten erlebt hat. Einschreiten wird er, hat er geschrien, Sitte und Anstand wieder herstellen, und die anderen haben dazu genickt.»

Sibylla hörte zu und zuckte mit den Achseln. Was sollte sie tun? Sie wusste aus eigener Erfahrung, dass man sich nicht gegen das allgemeine Gerede zur Wehr setzen konnte. Und sie war sich sicher, dass sie die richtige Entscheidung getroffen hatte.

Sie ging zu Theiler. «Wir sollten alsbald heiraten», sagte sie. «Wenn wir Tatsachen schaffen, beenden wir das Gerede am ehesten.»

Theiler nickte. «Ich werde heute Abend noch vor der Zunft unsere Verlobung anzeigen und die Meisterwürde beantragen.»

Als er die Zunftstube betrat, verstummten alle Gespräche. Theiler blickte in die Gesichter der Anwesenden. Die

Meister um Ebel herum betrachteten ihn mit ärgerlichen oder abfälligen Blicken, die ärmeren Kürschner hingegen zeigten verstecktes Wohlwollen darüber, dass endlich einmal jemand dem Zunftmeister die Stirn geboten hatte.

«Ich bin gekommen, meine Verlobung mit der Wöhlertochter anzuzeigen. Auch die Meisterwürde wünsche ich nun», sagte er mit fester Stimme.

«Hast du's ihr so gut besorgt, dass sie vergessen hat, welch armer Krüppel du bist?», rief der Zunftmeisterssohn hämisch und lachte bitter.

«Hast du ihr das Blaue vom Himmel versprochen, die klösterliche Unschuld ausgenutzt und ihr weisgemacht, Brauch und Sitte zählten hier nicht?», schrie ein anderer.

Und ein Dritter, der abgewiesene Witwer, vermutete: «War sie es etwa, die darauf bestand, die Gemahlin eines hinkenden Schluckers zu werden? Hat sie dir Prügel angedroht, wenn du nicht gehorchst? Oder mit Rauswurf gedroht wie beim Altgesellen?»

Die Meister am oberen Tischende grölten, und auch die anderen konnten sich ein Grinsen nicht verkneifen.

Der Zunftmeister verwies Theiler auf seinen Platz am unteren Ende des Tisches und unterbrach mit einer Handbewegung den Lärm.

«Ein jeder lebt, wie es ihm gebührt. Schwingt sich ein Weib im Haus zum Manne auf, so muss der Mann den Knüppel schwingen», erklärte Ebel, und die anderen nickten.

Dann blätterte er in einigen Papieren, die er der Zunftlade entnommen hatte, und sprach weiter: «Ihr müsst ein Meisterstück vorlegen, ehe Ihr die Würde erringt.»

Das Lächeln auf den Gesichtern derer, die über die

Zunft bestimmten, zeigte, dass man sich bereits einig geworden war, es Theiler so schwer wie möglich zu machen.

«Ich höre die Bedingungen der Zunft», sagte Theiler ruhig, legte beide Unterarme auf den Tisch und sah Ebel gelassen entgegen.

«Ihr werdet der Zunft fünf verschiedene Stücke vorlegen», begann der Zunftmeister. «Ein zubereitetes Marderfell, einen kurzen Pelz von zwei Ziegenfellen, einen Unterpelz mit kunstvoller Verzierung, eine feine Lederarbeit und ...»

Ebels Lächeln ging in ein hämisches Grinsen über. «... und eine Schaube, einen langen Herrenmantel, aus Zobel.»

Die ärmeren Kürschner atmeten hörbar aus. Eine Schaube aus Zobel! Allein die Rohware kostete ein Vermögen. Wie sollte Theiler das bewerkstelligen?

«Euer Sohn, so hörte ich, soll der Zunft eine Kappe aus Feh, dem preiswerten Fell der Eichhörnchen, als Meisterstück vorlegen», erwiderte Theiler, offenbar ungerührt.

«Nun, das Handwerk ändert sich. Was gestern galt, ist heute vorbei. Was dem einen Recht ist, muss dem anderen nicht billig sein. Zobel und Hermelin machen einen guten Meister; die einfachen Pelze sind Gesellenarbeit.»

Lauernd sahen die Meister am oberen Tisch Theiler an. Die verlangten Meisterstücke waren die Rache des Zunftmeisters, Theilers Versagen beschlossene Sache. Würde er weiter um die Meisterwürde ringen, so brauchte er sehr viel Geld, um die Stücke herzustellen. Geld, das er wahrscheinlich nicht hatte und das auf jeden Fall große Löcher in die Kasse schlagen würde. Er würde sich verschulden müssen, noch bevor er den Titel gewonnen hatte, um neue Partien Rohware für die bestehenden Aufträge zu kaufen.

«Nun», fragte der Zunftmeister. «Ist Euch der Preis zu hoch? Wollt Ihr Euch noch einmal überlegen, ob ein Leben als Geselle nicht besser zu Euch passt, und meinem Sohn den Vortritt bei Sibylla lassen? Wie Ihr wisst, muss die Zunft jeder Heirat zustimmen. Ich bin nicht sicher, ob sich alle damit einverstanden erklären, dass so gegen Sitte und Tradition verstoßen wird.»

Theiler schluckte. Er hatte gewusst, dass die Zunft ihm Steine in den Weg legen würde. Doch eine Schaube aus Zobel war kein Stein, das war ein Felsen. Woher sollte er die Felle nehmen? Bis zur nächsten Messe waren es noch Monate. Wenn er dort die günstigere Rohware kaufen würde, dann brauchten die Felle noch einmal Monate, bis sie so gegerbt und zugerichtet waren, dass man sie verarbeiten konnte. Kaufte er aber bereits vorbereitete Partien, so musste er ein Vielfaches mehr dafür bezahlen. Sorgen, nichts als Kummer und Sorgen würden auf ihn zukommen. Vielleicht war es ein Fehler gewesen, sich mit Sibylla zu verloben. War er wirklich der Richtige, um eine Werkstatt zu führen? War er der Mann, der mit einer Frau wie Sibylla leben konnte und wollte?

Sie war bei Gott kein fügsames Weib wie die anderen. War es nicht besser, er bliebe Geselle und suchte sich hin und wieder eine Frau im Badehaus? Hatte er bisher vielleicht schlecht gelebt? Hatte es ihm an irgendetwas gefehlt?

Doch eine Chance wie diese bekam man nur einmal im Leben. Er war ein Krüppel. So einer wie er bekam nie eine Frau oder eine eigene Werkstatt. Ein Narr wäre er, würde er diese Gelegenheit in den Wind schlagen. Die Zunft musste die Heirat genehmigen, so stand es geschrieben. Letzten Endes würden sie es nicht wagen, gegen die eigenen Regeln zu verstoßen.

Theiler sah die lauernden Gesichter der anderen und den Spott darin. Wenn die Hochzeit nicht genehmigt würde, hatte er alles verloren. Niemand würde ihn mehr einstellen. Und Sibylla würde einen anderen heiraten oder verkaufen. Für sie war gesorgt.

«Na?», fragte der Zunftmeister hämisch. «Dürft Ihr solch eine Entscheidung überhaupt allein treffen? Oder müsst Ihr erst nach Hause und Eure Braut um Erlaubnis fragen? Habt Ihr keine Angst, dass sie Euch rausschmeißt, wenn Ihr das Falsche sagt?»

Das Gelächter der anderen dröhnte Theiler in den Ohren.

«Ich werde die verlangten Stücke vorlegen», sagte er bestimmt. «Sobald unsere Verlobung offiziell in der Zunftstube angeschlagen steht, beginne ich mit der Arbeit.»

Dann stand er auf, grüßte zum Abschied und verließ mit festen Schritten den Raum.

Der Spott nagte an ihm. Sie hatten Recht, er musste Sibylla klarmachen, wer die Hosen im Hause trug.

Sie hatte ihn lächerlich gemacht, ihn dem Hohn der Zunft preisgegeben, hatte ihn in seiner Männlichkeit beschnitten. Gottverdammt, sie war ein Weib und musste lernen, sich wie ein solches zu benehmen! Das Maul aufreißen, ohne gefragt zu sein – das durfte sie nie wieder tun! Er hatte das Sagen im Haus, nicht sie, das Weib. Oder spielte sie sich nur so auf, weil er ein Krüppel war?

Er fand sie im Wohnzimmer. Sibylla saß am Fenster. Sie hatte ein Kleid über den Knien liegen, dass sie in einer der Truhen gefunden hatte, und stickte eine kleine gelbe Sonne in den Saum.

Als sie Jochens Gesicht sah, erschrak sie. Es war weiß vor unterdrückter Wut. Er hatte die Zähne fest aufeinander gebissen und alle Muskeln seines Kinns so fest angespannt, dass es kantig und steif wirkte.

Seine Augen, zu schmalen blitzenden Schlitzen verengt, musterten sie streng.

Ohne ein Wort zu sprechen, kam er auf sie zu, griff nach dem Kleid und zerriss es.

«Was soll das?» fauchte Sibylla und sah mit grenzenloser Empörung auf die Fetzen zu ihren Füßen. «Wie kannst du mein Kleid zerreißen?»

Tränen stiegen ihr in die Augen. Jochens Geste war ein Omen. Ein Kleid Sibyllas hatte sie mit der kleinen gelben Sonne als ihren Besitz kennzeichnen wollen. Er hatte es ihr weggenommen. Hatte weggenommen und zerstört, was sie sich erkämpft hatte. Sie hatte ihr altes Leben verlassen, hatte sich todesmutig ein neues angeeignet. Und er kam daher und zerriss mit einer einzigen Handbewegung das erste Zeugnis des neuen Lebens. Einfach so. Und sie hatte sich nicht dagegen wehren können. Ohne es zu wollen und ohne es verhindern zu können, brach sie in Weinen aus. Sie fühlte sich wie ein verlassenes, mutterloses Kind. Ihr ganzer Körper zitterte, die Schultern bebten. Sie bückte sich, nahm einen Teil des zerrissenen Kleides und presste ihn an ihre Wange, als suche sie dort Trost.

Jochen sah in ihr Gesicht, das noch wie das eines Mädchens aussah. Mitleid und Rührung zugleich überkamen ihn. Er kniete sich neben sie, zog sie in seine Arme, wiegte sie hin und her wie ein Kind. Langsam beruhigte sie sich.

«Ich habe mich unziemlich betragen, nicht wahr?», fragte Sibylla nach einer Weile. Sie wusste, dass es ihretwegen Ärger in der Zunft gegeben, wusste, dass sie bereits einiges falsch gemacht hatte.

Jochen Theiler nickte, nahm einen anderen Kleiderfetzen und trocknete damit ihre Tränen.

«Ja, das hast du», sagte er. «Du, ein Weib und halbes Kind noch, hast den Altgesellen vor den Kopf gestoßen, hast deine Meinungen und Ansichten verkündet wie Evangelien und gedroht, wem es nicht passe, der könne gehen. Damit hast du uns vor der Zunft lächerlich gemacht, hast letztendlich auch dir damit geschadet. Uns allen hier.»

«Das wollte ich nicht.» Sie seufzte. Sibylla hätte überlegter gehandelt als ich, dachte sie. Ich muss ihr ähnlicher werden, muss werden wie sie. Sie hätte gewusst, dass es nicht die Aufgabe der Meisterin war, mit Rauswurf zu drohen.

«Ich weiß», antwortete Theiler und strich ihr sanft über den Rücken. «Doch was hast du erreicht? Der Altgeselle läuft mit vergrätzter Miene durch das Haus, lässt jeden spüren, dass ihm die Lust zum Arbeiten vergangen ist und er lieber in der Zunftstube zum Tratschen säße. Und die Zunft selbst lacht über uns, lacht über die kleine Wöhlertochter, die das Maul aufreißt und die Gesellen kommandiert wie ein Feldherr.»

Sibylla schluckte. Kaum hörbar wisperte sie: «Es tut mir Leid. Niemand soll über uns lachen.»

«Willst du wirklich mein Weib werden?», fragte Jochen

Theiler, griff in Sibyllas Haar und drehte ihren Kopf so, dass sie ihn ansehen musste. «Wenn du wirklich mein Weib werden willst, dann wirst du mir gehorchen müssen. Du wirst begreifen lernen, dass ich es bin, der für das Wöhlerhaus spricht. Ich bin es, der Entscheidungen trifft, Anweisungen verkündet und dafür sorgt, dass die Regeln eingehalten werden. Es geht nicht, dass du dich aufspielst wie ein Mann, dem Altgesellen Anweisungen erteilst und jede Ordnung über den Haufen wirfst. Dein Bereich ist die Küche.»

Sibylla senkte schuldbewusst den Kopf. Sie wusste ja selbst, dass sie ein wenig über das Ziel hinausgeschossen war; das Verhalten der anderen hatte es ihr gezeigt.

«Es tut mir Leid», wiederholte sie. «Ich wollte uns nicht ins Gerede bringen, uns nicht zum Gespött der anderen machen.»

«Ja, ich weiß», nickte Theiler. Die Hand noch immer in ihrem Haar, zog er ihren Kopf an seine Schulter und strich über das lange dunkle Haar, das sich anfühlte wie das Fell eines sehr jungen Tiers.

«Die Zunft hat dir zugesetzt, nicht wahr? Sie hat unsere Verbindung nicht gutgeheißen. Hat sie dir auch die Meisterwürde verweigert?», fragte Sibylla später.

Theiler seufzte. «Nicht verwehrt, nein. Aber die Meisterstücke, die ich vorlegen soll, sind unbezahlbar. Einen Mantel aus Zobel wollen sie.»

Sibylla nickte, als hätte sie es geahnt.

«Sie wollen uns vertreiben. Werkstätten mit vornehmen Pelzen sollen in der Trierischen Gasse bleiben, wir dagegen können in der Neustadt unser Auskommen finden.

Unsere Hochzeit und mein unziemliches Betragen dienen ihnen als Vorwand.»

Sibylla blickte nachdenklich aus dem Fenster der Meisterstube. Sie wollte nicht in die Neustadt zurück, um keinen Preis. Mit Armut konnte sie notfalls leben, nicht aber mit der Verachtung der anderen. Sie mussten die Meisterstücke vorlegen.

Sibylla stand auf, ging zu einer Truhe, die unter dem Fenster stand, und kramte darin herum.

Schließlich hatte sie die kleine Kassette gefunden und stellte sie vor Jochen auf den Tisch.

«Da», sagte sie. «Sieh nach, ob es ausreicht, die Rohware zu kaufen.»

Jochen stutzte, dann öffnete er die Geldkassette mit dem eingravierten Hund auf dem Boden, Kennzeichen aller Geldschatullen. Sah man den Hund, so war das Geld fast alle. Man war buchstäblich auf den Hund gekommen. Doch in dieser Kassette war der Hund von Gulden bedeckt.

Sibylla hatte die Schatulle gleich am ersten Abend im Wöhlerhaus gefunden – und versteckt. Man weiß nie, was kommt, hatte sie gedacht. Vielleicht mussten Martha und sie fliehen, wenn ihr Verbrechen, ihr Betrug herauskommen würde. Dann brauchten sie jeden Heller.

Noch immer hatte sie Angst vor einer Entdeckung. Noch immer erwachte sie nachts mit laut klopfendem Herzen beim leisesten Geräusch. Und jetzt hatte sie sich obendrein ins Gerede gebracht, die Aufmerksamkeit aller auf das Wöhlerhaus gelenkt. Dumm war sie gewesen, sehr dumm. Sie hatte sich selbst in Gefahr gebracht, und Jochen Theiler hatte Recht: Sie musste in Zukunft ihre Zunge hüten.

«Einen kleinen Reichtum hast du da», sagte Theiler mit ehrlicher Überraschung.

«Genügt es, um die Ware zu kaufen, die wir brauchen?», fragte Sibylla erneut.

Theiler hob die Schultern. «Es könnte ausreichen, wenn wir sparsam damit umgehen.»

Sibylla lächelte: «Dann lass uns der Zunft und allen anderen beweisen, wozu wir fähig sind. Lass uns den schönsten Zobelmantel von ganz Frankfurt herstellen. Einen Mantel, nach dem sich nicht nur die Zunftmeister, sondern auch die Patrizier und Ratsherren den Mund lecken. Einen Mantel, welcher der erste Schritt auf deinem eigenen Weg zum Zunftmeister, Patrizier und Ratsherrn sein wird.»

Ein Bote brachte am nächsten Tag ein Schreiben, das Sibylla entgegennahm. Es wird die Verlobungsanzeige sein, dachte sie, die jedem Mitglied der Zunft zugesandt wird. Sie brach das Siegel und las:

Wir zeigen Euch hiermit die Verlobung von
Jochen Theiler und Sibylla Wöhler an.
Den Zunftregeln nach müssten wir die Heirat
genehmigen, doch es wäre nicht gut,
wenn sich ein Meister oder Geselle ohne Rücksprache
mit der Zunft dazu hergäbe.

Verdammt, dachte Sibylla. Ist die Macht der Zunft wirklich so groß, dass sie eine Heirat verhindern kann, obwohl die Regeln eingehalten werden? Steht der Zunftmeister über den Regeln?

Doch plötzlich lächelte sie. Ihr war eingefallen, wie Ebel sie mit Blicken verschlungen hatte, als er das letzte Mal da gewesen war.

Sie faltete den Brief und steckte ihn ein.

Dann nahm sie ihren Umhang und verließ das Haus.

«Euer Schreiben habe ich erhalten», sagte Sibylla. «Ich bin gekommen, um mit Euch darüber zu reden.»

Der Zunftmeister unterbrach seine Arbeit und bat Sibylla in einen kleinen Raum, in dem die Felle, darunter auch Zobel und Hermelin gelagert waren.

«Nun, was hast du mit mir zu bereden, das nicht bis zum Abend warten kann?», fragte Ebel. «Hast du dich entschieden, doch meinen Sohn zu heiraten, Patentochter?»

Er grinste und musterte Sibylla von oben bis unten. Er hatte sie schon als Säugling gekannt, dann als kleines Mädchen mit Zöpfen, doch jetzt stand eine junge Frau vor ihm, mit kleinen, aber festen Brüsten, mit einem prachtvollen Hintern und einem Gesicht mit klaren Zügen, das er zu gern einmal sehen würde, wenn es vor Wollust verzerrt war. Manche Frauen wurden schöner bei der Liebe, manche hässlich. Zu welcher Sorte Sibylla wohl zählte?

«Ein bisschen zu schmal bist du für meinen Geschmack», stellte er fest. «Könntest ruhig ein bisschen mehr Holz vor der Hütte haben, aber sonst ...» Er schnalzte mit der Zunge.

Sibylla lächelte. «Nein, Pate, Euern Sohn heirate ich nicht. Ich will einen richtigen Mann.»

«Hast du die Klosterluft ausgeschwitzt? Brennt dir der Rock?», keckerte der Alte und leckte sich über die Lippen.

«Gekommen bin ich, um Euch zu erinnern, dass Ihr als Pate zu meiner Vermählung an Vaters Statt handeln müsst. Ihr seid es, der mich zum Altar führen soll. Die Kirche verlangt es, und auch der Zunft sind die Regeln bekannt.»

Der gierige Ausdruck in Ebels Augen erlosch.

«Heirate meinen Sohn, dann führe ich dich zum Altar. Wenn du dich an die Regel hältst, so werde ich ein Gleiches tun», sagte er.

«Wenn Ihr Euch stets an die Regeln gehalten hättet, so wäret Ihr heute nicht Zunftmeister», erwiderte Sibylla mit einem liebenswürdigen Lächeln und strich sich eine vorwitzige Haarsträhne aus der Stirn.

Der Zunftmeister stutzte. Sie ist nicht dumm, die Kleine, dachte er. Ihre Klugheit gefiel ihm, nein, sie reizte ihn.

«Heiß ist es bei Euch im Lager, Pate», sagte sie und löste das Brusttuch über ihrem Ausschnitt, sodass Ebel das zarte Fleisch ihres Busens sehen konnte. Eine Welle des Begehrens erfasste ihn. Zu schade ist sie für meinen törichten Sohn, dachte er. Zu schade auch für den Krüppel Theiler. Die Richtige für mich wäre das Weib.

Er fasste nach ihr und wollte sie auf seinen Schoß ziehen.

«Lasst mich», sagte Sibylla.

«Komm schon. Hast früher oft auf meinen Schenkeln gesessen.»

«Früher war früher. Seit damals hat sich einiges verändert.»

Ebel griff nach ihr und zog sie blitzartig auf seinen Schoß.

Sofort stand sie wieder auf, funkelte Ebel zornig an und sagte: «Ein Lüstling seid Ihr. Eure Geilheit macht selbst vor dem eigenen Patenkind nicht Halt. Ausnutzen wollt Ihr gar die Liebe, die ich für Euch empfinde.»

Ebel schluckte. «Ihr liebt mich?», fragte er und dachte

kurz an sein eigenes Weib mit den hängenden Brüsten, dem vertrockneten Schoß und dem endlosen Gekeife, das ihn Tag und Nacht verfolgte.

Sibylla zuckte mit den Achseln und sah verschämt zu Boden, so als seien ihr diese Worte gegen ihren Willen entschlüpft. Verlegen nickte sie und murmelte leise: «Seit dem Tod meines Vaters noch inniger. Ihr seid ein Mann, Ebel, ein ganzer Kerl, zu dem man aufschauen kann. Wer kann es schon mit Euch aufnehmen?»

Der Zunftmeister nickte. Sie hatte Recht, die Kleine, schien eines der Weiber zu sein, die auf den ersten Blick erkannten, in welchem Mann ein wahrer Hengst steckte. Sein Sohn, Gott schütze ihn, gehörte nicht dazu. Ob sie schon bei einem gelegen hatte?

Die Geilheit machte seine Ohren taub für Sibyllas Zwischentöne. Er hörte nur, was er hören wollte, verstand den Doppelsinn der Worte nicht.

Er griff nach ihrem Hintern, doch Sibylla entzog sich ihm, streifte dabei leicht mit ihren Brüsten über sein Gesicht.

«Was willst du, mein Täubchen», flüsterte der Alte, dem die Lust nun die Zunge führte. «Was immer es ist, ich werde dir deinen Wunsch erfüllen.»

«Zunftmeistersgattin will ich eines Tages werden und die Gemahlin eines Ratsherrn sein», sagte Sibylla ehrlich. Der Alte hörte wieder nur, was er hören wollte, und wünschte in diesem Moment nur eines, nämlich den raschen, sehr raschen Tod seiner Frau. Denn Ratsherr würde er bald werden, wenn alles so lief, wie er es geplant hatte. Beim nächsten Hirschessen der Ratsherren mit im Römer am Tisch sitzen und die schwere Ratskette um den Hals tragen.

«Doch dazu müsst Ihr mir die Erlaubnis zur Hochzeit mit Theiler geben und mich zum Altar führen», gurrte Sibylla. Der Alte nickte und bewunderte noch einmal ihre Klugheit. Natürlich musste sie Theiler heiraten und nicht seinen Sohn. Wenn ihm die Alte endlich verreckte, konnte sie den Krüppel davonjagen; ein jeder würde es verstehen, zumal, wenn sie behauptete, die Behinderung würde bis zur Leibesmitte reichen. Wie aber sollte sie Zunftmeisterin und Gemahlin des Ratsherrn Ebel werden, wenn sie mit seinem Sohn, dem gesunden, kräftigen Kerl, verheiratet war? Nein, das musste man ihr lassen: Schlau war die kleine Wöhlerin, mehr als schlau. Gerissen vielleicht sogar. Doch er selbst war auch nicht dumm. Würde er am Ende gar in den Besitz des Wöhlerhauses und des Weibes mit dem Prachthintern kommen, ohne einen einzigen Heller dafür zu zahlen?

Er geriet ins Träumen. Was mit solch einem jungen Weib noch alles möglich war. Der Neid der anderen wäre ihm sicher. Dazu die Werkstatt. Was könnte man daraus alles machen! Mit Abstand der größte Kürschner in der Stadt wäre er, hätte er auch noch das Wöhlerhaus.

«Du hast Recht, Täubchen», sagte er. «Es gibt Gesichtspunkte, die ich wohl außer Acht gelassen habe.»

Er leckte sich mit der Zunge über die Lippen. «Hab ja nicht wissen können, wie es in dir aussieht, Sibylla.»

Sibylla schlug die Augen nieder und kicherte leise.

«Werdet Ihr mich also zum Altar führen?»

«Gewiss, gewiss. Die neue Lage verlangt es. Dem alten Wöhler muss Ehre erwiesen werden, die Zunft braucht Eintracht, ich bin dein Pate – alles gute Gründe, die jeder verstehen wird.»

«Gut», sagte Sibylla, «jetzt lasst uns über den Zobel reden», und holte einen mit Gulden gefüllten Beutel hervor. «Euer Lager hängt voll, Pate. Ihr habt mehr Zobel, als Ihr bis zur nächsten Messe verarbeiten könnt. Zu dicht hängen die Pelze, sind gutes Mottenfutter. Ich kaufe Euch einige Stücke für ein paar symbolische Gulden ab, und zum Dank dürft Ihr Theilers Meisterstück behalten. Ein gutes Geschäft, Pate, wie ich es einzig Euch anbiete, obgleich sich wohl jeder die Finger danach lecken würde: Ihr gebt die Rohware und bekommt dafür ohne Aufpreis und Gerbkosten einen herrlichen Zobelmantel, spart Zeit und Arbeitslohn obendrein. Ihr wisst selbst, dass Theiler ein guter Handwerker ist, der viel Geschick für Pelze hat. Mehr Geschick als andere. Man sagt sogar, einen besseren Kürschner als ihn gäbe es nicht in der Stadt.»

Sie drängte sich bei diesen Worten so dicht an Ebel heran, dass er ihren feinen weiblichen Duft riechen konnte.

«Ihr müsst nicht, Ebel, wenn Ihr Euer Handeln vor den Euren nicht rechtfertigen wollt», sagte Sibylla mit leiser Heimtücke. «Ich kann gut verstehen, dass Ihr in Erklärungsnot geratet, wenn Euer Weib wissen will, warum ihr die Wöhlertochter plötzlich unterstützt, anstatt sie aus der Altstadt zu vertreiben.»

«Du bist mein Patenkind; ich bin dir Hilfe schuldig», erklärte Ebel nun, der sich an seiner Mannesehre gepackt fühlte und obendrein ein gutes Geschäft witterte. «In meinem Haus bestimme allein ich, was geschieht. Such dir die Stücke aus oder schicke Theiler zu mir.»

Er sah sie noch einmal an, kratzte sich am Kinn.

«Wir sind aus demselben Holz», sagte er schließlich. «Wissen genau, mit wem wir uns verbünden müssen, um

Nutzen daraus zu ziehen. Du hast dich verändert, Sibylla. Bist nicht mehr die, die du einst warst.»

«Ihr täuscht Euch. Ich bin dieselbe, die ich als Kind gewesen bin. Nur habt Ihr damals in mir das Kind gesehen und seht nun die Frau. Darin liegt die Veränderung, in Eurem Blick, nicht in meinem Wesen», erwiderte Sibylla.

Sie drückte ihm einen Kuss auf die Wange und verließ das Haus ihres Paten und Zunftmeisters Ebel. Draußen atmete sie erleichtert auf. Geschafft. Ebel würde sie zum Altar führen, und einen Zobel hatten sie auch. Dass sie ihn hinterher an Ebel geben mussten, tat ihr nicht Leid. Was sollten sie mit dem fertigen Meisterstück anfangen? Es etwa an die verarmten Ritter oder Bauersleute seiner Kundschaft verkaufen? Nein, der Zobel als Gabe für Ebel war eine Geldanlage, die sich auszahlen würde. Dessen war sich Sibylla gewiss. Im Wöhlerhaus würde er ja doch unverkauft bis zum Sankt-Nimmerleins-Tag hängen bleiben.

Die Hochzeit sollte im Frühjahr stattfinden. Die schlimmsten Winterstürme waren vorüber, zaghaft zeigte sich das erste Grün. Jochen Theiler hatte sein Versprechen gehalten: Jeden Abend hatte er mit Sibylla über den Büchern gesessen, ihr die Buchführung erklärt, über Vorratshaltung und Kredite gesprochen und die Arbeitsabläufe in einer Kürschnerei erläutert und gezeigt.

Am liebsten war sie mit ihm in der Werkstatt. Sie mochte es, wie er mit den Pelzen umging, wie er sie in die Hand nahm, sie anschaute, zärtlich beinahe, und dann darüber strich, als streichele er die Haut einer Frau.

Sibylla gefiel es, dass er so ein enges Verhältnis zu seiner

Arbeit hatte. Die Kürschnerei schien ihm auf den Leib geschneidert zu sein. War er ein so guter Handwerker, weil er die Pelze liebte? Jeden einzelnen?

Ja, er war der Mann, den sie gewollt hatte, weil er der Richtige für das Geschäft war, weil sie einander ähnlich waren. Ob sie ihn liebte, hatte sie sich nie gefragt. Sie mochte ihn, konnte ihn gut um sich haben. Das reichte fürs Erste. Für Herzensdinge blieb später Zeit. «Die Liebe kommt meist erst nach der Hochzeit», hatte Barbara ihr in der Küche zugeraunt. «Sie kommt mit der Lust im Bett. Hat eine junge Frau sich erst ans Mannsfleisch gewöhnt, so will sie oft nicht mehr heraus aus den Federn.»

Und Sibylla hatte gelächelt, die Ältere angesehen und lauthals gelacht, als diese ihr gestand, dass auch ihr noch so manches Mal der Kittel in Flammen stand.

Kapitel 5

Je näher der Tag der Hochzeit rückte, umso enger schloss sich Sibylla Christine Geith an, die sie auf dem Markt kennen gelernt hatte. Christine war nur zwei Jahre älter als Sibylla und hatte erst vor kurzer Zeit den Kürschnermeister Geith geheiratet. Sibylla ließ sich von ihr beraten.

«Was wirst du anziehen?», fragte Christine.

«Ich weiß nicht», erwiderte Sibylla. «Was hattest du denn an?»

«Ach, erinnere mich nicht daran.» Christine machte eine wegwerfende Handbewegung. «Ich wollte ein Kleid mit viel Spitze, einen rosa Traum. Aber Geith, der den Stoff dafür nach der Sitte bezahlen muss, war nur bereit, mir ein paar Ellen einfachen Tuches zu kaufen, sodass ich ein Kleid getragen habe, das einem Alltagsgewand täuschend ähnlich sah. Allein die Spitzenhaube, die meine Mutter schon zu ihrer Hochzeit trug, hat ihm einen feierlichen Anstrich verliehen.»

Sibylla überlegte einen Augenblick. Auch Jochen Theiler würde nicht viel Geld für Stoff übrig haben. Die Zobelfelle hatten zwar nicht viel gekostet, doch die Fastenmesse stand vor der Tür, auf der die Kürschner zumeist die Rohfelle für die gesamte Jahresproduktion kauften. Was dann noch übrig blieb, musste für das Fest reichen.

«Komm mit auf den Speicher», forderte sie die Freundin auf. «Lass uns in den alten Truhen stöbern. Vielleicht finden wir dort etwas, das wir gebrauchen können.»

Sie stiegen auf den Dachboden, öffneten eine Truhe nach der anderen und fanden schließlich, was sich Sibylla heimlich erhofft hatte: das Hochzeitskleid, das Sibyllas Mutter bei ihrer Vermählung mit dem Kürschnermeister Wöhler getragen hatte.

Sie zog es behutsam aus der Truhe und hielt es sich vor. Es war ein Kleid aus eierschalenfarbener Seide, das unter der Brust geschnürt war und in weichen, fließenden Falten bis auf den Boden fiel. Der Ausschnitt war mit einem goldenen Band eingefasst, die Ärmel bauschten sich oben und schlossen an den Handgelenken eng ab.

«Wunderbar. Es sieht herrlich aus. Findest du nicht?», fragte Sibylla die Freundin.

Christine wiegte den Kopf hin und her. «Willst du wirklich das alte Ding tragen?», sagte sie zweifelnd. «Du erweist deiner toten Mutter damit Ehre, das ist schon wahr, und die Alten wird es freuen, weil es ihnen immer gefällt, wenn man auf Altes zurückgreift. Der Zunft wäre es schon recht als Zeichen, dass du den Brauch ehrst. Aber bedenke: Du bist jung, und heutzutage zeigt eine junge Frau bei der Hochzeit, was sie hat. So ist die Mode. Die meisten Bräute tragen neue Kleider und nur ein Stück von der Ausstattung der Mutter.»

Sibylla betrachtete noch immer das Hochzeitskleid, das ihr wie angegossen passte. Sie befühlte die leise knisternde Seide, strich mit der Hand über den Wurf der Falten, roch daran und bildete sich sogar ein, den leisen Geruch von Rosenwasser wahrzunehmen. Für einen Moment sah sie eine junge Frau vor sich, die voller Erwartung an der Hand des jungen Wöhler vor den Altar trat. Ihre Eltern; fast glaubte sie es selbst. Es war ein anrührendes Bild, das ihr beinahe die Tränen in die Augen steigen ließ.

Durfte sie dieses Kleid überhaupt tragen? Ein Kleid, das für eine andere aufbewahrt worden war? Für eine, die tot in der Erde lag und deren Platz sie eingenommen hatte? Hätte sie es getragen, oder hätte sie auf einem neuen bestanden? Sie wischte die Gedanken mit einem leichten Kopfschütteln fort. Jetzt war sie Sibylla Wöhler. Mit allem, was dazugehörte. Also auch mit diesem Kleid.

«Ich werde es zur Hochzeit tragen. Dieses und kein anderes», sagte sie bestimmt.

Christine war nicht ihrer Meinung. «Wenn du unbedingt willst, musst du es tun. Aber glaube ja nicht, dass die Leute lange über dein Kleid reden werden. Nach einer Woche werden sie es vergessen haben.» Ihr wehmütiger Blick verriet, dass sie von der eigenen Hochzeit sprach. Ja, Christine hatte gewollt, dass ihr Kleid noch lange danach für Gerede in der Stadt sorgte. Die meisten Bräute hofften und wünschten dies und taten alles, um ihr eitles Ziel zu erreichen. Ellenlange Schleppen, kostbare Stoffe, die mit Gold- und Perlenstickerei überladen waren, Spitzen, wertvoller Schmuck im Ausschnitt. So gehörte es sich, so war es Mode, und für die Abzahlung der Schulden hatte man schließlich das ganze Leben noch Zeit.

Sie betrachtete Sibylla. Das alte Kleid stand ihr wirklich ausnehmend gut. Nur der Schmuck dazu fehlte noch.

«Weißt du was? Ich leihe dir zu deinem Fest meine goldene Kette mit dem roten Rubin. Der Schmuck passt wunderbar zum Kleid. Heißt es nicht, dass man etwas Geliehenes zur Hochzeit tragen soll, damit die Ehe glücklich wird?»

Jochen hörte die aufgeregten Stimmen der beiden Frauen aus der oberen Etage bis hinunter in die Werkstatt, die zu dieser stillen Abendstunde verlassen lag. Er musste lächeln.

Schön ist sie, meine Sibylla, dachte er. Die Schönste von allen. Ich bin froh, dass sie jemanden gefunden hat, der die Hochzeitsvorbereitungen begleitet. Und dass sie eine Freundin hat, die am Abend kommt, sodass ich in der Werkstatt bleiben kann.

Zärtlich betrachtete er das Fell vor sich. Kaninchenfell, so zart und weich wie frisch geschlüpfte Küken. Er legte die einzelnen Stücke auf einen Schnitt, den er aus Papier gefertigt hatte. Ein Leibchen, das über den Brüsten begann und bis zu den Oberschenkeln reichte, sollte es werden.

Jochen strich liebevoll über das Fell. Sein verkrüppelter Fuß schmerzte. Wie immer, wenn sich das Wetter änderte. Seine Gedanken schweiften zurück in eine Zeit, von der er dachte, er hätte sie schon lange vergessen. Wieder erschien die Kate seiner Familie vor seinem inneren Auge. Eine Schlafstelle vor dem Herdfeuer. Seine Brüder und Schwestern lagen dort, eng aneinander gekuschelt, um sich gegenseitig zu wärmen. Vater und Mutter lagen etwas abseits und hielten sich umschlungen. Nur er lag allein am anderen Ende des Raumes, nur mit einigen Fellen zum

Schutz vor der Kälte. Seit dem Unfall, der seinen linken Fuß und das Bein bis hoch zum Knie entstellt hatte, schlief er allein in dieser Ecke. Seine Geschwister ekelten sich vor ihm; sie empfanden Abscheu. Selbst die Mutter hatte ihn nicht mehr berührt seit dem Tag, als er unter den Wagen des Abdeckers geraten war, der ihm Bein und Fuß zermalmt hatte. Der Abdecker hatte das klapprige Pferd so abrupt zum Stehen gebracht, als er die durchdringenden Schreie des Jungen hörte, dass der Wagen ein wenig zur Seite kippte und die Kadaver der Tiere auf den Verletzten fielen.

Jochen hatte gesehen, wie seine Mutter, der Vater, die Geschwister und Nachbarn herbeigelaufen kamen – und plötzlich stehen blieben, die Augen vor Entsetzen weit aufgerissen.

«Oh, Gott!» hatte die Mutter geschrien. «Mein Junge ist begraben unter toten Tieren. Oh, Gott! Oh, mein Gott!»

Und Jochen hatte vor Schmerz geweint und gebrüllt, doch niemand hatte ihm geholfen, weil alle der Überzeugung waren, dass tote Tiere vom Teufel besessen waren und dass er auf jeden, der die Kadaver berührte, übersprang. Deshalb gab niemand einem Abdecker die Hand, deshalb musste der Schinder vor den Toren der Stadt hausen.

«Mutter, hilf mir!», hatte Jochen geschrien, doch die Eltern hatten sich nicht bewegt. Endlich war der Abdecker vom Wagen gestiegen und hatte den blutenden Jungen, der vor Schmerzen fast ohnmächtig war, unter Wagen und Tieren hervorgezogen, ein Stück seines Kittels abgerissen und das Bein notdürftig verbunden.

Seitdem hatte ihn niemand mehr berührt, niemand

seine Haut gestreichelt, ihn an sich gedrückt. Nicht die Mutter, nicht die Geschwister, niemand, sodass er inzwischen vergessen hatte, wie sich ein anderer Körper anfühlte. Die Felle waren das Einzige, das er seither zum Wärmen hatte, das einzig Weiche, das seine Haut gespürt hatte seit diesem Unfall vor mehr als zwanzig Jahren.

Jochen hörte Schritte auf der Treppe. Christine ging nach Hause. Gleich würde sie hereinkommen und sich von ihm verabschieden. Jochen nahm die Kaninchenfelle vom Tisch und versteckte sie im Lager. Morgen würde er daran weiterarbeiten. Morgen und übermorgen, die halbe oder ganze Nacht lang, denn bis zum Hochzeitstag wollte er das Fellkleid fertig haben.

Wie schön dieser Rubin ist, dachte Sibylla am Morgen der Hochzeit, als Christine ihr beim Ankleiden half und ihr die Kette um den Hals legte. Wie gut er mir steht! Ganz so, als wär er für mich gemacht.

Bewundernd betrachtete sie ihr Spiegelbild, als es an der Tür klopfte und Martha den Raum betrat. Sie streifte Christine, die gekommen war, um Sibylla beim Ankleiden zu helfen, mit einem Blick, der besagte, dass sie die junge Frau als störend empfand. Sibylla bemerkte Marthas Ansinnen zwar, doch sie wusste, dass es seltsam ausgesehen hätte, wenn sie Christine jetzt hinausgeschickt hätte.

Verlegen stand Martha vor den beiden jungen Frauen, beschämt starrte sie auf die wertvolle Kette in Sibyllas Ausschnitt. Sie schluckte und betrachtete ausführlich das Kleid ihrer Tochter.

«Ein schönes Kleid», sagte sie leise und glättete mit der

Hand eine kleine Falte. «Es ist das Kleid der Wöhlerin, nicht wahr?» Die Kette würdigte sie mit keinem Wort.

Sibylla antwortete nicht. Sie wusste, dass es ihre Mutter schmerzte, sie in dem Kleid einer anderen Frau zu sehen. Doch Christine ergriff an ihrer Stelle das Wort: «Ja, Wäscherin, Sibylla trägt das Kleid ihrer Mutter.»

Martha nickte stumm, dann reichte sie ihrer Tochter ein kleines Päckchen.

«Für Euch», sagte sie leise. «Mein Hochzeitsgeschenk. Ich habe es von meiner Mutter bekommen.»

Sibylla nahm das Päckchen aus Marthas Hand. Irgendetwas in ihr sträubte sich, es zu öffnen. Am liebsten hätte sie geweint, hätte sich in die Arme ihrer Mutter geworfen und an deren Busen geschluchzt, ihr gesagt, wie sehr sie sie liebte – und gleichzeitig wünschte sie sich, Martha wäre in ihrer Waschküche geblieben, eine ferne Zuschauerin der Hochzeit, die nur von weitem die Hand zum beiläufigen Gruß erhebt.

Für einen Moment fühlte Sibylla Zorn in sich aufsteigen. Kann sie mich nicht in Ruhe lassen?, dachte sie wütend. Muss sie mich immer und ewig daran erinnern, wo ich herkomme, wer ich wirklich bin? Solange ich sie sehe, komme ich von meiner Vergangenheit nicht los, kann ich nicht Sibylla werden.

Sie blickte ihre Mutter an, sah die Tränen in ihren Augen, und Marthas Schmerz schnitt ihr ins Herz. Wie schlecht ich doch bin, dachte sie, und Wut und Ärger waren verflogen. Wie gemein und undankbar. Sie hat alles geopfert für mein Glück. Selbst ihr Leben hätte sie für mich gegeben. Niemals kann ich gutmachen, was sie für mich getan hat. Gott weiß, wie gerne ich es täte. Doch sie hat meine Schuld auf sich geladen und mich damit schuldig gemacht. Dadurch sind wir auf immer miteinander verbunden. Und gleichzeitig liebe ich sie, sehne mich nach ihrem Trost, nach ihren mütterlichen Liebkosungen.

Sibylla sagte, so herzlich wie sie konnte: «Ich danke Euch recht schön.» Das war alles, was sie ihrer Mutter in diesem Augenblick geben konnte. Doch es reichte Martha nicht. Sie strahlte Sibylla an und forderte sie auf: «Seht nach, was es ist.«

Sibylla konnte die Freude, die in Marthas Gesicht stand, kaum aushalten und wusste schon jetzt, dass sie sie enttäuschen würde. Doch was konnte sie tun? Der Mutter widersprechen? Ihr die Bitte abschlagen? Nein, die Zunge sollte ihr verdorren, wenn nur ein böses Wort über ihre Lippen drang.

Also wickelte Sibylla das Päckchen aus und erstarrte, als sie die kleine, silberne, billige Halskette mit dem ungeschickt gearbeiteten Medaillon der Jungfrau Maria darin fand. Sibylla wusste, dass dieses Medaillon das Wertvollste war, was ihre Mutter besaß. Wieder hatte Martha sie beschämt, wieder hatte sie ihr ein weiteres Stück Schuld aufgeladen. Sibylla versuchte, das Geschenk zurückzuweisen, doch Martha schüttelte hartnäckig den Kopf.

«Sie gehört Euch. So ist's der Brauch. Am Tage Eurer Vermählung sollt Ihr sie über Eurem Herzen tragen», beharrte sie und sah Sibylla ernst an. Aus ihrem Gesicht war jedes Lächeln verschwunden.

Sibylla stand da, schwieg, schüttelte stumm den Kopf.

«Eure Mutter hätte es so gewollt», sagte Martha noch, dann drehte sie sich um und verließ ohne ein weiteres

Wort den Raum. Sibylla starrte auf die Kette und fühlte Tränen in sich aufsteigen.

Christine trat zu ihr, nahm ihr das Medaillon aus der Hand, betrachtete es, wie man den Sandkuchen eines Kindes betrachtet, der an den Rändern bröckelt.

«Wie goldig von der Wäscherin, dir den Familienschmuck zu schenken. Und wie einfältig zu glauben, du würdest dieses Stück zur Vermählung tragen», sagte sie, und in ihren Worten war neben ein bisschen Rührung auch ganz leiser Spott und ein Hauch Verachtung für die Frau aus der Waschküche mit ihrem schäbigen Geschenk.

Sibylla hörte die Zwischentöne in den Worten der Freundin. Wut über die Demütigung ihrer Mutter stieg in ihr auf.

«Gib die Kette her», herrschte sie Christine an und riss sie ihr aus den Händen, verschloss sie in ihrer Faust, presste sie für einen Moment gegen ihr laut klopfendes Herz.

Dann nahm sie das silberne Medaillon, packte es mit unendlicher Vorsicht in eine kleine Schachtel, die mit Samt ausgeschlagen war, und verstaute das Kästchen im hintersten Winkel ihrer Truhe.

Das zwiespältige Gefühl Sibyllas Martha gegenüber wich den ganzen Tag nicht: Nicht in der Kirche, in der Martha einen Platz auf den hinteren Bänken gefunden hatte, während die Zunftmeisterin auf dem Platz der Brautmutter thronte. Nicht beim Festschmaus im Wöhlerhaus, wo Martha am unteren Ende der Dienstbotentafel saß und ihren Blick beinahe ständig auf Sibylla ruhen ließ.

Sibylla hätte ihre Mutter beim Essen gern neben sich gehabt, hätte ihr die zartesten Fleischstücke auf den Teller gelegt, den besten Wein eingeschenkt, ihr die Geschenke der anderen gezeigt, sie umarmt und geflüstert: «Jetzt bin ich das, was du dir immer gewünscht hast: ein ehrbares, anständiges Eheweib.» Sie hätte gern alles getan, um ihrer Mutter diesen Tag des Triumphes so schön wie möglich zu gestalten, denn war es nicht auch so: Erfüllten sich heute nicht ihre Wünsche? Und war sie, Sibylla, es – angesichts der vielen Opfer Marthas – ihrer Mutter nicht auch schuldig, heute strahlender, glücklicher Mittelpunkt zu sein und sie dabei an ihrer Seite zu haben?

Sie saß da, ließ sich hochleben und wich den Blicken der Mutter aus, reichte ihr nur kurz die Hand, während sie eine Umarmung von Barbara, der Magd, duldete. Ja, Sibylla ließ es sogar geschehen, dass Jochen Theiler dem Zunftmeister und seiner Frau anstelle der fehlenden Brauteltern silberne Becher schenkte, während die Dienstboten nach der Sitte kleine Geschenke bekamen; die Männer Leder für Schuhe, die Frauen, und so auch Martha, Stoff.

Und der Zunftmeister war es auch, der die Rede hielt, die dem Brautvater zugestanden hätte. Geschickt und schlau waren seine Worte, erstickten jeden Anflug von Verwunderung über seine gewandelte Einstellung zur Theiler-Ehe.

«Ich trinke auf das junge Paar», dröhnte er und hob den silbernen Becher. «Ich trinke auf die Liebe, deren himmlische Macht uns diese beiden, Sibylla und Jochen, vor Augen geführt haben. Der Mensch ist klein und schwach, maßt sich an, über Dinge zu urteilen, die er nicht in aller Größe begreifen kann. Ein solches Ding ist die

Liebe, der wir Menschen uns beugen müssen, der wir uns nicht in den Weg stellen dürfen und der wir erlauben sollten, nach ihren eigenen Gesetzen zu leben – auch, wenn diese Gesetze nicht immer den allgemeinen Regeln entsprechen.»

Diese kleine Rede erstickte auch noch die letzten Bemerkungen über die Ungewöhnlichkeit einer der Heirat zwischen der Meisterstochter und dem Junggeselle, ja, sie erteilte sogar all denen die Absolution, die im Namen der Liebe handelten, wie immer dieses Handeln auch aussehen mochte. Selbst die Verbannung eines verkrüppelten Ehemannes zugunsten eines alten, aber mächtigen Nebenbuhlers wäre nach dieser Rede ein heiliger Akt der Liebe, dem sich der Mensch in seiner Schwachheit beugen muss.

Dann stand der Gang ins Schlafzimmer an. Nach dem Brauch gaben die Gäste dem jungen Paar das Geleit.

«Ein tüchtiger Mann steht niemals schon nach dem ersten Gang von Frau Venus' Tische auf», erklärte Geith und erntete mit dieser Bemerkung einen spöttischen Blick von Christine.

Der Zunftmeister warf sich in die Brust: «Einmal ist die Kost der Kranken, zweimal ist der Herren Weise, dreimal ist des Kürschners Pflicht, viermal heißt der Frauen Recht.»

Die Zunftmeisterin kicherte trunken, stieß ihren Alten mit dem Ellbogen derb in die Seite und krakeelte: «Dann bist du ja seit Jahren ein kranker Herr, dem die Kürschnerpflicht nicht gilt?»

Die anderen grölten, Ebel tötete seine Alte mit Blicken, schließlich lachte auch er, allerdings zu laut, und gab dem Priester ein Zeichen, das Bett zu segnen.

Dann waren Sibylla und Jochen allein.

Sibylla schloss die Augen, denn sie wusste nicht, was jetzt auf sie zukam. Die Hochzeitsnacht. Mein Gott, wie viel hatte sie darüber gehört. Wie viel Unterschiedliches! Ein schreckliches Ereignis, das Verdruss brächte, widerlich sei, sagten die einen. Die anderen schwärmten vom Feuer, das den Schoß verzehre und von dem sie nicht genug bekämen. Für die Dritten war es eine Angelegenheit, die es zu erledigen galt, ähnlich wie das Kochen und Putzen oder der Kirchgang. Wie würde es bei ihr sein?

Eine Hand strich ihr leicht übers Haar. «Ich habe ein Geschenk für dich», hörte sie Jochen sagen. Seine warme Stimme, der vertraute Klang, beruhigte Sibylla.

Sie schlug die Augen auf, lächelte ihn an.

«Die Morgengabe? Bekommt man dieses Geschenk nicht erst am Morgen nach der Hochzeitsnacht?», fragte sie.

Jochen schüttelte den Kopf und sah sie an. In seinem Blick lag so viel Wärme, dass Sibyllas Angst verschwand. «Ich möchte es dir jetzt geben.»

Er holte ein Päckchen und legte es verlegen vor Sibylla auf die Bettdecke. Langsam wickelte sie es aus.

«Ein Fellkleid?», fragte sie verwundert und sah Jochen an, bemerkte, dass er Mühe hatte, ihrem Blick standzuhalten. Er schien verlegen zu sein. «Ein Unterkleid aus Pelz? So etwas habe ich noch nie gesehen. Wann soll ich es tragen?»

«Nachts. Bei mir. Zieh es jetzt an», erwiderte Jochen leise, und in seinem Blick lag eine solch dringliche Bitte, dass Sibylla die Lichter ausblies, langsam das Hochzeitsgewand abstreifte und in das beidseitig mit Fell bestückte

Kleid schlüpfte, das ihr wie angegossen passte. Sie spürte den weichen Pelz auf ihrer Haut, war erstaunt darüber, wie wohl und geborgen sie sich darin fühlte.

Dann legte sie sich ins Bett, schloss die Augen und wartete. Ihre Lider flatterten, und ihr Herz begann schneller zu schlagen. Doch die Bangigkeit war verflogen. Seit sie das Fellkleid trug, wusste sie, dass alles gut werden würde.

Langsam und mit unendlicher Behutsamkeit streichelte Jochen ihren Körper durch das Fellkleid hindurch. Er berührte nur das Fell, doch Sibylla spürte, dass die Zärtlichkeit einzig ihr galt, dass Jochens ganze Liebe darin lag, ja, mehr noch. In seinen Liebkosungen spürte sie sein ganzes Wesen, das ihr zugetan war, bereit, ihr zu vertrauen und das Leben mit allem, was dazugehörte, mit ihr zu teilen. Und sie fühlte auch Jochens Schmerz, dessen Ursache sie nicht kannte, der sie jedoch im Innersten berührte, sodass ihr die Tränen kamen. Vorsichtig streckte sie ihre Hand nach ihm aus, ließ ihre Finger behutsam über seine Haut streichen, hörte nicht auf, als sie sein Zurückweichen spürte, streichelte einfach weiter, bis Jochen sich entspannte und seine Muskeln unter ihren Händen ganz weich wurden. Sie vergaß alles um sich sie herum, nur sie beide zählten, sie fühlte sich ihrem Mann so nah wie noch nie jemandem zuvor. Sie genoss seine Hände, die ihr alles gaben, was sie brauchte – und doch weder die Haut der Wäscherin noch die der Wöhlertochter berührten. Ein Gefühl von Dankbarkeit stieg in ihr auf. So groß und warm, dass sie sich aufrichtete, seinen entstellten Fuß in beide Hände nahm, ihn mit der eigenen Haut wärmte, vorsichtig darüber strich, immer und immer wieder. Sie spürte das Beben von Jochens Körper bis hinunter in den

Fuß, spürte die Erschütterung – und konnte alles das gut aushalten, weil sie geschützt war in einem Kleid aus Fell. Noch nie hatte sie solch eine Zärtlichkeit erfahren, noch nie sich selbst so sehr gespürt wie in diesem Augenblick. Jetzt war sie nicht Wäscherin, nicht falsche Kürschnerstochter. Jetzt war sie sie. Nicht Luisa, nicht Sibylla, sondern sie selbst. Die Frau im Fellkleid – das war sie. So wahr, so bei sich wie nie zuvor. Das bin ich, dachte sie wieder und voller Glück.

Später, als die Ehe vollzogen war und Jochen längst schlief, stand Sibylla leise auf, schlüpfte noch einmal in ihr Hochzeitskleid und schlich hinunter in die Küche. Das Fellkleid hatte sie abgelegt. Es gehörte in das Schlafzimmer. In den einzigen Raum, der nur Jochen und ihr gehörte, zu dem sonst niemand Zutritt hatte. Dort sollte es bleiben. In der Hand trug sie das blaugrüne Kleid mit dem roten Besatz, das sie getragen hatte, als sie zum ersten Mal die Schwelle des Wöhlerhauses übertreten hatte. Eigentlich wäre sie lieber im Bett geblieben, hätte sich lieber in ihr Fellkleid geschmiegt, Jochens Atem gelauscht und über sein seltsames Geschenk, das so wunderbar zu ihr passte, nachgedacht. Doch eine Aufgabe war noch zu erledigen, die keinen Aufschub duldete.

Sie stand barfuß vor dem Herdfeuer, das noch glomm, und strich zart über das alte Kleid, schmiegte ihre Wange in den billigen Stoff, hoffte und fürchtete zugleich, darin ihren Geruch, den Geruch der Wäscherin Luisa zu finden. Doch das Kleid roch nach Lavendel, wie alle Kleidungsstücke hier im Haus. Kein Duft nach Seife und Waschlauge, keine Ausdünstungen der Feldsiechen, nicht der Geruch der Besenbinderkate hing im Kleid, sondern einzig Lavendel und vielleicht ein Hauch von Pelz- und Rauchwaren.

Sibylla atmete ganz tief ein, dann warf sie das Kleid mit einer energischen Bewegung in die Glut, goß ein wenig Öl darüber. Die Flammen schoßen hoch, versengten zuerst die Ränder, dann fraßen sie sich wie gierige Tiere durch den Stoff. Übrig blieb ein Häuflein Asche, weniger als eine Hand voll. Sibylla stand davor, starrte in die Flammen und in den Rauch und genoß das Gefühl der Freiheit. Wie eine warme Welle durchströmte sie dieses Gefühl, spülte alle Bürden des alten Lebens, alle Demütigungen und Hindernisse einfach weg.

Langsam breitete sie die Arme aus und begann sich im Kreis zu drehen. Das Hochzeitskleid schwang mit. Sibylla drehte sich schneller, flog dem Hochzeitskleid hinterher, ihrem neuen Leben hinterher, bis ihre Bewegungen mit den Schwingungen des Kleides verschmolzen. Kleid und Frau wurden eins, umschlangen einander wie ein seltsames Liebespaar und drehten sich, bis sich das Kleid schließlich um Sibyllas Körper wickelte und sie zum Stehen brachte.

Keuchend stand sie da, sah erst jetzt den schwarzen Schatten, den das silberne Mondlicht auf die Küchenwand malte. Langsam, ganz langsam hob Sibylla ihre Arme, als folge sie einem inneren Zwang, und der Schatten tat es ihr gleich. Wie ein großer, schwarzer Vogel, wie eine Krähe lauerte er an der Wand, bewegte die Schwingen auf und ab, wirkte äußerst lebendig. Sibylla erstarrte.

«Bist du das?», flüsterte sie, und vor ihren Augen erstand aus dem Schatten eine junge Frau, die ihr verblüffend ähnlich sah und die in dieser Nacht dem Totenreich entstiegen zu sein schien. Um sie zu mahnen und zu erinnern, dass sie sich angeeignet hatte, was ihr nicht gehörte. Angst kroch in Sibylla hoch, Entsetzen. Sie ist gekommen, um mich zu strafen für das, was ich ihr genommen habe, dachte sie und starrte auf den Schatten, darauf wartend, dass dieser sich von der Wand löste, sich auf sie stürzte und sie unter sich begrub.

Doch nichts geschah, nur eine Wolke schob sich vor den Mond, wischte den Schatten mit Leichtigkeit zur Seite.

Sibylla atmete auf, doch ihr Herz schlug zum Zerspringen. Unheimlich erschien ihr die Küche jetzt. Unheimlich das Haus, unheimlich war sie sich selbst ein wenig. Sie versuchte, sich zu beruhigen. «Es war nur ein Schatten», flüsterte sie. «Ein dummes Schattenspiel, weiter nichts.»

Allmählich wurde sie ruhiger, doch beinahe gleichzeitig begannen ihre Hände zu brennen und sich spröde und rau anzufühlen. Genau wie früher im Feldsiechenhaus.

Einige Monate nach der Hochzeit saßen Sibylla und Christine an einem Freitagabend im Wohnzimmer. Die Männer waren in der Zunftstube, Barbara auf Besuch bei einer Anverwandten, das Haus lag still.

Die beiden Frauen saßen im Schein mehrerer Kerzen am großen Tisch. Christine hatte einen Stickrahmen vor sich, und vor Sibylla lag ein weißes Blatt Papier, in der Hand hielt sie ein Stück Kohle.

«Was grübelst du?», fragte Christine und betrachtete abwechselnd und mit großer Zufriedenheit ihre Stickarbeit und ihren schwellenden Leib, in dem ein Kind wuchs. «Nimm dir lieber auch einen Rahmen und besticke eine Decke oder Kissenhülle. Wenn man so ein Gesicht zieht wie du, bekommt man früh Falten.»

Unwirsch schüttelte Sibylla den Kopf. «Ich habe keine Zeit, an Falten zu denken», erwiderte sie und kritzelte auf dem Blatt herum. «Ich möchte eine Zeichnung für den Zobelmantel machen. Was meinst du? Wie könnte eine Schaube für einen reichen Mann aussehen?»

Christine kicherte. «Sie muss seinem Selbstbild schmeicheln, was sonst?»

Sibylla ließ das Kohlestück sinken. «Das ist es!», sagte sie. «Du hast Recht. Die Eitelkeit muss gekitzelt werden, der Mantel nicht nur wärmen, sondern seinem Träger schmeicheln, ihn breiter und größer erscheinen lassen, als er in Wirklichkeit ist.»

Sie überlegte. «Wie sehen sich die reichen Männer?»

Christine zuckte mit den Achseln. «Wie du schon sagst! Groß und stattlich wollen sie sein, mit breiten Schultern, schmalen Hüften und mächtigem Geschlecht. Wahre Helden, die vor keiner Gefahr zurückschrecken.» Sie grinste und streichelte ihren Bauch.

Sibylla aber nickte und begann wie wild das Kohlestück über das Papier zu führen. Sie zeichnete eine Schaube, deren Kragen so gearbeitet war, dass er bis über die Schultern reichte und so den Eindruck von Stattlichkeit erweckte. Der obere Teil sollte bis zur Taille locker am Körper anliegen und dann in einer geraden, strengen Linie, welche eine optische Streckung bewirkte, auslaufen.

Als sie fertig war, betrachtete sie das Blatt mit schräg gelegtem Kopf, dann schob sie es zu Christine hinüber.

«Gut», stellte Christine fest. «Vollkommen. Ich kann die Patrizier direkt darin sehen. Sie werden diesen Mantel lieben und euch die Tür nach Aufträgen einrennen. Endlich werden sie jemanden gefunden haben, der sie so sieht wie sie sich selbst.»

«Der Mantel ist schon versprochen. Ebel wird ihn bekommen.»

«Ebel? Der Zunftmeister?»

Sibylla nickte. Christine betrachtete sie einen Moment lang und sagte dann verlegen: «In der Zunft heißt es, mit eurer Hochzeit wäre nicht alles nach Recht und Sitte verlaufen. Nur dem alten Ebel sollt ihr es zu verdanken haben, dass sie überhaupt stattfand. Die Leute fragen sich außerdem, woher dein Mann plötzlich die rohen Zobel hat. Zobel, die bereits Ebels Stempel tragen sollen. Und nun sagst du, der Mantel wäre versprochen. Hat die Zunftmeisterin Recht, wenn sie sagt, du hättest ihrem Alten den Kopf verdreht?»

Sibylla lächelte. «Er ist mein Pate, nichts weiter. Ein Freund meines Vaters war er. Ist es da nicht natürlich, dass er sich für mich und mein Glück verantwortlich fühlt?»

Christine zog die Augenbrauen ein Stück in die Höhe. «Das wäre ja das erste Mal, dass sich der Ebel für etwas einsetzt, was nicht ihm gehört.»

Sie senkte plötzlich die Stimme und legte Sibylla eine Hand auf den Arm. «Verstehen könnt ich schon, dass du einen Liebsten hast. Theiler ist ein Krüppel. Über ein halbes Jahr seid ihr nun schon verheiratet, aber du bist noch immer nicht schwanger. Pass gut auf, was du machst. Schon manche ist schneller gefallen, als ihr lieb war. Ich möchte dich jedenfalls nicht mit dem Strohkranz der Ehebrecherin auf dem Kopf den Strafgang zur Kirche gehen sehen.»

«Die Leute reden, wie sie es verstehen», erwiderte Sibylla mit leichter Schärfe in der Stimme. «Ich habe keinen Liebsten, Theiler ist mir genug. Er ist ein guter Mann. Ich liebe ihn auf meine Art.»

Überrascht blickte Christine sie an. «Du hast keinen Liebsten, doch mit Theiler verbindet dich nur wenig? Du bist schon so lange verheiratet. Hast du dich nicht an das Beilager gewöhnt?»

Sibylla presste die Lippen aufeinander und schwieg. Sie dachte an die Nächte im Fellkleid, die ihr so kostbar waren, dachte aber auch daran, dass Jochen ihre Haut nur streichelte, wenn sie von Fell bedeckt war. Es war, als fürchte er, eine andere zu berühren. Zwar hatten sie in der Hochzeitsnacht die Ehe vollzogen, doch die Nächte danach waren nicht so verlaufen, dass ein Kind daraus hätte entstehen können. Trotzdem waren sie schön, gaben ihr alles, was sie brauchte an Schutz und Geborgenheit, an Zärtlichkeit und Wärme.

Christine sah Sibylla mit einer Mischung aus Mitleid und Besorgnis an und sagte dann, als hätte sie ihre Gedanken gelesen: «Gott hat alle Körperteile mit einem Sinn ausgestattet. Auch die Leibesmitte, damit wir von ihr den rechten Gebrauch machen. Die Vernachlässigung des Schoßes aber kann uns großen Schaden zufügen und närrische Gedanken erzeugen. So manche Frau ist daran zugrunde gegangen. Das beste Mittel, so sagen die Ärzte, um gesund und heiter zu bleiben, ist die regelmäßige fleischliche Beiwohnung, und zwar seitens kräftiger, wohlgebauter Männer.»

«Amen», sagte Sibylla, lachte unfroh und setzte eine Miene auf, die zeigen sollte, dass sie dieses Gespräch am liebsten beenden würde. Doch Christine ließ nicht locker.

«Und was ist mit Kindern?», fragte sie. Sibylla überlegte. Sie konnte Christine nichts von dem Fellkleid erzählen, nichts von Theilers Eigenart, die für sie normal war, in den Augen der anderen aber seltsam wirken würde.

«Immer kann ich mich Theiler nicht verweigern, deshalb habe ich von einem fahrenden Händler Schafsdärme gekauft. Vom Mann beim Beischlaf angewandt, verhindern sie eine Schwangerschaft», antwortete sie schließlich in der Hoffnung, dass Christine ihr die Frau, die die Lust noch nicht gefunden hatte, abnahm.

Christine schaute regelrecht entgeistert. «Heißt das, dass du keine Kinder möchtest?»

Sibylla nickte. «Jedenfalls jetzt noch nicht.»

«Warum in Gottes Namen hast du dann geheiratet? Der Sinn einer Frau, der Sinn einer Ehe sind Kinder! Du kannst dich dem nicht verweigern, Sibylla. Jede normale Frau wünscht sich ein Kind. Was ist los mit dir?»

Christine fühlte sich für einen Augenblick, als wäre sie verraten worden. Schützend legte sie beide Hände auf ihren Bauch, als wolle sie nicht, dass das ungeborene Kind den Blicken einer Frau ausgesetzt war, die keines bekommen wollte. Wie kam Sibylla dazu? Jede Frau kriegte Kinder, das war einfach so. Keine stellte sich hin und sagte, dass sie keine wolle. Auf solch einen unglaublichen Gedanken kam niemand. Das wäre ja genauso, als würde ein Hund sich weigern zu bellen. Hunde bellten aber, und Frauen bekamen Kinder. So und nicht anders hatte Gott die Welt eingerichtet. Sie war schließlich auch schwanger.

Kein Mensch, auch sie selbst nicht, hatte vorher gefragt, ob sie Kinder wollte oder nicht.

Wozu war sie sonst auf der Welt? Was war los mit Sibylla, dass sie nicht schwanger werden wollte?

«Frauen, die keine Kinder wollen, gibt es nicht», stellte Christine mit Nachdruck fest. «Also, was ist los mit dir?»

«Nichts ist los. Ich möchte jetzt einfach noch kein Kind, das ist alles.»

Christine schluckte und sah die Freundin lange an. «Manchmal machst du mir Angst», sagte sie leise.

Sibylla hatte Christine beobachtet. Sie hält mich für verrückt, dachte sie. Sie versteht nicht, dass ich kein Kind will, und deshalb fürchtet sie sich tatsächlich vor mir. Um Gottes willen, alles, bloß das nicht. Aber ist es nicht so, dass es mir ganz recht ist, noch nicht schwanger zu sein? Wessen Kind wäre es, das ich gebären würde? Das der Wäscherin Luisa oder das der toten Sibylla? Muss ich nicht erst noch meinen Platz finden, wenn ich ihn weitergeben soll? Aber Christine würde auch das nicht verstehen, nicht Jochens Eigenart, nicht meine Zweigeteiltheit. Doch sie soll keine Angst vor mir haben, soll sich mir ähnlich fühlen. Sehen soll sie, dass wir einander gleichen: zwei junge, ganz normale Kürschnermeistersfrauen mit ähnlichen Wünschen und Ansichten.

«Christine, verstehe doch, wenn ich im Kindbett sterbe, bevor Jochen die Meisterwürde hat, dann kann die Zunft ihm die Würde verweigern. Hat er keine Meisterstochter mehr zur Frau, so hat er alle verbrieften Rechte verwirkt. Wenn es auch so nicht in den Zunftregeln steht, so kann er den Titel doch nicht einklagen. Es wäre unvernünftig, jetzt ein Kind zu bekommen.»

Erleichtert atmete Christine auf. Sibylla war klug, vorausschauend, nicht verrückt. Sie war so normal wie jede andere. So normal wie sie selbst.

«Jetzt verstehe ich auch, warum du jeden Morgen in aller Frühe zur Messe in die Liebfrauenkirche gehst. Nicht, weil du die Eltern so früh verloren hast, wie die anderen sagen», stellte Christine fest, und Sibylla lächelte. Natürlich wusste die Freundin den wahren Grund nicht, konnte nicht ahnen, dass Sibylla Morgen für Morgen auf den kalten Steinplatten kniete und Gott um Vergebung bat für die Sünde, die sie an der wahren Sibylla begangen hatte und die sie von Tag zu Tag mehr quälte. War es die Strafe Gottes, dass sie nicht mehr wusste, wer sie war, seit sie das Wöhlerhaus betreten hatte? War es sein Zorn, der bewirkte, dass sie in sich selbst nicht mehr zu Hause war, zwei Leben lebte, das der Wäscherin und das der Meistersfrau, und doch keines von ihnen richtig? War es Gottes Wille, der ihre Seele in zwei Stücke geteilt hatte? Sibylla wusste es nicht, doch der Drang, eine Person werden zu wollen, trieb sie jeden Morgen erneut in die Kirche.

Christine unterbrach die Gedanken der Freundin, indem sie ihr eine Hand auf den Arm legte und beinahe feierlich sagte: «Ich möchte dich bitten, Patin meines ersten Kindes zu werden, Sibylla.»

Sibylla stand auf, nahm die Freundin in die Arme und küsste sie sanft auf die Wange. «Ich werde mich bemühen, deinem Kind eine gute Patin zu sein», schwor sie.

Kapitel 6

Auch Martha machte sich Sorgen, dass Sibylla noch immer rank und schlank war, kein Zeichen von Schwangerschaft ihren Körper veränderte.

Ich werde sie fragen müssen, dachte Martha, als sie an einem Morgen neben Sibylla unten am Mainufer stand, um die großen Betttücher zu waschen, für die die Zuber zu klein waren. Sie waren allein am Fluss, kein Mensch war weit und breit zu sehen.

Ich werde sie fragen, obwohl sie mir fremd geworden ist. Immerhin bin ich ihre Mutter, werde es immer bleiben, auch wenn sie nicht mehr meine Tochter ist.

Martha warf Sibylla aus den Augenwinkeln einen nachdenklichen Blick zu: Aber Sibylla ist sie auch nicht geworden. Sie verweigert sich, will in ihrem Eigensinn weder die Alte sein noch die Neue werden.

«Warum bist du noch nicht schwanger?», fragte sie Sibylla schließlich. «Warum hältst du dich von den anderen Frauen fern? Einzig die Geithin kommt zu Besuch, die anderen aber habe ich noch nie im Haus gesehen. Warum benimmst du dich nicht so, wie sich Sibylla benommen hätte? Warum ist die Wiege noch leer?»

Sibylla wich dem Blick der Mutter aus. «Kinder haben noch Zeit. Ich muss mich erst eingewöhnen.»

Martha richtete sich auf, stemmte die Arme in die Hüften.

«Wie lange denn noch? Du bist jetzt eine verheiratete und anständige Frau. Willst du wieder ins Gerede kommen, weil du unbedingt etwas anderes machen musst als alle anderen? Hast doch jetzt, was du willst. Also mach, was alle machen.»

«Ich kann nicht, Mutter», erwiderte Sibylla leise. «Ich habe meinen Platz noch nicht gefunden.»

«Deinen Platz noch nicht gefunden!», zischte Martha jetzt. «Was willst du denn? Bist jetzt bald Meistersgattin, das ist dein Platz. Hast eine einmalige Gelegenheit bekommen, ein neues Leben zu führen, und suchst nach einem Platz? Bist du von Sinnen?»

Auch Sibylla hatte sich nun aufgerichtet, blickte ihrer Mutter gerade in die Augen und sagte fest: «Sibylla Theiler bin ich nur nach außen. Mich selbst muss ich noch finden.»

Martha sah den trotzigen Mund Sibyllas, die vor der Brust verschränkten Arme. Alles an ihr schien Verweigerung zu sein. Wollte sie alles kaputt machen? Den Scheiterhaufen hatte Martha in Kauf genommen, ihre Ersparnisse aufgebraucht. Aber doch nicht, damit das Mädchen sich hinstellte und alles kaputt machte, weil sie meinte, sich selbst finden zu müssen. Weiß Gott, wovon sie sprach! Martha verstand sie nicht.

«Du wirst dich verhalten wie alle anderen auch, und wenn ich es dir einprügeln muss», brachte sie hervor.

«Ich kann nicht», wiederholte Sibylla, und ihre Augen verdunkelten sich.

Martha spürte die Wut wie eine lodernde Flamme in sich emporsteigen. Sie hatte sich nicht verändert! War genauso so eigensinnig und hochmütig geblieben, wie sie es immer gewesen war. Umsonst. Ganz und gar umsonst hatte Martha ein Verbrechen begangen, um ihre Tochter vor dem Leben einer Wäscherin zu retten. Doch das Kind war nicht zu retten. Alles, was sie gewagt hatte, war vergebens gewesen!

Martha griff nach einem nassen Waschestück und begann damit auf Sibylla einzuschlagen, wollte ihr den Eigensinn, den Trotz und Hochmut, die sie nicht verstand, nie verstanden hatte, aus dem Leib prügeln. Das nasse Tuch klatschte auf Sibyllas Wangen, auf ihre Brust. Sie hob die Arme, um Kopf und Gesicht zu schützen. «Hör auf!», flehte sie, doch Martha hörte nicht.

«Deinen Platz werde ich dir einprügeln», keuchte sie. «Schlagen werde ich dich, bis du weißt, wie eine Meisterin von innen aussieht.» Und Martha holte aus, immer wieder, bis ihr die Arme erlahmten und sie erschöpft von Sibylla abließ. Sie sah die Tränen, die der Tochter über die Wangen rannen. Es war ihr nicht gelungen, den rechten Platz in sie hineinzuprügeln. Martha ließ sich auf einen Stein am Ufer fallen, verbarg das Gesicht in den Händen und weinte. Lange saß sie dort und schien nicht zu bemerken, dass Sibylla nun die ganze Wäsche allein wusch, auswrang, in den großen Korb legte und schließlich, als alles fertig war, hilflos neben Martha stand, sich endlich umdrehte und ohne ein einziges Wort zurück in die Kürschnerei ging.

Der Zobelmantel war fertig. Seit gestern Abend hing er in der Werkstatt und wartete nur noch darauf, gründlich ausgebürstet zu werden, dann konnte er der Zunft gemeinsam mit den anderen Stücken vorgelegt werden.

Seit Monaten hatte Jochen mit dem Altgesellen Heinrich, der sich schließlich wieder beruhigt hatte, und dem neu hinzugekommenen Gesellen Jakob an den Stücken gearbeitet.

Doch das Ergebnis enttäuschte Sibylla maßlos. Die fünf Stücke, besonders aber der Zobel, sahen aus wie alle anderen in der Stadt. Nein, ein Zobel, der neu und ganz anders war, der so war, dass sich alle nach seinem Träger umdrehen würden, war es nicht geworden. Ein Mantel war entstanden, so beliebig und austauschbar wie ein einfaches Ziegenfell.

«Warum hast du den Mantel nicht nach meiner Zeichnung gemacht?», fragte Sibylla ihren Mann.

«Sibylla, kein Kürschner in ganz Frankfurt hat je einen solchen oder ähnlichen Mantel hergestellt. Der Schnitt, den ich verwendet habe, ist bewährt. Die meisten Ratsherren tragen Pelze dieser Machart.»

«Den schönsten Zobel, den es je in der Stadt gab, wolltest du machen. Etwas Neues wolltest du schaffen, etwas, das es vorher nicht gab. Ein Stück, das Aufsehen erregt und deinen Namen bekannt macht», klagte Sibylla. «Und was ist daraus geworden?»

Jochen schüttelte den Kopf. «Nicht ich wollte etwas ganz Besonderes herstellen. Du, Sibylla, warst es, die darauf gedrungen hat. Gute Handwerksarbeit wollte ich leisten, denn das ist es, was einen guten Meister auszeichnet.»

«Ja! Ja, ja, ja!», schrie Sibylla. «So denkst du, genau so! Nichts wagen, immer nur das machen, was alle machen! Mitschwimmen im Strom und zusehen, dass man allen gefährlichen Strudeln ausweicht. Mein Gott, Jochen, auf die Art wirst du ewig der bleiben, der du bist!»

Jochen verstand nicht. «Warum sollte ich jemand anders werden wollen?», fragte er verwundert. «Ich bin zufrieden mit dem, der ich bin, und mit dem, was ich habe. Warum soll ich mehr wollen?»

Weil ich mehr will, dachte sie. Ich muss es schaffen, Sibylla hinter mir zu lassen, muss mehr werden als eine normale Meistersfrau, wie sie es wohl geworden wäre. Wenn ich schon nicht sein kann wie sie, dann muss ich eben weiter gehen als sie. Muss an einen Punkt kommen, an den sie mir nicht folgen kann, muss sie überwinden, sie aus meinen Träumen verscheuchen.

Doch Jochen verstand das einfach nicht. Wie sollte er auch? Er hatte schließlich kein dunkles Geheimnis, das ihn nachts wach hielt und vor jeder Krähe erschrecken ließ. Er war der, der er war.

Sibylla war verzweifelt. Wie konnte sie ihm nur begreiflich machen, was sie wollte? «Ich möchte weiterkommen», sagte sie schließlich. «Möchte mehr erreichen. Zunftmeistersgattin will ich werden. Wenigstens das. Wünschst du dir nichts?»

«Nichts, nein. Fast nichts», erklärte Jochen. «Ich habe mehr, als ich je zu träumen gewagt habe.»

Er trat auf Sibylla zu und legte ihr den Arm um die Schultern.

«Mach dir keine Sorgen, Sibylla. Du wirst sehen, die Zunft wird mir die Meisterwürde geben. Die Stücke sind gute Handwerksarbeit.»

«Ja», stöhnte Sibylla. «Ja, das weiß ich. Aber Zunftmeister oder Ratsherr wirst du auf diese Art niemals werden.»

Sie wand sich aus Jochens Arm und verließ die Werkstatt.

Unruhig lief sie im Wohnzimmer hin und her. Sie war nicht nur über den Zobel verärgert, sie war überhaupt unglücklich, und das schon seit längerem.

Ein Dreivierteljahr war seit der Hochzeit vergangen. Ein Dreivierteljahr, in dem sie mit Christines Hilfe alles gelernt hatte, was eine Meistersfrau wissen musste. Sie waren gemeinsam auf dem Markt gewesen und hatten mit kritischen Blicken jedes Stück geprüft, bevor sie es kauften. Christine hatte ihr die kleinen Schönheitsmittelchen verraten, die es gab, um das Haar glänzender, die Lippen roter und die Haut strahlender zu machen. Sie waren freitags und sonntags in der Kirche gewesen und hatten mit den anderen Meistersfrauen den neuesten Klatsch ausgetauscht. Und am Sonntag waren sie mit den Ehemännern gemeinsam am Main spazieren gegangen und hinterher in einer Wirtschaft eingekehrt. Sie hatte das normale Leben einer Meistersfrau kennen gelernt, wusste um die kleinen Tricks und Kniffe, die vielen ungeschriebenen Regeln und Gesetze, beherrschte die Sprache und kannte die Themen, um die es sowohl zwischen Frauen als auch zwischen Männern ging. Doch sie war der wahren Sibylla nicht näher gekommen. Stattdessen begleitete sie die Tote wie ein Schatten. Mit dem Unterschied, dass sie ihn tagsüber vergessen konnte, doch nachts in ihren Träumen war die wahre Sibylla immer da und erinnerte sie daran, wer sie wirklich war. Ein Niemand, ein Nichts ohne eigene Vergangenheit. Eine Gauklerin war sie, eine schlechte Kopie. Alles andere als eine eigene Person. Nein, Sibylla hatte nicht geglaubt, dass es so verflucht schwer sein würde, in die Haut einer anderen zu schlüpfen. Früher war sie wenigstens Wäscherin gewesen, jetzt war sie nicht einmal mehr das. Ein Zwischending war sie, ohne Namen, ohne Vergangenheit, ohne irgendeinen Platz in der Welt. Nur wenn sie das Fellkleid trug, war sie sie selbst.

Aber ich werde es schaffen, dachte Sibylla und erinnerte sich an ihren Schwur in der Kirche. Ich werde einen Platz finden, mich selbst finden. Doch um das zu erreichen, musste sie der Toten entfliehen, sie hinter sich lassen, etwas erreichen, zu dem die wahre Sibylla nicht imstande gewesen wäre. Wenn sie Zunftmeistersgattin wäre, dann, so glaubte Sibylla, konnte sie ihr entkommen.

Sie war nicht wie Christine, die nun ganz und gar in der Säuglingspflege aufging. War nicht so rund, zufrieden, süß und genügsam. Und sie war auch nicht wie anderen, denen es ausreichte, dass der neueste Stadtklatsch ein bisschen Abwechslung in ihren Alltag brachte. Die zufrieden waren mit den stets gleichen Freuden und Pflichten, den banalen kleinen Höhepunkten, die es nicht verdienten, so genannt zu werden. Die dabei unzählige Kissen und Deckchen bestickten und Dutzende von Kindern bekamen, bis sie starben.

Nein, das war nicht das Leben, das Sibylla sich wünschte. Sie konnte nicht sein und leben wie alle anderen Meistersfrauen – und gleichzeitig wollte sie nichts lieber als das. Die Wäscherin in ihr, der rechtlose Bastard und der Schatten der Toten waren es, die mehr wollten, die sie antrieben. Aber wohin? Wie sah dieses «Mehr» denn eigentlich aus? Was war ihr Ziel?

Es war verrückt. Einerseits wollte sie der toten Sibylla aufs Haar gleichen, wollte die sein, die sie gewesen wäre, hätte ihr der Tod nicht einen Strich durch die Rechnung gemacht. Und andererseits wollte sie eine eigene Person sein, unabhängig und frei von ihrer Herkunft und Vergangenheit. Die Normalste der Frauen wollte sie sein und sich gleichzeitig von ihnen abheben, etwas Besonderes sein, das sich von der toten Sibylla vollkommen unterschied. Aber was? Sich ausdrücken wollte sie. Aber wie?

Das Schicksal – oder der Zufall – hatte Sibylla in eine Kürschnerei geführt und sie Meisterin werden lassen. Das war ihr Platz. Hier musste sie anfangen. In den Pelzen konnte sie ihre eigene Persönlichkeit ausdrücken. Sie würde Stücke schaffen, die jedem auf Anhieb zeigten, dass sie besonders, dass sie einmalig waren.

Aber wie sollte sie das bewerkstelligen? Mit einem Mann wie Jochen? Einem Mann, der zwar ein gutes Geschick hatte, aber keinerlei Ehrgeiz, keinen Drang, Neues zu schaffen. Ihn bei seiner Handwerkerehre packen? Nein, vergebliche Liebesmüh. Er verstand darunter ordentliche, solide und pünktliche Arbeit. Einwandfreie Waren zu ehrlichen Preisen. Keine Kunststücke, keine Abenteuer, nichts Einmaliges.

Nein, dachte Sibylla, es hat keinen Zweck, auf Jochens Stärken zu setzen. Einen Mann wie ihn musste man bei seinen Schwächen packen. Aber wo lagen Jochens Schwächen? Er war so ehrbar, so rechtschaffen, so himmelschreiend gut, dass es sie manchmal fast erstickte. Habgier war ihm fremd, Neid kannte er nicht, Macht ließ ihn kalt. Gütig war er, verständnisvoll, stets gut gelaunt und ausgeglichen; hielt sich mit nur einer Ausnahme an alle Regeln, fiel niemals auf – und unangenehm schon gar nicht.

Sie stockte, die Geschichte von Kain und Abel fiel ihr

ein. Ja, das war es. Sie war Kain, trug das Mal des Brudermordes nicht auf der Stirn, sondern im Herzen.

Sie dachte an das Verbrechen, das sie begangen hatte, um Meistersgattin zu werden. Sie war vielleicht nicht schlechter als Jochen. Doch er war nicht schuldig geworden, hatte sich nicht ein Leben erschlichen, das nicht seines war. Deshalb fühlte sie sich stets schlechter als er, schlechter als Christine und als alle anderen. Außer Martha vielleicht, die die gleiche Schuld trug wie sie, von der sie stets an ihr Verbrechen erinnert wurde, sobald sie sie sah. Wenn sie doch mit irgendjemandem darüber sprechen könnte! Sich erleichtern, ihr Herz ausschütten, Vergebung erlangen. Sich nur einem einzigen Menschen offenbaren, sich zeigen, wie und wer sie wirklich war. Die täglichen Gespräche mit Gott am Morgen in der Kirche reichten nicht mehr aus.

Doch natürlich würde kein Sterbenswörtchen je über ihre Lippen kommen. Noch nicht einmal im Beichtstuhl hatte sie darüber gesprochen, obwohl dies wohl der einzige Ort auf Gottes Erden war, an dem sie ihre Schuld bekennen und vielleicht sogar Vergebung dafür erlangen könnte.

Sibylla wischte die Gedanken weg. Sie war eine verheiratete, ehrbare Frau, erhaben über jeden Verdacht. Niemand wusste von dem Betrug – einzig Martha. Es nützte gar nichts, sich darüber Gedanken zu machen. Was geschehen war, war geschehen. Und sie würde es wieder tun, wäre sie noch einmal vor dieselbe Wahl gestellt.

Außerdem ging es jetzt nicht um ihre Schwächen, sondern darum, Jochens herauszufinden. Sibylla lief hin und her, zermarterte sich das Hirn und war schon beinahe dran, ihren Gatten heilig sprechen zu lassen, als ihr seine ausgeprägte Sparsamkeit einfiel. Ja, wirklich, Jochen sparte an allen Ecken und Enden. Gab es auf dem Markt ein Brot vom Vortag, welches nur die Hälfte kostete, so wusste Sibylla, dass Jochen selbstverständlich dieses kaufen würde, mochten die frischen auch noch so verführerisch duften. Wachslichter brannten nur zu besonderen Feiertagen, und das abendliche Bier, das den Gesellen zustand, war nicht gerade von der kräftigsten Sorte.

Ja, dachte Sibylla. Wenn es einen Weg gab, Jochen dazu zu bringen, etwas Neues zu wagen, dann nur über seine Sparsamkeit. Aber wie sparte man an Pelzen?

Sie musste nachdenken. Und die besten Einfälle hatte sie noch immer, wenn sie an der frischen Luft war.

Sibylla verließ das Wohnzimmer und ging hinunter in die Werkstatt.

«Ich brauche ein bisschen Frischluft», erklärte sie und schlüpfte in ihren Umhang. «Gibt es eine Besorgung, die ich für dich erledigen kann?»

Jochen stand am großen Arbeitstisch in der Mitte des Raumes und legte Ziegenfelle für einen einfachen Umhang zurecht. Er dachte einen Moment nach, dann sagte er: «Du könntest in die Gerberei gehen und nachsehen, wie lange unsere Felle noch in der Beize brauchen.»

Sibylla zögerte. Sie ging nicht gerne in die Gerberei, nicht nach dem, was ihr dort vor einiger Zeit passiert war. Sie hatte sogar regelrecht Angst davor. Doch wie sollte sie ihre Weigerung Jochen gegenüber begründen?

«Gut», erwiderte sie und machte sich seufzend auf den Weg.

Sie lief durch die Straßen hinunter bis zum Main. Ihre

Anspannung nahm mit jedem Schritt zu. Schließlich erreichte sie die Gasse der Gerber. Der Gestank raubte ihr schier den Atem. Sibylla wusste, woher er rührte. Sachs, der Gerber, hatte es ihr erklärt, als sie das erste Mal in seiner Gerberei gewesen war und sich die Nase zugehalten hatte.

«Was meint Ihr denn, womit wir gerben, Bürgersfrau, hey? Das Handwerk ist schmutzig und stinkt zum Himmel. Deshalb liegt unser Viertel am Rande der Stadt und nahe am Wasser.»

«Mit Alraune denke ich», hatte Sibylla geantwortet, denn so hatte es ihr Jochen in einer abendlichen Unterrichtsstunde erklärt.

Sachs hatte genickt. «Im Grunde habt Ihr Recht. Doch Alraune ist zu teuer und manchmal zu beißend. Ein paar frische Hundehaufen, vermischt mit einer Hand voll Hühnerdreck und ein paar Kellen Pferdeurin geben die beste Beize.»

Er führte Sibylla zu einem Bottich, in dem eine dunkelbraune Brühe schwamm.

«Na», fragte er lauernd. «Traut Ihr Euch, dort hineinzufassen?»

Sibylla lächelte, dachte an die Brühe im Feldsiechenhaus, die oft eine ähnliche Farbe hatte und in der neben Kotresten auch andere Dinge geschwommen waren, von denen sie lieber nicht hatte wissen wollen, was es war. Da sollte ihr ein bisschen Beize aus Tierkot etwas ausmachen? Pah!

Die Gesellen waren näher gekommen. Sibylla warf den Männern einen triumphierenden Blick zu, dann schürzte sie ihren Rock, krempelte die Ärmel hoch und fasste herzhaft mit beiden Händen in die stinkende Brühe. Sie machte einige Bewegungen darin, wollte den Männern unbedingt beweisen, dass sie wahrhaftig keine Furcht hatte, mit der Beize in Berührung zu kommen. Doch dann lachte einer der Gesellen los, schlug sich auf die Schenkel vor Freude und prustete mit hochrotem Kopf heraus: «Seht Euch die Theilerin an. Wie eine Wäscherin fährt sie durch die Beize. Als hätte sie ihr Leben lang nichts anderes gemacht.»

Sibylla riss ihre Hände so plötzlich aus der stinkenden Brühe, dass die Flüssigkeit nach links und rechts spritzte. Auch die anderen Gesellen stimmten in das Lachen mit ein.

Sibylla stand da, mit tropfenden Händen und hochrotem Kopf.

«Ich bin keine Wäscherin», rief sie mit schriller Stimme, trat zu dem Gesellen, holte aus und schlug ihm rechts und links ins Gesicht, dass sich seine Wangen sofort knallrot färbten. «Niemand soll es wagen, mich so zu nennen.»

Die Gesellen verstummten und sahen betreten drein.

«Verzeiht, Meisterin», brachte der Geschlagene schließlich hervor. «Wir wollten Euch gewiss nicht beleidigen. Ein harmloser Spaß nur sollte es sein.»

«Schluss jetzt mit dem Unfug», schritt Sachs endlich ein und reichte Sibylla einen Krug Wasser und ein Tuch, damit sie sich die Hände waschen konnte.

Er trat zu dem Gesellen und sagte so laut, dass alle es hören konnten: «Auch für dich ist jetzt Schluss, Thomas. Ich kann es mir nicht leisten, einen Gesellen zu beschäftigen, der mir die Kundschaft verscheucht. Der geringste Vorfall noch, und du wirst dir einen anderen Meister suchen müssen. Deinen Lohn aber für die nächsten drei Monate wirst du der Theilerin als Schmerzensgeld geben.»

Der Geselle warf Sibylla einen Hilfe suchenden Blick zu. Doch Sibylla schwieg, noch immer heftig atmend.

Als der Geselle merkte, dass von Sibylla keinerlei Hilfe zu erwarten war, hatte er sie mit einem Blick voller Hass und Rachsucht bedacht, der Sibylla noch jetzt schaudern ließ. Sie wusste, dass sie sich einen echten Feind gemacht hatte, der ihr gefährlich werden konnte.

Dann, als wäre nichts gewesen, hatte Meister Sachs auf einen Haufen roher Felle, an deren Unterseiten noch Fleisch und Fettgewebe hingen, gedeutet, die ebenfalls für den ekelerregenden Gestank in den Werkstätten und Gassen der Gerber verantwortlich waren.

«Seht Ihr, so kommen die Felle zu uns. Wir legen sie über Nacht in Zuber mit Regenwasser, damit sie weich werden, und geben ein bisschen Salz dazu, sonst quellen die Häute auf und verlieren die Haare. Am nächsten Morgen werden die Felle entfleischt. Dazu werden sie über den Rumpelbock, das gewölbte Brett dahinten gespannt, und der Gerber steht dahinter und entfernt mit dem Scherdegen das aasige Fleisch.»

In den vergangenen Wochen hatte Sibylla oft an diese Szene gedacht und jedes Mal einen dicken Kloß im Hals gefühlt. Die Gesellen hatten nicht grundlos gelacht, nein. Sie hatte sich benommen wie eine Wäscherin, hatte die Röcke gerafft wie eine Wäscherin, die Arme bis zu den Ellbogen eingetaucht und die Hände bewegt, als rubbele sie Stoff dazwischen. Verraten hatte sie sich, weil sie der Versuchung nicht widerstehen konnte. Und ohne dass sie es bemerkt hatte, war die Wäscherin in ihr auferstanden. Doch der Geselle Thomas hatte es gesehen. Er hatte es ans Licht gebracht. Und dafür würde er büßen. Nicht jetzt. Doch irgendwann würde sich einmal die Gelegenheit ergeben, dessen war sich Sibylla ganz sicher.

Sie hatte die Gerberei seither gemieden und gehofft, dass die Gesellen und Sachs den kleinen Zwischenfall schnell vergessen würden. Ja, sie hatte Jochen sogar gebeten, in Zukunft eine andere Gerberei zu beauftragen. Doch Jochen war mit der Arbeit zufrieden, und da sich Sibylla weigerte, den wahren Grund für einen Wechsel zu benennen, war alles geblieben, wie es war.

Jetzt war ihr mulmig, als sie das Sachs-Haus erblickte. Die Schmach brannte noch immer in ihr wie eine Wunde, die einfach nicht verheilen wollte.

Sie hatte die Werkstatt gerade betreten, als sie plötzlich Lärm hörte, der aus dem Hof der Gerberei kam. Ein schmaler Mann mit verkniffenem Mund, den Sibylla schon in der Zunftstube gesehen hatte, stürmte mit einem Bündel unter dem Arm in die Werkstatt.

«Lump, verfluchter! Drecksgerber!», schrie der Dürre.

«Was schreit Ihr, Meister Hinz? Seid Ihr irre geworden?», fragte Sachs und warf Sibylla einen besorgten Blick zu.

Sie sah sich unruhig um, denn sie wollte dem Gesellen Thomas möglichst nicht unter die Augen kommen. Die Ablenkung durch den wütenden Kunden kam ihr da gerade recht. Thomas aber war nirgends zu sehen, und Sibylla beruhigte sich rasch wieder. Gesellen waren von Natur aus ein neugieriges und geschwätziges Pack. Wäre er hier, so stünde er sicher schon in nächster Nähe und würde die Ohren spitzen. Wahrscheinlich aber war er unten am Fluss und verrichtete dort seine Arbeit.

«Hier! Da! Seht Euch das an! Ist das saubere Arbeit, frage ich? Ist das ehrliches Handwerk?», schrie Meister Hinz.

Vor Empörung am ganzen Körper zitternd, zerrte er das Bündel auseinander und pochte mit knochigem Zeigefinger auf eine Partie Fell.

«Verfilzt! Vollkommen verfilzt ist das Fell. Gutes Schaf, beste Ware. Für teures Geld gekauft und dann zu Euch Halsabschneider gebracht. Und Ihr verderbt es. Anzeigen werde ich Euch! Anzeigen und Euch lehren, wie man mit guter Ware umgeht!»

Sachs nahm das Fell, hielt es gegen das Licht und fuhr mit dem Finger darüber. Er seufzte.

«Ihr habt Recht, Meister Hinz. Das Fell ist verdorben. Vielleicht kann man es reparieren?»

«Ha! Reparieren! Das könnte Euch so passen! Mein Geld will ich zurück und einen Gulden als Ablass dazu. Reparieren! Flickwerk! Hat man so was schon gehört! Verdirbt die Ware und klopft noch schlaue Sprüche! Was meint Ihr, wen Ihr vor Euch habt, hä? Ha! Der Zunft werde ich's melden. Reparieren wird sie Euch vor der Lade, jawoll.»

Sachs nahm den Wütenden am Arm und führte ihn zu einem Schemel. «Setzt Euch, Meister Hinz, trinkt einen Becher Apfelwein auf den Schreck.»

Er gab dem Lehrbuben ein Zeichen, dass er in der Küche das Gewünschte holen sollte.

Meister Sachs, um seinen Ruf besorgt, strich ein um das

andere Mal über das verdorbene Fell, als traue er seinen Augen nicht.

«Hinz, Ihr habt schon Recht, wenn Ihr Euch beschwert, doch den Gulden Ablass zahle ich nicht. Ihr selbst wart es, der befohlen hat, das Fell vom Lehrbuben gerben zu lassen, damit es Euch billiger kommt. Ich hatte Euch gewarnt. Gott und die Gesellen sind meine Zeugen.»

Hinz trank den Apfelwein in einem Zug und sah misstrauisch zu den Gesellen, die zu den Worten ihres Meisters nickten.

«Dann schick ihn her, den Lehrbuben, damit ich ihm das Fell gerben kann», brüllte er wieder, aber schon bedeutend zahmer als bei Sibyllas Ankunft.

«Wenn hier einer dem Lehrjungen den Knüppel gibt, dann bin ich es. Seid versichert, er kriegt seinen Teil. Euch gebe ich den Gerblohn zurück. Wenn Ihr aber vor der Zunft den Betrogenen spielt, so werde ich erzählen, dass Ihr den Kunden zu hohe Gerbkosten berechnet. Was meint Ihr, wer den größeren Ärger bekommt?»

Sachs machte seine Geldkatze auf und zahlte dem Kürschner den Lohn zurück.

Der murmelte noch einmal etwas vom ehrlichen Handwerk, dann wollte er sein Bündel nehmen und verschwinden, doch Sachs hielt ihn zurück.

«Die Felle lasst hier, Hinz. Ich habe sie zurückgekauft.»

«Könnt sie doch nicht mehr verwenden, Sachs, verpfuscht, wie sie sind.»

«Und wenn ich sie der Katze zum Spielen gebe, die Felle bleiben hier!»

Hinz grummelte noch etwas, dann feuerte er das Bündel in eine Ecke und verschwand leise schimpfend.

Sibylla hatte der Auseinandersetzung mit Belustigung zugesehen. Jetzt nahm sie eines der Felle und betrachtete es.

«Was ist passiert? Wodurch ist es verdorben?», wollte sie wissen.

Sachs zuckte mit den Achseln. «Wahrscheinlich hat der Lehrjunge die feuchten Felle nach dem Gerben und Waschen nicht gut genug eingefettet und gewalkt. Fühlt selbst, wie steif sie sind. Das feuchte Haar filzt, wenn es zu wenig Fett bekommt.»

Sibylla nickte. «Was passiert mit den verdorbenen Fellen?»

Sie hatte den Erklärungen nur mit einem halben Ohr gelauscht, denn sie hatte eine Idee.

Meister Sachs zuckte mit den Schultern. «Losschlagen könnte ich sie für ein paar Heller auf einem der Bauernmärkte. Doch das kostet zu viel Zeit. Zeit, die ich lieber in der Werkstatt verbringe. Wegwerfen werde ich sie wohl oder der Katze hinlegen, die gerade Junge geworfen hat.»

«Würdet Ihr sie mir auch für ein paar Heller verkaufen?», fragte Sibylla und suchte bereits nach ihrem Geldsäckchen.

«Warum nicht?», fragte Sachs. «Doch was wollt Ihr damit?»

Sie lachte. «Vielleicht schenk ich sie der Magd. Sie hat's im Kreuz und kann die Felle gut für ihre Schlafstatt gebrauchen.»

Sachs war einverstanden, Sibylla bezahlte, nahm das Bündel und verließ eilig die Gerberei, ehe es sich der Meister noch einmal anders überlegte.

Wie einen Schatz trug sie die schwarzen, weißen und

braunen Schaffelle nach Hause. Sie ging sofort in die kleine Wäschekammer, ohne, wie sonst üblich, den Kopf zuerst in die Werkstatt zu stecken.

Oben breitete sie die Felle auf dem Boden aus, setzte sich in die Mitte, strich mit der Hand über den verfilzten Pelz und dachte nach. Die meisten Umhänge, die aus der Kürschnerei Wöhler kamen, sahen gleich aus. Sie waren aus Schaffell, Ziege oder Kaninchen gefertigt, nach schlichtem Schnitt und ohne jede Verzierung. Die einfachen Leute trugen sie bei der Arbeit.

Etwas Schmückendes, das ein Stück vom anderen unterschied, ein Beiwerk ohne viel Aufwand und Kosten, das, ja, genau das war es, was den Produkten aus der Kürschnerei Wöhler fehlt, überlegte Sibylla.

An den Rändern stießen sich die Umhänge zuerst ab; der Pelz dort litt am meisten. Wenn es ihr also gelänge, die Ränder widerstandsfähiger und schöner zu machen, dann hätte sie zwei Fliegen mit einer Klappe geschlagen.

Sibylla wurde warm. Der Gedanke hatte ihr Blut in Wallung gebracht, der Eifer ihre Wangen rot gefärbt. Sie strich sich die Haube vom Kopf und ließ ihr langes Haar über Rücken, Brust und Schultern fallen. Als sie sich vornüber beugte, fielen ihr immer wieder einzelne Strähnen ins Gesicht, bis sie schließlich ihr Haar nahm und es zu einem Zopf flocht. Plötzlich kam ihr eine Idee: Wenn sie das Fell so kurz schneiden würde, dass alles Verdorbene weg war, es anschließend in schmale Streifen zerschnitt, diese zu einem Zopf flocht, den man an die Ränder der Umhänge nähen könnte, dann hätte sie ihr Ziel erreicht: Die Kanten wären geschützt und zudem verschönert. Sie dachte daran, was Jochen wohl dazu sagen würde. Misstrauisch, wie er allem Neuen gegenüber war, konnte sie es nicht wagen, ihm mit einem solchen Vorschlag zu kommen. Überzeugen musste sie ihn. Am besten mit einem fertigen Umhang.

Sibylla machte sich sofort an die Arbeit. Sie schnitt ein weißes, ein braunes und ein schwarzes Fell so kurz, dass sie beinahe wie Samt aussahen, fertigte dann schmale Streifen, die sie zu einem festen, aber flachen, dreifarbigen Zopf flocht.

Jetzt brauchte sie nur noch einen Umhang, an den sich dieser Zopf nähen ließ. Aber sie konnte nicht einfach in die Werkstatt gehen, um sich dort einen zu holen. Sie musste abwarten.

Es war später Herbst. Die Novemberstürme heulten durchs Haus, auf den Butzenscheiben wuchsen Eisblumen, und die Bettwäsche war Tag und Nacht klamm.

Sogar in der Küche, nahe am Herdfeuer, trug Barbara ihren Schaffellumhang. Nur zum Essen zog sie ihn aus und legte ihn neben sich auf die Bank.

Darauf hatte Sibylla gewartet. Scheinbar aus Versehen stieß sie beim gemeinsamen Nachtmahl ihre Schüssel Grütze vom Tisch, sodass der Brei auf dem Umhang landete.

Die Magd stieß einen Ruf des Entsetzens aus und sah mit unglücklichen Blicken auf ihren Umhang. Sibylla sprang auf, kratzte mit den Fingern die Grütze aus dem Pelz und entschuldigte sich.

«Verzeih, Barbara, ich werde den Umhang ausbürsten», versprach sie.

Jochen Theiler warf Sibylla einen tadelnden Blick zu

und holte aus der Werkstatt einen neuen, der noch keinen Käufer gefunden hatte, und reichte ihn Barbara.

«Da, nimm diesen einstweilen, aber pass auf, dass nichts dran kommt», sagte er. Seine Gedanken waren woanders, denn er hatte am Mittag in der Zunftstube spannende Neuigkeiten erfahren. Als sich alle wieder gesetzt hatten, erzählte er der Runde davon.

«Der Rat denkt über den Erlass einer Kleiderordnung nach», berichtete er. «Samt, Atlas, Gesticktes, Perlen und Pelze aus Zobel, Marder und Hermelin sollen bei 10 Gulden Strafe den Bürgern verboten werden. Auch Schleifen und Bänder dürfen zukünftig nicht länger als 14 Ellen sein.»

«Warum das?», fragte der Altgeselle.

Theiler lächelte: «Unter den Frankfurtern ist ein modischer Wettbewerb ausgebrochen. Die Italiener und Burgunder führen auf den Messen immer die neuesten Modelle vor. Die Frankfurter wollen natürlich nicht weniger vornehm sein als die Ausländer. So mancher hat sich verschuldet, hört man, für eine Schaube aus Hermelin oder ein Kleid von Mailänder Samt.»

Sibylla dachte über die Worte ihres Ehemannes nach. Dann, die anderen waren längst bei einem neuen Thema, sagte sie: «Die Kleiderordnung ist eine gute Gelegenheit für uns. Die teuren Stoffe und Pelze werden verboten. Die Sehnsucht nach Schönheit und Vornehmheit aber lässt sich nicht verbieten. Wenn wir mit unseren Waren diese Sehnsucht stillen, können wir ein gutes Geschäft machen.»

«Und wie soll das gehen?», brummelte der Altgeselle misstrauisch. «Sollen wir vielleicht Schleifen an unsere Schaffelle nähen?»

Er lachte keckernd.

«Warum eigentlich nicht?», fragte Sibylla nach.

«Warum, warum!», erregte sich Heinrich. «Weil an ein Schaffell keine Schleifen gehören, darum!»

Sibylla sah, dass Heinrich sich ärgerte. Ärger konnte sie nicht gebrauchen, im Gegenteil. Sie brauchte sein Wohlwollen.

«Ihr habt Recht, das wäre albern», sagte sie, legte kurz ihre weiße Hand auf die knochige des Altgesellen und lächelte ihn an.

«Verzeiht einem törichten Frauenzimmer, das immer nur an Putz denkt und das Zweckmäßige nicht sehen will.»

Sibylla hasste sich für diesen Satz, der genau das Gegenteil von dem, was sie wirklich dachte, ausdrückte. Doch sie hatte inzwischen gelernt, dass man Mäuse mit Speck fängt, und sah zufrieden, wie sich Heinrichs Gesicht entspannte und er ihr versöhnlich zunickte.

Jochen Theiler hatte sich mit keiner Silbe in das Gespräch gemischt, doch ihm entging nichts, und das feine Lächeln um seinen Mund zeigte, dass er Sibyllas heimliche Gedanken zwar nicht lesen, aber doch ahnen konnte.

In der Nacht, als alle schliefen, stand Sibylla heimlich auf, holte den geflochtenen, dreifarbigen Zopf aus der Wäschekammer und schlich sich hinunter in die Werkstatt.

Im Schein eines Talglichtes betrachtete sie Barbaras Schaffell, aus dem sie den Brei herausgebürstet hatte, und legte es auf den großen Zuschneidetisch.

Sollte sie wirklich die Ränder ganz kurz schneiden und ihren Zopf dort anbringen? Was, wenn sie das Fell verdarb? Jochen würde sie niemals wieder auch nur einen Schritt in die Werkstatt setzen lassen, Heinrich würde ihn dabei unterstützen, und Barbara wäre zu Recht ärgerlich. Aber sie musste es tun, musste den anderen zeigen, dass Schönheit wichtig war und nützlich für das Geschäft.

Beherzt, aber sorgsam begann sie mit der Arbeit. Sie war so in ihr Tun vertieft, dass sie nicht hörte, wie sich die Werkstatttür öffnete und jemand hereinkam.

Jochen beobachtete Sibylla einige Minuten lang. Dann räusperte er sich und sagte leise: «Du solltest den Zopf so annähen, dass er ein winziges Stück über die Ränder hinausgeht. Nur einen Fingernagel breit.»

Sibylla schrak zusammen und wandte sich um. «Woher weißt du, dass ich hier bin?», fragte sie.

«Du hast die Grütze mit Absicht vom Tisch gestoßen. Eine Frau wie du weiß genau, was sie tut. Seit dem Tag, an dem du den Zobel gesehen hast, warte ich darauf, dass etwas geschieht.»

Sibylla lächelte. «Aber ich wusste nicht, dass es so schwer ist, einen geflochtenen Zopf an einen Umhang zu bringen», gab sie zu.

«Du bist auch keine Kürschnerin. Noch nicht», erwiderte er und nahm ihr den Zopf aus der Hand.

Die halbe Nacht arbeiteten sie. Sie sprachen wenig dabei, doch die Blicke, die sie miteinander tauschten, waren voller Zuneigung.

Erst als das Stück nicht nur fertig, sondern genau so geworden war, wie Sibylla es sich vorgestellt hatte, gingen sie zu Bett.

In dieser Nacht berührte Jochen zum ersten Mal ihre Haut, ohne dass sie vom Fellkleid bedeckt war. Ganz still lag Sibylla, hielt beinahe den Atem an, als seine Finger über ihren Hals glitten. Erst zögerlich und langsam, doch dann sicherer werdend, lockend gar, sodass keiner von beiden schließlich mehr an die Schafsdärme dachte.

Auch Barbara war begeistert, als sie ihr altes Fell mit der neuen Verzierung am nächsten Morgen sah. Sogleich nahm sie ihren Weidenkorb und ging auf den Markt, obwohl sie erst am Vortag ausgiebig eingekauft hatte.

Als sie zurückkam, strahlten ihre Augen, und ihre Wangen waren rot vor Freude.

«Mein Umhang war ein Ereignis auf dem Markt. Die Krämersfrauen haben mich darauf angesprochen. Auch sie wollen nun Umhänge, die mit einem Zierrand versehen sind.»

Barbara lachte, als sie sah, dass der Altgeselle zweifelnd den Kopf schüttelte.

«Arbeiten sollen die Weiber und zusehen, dass sie ihr Tagwerk schaffen. Dem Käse am Stand ist es gleichgültig, ob die Krämerin Flechtwerk trägt oder nicht.»

«So haben die Männer alle geredet», berichtete Barbara kichernd. «Aber ich habe ihnen geantwortet: Nicht nur der Käse und die Eier müssen den Kunden gefallen. Eine Krämerin, die auf sich hält und Geschmack beweist, achtet auch auf ihre Ware.»

Sibylla war glücklich. Ja!, dachte sie. Wieder habe ich einen Schritt geschafft. Sie blickte Jochen triumphierend an. Vielleicht sah er jetzt ein, dass ihre Ideen die Kürschnerei weiterbringen konnten.

Doch Jochen sagte – wie es seine Art war – zunächst gar nichts. Er wartete ab und schien zu übersehen, dass Sibylla gern von ihm gelobt worden wäre. Erst als zwei Monate später in den Auftragsbüchern die Bestellungen für Umhänge mit Flechtwerk überhand nahmen, schickte er Sibylla los, um auch bei den anderen Gerbern nach verdorbener Ware zu fragen. Das war Lob genug. Anerkennende Worte jedoch gab es keine. Damit geizte er jedem gegenüber, das galt auch für seine Frau.

Kapitel 7

Die Schwangerschaft machte Sibylla trotz allem noch schöner. Überall, wo sie sich befand, sahen ihr die Männer nach, und die älteren Frauen bedachten sie mit wohlwollenden Blicken, während sie von den jüngeren neidvoll betrachtet wurde.

Oft ging sie jetzt in den Straßen und Gassen Frankfurts spazieren, schlenderte über die Märkte. Jochen hatte klar und deutlich gesagt, dass er sie nicht mehr in der Werkstatt haben wollte. Er fürchtete, die schlechten Gerüche von Gerbmittel und Leim könnten dem Kind in Sibyllas Bauch schaden. Er war besorgt um sie, behandelte sie wie ein rohes Ei, freute und sorgte sich zugleich und versuchte, alle Aufregung und Unbilden, alles Schlechte von Sibylla fern zu halten.

Nun, Sibylla gehorchte. Was sollte sie auch sonst tun? Wenn sie auch nicht mehr in die Werkstatt durfte, so konnte ihr Jochen doch nicht verbieten, sich nach neuen Anregungen umzusehen.

Im Augenblick suchte sie in den Gassen und Läden nach Spielzeug für das Kind, das kurz nach der Fastenmesse zur Welt kommen sollte. Sie fand Lumpenbälle, die so hart waren, dass man sich an ihnen die Haut aufschürfen konnte. Sie sah Spielzeug aus Holz, zu grob für winzige Händchen, doch es gab nichts, das ihr für einen Säugling geeignet erschien. Sibylla wollte etwas Warmes, Weiches, Flauschiges für ihr Kind, etwas zum Kuscheln und Schmusen. Aber was gab es Weicheres und Wärmeres als Pelz?

Eines Tages fand sie, was sie suchte. Barbara war in der Küche beschäftigt, Jochen und die Gesellen waren in der Zunftstube, der Lehrjunge schlief, und Sibylla hatte Gelegenheit, sich nach Herzenslust ungestört in der Werkstatt umzusehen. Aus einem Haufen von Fellresten suchte sie sich einige Stücke aus, setzte sich an den großen Arbeitstisch und nähte kleine Tiere zum Kuscheln und Schmusen. Sie schnitt größere Fellteile zurecht, nähte sie zur Hälfte zusammen und füllte sie dann mit den kleineren Resten. Als sie die Geräusche der heimkehrenden Männer hörte, standen bereits ein kleines, graues Mäuschen aus Eichhörnchenfell mit einem langen Lederschwänzchen und ein brauner Bär aus Schaffellresten vor ihr auf dem Tisch.

Die Tür ging mit einem kräftigen Ruck auf, und Jochen kam herein. Seine Augen blickten verärgert, doch als er die Spielzeugtierchen sah, glätteten sich seine Zornesfalten.

«Schau, für unser Kind», sagte Sibylla und reichte ihm den Bären.

Jochen lächelte und sah seine Frau gerührt an. «Du freust dich genauso wie ich, nicht wahr?», fragte er. «Ich sehe es an dem Spielzeug.»

«Ja, ich freue mich», erwiderte Sibylla. «Aber größer noch wäre meine Freude, wenn ich nach der Geburt wieder in der Werkstatt sein dürfte. Meine Hände wollen Felle spüren und die Nadel. Bitte, Jochen, lass mich bald wieder in die Werkstatt. Ich verspreche dir hoch und heilig, dass es dem Kind an nichts mangeln wird.»

Jochen blickte seine Frau nachdenklich an. Ihre großen graugrünen Augen leuchteten vor Eifer. Die Brüste, durch die Schwangerschaft voller geworden, bebten unter ihrem Mieder. Der gewölbte Bauch und die Hand, die Sibylla schützend darauf gelegt hatte, ließen sie wie eine Madonna erscheinen.

Konnte man einer Madonna einen Wunsch abschlagen? Nein, Jochen konnte es nicht. Er seufzte, dann sagte er: «Ich werde mit Martha sprechen. Sie soll täglich kommen und dir zur Hand gehen, aber ich möchte nicht, dass sie unser Kind aufzieht. Das, Sibylla, ist deine Aufgabe.»

Sibylla strahlte und ging auf Jochen zu. Sie nahm sein Gesicht in beide Hände und strich ihm zärtlich über die Wangen. «Danke, du Lieber», sagte sie leise. «Danke, dass du mich verstehst und mir hilfst.»

Doch Jochen schüttelte den Kopf. «Nein, Sibylla, ich verstehe dich nicht. Du bist anders als alle Frauen, die ich kenne. Aber ich bin dein Mann und möchte, dass du zufrieden bist.»

Sibylla sah in den Augen ihres Mannes zum ersten Mal eine leise Traurigkeit. Sie stutzte.

«Was hast du?», fragte sie verwundert.

«Ich wollte mein Leben mit dir teilen», sagte Jochen Theiler, und die Trauer färbte seine Stimme dunkel. «Aber du entziehst dich mir. Es gibt etwas in deinem Wesen, das nichts mit mir zu tun hat. Du wirst wohl niemals ganz und gar, mit Haut und Haaren mein Weib werden.»

Betroffen blickte Sibylla zu Boden. Jochen hatte Recht, sie wusste es. Es war das Geheimnis ihrer Herkunft und ihres Betruges, das zwischen ihnen stand und verhinderte, dass sie sich einander bis zum Letzten offenbaren konnten. Sie hatte gehofft, dass mit der Schwangerschaft die Träume verschwinden würden. Doch so war es nicht. Noch immer erschien ihr die wahre Sibylla, die sie in Gedanken immer nur «Die Andere» nannte, und erinnerte sie an alles, was sie am liebsten vergessen würde. Die andere war es auch, die verhinderte, dass sie Jochens Liebe erwidern konnte. Sie stand zwischen ihnen. Nur wenn Sibylla nachts ihr Fellkleid trug, war sie ihm nahe.

«Es tut mir Leid, Jochen», murmelte sie. «Ich wünsche oft, ich wäre anders.»

Sie streckte ihre Hand nach ihm aus, doch Jochen wich ihrer Berührung aus und verließ die Werkstatt.

Der Frühling hielt Einzug in Frankfurt. Der Main, seit Wochen zugefroren, taute, und die Schifffahrt konnte wieder aufgenommen werden. Der Schnee, der in schwärzlichen Haufen an den Straßenecken gelegen hatte, schmolz in der ersten zaghaften Frühjahrssonne und gab allen Schmutz und Unrat frei, der unter einer Eisschicht gelegen hatte. Es stank zum Himmel, doch dieser Geruch gehörte zum Frühling wie das erste zaghafte Grün an Bäumen und Büschen. Überall waren Grabenfeger und «Goldgräber», wie man die Abortkehrer nannte, unterwegs, um die Stadt messfein zu machen. Die Leichen wurden von den Galgen abgenommen, die Bettler und Aussätzigen vor die Stadttore geschickt, und die ersten Wagen mit den plappernden und kichernden fahrenden Huren, die für die beiden Messewochen von weit her kamen, rumpelten durch die Gassen hinunter zu den Frauenhäusern am Main.

Vor den Römerhallen wurden die Wagen der Fugger und Welser aus Augsburg entladen und jeder einzelne Tuchballen in ein dickes Kontorbuch eingetragen. Aus den Hansestädten kamen ganze Kolonnen mit Pelzwaren aus Russland, Glas aus Böhmen und Gewürzen aus Übersee.

Am Mainkai lagen Frachtschiffe, die Wein aus dem Elsass und Brüsseler Spitze an Bord hatten.

In den Gassen putzten die Handwerker ihre hölzernen Läden und bereiteten die Auslagen vor.

«Wir sollten uns einen kleinen Stand in der Krämergasse mieten», schlug Sibylla ihrem Mann vor. «Die Krämergasse liegt nahe bei den Römerhallen. Dorthin kommen die Messfremden. In die Trierische Gasse verirrt sich nur, wer genau weiß, dass hier die Kürschner sind. Die Laufkundschaft aber findet sich um den Römer herum.»

«Wir sind Handwerker, keine Krämer», erwiderte Jochen, doch Sibylla schüttelte heftig den Kopf.

«Du irrst dich. Wir sind natürlich auch Krämer, selbst wenn dir dieser Begriff nicht gefällt. Auch wir müssen unsere Waren verkaufen, müssen Handel treiben.»

«An Kundschaft mangelt es uns nicht», knurrte Jochen.

Sibylla griff über den Tisch und legte ihre Hand auf seinen Arm.

«Ich weiß, Jochen. Doch es kann uns nicht ausreichen, seit Jahren immer wieder dasselbe zu fertigen. Immer wieder nur Umhänge und Kappen aus billigem Pelz. Träumst du nie davon, einmal eine wertvolle Schaube oder eine

Decke zu fertigen, von der die ganze Stadt spricht? Möchtest du nicht, dass deine Handwerkskunst, dein Geschick in aller Munde ist?», fragte sie.

«Ich glaube nicht, dass wir durch einen Messestand in der Krämergasse zum Kürschnerpatriziat aufsteigen», antwortete Jochen verdrossen. «Warum reicht dir nicht, was wir haben? Uns geht es gut, wir haben alles, was wir brauchen. Die Vorratskammern sind gefüllt, deine Kleider sind zwar nicht von Mailänder Samt, aber doch aus gutem englischem Tuch.»

Sibylla nahm ihre Hand von seinem Arm und blickte aus dem Fenster.

«Es geht mir nicht ums Geld», sagte sie.

«Was treibt dich dann? Und überhaupt: Du bist schwanger. Wer soll den Stand betreuen? Die Gesellen brauche ich in der Werkstatt.»

«Versteh doch, Jochen: Du bist der beste Handwerker in der ganzen Zunft. Sogar Ebel musste es zugeben, als er dir die Meisterwürde verliehen hat. Ein Leichtes wäre es für dich, an der Zunfttafel nach oben zu rücken, neue Kunden zu finden und unseren Namen in aller Munde zu bringen. Nicht nur in Frankfurt. Die Messe ist die beste Gelegenheit, zu zeigen, was wir können.»

«Wir sind nicht in Mailand oder Burgund, Sibylla. Unsere Käufer wollen zweckmäßige Umhänge ohne Schnickschnack.»

«Warum kaufen die Leute dann lieber bei uns Umhänge mit Flechtwerk an den Rändern?», fragte Sibylla.

«Eine Mode, nichts weiter. Sie sind verblendet, und die Kleiderordnung tut ein Übriges, die Gier nach solchen Dingen anzustacheln. Gäbe es keine Kleiderordnung, die

Beiwerk begrenzt und verbietet, wollte auch kein Mensch die verbotenen Dinge haben. Das Verbotene lockt, das ist es. Denk an Adam und Eva im Paradies.»

Sie antwortete nicht, sondern stand auf und ging hinaus. Wie oft hatten sie Gespräche dieser Art bereits geführt?

Sie wusste es nicht, wollte es auch gar nicht wissen. Jochen war ein biederer Handwerker, dem es an Schöpfertum und Ehrgeiz mangelte. So war es, und Sibylla wusste, dass sie nichts daran ändern konnte. Jochen würde bleiben, was und wie er war, und wenn sie damit nicht zufrieden sein konnte, dann musste sie sich ändern. So einfach war das. So schwer war das.

Sie nahm ihren Umhang, verließ das Haus und ging hinunter zur Krämergasse. Ich werde einen Stand mieten, egal, was Jochen sagt. Er kann das Geschäft nicht rückgängig machen, ohne zu zeigen, dass er seine Frau nicht im Griff hat, dachte sie. Er wird sich nicht noch einmal lächerlich machen wollen und zustimmen müssen.

Sie musste lange suchen und in beinahe jedem Haus fragen, ehe sie noch einen kleinen Platz für einen winzigen Stand ohne Regendach bekam. Beinahe jeder freie Fleck war an die Messfremden vermietet, die ihre Waren in schweren, mit Pech verschmierten Fässern durch die Gassen rollten.

Doch schließlich fand sie, was sie suchte.

«Ich bin die Kürschnermeisterin Theiler aus der Trierischen Gasse», erklärte sie. «Mein Mann schickt mich, um einen Stand anzumieten.»

«Ein Fleckchen habe ich noch», erklärte ihr der Hausbesitzer, ein dicker, feister Mann mit bekleckertem Wams.

«Einen Gulden pro Messtag nehme ich dafür und von jedem verkauften Stück den zehnten Teil.»

Das war Wucher, Sibylla wusste es. Jochen würde ihr Vorhaltungen machen, doch sie zögerte nicht, sondern fingerte nach ihrer Börse, die sie am Gürtel trug, holte das Geld heraus und drückte es dem Mann in die Hand.

«Ich zahle gleich», sagte sie. «12 Gulden für 14 Messetage. Und für die Ware möchte ich einen Unterstellplatz für die Nacht in Euerm Keller.»

Der Dicke blickte begehrlich auf die Münzen in seiner Hand.

«Abgemacht», sagte er, biss auf ein Geldstück und reichte Sibylla zum Verkaufsabschluss die Hand.

Als sie Jochen davon erzählte, wurde er ganz still und sah sie mit enttäuschtem Blick an. Sie versuchte, es ihm zu erklären, doch er wischte alles mit einer Handbewegung beiseite und verließ den Wohnraum.

Doch nun war Messe, und sie stand jeden Tag vom frühen Morgen bis zum Abendläuten in der Krämergasse, den schwangeren Leib unter einem lose fallenden Umhang verborgen.

Vor ihr auf dem Tisch lagen ein paar schlichte Stücke für die einfachen Leute, daneben einige verzierte Umhänge zu einem günstigen Preis, kurze Mäntel aus Marderfell für die betuchteren Kunden, Kappen aus allen Materialien und in allen Preislagen, ein paar Gürtel von Pelz und Flechtwerk und die kleinen Felltierchen.

Die Waren verkauften sich gut, aber nicht so gut, wie Sibylla es gewünscht hatte. Und sie kannte auch den Grund dafür: Für Frankfurter Verhältnisse waren die Sachen aus der Kürschnerei Theiler gute Ware zu vernünftigen Preisen. Doch die Kürschner aus den anderen Städten, allen voran die Leipziger, zeigten mehr Mut zur Mode, größere Vornehmheit. Nicht nur beste Handwerksarbeit zeichnete die Waren aus Sachsen aus, sondern obendrein ein besonderer Schick, den Sibylla bei den eigenen Produkten so vermisste, ja, der die Stücke aus dem eigenen Haus altbacken und bieder wirken ließ.

Obwohl sie nicht den ganzen Tag mit Verkauf und Beratung beschäftigt war, langweilte sich Sibylla nicht eine Minute. Sie beobachtete die Leute, vor allem die Frauen, staunte über die Anmut der Italienerinnen, die in dieser Saison Kleider mit bestickten Ärmeln trugen und von Herren begleitet wurden, deren samtene Leibröcke bis zu den Knien reichten. Sie sah die Französinnen, die ihre Kleider mit breiten Stoffbahnen, die um die Hüften geschlungen waren, verzierten, und bewunderte die breitkrempigen Hüte der Spanier und die eng am Kopf liegenden Kappen der venezianischen Dogen.

Besonders intensiv aber musterte sie die Kleidungsstücke aus Pelz: Seidenmäntel, mit Marder gefüttert und breitem Besatz, Pelzstücke, die wie ein Tuch umgelegt wurden und von denen sie hörte, dass man sie Stola nannte. Kappen und Barette aus Zobel und Hermelin, mit Federn geschmückt für die Herren, gefütterte Lederhandschuhe mit Goldstickerei, Hauben aus kostbarem Pelz, mit Perlenstickerei versehen, für die Damen. Gerade lief eine reiche Patrizierin mit ihrem Mann vorbei, das Ehepaar Heller, das das größte Haus in Frankfurt, den Nürnberger Hof, sein Eigen nannte.

Jakob Heller, der, wie es hieß, von Albrecht Dürer einen Altar malen ließ, trug einen Mantel von herrlichem, glänzenden Zobel über einem Seidenwams. Seine Frau war ganz in Samt gekleidet und besaß selbstverständlich schon ein Stück der neuesten Mode, eine Stola aus Hermelin, die sie um ihre Schultern geschlungen hatte, aber so, dass die kostbare Brüsseler Spitze, aus der das Brusttuch war, gut zu sehen war. Als die Hellers bei einer Blumenfrau vorbeikamen, erstand Heller für seine Gemahlin ein kleines Sträußchen der ersten Veilchen. Die Hellerin nahm den Strauß entgegen, als ob es eine Selbstverständlichkeit wäre, Blumen geschenkt zu bekommen. Sie hielt die Veilchen vor ihre Brust und roch daran, und Sibylla dachte mit Bedauern, dass die kleinen Pflanzen schon sehr bald verwelkt sein würden. Man müsste Blumen aus Pelzwerk fertigen, überlegte sie. Fellblumen mit Stängeln aus gefärbtem Leder und einer Perle als Blütenmitte.

Am liebsten hätte Sibylla alles, was sie sah und was ihr einfiel, sogleich in ein kleines Büchlein gezeichnet und mit wenigen Worten beschrieben. So viel Neues, so viel Erstaunliches und Schönes erblickte sie, dass sie Angst hatte, etwas zu vergessen. Wie bieder und fad, wie eintönig und geschmacklos kamen ihr dagegen ihre eigenen Waren vor. Beinahe schämte sie sich für die Erzeugnisse aus der Kürschnerei Theiler. Sie wünschte, Jochen wäre hier und könnte all die Pracht, all die Möglichkeiten der Verarbeitung sehen und sich davon anregen lassen. Doch Jochen war nicht da. Er war unterwegs, um neue Felle zu kaufen, und jedes Mal, wenn Sibylla daran dachte, musste sie seufzen. Wie gern wäre sie mit ihm gegangen! Sie wusste, dass sie ein Auge für Pelzwerk hatte, dass sie vom Rohfell aus schon Farbzusammenstellungen bestimmen konnte und auch die gewandtere Händlerin war. Aber Jochen hatte das größere Fachwissen. Schadhafte Ware erkannte er auf Anhieb, wusste auch, welchem Rauchwarenhändler er vertrauen konnte und welcher die besten Preise hatte.

Und trotzdem wäre Sibylla gern dabei gewesen. Jochen war zu vorsichtig, scheute jedes Wagnis und würde nur die Felle kaufen, von denen er sicher war, dass für die daraus gefertigten Waren auch Abnehmer vorhanden waren. Niemals würde er ohne festen Auftrag zu den teuren Pelzen greifen, Marder, Kanin und Feh nur in kleinen Mengen kaufen, dafür Unmengen Billigware wie Schaf-, Ziegen- und Feldhasenfelle. Die Gerbkosten waren ungeheuer hoch, kleine Mengen rentierten sich einfach nicht. Je mehr Gerbware, umso niedriger die Kosten.

«Am besten wäre es, wir kauften eine eigene Gerberei und ließen uns von den anderen Kürschnern bezahlen», murmelte Sibylla vor sich hin und lächelte. Eine Gerberei kaufen, das wäre es. Ja! Aber wovon sollen wir sie bezahlen? Die Zünfte werden sich dagegen wehren, besonders die Gerber, die jede freie Werkstatt in den eigenen Reihen behalten wollen. Und auch die Kürschner würden Einspruch erheben. Natürlich hatten sie keine Lust, die Gerbkosten an einen eigenen Zunftbruder zu bezahlen, der damit mächtiger als alle anderen wäre. Außer Ebel. Ebel, der ein gutes Geschäft meilenweit riechen konnte. Hätte Ebel einen Vorteil von der Theilerschen Gerberei, würde er nicht nein sagen, da war sich Sibylla sicher. Nein, dachte Sibylla, dieser Gedanke ist Zukunftsmusik, doch ich werde ihn nicht vergessen.

Jemand stieß an ihren Stand, die Pelztierchen fielen in

den Straßendreck, und Sibylla schrak aus ihren Gedanken. Ausgerechnet in diesem Augenblick war die Frau des Zunftmeisters aufgetaucht.

Mühsam bückte sich Sibylla und hob die Tierchen auf. Die Ebelin trat näher und grabschte nach dem Pelzspielzeug und bohrte ihre spitzen Finger tief hinein. Mit einem hämischen Grinsen sah sie sich um und rief dann so laut, dass es alle Umstehenden gut hören konnten: «Iiiiih, wie widerlich! Hat man so etwas Ekelhaftes schon gesehen?»

Sofort blieben die Messegäste und Einheimischen stehen, um zu hören, was geschehen war. Eine dicke Menschentraube bildete sich um Sibyllas Stand und glotzte auf die Auslage.

«Schaut doch!», rief die Zunftmeisterin mit schriller Stimme. «Tiere aus Pelz! Die sehen ja aus wie tote Ratten.»

Die Menge johlte und drängte sich noch dichter um den Stand. Sibylla fing an, um ihre Ware zu bangen.

«Haben wir nicht genug Ratten in der Stadt?», fragte die Zunftmeisterin in die Runde, angefeuert durch die Reaktion der anderen. «Sollen die Kinder, die noch keine Unterschiede kennen, durch das eklige Pelzviehzeug dazu verführt werden, mit den Ratten in den Gassen zu spielen? Will diese Kürschnerin etwa, dass unsere Kinder Ratten ins Haus schleppen und gar noch mit ihnen schlafen gehen?»

Die Umstehenden grölten.

«Es ist doch nur Spielzeug. Kinder brauchen etwas Warmes und Anschmiegsames zum Spielen», entgegnete Sibylla lahm. Die Menge vor ihr erschien ihr dunkel und bedrohlich. Sie hatte Angst, wusste nicht, wie sie sich verhalten sollte.

«Wenn Ihr Ratten so warm und anschmiegsam findet, Theilerin, warum habt Ihr Euch dann einen Krüppel ins Bett geholt?», schnappte die Zunftmeisterin, und wieder johlte die Menge, von denen nur die wenigsten Jochen Theiler und seine Behinderung kannten.

Sibylla spürte, wie ihr die Tränen in die Augen schossen. Am liebsten hätte sie der Zunftmeisterin das hämische Grinsen aus dem Gesicht geschlagen, doch die Menge war bereits gegen sie aufgebracht. Und ein Scharmützel mit der Zunftmeisterin konnte sich die Kürschnerei Theiler bei Gott nicht leisten. Also biss sich Sibylla die Unterlippe blutig und schwieg. Doch die Zunftmeisterin wollte noch mehr. Angestachelt und aufgeheizt, wollte sie ihren kleinen Triumph weiter auskosten. Sie reckte kampflustig den Busen nach vorn und keifte lauthals: «Es ist eine Schande für die ganze Frankfurter Kürschnerzunft, dass wir eine Rattenhändlerin in unseren Reihen haben.»

Wieder johlte die Menge und gab der bösartigen Frau Recht. Sibylla starrte blind auf ihre Auslage und wäre am liebsten vor Scham und Wut unter dem dreckigen Rinnstein verschwunden.

Die Menschenmasse kam immer näher, drückte mit einer gewaltigen Kraft gegen Sibyllas Tisch, der mit seinen scharfen Kanten in ihren Leib schnitt, dass sie meinte, das Kind in ihr vor Schmerzen aufschreien zu hören. Ein ziehender Schmerz überfiel sie, der ihr die Luft nahm und den Schweiß auf die Stirn trieb.

«Mein Kind», wimmerte sie. «Ihr drückt mir das Kind tot.»

Plötzlich teilte sich die Menge und gewährte einem Mann Durchlass, den Sibylla noch nie zuvor gesehen hatte. Der Druck gegen den Tisch ließ nach, der ziehende Schmerz ebbte ab und machte einer plötzlichen Schwäche Platz. Sie wischte sich mit dem Ärmel den Schweiß von der Stirn, atmete langsam und tief durch und lehnte sich mit dem Rücken gegen die Hauswand hinter ihr.

Am ehrfürchtigen Schweigen der Umstehenden und an der reichen Kleidung erkannte sie, dass ihr Retter ein Mann von großem Einfluss sein musste. Wie durch einen Nebel sah sie in sein Gesicht, in grüne Augen, die wie das Wasser des Mains an hellen Sommerabenden glitzerten, und spürte, wie ihr warm wurde. Das Lächeln des Mannes versprach Schutz und Geborgenheit.

«Wieso Ratten?», rief der Mann und schaute die Zunftmeisterin spöttisch an. «Seid Ihr nicht in der Lage, Hasen, Katzen, Hunde und Bären von Ratten zu unterscheiden, Bürgersfrau? Euer Ehemann ist zu bedauern, da er sich bei Euch nicht sicher sein kann, ob der Hasenbraten, den Ihr serviert, nicht vielleicht von einer Ratte stammt, wenn Ihr doch die Unterschiede nicht genau kennt.»

Nun grölte die Menge auf Kosten der Zunftmeisterin. Der Ärger färbte ihre Wangen hochrot. Doch sie wagte keinen Widerspruch, sondern beschränkte sich auf ein wütendes Blitzen der Augen. Der Mann hingegen kümmerte sich nicht um die Zunftmeisterin.

Er betrachtete die kleinen Pelztierchen, nahm eines nach dem anderen in die Hand und strich zart über das Pelzkleid.

«Mir gefallen Eure Pelztiere, Kürschnerin», sagte er und lächelte Sibylla erneut an.

Sibylla wollte etwas sagen, doch in ihren Ohren rauschte es so laut, dass sie ihn nicht hörte. Die lähmende

Angst vor der hämischen Menge aber war verflogen, seit der Fremde da war. Vorsichtig lächelte sie ihn an, obwohl sie spürte, wie sie immer schwächer wurde.

«Ich kaufe zwei von den Bären für meine Patenkinder», verkündete er laut, sodass alle ihn gut hören konnten, ohne Sibylla aus den Augen zu lassen, die gespenstisch blass an der Hauswand lehnte. Er fragte nicht nach dem Preis, reichte ihr so viele Gulden, dass es für einen Umhang gelangt hätte.

Sibylla sah noch, dass seine grünen Augen sie aufmerksam musterten, dann verlor sie das Bewusstsein und wäre wohl gefallen, hätte der Fremde sie nicht aufgefangen.

Als sie aufwachte, saß Jochen an ihrem Bett. Er hatte das Gesicht in die Hände gestützt und brütete dumpf vor sich hin. Sie hüstelte, um zu zeigen, dass sie wach war. Jochen sah auf, und Sibylla erschrak über den Ausdruck seines Gesichtes.

«Es ist deine Schuld!», sagte Jochen leise, aber bestimmt.

Zwei Tränen rannen aus seinen Augen, die er verstohlen abwischte. «Es ist deine Schuld, und wahrscheinlich ist es dir auch noch recht so. Wenn du nicht so eigensinnig gewesen wärst, wäre es nicht passiert.»

Sibylla lag im Bett, die Arme auf den Leib gepresst. Sie hatte Fieber, sie fror, und ihre Hände waren eiskalt. Ihr Schoß schmerzte, und in den Brüsten hatte ein qualvolles Ziehen eingesetzt. Sie musste sich anstrengen, um sich zu erinnern. Sie hatte in der Krämergasse gestanden, die Zunftmeisterin war gekommen und hatte einen Streit angefangen. Die Menge hatte ihr den Tisch in den Leib gerammt, dann war ein Mann gekommen, und sie war ohnmächtig geworden.

«Was ist passiert, Jochen?», fragte sie, und eine dunkle Ahnung überfiel sie.

«Du hast ein totes Kind zu Welt gebracht. Einen toten Jungen.»

Sibylla stöhnte auf und ließ sich in die Kissen fallen. Tränen strömten über ihr Gesicht.

Sie tastete nach ihrem Mann, doch vergeblich. Jochen war aufgestanden und schaute auf sie herunter. Unendlich weit weg erschien er ihr, so fern, dass es unmöglich war, ihn zu erreichen. Wie sehr sehnte sie sich danach, gerade jetzt von ihm in den Arm genommen und getröstet zu werden!

Doch Jochen wandte sich ab. Zu tief hatte ihn der Tod des Kindes getroffen. Er konnte ihr nicht verzeihen.

«Jochen, bitte!», wimmerte Sibylla kläglich. Jochen hob eine Hand, als wolle er sie streicheln, doch dann ließ er sie sinken und stand mit einer unglaublich müden Bewegung auf. Im selben Moment schellte unten die Türglocke.

«Das wird der Arzt sein. Er wollte noch einmal nach dir sehen», sagte er, und Sibylla sank zurück in die Kissen, als er das Zimmer verließ.

Dann hörte sie, dass der Arzt eintrat, und öffnete die Augen.

Über sie gebeugt stand der Mann, der sie vor der Menge und der Zunftmeistersfrau beschützt hatte.

«Ihr?», fragte Sibylla. «Was macht Ihr hier?»

«Ich bin Arzt», erwiderte der Mann. «Isaak Kopper heiße ich.»

Sibylla nickte, dann fragte sie: «Was ist geschehen?»

Isaak Kopper nahm Sibyllas Hand in seine, hielt sie fest und rieb sie, damit sie sich erwärmte.

«Das Kind muss wenige Stunden vor der Geburt gestorben sein, vermute ich», erklärte Kopper mit leiser, ruhiger Stimme.

Sibylla weinte. Jetzt, da Kopper an ihrem Bett saß und Jochens Vorwürfe sie nicht mehr erreichten, ließ sie ihren Schmerz heraus.

Als sie sich allmählich beruhigte, fragte sie: «Wo ist mein Kind jetzt?»

Kopper lächelte. «Im Himmel, denke ich. Als Engel, der über Euch wacht.»

Er schwieg einen Moment und strich Sibylla über das verschwitzte Haar. «Ihr habt Fieber, müsst Euch ausruhen.»

Kopper stand auf und schickte sich an zu gehen.

«Habt Ihr mein Kind auf die Welt geholt?», fragte sie verlegen. Hatte etwa ein fremder Mann ihren Schoß gesehen?

«Eine Hebamme war dabei», antwortete er knapp. «Schlaft jetzt!»

Dann verließ er das Zimmer. Jochen kam nicht wieder.

Am Nachmittag kam Martha, um nach ihr zu sehen.

«Sollen die Leute reden, was sie wollen», sagte sie und flößte Sibylla ein wenig Hühnerbrühe ein. «Fest steht: Ohne Isaak Kopper wärest du jetzt nicht mehr am Leben.»

Sie machte eine Pause, ehe sie weitersprach: «Natürlich wäre es mir trotzdem lieber, er würde nicht mehr herkommen.»

«Warum?», fragte Sibylla. «Was ist mit Isaak Kopper?»

«Ach», sagte Martha und bereute ihre letzten Worte.

«Man sagt, Kopper sei zwar ein guter Arzt, ein sehr guter sogar, der seine Kunst an einer Universität in Italien gelernt hat, doch dass er jetzt in Frankfurt die Leichen vom städtischen Galgen herunterkauft, um sie aufzuschneiden und das Innenleben zu studieren, lässt die Leute glauben, er sei mit dem Teufel im Bunde.»

«Glaubst du das auch?», fragte Sibylla.

Martha sah sie an. «Er ist nicht mehr und nicht weniger mit dem Teufel im Bunde als du und ich», erwiderte sie und strich Sibylla über die Wange.

Teil 2

Kapitel 8

Die Septembersonne hatte ein rotgoldenes Tuch über Frankfurt gebreitet. Blätter in allen Farben leuchteten um die Wette, der Himmel war strahlend blau, und auf den Gassen und Straßen der Stadt herrschte ein fröhliches Treiben.

Rund um den Römerberg hatten fahrende Händler ihre Buden aufgebaut und boten lautstark Töpfe, Schüsseln, Pfannen, Messer jeder Art und andere Waren für den Alltag an.

Gaukler zeigten ihre Kunststücke, Spaßmacher schrien derbe Scherzworte durch die Menge, Feuerschlucker und Tänzerinnen zogen das Publikum in ihren Bann, Beutelschneider und Taschendiebe wurden von den Wachmannen an den Ohren über das Pflaster zum Halseisen am Römer geschleift, um dort sofort ihre Strafe zu erhalten. Ein Lärmgemisch aus Rufen, Schreien, Lachen und Singen zog vom Römer bis in die angrenzenden Gassen. Kurz: Es war Dippemess in Frankfurt, Jahrmarkt und Haushaltswarenmesse in einem.

Sibylla schlenderte an den Ständen entlang, betrachtete die ausgelegten Waren, kaufte da ein wenig Gewürz, dort ein paar hölzerne Knöpfe und betrachtete einen kleinen Jungen, der munter plappernd seinen Pelzbären in der Hand hielt. Zweieinhalb Jahre wäre mein Sohn jetzt, dachte Sibylla und seufzte.

Plötzlich schien es, als würde sich eine dunkle Wolke vor die Sonne schieben. Das Lachen ringsum erstarb, die Menschen blieben stehen und sahen sich unsicher um.

Ein Flagellantenzug, angeführt von einem Trommler, der einen düsteren Takt schlug, hielt Einzug.

Sibylla erschrak, als sie die Flagellanten sah: Das Haar der Männer und Frauen war voller Asche, ihre sackartigen Kleider waren zerrissen und blutverschmiert, ihre Füße bloß. In den Händen trugen sie genagelte Holzkeulen, mit denen sie sich bis aufs Blut geißelten. In ihren Augen funkelte dunkle Leidenschaft. Ihre Münder waren verzerrt, die Körper bis auf die Knochen abgemagert. Eine der Frauen riß sich büschelweise die Haare aus, ein Mann zeigte Kreuzigungsmale in seinen Handflächen. Dicht über den Köpfen der Flagellanten flogen zwei Krähen und unterstrichen mit ihrem diabolischen Gekrächze das Gespenstische, Unheilvolle der Szenerie.

Sie stellten sich in der Mitte des Platzes auf und sangen, so laut sie konnten: «Halleluja, das Ende der Welt ist da. Halleluja, Gott ist unser Retter.»

Immer wieder sangen sie diesen Vers, immer lauter, sodass die Menschen auf dem Römerberg schließlich stehen blieben und die Flagellanten anstarrten.

Auch Sibylla konnte ihren Blick nicht von der Gruppe wenden. Schließlich verstummte der apokalyptische Gesang, ein Mann mit einer Dornenkrone auf dem Kopf trat hervor und brüllte die Messebesucher an:

«Sieben Engel gießen ihre schrecklichen Schalen über die Erde. Nach der ersten entstehen böse und schlimme Geschwüre an Mensch und Tier, mit der zweiten wird Wasser zu Blut, große Hitze, die die Menschen verbrennt, wird kommen, und Ihr werdet Eure Zungen vor Schmerzen zerbeißen, Blitze werden Eure Augen verdunkeln. Die Kaufleute werden weinen, und ihre Waren werden verdorren. Das Obst wird auf den Bäumen faulen, das Brot wird schimmeln und Ihr werdet Euch auf dem Boden wälzen im eigenen Blut und die Ohren taub von den eigenen Schmerzensschreien.»

Sibylla wurde kalt, als sie das hörte. Ja, sie wusste, dass das Ende der Welt nahen sollte. Auf den vielen Flugblättern, die täglich in der Stadt verteilt wurden, wurde es genau beschrieben. Frankfurt würde untergehen wie die Hure Babylon. Und schuld daran wären die Kaufleute und Händler, denen Gold und Purpur wichtiger waren als Gottes Liebe, die sich in Samt und Pelze kleideten und den heiligen Kelch aus den Händen der Priester rissen, um Münzen daraus zu prägen.

Schuld daran war auch sie, die Kürschnermeisterin Sibylla Theiler aus der Trierischen Gasse.

Furcht kroch in ihr hoch. Sibylla wollte weg, wollte fliehen. Fliehen vor der Angst, vor dem nahenden Weltgericht, vielleicht auch vor Gott. Doch sie war eingekeilt in der Menge, die wie ein schwer atmendes, schwitzendes Tier im Bann der Flagellanten gefangen war.

Sibylla bekam Panik. Wie lange würde sie noch in der Menge ausharren können, ohne selbst zu schreien? Seit dem Erlebnis auf der Fastenmesse vor zweieinhalb Jahren hatte sie Angst vor Menschenansammlungen. Atemnot überfiel sie, ihr Herz raste, und der Schweiß brach ihr aus. Sibylla merkte, wie ihre Knie zu zittern begannen. Hilfe suchend sah sie sich um, ahnte bereits den Nebel, der sich bald über sie legen würde.

Doch plötzlich fühlte sie eine Hand an ihrem Ellbogen. Sie drehte sich um. Eine junge Frau mit dunklen Haaren, fast schwarzen Augen und olivfarbener Haut stand mit einladenden Armen vor ihr.

«Kommt, ich bringe Euch hier raus. Haltet Euch an mir fest», sagte die Fremde ruhig und bahnte sich mit lauter, energischer Stimme einen Weg durch die Menge.

Sie führte Sibylla weg von den Menschen zu einem winzigen Stand am unteren Römer, in der Nähe des Mains.

«Geht es wieder?», fragte die junge Frau mit einem Akzent, der verriet, dass sie nicht aus deutschen Landen kam. Sie drückte Sibylla auf eine Bank und sah sie besorgt an.

Sibylla atmete auf. «Ich danke Euch», sagte sie.

«Ihr seid ganz blass», antwortete die Fremde. «Ich hole Euch einen Becher Wein.»

Noch immer benommen, starrte Sibylla zum Römerberg hinauf. Die Menschen standen dicht an dicht, und Sibylla meinte, ihre Angst bis hierher riechen zu können. Sie bemerkte nicht, dass sich ein altes Weib mit einem bunten Tuch auf dem Kopf neben sie setzte. Ein steinerner Ring schmückte die knochige Hand, die sie Sibylla jetzt aufs Knie legte.

«Reicht mir Eure Hand», sagte die Alte, und Sibylla gehorchte, obwohl sie Wahrsagerinnen bisher stets gemieden hatte. Was wusste die, was sie nicht selbst wusste?

Lange hatte sie gehofft, dass die nächtlichen Träume von der Anderen nach der Totgeburt aufhören würden.

Eine Zeit lang hatte sie sogar geglaubt, dass das tote Kind die Strafe Gottes für ihren Betrug sei, die Schuld damit gesühnt und die nächtlichen Albträume von nun an der Vergangenheit angehören würden.

Doch eines Nachts war sie wieder da gewesen, die Andere. Hatte sich eingeschlichen, genau in der Nacht, als Jochen ihr bedeutet hatte, dass er es gern hätte, wenn sie wieder einmal das Fellkleid anziehen würde. Monate waren vergangen, seit er sie das letzte Mal darum gebeten hatte.

Nach der Geburt des toten Kindes hatte sich ihr nächtliches Beisammensein verändert. Jochens Zärtlichkeiten waren roher geworden, die Nähe war geschwunden, und Sibylla hatte sich gefühlt, als sei sie eine Frau im Badehaus, die bezahlt wurde. Sie ahnte, dass Jochen sie mit seiner Kälte bestrafen wollte. Er glaubte noch immer, dass der Tod des Kindes ihre Schuld gewesen sei. Hatte er vielleicht sogar Recht, wenn er ihr vorwarf, sie wäre nicht unglücklich, weil sie dieses Kind im Geheimen gar nicht gewollt hatte?

Sie hatte sich ihm ausgeliefert gefühlt, wehrlos seinen Anschuldigungen und seiner verächtlichen Kälte gegenüber. Schutzlos war sie sich vorgekommen, nackter als nackt – und sie hatte gefroren, wann immer Jochen sie berührte.

Und dann schien Jochens Wut verraucht zu sein. Er hatte sich zurückgezogen, sie in Ruhe gelassen. Das Fellkleid war in der Truhe geblieben.

Bis zu jener Nacht: Als sie zu Bett gingen, hatte Jochen sie gebeten, das Fellkleid anzuziehen. Zum ersten Mal seit dem Tod des Kindes hatte er sie liebevoll durch das Fell gestreichelt. Und dann, gerade als Sibylla begann, sich zu entspannen, Jochens Zärtlichkeiten zu genießen, war sie ihr erschienen, die Andere, und hatte sie mit vorwurfsvollen Augen angeblickt. Sibylla war kalt geworden, so kalt wir noch niemals zuvor.

Auch jetzt fror sie entsetzlich, entsetzlich kalt war ihr, sodass sie zitterte, obwohl die Sonne schien. Die Wahrsagerin schien es nicht zu bemerken. Sie fuhr mit einem Finger die Linien in Sibyllas Hand nach, dann sagte sie leise: «Ich sehe zwei Leben in Eurer Hand. Ein altes, das die Linie des neuen Lebens immer wieder kreuzt. Und das neue Leben, das Euch bald vor eine Entscheidung stellt.»

«Was für eine Entscheidung?», fragte Sibylla.

«Die Entscheidung zwischen Liebe und Erfolg.»

Sibylla lachte bitter. «Die Liebe ist nicht meine Sache», erwiderte sie und hielt nach ihrer Retterin Ausschau.

Die Wahrsagerin wiegte zweifelnd den Kopf. «Die Liebe ist das Wichtigste im Leben. Wenn Ihr sie verschmäht, so weist ihr das Leben zurück. Ohne sie werdet Ihr niemals heil werden. Sie allein ist es, die Euch helfen kann.»

Verblüfft sah Sibylla die Wahrsagerin an. Doch diese stand schnell auf und war nach wenigen Schritten in der Menschenmenge verschwunden.

Sibylla schüttelte den Kopf. Ich bin überreizt, dachte sie, bin noch ganz benommen von den Flagellanten und ihrem Weltuntergangsgeschrei.

In diesem Moment kam die Fremde zurück und reichte Sibylla einen Becher Wein.

Als sie sich gestärkt hatte, fragte sie die Frau: «Wer seid Ihr, und woher kommt Ihr?»

Die Fremde nahm einen Schluck, antwortete dann: «Lucia heiße ich und komme aus Florenz.»

«Aus Florenz in Italien? Was macht Ihr hier? Wo ist Euer Begleiter?»

Lucia lachte. «Ja, aus Florenz in Italien. Ich bin hier, um Geschäfte zu machen. Zur Herbstmesse kam ich mit einer Kolonne und werde nach der nächsten Fastenmesse mit den florentinischen Kaufleuten zurückreisen. Mein Bruder begleitet mich. Er ist Arzt und nach Frankfurt gekommen, um bei seinem berühmten Kollegen Isaak Kopper die Anatomie des Menschen zu studieren.»

Sibylla sah die Italienerin verwundert an.

«Isaak Kopper? Ich kenne ihn. Er hat mir das Leben gerettet.»

Die Florentinerin nickte. «Ich weiß. Eine aufgestachelte Menschenmenge hat Euch das Kind im Leib umgebracht. Und Isaak hat bis heute nicht verstanden, warum ihr die Anführerin nicht zur Anzeige gebracht habt.»

Sibylla schwieg. Plötzlich wusste sie, dass dieser Tag ihr Leben verändern würde. So, als hätte sie die zurückliegenden zweieinhalb Jahre nach der Totgeburt ihres Sohnes gebraucht, um sich auf die heutigen Erlebnisse vorzubereiten. Um endlich wieder ins Leben zurückzukehren. Ihr Herz begann zu klopfen. Sie legte eine Hand auf den Arm der Fremden und sagte: «Ich heiße Sibylla Theiler, Frau des Kürschnermeisters Theiler, und freue mich, Eure Bekanntschaft zu machen.»

Lucia lächelte. «Ich weiß», sagte sie kurz. «Ich habe Euch in der Kirche gesehen und auch gehört, dass Euer Gemahl der beste Kürschner in der Stadt ist.»

Sibylla seufzte. «Ja, Ihr habt Recht gehört. Das Handwerk beherrscht wohl niemand besser als er.»

«Warum sagt Ihr das ohne Stolz?»

Sibylla blickte die Fremde an, betrachtete einen Moment das ausgefallene Kleid, das sie trug, den vornehmen Schmuck, die kunstvolle Frisur. Ihre ganze Erscheinung war von außergewöhnlichem Geschmack und großer Eleganz.

«Doch, stolz bin ich schon», erwiderte Sibylla, denn irgendetwas verbot es ihr, sich einer Fremden anzuvertrauen und ihr zu erzählen, dass es gerade der außergewöhnliche Geschmack und die Vornehmheit waren, die den Waren aus dem Haus Theiler fehlten. Stattdessen fragte sie:

«Was für Geschäfte sind es, die Euch nach Frankfurt führen?»

«Ich helfe den Kaufleuten, Adligen und Patriziern bei der Ausgestaltung ihrer Wohnräume. Ich stelle die Farben für die einzelnen Räume zusammen, empfehle Stoff und Machart der Vorhänge und Teppiche, suche die passenden Möbel, Kissen, Decken, Leuchter, Geschirr und all die anderen Dinge aus, die dazu dienen, den Räumen eine gewisse Stimmung zu verleihen, sie behaglich und zugleich einzigartig zu machen.»

Sibylla staunte. Sie hatte nicht gewusst, dass es solch einen Beruf gab, hatte noch nie davon gehört.

«Ihr müsst sehr glücklich sein bei dem, was Ihr tut», sagte sie mit leisem Neid.

«Ja, das bin ich», stimmte Lucia zu und lächelte Sibylla freundlich an. Eine warme Welle von Zuneigung erfasste Sibylla. «Froh bin ich auch, dass ich Euch getroffen habe, Sibylla. Werdet Ihr mich einmal besuchen kommen?»

«Gern», erwiderte Sibylla und erfuhr, dass Lucia mehrere Räume im Hause des Arztes Kopper bewohnte.

In diesem Augenblick zog der Flagellantenzug an ihnen vorbei, und Sibylla wagte es nicht, die neue Bekannte auf die Gerüchte, die über Kopper in Umlauf waren, anzusprechen. Eine Menschenmenge folgte den Flagellanten, die, Beschwörungen und Drohungen ausstoßend, hinunter zum Main gingen. Die beiden Frauen schauten ihnen nach, und Lucia legte den Arm um Sibylla, als sie deren erneutes Zittern bemerkte.

Als die Menge vorüber war, fragte Sibylla leise:

«Glaubt Ihr an den bevorstehenden Weltuntergang?»

Lucia lachte und antwortete mit einer Gegenfrage: «Wenn Gott die Welt untergehen lässt, über wen soll er dann herrschen? Gott braucht die Menschen, um Gott zu sein. Gibt es sie nicht mehr, gibt es auch Gott nicht mehr.»

Sibylla erschrak. «So könnt Ihr nicht reden», rief sie aus. «Ihr lästert Gott damit.»

Doch Lucia ließ sich nicht einschüchtern. «Weil ich die Wahrheit sage? Die Wahrheit schmerzt meist, aber lästern kann man mit ihr nicht.»

«Seid Ihr keine Christin?», fragte Sibylla und rückte unwillkürlich ein kleines Stück zur Seite.

«Wenn ein Christ jemand ist, der sich an die zehn Gebote hält, so bin ich wahrlich keiner. Die zehn Gebote sind für mich schwachen Menschen zu schwer einzuhalten.»

Sie beugte sich zu ihr und raunte ihr ins Ohr. «Ich habe noch keinen einzigen Tag gelebt, ohne gegen wenigstens eines der Gebote zu verstoßen. Warum hat Gott dem Menschen Gebote gegeben, die er niemals einhalten kann? Wem dienen sie? Gott oder der Kirche? Überlegt selbst, Sibylla.» Dann lachte sie.

Sibylla schwieg. Was Lucia da gesagt hatte, klang gefährlich, sehr gefährlich. Ihre Gedanken waren so sündig wie die des Teufels. Kein Wunder, dass sie sich in Koppers Haus wohl fühlte. Auch von ihm sagten die Leute, er sei mit dem Teufel im Bunde, weil er Leichen auseinander nahm, um, wie er sagte, das Innenleben der Menschen zu studieren und sie dadurch besser heilen zu können. Aber warum klangen ihre Worte dann so einleuchtend? Hatte sie vielleicht sogar Recht mit dem, was sie sagte?

«Gott hat mir einen Verstand gegeben, damit ich ihn benutze. Auch meine Gedanken kommen von Gott. Wie sollen sie da sündig sein?»

Damit stand Lucia auf und glättete die Falten ihres Kleides.

«Ich muss nach Hause, Sibylla. Es wartet Arbeit auf mich. Aber was haltet Ihr davon, in den nächsten Tagen auf einen Besuch zu mir zu kommen? Ich würde mich sehr freuen.»

«Sehr gern», wiederholte Sibylla und reichte der neuen Freundin zum Abschied die Hand. Dann drehte Lucia sich um und ging zurück in Richtung Römer, verschwand in einer kleinen Seitengasse.

Verblüfft schaute Sibylla ihr nach. Sie hätte sich gern noch weiter mit Lucia unterhalten, die so anders war als ihre Freundin Christine. So viel interessanter, lebendiger und anregender. Sibylla erhob sich und beschloss auf dem Heimweg, Lucia auf jeden Fall zu besuchen.

Schon wenige Tage später ging sie zu dem Haus in der Schäfergasse, das, wie sie wusste, Kopper gehörte. Es war ein grauer Steinbau mit grünen Holzläden vor den Fenstern und einer roten Haustür mit einem Klopfer aus Messing in

Form einer Schlange. Die Läden, so sagten die Leute, seien die meiste Zeit geschlossen. Auch am Tag. Doch manchmal, wenn der Abend hereinbrach, waren sie geöffnet, und so mancher wollte Schreie wie von Gemarterten daraus gehört haben. Die Magd, die den Haushalt besorgte, war eine Frau mit narbigem Gesicht und einer Hakennase, von der es hieß, sie spräche mit niemandem ein Wort.

Ihr Herz pochte, doch Sibylla wusste nicht, ob es aus Freude über das Wiedersehen mit Lucia oder aus Furcht vor einer Begegnung mit Isaak Kopper geschah.

Langsam hob sie den Klopfer, doch bevor er das Holz erreichte, öffnete sich die Tür, und die Magd stand vor ihr. Wie einen Geist starrte sie Sibylla an, dann bekreuzigte sie sich hastig.

«Zu Lucia möchte ich», brachte Sibylla gepresst und verwundert über das seltsame Benehmen der Magd hervor und sah sich um, ob sie irgendwo etwas erspähen könnte, das mit Koppers Arbeit zu tun hatte. Doch sie sah nur ein Haus, das mit der Gediegenheit großbürgerlichen Geschmacks eingerichtet war. Verdächtige Geräusche oder gar Schreie hörte sie nicht.

«Sagt Ihr, die Theilerin möchte ihre Aufwartung machen», teilte sie der Alten vor ihr mit.

Die Magd musterte sie mit zusammengekniffenen Augen, sagte kein Wort und winkte Sibylla mit der Hand in den Flur. Dann betätigte sie eine Glocke, und gleich wurde im oberen Stockwerk eine Tür geöffnet, und Lucia kam die Treppe heruntergeeilt. Als sie Sybilla sah, lächelte sie und breitete die Arme aus. Sie fasste Sibylla bei beiden Händen und sagte: «Wie schön, dass Ihr gekommen seid.»

Dann wandte sie sich an die Magd, strich ihr über das

strenge, harte Gesicht, drückte ihr einen Kuss auf die Wange und sagte: «Danke, Ida.»

Die Alte verzog den Mund zu einer Grimasse, die entfernt an ein Lächeln erinnerte, und entblößte dabei eine zahnlose, dunkle Höhle, die Sibylla seltsam leer erschien. Dann nickte sie und verschwand hinter einer Tür.

«Kommt», sagte Lucia fröhlich und zog Sibylla die Treppe mit sich hinauf in den ersten Stock.

«Die seltsame Frau, war das die Magd?», fragte Sibylla und warf noch einen Blick nach unten.

«Ja, das war Ida, die Magd und gute Seele des Hauses. Was wären wir ohne sie?», erwiderte Lucia.

«Sie hat kein Wort zu mir gesagt», verwunderte sich Sibylla, doch Lucia machte eine wegwerfende Handbewegung.

«Wie sollte sie auch? Man hat ihr die Zunge herausgerissen, sie kann nicht sprechen.»

«Die Zunge herausgerissen? Warum? Wer?»

Lucia sah Sibylla aufmerksam an und hub an zu sprechen, doch dann entschied sie sich anders. «Ich erzähle Euch ein anderes Mal davon. Doch seid versichert, Ihr braucht Euch nicht vor ihr zu fürchten. Sie ist eine gute Seele. Wir alle lieben sie.«

Dann geleitete sie Sibylla in das Wohnzimmer – und Sibylla kam aus dem Staunen nicht mehr heraus. Die Wände waren in einem warmen Gelbton gestrichen und weit oben mit einem breiten Goldstreifen verziert. Die Möbel waren erlesen und von dunkler, saftiger Farbe.

Kissen, Decken, Polsterungen und Vorhänge waren von sattem Grün und mit goldenen Verzierungen versehen. Obwohl nur wenige Farben im Raum vorherrschten, fühlte sich Sibylla auf der Stelle wohl. Die heitere, beruhigende Stimmung des Raumes übertrug sich auf sie und bewirkte, dass sie sich entspannte.

«Schön habt Ihr es», sagte sie. «Ich habe mir Koppers Haus anders vorgestellt.»

Lucia lachte. «Ja, ja», sagte sie. «Ich weiß, die Leute denken, hier würden ungeheuerliche Dinge geschehen. Doch dem ist nicht so. In Florenz gilt Isaak Kopper als hervorragender Gelehrter. Sogar die Medicis interessieren sich für seine Arbeit. Das Zimmer allerdings habe ich gestaltet. Es ist mein Dank für die Gastfreundschaft.»

Wieder kam Sibylla nicht umhin, Lucias Geschmack zu bewundern. Doch da war noch etwas anderes, das sie beschäftigte. «Ist er da? Kopper, meine ich?», fragte Sibylla und wusste nicht, ob sie eine Begegnung mit ihm fürchten oder erhoffen sollte. Seit sie ihr Kind verloren hatte, war sie Kopper nicht mehr begegnet. Aber vergessen hatte sie ihn nicht. Im Gegenteil. Viel zu oft dachte sie an seine grünen Augen, sein ruhiges Wesen und die Wärme und Geborgenheit, die er ausstrahlte. Er schien ein Mann zu sein, den nichts verwundern konnte, der auf jede Frage eine Antwort wusste.

«Er ist verreist, hält Vorträge an der Universität in Köln. Auch mein Bruder ist dabei, sodass wir ganz ungestört sind», erwiderte Lucia.

Ida, die Magd, klopfte, kam herein und brachte roten Wein in einer erlesenen Karaffe und Gläser. Sie stellte die Dinge auf dem Tisch ab und verschwand wieder.

Lucia betrachtete Sibylla mit neuer Aufmerksamkeit. «Ida mag Euch», sagte sie. «Sie hat Euch den besten Wein serviert. Das tut sie sonst nie.»

Merkwürdig, dachte Sibylla. Wie kam diese Frau dazu, sie zu mögen? Eine Frau, vor der Sibylla leise Furcht empfand, obwohl sie sie nicht begründen konnte. Doch gleich vergaß sie diese Gedanken und lauschte stattdessen hingerissen Lucias Erzählungen.

«Ich habe eine eigene Werkstatt in Florenz, beschäftige dort Weber, Stickerinnen, Schneider, Teppichknüpfer und Näherinnen», erzählte Lucia.

«Habt Ihr keinen Mann?»

Lucia lachte heiter. «Nein. Florenz ist voller interessanter Männer, die es verstehen, eine Frau zu verwöhnen. Warum sollte ich mit nur einem vorlieb nehmen?»

Bei diesen Worten verschlug es Sibylla zuerst die Sprache. Mehrere Männer – doch ihr war sofort klar, dass Lucia deswegen noch lange keine Dirne war.

«Aber die Zünfte? Verbieten sie Euch nicht, die Werkstatt alleine zu führen?»

Lucia schien diese Frage zu belustigen. «Florenz ist die Stadt der schönen Künste und Wissenschaften. Es gibt keine Zünfte nach deutscher Art, dafür eine Vielzahl von Werkstätten. Maler, Bildhauer, Schnitzer, alle sind sie in Florenz tätig. Auch an Dichtern, Philosophen, Gelehrten und Musikanten ist die Stadt reich. Wir Florentiner lieben das Leben, suchen nach seinen schönen Seiten und freuen uns daran.»

Sie erzählte vom Alltag in Florenz, vom Duft der Olivenhaine und Oleanderbüsche, von den Festen, an denen die ganze Stadt teilnahm, von der Sonne, dem Geruch der Erde, von den Menschen und Bräuchen. Und Sibylla lauschte und fühlte eine seltsame Sehnsucht nach dieser fremden, unbekannten Stadt in sich aufsteigen.

«Es muss herrlich sein, in Florenz zu leben», sagte sie noch ganz verzaubert.

Lucia nickte. «Das stimmt, doch auch Frankfurt hat seine Vorzüge.»

Das mochte Sibylla gar nicht glauben, zu schön erschienen ihr die Beschreibungen der Freundin.

Die Welt, von der Lucia erzählte, war die Welt, von der Sibylla träumte. Ein Ort, wo es möglich war, Gefühle in Dinge umzuwandeln, aus Träumen Kleider zu schneidern und als Frau ein eigenständiges Leben zu führen. Ein Leben, in dem nicht die Regeln der Zunft den Alltag bestimmten, sondern Schönheit und Freude. Ein Leben, weit weg von der Erinnerung an die Wäscherin Luisa.

Lucia führte ihr eigenes Leben. Eines, das sie selbst gewählt hatte. Und Sibylla wünschte sich nichts sehnlicher als es ihr gleichtun zu können. Damit würde es ihr vielleicht gelingen, die Andere endgültig zu vergessen und der Mutter zu entkommen, die sie allein mit ihrer Anwesenheit daran erinnerte, dass sie nicht die war, die sie zu sein vorgab. In Marthas Augen, das wusste sie, würde sie immer Luisa bleiben.

Es wurde Abend, und die beiden mussten sich trennen. Als Sibylla durch die Schnurrgasse nach Hause lief, war ihr Kopf schwer von Anregungen und ihr Herz leicht vor Freude darüber, dass sie eine Freundin gefunden hatte, die ähnlich dachte und fühlte wie sie. Ja, mehr noch. Eine Freundin, die sagte und dachte, die fühlte und machte, was Sibylla zwar in sich spürte, aber niemals gewagt hatte. Eine neue Zeit war für sie angebrochen, da war sie sich ganz sicher. Alles würde anders werden, und sie würde endlich beweisen können, was in ihr steckte.

Die erste Idee kam ihr zwei Tage später bei der Hochzeit des Zunftmeisters der Goldschmiede in der Liebfrauenkirche. Ein Jahr lang war er Witwer gewesen, bevor er sich nun erneut verheiratete.

Die Braut war die Tochter eines verarmten Adeligen aus dem nahen Taunus. Sie trug ein Kleid aus goldenem Samt, darüber eine goldbestickte Stola aus kurzem Marderfell.

«Oh, wie wunderschön ist die Braut. Glück und Segen ihr und ihrem Gatten», flüsterte Christine Sibylla neiderfüllt ins Ohr. Doch die Ebelin, die vor ihnen stand, mischt sich sofort ein: «Ja, schön ist sie wohl. Doch verstößt sie gegen die Kleiderordnung. Teure Pelze mit Goldstickerei sind verboten, auch einer Adligen, die einen Bürger heiratet. Protzen will sie und uns Handwerkern eine lange Nase drehen.»

Selbstgefällig sah die Ebelin ihre Nachbarinnen an. «Geld für Pelze, Gold und Geschmeide habe ich wohl. Doch was nützt es, wenn ich nicht zeigen darf, was ich habe?», fragte sie und deutete auf ihren Ausschnitt, der von einem dichten Brusttuch bedeckt war. Sie schob das Spitzentuch zur Seite und zeigte stolz eine große goldene Kette mit einem blitzenden blauen Stein hervor. «Es ist eine Schande, dass ich die Kette unter dem Brusttuch tragen muss, während die da vorn sich schmückt wie eine Kaiserin», schimpfte sie leise.

Christine war ganz ihrer Meinung. «Auch ich liebe Stickereien aus Perlen und Gold. Am Unterkleid trage ich einen Saum davon. Doch niemand sieht ihn. Es ist wahr, die Kleiderordnung ist eine Schande für das Handwerk.»

Sibylla hatte gut zugehört. Sie hasste die Ebelin seit dem Vorfall auf der Messe, doch jetzt hatte sie sie auf eine Idee gebracht. Die Kleiderordnung war wirklich ein Ärgernis für viele Bürgerhaushalte. Immer mehr Adlige verarmten und konnten sich die teuren Kleider kaum leisten, ohne sich zu verschulden. Die Bürger aber, reich geworden durch die Zünfte, mussten sich bescheiden. Der Unmut darüber brodelte in allen Straßen und Gassen der Altstadt: Goldschmiede und Diamantenschleifer, denen es bei Strafe verboten war, den eigenen Schmuck zu tragen. Weißsticker, denen nur zierlose Kleidung erlaubt war, Kürschner, die Mäntel aus Zobel herstellten, aber selbst nur in Eichhörnchen gehen durften.

Dazu die Priester, die von jeder Kanzel gegen die Putzsucht der Bürger wetterten, selbst aber die schönsten Ornamente an ihren Gewändern trugen.

Wenn es eine Möglichkeit gäbe, die Kleiderordnung zu hintergehen, wären wir bald sehr reich und könnten endlich die Dinge herstellen, die ich immer wollte, dachte Sibylla. Dann könnte ich endlich meine Träume verwirklichen.

Kurz kamen ihr die Flagellanten vom Römerberg in den Sinn, doch dann dachte sie an Lucias Worte vom Gott, der die Menschen genauso zum Leben brauchte wie sie ihn. Ein Lächeln breitete sich auf ihrem Gesicht aus. Noch war der Weltuntergang nicht da. Und bis es so weit war, würde sie so leben, wie es ihr richtig erschien.

Die ganze Hochzeitsmesse hindurch überlegte sie, wie man die Kleiderordnung umgehen konnte, und als Braut und Bräutigam aus der Dunkelheit des Kirchenschiffs in die Sonne hinaustraten, hatte sie einen Einfall.

Sie eilte nach Hause und fand Jochen in der Werkstatt. Begeistert erzählte sie ihm von ihrer Idee.

«Wenn du in den Pelz runde Löcher schneidest und das seidene Innenfutter nach außen ziehst und vernähst, wirkt es, als würden Seidenblumen aus dem Pelz wachsen. Die kreisrunden Pelzränder aber ziehst du nach innen, sodass auf der Seide kleine Pelzblumen wachsen. Will jemand seinen Reichtum in sicherer Umgebung zeigen, trägt er die Pelzseite. Zum Spazieren durch die Stadt allerdings eignet sich die Seidenseite besser, und er kann von keiner Kleiderordnung belangt werden. Das Verfahren eignet sich auch für Umhänge und Mäntel. Wer möchte, kann in die Mitte der Seiden- oder Pelzblumen noch eine Perle nähen.»

Sibylla sah Jochen hoffnungsvoll an. Jochen nickte langsam und sagte: «Manchmal weiß ich nicht, ob ich deine Einfälle schrecklich oder wunderbar finde. Welche Welt trägst du in deinem Kopf? Sie ist so verschieden von der meinen.»

«Ich weiß», erwiderte Sibylla. «Ich sehe Dinge, die andere nicht sehen. Sie haben keine Vorstellungskraft, können über das, was unmittelbar vor ihren Augen liegt, nicht hinwegdenken.»

«Tja, davon mangelt es mir wohl», gab Jochen etwas widerwillig zu. Sibylla widersprach ihm nicht. Es war einfach nicht Jochens Art, über das Bestehende hinauszudenken. Darum hatte er auch noch Einwände.

«Wer soll die Stola kaufen?», Jochen konnte einfach nicht aus seiner Haut raus.

«Niemand. Ich werde sie der jungen Frau des Goldschmiedes als Hochzeitsgeschenk schicken. Sie ist eine Adlige, und allein aus diesem Grund betrachten die Handwerkersfrauen sie mit besonderer Aufmerksamkeit, trauen ihr besseren Geschmack, Vornehmheit und Modeempfinden zu. Ihre Kleidung wird zum Maßstab unter den Handwerkersfrauen werden, du wirst sehen. Schon immer haben die reichen Bürger versucht, die höfische Mode nachzuahmen.»

«Eine Stola verschenken? Nein, Sibylla, das kommt nicht in Frage.» Jochen war entrüstet. «Ein so breites Stück Marderfell kostet viel Geld und viel Arbeit. So üppig haben wir es nicht, dass wir uns solche kostspieligen Geschenke leisten können.»

«Denk an die Zünfte und ihre Regeln, Jochen», beschwor Sibylla ihren Mann. «Wir dürfen uns das Wohlwollen nicht verscherzen. Du weißt, dass eine Zunft der anderen helfen oder schaden kann, gerade in der Altstadt. Es wäre gut, die junge Goldschmiedin für uns einzunehmen.»

Jochen schwieg. Doch schon eine Woche später lag die fertige Stola bereit. Bewundernd stand Sibylla davor und strich immer wieder über das dunkle Marderfell, aus dem taubenblaue Seidenblumen wuchsen.

«Es ist wunderschön, Jochen. Ich glaube, es gibt nur wenige Handwerker, die es an Geschick mit dir aufnehmen können», sagte sie und meinte es auch.

Dann ließ sie Barbara einen Boten rufen und schickte die Stola mit einem kleinen Brief in das Haus des jungen Ehepaares. Doch Sibyllas Plan ging noch weiter.

«Auch ich brauche ein solches Stück», erklärte sie Jochen beim Mittagsmahl. «Aber aus preiswertem Fell mit einem einfachen Futter aus billigem Tuch.»

«Wozu das?», fragte Jochen verwundert, doch Sibylla zog es vor zu schweigen. Jochen würde ihr Vorhaben nicht verstehen.

«Sibylla, du verprasst unser Geld», warf er ihr vor. «Du besitzt drei Umhänge, brauchst keine Stola dazu. Eine Handwerkersfrau bist du, keine Adlige.»

Sie sah die Verärgerung in Jochens Augen, doch sie wusste, dass sie keine Verschwenderin war, im Gegenteil. Die Stola, um die sie ihn bat, würde sich doppelt und dreifach auszahlen. Dessen war sie sich ganz sicher.

«Ich bitte dich, Jochen, fertige mir diese Stola. Ich wünsche sie mir sehr.»

Heinrich, der Altgeselle mischte sich nun ein. «So sind die Weiber», stellte er klagend fest. «Können nie genug kriegen. Reicht man ihnen den kleinen Finger, greifen sie nach der ganzen Hand.»

Sibylla konnte ein Lächeln nicht unterdrücken. Die ganze Stadt wusste, dass er sich in ein Mädchen aus dem Frauenhaus verliebt hatte. Eine Hure, die er besuchte, sooft er konnte. Um sie für sich einzunehmen, kaufte er auf dem Markt Rosenwasser und Pfirsichkernöl, stellte sich aber bei seiner Heimlichtuerei so ungeschickt an, dass die ganze Stadt über ihn sprach. Außerdem verlangte seine bezahlte Geliebte nun immer größere Geschenke, und Heinrich meckerte den ganzen lieben langen Tag über die Maßlosigkeit der Frauen.

«Jochen, ich habe bald Namenstag. Schenk mir die Stola zu diesem Tag, und ich verspreche dir, dich danach nicht mehr mit Wünschen zu behelligen», bat Sibylla.

Jochen ergab sich in sein Schicksal und winkte sie ins Fell- und Stofflager, damit sie sich die passenden Sachen aussuchen sollte. Sybilla wählte einen Pelz von graubraunem Feh und ein Innenfutter aus mittelfestem Tuch, das mit jungen Birkenblättern lindgrün gefärbt worden war.

Inzwischen war der Oktober vergangen, die wenigen Bäume in der Stadt hatten ihre Blätter verloren, und ihre kahlen Äste schwankten wie Gerippe im Wind. Die Menschen hatten ihre Sommerkleider in den Truhen verstaut und die Wintersachen hervorgeholt.

In der Werkstatt arbeiteten Jochen und die Gesellen bis spät in die Nacht, um alle Aufträge für warme Umhänge und Mäntel zu erfüllen.

Sibylla war rastlos. Vier Wochen waren vergangen, seit sie der jungen Frau des Zunftmeisters die Stola als Geschenk ins Haus geschickt hat. Seither keine Nachricht, kein Dankeschön, nichts. Es war, als wäre die Stola niemals angekommen.

«Was meinst du? Soll ich hingehen?», fragte Sybilla Martha, als sie zusammen in der Waschküche die Wäsche besorgten. Sibylla wusch, und Martha glättete die Kleidung mit einem heißen Stein. Das war das Einzige, was Sibylla für Martha tun konnte: Ihr die Wäsche zumindest bei ihr im Hause abzunehmen und ihr hin und wieder ein paar Gulden zuzustecken, damit sie sich den ein oder anderen Luxus leisten konnte. Mehr ging nicht, sonst würde man sich fragen, warum es der Wäscherin Martha auf einmal so gut ging. Und irgendjemand würde sich dann bestimmt an Marthas Tochter Luisa erinnern, die doch der Kürschnerstochter Sibylla so ähnlich gesehen hatte. Darum war die Waschküche der einzige Ort für ungestörte Gespräche.

«Gehe nicht zu deinem Fürst, wenn du nicht gerufen wirst», beantwortete Martha Sibyllas Frage.

«Die Adlige ist nun Bürgersfrau und hat mit einer Fürstin nichts gemein. Und meine Fürstin ist sie schon gar nicht. Sie ist mir gleichgestellt. Beide sind wir Ehefrauen von Handwerksmeistern», erwiderte Sibylla trotzig.

«Und was willst du als Grund für deinen Besuch angeben?», fragte Martha. «Es macht keinen guten Eindruck, wenn du sagst, du kämest, um nach der Stola zu fragen.»

«Ich weiß», erwiderte Sibylla. «Deshalb werde ich sagen, ich müsste noch etwas daran ausbessern.»

Mit Schwung holte sie das letzte Stück Wäsche aus dem Zuber, packte ein bisschen von dem blauen Seidenstoff, passendes Garn und eine Nadel ein, schlüpfte in ihren Umhang und wollte eben das Haus verlassen, als Jochen aus der Werkstatt kam.

«Du gehst aus?», fragte er.

Sibylla nickte. «Zur Goldschmiedin will ich und nach der Stola fragen.»

Jochen nickte. «Du wirst das schon richtig machen. Aber warum trägst du deinen alten Umhang und lässt die neue Stola in der Truhe? Noch nicht einmal hast du sie getragen.»

«Alles zu seiner Zeit», erwiderte Sibylla und verließ, ehe Jochen weitere Fragen stellen konnte, das Kürschnershaus.

Eine Magd führte Sibylla in das große Wohnzimmer der Familie Harms. Markus Harms, der Zunftmeister, war in der Werkstatt im Erdgeschoss. Doch Sidonie, seine junge Frau, war zu Hause, hatte einen Schneider kommen lassen und suchte gerade Stoffe für neue Kleider aus.

«Einen Augenblick, Theilerin», rief sie und wandte ihre Aufmerksamkeit wieder den Stoffen zu.

Sibylla nickte und sah sich um. Das Wohnzimmer war ungleich prächtiger als das ihre. Dicke Teppiche in Rottönen bedeckten den Boden, Tisch, Stühle und Bänke waren mit kostbaren Holzschnitzereien verziert und trugen samtene Sitzpolster. Unzählige Kissen und Decken in allen Farbtönen und aus den verschiedensten Materialien waren im Raum verteilt, dunkelgrüne Vorhänge rahmten die Fenster mit den farbigen, bleigefassten Butzenscheiben ein. Eine stattliche Anzahl prächtiger Leuchter zierten jede freie Ecke, und der runde, beinahe unbezahlbare Konvexspiegel mit zehn gemalten Medaillons am Rand verstärkte den Eindruck bürgerlichen Reichtums.

Sibylla schmerzten die Augen von all den Farben, Mustern und Materialien. Ihr Fuß tappte unruhig auf den Boden, ihr Blick konnte kaum länger als einen Augenblick auf einem Gegenstand verweilen.

Reichtum ist nicht alles, dachte sie. Jedes einzelne Stück im Raum ist kostbar und sehenswert. Doch die Vielzahl an Farben, Formen und Dingen verschlucken einander; die Schönheit erstickt, wenn sie keinen würdigen Rahmen hat.

Was nützt all das Geld, wenn es an Geschmack fehlt? Ich hätte diesen Raum ganz anders gestaltet. Weniger Möbel, Farben, die ineinander übergehen und das Auge beruhigen. Sie hatte inzwischen von Lucia gelernt, wie die Farben zueinander in Beziehung standen, eine Stimmung verstärken oder abschwächen konnte, hatte auch gelernt, dass es nicht die Vielzahl von Dingen war, die Schönheit und Geschmack verrieten, sondern die geschickte Anordnung weniger kostbarer Stücke.

«Theilerin, was sagt Ihr?», fragte Sidonie, hielt ein großes Stück rot-gold gemusterten Stoffes vor. Um die Schultern hatte sie sich ein blaues Tuch geworfen.

«Ein Kleid, das bis zur Taille in Rot-Gold gehalten ist,

das Mieder dagegen in Blau mit einer grünen Einfassung. Wie sähe das aus?», plapperte die jung verheiratete Frau.

Schrecklich sähe es aus, dachte Sibylla, so unruhig wie das ganze Zimmer hier. Woher rührte nur die Sucht, sich mit unzähligen Farben gleichzeitig zu behängen? Das Bedürfnis der Frankfurter, sich so bunt wie möglich zu kleiden, hatte sie schon immer gestört, doch erst Lucia hatte bestätigt, dass sie Recht hatte, dass es nicht die Wäscherin war, die aus ihr sprach.

Es stimmte zwar, dass die vollen Farbtöne wie Rot, Blau, Grün, Gold, Braun, Weiß und Schwarz als besonders vornehm gelten; Herrgott, aber doch nicht alle auf einmal!

Wie geschmackvoll ist dagegen die Kleidung der einfachen Leute, die höchstens zwei Farben miteinander kombinieren, dachte Sibylla und lächelte Sidonie Harms mit gespielter Herzlichkeit an.

«Ihr habt einen Hang zu schönen Farben. Doch bedenkt, dass sie einen Teil Eurer Schönheit schlucken. Der Blick fällt auf das Kleid, nicht auf Euch.»

Sie stand auf, nahm Sidonie das blaue Tuch von der Schulter und legte ihr ein dunkelrotes darüber, das den gleichen Farbton hatte wie der Rock.

«Schaut Euch an. Die Farben schmeicheln Euch, unterstreichen Eure weiße Haut, und der Schmuck im Ausschnitt erzielt die doppelte Wirkung.»

Sidonie drehte sich vorm Spiegel hin und her, betrachtete sich von allen Seiten.

«Ihr habt Recht, Theilerin. Dann werde ich eben einen Umhang aus dunkelblauem Samt dazu tragen.»

Sibylla verdrehte hinter ihrem Rücken die Augen. «Wartet!», widersprach sie vorsichtig. «Ich schickte Euch eine

Stola als Hochzeitsgeschenk. Ich glaube, sie würde gut passen. Eine Stola, genau nach der venezianischen Mode geschnitten.»

«Italienische Mode, sagt Ihr? Bürgerlich oder höfisch? Gegen die Kleiderordnung?»

«Höfisch natürlich. Habt Ihr sie noch nicht gesehen?»

Sidonie schüttelte den Kopf und machte eine wegwerfende Handbewegung. «Es kamen so viele Geschenke. Und unter uns, Theilerin, das meiste davon war Abfall. Ich habe vieles an die Armen verteilt.»

Oh Gott, dachte Sibylla. Wenn Jochen erfährt, dass sein Marderfell an einen Grabenreiniger oder Henkersknecht verschenkt worden ist, bringt er mich um. Doch vorher bringe ich dieses eitle, dumme Geschöpf um.

Liebenswürdig lächelnd, sagte sie aber: «Wollt Ihr nicht eine Magd schauen lassen, ob sich das Stück noch im Haus befindet? Ich bin sicher, ein so teurer Pelz wäre Eurer Aufmerksamkeit nicht entgangen.»

Sidonie rief eine Magd, und schon wenige Minuten später kam die Frau mit der Stola über dem Arm zurück.

Liebevoll strich Sibylla über den Pelz und drapierte ihn dann geschickt um die Schultern der jungen Zunftmeisterin.

«Nun, was sagt Ihr?», fragte sie neugierig.

Sidonie drehte sich unentschlossen vor dem Spiegel, doch der Schneider, der unbeachtet zwischen den unzähligen Stoffballen im Wohnzimmer gestanden hatte, klatschte in die Hände und rief entzückt: «Das ist es, meine Gnädigste, dieses Stück ist wie für Euch gemacht.»

Sidonie zögerte noch immer. «So wenig Farben», maulte sie. «Ist das nicht zu eintönig?»

Laut zählte Sibylla ihr die Farben ihrer Kleidung auf, dann fügte sie hinzu: «Ihr seid eine Adlige, Sidonie. Euch steht es an, der Maßstab für Geschmack, Mode und Vornehmheit zu sein. Ihr müsst Euch hervortun vor den anderen Handwerksmeisterinnen. In ganz Frankfurt gibt es nur dieses eine Stück. Bald aber wird die Mode es auch hier erfordern. Dann könnt Ihr mit Recht behaupten, Ihr wäret die Erste gewesen, die eine solche Stola besessen hat.»

Dies war genau die Begründung, die Sidonie hören wollte. Ein strahlendes Lächeln erschien auf ihrem einfältigen Gesicht.

«Gut, Theilerin, ich werde die Stola tragen. Am nächsten Sonntag zum Gottesdienst wohl. Sie gefällt mir. Habt Dank dafür.»

Sie streifte die Stola von ihrer Schulter, legte sie unachtsam auf einen gepolsterten Schemel und wandte sich an den Schneider. «Nun, Meister, zeigt, was Ihr noch an Stoffen habt.»

Damit war Sibylla verabschiedet. Hoffentlich hält dieses Huhn ihr Versprechen, betete Sibylla und war erst beruhigt, als sie am Sonntag mit eigenen Augen ihre Stola an Sidonie sah und beobachtete, wie die Bürgersfrauen und Patrizierinnen begehrlich auf das seltene und einfallsreiche Stück schauten.

Von nun an zeigte Sibylla sich bei jedem Anlass mit der Stola. Sie trug sie über einem Umhang, wenn sie auf den Markt ging. Sie schlang sie sich bei stürmischem Wetter um Hals und Ohren und bei Anlässen, die in geheizten Häusern stattfanden, trug sie das Stück lässig um die

Schulter oder – eine gewagte Kombination – um die Hüfte geschlungen.

Überall, wo man eine größere Gruppe von Menschen fand, stieß man auf Sibylla. Sogar einer öffentlichen Gerichtsverhandlung auf dem Römer wohnte sie bei, stand inmitten einer Gruppe von Frauen und kuschelte sich sehr auffällig in ihre Stola.

In den Halseisen, die am Eingang des Römers befestigt waren, standen ein abgerissener Bursche, die Kleidung mit Blut und Kot beschmiert, und eine Frau, der die Tränen in Strömen über die eingefallenen Wangen flossen. An einem Stehpult in der Mitte des Platzes thronte der Richter, daneben der Schultheiß und zwei Gerichtsdiener, grobe, starke Kerle mit Händen wie Druckerpressen.

Vor ihn wurde der ärmliche Mann jetzt geführt. Der Schultheiß verlas seine Untaten: «Mit gotteslästerlichen Reden hat er die braven Bürger aufgewiegelt und der Kirche und ihren Vertretern Habgier, Völlerei und Hurerei vorgeworfen. Bewahrer der sieben Todsünden hat er die Priester genannt und Verräter an den zehn Geboten. Zur Strafe und Abschreckung wird ihm dafür die Zunge herausgerissen.»

«Neeeeeeeein!», gellte der entsetzte Schrei des Verurteilten über den Römerberg. Doch schon wurde er von den Gerichtsdienern zum Halseisen gebracht, dann sperrte ihm der eine kraftvoll den Mund auf, und der andere riß ihm mit einer glühenden Zange die Zunge heraus und warf sie einem streunenden Hund zum Fraße vor. Die Menge stöhnte vor Entzücken laut auf.

Nur Sibylla, die an Koppers Magd Ida und gleichzeitig

an Lucias Worte über Gott dachte, begann zu frieren und bereute, dass sie gekommen war.

Während der Verurteilte schrille, spitze Laute ausstieß und das Blut aus seinem Mund sprudelte, wandte sich eine Bürgersfrau an Sibylla.

«Ein schönes Stück tragt Ihr da. Wo habt Ihr es her?», fragte sie, als ob der schmerzvolle Kampf des Mannes im Halseisen sie nicht berührte. Sie streckte ihre Hand aus und befühlte interessiert die Stoffblumen.

Sibylla musste sich zwingen, ihren Blick von dem Gequälten zu nehmen. Ist das christliche Nächstenliebe, fragte sie sich, die den Schmerz eines Menschen über ein Stück Kleidung vergisst?

Nur mit Mühe konnte sie der Frau mit einem freundlichen Lächeln antworten.

«Eine Stola nach der italienischen Hofmode. Ich habe sie aus der Trierischen Gasse. Kürschnerei Theiler. Bald wird dieser Name in aller Munde sein. Sogar die junge Adlige, die kürzlich den Harms geheiratet hat, trägt ein Stück von Theiler«, sagte sie stolz.

Die Bürgerin nickte. «Ich habe davon gehört», sagte sie. «Womöglich werde ich mir auch eine solche Stola bestellen.» Und hinter vorgehaltener Hand kicherte sie: «Selbst wenn mir Pelz nicht steht, so ist es doch eine Lust, endlich ungestraft einen tragen zu können.»

Dann wandte sie ihre Aufmerksamkeit wieder ganz der Gerichtsversammlung zu. Sibylla überlegte zu gehen, doch da wurde schon die alte Frau vor das Stehpult geschleift, und der Richter begann, ihre Sünden zu verlesen: «Gestohlen hat sie, diese Magd, hat veruntreut, was ihr anvertraut war. Von ihrem Herrn stahl sie Feuerholz und einen Sack Linsen, obendrein nahm sie ein Kleid der Herrin an sich.» Sibylla blieb wie angewurzelt stehen. Wie vertraut ihr das alles war.

«Er hat mir den Lohn nicht gezahlt. Sollte ich verhungern und erfrieren?», jammerte die Magd und brach in lautes Weinen aus.

«Wenn Ihr zurückzahlen könnt, was Ihr genommen habt, so werde ich Euch nur auspeitschen lassen. Habt Ihr aber alles verprasst, so lasse ich Euch die rechte Hand abschlagen», urteilte der Richter.

Die Magd schrie laut auf und heulte wie ein Hund bei Vollmond. «Habt Mitleid mit einer armen Frau. Wie soll ich mich ernähren, wenn Ihr mir die Hand abschlagt? In meinem ganzen Leben habe ich nichts verbrochen. Übt Barmherzigkeit.»

Die Bürgerin neben Sibylla beugte sich vor und rief laut: «Das hättest du dir früher überlegen müssen, du Diebin. Wer seinen Herrn bestiehlt, bestiehlt Gott, dass du's nur weißt.»

Sibylla konnte ihre Abscheu nicht verbergen. Zu genau wusste sie, wie es der Magd da vorne ergangen war. Zu oft hatte sie selbst Ähnliches erlebt. Sie erinnerte sich nur zu gut daran, wie die Putzmacherin sie vor vielen Jahren mit dem Knüppel davongejagt hatte, als sie deren Kleid anprobiert hatte. Und sie dachte an ihren Schwur in der Kirche, daran, dass sie immer reich genug sein wollte, um gut zu sein, um sich zu entschulden. Jetzt war sie, wenn schon nicht reich, so doch vermögend genug, um gut zu sein. Danach musste sie handeln.

«Halt!», rief sie und eilte nach vorn zum Richtertisch. Sie streifte ihre Stola von der Schulter, hielt sie der Menge zum Betrachten hin und sagte laut: «Dieses Stück ist wohl mehr wert als ein bisschen Feuerholz, Linsen und ein einfaches Kleid. Ich bezahle damit die Schulden der armen Frau hier.»

Die Magd schaute sie verwundert an, dann griff sie nach Sibyllas Hand und küsste sie hingebungsvoll.

«Nicht, lasst das. Ihr seid mir nichts schuldig», sagte Sibylla leise und sah die Hände der Frau, die genauso zerschunden waren wie die ihrer Mutter.

Der Richter räusperte sich: «Mehr Glück als Verstand habt Ihr, dass die Bürgerin für Euch bezahlt hat, wenn ich auch den Grund für so viel Großzügigkeit nicht nachvollziehen kann. Eure Hand behaltet Ihr, aber fünfzehn Stockschläge sind Euch sicher.»

«Danke, Herr. Vielen Dank und Gottes Segen», stammelte die Magd, die nun vor Freude und Erleichterung weinte. Doch schon kamen die Henkersknechte, schleiften sie zum Halseisen und versetzten ihr mit einer Rute fünfzehn laut klatschende Schläge auf Gesäß und Oberschenkel.

Sibylla hatte genug gesehen. Ihr war übel. Sie drehte sich um und wollte den Platz verlassen, da sah sie plötzlich Ida in der Menge. Sie hatte alles gesehen und nickte Sibylla zu.

Kapitel 9

Du hast deine Stola hergeschenkt. Einfach so!» Jochen war alles andere als begeistert. Dass Sibylla aber auch nie machte, was man von ihr erwartete! Sibylla schwieg. Was sollte sie ihm auch erklären? Dass sie in der Magd sich selbst, ihre Mutter gesehen hatte. Nein, das war unmöglich.

Sibyllas Großzügigkeit zahlte sich jedoch bald aus. Die Kunde von der Gerichtsverhandlung ging wie ein Lauffeuer durch die Stadt. Jede Frankfurterin, die etwas auf sich hielt, begehrte auf einmal eine Stola mit Blüten aus Stoff und Pelzwerk.

Selbst die Zunft zeigte sich beeindruckt und bot Theiler an, 100 Partien Edelpelze zu günstigen Bedingungen einzukaufen. Für Sibylla war dieses Geschäft bereits abgeschlossen, als Jochen sie eines Abends in die Meisterstube rief.

Sorgenvoll saß er an dem großen Kontortisch und blätterte in dem Auftragsbuch.

«Wir haben kein Geld mehr, Sibylla», klagte er.

«Wieso das? Die Kunden rennen uns die Tür ein.»

«Das stimmt zwar, aber die Zahlungsmoral ist äußerst

schlecht. Bestellt wird, als gäbe es kein Morgen, doch den Lohn bleiben sie uns schuldig. Ein Großteil der Stolen ist nicht bezahlt, trotzdem heimsen die Trägerinnen damit Lob ein. Leider sieht man es ja den Stücken nicht an, dass sie eigentlich noch uns gehören.» Er seufzte und sah Sibylla so sorgenvoll und verzweifelt an, wie sie ihn noch nie gesehen hatte: «Sogar vorstellig geworden bin ich bei den Säumigen. Die Ausreden, mit denen sie mich abgefertigt haben, sollte man zur Belustigung des gemeinen Volkes an der Kirchentür anschlagen. Aber gezahlt haben die wenigsten. Warum auch? Eine bezahlte Stola unterscheidet sich beim Kirchgang nicht von einer unbezahlten.»

«Wir können die Sache vor Gericht bringen», schlug Sibylla vor.

Jochen lachte bitter auf: «Ein guter Gedanke. Dann liegen wir bald mit der halben Stadt im Streit.»

«Heißt das, dass wir die Edelpelze nicht kaufen können, weil wir sowohl die Rohware als auch den Gerblohn nicht bezahlen können?»

Jochen nickte.

«Dann müssen wir das Geld leihen. Es gibt schon einige Banken hier in der Stadt. Von Metzler zum Beispiel, Gontard oder das Bankhaus Bethmann.»

«Nein, Sibylla, ausgeschlossen. Wie wollen wir das Geliehene mit Zins und Zinseszins zurückzahlen, wenn wir kaum noch die Wäscherin bezahlen können?»

Sibylla erschrak, doch sie ließ sich nichts davon anmerken. Niemals wieder wollte sie arm sein, niemals. Und nun? Kreiste der Pleitegeier wirklich schon dicht über dem Kaminabzug? Es musste etwas passieren, und das schleunigst. Holte sie ihre Vergangenheit ein? War Sibylla gar nicht tot, begraben und vergessen? Ist sie auferstanden, um sie wieder dorthin zu schicken, wo sie hergekommen war? Nein, das war nicht wahr, Tote waren scheu und kleinmütig, hatten keine Macht über die Lebenden. Sibylla schüttelte entschieden den Kopf.

«Ich hätte nicht auf dich hören sollen, Sibylla», klagte Jochen in ihre Gedanken hinein. «Deine Einfälle bringen uns an den Bettelstab. Unsere Ersparnisse habe ich aufgebraucht, um die Felle für die vielen Stolen zu kaufen. Spekuliert habe ich – und dabei verloren. Wären wir bei unseren angestammten Waren und Kunden geblieben, so hätten wir jetzt keine Not.»

«Wir werden weitere Stücke davon verkaufen», versuchte Sibylla zu trösten.

«Pah! Weitere Stücke! Du träumst wohl? Alle Kürschner in der Stadt fertigen inzwischen nach deiner Mode, aber viele zu weitaus günstigeren Preisen.»

«Sie machen uns nach? Aber das dürfen sie nicht! Die Blütenstola war ein Einfall der Kürschnerei Theiler.»

«Du kannst es ihnen nicht verbieten. Sehen müssen wir, wie der Lohn für die fertigen Stücke hereinkommt.»

Sibylla überlegte einen Augenblick. «Jochen, der Erfolg gibt mir Recht. Beinahe jede Frau in der Stadt ist von meinem Einfall begeistert. Wir brauchen ein Mittel, das die Kunden zur Zahlung zwingt. Und wir brauchen die 100 Partien Edelpelze, um weiterarbeiten zu können. Investieren müssen wir noch einmal, allein das kann uns retten.»

«Ich denke nicht daran, noch mehr Schulden zu machen», erwiderte Jochen. «Wer kein Geld hat, der kann auch keins ausgeben. So einfach ist das.»

«Nein, wenn wir jetzt klein beigeben und wieder dorthin zurückkehren, wo wir am Anfang standen, dann war unsere ganze Mühe umsonst. Wir haben eine schlechte Zeit, aber es werden wieder bessere kommen. Geh zur Zunft, Jochen, und entleihe das Geld aus der Lade.»

«Nein, ich mache mich dort nicht lächerlich», begehrte Jochen auf.

Sibylla gab nicht auf, und schließlich überzeugte sie ihren Mann, dass eine Anleihe bei der Zunft die einzige Möglichkeit war, den wirtschaftlichen Ruin in die Schranken zu weisen. Mit dem Geld kaufen und gerben lassen.

Womit Sibylla nicht gerechnet hatte, war, dass Jochens Arbeitseifer unter der Last der Schulden leiden würde. Spät erst stand er aus dem Bett auf, schleppte sich lustlos in die Werkstatt und erledigte dort nur das Allernötigste. Auch die Gesellen arbeiteten ohne den sonst so strengen Meister eher schlampig. Es war, als hätten die Sorgen Jochens ganze Kraft aufgezehrt.

Und schon bald war das Geld wieder alle, und noch immer hatten die meisten Kundinnen nicht bezahlt. Der Schuldturm schien immer näher zu rücken.

Sibylla sparte, wo sie nur konnte. Sie begnügte sich mit dem Allernotwendigsten, sparte am Essen und Trinken, ließ Barbara kaum Fleisch und Gemüse auf den Tisch bringen. Doch alle ihre Bemühungen waren wie ein Tropfen auf dem heißen Stein.

Zu allem Unglück forderte die Zunft bereits die erste Rückzahlungsrate. Doch die Geldkassette war leer; hämisch lachte der eingravierte Hund.

«Wir sind wirklich auf den Hund gekommen», dachte Sibylla, und die Angst kroch über ihren Rücken. Sie wusste, was passierte, wenn sie die Rate der Zunft nicht pünktlich zurückzahlen konnten: Die Büttel des Schultheiß würden kommen, um Jochen in den Schuldturm zu werfen. Vorher aber kämen die Gerichtsdiener, um jedes Ding von einigem Wert im Hause mitzunehmen. Am Schluss würden das Haus und die Werkstatt verkauft, und Sibylla wäre genau da, wo sie hergekommen war. Nein, schlimmer noch, damals im Feldsiechenhaus kannte sie nur den Alltag einer Wäscherin. Jetzt würde sie vieles, was ihr damals unbekannt war, schmerzhaft vermissen.

Eher gehe ich ins Wasser, dachte Sibylla voller Entschlossenheit, als jemals wieder als Wäscherin mein Brot zu verdienen. Es gab nur noch einen Ausweg.

«Komm mir nicht so!»

Ebel nahm Sibylla bei den Schultern und schüttelte sie. «Ich lasse mich nicht erpressen.»

Sibylla schwieg und sah ihn an. In seinen Augen flackerte Furcht, die mit jeder Sekunde größer wurde. Schließlich hielt Ebel es nicht länger aus.

«Beweisen müsstest du, dass dein Kind durch meine Alte zu Tode gekommen ist.»

«Ihr wisst, dass ich das kann. Isaak Kopper kann es bestätigen. Er war dabei, damals auf der Fastenmesse. Und er war es auch, der geholfen hat, das Kind zur Welt zu bringen. Er hat gesehen, woran es gestorben ist. Genau wie die Hebamme.»

Ebel ging unruhig in seiner Meisterstube hin und her. Sibylla stand nahe bei der Tür und machte keine Bewegung. Er kratzte sich mit der Hand am Kinn, blieb schließlich vor Sibylla stehen.

«Man wird dich fragen, warum du den Vorfall erst jetzt

anzeigst», warnte er sie. «Vermuten wird man, dass die Erinnerungen von dir und deinen Zeugen bereits getrübt sind.»

Sibylla beeindruckten seine Worte nicht. «Macht Euch keine Mühe, Pate. Ich weiß genau, was ich tue. Kurz danach habe ich von einem Notar ein Schreiben aufsetzen lassen, in dem steht, was auf der Fastenmesse vorgefallen ist. Zeugen haben die Richtigkeit meiner Worte bestätigt, und Kopper hat ein Gutachten beigelegt», sagte sie mit fester Stimme und dankte in Gedanken noch einmal Martha, die nach der Fastenmesse zu Kopper gegangen war und ihn um ein Gutachten gebeten hatte.

«Hinterhältiges Miststück», knurrte Ebel, und die Ader auf seiner Stirn schwoll dick und blau an.

«Spart Euch Euern Zorn», erwiderte Sibylla kühl. «Auch Eure Beschimpfungen treffen mich nicht. Lange genug habe ich ertragen, dass Ihr um mich herumgeschlichen seid wie die Katze um den heißen Brei.»

«Du willst mich ruinieren», zischte Ebel.

«Unsinn», widersprach Sibylla. «Stunden sollt Ihr uns die Raten auf ein Jahr. Mehr nicht. Niemand hat einen Schaden davon, denn wir werden die Schuld pünktlich mit Zins und Zinseszins begleichen. Also sprecht nicht von Ruin und Erpressung.»

«Aber mich machst du lächerlich. Schon wieder macht er, was die Theilerin will, wird man reden, und meine Alte wird mir die Hölle heiß machen.»

«An Euch wäre es gewesen, Eurer Alten vor langer Zeit schon den Kopf zurechtzusetzen. Euer Versäumnis rächt sich jetzt.»

Zornig stampfte Ebel durch die Meisterstube. Schließlich setzte er sich hinter seinen Kontortisch, holte Papier und Schreibfeder und beglaubigte die Stundung der fälligen Raten um ein Jahr.

Er reichte Sibylla das Schreiben, doch als sie zugreifen wollte, zog er es zurück.

«Den Wisch von damals will ich dafür haben. Den des Notars und auch das Gutachten Koppers», fauchte er.

Rasch griff Sibylla nach dem Schreiben, faltete es ordentlich zusammen und erwiderte: «Nein, Pate. Ihr bekommt nichts. Betragt Euch mir und Theiler gegenüber, wie es sich ziemt, und haltet Eure Alte an, das Gleiche zu tun. Dann werdet Ihr nie wieder etwas von dieser Geschichte hören. Macht Ihr aber Ärger oder wiegelt gar die Zunft gegen uns auf, so werde ich dafür sorgen, dass die Ebelin für den Kindesmord, den sie begangen hat, bestraft wird.»

Ebel stöhnte auf und ließ den Kopf in die Hände sinken.

«Ich bin für den Rest meines Lebens in deiner Hand. Aber eines Tages wirst du für deinen Hochmut bestraft werden», jaulte er, doch Sibylla schüttelte den Kopf.

«Es liegt alles bei Euch», antwortete sie ruhig und ging.

Mit der Stundung der Raten fiel Jochen zwar eine große Last von der Schulter, und sein Arbeitseifer ließ sich neu anstacheln, doch noch immer war die Geldkassette leer, die ausstehenden Zahlungen nicht eingegangen.

«Wir müssen etwas tun, um die Säumigen ohne Aufsehen zur Zahlung zu zwingen», sagte Sibylla. Doch ihr kam keine Idee, auf welche Art sich dieses Ziel erreichen ließ.

Diesmal war es Jochen, der eine Gewohnheit Sibyllas für geschäftliche Zwecke aufgriff.

«Deine Sucht, alle Dinge, die dir gehören, mit einer kleinen Sonne zu verzieren, hat mich auf einen Gedanken gebracht», sagte er und sah seine Frau siegessicher an. «Wir werden ab sofort unsere gesamte Ware mit einer kleinen Sonne besticken, jedoch erst, wenn die Kunden ihre Schuld beglichen haben.»

Sibylla nickte zwar, aber sie war nicht überzeugt: «Was haben die Kunden davon, wenn sie eine Sonne spazieren tragen, die sagt, dass die Ware bezahlt ist? Manche brüsten sich sogar damit, das Geld für ihre Umhänge nicht bezahlt zu haben.«

Doch Jochen sah sie beinahe liebevoll an. Sie waren sich wieder näher gekommen, Sibylla trug auch wieder nachts das Fellkleid, doch der Bruch, den der Tod des Kindes verursacht hatte, ließ sich nicht mehr heilen.

«Wer die Sonne trägt, zeigt, dass er ein echtes Theiler-Stück besitzt, dass er Vorreiter in Modedingen ist», versuchte er Sibylla zu überzeugen.

«Das reicht einigen vielleicht als Anreiz aus, doch den gewöhnlichen Handwerkerinnen ist es gleich, ob sie die Ersten oder Zweiten oder Dritten mit diesem Stück sind. Sie erheben keinen Anspruch darauf, Vorreiter zu sein.» Sibylla war immer noch skeptisch.

«Unsere Kundschaft wird sich ändern. Du selbst warst es, die es so wollte. Wenn die Eitelkeit allein nicht ausreicht, dann müssen wir uns die Habgier der Frankfurter zunutze machen. Für drei Stücke mit der Sonne aus unserer Werkstatt gibt es ein viertes umsonst dazu.»

Sibylla schüttelte ungläubig den Kopf. «Du willst etwas herschenken? Das glaube ich nicht!»

«Oh, nein, herschenken werde ich kein einziges Stück.

Wir werden unsere Waren neu kalkulieren und das vierte Stück bereits auf die ersten drei draufschlagen.»

«Und du glaubst, dass die Kundschaft so etwas nicht bemerkt? Sie werden zu anderen Kürschnern laufen, die weniger verlangen!», vermutete Sibylla.

«Keine Sorge. Wir sind doch immer die Ersten, die deine Einfälle in die Tat umsetzen. Ehe die anderen Kürschner so weit sind, ähnliche Erzeugnisse anzubieten, hat ein Teil schon bei uns gekauft. Und wer ein Stück hat, der will auch das kostenlose dazu und kauft halt weiter. Bald schon wird jeder, der auf sich hält, ein Stück mit der Sonne haben wollen. Zwei Fliegen schlagen wir mit einer Klappe: Wir geben unserer Kundschaft das Gefühl, einen vornehmen Geschmack und Sinn für Stil zu haben, das auch noch bezahlen zu können.»

Sibylla blickte ihren Mann verwundert an. «Ich wusste gar nicht, dass du so einfallsreich sein kannst», sagte sie.

«Vielleicht bin ich keine Schöpfernatur wie du, ganz gewiss bin ich das nicht. Aber ein Geschäftsmann bin ich allemal.»

Sogleich machte sich Sibylla an die Arbeit. Gemeinsam mit Martha und Barbara saß sie im Wohnzimmer und bestickte ein Teil nach dem anderen mit einer kleinen gelben Sonne.

Auch wenn sie nicht gänzlich von Jochens Idee überzeugt war, so bewiesen die nächsten Tage und Wochen das Gegenteil: Allmählich füllten sich die Kassetten im Haus, und die Frauen zeigten einander beim Kirchgang die kleinen gelben Sonnen, die auf dem inneren Saum eingestickt waren.

«Ein eigenes Markenzeichen zu erschaffen war ein toller Einfall», lobte Lucia und strahlte Sibylla an. «Du bist den umgekehrten Weg der Fugger gegangen. Die Augsburger haben zuerst mit ihren Waren überzeugt, bis man sich ihren Namen merkte. Du machst zuerst die gelbe Sonne bekannt und kommst dann mit deinen Neuheiten heraus.»

«Ich weiß nicht», gab Christine, die gerade ihr zweites Kind geboren hatte und noch runder und zufriedener geworden war, zu bedenken, «ob das Neue wirklich immer besser ist als das Alte, Bewährte.»

«Du redest schon wie Jochen», beschwerte sich Sibylla. Christine zuckte mit den Schultern und sah erst Lucia, dann Sibylla an.

«Was sucht ihr eigentlich? Warum seid ihr nie zufrieden mit dem, was ihr habt und was ist? Von mir aus könnte das Leben genauso weitergehen. Ich brauche keine Veränderung, hab am Alten genug», sagte sie.

«Aber die neue Einrichtung des Wohnzimmers gefällt dir, sagtest du. Das ist das Neue», erwiderte Sibylla und betrachtete noch einmal die frischen Polsterungen auf den Stühlen und Bänken. Gemeinsam mit Lucia hatte sie die neuen Decken, Kissen und Bezüge entworfen. Aus Pelz natürlich, wie es sich für einen Kürschnershaushalt gehörte. Nun bedeckten dunkle Wildschweinfelle die hellen Holzdielen. Auf den Truhen lagen Kissen, die mit hellen Schaffellen überzogen waren, Decken aus Kanin ergänzten das Esemble.

«Ja, euer Wohnzimmer gefällt mir», gab Christine zu. «Ich wünschte, bei mir zu Hause wäre es so gemütlich wie bei dir.»

«Das ist bestimmt nicht schwierig», sagte Lucia. «Meist reicht es schon, einige Dinge wegzuräumen, andere an neue Plätze zu stellen und neue Kissenhüllen zu kaufen.»

Christine seufzte. «Kann schon sein. Aber nicht jeder in der Stadt kann sich eine italienische Inneneinrichterin leisten.»

Lucia lachte. «Dann fragt Sibylla, ob sie Euch hilft. Sie hat ein gutes Gespür für Farben und Formen.»

Sibylla sah erstaunt auf. «Ich soll Christine helfen? Das würde ich sehr gern, doch, Lucia, glaubst du wirklich, ich könnte das?»

«Aber natürlich! Hast du nicht bemerkt, dass du in letzter Zeit viel gelernt hast? Ist dir nicht aufgefallen, wie oft ich dich nach deiner Meinung gefragt habe?»

«Ja», erkannte Sibylla und wandte sich an Christine: «Möchtest du, dass ich dir helfe?»

«Na ja, wenn du Gelegenheiten zum Üben suchst, dann versuche es eben», antwortete Christine in einem Tonfall, der glauben ließ, sie wäre es, die Sibylla einen Gefallen tat.

Sibylla ärgerte sich. Sie ist genauso bieder und altbacken wie Jochen und alle anderen Frankfurter, dachte sie. Oder bin ich es, die sich verändert hat?

Lucias Abschiedsessen fand in Isaak Koppers Haus statt.

Im Wohnzimmer, das Lucia ebenfalls neu gestaltet hatte, saßen Isaak Kopper, Sibylla, Jochen und Lucia um den großen Tisch herum, während Ida eine Schüssel Köstlichkeiten nach der anderen herbeischleppte.

«Ich freue mich sehr, Euch in meinem Haus als Gäste zu haben. Wenn auch nicht ich es bin, den Ihr besucht», sagte Isaak Kopper nach dem reichlichen Mahl freundlich und nickte Jochen und Sibylla zu. Er füllte die Gläser erneut mit dunkelrotem Wein und erklärte: «Das ist ein Chianti. Er kommt aus Lucias Heimat, aus der Nähe von Florenz.»

«Schade, dass Lucia zurück nach Florenz geht. Die Stadt erscheint mir schon jetzt viel freudloser», sagte Sibylla traurig.

Lucia versuchte sie aufzuheitern. «Es bleibt so viel von mir zurück, dass du nur wenig Zeit haben wirst, mir nachzutrauern.»

«Ja», stimmte Jochen ihr zu. «Würdet Ihr noch länger in Frankfurt bleiben, so wären wir wohl gezwungen, unser Haus um ein Geschoss aufzustocken.»

Er lächelte freundlich, doch Sibylla wusste, dass es ihm nicht recht war, dass sie so viele von Lucias Waren aufgekauft hatte, um selbst die Frankfurter in Sachen Mode und Einrichtung zu beraten.

«Seit Sibylla das Haus der Geiths neu gestaltet hat, klopft beinahe jeden Tag eine andere Bürgerin, um mit meiner Frau über Kleider und Stoffe zu sprechen», sprach Jochen weiter und schüttelte den Kopf.

«Ihr versteht die Frauen nicht, was, Theiler?», mischte Isaak Kopper sich ein. «Auch ich habe erst in Italien gelernt, wie viel Sinn und Größe in der Schönheit liegt.»

«Wenn Ihr damit meint, dass das Tischtuch zu den Vorhängen passen muss und die Schuhe zum Kleid und das Kleid zum Pelz, sonst ist es nicht vornehm, dann habt Ihr Recht. Das verstehe ich wirklich nicht», gab Jochen zu.

«Aber Lucia hat doch Recht», verteidigte Sibylla die Freundin aus vollster Überzeugung. «Findest du etwa nicht, dass es in unserem Haus schöner und behaglicher geworden ist, seit ich einiges verändert habe? Merkst du nicht die begehrlichen Blicke der Gäste, die zu uns kommen? Und bist du nicht dankbar, dass sich auch mit Hilfe von Lucias Anregungen die Auftragsbücher immer weiter füllen, sodass wir die gestundeten Raten pünktlich zurückzahlen können, ohne auf irgendetwas verzichten zu müssen?»

«Wir sind Handwerker, Herrgott nochmal, keine Künstler! Wir machen Pelze und keine Mode. Es passt nicht zu einer Kürschnerei, dass du die Frauen inzwischen auch bei der Auswahl ihrer Kleider und Vorhänge berätst. Bald drängst du darauf, einen Schneider zu beschäftigen.»

«Wäre das denn so schlimm?», fragte Sibylla und frohlockte, weil Jochen genau das ausgesprochen hatte, was Sibylla heimlich wünschte. Die Anstellung eines Schneiders oder einer Näherin, die sich um Kleider, Wamse und Jacken kümmerte.

«Wir haben mit den Pelzen genug zu tun», knurrte Jochen. «Wenn ich den ganzen Tag das Geplapper der Weiber im Hause habe, das sich nur um Stoffe und Tand dreht, kommen mir die Gesellen gar nicht mehr zum Arbeiten.»

Sibylla verstummte, über Isaak Koppers Lippen huschte ein leises Lächeln.

«Ich verstehe Euch gut, Meister Theiler. Auch mir wäre es unlieb, den ganzen Tag Menschen im Haus zu haben, die bei der Arbeit nur stören. Deshalb habe ich Lucia die ganze obere Etage während ihres Aufenthaltes zur Verfügung gestellt und habe mich selbst in meine Laborräume im Keller und im Erdgeschoss verzogen. Vielleicht wäre ein solches Abkommen in Euerm Hause auch möglich?»

Jochen warf Sibylla bei diesen Worten einen dunklen Blick. Es gab im Theilerhaus nur eine einzige freie Kammer – das Kinderzimmer.

Kopper hatte den Stimmungsumschwung bemerkt.

«Wollt Ihr Euch mein Labor einmal ansehen?», fragte er, stand auf und forderte Jochen mit einer Handbewegung auf, ihm zu folgen. Jochen nickte, dann verließen die beiden Männer das Zimmer.

Sibylla erfuhr nicht, was Jochen in Koppers Laborräumen gesehen hatte oder worüber sie gesprochen hatten. Doch in der Nacht war Jochen wie verwandelt. Erst jetzt, drei Jahre nach dem Tod des Kindes, nahm er seine Frau in die Arme, streichelte sie so behutsam, als wäre sie aus hauchdünnem Glas, und trocknete ihre Tränen.

Wenige Tage später mietete er in einem Handelskontor zwei Lagerräume für die Pelze und begann, für Sibylla eine eigene kleine Werkstatt im Theilerhaus einzurichten.

In den hohen Wandregalen lagerten Stoffmuster, Kordeln und Spitzen. Daneben standen einige Leuchter, die Sibylla von den Silber-, Kupfer- und Messingschmieden als Muster erhalten hatte. Auch die Kannengießer hatten nicht mit Warenmustern gegeizt, so wenig wie die Tuchmacher, Gürtelmacher, Schuster und Leinweber.

Sibylla selbst war allerdings die meiste Zeit außer Haus. Die Bürgersfrauen riefen nach ihr und baten sie, im eigenen Haus Vorschläge zur Einrichtung zu machen oder sie in Kleiderfragen zu beraten. Damit verdiente Sibylla Geld, nicht mit dem Verkauf.

Sie brannte darauf, alles Lucia zu erzählen, von der ein Bote vor kurzem einen Brief gebracht hatte. Und was hatte die Freundin nicht alles Aufregendes geschrieben! Sie holte das dicht beschriebene Papier hervor und las noch einmal, was Lucia zu berichten hatte:

Liebe Sibylla,
so schön es bei euch war, bin ich doch froh, wieder in Florenz zu sein. Es ist schön hier, besonders im Frühling. Die Frauen tragen in diesem Jahr bei uns einfache, schlichte Kleider, die an die herrlichen Statuen erinnern, welche unsere Künstler nach dem Vorbild der griechischen Antike gefertigt haben. Helle, leichte Stoffe, die beinahe gerade bis zum Boden fallen und nur an den Schultern zusammengehalten werden. Ich habe für dich einige kleine Zeichnungen beigelegt, die die Schnitte genau beschreiben.
Ach, Sibylla, du fehlst mir so. Ich denke so oft an unsere Gespräche zurück und wünsche mir, mit dir zusammen durch Florenz zu schlendern. Es gibt so vieles, was ich dir zeigen möchte.
Aber ich weiß ja, Jochen braucht dich in der Werkstatt, kann dich nicht für ein paar Wochen oder Monate gar entbehren, damit du nach Florenz kommen kannst. So bleibt mir nur, dich zu umarmen und Gott darum zu bitten, uns recht bald ein Wiedersehen zu bescheren.

Sibylla lächelte ein bisschen wehmütig; einmal nach Italien zu fahren, wie schön das wäre. Dann griff sie zu ihrer Feder und führte sie übers Papier:

Lucia, meine liebe Freundin,
der Samen, den du gelegt hast, ist aufgegangen. Seit Jochen mir eine eigene kleine Werkstatt eingerichtet hat und ich ganz nach meinen Vorstellungen arbeiten kann, bin ich glücklich. Zumindest fast. Aber irgendetwas gibt es wohl immer, das uns unzufrieden sein lässt, nicht wahr? Vielleicht könnten wir kleingläubigen Menschen das richtige Glück gar nicht aushalten. Oder erkennen wir es einfach nicht?
Wie dem auch sei: Ich habe heute einen großen Auftrag bekommen, wahrscheinlich durch die Fürsprache der Goldschmiedin, von der ich dir erzählt habe.
Zu Pfingsten findet auf dem Römerberg das größte Volksfest der Frankfurter statt. Die Zünfte geben ein Passionsspiel, das vier Tage dauert.
In diesem Jahr werden die Spiele von der Goldschmiedezunft ausgerichtet – und stell dir vor: Die Werkstatt Theiler ist mit der Ausstattung des Pelzwerkes beauftragt worden. Alle Kostüme und Gegenstände aus Fell sollen von uns entworfen und gefertigt werden.
Ist das nicht wunderbar?
Es gibt keine bessere Gelegenheit, unsere Pelzwaren einem großen Publikum vorzustellen.
Ich habe eigens für die Schauspieler einen Handwärmer erfunden. Eine Röhre aus Fell, die man an einem Band um den Hals tragen kann und in die man die Hände stecken kann. Jochen nennt ihn aus irgendeinem Grund immer ‹Muff›. Für die Schauspieler ist er einfacher zu handhaben als die üblichen Handschuhe. In den Muff kann man einfach hinein- und hinausschlüpfen. Was sagst du dazu, Lucia? Gibt es in Florenz Ähnliches?

Natürlich werden wir mit den Gewandschneidern und den anderen Zünften eng zusammenarbeiten, doch für die Einfälle im Pelzbereich ist allein die Theiler-Werkstatt zuständig.
Ach, Lucia, endlich, endlich können wir zeigen, was in uns steckt! Wie schön wäre es, wenn du jetzt bei uns sein könntest.
Ich umarme dich und schicke tausend Grüße an Florenz und an dich. *Sibylla.*

Kapitel 10

Aus den Fenstern der Häuser rund um den Römer hingen die Frankfurter. Sie standen in den Türen, hockten auf Simsen, Fässern, auf Balken oder gar auf dem Boden. Dicht drängte sich die Menge auf dem Platz.

Vor dem Römer aber warteten die Darsteller des Passionsspieles, rund 250 an der Zahl. Darunter waren junge Bürger, Handwerker aller Zünfte, sogar Geistliche. Die Schauplätze waren markiert, angedeutet durch Bretter und Balken, Sträucher und Tische.

Da drüben sollte der Jordan sein, daneben das Haus des Pontius Pilatus, auf der anderen Seite das Kreuz.

Sibylla trippelte unruhig von einem Bein auf das andere.

«Jochen, sieh, das da muss Judas sein. Ich erkenne ihn an seinem Mantel!», rief sie und zupfte aufgeregt an Jochens Ärmel. «Und das sind die Hirten. Sind unsere Umhänge nicht wunderschön?»

Sibylla war ganz aufgeregt vor Vorfreude. «Was werden die Leute erst sagen, wenn sie die wundervolle Schaube von Pontius Pilatus sehen!»

Sie hielt inne, betrachtete aufmerksam ihren Mann. Sein Gesicht war grau, die Lippen beinahe farblos.

Jochen wollte antworten, doch ein Hustenanfall schüttelte ihn, ließ in sich krümmen, nach Luft schnappen.

«Wollen wir gehen? Ist es nicht besser, du würdest dich hinlegen?», fragte Sibylla, doch Jochen schüttelte den Kopf.

«Mach dir keine Sorgen, es ist nichts. Ein bisschen Husten nur.»

Noch einmal sah Sibylla Jochen prüfend an, doch dann widmete sie ihre Aufmerksamkeit dem Spiel – und den Kommentaren der anderen Zuschauer. Hoffte sie doch, dass sie die schönen Pelze bemerkten.

Die meisten Szenen wurden zwar in lateinischer Sprache aufgeführt, doch der Volkshumor der Frankfurter sorgte dafür, dass ein jeder verstand, was geboten wurde.

Gelächter brandete über den Platz, als die zwei Marien für die Balsamierung Jesu beim Medicus Spezereien kauften und dieser sich als rechter Quacksalber und Hanswurst erwies. Auch die vorlauten Worte seiner Frau ernteten Gelächter, und dem Medicus blieb nichts anderes übrig, als nach dem Knüppel zu greifen.

Sibylla amüsierte sich prächtig, grüßte in den Spielpausen nach rechts und links und versäumte es nie, die Umstehenden auf das wunderbare Pelzwerk der Darsteller aufmerksam zu machen.

Am Abend kehrten sie nach Hause zurück. In ihrer Begeisterung bemerkte Sibylla nicht, dass Jochen immer grauer im Gesicht wurde. «Glaube mir, schon in den nächsten Wochen wird halb Frankfurt zu uns kommen und sich Handwärmer für den Winter bestellen.»

Jochen wurde von einem Hustenanfall geschüttelt. Er blieb stehen, presste beide Hände auf seine Brust und rang pfeifend nach Atem. Sibyllas Enthusiasmus war wie weggeblasen.

Besorgt legte sie ihm die Hand auf die Stirn.

«Du bist ja glühend heiß», sagte sie und strich ihm über die Wange.

Wenig später lag er im Bett und trank den Lindenblütenaufguss, den Sibylla bereitet hatte, in kleinen Schlucken.

Auch zwei Wochen später, die Passionsspiele waren lange vorbei, konnte Jochen das Bett nicht verlassen. Noch immer wurde er von Hustenanfällen geschüttelt, lag mit schmerzender Brust und fiebernd im Bett.

Sibylla hatte Martha zu Hilfe geholt. Sie legte ihm kühlende Lappen auf die Stirn, flößte ihm Hühnerbrühe ein und machte ihm Kräutersud.

Sibylla musste sich um die Werkstatt kümmern, um die Kürschnerei und um ihre eigene kleine Einrichterei. Es gab viel zu tun, die Passionsspiele hatten den gewünschten Effekt gehabt. Sibyllas Rechnung war aufgegangen. Die Leute kamen und bestellten Handwärmer, sodass im Auftragsbuch bald kein freies Plätzchen mehr vorhanden war. Doch der größte Auftrag sollte noch kommen.

An einem heißen Tag im Juli statte Jakob Rorbach, ein Patrizier, der im Rat saß und großen Einfluss auf die Geschicke der Stadt hatte, der Werkstatt einen Besuch ab.

«Einen Mantel möchte ich», sagte er und sah sich um. «Einen Mantel, wie ihn Pontius Pilatus bei den Spielen auf dem Römer trug. Aus Hermelin, mit Seide gefüttert und passendem Besatz. Der Meister selbst soll ihn machen. Nur das Barett dazu, das kann der Altgeselle machen.»

«Gern. Gewiss», erwiderte Sibylla und bot einen Platz im besten Stuhl und einen Becher vom besten Wein an.

«Wann soll der Mantel fertig sein?»

«Im September, denke ich. Ich plane nach der Messe eine Reise in den Osten. Die Stürme dort sind schon im Oktober rau und kalt.»

«Im September?» Sibylla schüttelte den Kopf. «Der Meister liegt krank. Bis September können Mantel und Kappe umöglich fertig sein.»

Jakob Rorbach stand auf. «Gut, Theilerin. Dann gehe ich zu einer anderen Kürschnerei. Ich kann nicht warten und meine Reise nach der Gesundheit des Meisters ausrichten.»

«Aber mein Mann ist der beste Kürschner der Stadt. In den anderen Werkstätten werdet Ihr nicht so gut bedient. Auch der Schnitt des Mantels ist von uns erdacht.»

Rorbach zuckte mit den Achseln. «Mag sein, Theilerin, dass Ihr gute Handwerker seid. Gute Geschäftsleute seid ihr allerdings nicht. Denn was nützt Euch Euer Geschick, wenn Ihr es nicht zur rechten Zeit unter Beweis stellen könnt?»

Rorbach setzte sein Barett auf und wandte sich zum Gehen. Sibylla kämpfte mit sich. Das war die Gelegenheit, auf die sie schon so lange gewartet hatten.

«Wartet!» Sie stellte sich ihm in den Weg. «Wir werden den Mantel im September fertig haben. Mein Wort darauf. Sobald es Euch recht ist, könnt Ihr kommen, damit der Altgeselle Euch Maß nehmen kann.»

«Gut, Theilerin», nickte Rorbach. «Dann werde ich übermorgen um die Mittagsstunde bei Euch sein. Aber Maß nehmen lass ich mir nur vom Meister.»

«Nein, Sibylla», krächzte Jochen. «Ich kann beim besten Willen nicht aufstehen. Schwach fühle ich mich, so schwach, dass ich mich nicht auf den Beinen halten kann.»

«Du musst, Jochen. Der Stadtrat Rorbach besteht darauf, dass du bei ihm Maß nimmst.»

«Ich kann nicht, Sibylla. Ich bin krank.»

Martha, die neben dem Bett wachte, tupfte Jochen mit einem Essiglappen den Schweiß von der Stirn.

«Es geht ihm zu schlecht, Sibylla. Wollt Ihr ihn umbringen? Ruhe braucht er, Ruhe und viel Schlaf. Aufregung schadet ihm nur.»

«Aber so eine Gelegenheit bekommen wir nie wieder!», flehte Sibylla verzweifelt und vergrub den Kopf in den Händen. «Wir dürfen den Patrizier nicht wegschicken. Unsere Zukunft hängt davon ab.»

«Also gut», erwiderte Jochen schwach. «Ich werde Rorbach Maß nehmen, wenn er kommt. Doch gleich danach mit der Arbeit an dem Mantel zu beginnen, Sibylla, das kann ich nicht. Heinrich wird damit anfangen müssen. Und die Pelznäherin wird sich um das Futter kümmern.»

Sibylla nickte erleichtert und gab Jochen einen Kuss. Hauptsache, er würde Maß nehmen, um den Rest würde sie sich schon kümmern.

«Du gehst über Leichen, Sibylla. Du bist schuld daran, wenn Jochen stirbt.»

Martha herrschte ihre Tochter wütend an. «Hättest du ihn nicht gezwungen, in die Werkstatt zu gehen und bei Rorbach Maß zu nehmen, wäre er jetzt vielleicht schon auf dem Wege der Besserung. Kaltherzig bist du, erbarmungslos und ohne Mitleid.»

«Was verstehst du schon davon?», gab Sibylla zurück, doch sie fühlte sich schuldig. Seit Jochen nach dem Besuch Rorbachs in der Werkstatt zusammengebrochen war, hatte er keine klare Minute mehr gehabt. Und auch der Arzt hatte nicht helfen können.

«Eine Lungenentzündung hat Euer Mann», hatte der Arzt diagnostiziert und bedauernd den Kopf geschüttelt.

Jeder wusste, was das hieß. Eine Lungenentzündung überlebten die wenigsten. Jochens Tod war nur noch eine Frage der Zeit. Und sie, Sibylla, war dafür verantwortlich.

«Kann man denn gar nichts tun?», hatte sie gefragt und die Hände gerungen.

Der Arzt hatte den Kopf geschüttelt. «Nein. Betet, das ist das Einzige, was hier noch helfen kann.»

Martha blickte ihre Tochter voller Verachtung an. «Niemand kann deinem Mann mehr helfen. Alles nur wegen deinem Starrsinn.» Sibylla blickte resigniert auf den Boden. Es musste doch eine Möglichkeit geben. «Kopper! Ich werde Kopper holen. Er muss helfen. Er ist der beste Arzt hier.»

«Isaak Kopper ist nicht in der Stadt, und niemand weiß, wann er zurückkommt», wischte Martha Sibyllas Vorschlag beiseite. «Außerdem ist er nicht der beste Umgang. Man redet über ihn.»

«Ammenmärchen», erwiderte Sibylla. «Nur die Dummen glauben, was man sich über ihn erzählt.»

«Sibylla, was ist bloß aus dir geworden?» Marthas Gesicht war ein einziger Vorwurf. «Ich kenne dich nicht wieder.»

«Du warst es, die mich hierher gebracht hat», zischte Sibylla und spürte, wie sie wütend wurde. «Du warst es, die wollte, dass ich eine andere werde. Nun bin ich eine andere.»

«Ja, das bist du. Eine, die mir nicht gefällt, die ich nicht kenne und nicht verstehe.»

«Ich muss eine Werkstatt führen, bin verantwortlich für alles, was im Haus geschieht. Auch für deinen Lohn. Du bist Wäscherin. Wie willst du verstehen, was für eine Meisterin wichtig ist?»

Sie hatte diese Worte kaum ausgesprochen, als sie schon bittere Reue spürte.

«Verzeih mir, Mutter», murmelte sie leise. «Bitte. Es tut mir so Leid. Ich glaube, manchmal fürchte ich mich vor mir selbst.»

Tränen stiegen ihr in die Augen, und sie wäre am liebsten ihrer Mutter an die Brust gesunken, hätte sich von ihr trösten lassen. Doch das ging nicht. Nicht mehr. Zu weit hatten sie sich schon entfremdet. Vorsichtig streckte sie die Hand nach Martha aus, flüsterte reuig: «Du bist doch meine Mutter. Bitte, du musst mich doch verstehen.»

Flüchtig nur streichelte Martha mit ihrer rauen Hand über Sibyllas und erwiderte traurig: «Es fällt mir nicht leicht, dich zu verstehen, Kind. Zu wenig weiß ich von dem, was in dir vorgeht. Und vieles davon würde ich sicher auch nicht verstehen.»

Wie gerne hätte Sibylla ihrer Mutter jetzt von dem Schatten der Anderen erzählt, von Jochens Kälte, von dem Fellkleid. Wie gern hätte sie sich von ihr in den Arm nehmen und trösten oder raten lassen. Sie sehnte sich so nach der Mutter, die sie früher in Martha gehabt hatte. Doch es war wahr: Es gab so vieles, das Martha nicht verstehen würde. Die Fremdheit zwischen ihnen war nicht zu überbrücken. Zu vieles trennte sie.

Sibylla blickte Martha an und spürte, wie ihr die Tränen heiß über die Wangen rollten.

«Ich habe dich lieb, Mutter. Das musst du mir glauben.»

Martha nickte.

«Ich dich auch, Kind.»

Dann drehte sie sich um und ging mit langsamen, schlurfenden Schritten zurück in die Waschküche.

Lange noch blieb Sibylla auf der Stelle stehen und sah in die Richtung, in die Martha verschwunden war. Sie fühlte Trauer in sich, als ob jemand gestorben wäre, der ihr lieb und teuer war. Aber war es nicht auch so? War Martha, Luisas Mutter, nicht vor langer Zeit schon gestorben und auferstanden als Martha, die Wäscherin des Theilerhauses? Auf einmal wusste Sibylla, dass es kein Zurück mehr gab. Sie konnte nie wieder zurückkehren in die Zeit, als ihre Mutter sie noch tröstete.

Aus dem anderen Zimmer hörte sie Jochen wieder husten. Irgendetwas musste sie unternehmen. Sie machte sich auf den Weg in die Schäfergasse zum Haus von Isaak Kopper. Vielleicht wusste Ida, wo und wie man den Arzt erreichen konnte.

Marthas Worte lasteten schwer auf ihr. War sie wirklich schuld daran, dass Jochen jetzt so todkrank war? Ja, sie hätte ihn nicht drängen sollen, doch woher hätte sie wissen sollen, dass er eine Lungenentzündung hatte?

Beim Gehen betete sie: «Lieber Gott, lass Jochen nicht sterben. Lass ihn gesund werden. Hilf mir, lieber Gott. Nur noch dieses eine Mal.»

In der Schäfergasse bat Ida sie mit einer Handbewegung ins Innere des Hauses.

«Ida, wisst Ihr, wann Kopper zurückkommt?», fragte Sibylla eindringlich. Ida schüttelte den Kopf und breitete beide Arme mit den Handflächen nach oben aus.

Kann ich Euch helfen?, hieß diese Geste, und Sibylla verstand.

«Ach, Ida», sagte sie, im Wissen, dass Ida ihr nicht antworten und demzufolge auch keine Vorwürfe machen konnte. «Ich habe meinen kranken Mann gezwungen, das Bett zu verlassen und in die Werkstatt zu gehen. Nun liegt er auf den Tod darnieder, und ich bin schuld daran.»

Ida sah sie an und nickte. In ihren Augen las Sibylla nur Aufmerksamkeit, keine Vorwürfe.

«Angst habe ich, Ida. So große Angst. Er darf nicht sterben. Ich brauche ihn. Die Werkstatt braucht ihn. Gott kann nicht zulassen, dass er wegen mir stirbt.»

Sibylla schluchzte laut auf und ließ sich von Ida in den Arm nehmen. Mit der knochigen Hand strich die alte Frau Sibylla über den Rücken, trocknete ihr schließlich sogar mit einem Kittelzipfel die Tränen.

Dann malte Ida mit der Hand ein Fragezeichen in die Luft.

«Eine Lungenentzündung hat er, sagt der Arzt», erklärte Sibylla. Ida nickte wieder und bedeutete ihr, ihr zu folgen.

Die beiden Frauen gingen in die Küche, die ganz anders aussah, als Sibylla erwartet hatte.

Auf Borden standen dunkle Krüge mit lateinischen Aufschriften. An einen Balken waren unzählige Sträuße stark duftender Kräuter gebunden, in einem Mörser warteten Samen darauf, zerrieben zu werden. Wie in der Küche einer Zauberschen sah es hier aus.

Ida machte sich an einigen Flaschen zu schaffen, füllte Kräuter, Samen und Körner in einen zweiten Mörser, zerrieb alles gründlich und goß eine stark riechende Flüssigkeit aus einem verschlossenen Krug, der mit «Alcohol» bezeichnet war, in die Mischung. Sie rührte alles kräftig um, füllte den grünlichen Saft in eine Flasche und reichte sie Sibylla.

Dann nahm sie einen Holzlöffel und hob drei Finger ihrer Hand.

«Dreimal täglich einen Löffel voll», übersetzte Sibylla, und Ida nickte.

Die Alte begleitete Sibylla zur Tür, sah sie noch einmal aufmerksam an und verzog ihre zungenlose Mundhöhle zu einer Art Lächeln. Dann legte sie ihr die Hand auf die Schulter und schob sie zur Tür hinaus.

Am Abend, als Sibylla die Flasche in die Hand nahm, um den Saft auf den Löffel zu füllen, fiel ihr Blick auf den Flaschenboden. Sie erschrak so sehr, dass sie einen Teil der Flüssigkeit auf den Boden goß. Auf dem Flaschenboden prangte unübersehbar das Siegel des Klosters Engelthal.

Aufopferungsvoll kümmerte sich Sibylla um Jochen. Jede Nacht wachte sie an seinem Bett. Tagsüber lief sie durch die Werkstatt und kontrollierte die Arbeit der Gesellen, sprach mit Heinrich, der sich knurrend fügte, die Tagesaufgaben ab, besuchte Kunden, hetzte in ihre eigene Werkstatt, beriet die Frankfurterinnen. Immer mehr Frauen kamen, um sich von Sibylla ihre Wohnungen einrichten zu lassen. Es schien fast so, als wäre ein Modefieber unter den Bürgerinnen ausgebrochen, als wollten sie keinen Tag länger hinter den Patrizierinnen und Adeligen zurückstehen. Die Kleider konnten nicht kostbar und einmalig genug sein, die Wohnräume nicht mehr ohne wertvolle Leuchter und prächtige Decken auskommen.

Sibylla jagte hin und her. Sie rannte nach oben, um nach Jochen zu sehen, stand einige Minuten neben seinem Bett und forschte aufmerksam in seinem Gesicht nach Zeichen der Veränderung. Mit Martha, die ihn pflegte, vermied sie jeden Blickkontakt.

«Wie geht es dir?», fragte sie ihn. Das Fieber war gefallen, er redete nicht mehr wirr, aber die große Schläfrigkeit und Schwäche hielten an.

Jochen senkte als Antwort die Lider.

«Kann ich dir etwas bringen? Brauchst du irgendetwas?»

Jochen schüttelte den Kopf. Hilflos und überflüssig saß Sibylla an seinem Bett, seufzte schließlich und ging mit den Worten: «Ich sehe später noch einmal nach dir.»

Sie rannte die Treppe hinunter in die Küche.

«Barbara, wir brauchen ein Suppenhuhn, frische Eier und getrocknete Kräuter für den Aufguss. Mach den Gesellen, der Näherin, Martha und mir Hafergrütze. Für Jochen aber bereite eine gute Hühnerbrühe.»

Barbara nickte: «Ist gut», doch Sibylla hörte es nicht, denn sie war schon weiter in die Werkstatt gelaufen.

«Heinrich, wie weit bist du mit dem Blütenumhang für die Weißnäherin Witzel? Hast du die Fellpartien für Rorbachs Schaube schon ausgesucht?»

«Langsam, Meisterin», brummte Heinrich. «Gut Ding will gut Weile haben.»

«Wir haben aber keine Zeit. Die Schaube soll im September fertig sein. Also sieh zu, dass du damit beginnst.»

Ihr Blick fiel auf die Pelznäherin, die, leise vor sich hin singend, auf einem Schemel unter dem Fenster saß. Sibylla trat zu ihr und nahm ihr die Arbeit aus der Hand.

«Soll das etwa eine ordentliche Naht sein?», herrschte sie Katharina an. Die Pelznäherin senkte schuldbewusst den Blick.

«Liederlich, du bist liederlich. Dein Lebenswandel und deine Arbeit ebenso. Was du am Abend machst, ist mir gleichgültig. Aber hier nähst du ordentlich. Hast du mich verstanden?»

Das Mädchen sah Sibylla aus großen Augen, in denen die Tränen standen, an und nickte stumm.

Heinrich kam hinzu, legte Sibylla eine Hand auf die Schulter. «Sie arbeitet fleißig, die Kleine», sagte er leise. «Ihr braucht sie nicht zu schelten, ich achte schon auf ihre Arbeit.»

Sibylla fuhr herum, funkelte Heinrich wütend an und wischte seine Hand von ihrer Schulter.

«Ruht Euch aus, Meisterin. Ihr seid erschöpft», fügte er hinzu.

«Ich entscheide selbst, wann ich erschöpft bin», entgegnete Sibylla leise. «Ich kann mehr arbeiten als ihr alle zusammen.»

Dann reckte sie den Kopf und verließ mit energischen Schritten die Werkstatt.

Ich sollte mich wirklich ausruhen, dachte Sibylla, als sie am Abend für einige Minuten unter der Haustür Luft schöpfte. Ich möchte nur noch schlafen.

Sie lehnte sich an die Hauswand, die die Hitze der Sonne gespeichert hatte, und blickte die Straße hinab, ohne etwas zu sehen.

Wie lange halte ich das noch durch?, dachte sie. Am Tag die Geschäfte und nachts das Wachen an Jochens Bett, die ewige Angst um ihn und das schlechte Gewissen. Manchmal wünsche ich, er würde endlich sterben, damit ich schlafen kann. Sie erschrak und strich sich energisch über die Stirn, als wollte sie die Gedanken wegwischen.

Sie hörte ein leises Kichern und sah gerade noch zwei Schatten, die um die Hausecke bogen. Es war Katharina mit einem jungen Burschen, den sie nicht kannte. Sie standen zwischen Hauswand und Abfallgraben und hielten einander eng umschlungen. Sibylla konnte den Blick nicht von den beiden nehmen. Katharina hatte sich an die Hauswand gelehnt, den Kopf weit nach hinten gebogen. Der Mund des Mannes strich über ihren Hals, seine Hände streichelten Katharinas Busen unter dem Brusttuch. Der Mund glitt tiefer, über die Brüste, die Hände hatten ihren Weg unter Katharinas Rock gefunden. Das Mädchen stöhnte verzückt auf.

Sibylla spürte, wie etwas in ihr zersprang. Sie krümmte sich, konnte die Tränen nicht zurückhalten. Wie ein geprügelter Hund wandte sie sich ab und schlich davon.

Die beiden Liebenden hatten nichts von Sibyllas Qual bemerkt, doch ein anderer war Zeuge der Szene geworden. In der Dämmerung hatte er auf der gegenüber liegenden Seite der Gasse gestanden.

Jetzt ging er langsam auf Sibylla zu, fasste sie an den Schultern, zog sie an sich und strich ihr behutsam übers Haar. Sibylla erschrak, doch als sie sah, wer sie da in die Arme zog, ihr Schutz und Geborgenheit gab, ließ sie ihren Tränen freien Lauf.

Es war Isaak Kopper, der gekommen war, um nach Jochen zu sehen.

Lange standen sie so. Kopper hielt sie wie ein Kind und flüsterte: «Es wird alles gut. Alles wird gut.»

«Nichts wird gut. Niemals», schluchzte Sibylla niedergeschlagen.

«Pscht, pscht!», machte Kopper.

Sie hob ihm ihr tränennasses Gesicht entgegen. Er nahm es in beide Hände und bedeckte die Tränen mit Küssen. Als er sie ansah, hatte Sibylla zum ersten Mal in ihrem Leben das Gefühl, verstanden zu werden.

Lange standen sie so da, bis sie Schritte auf der Gasse hörten. Sibylla kroch die Schamröte ins Gesicht, doch der Nachtwächter, der grüßend vorbeiging, beachtete die beiden kaum.

«Warum bist du gekommen? Was hast du hier gemacht?», fragte Sibylla, als der Wächter in der nächsten Gasse verschwunden war, und merkte nicht, dass sie das vertrauliche Du verwandte.

«Ida schickt mich, damit ich nach deinem Mann sehe.»

Sibylla nickte. «Er liegt im Sterben. Es ist meine Schuld.»

Kopper schüttelte den Kopf, strich ihr eine vorwitzige Haarsträhne aus dem Gesicht.

«Jeder ist für sich selbst verantwortlich. Du hast gehandelt, wie du musstest. Jochen ebenfalls.»

Zusammen betraten sie das Haus, taten dabei, als wäre nichts geschehen, fanden sogar zur förmlichen Anrede zurück. Isaak Kopper untersuchte Jochen, zog ihm die Lider hoch, klopfte die Brust ab, gab ihm noch einen Löffel von Idas Trank und stellte eine neue, volle Flasche auf den Nachtkasten.

«Er ist über den Berg», sagte Kopper und blickte Sibylla an, die neben dem Bett stand und fahrig den Stoff ihres Oberkleides zerknüllte.

Sibylla atmete bei diesen Worten auf. Kopper sprach weiter: «Sein Körper ist geschwächt. Schlagt jeden Tag ein Ei in ein Glas Rotwein und gebt Zucker dazu. Das wird ihn wieder auf die Beine bringen. Doch jetzt braucht er viel Ruhe.»

«Danke», flüsterte Sibylla. «Danke.»

Als sie Kopper zur Tür brachte, fiel ihr die Flasche mit dem grünen Saft wieder ein.

«Was ist das für ein Gebräu?», fragte sie.

«Eine Mischung aus Thymian und Fenchel, mit Honig und Alkohol versetzt. Es befreit die Lunge und löst den Husten. Eines von Idas Geheimrezepten.»

Sibylla zögerte, doch ihre Neugier ließ sich nicht zügeln. Nein, Neugier war es nicht. Sie hatte Angst. Noch immer fürchtete sie, entdeckt und als die entlarvt zu werden, die sie war: eine Betrügerin.

«Auf dem Flaschenboden prangt das Siegel vom Kloster Engelthal», sagte sie.

«Ich weiß», erwiderte Kopper. «Ida war nicht immer Magd. Früher war sie Nonne und das Kloster Engelthal die letzte Station, ehe sie zu mir kam.»

Sibylla erschrak zutiefst. Ihr wurde so kalt, dass ihre

Zähne klappernd aufeinander schlugen. Kopper sah sie aufmerksam an, doch er fragte nichts.

«Es ist die Erschöpfung», erklärte Sibylla. «Ich habe nächtelang an Jochens Bett gewacht.»

Kopper nickte und streichelte ihre Wange. «Du kannst beruhigt schlafen. Es gibt nichts, wovor du dich fürchten musst.»

Dann wandte er sich ab und verließ das Theilerhaus.

«Was weißt du schon?», murmelte Sibylla. Ihre Schultern verspannten sich, und ihr Kopf begann zu schmerzen. Wenn Kopper aber wusste, wer sie wirklich war? Wenn Ida die wahre Sibylla gekannt hatte und von ihrem Sterben wusste? Was dann?

Nichts, beruhigte sie sich selbst. Wenn die beiden etwas wüssten, so hätten sie es längst zu erkennen gegeben.

Isaak hatte Recht: Es gab nichts, dass sie beunruhigen könnte.

Kapitel 11

Kopper behielt Recht. Jochen ging es von Tag zu Tag besser. Zwei Wochen noch lag er im Bett, doch dann stand er auf, zuerst nur für kurze Zeit, doch bald schon saß er wieder für ein, zwei Stunden in der Werkstatt und arbeitete an der Schaube für den Patrizier Rorbach. Wenn alles gut ging, würde der Mantel tatsächlich im September fertig sein.

Ein Monat blieb noch bis dahin.

Die Sonne schien mit ganzer Kraft vom Himmel. Die Luft war schwül und drückend, sodass Sibylla durchgeschwitzt war, als sie vom Besuch bei einer Kundin zurückkam.

Sie war froh über die große Kundschaft, die nicht nur Pelzwerk kaufte, sondern auch ihre Beratung suchte. Aber noch waren es nicht die Kunden, die sie sich heimlich wünschte. Noch kamen nur Handwerker, Krämer, kleine Kaufleute, Ärzte und Juristen zu ihnen. Die reichen Familien, die Zunftoberen, der Adel und Klerus, die großen Kaufleute und all die anderen, die in der Stadt etwas zu sagen hatten, die über Einfluss und Macht verfügten, fanden den Weg zum Hause Theiler noch nicht.

Wenn erst Rorbach ein Stück mit der eingestickten Sonne trägt, wird sich alles ändern, dachte Sibylla. Wenn er uns empfiehlt, wird Jochen eines Tages Zunftmeister werden und in den Rat der Stadt einziehen. Aber noch war es nicht so weit. Zunächst musste die Herbstmesse vorbereitet werden.

Sibylla seufzte und lief langsam die Schnurrgasse hinauf. Um einen Stand brauchten sie sich nicht mehr zu kümmern; ihr alter Platz in der Krämergasse war bestellt, ein Regendach dazu. Doch Sibylla selbst konnte nicht dort sein. Jochen war noch zu schwach, konnte noch nicht auf den Rauchwarenauktionen sitzen und Felle einkaufen. Sie würde das erledigen. Und Heinrich und Katharina würden abwechselnd den Stand betreuen.

Sibylla genoss die Stimmung auf der Rauchwarenmesse. In der Mitte der Halle war ein großer Tisch, auf dem die Ware lag. Die Rauchwarenhändler zeigten die einzelnen Partien hoch, beschrieben Herkunft, Qualität und – soweit geschehen – die Gerbung, machten ein Anfangsgebot und warteten auf die Reaktion der umstehenden Kürschner, Gerber und Wiederverkäufer.

«Beste Ware, beste Gerbung», schrie der Händler, ein zierlicher Mann aus Lübeck mit überraschend kräftiger Stimme, der Pelze aus den Nordlanden anbot.

«Zweionddreißig Gulden», rief ein Abgesandter der Leipziger Kürschnerzunft, an seiner Sprache gut zu erkennen.

«Fünfunddreißig Gulden», brüllte ein Kölner Rauchwarenhändler.

Sibylla stand zwischen den Männern und suchte mit

den Augen nach Santorin, einem Fernkaufmann aus Kiel, bei dem Jochen manchmal gekauft hatte. Als sie ihn nirgends entdecken konnte, fragte sie ihren Nebenmann.

«Habt Ihr Santorin aus Kiel schon gesehen?»

Der Mann nickte und lachte ein wenig hämisch. «Gesehen habe ich ihn nicht, doch gehört, er soll in der Weinstube sitzen.»

«In der Weinstube? Während der Auktion?»

«Ja. Er hat allen Grund zum Saufen. Seine Ware ist nicht hier, liegt vor Kassel fest.»

«Wieso das?»

Der Mann beugte sich zu Sibylla und raunte ihr ins Ohr: «Man sagt, einer der Kolonnenführer hätte den schwarzen Tod. Alle Wagen aus Kiel liegen fest, dürfen nicht weiter, um die Pest fern zu halten.»

Sibylla dankte für die Auskunft und nickte. Dann drehte sie sich entschlossen um und ging in die Weinstube.

Der Fremde hatte Recht gehabt. Santorin saß in einer Ecke, einen Becher vor sich, und blickte trübsinnig auf die Tischplatte.

«Gott zum Gruß, Santorin. Darf ich mich zu Euch setzen?», fragte Sibylla und sah sich aufmerksam in der Wirtschaft um. Es war nicht üblich, dass Frauen ohne Begleitung und noch dazu am hellen Tag in eine Weinstube gingen. Und unziemlich war es, sich obendrein an den Tisch eines fremden Mannes zu setzen. Doch Sibylla sah niemanden, den sie kannte.

«Setzt Euch, Theilerin, und trinkt mit mir», erwiderte Santorin missmutig.

Der Wirt brachte noch einen Krug mit Apfelwein und

einen Becher. Als sie getrunken hatten, begann Sibylla das Gespräch.

«Ihr habt Pech gehabt, hörte ich. Eure Ware liegt vor Kassel. Es tut mir Leid für Euch, dass es deswegen mit den Geschäften nicht klappt.»

«Ja», nickte Santorin. «Ein gottverfluchtes Pech, das kann man wohl sagen. Es wird noch dauern, ehe die Ware frei wird und ich sie verkaufen kann. Wie soll ich aber die Bestellungen der Kieler Handwerker jetzt auf der Frankfurter Messe besorgen, wenn ich kein Geld habe? Mit leeren Fässern werde ich nach Kiel zurückkehren müssen und meine Kunden verlieren.»

Santorin schnaufte und trank einen neuen Becher in hastigen Zügen leer.

«Habt Ihr keine Kreditgeber in der Stadt?», fragte Sibylla.

Santorin lachte bitter auf. «Kreditgeber, ha! Halsabschneider sind das. Für einen Kredit braucht man eine Sicherheit. Und Rauchwaren, die mit dem schwarzen Tod in Verbindung gebracht sind, eignen sich nicht als Sicherheit. Nichts habe ich, Theilerin, gar nichts.»

Sibylla sah Santorin mitleidig an. «Die Zeiten sind hart, Santorin, wem sagt Ihr das. Doch erzählt, wie viel Rauchwaren sind Euch verloren gegangen?»

Santorin winkte ab. «Zwei Wagenladungen. Eine mit Edelpelzen aus den Nordländern. Seehund und Bär, Zobel und Hermelin. Die andere mit einheimischen Fellen wie Marder, Waschbär, Fuchs und Feh.»

«Sind die Pelze gut verpackt?», fragte Sibylla.

Santorin nickte. «Natürlich. In Fässern stecken sie, die mit Pech verschmiert sind, um sie vor Wettereinflüssen zu schützen. Doch wenn sie noch lange in den Fässern liegen, dann werden sie muffig und glanzlos.»

«Ein großer Verlust für Euch», stimmte Sibylla zu.

Die beiden schwiegen eine Weile. Sibylla, weil sie nachdachte, und Santorin, weil er erneut in Trübsinn versank.

«Wie viele Gulden hattet Ihr von den beiden Wagenladungen erhofft?», fragte Sibylla schließlich und legte Santorin tröstend eine Hand auf den Arm.

«An die 200 wohl. Vielleicht etwas mehr, vielleicht etwas weniger. Die Konkurrenz ist stark vertreten diesmal. Die Sachsen holen auf, und wenn wir nicht aufpassen, wird der Mittelpunkt der Rauchwarenherstellung bald in Leipzig liegen.»

«Santorin, ich zahle Euch die Hälfte, genau 100 Gulden, sofort, wenn Ihr mir die beiden Wagen überlasst», sagte Sibylla mit leicht gepresster Stimme. 100 Gulden waren eine gewaltige Summe Geld. Beinahe alles, was die Kürschnerei Theiler an Barem besaß. Aber sie musste das Wagnis eingehen. Solch eine gute Gelegenheit ergab sich nie wieder.

Santorin sah überrascht hoch. Sein Gesicht wirkte plötzlich hellwach. «100 Gulden?», hakte er nach «Das ist zu wenig. Damit decke ich gerade meine Kosten. Ein schlechtes Geschäft.»

«Gut, Santorin», entgegnete Sibylla. «Ihr müsst ja nicht verkaufen, und ich muss auch nicht kaufen.»

Sie stand auf und wandte sich zum Gehen.

«Wartet, Theilerin. 100 Gulden sagt Ihr?»

Sibylla nickte.

«Legt noch 20 Gulden drauf, dann ist die Ware Euer.»

«10 Gulden, keinen Heller mehr.»

«Abgemacht.»

Santorin reichte Sibylla die Hand, und Sibylla schlug ein.

«Kommt am Abend in die Trierische Gasse und holt Euer Geld. Ich erwarte Euch nach dem Abendläuten», schloss Sibylla das Geschäft ab, und Santorin nickte. Sie lächelte, drehte sich um und verließ die Weinstube.

Draußen atmete sie noch ein paar Mal kräftig ein und aus. Das Geschäft war ein Wagnis. Zwei Wagenladungen Pelze! Sie würden Jahre brauchen, um sie zu verarbeiten. Doch der Preis dafür war atemberaubend günstig. Nein, Jochen konnte nichts dagegen haben. Santorin war ein ehrlicher Kaufmann. Er war für gute Ware zu einem anständigen Preis bekannt. Sibylla hatte noch nie gehört, dass jemand etwas Schlechtes über den Kieler geäußert hatte.

Langsam ging sie durch die belebten Gassen der Altstadt, in denen das Messegetümmel seinen Höhepunkt erreicht hatte.

Sie machte noch ein paar kleinere Geschäfte, tauschte hier einen Marderumhang gegen Mailänder Samt, dort einige Gürtel gegen Spezereien, Decken aus Kanin gegen Augsburger Tuch, Spielzeugtierchen gegen Hirschhornknöpfe und Schnallen.

Es war schon später Nachmittag, als sie in die Gasse der Buchdrucker gelangte. Gemächlich ging sie von Stand zu Stand, betrachtete dort ein Buch in lateinischer Schrift, da ein paar Holzschnitte. Sie blieb stehen und lauschte den Philosophen und Gelehrten, die über die Frage nach der Gestalt der Erde in ein Streitgespräch ausgebrochen waren, kaufte einem Dominikanermönch ein Traktat ab, las in einem Flugblatt einen Text gegen den Ablasshandel und machte schließlich neben einem Stand halt, an dem ein junger Maler Skizzen mit Kohle auf Papier zeichnete.

Eben bildete er einen Buchhändler ab, der auf einem Schemel saß und versunken in einer Handschrift blätterte.

Sibylla bewunderte den Schwung der Falten, die er am Umhang zeichnete.

«Eure Arbeit gefällt mir», sprach sie den jungen Mann an.

«Vielen Dank auch, Herrin», entgegnete dieser und betrachtete sie von oben bis unten. «Habt Ihr nicht Lust, eine Zeichnung von Euch anfertigen zu lassen?»

Sibylla lachte. «Nein, nein, Eitelkeit ist eine Todsünde, wie Ihr wohl wisst.»

«Das ist wahr», erwiderte er mit einem verschmitzten Lächeln. «Aber ist es nicht auch die Pflicht, Schönheit festzuhalten und auf Papier zu bannen?»

«Schönheit festhalten und auf Papier bannen», sprach Sibylla nachdenklich seine Worte nach.

«Ihr habt Recht», antwortete sie ihm schließlich. «Bestimmte Dinge lohnen es, festgehalten zu werden. Wann habt Ihr Zeit?»

Der junge Mann ließ das Blatt sinken. «Wenn Ihr wollt, jetzt gleich. Ich habe mir mit dieser Zeichnung nur die Zeit vertrieben. Nehmt also Platz, dann können wir beginnen.»

«Nein», widersprach Sibylla. «Ihr sollt nicht mich zeichnen. Wir werden zusammen durch die Gassen gehen, und ich zeige Euch Kleider, deren Schnitt Ihr mir aufmalen sollt. Könnt Ihr das?»

Der junge Maler zuckte mit den Schultern. «Natürlich, aber zu welchem Zwecke?»

«Das lasst meine Sorge sein. Ihr werdet schließlich dafür bezahlt.»

Eine Woche war die Herbstmesse vorbei, die Frankfurter trafen sich zur Dippemess auf dem Römer, und Sibylla saß mit Jochen in der Meisterstube über den Büchern.

«Die Messe war ein großer Erfolg für uns», sagte Sibylla. «Wir haben sowohl gut eingekauft als auch gut verkauft, sind im Besitz neuer Ware, die wir in einigen Wochen sicher aus Kassel kommen lassen können, wenn bis dahin die Pest verschwunden sein wird.»

Jochen nickte. Er war mit Sibyllas Einkäufen zufrieden gewesen, doch ihm fehlte die Kraft, sich darüber zu freuen. Er war noch immer schwach und schaffte es nicht, den ganzen Tag über zu arbeiten. Schweißausbrüche überfielen ihn tags und nachts, er ermüdete noch immer leicht, und auch sein Appetit war bisher nicht vollständig zurückgekehrt.

«Aber am meisten freue ich mich über unser Musterbuch», sprach Sibylla weiter und strich liebevoll über den braunen Leineneinband eines Folianten, in dem sich viele Zeichnungen von Schnitten nach der neuesten Mode befanden. Der junge Maler hatte ein Gespür für Farben und Formen mitgebracht, dass dem von Sibylla in nichts nachstand. Gemeinsam hatten sie die Kleider der Messfremden betrachtet, und Lukas hatte eine Zeichnung nach der anderen gemacht.

Auch jetzt, nach der Messe, beschäftigte die Kürschnerei Theiler den jungen Maler weiter. Im Moment arbeitete er an einem Musterbuch für die Einrichung von Wohnräumen und zeichnete zwischendrin immer wieder neue

Schnitte von Pelzen und Kleidern, die Sibylla eingefallen waren oder die Lucia in ihren regelmäßigen Briefen beschrieb.

«Dein Musterbuch, ja», entgegnete Jochen. «Deine Entwürfe sollen für die Ewigkeit erhalten bleiben. In einem Buch. Aber was ist mit uns?»

«Wie? Mit uns? Was meinst du damit?», fragte Sibylla.

Jochen holte hörbar Luft, dann sagte er: «Sibylla, ich denke, es ist an der Zeit für Kinder.»

«Warum?», fragte Sibylla.

«Weil Kinder unser Schicksal sind, darum. Weil sie bleiben, wenn wir lange schon gegangen sind.»

«Schicksal!» Sibylla lachte bitter auf. In ihr zog sich alles zusammen.

«Wählen wir das Schicksal, oder wählt es uns?», fragte sie, stand auf, ohne eine Antwort abzuwarten, und lief aus der Meisterstube, eilte die Treppen hinunter, verließ das Haus und rannte durch die Gassen, als wäre sie auf der Flucht.

Sie lief, immer schneller, blicklos für die Menschen, die sie traf, grußlos für Bekannte, die ihr verwundert nachsahen. Sie spürte ein Stechen in der Brust, doch sie kümmerte sich nicht darum. Sibylla rannte einfach weiter, bis der Main ihrem Lauf ein jähes Ende bereitete. Atemlos stand sie da und hielt sich die schmerzenden Rippen.

Wählen wir das Schicksal, oder wählt es uns?, dachte sie wieder und ließ sich auf einen großen Stein am Ufer sinken. Sie betrachtete den Fluss, der träge vorüberfloss, so, wie es seine Aufgabe war.

Am Anfang hatte ihr das Schicksal einen Platz als Wäscherin zugewiesen. Dann hatte es Sibylla Wöhler sterben lassen. Und dann war sie gekommen, hatte ihr Los selbst gewählt und sich an Sibyllas Platz gestellt. Unfähig jedoch, an diesem glücklich zu sein.

Ich muss wieder wählen, überlegte Sibylla. Wenn man einmal angefangen hat, sein Leben in die eigenen Hände zu nehmen, dann gibt es keine höhere Gewalt mehr. Schicksal und Eigenverantwortung schließen einander aus. Und deshalb war sie nun bis zu ihrem Lebensende dazu gezwungen, für sich allein zu entscheiden. Sie hatte kein Schicksal mehr.

Ich bin ich. Bin nicht die Wöhlertochter, und mein Leben verläuft nicht so, wie es ihr bereits vorgezeichnet war. Auch wenn sie nicht loslassen will, einmal muss sie mich gehen lassen. Einmal wird sie merken, dass es nichts mehr gibt, was uns verbindet, dachte sie und fühlte sich erleichtert.

Aber diese Erkenntnis musste noch bis zu ihrer Seele vordringen. Erst dann würde sie nachts nicht mehr von der Anderen träumen.

Sibylla stieß einen tiefen Seufzer aus. Zwei schwarze Vögel zogen am Himmel ihre Kreise. Sie kamen immer näher. Es wären Krähen. Sibylla sah genauer hin und erblickte ein winziges Kätzchen, das mit seinen ungeschickten Pfoten nach einigen Grashalmen schlug und nichts von der Gefahr ahnte, in der es sich befand.

Plötzlich stieß eine der Krähen nieder, landete schwer auf dem zarten Körper, ihr spitzer schwarzer Schnabel hackte auf das Köpfchen ein. Die Katze schrie und wollte weglaufen, doch die Krähe hatte sich auf das kleine Tier gesetzt, sich im Fell festgekrallt und hackte weiter auf es ein. Nun stieß auch der andere Vogel herab, sein Schnabel zielte in die Augen der Katze.

Sibylla saß wie erstarrt.

«Nein», flüsterte sie. «Oh, mein Gott, nein!»

Sie fühlte die Schnabelhiebe, als träfen sie ihren Körper. Das Gekrächze kam ihr wie ein höhnisches Gelächter vor.

Sie wollte hinlaufen, das Kätzchen retten, doch ihre Angst vor den Krähen lähmte ihre Glieder.

Die kleine Katze versuchte mit den Pfoten nach dem Riesenvogel zu schlagen, doch sie brach unter dem Gewicht der anderen Krähe auf ihrem Rücken zusammen, schrie nicht mehr, wimmerte bloß leise und hatte die Augen geschlossen, als wartete sie nur noch auf ihren Tod. Sibylla erschauerte.

Nein, die kleine Katze war ihrem Schicksal nicht hilflos ausgeliefert. Sibylla war da, um sie zu retten.

Ihre Erstarrung ließ nach, und plötzlich konnte sie sich erheben, nach einem Knüppel greifen und zu dem Kätzchen stürzen. Eine der Krähen wandte den Kopf in Sibyllas Richtung und stieß drohende Laute aus. Die Vögel waren nicht bereit, ihre Beute herzugeben, freuten sich schon auf das zarte Fleisch des kleinen Tieres. Sibylla sah, dass das Kätzchen zitterte, sah das Blut, das ihm aus der linken Augenhöhle floss, und dass die andere Krähe immer wieder nach dem noch vorhandenen Auge hackte.

Sibylla schwang drohend den Knüppel, doch die Gier der schwarzen Vögel war größer als die Angst vor dem Tod. Wenn ich die Krähen treffe, treffe ich auch Sibylla, dachte sie, schloss die Augen und holte mit aller Kraft aus.

Sie spürte den Knüppel zu Boden krachen, hörte das

Zerbrechen von Knochen und den kreischenden Schrei des anderen Vogels. Langsam öffnete sie die Augen. Vor ihr auf dem Boden lag die Krähe, die mit dem Schnabel nach den Augen des Kätzchens gestoßen hatte. Sibylla hob erneut den Knüppel und ließ ihn auf den Krähenkopf krachen, der unter der Wucht des Schlages aufsprang wie eine Nussschale. Blut spritzte, Knochen knackten, das leise Gekrächz verstummte, doch Sibylla konnte nicht aufhören, auf die Krähe einzuschlagen. Immer wieder schwang sie den Knüppel, bis ihr Arm erlahmte. Erschöpft hielt sie inne, sah die Reste, die einmal eine Krähe gewesen waren, das Blut und die Knochenstücke, die ringsum verteilt waren.

Dann erst ließ sie den Knüppel fallen, rang nach Atem und brachte schließlich keuchend einen Satz hervor: «Jetzt habe ich Ruhe vor dir.»

Sie drehte den Vogelresten den Rücken zu, hockte sich nieder und hob das zitternde Katzenkörperchen hoch. Sie spürte seinen Herzschlag und drückte das kleine Tier behutsam an ihre Brust, steichelte es, um es zu beruhigen. Dann lief sie langsam den Weg am Main entlang, hielt das Kätzchen wie einen Säugling und sprach beruhigende Kinderworte. Sie fühlte sich erleichtert. Jetzt hatte sie sich von Sibylla befreit, jetzt konnte sie Kinder mit Jochen haben.

Am Hafen, der unterhalb des Römers lag, herrschte rege Betriebsamkeit. Doch irgendetwas war anders als sonst. Sibylla blieb stehen, noch immer das Kätzchen streichelnd, und versuchte herauszufinden, was passiert war.

Schiffer und Hafenknechte liefen herum und warfen einander Worte zu. Nicht ein Fass wurde über eine hölzerne Rampe von den Frachtschiffen an Land gerollt. Das Lachen fehlte, die Rufe der Männer waren von Sorge und Entsetzen geprägt.

«Was ist passiert?», fragte sie einen Schiffsjungen, der mit schreckstarrem Gesicht an ihr vorbeirannte.

«Die Pest», schrie der Junge. «Die Pest ist in der Stadt.»

Kapitel 12

Wenige Tage später rumpelten die ersten Karren mit Toten durch die Gassen. Schwarz vermummte Gestalten mit bodenlangen Gewändern und großen Kapuzen zogen die Wagen. Vor ihren Gesichtern trugen sie Pestmasken, schnabelartige Gebilde, die mit Kräutern gefüllt waren, das Gesicht vollständig bedeckten und besonders Mund und Nase vor dem «Pesthauch» schützen sollten. Ein Priester ging voran und klingelte mit einem Glöckchen. Sobald es ertönte, leerten sich die Gassen. Die Frankfurter verfolgten hinter den Fenstern den Leichenzug, bekreuzigten sich und beteten, dass der schwarze Tod sie und ihre Familie verschonen möge.

Doch die Pest machte keinen Unterschied zwischen Jung und Alt, Arm und Reich, Gut oder Böse.

Erbarmungslos lauerte sie in den Winkeln der Gassen und schlug zu.

Immer mehr Haustüren waren von einem Kreuz bedeckt, dem Zeichen, das verkündete, dass auch in diesem Haus der schwarze Tod Einzug gehalten hatte.

Vor den Toren der Stadt wurden die Toten auf einen Haufen geworfen, mit Öl übergossen und verbrannt. Ein christliches Begräbnis blieb ihnen verwehrt. Ihre Asche wurde in der Erde vergraben.

Wundärzte, ebenfalls unter Pestmasken versteckt, eilten durch die Straßen und Gassen, doch helfen konnten sie nicht. Es gab kein Mittel, um die Kranken zu heilen, und keines, die Gesunden zu schützen.

«Jochen, ich bitte dich, höre auf mich und gehe für eine Weile aufs Land. Du bist noch immer geschwächt von der Krankheit, würdest die Pest niemals überstehen. Geh, Jochen, ich bitte dich. Und nimm Martha, Barbara und den Lehrjungen mit.»

«Das kommt nicht in Frage», erwiderte Jochen. «Wenn wir gehen, dann gehen wir zusammen.»

Sie waren alle in der Werkstatt. Jochen saß am Zurichtetisch, vor sich einige Felle, die auf ihren Zuschnitt warteten. Die Pelznäherin Katharina blickte den zwei vermummten Gestalten nach, die mit einem leeren Karren zurück in die Stadt gekommen waren.

Heinrich stand hinter dem Rumpelbock und hielt den Scherdegen in der Hand.

«Ist nicht das erste Mal, dass die Pest in der Stadt ist. Seit ich geboren wurde, habe ich sie vier Mal erlebt. Und überlebt!» Er nickte, um seine Aussage zu unterstreichen.

«Wer gottesfürchtig lebt, braucht die Krankheit nicht zu fürchten», sprach er weiter. «Es gibt keinen Grund, die Stadt zu verlassen. Vor dem göttlichen Strafgericht gibt es sowieso kein Entkommen.»

«Die Priester haben zu Gebeten und Prozessionen aufgerufen», erzählte Katharina. «Vielleicht sollten wir alle in die Kirche gehen, Kerzen anzünden und beten.» Sie sah sich unsicher um.

«Bleib hier», befahl Sibylla scharf. «Beten kannst du nach Feierabend. Aber ausrichten wirst du nichts damit.»

«Aber Gott hat uns die Pest zur Strafe geschickt. Nur mit Gebeten, Reue und Umkehr können wir ihn besänftigen und den Weltuntergang vielleicht abwenden», plapperte Katharina weiter die Worte der Priester nach.

«Halt den Mund», schalt Sibylla sie und dachte an Lucias Worte. «Über wen soll Gott herrschen, wenn er die Welt untergehen lässt, dumme Trine? Über die Bäume, Flüsse und Berge vielleicht? Gott braucht die Menschen, wie die Menschen Gott brauchen. Von einem Weltuntergang kann deshalb keine Rede sein.»

Das Mädchen senkte den Blick.

«Wir alle sind Sünder», flüsterte die Pelznäherin.

Für einen Augenblick legte Sibylla ihr tröstend die Hand auf die Schulter. Sie ahnte, dass Katharina ihre Liebschaft als Sünde ansah, die Strafe Gottes in Form der tödlichen Krankheit erwartete und vor Angst beinahe verging.

«Es ist jetzt nicht die Zeit, um über Gott zu reden», befand Sibylla und wendete sich wieder Jochen zu. «Geh aufs Land, Jochen. Nimm die Bediensteten mit. Alle, bis auf den Altgesellen. Hier kann ich sie sowieso nicht brauchen. In ihrer Angst bringen sie mehr Schaden als Nutzen.»

Sie warf einen Blick auf die Pelznäherin, die dem Gespräch mit großen Augen lauschte.

«Gut», beschloss Jochen. «Wir gehen. Aber gemeinsam und alle. Auch du, Sibylla.»

Sibylla schüttelte den Kopf. «Ich kann nicht weg, Jochen. Heinrich und ich müssen hierbleiben und die Aufträge fertigstellen.»

«Die meisten Kürschner aus unserer Straße sind schon weg. Mit Kind und Kegel», versuchte Jochen seine Frau umzustimmen.

«Das ist gut. Gut für unsere Werkstatt», erwiderte Sibylla.

«Dann können wir deren Aufträge übernehmen. Eine solche Gelegenheit, an andere und bessere Kunden heranzukommen, bietet sich nicht alle Tage. Außerdem wartet der Patrizier Rorbach auf seine Schaube. Ich bleibe.»

«Es kann uns das Leben kosten, wenn wir bleiben», mahnte Jochen. «Ich bitte dich, Sibylla, sei einsichtig.»

«Und es kostet uns Kunden, wenn wir gehen», Sibylla blieb hartnäckig. «Im schlimmsten Falle kostet es uns sogar Haus und Werkstatt. Die Werkstatt aber ist mein Leben. Mach, was du willst, Jochen, aber ich bleibe.»

Die Stadt leerte sich weiter. Doch bevor die Reichen mit Sack und Pack Frankfurt verließen, um auf ihren Landgütern das Ende der Pest abzuwarten, suchten sie nach Kürschnerwerkstätten, in denen sie ihre Aufträge abgeben konnten.

Die Pest würde nicht ewig dauern. Das Leben würde weitergehen, trotz allem. Und auf den Herbst folgte der Winter mit seiner Kälte, die nur von Pelzen abgehalten werden konnte.

Nun endlich kamen auch die Kunden, die sich Sibylla wünschte. Der Zunftmeister der Goldschmiede, Markus Harms, machte den Anfang. Er bestellte für seine Frau einen langen Mantel aus Fuchsfellen.

«Wer bürgt mir für die Bezahlung, wenn Ihr nicht da seid?», wollte Sibylla wissen. Jetzt, da sie die einzigen Kürschner in der Straße waren, konnte sie Forderungen stellen. Es gab keine Konkurrenz, zu der Harms ausweichen konnte.

«Fuchsfelle sind teuer. Wir können es uns nicht leisten, auf der Ware sitzen zu bleiben, wenn Ihr nicht rechtzeitig in die Stadt zurückkehrt.»

Harms hatte verstanden und zahlte im Voraus.

Dann kam Ebel, hatte schon die Reisekleidung an.

«Ich gehe in die Wetterau», sagte er und legte einen kleinen Stapel Papier auf den Tisch. «Hier sind die Aufträge, die noch fertig gestellt werden müssen. Die Felle dafür lasse ich Euch bringen, wenn Ihr die Arbeit übernehmen wollt.«

Sibylla sah den Stapel durch. «Wir können nicht alles machen, Pate», erwiderte sie. «Wir haben nur zwei Hände zum Arbeiten. Schickt uns einen von Euern Gesellen, dann sehen wir weiter. Und auf Bezahlung muss ich jetzt auch bestehen.»

Sibylla nahm vier der Bestellungen an sich. Sie hatte sorgfältig gewählt: Eine Kappe für den Abt des Dominikanerklosters, einen Umhang für den Ratsherrn Schimmelschmidt, eine Schaube für den Vitzum des Deutschherren-Ordens und eine pelzgefütterte Haube für die Frau des städtischen Zinsmeisters.

Ebel sah sie erleichtert an, dann bekam er plötzlich große Eile.

«Abgemacht, Sibylla. Gleich nachher schicke ich Euch zwei Gesellen und einen Beutel Gulden. Behüte Euch Gott. Ich werde in der Wetterau für Euch beten.»

Sibylla nickte. «Gott segne und behüte auch Euch, Ebel. Ich hoffe, wir werden uns wiedersehen.»

«Das weiß nur Gott allein», sagte Ebel und verschwand.

Am Abend drängte Sibylla wieder, dass Jochen mit den Bediensteten aufs Land gehen sollte.

«Fahr nach Kassel», schlug sie vor. «Warte dort, bis die Pest vorüber ist, und bringe auf dem Rückweg die beiden Wagenladungen mit den Pelzen mit. Wir werden sie brauchen.»

Doch Jochen ließ sich nicht beirren. «Ich bin dein Mann», sagte er. «Habe vor Gott gelobt, treu zu dir zu stehen. In guten wie in schlechten Tagen. Wenn du bleibst, bleibe ich auch. Und Heinrich wird die Stadt sowieso nicht verlassen.

Es wäre mir jedoch lieb, wenn wir Katharina, die beiden Gesellen und den Lehrbuben nach Kassel schicken würden, um Santorins Pelze zu holen. Sie sind noch jung, sollen noch nicht sterben müssen.»

Sibylla überlegte eine kleine Weile, dann schüttelte sie den Kopf. «Jochen, wenn du bleibst, weil ich bleibe, dann machst du mich dafür verantwortlich.»

Sie sah ihn eindringlich an.

«Ich kann diese Verantwortung nicht übernehmen. Deshalb bitte ich dich, mit den anderen wegzugehen. Wenn du aber bleiben willst, dann nur wegen dir, nicht aber wegen mir.»

«Was soll das, Sibylla. Ich bleibe, weil ich es möchte. Reicht dir das?»

Sibylla nickte. Wenn Jochen es unbedingt so wollte. Und doch wäre es ihr lieber, er würde fortgehen. Wenn ihm jetzt etwas passierte, würde sie sich wieder schuldig fühlen.

Von früh bis spät arbeiteten Sibylla, Jochen, Heinrich und die beiden Gesellen von Meister Ebel. In der Werkstatt war kein freies Plätzchen mehr, Felle lagen, standen, hingen überall herum.

Sibylla hatte die Holzläden vor die Fenster gehängt, damit sie nicht ständig die Karren mit den Leichen sahen, nicht ständig den Geruch nach Feuer rochen, wenn wieder ein Haus in der Straße niedergebrannt wurde, weil die Pest darin hauste.

Talglichter brannten Tag und Nacht, und die Arbeitenden hatten alsbald Mühe, eines vom anderen zu unterscheiden.

Barbara brachte immer wieder Kräuter, die sie in einem Kohlebecken verbrannte und von denen alle glaubten, dass sie die Pest abhielten.

«Wie lange geht das noch?», jammerte sie. «Ich kann die ewige Dunkelheit nicht mehr ertragen.»

«Geduld, Barbara. Ein paar Wochen noch, dann ist alles vorbei», tröstete Jochen.

«Ich weiß nicht, ob ich es so lange noch aushalte», klagte sie. «Die Vorräte werden weniger, das Salz ist beinahe alle, und ich möchte so gern einmal wieder auf den Markt gehen. Wie lange ist es her, dass ich das letzte Mal einen Fuß vor die Tür gesetzt habe?»

«Hör auf zu lamentieren, Barbara. Wir alle möchten wieder die Sonne sehen, wir alle haben Appetit auf frisches Brot und junges Gemüse. Aber solange die Pest noch in der Stadt herrscht, bleiben unsere Fenster und

Türen verschlossen», entgegnete Sibylla. «Du hättest mit nach Kassel gehen können. Es war deine ureigenste Entscheidung, hier zu bleiben.»

Barbara reckte sich und streckte die Brust vor. «Noch nie im Leben habe ich Frankfurt verlassen», verkündete sie stolz. «Und lieber sterbe ich und werde in Frankfurter Erde begraben, als irgendwo im Wald zu vermodern, wenn mich die Wegelagerer finden.»

Sibylla lächelte und die anderen ebenfalls. Jeder wusste, dass Barbara mehr Angst vor Wegelagerern und fremden Gegenden hatte als vor dem Tod. Nichts hatte sie dazu bewegen können, das Theilerhaus zu verlassen. Hier waren ihre Wurzeln, und Barbara würde eingehen, wenn sie auch nur für wenige Tage woanders leben musste.

Seufzend drehte Barbara sich um und ging zurück in die Küche. «Ich werde einen Aufguss aus Kamille machen», erklärte sie beim Gehen. «Ihr habt schon alle rote Augen wie die Feldhasen.»

Als hätten sie nur auf diesen Satz gewartet, begannen die Arbeitenden, sich die Augen zu reiben. Sie hatten zu viel und zu lange gearbeitet, zu viel Rauch der Talglichter und Kräuterbecken waberte durch den Raum. Außerdem waren sie erschöpft. Doch noch immer stapelten sich die Aufträge, noch war kein Ende der Arbeit in Sicht.

Sibylla erschrak, als draußen der Klopfer betätigt wurde. Auch die anderen erstarrten. Seit Wochen war niemand mehr an der Tür gewesen. Wer jetzt kam, brachte schlechte Nachrichten.

Barbara stürzte herein und sah sich angstvoll um.

«Es wird der Tod sein, der Einlass begehrt», murmelte sie und bekreuzigte sich.

«Unfug», widersprach Sibylla, doch ihr Herz schlug so laut, dass sie meinte, jeder in der Werkstatt könne es hören. «Der Tod klopft nicht. Er schlüpft durch die Ritzen und Löcher, vielleicht sogar durch den Kamin ins Haus.»

Es klopfte wieder. Sibylla stand entschlossen auf. Sie durfte keine Angst zeigen.

«Ich gehe», sagte sie, schloss die Werkstatttür fest hinter sich und öffnete die Haustür.

Als sie die Gestalt erblickte, erschrak sie. Barbara hat Recht, es ist der Tod, der hier steht, dachte sie und hielt sich am Türrahmen fest.

«Guten Abend, Sibylla», sagte die Gestalt im bodenlangen, schwarzen Umhang mit der riesigen Kapuze und der schnabelartigen Pestmaske vor dem Gesicht.

Sibylla atmete auf und presste sich eine Hand aufs Herz.

Es war nicht die Stimme des Todes, die zu ihr gesprochen hatte, sondern die Isaak Koppers.

«Ich bin gekommen, um euch in den Spessart zu schicken. Packt alles, was ihr braucht. In einer Stunde wird euch ein Wagen abholen.»

«Isaak, vielen Dank. Doch wir bleiben hier, haben die Bediensteten schon vor Wochen aufs Land geschickt.»

Kopper zog einen der langen Handschuhe aus und griff nach Sibyllas Hand. «Sei nicht stur, Sibylla. Die Pest wütet nicht, sie tobt. Jeder Tag bringt mehr Tote als der vorherige. Ein Ende ist nicht abzusehen. Von den 10000 Bewohnern Frankfurts sind über 3000 geflohen. Die Hälfte von denen, die blieben, ist bereits tot. Was meinst du, wie lange ihr hier noch durchhaltet?»

«Isaak, wir können nicht weg. Die Werkstatt braucht uns. Nie zuvor hatten wir mehr Aufträge.»

Kopper zog sich die Pestmaske vom Kopf, sodass Sibylla sein Gesicht sehen konnte.

Wie erschöpft er aussieht. Am liebsten hätte sie ihn gestreichelt. Sein Gesicht schien nur noch aus dunklen Augenringen zu bestehen. Seine Haut war grau, die Lippen vor Erschöpfung nur noch zwei schmale Striche.

«Isaak, wirst du Frankfurt verlassen?»

Der Arzt schüttelte den Kopf. «Es ist meine Pflicht, mich um die zu kümmern, die Not leiden. Bitte, Sibylla, nimm deinen Mann und alle, die noch in deinem Haus sind, und geht fort von hier. Ida wird mit einem Wagen kommen und euch holen.»

«Nein, Isaak. Ich bleibe», erwiderte Sibylla fest.

«Wenn du krank wirst, kann ich dich nicht heilen», beschwor Kopper sie und ergriff erneut ihre Hand.

Sibylla lächelte ihn traurig an. «Mich kann ohnehin niemand heilen. Bei den wirklich wichtigen Dingen im Leben ist man stets allein.»

Behutsam strich Isaak Kopper über Sibyllas Wange. «Du bist nicht allein, Sibylla. Ich bin für dich da. Das weißt du.»

Sibylla schloss die Augen und gab sich für einen Augenblick der Liebkosung hin. Sie schmiegte ihre Wange fest in seine warme Hand.

«Ich werde beten. Beten für uns alle», flüsterte sie.

Ein fragender Ruf kam aus dem Haus. Martha, die wie Barbara ebenfalls nicht zu bewegen gewesen war, die Stadt zu verlassen, wollte wissen, wer an der Tür war.

Sibylla öffnete die Augen, sah Kopper an. Die Traurigkeit legte sich schwer auf ihre Seele.

«Ich muss rein, Isaak. Gott schütze dich.»

«Gott schütze auch dich, Sibylla.»

Noch einmal blickten sie sich an.

«Liebe, Glaube und Hoffnung sind am Ende das, was bleibt», sagte Isaak. «So jedenfalls sagt der Apostel Paulus. Und er hat die Liebe vor den Glauben gestellt, ihr den höchsten Wert zuerkannt.»

«Was willst du damit sagen, Isaak?», fragte Sibylla und kannte doch die Antwort schon.

Als Isaak sich umwandte und langsam die Gasse hinunterschritt, sah Sibylla ihm nach. Habe ich mein Leben mit unwichtigen Dingen vergeudet?, dachte sie. Aber wäre ich als Wäscherin Luisa überhaupt von Isaak bemerkt worden? Würde mich Jochen noch lieben, wenn er wüsste, wer ich wirklich bin? Es ist die Meisterin, die geliebt und beachtet wird, nicht die Frau. Nicht der Mensch, der ich bin. So dachte Sibylla, während sie Kopper nachsah, und wusste, dass es nur die halbe Wahrheit war.

Zwei Tage später erschien Martha nicht zum Frühstück in der Küche.

«Sieh nach, warum sie nicht kommt», bat Sibylla die Magd. Zögernd, aber ohne zu widersprechen, verließ Barbara die Küche.

Als sie wiederkam, war sie bleich wie ein Gespenst.

«Fieber hat sie», flüsterte sie. «Fieber, Kopf- und Gliederschmerzen. Ganz benommen fühlt sie sich, hat sie gesagt.»

Barbaras Stimme zitterte so stark, dass man sie kaum verstehen konnte. «Ich habe einige Beulen an ihrem Körper gesehen. Die Pest ..., die Pest ist im Haus!»

Die Gesellen am Tisch betrachteten sofort ihre Arme, ob daran auch schon die ersten Spuren der Krankheit zu erkennen waren. Dann falteten sie die Hände und murmelten Gebete.

«Hört auf damit», herrschte Sibylla die Männer an. «Beten hilft jetzt nichts.»

Sie wandte sich an Barbara. «Nimm Bettlaken und schneide daraus Tücher, mit denen man Mund und Nase bedecken kann. Alle im Haus tragen ab sofort diese Tücher.»

Sie fuhr herum und wartete darauf, dass Jochen ihr zustimmte. Doch Jochen saß am Tisch, ein feiner Schweißfilm bedeckte seine Stirn, er antwortete nicht.

«Du auch?», fragte Sibylla. Jochen nickte, dann ließ er den Kopf einfach auf seine Arme sinken und schloss die Augen.

Nur einen winzigen Moment lang geriet Sibylla außer Fassung. Dann streifte sie die Ärmel ihres Kleides nach oben und fuhr Barbara an, die dastand, als wäre sie angewurzelt: «Geh und hole die Laken. Oder willst du etwa, dass wir alle krepieren?»

Von dieser Minute an stellte Sibylla das Denken und Fühlen ein. Sie bewegte sich wie eine Puppe, die an Schnüren hing und von einer Macht, die über ihr stand, dirigiert wurde. Selbst ihre Bewegungen wurden eckig. Zuerst lief sie zur Haustür und malte mit Kreide ein Kreuzzeichen auf das blau gestrichene Holz, zum Zeichen, dass die Pest nun auch in diesem Hause war.

Danach verteilte sie die Stofffetzen, wickelte sich selbst ein Stück Laken um Mund und Nase.

Sie begleitete Jochen ins Bett, richtete im Raum daneben ein Lager für Martha her.

Heinrich und die Gesellen verbannte sie in die Werkstatt, brachte Kohlebecken herbei und durchräucherte das ganze Haus mit Kräutern.

Von der Werkstatt lief sie zurück in die Küche, füllte den Kräutersud, den Barbara inzwischen jammernd und wehklagend gebraut hatte, in Kannen und eilte zurück an die Krankenlager von Jochen und Martha.

Sie wechselte nasse Tücher und flößte den Kranken den Sud ein. Sie hörte nicht, dass die Gesellen aus Ebels Werkstatt aufgestört das Haus verließen und nicht zurückkehrten, hörte nicht Barbaras laute Gebete und auch nicht Heinrichs barsche Worte.

Sibylla wusch Jochen das schweißnasse Gesicht ab, gab Martha zu trinken und dachte und fühlte nichts dabei. Der Morgen ging in den Mittag über, der Mittag in den Nachmittag, der Nachmittag in den Abend. Sibylla aß nichts, trank nichts, bemerkte nicht den Wechsel der Tageszeiten.

Marthas und Jochens Zustand verschlechterte sich von Minute zu Minute. Am Nachmittag war Martha bereits nicht mehr ansprechbar. Große eitrige Beulen bedeckten ihren Körper. Bei jeder Bewegung wimmerte sie, phantasierte ansonsten wirres Zeug vor sich hin, rief sogar nach ihrer Mutter und der Heiligen Jungfrau. Stumm saß Sibylla dabei, umwickelte Marthas Waden mit nasskalten Tüchern, um das Fieber zu senken, wusste, dass es vergebliche Mühe war, und machte doch unbeirrt weiter.

Jochen verlor erst am Abend das Bewusstsein. Sein Körper krampfte sich zusammen, das Fieber ließ auch seine Sinne schwinden, und die Beulen an seinem Körper füllten sich so rasch mit Eiter, dass man dabei zusehen konnte.

Isaak Kopper kam. Sibylla fragte nicht, woher er wusste, was im Hause geschehen war. Sie fragte überhaupt nichts, sagte nichts, weinte nicht, klagte und betete nicht. Sie eilte von Raum zu Raum, von Jochen zu Martha und von Martha zu Jochen, hantierte mit nassen Tüchern, brannte Kräuter ab, benetzte trockene Lippen mit Wasser.

Kopper hielt sie am Arm fest. «Du kannst nichts für die beiden tun, Sibylla. Lass sie in Frieden sterben. Bete für ihre Seelen.»

Sibylla starrte Kopper mit entzündeten Augen an, erwiderte nichts, machte sich los und rannte erneut zwischen Martha und Jochen hin und her.

«Luisa!»

«Luuuuuuuuiisaaaaaaaaaa!», gellte ein Schrei durchs Haus. Ein Schrei, der durch Sibyllas Erstarrung drang, den Schutzpanzer aus Betriebsamkeit durchbrach.

Sie lief zu Martha, setzte sich neben sie, nahm ihre von schwarzen Flecken übersäte Hand. Aus Marthas Mund Lippen quoll schwarzes Blut.

«Ich bin da», flüsterte sie. «Ich bin da.» Behutsam streichelte sie ihre Mutter im Fieberwahn und strich ihr die Haarsträhnen aus dem Gesicht.

Kopper hörte, was sie sagte. Leise stand er auf und verließ den Raum, um nach Jochen zu sehen. Er wußte, dass Marthas letzte Stunde geschlagen hatte. Bald würde sie von ihrer Qual erlöst sein.

Sibylla hielt ihre Hand, starrte auf das entstellte Gesicht der Frau, die ihre Mutter war – und fühlte nichts. Gar nichts. Alles in ihr war wie abgestorben. Mechanisch murmelte sie einige Gebete, wieder und immer wieder, ohne Innehalten. Sie wiegte ihren Körper dabei hin und her, hielt Marthas Hand, hörte sie röchelnd nach Luft ringen. Einmal noch öffnete Martha die Augen, sah Sibylla an, flüsterte: «Luisa!»

Dann schloss sie die Augen, ihre Brust hob und senkte sich ein letztes Mal, ihr Herz hörte auf zu schlagen. Martha war tot.

Sibylla faltete ihr die Hände über der Brust, deckte sie mit einem Tuch zu und beugte sich über die Tote, um noch ein letztes Mal ihre Stirn zu küssen. Dann löschte sie die Lichter und verließ wort- und tränenlos den Raum.

Sie ging in die Küche, trank einen Becher Wasser in hastigen Zügen und lief in das Schlafzimmer zu Jochen.

Der Morgen dämmert langsam herauf und beleuchtete zaghaft das Elend der Stadt. Doch Sibylla merkte nichts davon. Sie saß neben Jochens Bett, hielt seine Hand und murmelte leise Gebete.

«Sibylla, leg dich hin. Ein paar Minuten nur», bat Kopper und legte eine Hand auf ihre Schultern. «Du bist vollkommen erschöpft.»

Sibylla antwortete nicht, schüttelte stumm den Kopf und fuhr fort, Gebete aufzusagen, die sie seit ihrer Kindheit kannte und die noch niemals in ihrem Leben irgendetwas bewirkt hatten.

Auf der Straße rumpelte ein Karren vorbei. Die Leichenträger sahen das Kreuzzeichen, klopften an die Tür. Barbara öffnete.

«Habt Ihr Leichen?» fragten die vermummten Gestalten.

Barbara nickte und schickte die Männer, Martha zu holen.

Sie kamen zu zweit die Treppe hoch. Sibylla stand dabei, sah, wie einer der Männer ihre Mutter hochhob und sie sich wie einen Sack Lumpen über die Schulter warf. Der andere fragte: «Habt Ihr noch mehr?»

Sibylla schüttelte stumm den Kopf. Der Erste lief – mit der toten Martha über der Schulter – an ihr vorbei und die Treppe hinunter. Im Vorübergehen wurde Sibylla von etwas gestreift und zuckte zusammen. Sie spürte eine Hand in ihrem Haar, eine Hand, die sich an ihr festkrallte, nicht loslassen konnte, sie mitnehmen wollte in den Tod.

«Nein!», schrie Sibylla, griff nach Marthas Hand, die sich in einem letzten Muskelzucken eine ihrer Haarsträhen gegriffen hatte.

Der Mann mit Martha über der Schulter hielt an. Der andere nahm die Hand der Toten, riss sie mit einem kräftigen Ruck aus Sibyllas Haar, dann lief der Erste wortlos weiter die Treppe hinunter.

Sibylla zitterte. Ihre Zähne schlugen aufeinander, als hätte sie Schüttelfrost. Sie stand da, hielt beide Hände auf ihren Kopf gepresst, genau da, wo Martha sie das letzte Mal berührt hatte.

Der Vermummte schaute sie an.

«Keine weiteren Kranken im Haus?»

Diesmal nickte sie und wies mit der Hand zum Schlafzimmer, in dem Kopper bei Jochen wachte.

Von draußen war ein dumpfer Ton zu hören. Ein Geräusch wie von einem schweren Gegenstand, den man auf einen Wagen warf. Sibylla schloss für einen Moment die Augen. Das Zittern wurde heftiger.

Der Vermummte legte ihr kurz eine Hand auf die Schulter und ging in das Schlafzimmer, warf einen prüfenden

Blick auf den Kranken, sah die schwarze Verfärbung der Haut.

«Der ist auch gleich so weit», stellte er mitleidlos fest. «Am besten, wir nehmen ihn mit. Bis wir auf dem Gottesacker vor der Stadt angekommen sind, ist der bereits im Himmel.»

Er schickte sich an, Jochen hochzuheben, doch Sibylla fiel ihm in den Arm.

«Verschwindet aus meinem Haus. Verschwindet und lasst Euch hier niemals mehr blicken.»

Der Vermummte schaute sie durch seine Maske hindurch an.

«Nicht aufregen, kleine Meisterin», sagte er beruhigend. «Ganz ruhig. Es wird alles wieder gut.»

Dann sah er zu Kopper, erkannte ihn. «Passt auf das Frauchen auf, Doktor», sagte er. «Sie wäre nicht die Erste oder die Einzige, die über all dem Elend verrückt wird.»

In diesem Augenblick drang ein qualvolles Stöhnen aus Jochens Bett. Auch zwischen seinen Lippen quoll nun schwarzes Blut hervor.

Sibylla trat an das Fußende des Bettes. Sie streckte ihre Hand nach Jochen aus, als wollte sie ihn dem Tod entreißen.

Jochens Kinn sackte auf seine Brust.

Der Vermummte räusperte sich, sprach laut ein Gebet, von dem sie nur die letzten Worte: «... und gib seiner Seele Frieden» wahrnahm.

Dann trat der Leichenträger an das Bett und machte sich daran, Jochen wie ein Bündel über die Schulter zu werfen.

«Halt!»

Sibyllas Stimme klang in der Stille des Hauses wie ein Schrei. «Wartet einen Augenblick.»

Der Mann legte den Toten zurück auf das Bett. Sibylla war unterdessen zu einer Truhe gegangen und hatte das Fellkleid daraus hervorgeholt.

«Helft mir, ihm das Kleid überzustreifen», befahl sie dem Leichenträger.

Der Mann schüttelte den Kopf und sagte behutsam: «Frauchen, das ist ein Kleid. Ihr könnt nicht wollen, dass Euer Mann in einem Fellkleid vor den Thron des Herrn tritt.»

Sibyllas Blick ging durch den Vermummten hindurch. «Er soll nicht frieren», sagte sie. In ihrer Stimme war so viel Schmerz, dass der Mann schließlich gehorchte und den ausgezehrten Körper in das Fellkleid hüllte. Sie ist verrückt, dachte er. Schade um die kleine Frau.

Als er fertig war, fragte er: «Wollt Ihr Euch verabschieden?»

Doch Sibylla schüttelte nur den Kopf. «Ihr könnt ihn mitnehmen», sagte sie leise und trat einen Schritt zurück, als der Vermummte mit seiner Last an ihr vorbeiging.

Als sie Stunden später aus einem todesähnlichen Schlaf erwachte, wusste sie sofort, was geschehen war: Die Pest war im Haus, hatte Martha und Jochen geholt.

Sie wartete darauf, dass der Schmerz einsetzte, doch nichts geschah. Sibylla lag einfach im Bett, starrte an die Decke, noch immer unfähig zu fühlen. Das Einzige, was sie spürte, war Kälte. Eine Kälte, die in ihren Knochen, in ihrem Körper saß und sie glauben ließ, sie könne bei der kleinsten Bewegung zerbrechen.

Die Tür öffnete sich. Sibylla wandte langsam den Kopf.

Isaak Kopper kam herein. Er sah übernächtigt und erschöpft aus.

«Wie geht es dir?», fragte er, fasste unter ihren Kopf und führte ihr einen Becher Wein an die Lippen.

Sibylla trank in gierigen, hastigen Schlucken und merkte erst jetzt, wie durstig sie gewesen war. Doch auch der Wein konnte sie nicht wärmen.

«Mir ist kalt», sagte sie. «So furchtbar kalt.»

Kopper legte seine Hand auf ihre Stirn, strich über ihre Wangen. «Du bist gleichmäßig warm, Sibylla. Die Kälte, die du fühlst, kommt aus deinem Inneren.»

«Wärme mich», wimmerte Sibylla wie ein Kind. Und Kopper hüllte sie in eine weitere Decke, legte sich dann neben sie, nahm den zitternden Körper in seine Arme und wiegte sie sacht hin und her.

Sie fühlte die Wärme seines Leibes durch die Decken hindurch.

Und ganz langsam löste sich etwas in Sibylla. Sie spürte, wie die Starre aus ihrem Körper wich. Tränen stiegen in ihr auf, und Sibylla ließ sie einfach über ihr Gesicht laufen und im Kissen versickern.

Ein Schluchzen schüttelte sie, dass sie glaubte, ihr Körper würde in Stücke gerissen, doch Isaak hielt sie ganz fest und streichelte ihre Schultern. Und wieder löste sich etwas in ihr. Es tat so weh, dass sie sich krümmte und die Beine an den Leib zog wie ein Säugling. Und Isaak hielt sie, dämmte mit seinem Leib die Erschütterungen ihres Körpers, schützte und wärmte sie, während aus Sibylla das Leid und der Schmerz ihres ganzen Lebens hervorbrachen. Nichts konnte diese gewaltige Kraft stoppen, nichts sie zurückdrängen in den Körper, in die Seele, in der sie jahrelang verschlossen waren. Alles drängte heraus. Jede Demütigung, jede Qual, Angst, Verlassenheit und unendliche Trauer flossen unhaltbar aus ihr heraus. Sie zitterte wie im Fieber, ihre Zähne klapperten aufeinander. Plötzlich warf sie sich herum, Isaak in die Arme, presste ihren Mund auf seinen, als wolle sie aus ihm den Atem schöpfen, den sie zum Weiterleben brauchte. Und sie weinte dabei wie ein Kind, schluchzte zuerst laut, dann immer leiser werdend, bis sie schließlich in seinen Armen einschlief, das tränennasse Gesicht noch immer an das seine gepresst.

Kapitel 13

Die Pest war überstanden, doch sie hatte unzählige Opfer gefordert. Ganze Straßenzüge in der Neustadt waren jetzt unbewohnt, auch in der Altstadt stand jedes zweite Haus leer.

Allmählich kamen die Geflohenen zurück und nahmen ihr Leben dort wieder auf, wo sie es vor Wochen unterbrochen hatten. Zumindest beinahe.

Auch die Kürschnerzunft hatte die Hälfte ihrer Mitglieder verloren. Die Anzahl der Meister hatte sich halbiert. Zunftmeister Ebel war unter den Toten, doch war er nicht an der Pest gestorben, sondern am Schlagfluss, der ihn getroffen hatte, als er hörte, dass sein Haus und die Werkstatt plündernden Banden zum Opfer gefallen waren.

In der Stadt ging alles drunter und drüber. Nicht nur die Häuser, auch Lagerhallen, Gewölbe und Keller, in denen die Kürschner ihre Waren gelagert hatten, waren geplündert worden. Es gab nun nicht nur bedeutend weniger Kürschner in der Stadt, sondern es war obendrein schwierig, auch nur eine kleine Partie Felle für einen neuen Umhang oder eine Kappe aufzutreiben.

Herrenlos gewordene Gesellen durchstreiften die Handwerksgassen auf der Suche nach neuer Arbeit.

Sie klopften auch bei Sibylla. Wenn es in der Stadt jemanden gab, der genügend Aufträge und – dank der beiden Wagenladungen von Santorin – ausreichend Vorräte hatte, dann die Theilerin.

Vier Kürschnergesellen neben Heinrich, dazu zwei Lehrjungen, zwei Pelznäherinnen und einen Schneidergesellen, der sich einzig um das Innenfutter der Pelze kümmerte, beschäftigte Sibylla nun.

Im Flur stapelten sich Tuchballen, im Wohnzimmer hingen fertige und halbfertige Pelze, sogar das Schlafzimmer war von Schachteln mit Knöpfen, Schnallen, Schließen und Bändern übersät.

Sibylla war froh um die vielen Aufträge. Nicht des Geldes wegen, sondern weil sie sie vom Nachdenken abhielten. Ruhelos eilte sie durchs Haus, hetzte von der Kürschnerei in ihre eigene kleine Werkstatt, in der die Kunden Schlange standen, um sich noch prunkvoller und prächtiger einzurichten.

Wie immer, wenn der Tod eine breite Schneise des Grauens geschlagen hatte, kam danach die Lebensgier mit doppelter Stärke zurück. Wer überlebt hatte, wollte sich jetzt belohnen für die ausgestandenen Ängste und Sorgen. Nur das Beste vom Besten war gut genug: Perlen, Pelze und erlesene Kleider. Ein Fest folgte auf das andere. Jeder wollte das pralle Leben genießen. Und die Frankfurter feierten, wie sie es verstanden: mit Prunk und Pomp.

Auch diesmal hatte Sibylla die Zeichen der Zeit erkannt und ihre Entwürfe daran ausgerichtet. Sinnlichkeit hieß das Gebot der Stunde.

«Aber ist es nicht auch so?», fragte Sibylla ihre Freundin Christine Geith, deren Familie die Pest unversehrt überstanden hatte. «Folgt nicht auf jedes Ding dessen Gegenteil? Sonne auf Regen, Hass auf Liebe und Sinnlichkeit auf Tod?»

Christine betrachtete die fertigen Waren im Wohnzimmer. «Ich weiß es nicht», erwiderte sie und hielt sich ein Kleid an, das einen tiefen Ausschnitt hatte, der die Ansätze der Brust gut sehen ließ.

«Darf ich?», fragte sie mit begehrlichen Blicken. Sibylla nickte.

Christine schlüpfte in das Kleid, dessen Oberteil eng am Körper anlag und in der Taille von einem breiten Gürtel betont wurde. Sie drehte sich vor dem großen Spiegel, dann seufzte sie und zog das Kleid wieder aus.

«Wie gern hätte ich auch ein solches Stück», sagte sie.

«Ich nähe es dir», bot Sibylla an. «Wenn du willst, kann dir eine der Näherinnen die Maße nehmen.»

Christine lachte bitter. «Stücke aus der Werkstatt Theiler kann ich mir nicht leisten», klagte sie. «Seit der Pest ist ein Kleid oder Umhang aus deinem Haus unbezahlbar geworden. Jeder, der auf sich hält, besitzt ein Stück mit der eingestickten Sonne.»

Sie hängte das Kleid zurück und stülpte sich eine Haube aus langen dünnen Fellstücken über, die den Eindruck von langen, dichten Haaren, die bis zu den Hüften reichten, erweckten.

«Aber Geith müsste doch genügend Aufträge haben», überlegte Sibylla.

Christine nickte. «Ja, Aufträge hat er, doch unsere rohen Felle waren in der Gerberei. Sie sind gestohlen worden, direkt aus der Beize, und Meister Sachs kann sie uns nicht ersetzen.»

Sie senkte die Stimme und blickte die Freundin an: «Es geht uns nicht gut, Sibylla. Wir haben noch nicht einmal die Barschaft, um neue Ware zu kaufen. Solch ein Unglück überstehen nur die unbeschadet, die schon vorher viel hatten. Oder Glück, so wie du. In der Zunft wird sich einiges ändern. Die Rangfolge ist nicht mehr die alte. Jetzt gewinnen die, die vorausschauend waren. Wäre Theiler nicht tot, hätte man ihn bestimmt zum nächsten Zunftmeister gewählt.»

«Aber er ist tot», entgegnete Sibylla. «Und dein Mann, Christine, lebt.»

Die Freundin schwieg betroffen.

Merkwürdig, dachte Sibylla. Der Verlust des Ehemanns wiegt bei den anderen weniger schwer als der Verlust von Aufträgen und Ware. Beglückwünscht werde ich für die Voraussicht und beneidet ob der vielen Aufträge, doch niemand hat ein Wort des Bedauerns über Jochens Tod übrig. Im Gegenteil, sie summen herum wie die Fliegen, in der Hoffnung, wenigstens die Krumen, wenn nicht gar ein ganzes Stück vom großen Kuchen zu erhaschen.

Glück sollte ihr also die Pest gebracht haben? Als könne eine Wagenladung mit Pelzen den Verlust eines guten Ehemanns und Meisters und einer Mutter vergessen machen. Nein, wenn sie das vorher gewusst hätte, dann hätte sie sich anders entschieden. Doch sie wollte der Freundin gegenüber nicht zu hart sein.

«Ich schenke dir das Kleid, Christine», bot Sibylla an. «Nimm dir auch Stoff für deine Kinder und nähe ihnen die Sachen, die sie brauchen. Und sage deinem Mann, wir hätten Arbeit genug und könnten zwei zusätzlich Hände gut brauchen.»

Christine griff sofort nach dem Kleid und legte es, ohne Sibylla anzusehen, ordentlich zusammen.

«Und auch für dich gäbe es hier einiges zu tun. Du könntest mir in der Einrichterei zur Hand gehen.»

Christine blickte sie an und lachte verächtlich. «Das ist nicht dein Ernst, Sibylla. Du scherzt.»

«Wie kommst du darauf?»

Christine kam näher.

«Wie kannst du annehmen, dass Geith in deiner Werkstatt arbeiten würde? Er ist schließlich Meister und wird sich kaum von einem Altgesellen kommandieren lassen.»

«Was will er dann?», fragte Sibylla und begriff, dass Christine nicht gekommen war, um sie zu besuchen und über Jochens Tod hinwegzutrösten, sondern um ihres eigenen Vorteils willen. Oder hatte Geith sie sogar geschickt?

Christine lächelte verlegen. «Fragen soll ich, ob du uns mit ein paar Partien Fellen aushelfen kannst. Wir bezahlen, sobald die Waren verkauft sind. Auf Heller und Gulden erhältst du zurück, was du Santorin dafür bezahlt hast.»

«Ein schlechtes Geschäft, Christine. Ein Geschäft, bei dem ich drauflege. Ich war es, die die Wagen aus Kassel holen ließ. Unsere Werkstatt war es, die während der Pest ausgeharrt und weitergearbeitet hat, während ihr euch aufs Land verzogen habt. Auch Aufträge aus eurer Werkstatt haben wir ausgeführt und kein Wort des Dankes dafür erhalten. Dein Mann, Christine, lebt und sollte jetzt für euch sorgen. Ich dagegen habe keinen Mann mehr, trage die Last allein.»

«Heißt das, du hilfst uns nicht in der Not?», fragte Christine und presste das geschenkte Kleid fest an sich.

«Du bist meine Freundin. Natürlich helfe ich dir. Nimm dir, was du brauchst, und schicke Geith zu uns. Mit Heinrich wird er schon auskommen. Für anständige Arbeit zahle ich einen angemessenen Lohn. Genug, dass ihr alle davon leben könnt.»

Christine schnappte nach Luft. Ihr Gesicht war hochrot, und sie presste das Kleid so fest an sich, dass ihre Fingerknöchel weiß wurden.

«Freundin nennst du dich? Pah! Machst ein Angebot, das uns demütigt. Dein Hochmut soll bestraft werden, Sibylla. Schämen müsst ich mich vor den Leuten, wenn sie erfahren, dass Geith bei dir arbeitet. Ich könnte niemandem mehr in die Augen sehen.»

«Wie du willst», entgegnete Sibylla. «Ich finde es keine Schande, auf diese Art seine Familie zu ernähren. Als Grabenfegerin würde ich gehen, wenn es sein müsste.»

«Ich bete dafür, dass ich den Tag erlebe, an dem du die Abfallgräben der Stadt leer räumst. Daneben stellen werde ich mich, mit dem Finger auf dich zeigen und lachen.»

Christine warf den Kopf nach hinten: «Ha, ha, ha. Hörst du, Sibylla. Ha, ha, haaa!»

Dann drehte sie sich um, schnappte sich im Vorbeigehen zu dem Kleid noch die Kappe mit dem langen Fellhaar und rauschte die Treppe hinunter.

Sibylla blieb am Tisch sitzen und schaute noch lange auf die Tür, durch die die Freundin verschwunden war.

Die Wochen vergingen wie im Flug. Allmählich kehrte der Alltag in die Stadt zurück. Von Christine hatte Sibylla nichts mehr gehört. Selbst wenn sie sich auf dem Markt oder in einer der Gassen trafen, wendete die einstige Freundin den Blick ab und tat, als kenne sie Sibylla nicht.

Ein neuer Zunftmeister war vorgeschlagen worden, der älteste Meister in Frankfurt sollte den Platz Ebels einnehmen.

«Meister Wachsmuth ist ein guter Mann», meinte Heinrich dazu. «Er hat ein Gemüt wie ein Tanzbär. Es wird den Emporkömmlingen in der Zunft ein Leichtes sein, sich seiner zu bedienen und alle Entscheidungen in die Richtung zu lenken, die ihnen günstig erscheint.»

«Noch ist er nicht bestimmt», erwiderte Sibylla und ließ ihren Blick durch die Werkstatt streifen.

Die Gesellen standen am Arbeitstisch dicht nebeneinander. Auch die Näherinnen saßen so eng, dass sie aufpassen mussten, sich gegenseitig nicht ins Gehege zu kommen.

«Das Haus ist zu klein geworden», stellte Sibylla fest. «Wir werden uns nach einer neuen Bleibe umsehen müssen. Es geht nicht an, dass ihr euch bei der Arbeit auf den Füßen steht. Auch das Wohnzimmer ist nicht der rechte Platz, um Kunden zu empfangen.»

Heinrich nickte. «Schade, dass der Meister tot ist. Ihr bräuchtet jemanden, der Euch bei der Suche und dem Kauf hilft. Frauen werden nur allzu leicht dabei übers Ohr balbiert. Wollt Ihr nicht warten, bis Ihr wieder verheiratet seid?»

«Ach, Heinrich», stöhnte Sibylla. «Ich will keinen neuen Mann. Die Unordnung in der Zunft kommt mir gerade Recht. Vielleicht wird übersehen, dass die Werkstatt Theiler keinen Meister hat.»

Heinrich schüttelte den Kopf. «In der Zunftstube wird bereits gewettet, wer Euer nächster Gatte wird. Sobald es einen neuen Zunftmeister gibt, wird man sich Eurer erinnern.»

Er schwieg, sah zu Boden und scharrte mit den Füßen.

«Ich stehe Euch zur Verfügung, wenn Ihr mich braucht», brachte er verlegen hervor. Sibylla lächelte und legte dem Altgesellen eine Hand auf den Arm.

«Ich weiß, Heinrich, und ich danke dir auch sehr. Ohne dich hätte ich die letzten Monate bestimmt nicht so gut überstanden. Du kannst sicher sein, dass ich nie vergessen werde, wie treu und fleißig du stets warst.»

«Aber heiraten werdet Ihr mich nicht?»

«Nein, Heinrich», erwiderte Sibylla mit fester Stimme. «Heiraten werde ich dich nicht. Aber es soll dir trotzdem an nichts fehlen.»

Heinrich nickte. «Ihr solltet Euch dennoch jemanden suchen, der Euch beim Hauskauf hilft. In der Krämergasse stehen einige Häuser leer. Fragt Isaak Kopper danach. Er sitzt im Rat, weiß Bescheid und genießt Achtung und hohes Ansehen. Niemand wird versuchen, ihn zu betrügen.»

Isaak Kopper. Sibylla hatte ihn vergessen wollen, doch es war ihr nicht gelungen.

An jenem Morgen nach Jochens und Marthas Tod hatte er zu ihr gesagt: «Mein Haus und mein Herz stehen dir offen, Sibylla. Wenn du mich in der Zeit der Trauer brauchst, lass es mich wissen. Ich werde dich in keiner Weise drängen.»

Sibylla war dankbar gewesen für diese Feinfühligkeit. Aber seit jener Nacht hatte sie ihn gemieden. Sie wusste, dass etwas zwischen ihnen begonnen hatte, das mit einfachen Worten schwer zu beschreiben war. Nahe waren sie sich gewesen, doch es war eine andere Nähe gewesen als die, die sie manchmal bei Jochen empfunden hatte. Direkt aus der Tiefe ihres Herzens war dieses Gefühl, das sie bisher nicht gekannt hatte und vor dem sie sich fürchtete, gekommen.

«Ich habe viel zu tun», murmelte sie auch jetzt wieder. «Habe keine Zeit für die Liebe. Ich liebe meine Arbeit. Das reicht.»

Die Worte der Wahrsagerin fielen ihr ein: «Die Liebe ist das Wichtigste im Leben. Wenn Ihr sie verschmäht, so verschmäht Ihr das Leben. Ohne sie werdet Ihr niemals heil werden. Sie ist es allein, die Euch helfen kann.»

«Ich bin nicht für die Liebe gemacht», flüsterte Sibylla wieder. «Sie hält mich nur von der Arbeit ab.»

Trotzdem klopfte ihr Herz zum Zerspringen, als sie am Abend den Türklopfer mit der Schlange am Haus in der Schäfergasse betätigte.

Ida öffnete, begrüßte sie freudig, fasste sie an der Hand und zog sie ins Haus. Dann betätigte sie die Glocke mit solcher Inbrunst, als stünde das Haus in Flammen.

Gleich darauf hörte sie eine Tür schlagen, und Kopper eilte die Treppe herunter. «Sibylla», rief er aus. «Was für eine schöne Überraschung!»

Er nahm sie bei der Hand und führte sie ins Wohnzimmer, das sich seit Lucias Abreise nicht verändert hatte.

Wie damals, bei ihrem ersten Besuch, brachte Ida ein Tablett mit einer Weinkaraffe und schön geschliffenen

Gläsern, die ihre italienische Heimat nicht verleugneten. Kopper goß ein, reichte Sibylla ein Glas und stieß mit ihr an: «Auf das Leben, Sibylla.»

«Ja, auf das Leben, Isaak.»

Erst als sie getrunken hatten, fragte der Arzt: «Was führt dich zu mir, Sibylla?»

«Ich suche ein Haus. In der Trierischen Gasse ist es zu eng geworden. Ich habe kaum genügend Schlafplätze für die Leute. Überall stapelt sich die Ware. Ein neues Haus suche ich, das Platz bietet für uns alle und auch Raum hat für zwei Werkstätten und Lager.»

«Willst du nach Jochens Tod die Werkstatt behalten?», fragte Kopper mit betont gleichgültiger Miene.

Sibylla schluckte. «Ja. Noch nie vorher hatten wir so viele Kunden wie jetzt. Die ersten Patrizier kaufen bei uns. Nicht nur Pelze, auch Kleider inzwischen. Die Einrichterei läuft ebenfalls gut. Ich habe sogar eine Anfrage von der Hellerin. Ein Kinderzimmer soll ich für sie ausstatten.»

Kopper lehnte sich in dem gepolsterten Stuhl zurück, schlug die Beine übereinander, fuhr sich durch die dunkelbraunen Haare, die bis auf die Schultern reichten. Seine flussgrünen Augen waren auf Sibylla gerichtet, und sie sah, dass sein markantes Kinn kantiger wirkte als sonst, so als bisse er die Zähne aufeinander.

«Meinen Glückwunsch, Sibylla», sagte er. «Du hast es weit gebracht. Deine Werkstatt zählt mittlerweile zu den anerkanntesten in der Stadt.»

Sibylla nickte. «Deswegen brauche ich ein größeres Haus.»

Kopper beugte sich nach vorn und blickte ihr tief in die

Augen, als suche er dort nach einer Antwort, die sie ihm hartnäckig verweigerte.

«Hast du nie daran gedacht zu verkaufen? Du bist noch jung. Hast du keine Sehnsucht nach einer Familie mit Kindern und einem Leben als verheiratete Frau, die sich nicht um Kunden, Aufträge und Waren scheren muss?»

Sibylla wich seinem Blick aus und wiederholte die Worte, die sie sich zu Hause schon gesagt hatte: «Ich habe keine Zeit für Heirat und Kinder. Ich habe meine Arbeit. Das reicht mir.»

«Und was ist mit Liebe? Hast du keine Sehnsucht danach?»

Kopper fasste nach Sibyllas Kinn und zwang sie, ihn anzusehen.

Sie entzog sich ihm.

«Ich bin nicht gemacht für die Liebe», murmelte sie. Ihre Unterlippe zitterte dabei, und Sibylla biss darauf, um Isaak nichts davon merken zu lassen.

Kopper ließ sie los, schüttelte den Kopf.

«Du hast Angst vor der Liebe, Sibylla. Das ist es.»

«Ich habe keine Angst. Wovor sollte ich denn Angst haben? Vor einem Gefühl etwa?» Sie lachte, doch es klang ein wenig schrill und keineswegs lustig.

«Ja, Sibylla. Vor einem Gefühl, das sich deiner Kontrolle entzieht, dem du ausgeliefert bist, von dem du beherrscht wirst.»

Sibylla antwortete ihm nicht. «Ich bin gekommen, um dich zu fragen, ob du mir beim Hauskauf hilfst», wiederholte sie stattdessen.

«Wie du meinst», erwiderte Kopper und lächelte fein. «Reden wir also über den Hauskauf.»

Er beschrieb Sibylla einige Häuser, die leer standen. Er war während der gesamten Pestzeit in Frankfurt geblieben, wusste von seinen Krankenbesuchen, welche Gebäude zum Verkauf standen.

«Es gibt ein Haus in der Krämergasse, das für dich in Frage kommen könnte. Ein Fachwerkbau mit drei Geschossen, einem großen Gewölbekeller und etlichen Lagerräumen in einem Seitengebäude. Die gute Lage aber hat ihren Preis.»

«Wer sind die Nachbarn?»

«Links befindet sich eine gut gehende Goldschmiedewerkstatt, rechts hat der Stadtadvokat seine Kanzlei.»

Sibylla wusste, welches Haus Kopper meinte. Sie überlegte nicht lange.

«Gut. Bist du bereit, dieses Haus mit mir zu kaufen?»

Kopper nickte. «Wenn es dein Wunsch ist.»

Das Geschäftliche war nun besprochen, und Sibylla schwieg verlegen. In ihrem Kopf schwirrte es vor Fragen, die sie nur Isaak Kopper stellen konnte – und die sich doch gerade ihm gegenüber von vornherein verboten. Hilflos sah sie Isaak an, der an seinem Glas nippte und sie belustigt ansah.

Sie fühlte sich durchschaut von ihm. So, als könne er wirklich bis auf den Grund ihrer Seele sehen und alles lesen, was dort geschrieben stand. Sogar Dinge, die ihr selbst noch verborgen waren.

Kein Wunder, dachte sie in einem Anfall von Trotz. Er ist viel älter als ich, weit gereist, hat studiert.

Doch der Trotz verflog und machte einer tiefen Traurigkeit Platz, die tief aus ihrem Inneren kam. Sie kam sich allein und verlassen vor. Mutterseelenallein.

Sibylla versuchte die Tränen zu verbergen, doch Isaak Kopper hatte sie schon bemerkt.

Leise sagte er: «Komm her, Sibylla. Komm her.»

Und sie tat es. Stand auf, ging zu seinem Sessel, ließ sich wie ein Kind an die Hand nehmen und auf seinen Schoß ziehen. Behutsam wiegte er sie hin und her. Nach einer Weile erst fragte er: «Was wünschst du dir in diesem Augenblick? Was brauchst du jetzt?»

Was ich brauche?, dachte Sibylla. Das hat mich noch nie jemand gefragt.

«Ich möchte gern wieder wie ein Kind sein», sagte sie ohne nachzudenken und schämte sich gleich darauf dafür. Was fiel ihr ein? Sie war als Geschäftsfrau hierher gekommen, um Kopper zu bitten, ein Haus mit ihr zu kaufen. Und jetzt saß sie auf seinem Schoß und wünschte sich nichts dringlicher, als von ihm in den Armen gewiegt zu werden? Was sollte das? Sie verstand sich selbst nicht mehr. Doch je unsicherer sie wurde, umso mehr wuchs in ihr das Bedürfnis, sich in seine Arme zu schmiegen und sich beschützt und geborgen zu fühlen.

Kopper streichelte ihren Nacken und ihre Schultern. Wie von selbst bog sie sich den streichelnden Händen entgegen. Sie schloss die Augen, dachte nichts mehr, spürte nur diese Hände – und erschrak über ihre Bedürftigkeit.

Wie lange war es her, dass jemand sie so berührt hatte?

Hatte sie überhaupt schon einmal jemand so berührt?

Sie ließ es zu, dass Isaak ihr das Kleid von den Schultern streifte, sie auszog, in beide Arme nahm und in das große Schlafzimmer trug.

Er legte sie auf dem Bett ab, hüllte sie in eine Decke, zog sich dann selbst aus und legte sich zu ihr. Wie ein kleines

Tier schmiegte sie sich an ihn, wurde warm und weich unter seinen Händen, nachgiebig und bedürftig. Sie war ihm nah, so nah, dass sie nicht mehr wusste, wo sie aufhörte und Isaak begann. Alle Grenzen verloren, verwischten sich, alle Gedanken verschwammen.

Nein, sie brauchte jetzt nicht zu denken. Isaak übernahm jegliche Verantwortung. Sie brauchte nicht zu handeln. Ihr Leib reagierte aus sich selbst heraus, als hätte er diesen Tanz schon Hunderte von Malen getanzt.

Mit grenzenlosem Erstaunen verfolgte sie die Regungen ihres Körpers, der sich Isaaks Liebkosungen sehnsüchtig entgegenbog, nicht genug bekommen konnte, mehr wollte, immer mehr, unersättlich war.

Verwundert ließ sie geschehen, dass Isaak mit ihrem Körper machte, was er wollte, war überrascht, dass Isaak zu ahnen schien, wonach ihr Leib verlangte, nach welchen Berührungen sie lechzte. Er kannte sie besser als sie sich selbst. Nein, die Sibylla, die vor Lust leise Schreie ausstieß, sich in Koppers Schulter verbiss, während ihr Schoß vor Begehren brannte, die kannte sie gar nicht. Ja, sie hatte nicht einmal deren Existenz geahnt.

Noch nie war sie so berührt worden, noch niemals so lüstern gewesen, und noch niemals hatte sie sich gestattet, ihre Gedanken einfach auszublenden und nur ihren Körper sprechen zu lassen. Sie hörte sich stöhnen, erregte sich an der eigenen Lust. Als Isaak ihre Hand nahm und sie zu ihrem heißen Schoß führte, um sie das eigene Begehren fühlen zu lassen, erschrak sie vor der eigenen Bedürftigkeit – und fühlte sich doch weiblicher als jemals zuvor. Sie hatte jede Scham vergessen, sämtliche Regeln und Konventionen, alle Gesetze und Gebote von Anstand und

Sitte hatten ihre Gültigkeit verloren, schienen geradezu lächerlich.

«Komm zu mir», hörte sie sich aus rauer Kehle flüstern. «Bitte, komm endlich.» Sie ließ ihren Unterleib kreisen, flehte ihn an. Und als er mit unendlicher Behutsamkeit, gleichzeitig fordernd und bestimmend in sie eindrang, da ergab sie sich vollkommen ihrer Lust, verwandelte sich in eine geschmeidige Katze, die kratzte, schrie und biss, ihren Leib aufbäumte, den Rücken bog, die Kehle zeigte. Zum rasenden Weib wurde sie, nur von der Lust beherrscht, ohne Bewusstsein von Zeit und Raum.

Später lagen sie nebeneinander. Sibylla hatte ihren Kopf an Isaaks Schulter gelehnt, ihr Arm lag über seiner Brust.

«Was meinst du?», fragte sie. «Gibt es Menschen, die füreinander bestimmt sind, oder ist die Liebe eine Sache der reinen Willensentscheidung?»

Isaak schwieg. Erst nach einer kleinen Weile antwortete er: «Es gibt beides, glaube ich. Die Liebe als Willensentscheidung ist wohl gebräuchlicher. Man heiratet, weil der andere gut zum eigenen Leben passt. Und weil das so ist, beschließt man bewusst oder unbewusst, ihn zu lieben. Mit etwas Segen kann man dabei recht glücklich werden. Aber ich glaube auch, dass es Menschen gibt, die füreinander bestimmt sind. Doch es wäre falsch zu glauben, daraus einen Glücksanspruch ableiten zu können. Vielleicht sind manche Menschen füreinander bestimmt, miteinander im Unglück zu leben.»

Sibylla erwiderte nichts. Nach einigen Minuten stand sie auf. «Ich muss nach Hause», sagte sie und griff nach ihren Kleidern.

«Bleib doch», bat Isaak. «Es gibt niemanden, der in der Trierischen Gasse auf dich wartet.»

Sibylla schüttelte den Kopf. «Ich muss gehen», wiederholte sie und betrachtete seinen Körper im weichen Licht der Wachskerze. Sie sah die Spuren ihrer Lust an seinem Körper, und Scham überfiel sie. Sie spürte, wie ihr das Blut in die Wangen stieg, konnte Isaak plötzlich nicht mehr in die Augen sehen und floh beinahe aus dem Zimmer, aus seinem Haus, eilte zurück in die gewohnte Sicherheit ihres Hauses in der Trierischen Gasse.

Am nächsten Tag stattete ihr Isaak Kopper einen Besuch ab. Sibylla hatte damit gerechnet und sich gleichzeitig davor gefürchtet.

«Komm rein», bat sie ihn und spürte wieder diese Mischung aus Scham und Freude.

Isaak bewunderte die fertigen Kleider und Pelze. Aus den Augenwinkeln beobachtete Sibylla jede Regung seines Gesichtes. Noch immer konnte sie ihm nicht in die Augen schauen, doch sie wollte sehen, ob ihr Verhalten in der letzten Nacht eine Veränderung bei ihm bewirkt hatte, und wenn ja, welche? Verachtete er sie jetzt? Hielt er sie für ein loses Weib, das sich bei jeder Gelegenheit in eine rasende Lustmagd verwandelte? Hatte sie sich benommen wie eine Wäscherin und die Meistersfrau vollkommen vergessen? War sie mit ihrer Lust zurückgefallen in den Sumpf, aus dem sie kam?

Unsicher betrachtete sie ihn und versteckte ihr Gesicht dabei hinter ihrem Haar.

«Die Leute haben Recht, wenn sie sagen, dass den Stücken aus deinem Haus ein besonderer Schick anhaftet», sagte er und sah sie mit einem liebevollen Lächeln an, das vollkommen unbefangen und frei von schlechten Gedanken war. Ja, sogar Bewunderung lag in seinem Blick. Bewunderung und etwas, das sie nicht deuten konnte.

Sibylla lächelte. «Ich weiß», erwiderte sie ohne falsche Bescheidenheit, nun, da sie wusste, dass Kopper nicht im Geringsten schlecht über sie dachte. «Aber du bist sicher nicht gekommen, um dir unsere Waren anzusehen.»

Kopper nickte.

Er beugte sich über den Tisch und fasste nach Sibyllas Hand. «Ich möchte dich bitten, meine Frau zu werden», sagte er. «Heirate mich, Sibylla, verkauf die Kürschnerei und komm zu mir in die Schäfergasse.»

Sibylla erstarrte. Jetzt ahnte sie, was noch in Koppers Blick lag: Liebe.

«Warum?», fragte sie. Die Frage klang ihr in den eigenen Ohren töricht, und doch musste sie eine Antwort haben.

«Weil ich dich liebe», erwiderte Kopper. «Ich möchte dich um mich haben, Tag und Nacht. Ich möchte mit dir Kinder haben und mit dir alt werden.»

Für einen winzigen Moment schloss Sibylla die Augen und gab sich der Vorstellung hin, in der Schäfergasse an Koppers Seite zu leben. Seine Frau zu sein, seine Kinder zu bekommen. Doch schnell fand sie in die Wirklichkeit zurück. Sie konnte nicht seine Frau werden, konnte die Werkstatt nicht aufgeben. Verlegen strich sie sich eine Haarsträhne aus der Stirn und wusste nicht, was sie antworten sollte. Schließlich sagte sie: «Hast du dabei bedacht, dass sich im Fall unserer Heirat nur mein Leben einschneidend ändert, nicht aber deines?» Sibylla wunderte sich über ihren harschen Ton, der auch Kopper nicht verborgen blieb.

«Liebst du mich denn nicht?», fragte er.

«Doch», erwiderte Sibylla und hörte ihre eigenen Worte kaum, denn das Blut rauschte dröhnend in ihren Adern wie ein Bergbach nach der Schneeschmelze. «Ich liebe dich. Aber vielleicht ist die Liebe nicht meine Sache.»

Sie holte tief Luft und sah Isaak in die Augen, ehe sie fortfuhr: «Ich muss darüber nachdenken. Deshalb bitte ich dich, jetzt zu gehen.»

Verwundert stand Isaak Kopper auf. «Ich hatte zwar nicht damit gerechnet, dass du mir um den Hals fällst, doch dass du mich wegschickst, hatte ich noch viel weniger erwartet», sagte er. In seiner Stimme schwang Enttäuschung.

«Isaak», bat Sibylla. «Gib mir ein bisschen Zeit. Ein paar Tage nur. Es ist so viel passiert in den letzten Monaten, dass mir kaum Zeit geblieben ist, darüber nachzudenken, wie ich möchte, dass es weitergehen soll.»

Nachdem Isaak das Haus verlassen hatte, lief sie ruhelos umher. Sie sehnte sich danach, mit jemandem über das zu sprechen, was in ihr vorging. Doch Lucia war weit weg, Christine nicht mehr ihre Freundin, Martha tot. Wenn sie es recht bedachte, so hatte sie keinen einzigen Menschen auf der Welt. Keinen Verwandten, keinen Freund, keinen Vertrauten. Nur Angestellte, die sie beschäftigen und für die sie sorgen musste, und Kunden, die sie zufrieden stellen musste.

Plötzlich hatte sie das Gefühl, dass ihr die Wände auf den Leib rückten. Sie nahm ihren Umhang vom Haken und lief hinaus in den lauen Maiabend zum Main hinunter. Dort setzte sie sich auf einen Stein am Ufer und blickte auf den Fluss, der gleichmäßig und ruhig an ihr vorüberzog.

Doch der Main schaffte es nicht, Sibyllas Gedanken zu beruhigen.

Sie dachte an den letzten Abend mit Isaak, fühlte einen Schauer des Begehrens dabei über ihren Rücken laufen und seufzte tief.

Noch nie hatte sie so etwas erlebt. Alles, was zwischen zwei Menschen geschehen kann, war passiert.

Und Sibylla hatte sich verloren. Ihre Grenzen hatten sich aufgelöst, das Denken ausgeschaltet, sie zum Weib gemacht. Zu einem rasenden Weib voller Lust und Begehren, voller Verletzlichkeit und Offenheit, für das sie sich heute, bei Tageslicht, schämte. Dieses rasende Weib war ihr fremd. Sie kannte es nicht, hatte nicht gewusst, dass es tief verborgen in ihr lebte. Es machte ihr Angst, weil sie keine Macht darüber hatte. Wer war das überhaupt? Sie? Sibylla? Ein Teil von ihr, der ihr unbekannt war? Den sie nicht wollte, weil er sie verletzbar machte?

Wieder stellte sie sich vor, an Koppers Seite zu leben, Arztfrau zu sein. Sie sah sich mit Ida in der Küche stehen, mit Isaak beim Essen im Wohnzimmer, des Nachts im Schlafgemach. Die Vorstellung gefiel ihr. Sehr sogar. Ja, und es stimmte: Sie liebte Isaak Kopper. Sie liebte und begehrte ihn wie noch nie zuvor einen Mann. Und zum ersten Mal fühlte sich nicht allein und verlassen, sondern sich jemanden angehörig. Noch nicht einmal bei Jochen war dieses Gefühl so stark gewesen wie jetzt bei Isaak Kopper.

Für einen Augenblick schien ihr die Daseinsform als Isaaks Frau ein Geschenk des Himmels zu sein. Eines, das sie nicht erwartet hatte, das ihr in den Schoß fiel. Aber war ihr das Dasein einer Kürschnermeisterin nicht auch in den Schoß gefallen?

Was war ihr Leben? Sie war Wäscherin gewesen, führte nun das Leben einer Kürschnerin und konnte, wenn sie nur wollte, Arztgattin werden. Gab es den *einen* ganz und gar persönlichen Weg? Oder hatte man immer die Wahl zwischen verschiedenen Möglichkeiten? Nein. Sibylla schüttelte den Kopf. Die wahre Sibylla, die Tote, hatte nur diesen einen Weg gehabt.

Nur das Leben als Kürschnerin hatte sie mit der toten Sibylla gemein. Durch den Rollentausch hatte sie alle Möglichkeiten auf ein anderes Leben, einen anderen Weg verwirkt. Der Betrug fesselte sie an die Kürschnerei. Nur in diesem Leben würde sie die Schatten, die sie bedrohten, eines Tages vielleicht besiegen können.

Sibylla legte ihre Hand auf ihre Brust, spürte ihr Herz laut und heftig schlagen. Nein, ihr Herz war nicht mit Sibylla gestorben, wie sie lange geglaubt hatte. Es schlug in ihrer Brust – für Isaak. Und trotzdem …

Sie seufzte tief, stand auf und schlenderte langsam am Flussufer entlang, den Blick immer auf das dunkelgrüne Wasser gerichtet, das sie an Isaaks Augen erinnerte.

Nein, Sibylla konnte Isaak nicht heiraten. Es ging einfach nicht. Als Arztfrau konnte sie die Werkstatt nicht weiterführen. Die Zunftregeln sprachen dagegen. Nur wenn die Werkstatt einen Meister hatte, blieb sie erhalten. Sie war noch nicht einmal Kürschnerin, würde niemals Meisterin werden. Sie war eine Frau, konnte höchstens einen Meister zum Manne nehmen.

Ich werde wieder heiraten, beschloss Sibylla, und das

Herz wurde ihr schwer dabei. Ich werde wieder heiraten und weiter arbeiten. Es geht nicht anders, selbst wenn es mir das Herz im Leibe zerreißt. Ich brauche meine Arbeit, weil ich nur aus dieser meine Selbstachtung ziehe.

Was wäre ich ohne meine Arbeit? Eine betrügerische Wäscherin, die es durch Hinterlist zur Arztgattin gebracht hat. Ich könnte niemandem mehr in die Augen sehen, noch nicht einmal mir selbst. Nur arbeitend kann ich mich achten. Achten für das, was ich tue. Nicht für das, was ich bin. Denn was bin ich denn? Eine Betrügerin, Hochstaplerin, unfähig, jemanden glücklich zu machen und so zu lieben, wie er es verdient. Unfähig auch, mich selbst zu lieben und mit mir im Einklang zu sein. Ich bin eine zerrissene Seele, die niemals verwinden wird, was sie vor Jahren getan hat. Jetzt zahle ich den Preis für meinen Betrug: Leben und lieben in seliger Gewöhnlichkeit bleibt mir verwehrt. Mit Recht, denn ich bin nicht rechtschaffen, bin es nie gewesen, habe es immer nur gespielt, in der törichten Hoffnung, dass eines Tages aus dem Spiel Ernst wird. Was immer ich tue, ich werde niemals irgendwo dazugehören. Gehörte nicht zu den Wäscherinnen, gehöre nun nicht zu den Kürschnermeistersfrauen, habe mich selbst durch meine Unredlichkeit ausgeschlossen vom Leben der normalen, einfachen Leute mit ihren alltäglichen Sorgen und Kümmernissen. Ich trage das Kainsmal nicht auf der Stirn, sondern im Herzen. Ein Leben in Einsamkeit, das ist der Preis für den Betrug, und die einzige Hoffnung ist die, dass es mir durch meine Arbeit gelingt, meine Schuld vor Gott und den Menschen, meine Schuld vor der Wöhlertochter und vor Martha und Jochen abzutragen, die ich nicht so lieben konnte, wie sie es verdient hatten.

Teil 3

Kapitel 14

Sibyllas zweite Hochzeit war nicht mehr als ein behördlicher Akt. Sie stand in der Kirche neben Wolfgang Schieren, einem 22 Jahre älteren Mann, den ihr die Zunft bestimmt hatte.

Neben Schieren stand sein achtjähriger Sohn Johannes, der Sibylla misstrauisch betrachtete. Susanne, Schierens elfjährige Tochter, scharrte mit einem Fuß über den Boden und sah aus, als erwarte sie ihr Todesurteil.

Sibylla selbst sah mit geradem Blick nach vorn auf den Priester. Nur das rasche Heben und Senken der Brust verriet, dass sie bewegt war. Doch die Trauuung war es nicht, die ihr Herzklopfen verursachte, sondern die Tatsache, dass sie nicht wusste, ob irgendwo hinter ihr Isaak Kopper in der Kirche stand.

Als der Priester sagte: «Wer etwas gegen diese Heirat vorzubringen hat, möge es jetzt sagen oder für immer schweigen», erstarrte Sibylla. Sie wartete darauf, dass Kopper vortreten und Einspruch gegen die Trauung erheben würde. Ja, sie stellte sich vor, er käme nach vorn, nähme sie bei der Hand und führte sie vor aller Augen hinaus aus der Liebfrauenkirche.

Doch alles blieb stumm, und schließlich gab der Priester seinen Segen zu einer Verbindung, von der jeder wusste, dass sie niemals glücklich werden würde.

Auch das Hochzeitsessen selbst war kein freudiges Fest. Schieren, der dem Branntwein gerne zusprach, holte noch vor dem Abendessen den Würfelbecher heraus und scharte ein paar Getreue um sich, die die Luft mit trunkenem Geschrei verpesteten. Johannes, der kleine Sohn, musste die Würfel aufheben, die immer mal wieder vom Tisch kullerten, und Susanne hatte sich in ein undurchdringliches Schweigen gehüllt, das geradezu herausschrie, wie es um sie stand: Was soll ich hier? Ich will hier weg!

Sibylla aber stand auf, sobald es der Anstand gestattete, und ging in ihre Werkstatt. Dort setzte sie sich hinter ihren Kontortisch und schrieb einen Brief nach Florenz:

Liebe Lucia,
heute ist der Tag meiner zweiten Hochzeit. Doch statt zu feiern, sitze ich hier und schreibe an dich. Du fehlst mir so. Weißt du eigentlich, dass ich außer dir keine Freundin habe? Wahrscheinlich hatte ich auch noch nie eine, wenn man unter Freundin eine Frau versteht, die ähnlich denkt und fühlt wie man selbst.
Ich habe den Mann, den ich liebe, weggeschickt und stattdessen einen Mann geheiratet, den ich nicht mag und niemals mögen werde. Vielleicht war das der größte Fehler meines Lebens. Ja, heute fühlt es sich ganz so an. Ich bin bitter deswegen, aber gleichzeitig hoffe ich, dass das Schicksal mich eines Tages für den Verzicht belohnt. Das Schicksal wird es nicht tun, ich weiß es schon, doch die törichte Hoffnung ist alles, was ich noch habe.

Liebe Lucia, wie sehr ich dich um dein Leben beneide und wie sehr ich mich verachte, dass ich es dir nicht gleich tue. Ich kann die Regeln, nach denen alle hier in Frankfurt leben, nicht außer Kraft setzen.
Lucia, liebe Freundin, warum bin ich nicht stärker, mutiger? Warum habe ich nicht die Kraft, gut zu mir selbst zu sein?
Wolfgang Schieren, mein Ehemann, hat zwei Kinder mitgebracht. Weißt du, ich hatte mich sogar ein wenig auf die Kinder gefreut. Vielleicht hatte ich gehofft, sie könnten mir die eigene Kinderlosigkeit versüßen. Doch nun, wo sie da sind, finde ich sie abstoßend. Noch zwei Menschen mehr, für die ich mich verantwortlich fühlen muss, noch zwei mehr, die an mir saugen und von denen ich das nicht zurückbekomme, was ich mir wünsche, zeitlebens gewünscht habe: Achtung und Liebe.

Wenn es etwas gab, woran es der neuen Ehe mangelte, so waren es Achtung und Liebe. Nicht einmal ein wenig Zuneigung verband Sibylla mit den drei Menschen, die nun ihre Familie waren. Hätte Sibylla vorher gewusst, was für ein Mann Wolfgang Schieren, Vetter des Zunftmeisters Wachsmuth, war, hätte sie sich mit Händen und Füßen gegen diese Verbindung gewehrt, die ihr die Zunft bestimmt hatte. Schon einmal hatte sie es geschafft, ihre persönlichen Heiratspläne gegen die der Zunft durchzusetzen. Aber diesmal hat ihr die Kraft zum Kampf gefehlt.

Ja, es hatte Sibylla viel Kraft – beinahe alle, die sie hatte – gekostet, Isaak Koppers Antrag auszuschlagen. Und es verging beinahe kein Tag, an dem sie sich nicht fragte, ob der Preis, den sie für den Erhalt ihrer Werkstätten bezahlt hatte, nicht zu hoch gewesen war. Doch es war zu spät. Aus Sibylla Theiler war Sibylla Schieren geworden, und das konnte sich erst nach Schierens Tod wieder ändern.

«Sibylla! Sibyyyyylla!», tönte ein herrischer Ruf durchs Haus. «Verfluchtes Weib, wo steckst du?»

Sibylla duckte sich. Sie stand neben Barbara in der Küche, um die Einkäufe und den Speisezettel zu besprechen. Auch Barbara war unwillkürlich in sich zusammengesunken. Ohne es zu bemerken, hatten die beiden Frauen automatisch leiser gesprochen. Doch schon flog mit einem lauten Knall die Küchentür auf, und Schieren stürmte herein.

Er trug noch seinen Nachtkittel, obwohl es bereits heller Vormittag war. Der Kittel hatte Flecke, deren Herkunft Sibylla lieber nicht wissen wollte. Seit über einem Monat war sie nun schon mit diesem Mann verheiratet, und er hatte in dieser Zeit noch nicht einmal seine Nachtwäsche gewechselt. Er kam näher und mit ihm ein Schwall übel riechender Ausdünstungen.

«Steht ihr schon wieder in der Küche und schwatzt?», herrschte er die Frauen an, die vor seinem Gestank einen Schritt zurückwichen. «Wo ist mein Frühstück?»

«Da!»

Sibylla wies mit dem Finger auf eine Tonschale, die allein und von Fliegen umschwirrt auf dem großen Holztisch stand.

Mürrisch trat Schieren näher, warf einen Blick in die Schale und stippte einen Finger in die erstarrte, kalte Grütze. «Was soll das sein?», brüllte er. «Das ist kein Frühstück für einen schwer arbeitenden Mann, das ist eine Frechheit.»

Mit einer Hand wischte er die Schüssel vom Tisch, sodass sie am Boden in tausend Scherben zersprang und die Grütze über die blank geputzten Holzdielen spritzte.

«Gebratene Eier will ich», schrie Schieren. «Und gib ordentlich Speck dazu.»

Jetzt reichte es Sibylla. Sie stellte sich vor Barbara, die am liebsten in den Herd gekrochen wäre.

«Gefrühstückt wird in diesem Haus nach der Morgenmesse. Jeder hier bekommt werktags Grütze und Brot, dazu Milch. Am Sonntag nur werden gebratene Eier und Speck aufgetischt. Das war schon immer so, und daran wird sich auch nichts ändern. Wenn es dir nicht passt, so schaffe dir eine eigene Köchin herbei. Und sieh zu, dass sie die Eier und den Speck gleich mitbringt», erwiderte Sibylla mit eiskalter Stimme.

Sie hatte die Arme vor der Brust verschränkt, stand hoch aufgerichtet da und sah ihren Mann wutentbrannt an.

Dem fiel die Kinnlade herunter. Das Weib erhob die Stimme! Das Weib wagte zu widersprechen! In Schieren kochte die Wut. Eine Ader an seiner Schläfe färbte sich dunkelrot. Er stemmte die Hände in die Hüften und beugte den Oberkörper nach vorn: «Wenn ich dir sage, dass ich Eier mit Speck will, dann hast du zu gehorchen, Weib!», zischte er gefährlich leise.

«Pah!» Sibylla lachte laut auf. «Dir gehorchen? Dem Einzigen, dem ich zu gehorchen habe, ist Gott.»

Schieren kochte. In seinen Mundwinkeln hatte sich weißer Schaum gebildet. Er griff einen Holzscheit vom Stapel, der an der Wand neben dem Kamin aufgeschichtet lag, und kam drohend auf Sibylla zu. Doch Sibylla rührte sich nicht.

Barbara, die noch immer nahe beim Herd stand, versuchte zu beschwichtigen.

«Gleich mache ich Euch die Eier, Herr. Reichlich Speck werde ich dazugeben und alles schön knusprig braten. So, wie ihr es liebt. Sofort, Herr!»

«Sei still, Barbara. Nichts wirst du ihm machen. Er hat die Grütze nicht gewollt, also wird er warten müssen, bis der Tisch zum Mittag gedeckt wird», nahm Sibylla Barbaras Angebot zurück. «In diesem Haus ist nicht die Zeit, jedem eine Extrawurst zu braten.»

Während des kurzen Wortwechsels war Schieren stehen geblieben, hatte den Holzscheit sinken lassen, den Kopf nach vorn geschoben und eine Hand hinter das Ohr gelegt, als könne er nicht glauben, was Sibylla da sagte. Doch als er begriff, dass sein Weib nicht nachgeben würde, packte ihn wieder die Wut. Er schwang den dicken Holzscheit und kam näher. Als ihn noch drei Schritte von Sibylla trennten, griff sie nach einer schweren Kupferpfanne und schwenkte sie drohend in der Luft.

«Wage es nicht, mich zu schlagen, Schieren», sagte sie bemüht ruhig. «Noch einen Schritt, und ich schlage dir die Pfanne über den Kopf.»

Schieren blieb stehen. Vor Wut hatte er die Kiefer fest zusammengepresst. Seine Zähne mahlten, und weißlicher Schaum troff ihm vom Maul. Sibylla hielt die Pfanne hoch über dem Kopf und rührte sich nicht. Sie würde zuschlagen, das sah man ihr an.

Die Eheleute standen sich gegenüber und belauerten sich wie zwei wilde Tiere. In Sibyllas Augen brannten Wut und Hass, in Schierens der Wille zur Unterwerfung. Barbara hielt den Atem an und sah von einem zum anderen.

Plötzlich wurde die Tür aufgerissen, und Heinrich kam herein. Als er die Szene erblickte, blieb er stehen und riss den Mund auf.

«Was willst du, Heinrich?», fragte Sibylla, ließ Schieren nicht aus den Augen. Noch immer hielt sie die Pfanne hoch erhoben, und auch Schieren stand zum Schlag bereit.

«Der Ratsherr Willmer hat einen Boten geschickt. Er lässt Euch bitten, in sein Haus zu kommen und ihm das Esszimmer nach Florentiner Art zu schmücken», stammelte Heinrich, kam zögernd näher und stellte sich dann entschlossen zwischen Schieren und Sibylla. Die mutige Geste des Altgesellen wirkte wie ein Eimer kalten Wassers auf die Streitenden.

Sibylla ließ die Pfanne sinken, richtete ihr Kleid und ihre Haube und räusperte sich: «Sag dem Boten, ich werde am Nachmittag kommen und mein Musterbuch bringen.» Dann besann sie sich anders: «Nein, warte, ich werde es dem Boten selbst ausrichten.»

Mit diesen Worten rauschte sie aus der Tür, ohne ihren Mann, der im verrutschten, dreckigen Nachtkittel wie ein Trottel dastand, noch eines Blickes zu würdigen.

Nachdem sie den Boten wieder weggeschickt hatte, ging sie in ihre Werkstatt und blätterte in ihrem Musterbuch. Doch sie nahm die vielen Zeichnungen darin nicht wahr. Wie sollte sie auch? Es herrschte Krieg im Hause Schieren.

Das Mittagsmahl verlief zunächst schweigend. Barbara hielt den Blick fest auf ihre Schüssel geheftet. Auch Heinrich und Katharina schwiegen. Nicht einmal die Lehrbuben, die am Fuße der Tafel saßen, kicherten wie sonst. Die Schüsseln waren beinahe leer, als Schieren plötzlich mit dem Holzlöffel auf den Tisch schlug.

«Hört alle her», sagte er bestimmt und ließ seinen Blick über die erschreckte Schar gleiten. Nur Sibylla sah er nicht an, betrachtete stattdessen eine Fliege hinter ihr an der Wand. «Hört alle her. Ab heute gilt im Haus und in den Werkstätten mein Wort. Jeder, der die Anweisungen der Meisterin statt meiner Befehle befolgt, wird auf die Straße gejagt. In diesem Haus hat der Mann das Sagen. So, wie es sich gehört.»

Er sah zu Sibylla, die so gleichmütig dreinschaute, als hätte Schieren das Wetter für die nächsten Tage verkündet: «Du kannst in der Küche bestimmen, aber wage nicht, auch nur einen Fuß in die Werkstätten zu setzen.» Seine Stimme klang bei diesen Befehlen etwas brüchig, doch die erhobene Hand gab seinen Worten ausreichend Nachdruck.

Barbara und der Altgeselle schauten überrascht auf, doch sie sagten nichts. Stumm wechselten die beiden einen Blick über die Tafel hinweg.

«Wem das nicht passt, der kann gleich sein Bündel schnüren», drohte Schieren und sah dabei den Altgesellen so lange an, bis dieser den Blick senkte.

Sibylla musste lächeln, weil sie daran dachte, dass sie sich mit ähnlichen Worten bei Heinrich eingeführt hatte.

«Grins nicht so dämlich, Weib. Ich werde dafür sorgen, dass dir das Lachen vergeht», brüllte Schieren und sah Sibylla misstrauisch an. Warum blieb sie nur so ruhig? Er hatte erwartet, dass sie mit der irdenen Schüssel nach ihm werfen oder einen Wutanfall bekommen würde. Ihre Reaktion verunsicherte ihn.

«Tut, was der Meister Euch befiehlt», sagte sie nun und lächelte Heinrich zu. Schieren fühlte sich bestätigt und kratzte zufrieden schmatzend seine Schüssel aus. Er wartete nicht, bis auch die anderen mit ihrem Mahl fertig waren, sondern stand auf, zog das Wams über seinen dicken Wanst und verkündete: «Ich gehe in die Zunftstube. Heinrich, du kümmerst dich um die Kürschnerei und gibst den anderen Arbeit. Sibylla, du machst die Wäsche.»

Das fehlende Aufbegehren Sibyllas hatte ihn mutig gemacht. Vielleicht war das Weib am Ende ja doch noch zu gebrauchen. Er war ein Mann, jawoll, ein Mann, wie er sein sollte. Sie hattte jahrelang mit dem Krüppel hier gehaust. Kein Wunder, dass sie nicht gut geraten war. Aber er würde ihr schon beibringen, wie man sich einem Mann gegenüber zu verhalten hatte.

«Ich sag's noch einmal: Wage dich nicht, deinen Fuß in eine der Werkstätten zu setzen», setzte er hinzu.

Dann rülpste er noch einmal zufrieden, drehte sich um und stolzierte von dannen.

Kaum war er weg, schauten die Bediensteten Sibylla fragend an. Auch Johannes und Susanne, Schierens Kinder, lauerten, wie Sibylla sich verhalten würde. Da sie ahnte, dass Schieren seine Brut angehalten hatte, sie zu überwachen, schwieg sie. Als die Männer in die Werkstatt gegangen waren, hielt sie Susanne zurück.

«Du hast gehört, was dein Vater gesagt hat: Die Wäsche muss erledigt werden. Und du wirst mir dabei helfen. Geh mit deinem Bruder zum Brunnen und hole Wasser. Zwei Zuber müssen gefüllt werden. Dann gib reichlich Lauge dazu, rühre gut um und weiche die Schmutzwäsche ein. Gewaschen wird morgen, wenn die Wäscherin kommt. Eure Kleidung ist so verdreckt, dass sie lange weichen muss. Du wirst der Wäscherin zur Hand gehen.»

Das Mädchen sperrte den Mund auf und wollte widersprechen, doch Sibylla schnitt ihr das Wort ab. «Tu, was ich dir sage. Denn über Haushalt und Küche bestimme ich!»

Dann drückte sie den Kindern die Eimer in die Hand und schickte sie fort.

Schließlich war sie mit Barbara allein in der Küche. Die Magd begann zu jammern. «Was sollen wir bloß tun?», fragte sie. «Das ist doch kein Leben hier. Wenn ich da an die Zeiten von Meister Theiler oder Meister Wöhler zurückdenke …»

«Mach dir keine Sorgen, Barbara», beruhigte Sibylla sie. «Bald wird alles wieder so sein, wie es war. Das verspreche ich dir.»

Doch als Sibylla wenig später durch das neue Haus in der Krämergasse ging, das sie wenige Wochen vor der Hochzeit bezogen hatte, wirkte sie nicht mehr so sicher.

Das neue Haus war größer, geräumiger und um vieles prächtiger als das alte in der Trierischen Gasse. Doch genau wie dort befand sich im Erdgeschoss rechts neben der Haustür die Küche, dahinter die Vorratskammern. Auf der anderen Seite aber hatte Sibylla einen Verkaufsraum eingerichtet, in dem die Kunden auf bequemen Stühlen empfangen werden konnten. Ein großer Spiegel sorgte dafür, dass sie sich in ihrem neuen Pelzwerk von allen Seiten betrachten konnten und die Waren, die dekorativ im Raum verteilt waren, in Ruhe bewundern und bestenfalls dazukaufen konnten.

An einer Seite der Wand hingen Umhänge und Schauben, daneben Kappen, Muffs und Gürtel. Auf den Truhen lagen Decken, Kissen und Pelztiere, der Boden war von Fellen und Läufern bedeckt. Behänge aus Pelz zierten die

Wände und gaben dem Raum eine freundliche und warme Stimmung. Die Sitzgelegenheiten waren mit Polstern aus verschiedenen Materialien, aber im gleichen Farbton bezogen, überall stand Zubehör aus der Einrichterei. Ein Wandbord war mit silbernen Leuchtern vollgestellt, ein anderes mit Zierrat und kostbarem Glas. Ballen mit Kleider- und Möbelstoff waren an einer Wand gestapelt. In der Mitte stand ein Tisch aus Kirschholz, der mit wertvollen Schnitzereien bedeckt war, davor bequeme Lehnstühle, in denen die Kunden Platz nehmen und sich von Barbara Erfrischungen reichen lassen konnten.

Dieser Raum war bisher Sibyllas Reich gewesen, und er würde es auch bleiben, gleichgültig, welche Anweisungen Schieren traf. Sie liebte ihr neues Haus in der Krämergasse, das sie ganz nach ihrem Geschmack eingerichtet hatte. Auch die Angestellten fühlten sich wohl hier. Ihre Zimmer waren größer und heller, das ganze Anwesen wirkte freundlich und heiter.

Doch das Beste daran war, dass Sibylla mit dem neuen Haus etwas geschaffen hatte, das ganz ihr Eigen war. Die wahre Sibylla Wöhler hatte damit nichts zu tun. Ihre Schatten waren vertrieben, Sibyllas Nächte ruhig und traumlos. Nur weniges verband sie jetzt noch mit der Trierischen Gasse, in der die Andere sie immer wieder bedrängt hatte. Auch jetzt, das ahnte Sibylla mehr, als dass sie es wusste, hatte sie es noch nicht geschafft, die Andere ganz und gar aus ihrem Leben zu verdrängen. Doch dass sie sich seit Monaten nicht mehr im Schlaf gezeigt hatte, machte ihr Mut.

Sibylla wusste eines: Dieses Haus und der Name der Werkstatt waren ihr Werk. Und sie würde nicht dulden, dass irgendwer sie daraus vertrieb. Aber die Sicherheit, mit der sie Barbara versprochen hatte, dass bald alles wie früher werden würde, war vorgetäuscht gewesen. Schieren war ihr Mann. Sie hatte vor Gott gelobt, ihm zu gehorchen. Ein widerspenstiges Weib bekam den Knüppel, das war Sibylla klar. Doch um keinen Preis der Welt würde sie es ertragen können, Schieren zu gehorchen. Er war ein Nichts, ein Niemand, ein stinkender alter Kerl, bei dessen Anblick Sibylla sich ekelte. Dazu war Schieren dumm und eitel, seine Kinder Plagen, denen sie nicht den kleinsten Liebreiz abgewinnen konnte.

Es musste etwas passieren. Ihr musste eine Lösung einfallen, mit der sie Schieren aus den Werkstätten fern halten konnte, ohne seine eingebildete Mannesehre zu kränken. Aber wie? Was sollte sie nur tun?

Noch einmal betrachtete sie liebevoll den Verkaufsraum, der zwar voll gestellt, aber von einer warmen und freundlichen Stimmung war. Dann ging sie seufzend nach oben in das Wohnzimmer. Auch die Einrichtung dieses Raumes zeugte vom guten Geschmack Sibyllas. Laubgrüne Stoffbahnen bedeckten die Wände, die Polster waren im selben Farbton gehalten, und die vielen Felldecken versprachen Wärme und Gemütlichkeit. Sibylla strich über die Polster, glättete dort ein Fell und schüttelte da ein Kissen auf, ohne dass ihr bei diesen Tätigkeiten ein rettender Einfall kam.

Schließlich war es Zeit, dem Stadtrat Willmer, der nach ihr geschickt hatte, einen Besuch abzustatten.

«Wie schön, Euch zu sehen, Theilerin», begrüßte sie der Ratsherr und schien nicht zu bemerken, dass er die falsche Anrede benutzt hatte. Auch Sibylla sagte nichts. In ihrem Inneren war sie noch immer die Theilerin, würde niemals Meisterin Schieren werden.

Sibylla folgte ihm in einen Wohnraum, dessen dunkle Holzverkleidung den Raum düster und unheilvoll wirken ließ.

«Mein Weib will eine neue Gestaltung für dieses Zimmer», begann der Patrizier und spielte dabei mit der großen Ratskette, die er um den Hals trug. «Nach der Florentiner Art sollt Ihr es einrichten, was immer das bedeuten mag. Blaue Wände wünscht mein Weib, mit einer Schmuckkante aus Blattgold.»

«Dann spreche ich wohl besser mit Eurer Frau Gemahlin und zeige ihr das Musterbuch», schlug Sibylla freundlich vor. «Gewiss hat sie schon einige Vorstellungen.»

Der Gedanke, einen Raum mit Blattgold zu verzieren, gefiel ihr gut. Blattgold war teuer und die Ausführung kostspielig. Ein gutes Geschäft, dachte Sibylla. Und eine Ausstattung, die schnell nachgeahmt werden wird. Die Frau des Ratsherrn Willmer war für ihre Prunksucht bekannt. Gewiss würde sie weder Mühen noch Kosten scheuen, um diesen Raum zu einem wahren Schmuckstück zu machen. Doch das Beste daran war, dass die Willmerin enge Bekanntschaft mit den anderen Frauen der Ratsherren pflegte. Selbst hochgestellte Mitglieder des Klerus gingen bei ihr ein und aus. Ich werde mir ganz besondere Mühe geben, überlegte Sibylla, und vielleicht sogar einzelne Stücke aus Florenz kommen lassen.

«Ja, Ihr habt Recht. Mein Weib weiß genau, was sie will. Leuchter aus Gold, Gläser aus venezianischem Glas, mit Brüsseler Spitze bestickte Kissen», seufzte der Ratsherr.

«Doch bevor ich meine Frau rufen lasse, wollte ich mit Euch die Bezahlung regeln.»

«Nun», erwiderte Sibylla ein wenig verwundert. «Die Bezahlung richtet sich nach den in Frankfurt geltenden Regeln. Ich werde mit der Willmerin die Musterbücher durchgehen und anschließend die Ware bestellen. Ihr zahlt einen Vorschuss, den ich Euch anhand der bestellten Sachen in Rechnung stelle, hinzu kommen die Arbeiten für die Ausführung und natürlich mein eigener Lohn. Die endgültige Abrechnung erfolgt nach Erledigung aller Arbeiten. So ist es Brauch.»

Willmer nickte: «So ist es Brauch in Frankfurt. Und Brauch ist es auch und dazu noch eine Frage der Ehre, Spielschulden zu begleichen.»

Sibylla stutzte. «Spielschulden? Wie kommt Ihr auf Spielschulden?»

Der Ratsherr strich sich über den gepflegten Bart und seufzte etwas gekünstelt. «Versteht mich nicht falsch, Theilerin. Ich schätze Euch und Eure Arbeit sehr. Aber auch ein Mann wie ich muss sehen, wie er zu seinem Geld kommt.»

«Was ist los? Redet so, dass ich Euch verstehe.»

«Nun», begann der Ratsherr, «Euer Mann Wolfgang Schieren hat sich bei mir verschuldet. 80 Gulden muss er mir zahlen.»

«Schulden?», fragte Sibylla nach, noch immer verwundert, aber bereits ahnend, was kam.

«Er liebt das Würfelspiel. Nun, auch ich bin kein Mann, der einem guten Becher Wein und einem lustigen Spielchen dazu ablehnend gegenübersteht. Doch wer spielt, muss es sich leisten können. Schieren hat sein Glück überfordert. 80 Gulden habe ich ihm abgenommen, und seit Monaten weigert er sich, mir diese zurückzuzahlen.»

Sibylla lehnte sich zurück und betrachtete Willmer aufmerksam. Vorsichtig erwiderte sie dann: «Vor ein paar Monaten war ich noch nicht Schierens Weib. Was also habe ich mit seinen Schulden zu tun?»

Der Ratsherr strich sich wieder über den Bart. Sein großer goldener Siegelring mit dem Wappen der Willmer-Familie blitzte dabei.

«Schieren zahlt nicht. Er habe kein Geld, sagt er, man soll ruhig versuchen, einem nackten Mann in die Tasche zu greifen.»

«Das tut mir sehr Leid für Euch, Ratsherr Willmer, doch weiß ich noch immer nicht, was ich damit zu tun habe», erwiderte Sibylla und richtete sich kerzengerade in ihrem Lehnstuhl auf.

«Wenn der Mann nicht zahlen kann, dann halte ich mich an die Frau», ließ Willmer endlich die Katze aus dem Sack. «Ihr seid eine vermögende Handwerksmeisterin. Von Euch fordere ich nun das Geld, welches Schieren mir schuldet. Richtet meinem Weib das Zimmer, wie sie es haben will, und die Sache ist erledigt.»

Sibylla überlegte. Sollte sie Streit mit Willmer anfangen? Einen Streit, der seine Runde durch die Stadt machen und ihr die Kunden vergraulen könnte? Das wäre unklug. Aber sie hatte auch keine Lust, Schierens Schulden zu bezahlen. Doch wäre er damit nicht in ihrer Hand? Waren seine Schulden nicht das Mittel, nach dem sie gesucht hat, um ihre Herrschaft im Hause wieder zu erlangen? Sie musste klug vorgehen.

«Ihr wisst, dass ich nicht verpflichtet bin, die Schulden

zu zahlen, die Schieren vor der Eheschließung gemacht hat?», fragte sie vorsichtig.

«Gewiss», bestätigte Willmer und verschränkte die Hände vor seinem Bauch. «Doch wäre es Euren Geschäften auch nicht dienlich, wenn ich Euern Mann vor den Schultheiß bringe.»

«Ich mache Euch einen Vorschlag, der uns allen dient, Ratsherr Willmer», sagte Sibylla. «Ich richte Eurer Frau das Zimmer, beschaffe den Zierrat, die Stoffe. Damit sind Schierens Schulden beglichen. 80 Gulden reichen jedoch nicht allzu weit. Einen schönen Raum wird Euer Weib dann haben, einen Raum, der Euch Ehre macht. Wollt Ihr aber ein Schmuckstück daraus machen, ein Zimmer, das Euch in der Stadt berühmt macht, und wolltet Ihr wirklich auch Blattgold dabeihaben, so reichen 80 Gulden nicht aus. Doch für einen kleinen Gefallen Eurerseits bin ich gern bereit, Eurem Weib alle Wünsche zu erfüllen.»

«Ihr seid eine kluge und tüchtige Frau, Theilerin. Ich habe gewusst, dass wir uns einig werden. Doch sagt nun, von welcher Art der Gefallen ist, den ich Euch erweisen soll.»

Sibylla atmete tief ein. Ihr Busen bebte im festgeschnürten Mieder, als sie sagte: «Schafft mir Schieren vom Hals!»

Willmer lachte los und schlug sich auf die Schenkel. «Ihr seid wahrlich ein liebendes Weib und eine treu sorgende Gattin», prustete er. «Wie soll ich das anstellen?»

«Nun, Ihr sitzt im Rat, habt Macht und Einfluss. Schickt Schieren als Gesandten der Stadt mit einer Botschaft fort. Vielleicht habt Ihr was im fernen Spanien zu bestellen? Oder eine Besorgung in den Nordländern zu erledigen? Jemand könnte im Osten, dort, wo es auch im Sommer noch kalt ist, Verbindung zu den dortigen Handwerkern aufnehmen und den Weg für unsere Kaufleute ebnen.»

«Ihr habt Euch das gut ausgedacht, Theilerin. Alle Achtung. Doch Schieren ist nicht der Mann, dem man eine solche Aufgabe anvertrauen könnte. Das wisst Ihr selbst.»

«Schieren ist eitel, geldgierig und dumm. Doch von Pelzen versteht er etwas, hat auch ein Näschen für gute Geschäfte. Schickt ihn mit einem solchen Auftrag fort.»

«Ich kann nicht in die Belange der Kürschnerzunft eingreifen», sagte Willmer.

«Gut. Wenn nicht, dann nicht», erwiderte Sibylla. «Ihr könnt nun Eure Gemahlin rufen, damit ich mit ihr die Musterbücher durchgehe. Aber denkt daran, eine prächtige Ausstattung wird für 80 Gulden kaum möglich sein.» Sie lächelte Willmer freundlich an.

Sibylla wusste, dass sie den Ratsherrn in Bedrängnis brachte; sie kannte sein Weib. Niemals würde die Willmerin es zulassen, dass ihr Wohnraum nicht zu den prächtigsten der Stadt zählte. Was ihr Mann dafür tun musste, war ihr gleichgültig. So sanft sie sich in der Gesellschaft auch gab, jeder wusste, dass die Willmerin zur Furie werden konnte, wenn man ihr nicht zu Willen war.

«Ein Jammer ist es, dem schönen Raum nicht den richtigen Rahmen geben zu können», murmelte Sibylla wie zu sich selbst und blätterte seufzend im Musterbuch. «Und wäre es nicht schrecklich, wenn bekannt würde, dass der Ratsherr Willmer dem Würfelspiel, das von der Stadt bei Strafe verboten ist, frönt?»

«Ein ebensolcher Jammer aber wäre es, wenn bekannt würde, dass Wolfgang Schieren seine Frau zwingt, überhöhte Preise von den Kunden zu verlangen, damit er seine

Spielschulden bezahlen kann. Es ist immer traurig, wenn man tatenlos zusehen muss, wie eine bekannte und alteingesessene Werkstatt Kunden verliert.»

Auch Willmer tat so, als spräche er zu sich selbst, doch seine Blicke huschten immer wieder zu Sibylla, um zu sehen, ob und wie sie auf seine Worte reagierte.

Sibylla seufzte tief. Sie zog ein sorgenvolles Gesicht, doch in ihren Augen blitzte der Schalk.

«Die Welt ist schlecht, Ratsherr Willmer», sagte sie.

Willmer nickte: «Ihr sagt es, Theilerin, die Welt ist schlecht, und die Menschen, die darauf wohnen, sind auch nicht besser.»

Sie lächelten sich an. Schließlich sagte der Ratsherr: «Ich weiß von einer Gruppe Mainzer Kaufleute, die nach dem Winter in den Osten aufbrechen wollen. Nach Polen oder noch weiter bis ins Russische hinein. Vielleicht wäre es möglich, Euern Mann mitzuschicken, damit er fremde Pelze, die sich gut hier verarbeiten lassen, kennen lernt. Ich habe von einem Nürnberger Kaufmann gehört, der eine Schaube von Silberfuchs trägt. So etwas könnte mir auch gefallen.»

«Der Herbst hat die Blätter an den Bäumen schon gelb gefärbt. Wann wird die Kolonne reisen, Ratsherr Willmer?»

«Nach der Fastenmesse, denke ich. Sie wollen direkt von Frankfurt aus aufbrechen.»

«Ein halbes Jahr noch», überlegte Sibylla, dann reichte sie dem Ratsherrn die Hand.

«Lasst uns unser Geschäft mit Handschlag besiegeln. Ich statte Eurem Weib das Zimmer aus, wie es ihr gefällt, und Ihr sorgt dafür, dass Schieren nach der Fastenmesse auf große Reise geht.»

Willmer schlug mit einem keckernden Lachen ein, dann stand er auf und goß zwei kleine Gläser mit einer hellen Flüssigkeit voll und reichte Sibylla eines davon. «Obstbrand aus Rheinhessen zum Besiegeln unseres Geschäfts.»

Er stieß sein Glas gegen Sibyllas, sagte: «Auf gute Zusammenarbeit», und stürzte den Obstbrand in einem Zug hinunter. Sibylla tat es ihm gleich, und Willmer lachte, als er sah, wie sie sich schüttelte.

Dann rief er nach der Magd und bestellte ihr, dass die Theilerin gekommen sei, um mit seinem Weib das Musterbuch zu betrachten.

Einzig die Hoffnung auf Schierens baldige Abreise half Sibylla, das nächste halbe Jahr zu überstehen. Sie hatte ihm selbstverständlich nichts von ihrem Gespräch mit dem Ratsherrn berichtet, und so ahnte Schieren auch nicht, dass Sibylla um seine Spielschulden wusste. Und Sibylla hütete ihr Geheimnis. Noch war die Zeit nicht reif, dieses Wissen ins Spiel zu bringen.

Der Krieg im Haus nahm von Tag zu Tag schlimmere Formen an. Dabei war Schierens Benehmen keineswegs ungewöhnlich. Die überwiegende Mehrzahl der Frankfurter Ehemänner führte ein ähnliches Regiment, betrachtete das Eheweib als bessere Magd, die allein über Herd und Wochenbett herrschen durfte und ansonsten gehorchen musste.

Doch gehorchen konnte Sibylla nicht. Das hatte sie nie gekonnt, nie gewollt, und jetzt erst recht nicht. Mit ihr stand und fiel die Werkstatt. Alles im Haus und in den Arbeitsstätten gehörte ihr. Nichts als ein Bettbündel, einige

Kleidungsstücke und zwei ungehorsame Kinder hatte Schieren bei seinem Einzug mitgebracht. Seine eigene Werkstatt war während der Pest geplündert worden, und einzig die Verwandtschaft Schierens mit dem Zunftmeister und Sibyllas Kraftlosigkeit hatten bewirkt, dass er sich ins gemachte Nest setzen konnte.

Er hatte keinerlei Recht, sich hier als Hausherr aufzuführen. Und doch tat er es, nutzte jede sich bietende Gelegenheit, um Sibylla zu demütigen.

Am Anfang hatte sie mit ihm gestritten, doch inzwischen hatte Sibylla gelernt, dass das Leben im Haus für alle erträglicher war, wenn sie schwieg.

Beinahe täglich verließ Schieren das Haus am Nachmittag und ging in die Zunftstube. Was genau er dort trieb, wusste Sibylla nicht, und auch Heinrich konnte nur berichten, dass Schieren mit den anderen Meistern am Tisch saß, das Tagesgeschehen besprach und die Weinbecher kreisen ließ.

Am Abend, wenn der Nachtwächter seine erste Runde machte und die Stadttore verschlossen wurden, spazierte Schieren durch die Krämergasse hinüber zur Katharinenpforte am Stadtgraben. Dort lag die größte Spielhölle der Stadt. Obwohl vom Rat seit Jahren verboten, ging es Abend für Abend im «Neuen Heißenstein» hoch her. Zwar hatte der Rat die Strafen für Glücksspiele drastisch erhöht, doch war es nicht gelungen, die Spielsucht der Bürger einzudämmen oder gar auszumerzen. Selbst vierzehn Tage Gefängnis oder fünf Gulden hatten nicht geholfen.

Jeden Abend saß Wolfgang Schieren mit seinesgleichen an den großen Holztischen im ansonsten nur karg erleuchteten Raum und ließ die Würfel rollen. Mehr als einmal hatte Sibylla ihn gebeten, das Spiel aufzugeben, doch vergeblich. Je öfter und dringlicher sie bat, umso tiefer griff er in die Geldlade. Bald schon hatte sie angefangen, das Geld vor Schieren zu verstecken, doch damit er es nicht bemerkte, ließ sie immer einige Heller und ein, zwei Gulden in der Geldlade liegen.

Meist kam er angetrunken aus dem «Neuen Heißenstein» zurück. Sibylla und die übrigen Bewohner der Krämergasse konnten sein trunkenes Krakeelen schon von weitem hören.

Doch Sibylla war froh darum. Seit er ihr das Betreten der Werkstatt verboten hatte, nutzte sie jede Minute seiner Abwesenheit, um dort zu arbeiten. Täglich saß sie vom Nachmittag bis tief in die Nacht bei Kerzenlicht, bearbeitete die Aufträge ihrer Einrichterei oder besprach mit Heinrich die neuen Entwürfe für die Kürschnerei.

Einmal war Schieren früher nach Hause gekommen. Da er an diesem Abend nüchtern war und kein trunkener Gesang seine Heimkehr ankündigte, überraschte er Sibylla mitten in der Arbeit.

«Habe ich dir nicht gesagt, dass du in der Werkstatt nichts verloren hast?», schrie er, und Sibylla sah, dass Schieren zwar nicht betrunken war, jedoch dem Branntwein trotzdem so weit zugesprochen hatte, dass er sich überlegen fühlte. In diesem Zustand war er am gefährlichsten, weil er dann keine Scham, wohl aber noch seine fünf Sinne beieinander hatte.

Schieren trat hinter Katharina und Sibylla, die gerade dabei waren, eine Kissenhülle aus dunkelblauem Samt mit Brüsseler Spitze für die Ratsherrin Willmer zu verzieren. Mit dem Fuß kippte er den Schemel, auf dem Katharina saß, um. Das Mädchen kreischte auf und stürzte heulend zu Boden.

«Halt's Maul», schrie Schieren und kümmerte sich nicht weiter um die weinende Katharina, die sich ängstlich unter dem Tisch in Sicherheit brachte.

Seine geballte Faust schlug knallend in die leere Fläche der anderen Hand.

«Hast du mir wieder nicht gehorcht, Weib, verfluchtes?», zischte er. Er kam näher und beugte seinen massigen, ungepflegten Körper dicht zu seiner Frau herunter, die voller Ekel zurückwich. Mit einer Hand stütze er sich schwer auf den Tisch, mit der anderen langte derb nach Sibyllas Kinn und hauchte ihr seinen üblen Atem ins Gesicht. «Was verdient ein Weib, das seinem Mann nicht gehorcht?», herrschte er sie an.

Sibylla, die Lärm und Ärger vermeiden wollte, schwieg, drehte ihr Kinn aus Schierens Klammergriff, stand auf und räumte ihre Arbeit zusammen.

«Anworte mir gefälligst!», schrie Schieren und griff hart nach Sibyllas Ellbogen, drehte ihr den Arm auf den Rücken. Mit einem Aufschrei ließ Sibylla die Kissenhülle mit der gehefteten Spitze fallen, und Schieren nutzte sofort die Gelegenheit, darauf herumzutrampeln und Sibyllas Tagwerk zu zerstören.

«Hör auf damit!», kreischte sie. «Hör auf und geh zu Bett.»

«Wagst du es, mir Befehle zu erteilen?», brüllte Schieren, und wieder bildete sich in seinen Mundwinkeln weißlicher Schaum, der bei jedem Wort davonstob.

«Lass mich in Ruhe», fuhr ihn Sibylla an und bückte sich, um die Kissenhülle aufzuheben.

Darauf schien Schieren nur gewartet zu haben. Er versetzte Sibylla einen so derben Tritt mit seinen genagelten Stiefeln, dass sie nach vorn flog, mit dem Gesicht hart auf dem Boden aufschlug und ihr kurz die Sinne schwanden.

Schieren lachte hämisch. «Das soll dir eine Lehre sein. Das nächste Mal hole ich den Knüppel», drohte er, dann hörte Sibylla seine schweren Schritte die Treppen hinaufstampfen.

Sie schüttelte sich, stand auf und sah noch lange auf die Tür, hinter der Schieren verschwunden war.

Einige Abende später kam Schieren wieder heimlich wie ein Dieb zu früher Stunde nach Hause, und wieder fand er Sibylla am Tisch in der Einrichterei mit Sticken beschäftigt.

Diesmal war sie allein. Sie hatte Katharina seit dem Vorfall stets früh zu Bett geschickt.

Wieder begann Schieren zu schreien und zu toben. Doch Sibylla rührte sich nicht. Als würde sie ihn weder sehen noch hören, saß sie am Tisch und ging weiter ihrer Arbeit nach.

«Sieh mich an, wenn ich mit dir rede!», brüllte Schieren, doch Sibylla lachte nur auf und bestickte weiter einen dunkelblauen Tischläufer aus Samt, der ebenfalls für die Willmerin bestimmt war.

Obwohl Sibylla nicht aufsah, hörte sie doch an Schierens Schritten, dass er sich dem Tisch näherte. Als seine Stiefel in ihr Blickfeld kamen, sprang sie auf und griff sich den Knüppel, den sie beizeiten bereitgestellt hatte.

«Wage es nicht, mich anzurühren», sagte Sibylla leise.

Schieren nahm sie nicht ernst, er lachte. Der Branntwein hatte ihn mutig gemacht und ihn die Szene in der

Küche, die sich vor ein paar Wochen abgespielt hatte, vergessen lassen. Er merkte nicht, dass es Sibylla mit ihren Worten bitterernst war. «Noch einen Schritt, und ich schlage dir den Schädel ein», fauchte sie, und wieder lachte Schieren.

Er breitete die Arme aus und grölte, als wolle er Gänse verscheuchen: «Kusch, kusch, kusch!» Als er die Hand ausstreckte, um nach dem Zopf seiner Frau zu greifen, schloss Sibylla die Augen, schwang den Knüppel und ließ ihn auf Schierens Schulter niederkrachen. Er stürzte aufheulend zu Boden, hielt sich die Stelle, an der der Knüppel ihn getroffen hatte, und wälzte sich hin und her.

«Lass dir das eine Lehre sein», sagte Sibylla mit beherrschter Stimme. «Ab heute schlage ich zurück.»

Dann räumte sie, ohne auf den stöhnenden Mann zu achten, ihre Stickarbeit zusammen, blies die Talglichter aus und ging zu Bett.

Seit diesem Abend im November hatte sie zwar Ruhe vor Schieren, aber sie wusste, dass er nur darauf lauerte, sich bei passender Gelegenheit zu rächen.

Er beobachtete sie, spionierte ihr nach und durchwühlte jede Truhe und jede Lade in Sibyllas Zimmer. Dann versuchte er, Heinrich und die übrigen Angestellten auszuhorchen und auf seine Seite zu ziehen. Er stiftete seine Kinder an, ihrer Stiefmutter zu schaden, wo sie konnten.

Kam sie mit schweren Pelzen über dem Arm die Treppe hinunter, fand sie eine Stufe plötzlich mit Seifenlauge bedeckt und hatte große Mühe, nicht zu fallen.

Wollte sie eilig zu einem Kunden aufbrechen, waren ihre Schuhe versteckt, ihr Umhang verknotet, ihre Haube verschmutzt.

Sibylla ertrug all das schweigend, wusste sie doch, dass Schieren nur noch kurze Zeit im Hause sein würde. War er erst weg, würden die Kinder ihr schon gehorchen. Taten sie es nicht, nun, dann würde sich an einem anderen Ort ein Plätzchen für sie finden. Sollte Susanne doch in ein Kloster gehen, wenn es ihr hier nicht passte. Sollte Johannes doch als Lehrbube in einer Gerberei versauern, wenn er ihr das Leben zur Hölle machen wollte.

Sibylla konnte viel aushalten; ihr Leben war wahrlich nicht immer leicht gewesen, doch der Krieg im Hause zerrte an ihren Nerven, fraß Kraft und Energie, die sie für ihre Arbeit brauchte. Abends lag sie oft wach und zählte die Schläge der großen, kürzlich erst angebrachten Kirchturmuhr. Schon seit der Hochzeit schlief sie von Schieren getrennt. Nur ein einziges Mal hatte sie das Bett mit ihm geteilt – und war anschließend geflohen.

Auch jetzt noch schüttelte sie sich vor Abscheu, wenn sie an diese Nacht dachte, die der wunderbaren Zweisamkeit mit Isaak Kopper gefolgt war.

Angetrunken war Schieren gewesen, wie immer. Roh hatte er sie an den Haaren gepackt und aufs Bett geschleudert. Dann hatte er sich das Wams vom Leib gerissen, damit Sibylla seine welken Altmännerbrüste und das ergraute, struppige Haar darauf bewundern konnte. Als er ohne Beinkleider im hellen Mondlicht stand, sah Sibylla auch seinen faltigen Hintern mit den hängenden Backen und den fetten Wanst über seinem Geschlecht, das nicht größer war als ein Männerdaumen. Mit einem Grunzen bestieg er das Bett, legte sich auf sie und grub mit beiden Händen ihre Brüste aus dem Mieder wie ein Schwein faulige Kartoffeln aus dem Abfall. Sibylla hatte ergeben die

Augen geschlossen und den Kopf zur Seite gedreht, um seinen branntweingeschwängerten Atem nicht ertragen zu müssen.

Dann schob er ihren Rock nach oben, zog ihn über das Gesicht seiner Frau und steckte ihr derb einen Finger in den Schoß.

«Trocken wie Staub», murrte er. «Kein Wunder, wenn man jahrelang mit einem Krüppel das Bett geteilt hat. Aber jetzt bist du mein Weib und wirst wieder richtig rangenommen, so, wie du es brauchst.»

«Ich brauche nichts, habe alles», erwiderte Sibylla und versuchte, seinen Fingern, die ihr wehtaten, zu entkommen.

Doch Schieren ließ nicht von ihr ab. Er drückte ihre Schenkel auseinander und drang so roh in sie ein, dass Sibylla aufstöhnte. Während er sich auf ihr abmühte, lag sie da, die Augen geschlossen, und konnte nicht verhindern, dass Tränen zwischen ihren Lidern hervorquollen.

Plötzlich hörten die Bewegungen Schierens auf. Sibylla bemerkte, wie das Glied in ihrem Schoß zusammenfiel und winzig klein wurde. Umständlich stieg Schieren von ihr herunter und sah sie an. In seinen Augen stand Hass.

«Dein Schoß ist so vertrocknet, dass mir der Schwanz zusammenfällt», zischte er. «Du hast den Mann in mir getötet.»

Vor Scham und Wut, vor Demütigung und Entsetzen sprach er leiser als gewöhnlich: «Eine Hexe bist du.»

«Der Branntwein ist's, der dir den Schwanz erweicht», sagte Sibylla. Sie konnte nicht verhindern, dass leise Häme in ihrer Stimme mitklang.

Schieren antwortete nicht. Er sah immer wieder auf sein

Glied, das wie eine fette Made zwischen seinen Schenkeln hing und einen wahrhaft kläglichen Eindruck machte.

«Sauf nicht, dann steht er dir eines Tages vielleicht wieder», empfahl Sibylla ihrem Mann, mit dem sie jetzt beinahe Mitleid hatte.

«An meinem Schwanz liegt es nicht, Weib, verfluchtes. Dein Schoß ist so verdorrt, dass kein Mann sich darin wohl fühlt. Eine alte Jungfer bist du, eine vertrocknete, welke, saftlose Fotze.»

Wortlos war Sibylla aufgestanden, hatte ihr Bettzeug genommen und sich in einer leer stehenden Mägdekammer zum Schlafen niedergelegt. Seither war sie nicht mehr ins Ehebett zurückgekehrt, doch sie bedauerte sehr, ihr Schlafzimmer verlassen zu haben, trauerte um die schönen Möbel und um das freundliche Zimmer, welches Schieren schon nach wenigen Tagen in einen stinkenden, niemals gelüfteten Schweinestall verwandelt hatte.

Doch jetzt war Januar, die Fastnachtsfeiern wurden überall mit großem Pomp vorbereitet. Sibylla hatte der Willmerin zugesichert, dass ihr Wohnraum schon sehr bald fertig sein würde, und die Wochen bis zu Schierens Abreise konnte sie an einer Hand abzählen.

Trotzdem fand Sibylla nachts nur schwer Schlaf. Sie hatte schreckliche Angst. Schierens Argwohn, seine ständige Überwachung, das Stöbern in allen Laden und Truhen versetzten Sibylla in Schrecken. Immer wieder sagte sie sich, dass es unmöglich war, hinter ihr Geheimnis zu kommen, doch die Furcht blieb.

Wenn Sibylla vor die Haustür trat, richtete sie zuerst ihren Blick zum Himmel hinauf und ging erst auf die Gasse, wenn in ihrer Umgebung keine Krähen zu sehen waren. Abends erschrak sie vor den Schatten, die die Wachslichter am Abend warfen, und – sie träumte wieder von der Wöhlertochter. Stumm sah das Mädchen sie an. In ihrem Blick lagen Traurigkeit und Verzweiflung. Du hast es nicht geschafft, falsche Sibylla, schien sie sagen zu wollen. Bist mir nicht entkommen, wirst es nie können. Ich folge dir, wo immer du bist.

Kapitel 15

Ich will aber ein Kleid aus dunkelblauem Samt! Ein Kleid, wie die Medici-Frauen es tragen und das obendrein zu meinem Esszimmer passt. Theilerin, wenn Ihr mir solch ein Kleid macht, dann – ich schwöre es – lasse ich auch in Zukunft bei Euch schneidern.»

Die Willmerin verzog die Lippen zu einem Schmollmund und klapperte albern mit den Lidern. Sie näherte sich schon dem vierten Lebensjahrzehnt, und an ihrer Haut waren die Jahre nicht spurlos vorbeigegangen. Doch Sibylla gegenüber benahm sie sich wie ein verzogenes Gör.

Sibylla seufzte. Sie war froh, dass ihre Arbeit im Hause des Ratsherrn ihrem Ende entgegenging. Seit Tagen hatte sich die Willmerin wie ein Schatten an Sibylla geheftet und war dort, wo sie war.

«Meint Ihr nicht auch, dass auf jedes Fensterbrett drei Leuchter passen würden anstatt nur zwei?», hatte sie gefragt und zu Sibyllas Erklärungen, dass drei Leuchter die Ausgewogenheit stören würden, nur matt gelächelt.

«Ich will kein ausgewogenes Zimmer, ich will einen prächtigen Raum.»

«Dann solltet Ihr wissen, dass Pracht Raum braucht, um sich zu entfalten. In einem überladenen Zimmer kommen die kostbaren Einzelstücke gar nicht zur Geltung.»

Und um der Willmerin zu beweisen, dass dem so war, hatte Sibylla die wertvolle Kristallschale aus Murano einmal zwischen zwei Blumengestecke gestellt und einmal allein wirken lassen.

«Aber die Mitte des Raumens wirkt so kahl», hatte sich die Willmerin daraufhin beklagt.

«Betont man die Ecken eines Zimmers, so wirkt es größer. Setzt man den Blickpunkt in die Mitte, so scheint es kleiner», hatte Sibylla erklärt, was Lucia, die Florentiner Freundin, ihr einst beigebracht hatte.

«Trotzdem!», hatte die Willmerin beharrt, hatte sogar mit dem Fuß aufgestampft und hatte nicht eher Ruhe gegeben, als bis Sibylla auch die Mitte des Raumes so dezent wie möglich geschmückt hatte.

Und jetzt wollte sie ein Kleid. Ein Kleid aus dunkelblauem Samt wie die Tischläufer und die bestickten Kissen.

Sie wird darin aussehen wie ein Tischtuch auf Beinen, dachte Sibylla gequält, aber sie wird sich nicht davon abhalten lassen.

«Ich bin keine Schneiderin, Ratsherrin. Kürschnerin bin ich und Inneneinrichterin.»

«Ach was.» Die Willmerin machte eine wegwerfende Handbewegung. «Ihr könnt alles, wenn Ihr nur wollt. Und ich habe den Eindruck, Ihr wollt nicht.»

Der letzte Satz hatte einen drohenden Unterton. Sibylla verstand. Sie musste sich nach den Wünschen der Willmerin richten, oder diese würde dafür sorgen, dass Sibyllas

Ruf Schaden litt. Hatte sich denn die ganze Welt gegen sie verschworen?

Sibylla überlegte. Machte sie der Ratsherrin ein Kleid, das so gar nicht passen würde, so würde ihr Ruf ebenfalls leiden. Die einzige Möglichkeit war, die Willmerin von einem anderen Modell zu überzeugen. Einem, das die Speckringe, die sie um die Hüften trug, verbarg und ihre wenigen Vorzüge gut zur Geltung brachte.

«Die Fastnacht steht vor der Tür, Ratsherrin. In Florenz trägt man in diesem Jahr Kostüme wie im alten Griechenland. Ich habe Zeichnungen davon gesehen. Sie schmeicheln der Figur, machen die Trägerin jung und begehrenswert. Wäre solch ein Kleid nicht das Richtige für Euch?»

«Ein Griechenkleid? Wie soll das aussehen?» Die Willmerin blieb misstrauisch.

«Nun, ich sehe Euch in einem ärmellosen Kleid, welches gerade geschnitten bis auf den Boden reicht. Doch an Schultern und Hals verläuft der Schnitt schräg, sodass eine Schulter von Stoff bedeckt ist, die andere dagegen frei. Eine bestickte Schärpe sorgt für die Vornehmheit und Eleganz.»

«Eine freie Schulter? Was erlaubt Ihr Euch, Theilerin. Ich bin doch keine Badedirne!»

Sibylla lächelte, ließ sich ein Blatt Papier und ein Stück Kohle reichen und skizzierte mit schnellen Strichen, was sie meinte. Sie reichte der Ratsherrin das Blatt.

«Es ist Fastnacht, Willmerin. Zur Fastnacht ist alles erlaubt. Und wenn im nächsten Frühjahr zur Messe die Italienerinnen alle solche Kleider tragen, dann könnt Ihr getrost behaupten, in Frankfurt die Erste gewesen zu sein. Doch wenn Ihr Euch nicht traut, ohne Unterkleid zu gehen, so mache ich Euch eines mit engem Oberteil aus Spitze und nur das Oberkleid im griechischen Stil.»

«Hhhm», überlegte die Willmerin und wiegte den Kopf unentschlossen hin und her.

«Nicht jede kann ein solches Kleid tragen. Eine schöne Schulter ist die Voraussetzung. Ihr habt doch schöne Schultern, Willmerin? Sonst geht es nicht.»

«Natürlich habe ich schöne Schultern!», begehrte die Ratsherrin auf und streifte ihr Kleid herunter. «Seht selbst. Rund und weiß und vollkommen makellos.»

«Ihr habt Recht. Welche Schande wäre es, eine solche Schulter zu verstecken!»

«Gut, Theilerin. Macht mir solch ein Kleid. Und eine Stola dazu, damit ich meine Blöße, wenn nötig, bedecken kann.»

«Sagt mir, welchen Stoff Ihr wünscht, dann beginne ich gleich mit dem Maßnehmen.»

«Samt. Dunkelblau. Ich sagte es schon.»

«Von Samt rate ich Euch ab, Ratsherrin. Nehmt einen leichten Stoff, denn ein solcher fällt besser.»

«Wie passt das Kleid dann zu meinem neuen Zimmer?», fragte die Willmerin und zog schon wieder einen Schmollmund.

Sibylla seufzte. «Das Gesetz der Prachtentfaltung, erinnert Ihr Euch? Wenn Euer Kleid aus demselben Stoff ist wie der Raum, so verliert der Raum an Glanz. Oder aber Ihr.»

Die Willmerin überlegte, dann sagte sie: «Samt muss sein. Mailänder Samt. Sonst mache ich nicht mit. Das Unterkleid aus Brüsseler Spitze und die Schärpe mit Perlen bestickt.»

«Dann rate ich Euch zu Samt in einem helleren Blau, als der Raum es hat», versuchte Sibylla zu retten, was zu retten war. «Hellblauer oder silbergrauer Samt. Dazu Spitzen und Perlen. Sehr vornehm wirkt eine solche Kombination. Ihr werdet Aufsehen damit erregen.»

«Gut», stimmte die Willmerin schließlich zu. «Besorgt den Stoff, damit ich bald zur Anprobe kommen kann.»

Erleichtert nahm Sibylla der Ratsherrin die Maße, betrachtete dann noch einmal voller Zufriedenheit den Raum, den sie der Willmerin eingerichtet hatte – ein Zusammenspiel der Farben Blau und Gold –, und verließ das Haus.

Als sie auf die Gasse hinaustrat, erschrak sie. Es war schon dunkel. Wahrscheinlich hatte der Nachtwächter längst seine Runde gemacht.

Eilig überquerte sie die Gasse, ging am Nürnberger Hof vorbei und gelangte endlich in die Krämergasse. Schon aus einiger Entfernung sah sie Schieren vor der Haustür stehen. Neben ihm stand ein Mann, von dem Sibylla wusste, dass sie ihn schon einmal gesehen und in schlechter Erinnerung behalten hatte. Wer war dieser Mann? Und was hatte er mit Schieren zu besprechen?

Eng an die Hausmauern gepresst, schlich sie näher. Als sie nahe genug war, um das Gespräch zu belauschen, hörte sie Schieren nur noch sagen: «Ich vertraue auf Euch, Thomas. Nehmt sie Euch richtig vor.»

Der andere nickte, hob noch einmal die Hand zum Gruß und ging die andere Seite der Gasse entlang. Schieren sah ihm noch einen Augenblick lang nach, dann öffnete er die Tür und verschwand im Inneren des Hauses.

Thomas?, dachte Sibylla. Wer ist Thomas? Den Namen

hatte sie schon einmal gehört, und mit ihm verband sie eine schlechte Erinnerung. Doch welche?

Sie stand noch eine Weile im Dunkeln und überlegte, doch es fiel ihr nicht ein, wer der fremde Mann, den Schieren «Thomas» genannt hatte, war.

Liebe Sibylla,
ich vermisse dich. Noch nie hatte hatte ich eine so gute Freundin wie dich.
Ich wünsche mir so sehr, dass du mich eines Tages in Florenz besuchen kommst. Doch dein neuer Ehemann, scheint mir, wird dich sicher nicht allein zu mir reisen lassen. Es tut mir Leid, meine liebe Sibylla, dass deine Ehe so unglücklich ist. Ich kann verstehen, dass du auf deine Liebe verzichtet hast – und verstehe es gleichzeitig doch nicht.
Die Freiheit, sich in Dingen ausdrücken zu können, etwas zu schaffen, ist göttlich und tröstet über viel Unbill hinweg. Aber ist die Geborgenheit und Vertrautheit einer Liebe weniger wert? Ja, Sibylla, du wirst staunen, dass ich diese Worte schreibe. Ich werde älter, und mit jedem Jahr wächst die Sehnsucht nach einem Menschen, der zu mir gehört, mehr. Stell dir vor, ich sehne mich sogar nach Kindern!
Aber trotzdem bin ich die alte Lucia, die du kennst, geblieben. Verwundere dich nicht, Sibylla, ich schreibe diesen Brief des Nachts. Und nachts sind die Gedanken andere als am Tag. Es ist, als ließe die Dunkelheit die Seele heller leuchten, während der Tag mit seiner Geschäftigkeit allein den Geist und den Körper beansprucht.

Isaak schrieb mir, dass er sich zu Pfingsten verheiraten wird. Ich hoffe, Sibylla, du schickst mir einen ausführlichen Bericht über die Hochzeit. Und sei nicht traurig, dass er nun eine andere zum Traualtar führt.

Lass dich umarmen von deiner Lucia

Langsam ließ Sibylla den Brief, den der Bote heute Morgen aus Florenz gebracht hatte, sinken. Isaak Kopper heiratet?, dachte sie entsetzt. Die Nachricht versetzte ihr einen schmerzhaften Stich. Natürlich hatte Sibylla Isaak nicht vergessen. Wie denn auch? Er war der Mann, den sie liebte. Noch immer liebte, obwohl sie einem anderen den Vorzug gegeben hatte. Und jetzt heiratete er. Hieß das, dass er sie nicht mehr liebte? Hatte er sie gar vergessen?

Was erwartest du, Sibylla?, rief sie sich selbst zur Ordnung. Du hast ihn abgewiesen. Soll er dir für den Rest seines Lebens hinterhertrauern? Du hast dich für ein Leben entschieden, in dem du die Arbeit der Liebe vorgezogen hast. Aber du kannst nicht verlangen, dass Isaak dasselbe tut.

Ihr Verstand sagte ihr, dass sie kein Recht hatte, jetzt verletzt oder wütend zu sein. Aber ihr Herz krümmte sich vor Schmerz und Traurigkeit.

Doch wie immer, wenn ihre Seele krank und elend war, stürzte sich Sibylla mit noch größerem Eifer in die Arbeit. Das Kleid für die Willmerin musste angefertigt werden. Stundenlang saß Sibylla grübelnd in der Einrichterei. Ja, sie hatte viel Erfahrung mit Nadel und Faden, doch ein Kleid zu schneidern, das verlangte Handwerkskunst, und an ebendieser mangelte es ihr. Es war ein gewaltiger Unterschied, ob man Kissenhüllen oder einfache Pelzumhänge zuschnitt, vernähte und verzierte oder ein Kleid.

Weder ihre fünf Gesellen noch die beiden Pelznäherinnen oder gar die Lehrbuben konnten ihr helfen. Selbst der Schneidergeselle, der zwar die Innenfutter der Pelze hervorragend zuschnitt und vernähte, war nicht in der Lage, ein Kleid zu nähen. Was also sollte sie tun?

Plötzlich kam ihr ein Gedanke, der so kühn war, dass sie beinahe darüber erschrak.

Sie eilte in die Küche zu Barbara und ließ sich noch einmal den neuesten Markt- und Brunnenklatsch erzählen.

«Was war mit dem Schneider, von dem du erzählt hast, Barbara?»

«Meister Schulte meint Ihr?»

«Den, von dem du heute Morgen berichtet hast.»

«Ja, Meister Schulte sitzt im Schuldturm. Geld hatte er sich nach der Pest leihen müssen, da alle Stoffe vernichtet wurden. Reingefallen ist er dabei auf einen Wucherer. Schließlich konnte er den Zins und Zinseszins nicht zurückzahlen, und heute Morgen haben ihn die Schergen abgeholt und unter dem Gegröle der Menge in den Schuldturm geschafft. Geweint hat er, der arme Mann, und um Erbarmen gefleht für seine drei Kinder, die nun allein sind. Für 100 Gulden, so sagt man, hätte der Wucherer 125 Gulden zurück haben wollen. Dabei hat die Stadt nur einen Zins von 23 Gulden pro 100 Gulden im Jahr erlaubt.»

«Hmm», machte Sibylla und starrte über Barbara hinweg auf die Wand.

«Stellt Euch nur vor», plapperte Barbara weiter. «Sogar die Zunft hat ihm nicht helfen können. In der Lade sei kein Geld, heißt es. Wenigstens die Kinder sind bei anderen Schneidern untergebracht, solange Schulte im Turm hockt. Doch wie es danach mit dem Mann weitergehen soll, das weiß nur Gott …»

Ohne ein weiteres Wort zu verlieren, verließ Sibylla die Küche und ging, gehüllt in ihren besten Umhang, zuerst in die Zunftstube der Gewandschneider und wenig später zusammen mit dem Zunftmeister zum Schultheiß, der die Gewalt über den Schuldturm hatte. Der Zunftmeister bestätigte, dass Meister Schulte nun frei von Schulden sei und – nach Gesetz der Zunft – noch zu dieser Stunde den Schuldturm verlassen konnte. Der Schultheiß klapperte mit seinem dicken Schlüsselbund, und Meister Schulte konnte wieder in seine Werkstatt zurückkehren.

«Ich danke Euch von ganzem Herzen, Meisterin Schieren», sagte er ein ums andere Mal. «Ewig stehe ich in Eurer Schuld.»

«Ihr wisst, dass meine Großherzigkeit seinen Preis hat, Meister Schulte», erwiderte Sibylla. «Ihr seid mir nicht zu Dank verpflichtet.»

«Gewiss, gewiss. Ich habe die Abmachung verstanden. Ihr habt meine Schulden bezahlt und mich aus dem Turm befreit. Dafür gehört die Werkstatt jetzt Euch, und ich erledige ausschließlich Eure Aufträge. Ich behalte meinen Meistertitel, das Wohnrecht, und Ihr zahlt mir jede Woche einen Gulden Lohn, von dem meine Kinder und ich gut leben können. Eure Stieftochter Susanne nehme ich im Sommer als Lehrmädchen für einen Viertelgulden pro Monat ins Haus und verheirate sie zu ihrem 16. Geburtstag mit meinem Sohn, der die Werkstatt dann statt meiner führen soll.»

«Richtig, Meister Schulte. Jetzt unterschreibt mir das Blatt, in dem unsere Abmachung festgehalten ist. Und zu niemandem ein Wort! Ich möchte nicht, dass unser kleines Geschäft bekannt wird. Die Regeln der Zunft sind eindeutig und besagen, dass nur derjenige eine eigene Werkstatt führen darf, der im Besitz einer solchen ist, über Meisterbrief und Bürgerrecht verfügt. Erfährt man, dass die Werkstatt mir gehört, so verliert Ihr sowohl die Meisterwürde als auch das Stadtrecht. Also sprecht mit niemandem darüber. Spätestens nach der Hochzeit unserer Kinder wird sich alles von allein regeln. Die Zunftordnung ist dann wiederhergestellt, und Ihr seid sorgenfrei bis an Euer Lebensende.»

Meister Schulte nickte ergeben, aber glücklich, ließ sich von Sibylla die Feder reichen und setzte seine Unterschrift unter den Vertrag. Doch bevor er unterschrieb, sah er Sibylla noch einmal an: «Ihr seid eine tüchtige Geschäftsfrau. Doch großherzig seid Ihr obendrein. Froh bin ich, die Werkstatt los zu sein und nicht mehr jeden Tag Angst haben zu müssen, dass die Gläubiger mir die Tür einrennen. Gerne arbeite ich für Euch, denn Ihr seid gerecht und zahlt einen angemessenen Lohn für ordentliche Arbeit.»

«Ein gutes Geschäft ist es, wenn alle Beteiligten zufrieden sind», erwiderte Sibylla und beobachtete, wie Meister Schulte in ungelenker Schrift seinen Namen unter den Vertrag setzte.

Sibylla nahm ihm das Blatt aus der Hand, blies es trocken, faltete es und steckte es ordentlich in ihre Rocktasche.

«Ihr beginnt am besten sofort mit der Arbeit», bestimmte Sibylla und erklärte Meister Schulte, wie er das Kleid der Ratsherrin anfertigen sollte.

«Den Stoff lass ich von meinem Lehrbuben bringen», sagte sie zum Abschied. «Und wenn die Willmerin zur Anprobe kommt, so werdet Ihr in meinem Hause sein und sehen, dass alles seine Richtigkeit hat.»

Sie legte noch einen kleinen Beutel mit Geld auf den Tisch, damit Meister Schulte sich mit allem Nötigen versorgen konnte, versprach sogar, ihm Barbara für einen Tag zu schicken, dann verließ sie das Haus.

Auf der Gasse hatte sie Mühe, nicht übermütig wie ein Kind zu hüpfen. Eine eigene Schneiderwerkstatt besitze ich, dachte sie glücklich. Eine Kürschnerei, eine Einrichterei und eine Schneiderei samt den dazugehörigen Häusern gehören mir.

Für einen Moment vergaß sie vor lauter Glück sogar Isaak Kopper. Noch immer ging es ihr nicht darum, Geld zu scheffeln. Sie wollte unabhängig sein, unabhängig von allem und jedem. Und sie wollte die wahre Wöhlertochter übertrumpfen. Aber ging das überhaupt? Woher wollte Sibylla wissen, was die Wöhlertocher an ihrer Stelle getan, wie weit sie es gebracht hätte? Mit dem Verstand ließ sich diese Frage nicht beantworten, sosehr es sich Sibylla auch wünschte. Und solange ihr die Wöhlertochter noch im Traum erschien und Sibylla sich vor jeder Krähe fürchtete, so lange würde sie gegen den Schatten der Anderen kämpfen müssen. Erst wenn sie diese vertrieben hatte, würde sie Ruhe finden.

Zwei Wochen später herrschte in der ganzen Stadt Fastnachtsstimmung. Sämtliche Frankfurter waren auf den

Beinen, zogen verkleidet, singend und lärmend durch die Gassen, tanzten in den Wirtshäusern, Schankstuben, auf Plätzen und in den schmalen Straßen. Die Zünfte hatten ihre Häuser geöffnet und Bier oder Apfelwein gestiftet. An den großen Tischen ging es hoch her, doch die begehrtesten Feste fanden in den Häusern der Patrizier statt. Ein jeder, der auf sich hielt, veranstaltete einen Fastnachtsball. Auch Sibylla und ihr Mann Wolfgang Schieren waren zum Ball beim Ratsherrn Willmer geladen.

Schieren bestand zu diesem Anlass auf einem neuen Rock und einem bunten Wams, und Sibylla gab die Sachen bei Meister Schulte in Auftrag. Sie selbst hatte sich ein Kleid im griechischen Stil entworfen, das zwar ganz anders war als das der Willmerin, jedoch unmissverständlich anzeigte, dass eine neue Modewelle angebrochen war.

Sibyllas Kleid bestand aus mehreren Stoffbahnen, die eng um den Körper geschlungen wurden und ihre weibliche Figur durch die strenge Verhüllung betonten. Sie hatte einen schwarzen Stoff gewählt und die einzelnen Bahnen an den Rändern weiß eingefasst. Eine gewagte Zusammenstellung, die es in Frankfurt so bisher noch nicht gegeben hatte. Schwarz, Weiß, Grau und Braun, das waren die Farben der Armen, die Farben der Wäscherinnen, Bettler, Besenbinder und Abortkehrer. Doch Sibyllas Ruf war inzwischen so gefestigt, dass sie es wagen konnte, ebendiese Farben zu tragen und in ihnen keineswegs ärmlich zu wirken, sondern von solcher Vornehmheit, dass den anderen Weibern vor Staunen die Mäuler offen standen.

Doch nicht die anderen Frauen wollte Sibylla beeindrucken. Sie hatte sich besonders viel Mühe mit ihrer Verkleidung gegeben, weil sie hoffte, Isaak Kopper zu begegnen.

Einmal noch wollte sie ihn als unverheirateten Mann sehen, sich einmal noch in seiner Bewunderung sonnen.

Sie eilte durch die festlich geschmückten und hell erleuchteten Räume des Willmerschen Hauses, begrüßte hier einen Bekannten, machte dort ein Kompliment und freute sich, wenn ihr Kleid oder die prächtige Ausgestaltung des großen Esszimmers bewundert wurden. Doch ihre Augen suchten immer nur nach Isaak Kopper. Schieren hatte sie schon lange verloren, doch das machte nichts. Sie wusste, dass sie ihn immer beim großen Branntweinfass wiederfinden würde.

Wolfgang Schieren war in der Tat in der Nähe des Branntweinfasses. Er war zufrieden. Vor wenigen Tagen erst hatten der Rat der Stadt und die Kürschnerzunft ihn zum Gesandten Frankfurts gemacht und beauftragt, neue Pelze zu finden, um Frankfurt als Dreh- und Angelpunkt der Rauchwarenherstellung für auswärtige Kürschner, Pelzhändler und Gerber noch interessanter zu machen. Gleich nach der Fastenmesse würde er mit einer Kolonne Mainzer Kaufleute in die östlichen Länder aufbrechen. Dass seine Frau keine Betrübnis über seine Abwesenheit gezeigt hatte, die sich über viele Monate, vielleicht sogar ein ganzes Jahr erstrecken würde, verwunderte ihn nicht. Auch er war froh, Sibylla zu entkommen. Sibylla, die sich weigerte, das Bett mit ihm zu teilen und auch ansonsten keiner seiner Anweisungen gehorchte. Und doch würde er ihr noch eine Lehre erteilen, bevor er aufbrach. Eine Lehre, die sie nicht so schnell vergessen und die ihr zeigen würde, wie wichtig ein Mann im Hause war.

Sibylla ahnte nichts davon. Die Unterredung ihres Mannes mit dem geheimnisvollen Thomas hatte sie schon längst vergessen. Sie war immer noch auf der Suche nach Isaak.

«Habt Ihr Euern Mann verloren?», fragte die Willmerin, die mit der Wirkung ihres grausamtenen Kleides im griechischen Stil sehr zufrieden war.

«Nein», Sibylla lächelte die Ratsherrin betont freundlich an. «Ich betrachte die Kleider der hohen Damen.»

«Oh, das ist gut», scherzte die Willmerin. «Ihr sehr nur die Kleidung der anderen, und es fällt Euch gar nicht auf, wie ausgiebig Ihr selbst gemustert werdet. Die Rorbacherin hat schon nach dem Namen meines Schneiders gefragt und als ich ihr den Euren nannte, da bekam sie glänzende Augen. Auch die Frau von Melem hat sich nach Eurer Adresse erkundigt.»

Die Willmerin blickte Sibylla an und zog wieder einen Schmollmund. «Nun», sagte sie. «Ich hoffe doch, dass Ihr mich bevorzugt behandelt. Schließlich habe ich Euer Kleid bekannt gemacht.»

«Macht Euch keine Sorgen, Ratsherrin», versicherte ihr Sibylla ausgesprochen freundlich. «Ihr gehört zu meinen liebsten Kundinnen.»

«Das will ich wohl hoffen», nickte die Ratsherrin. «Doch sagt, werdet Ihr auch das Hochzeitskleid für die zukünftige Kopperin machen?»

Wieder verspürte Sibylla einen Stich, als der Name Kopper fiel. Sie richtete sich kerzengerade auf und antwortete sehr ruhig: «Gerne würde ich der baldigen Gemahlin unseres verehrten Arztes ein Kleid anfertigen. Doch bisher wurde mir die Dame noch nicht vorgestellt.»

Die Ratsherrin nahm Sibyllas Arm. «Dann werde ich Euch miteinander bekannt machen.»

Sie führte Sibylla in einen kleinen Salon, in dem einige Damen in bequemen Lehnstühlen saßen und plauderten, während die Herren in einer anderen Ecke beieinander saßen und sich den rheinhessischen Traubenbrand schmecken ließen.

Kaum hatte Sibylla den Raum betreten, als sie auch schon Isaak Kopper sah. Auch er hatte ihr Erscheinen sofort bemerkt. Bewunderung lag in seinem Blick, und eine große Traurigkeit. Er nickte ihr ehrerbietig zu, doch dann wandte er sich wieder dem Stadtkämmerer zu und setzte sein Gespräch fort.

Dunkle Wolken legten sich auf Sibyllas Gemüt. Auf einmal kam ihr die ganze Fastnachtsstimmung falsch vor. Sie freute sich nicht mehr an den Lichtern und der ausgelassenen Stimmung, hatte keinen Blick mehr für die erlesenen Speisen auf den Tafeln. Sie sah nur Isaak Kopper, der sich von ihr abgewandt und ihr sogar den Rücken gekehrt hatte.

«Kommt, Meisterin Schieren. Ich möchte Euch Isabell Wohlgemuth vorstellen, Koppers Zukünftige. Sie ist die Tochter des städtischen Arztes. Kürzlich erst ist er zum Professor ernannt worden und unterrichtet nun die Frankfurter Studenten gemeinsam mit Kopper in der Medizin.»

Isabell war aufgestanden und reichte Sibylla höflich die Hand. Hübsch ist sie nicht gerade, dachte Sibylla und betrachtete mit bemühter Freundlichkeit das runde, gutmütige Gesicht und die langen Haare, die von einer unbestimmbaren Farbe waren und Isabell schmucklos bis über die Schultern fielen.

«Ich freue mich sehr, Eure Bekanntschaft zu machen»,

sagte Isabell und entblößte dabei zwei Reihen strahlend weißer Zähne, die ihrem Aussehen zusammen mit der leichten Wangenröte einen frischen und unschuldigen Ausdruck gaben.

Sibylla drückte die Hand der jungen Frau und wollte eben etwas erwidern, als Isaak Kopper plötzlich hinter Isabell auftauchte und seine Hand auf deren Schulter legte.

«Wie schön, Euch zu sehen, Meisterin Schieren», sagte er und seine Blicke brannten tiefe Wunden in Sibyllas Seele.

Die Willmerin, die noch nicht genug Lob für ihr Gewand eingeheimst hatte, mischte sich ein: «Wie findet Ihr das Kleid, Doktor Kopper? In Weiß wäre es doch das Richtige für Eure Braut? Meisterin Schieren hat es genäht, und ich bin sicher, sie wird auch Euch gerne zu Diensten sein.»

Isabell lächelte und lobte – wie es von ihr erwartet wurde – das Griechenkleid in den höchsten Tönen.

«Habt Ihr Euer Geschäft erweitert? Näht Ihr nun auch Gewänder?», fragte Kopper scheinbar gleichgültig. Doch seine Augen sprachen eine andere Sprache. «Hast du mich deshalb zurückgewiesen?», fragte sein Blick. «Hast du meine Liebe gegen eine Gewandschneiderei eingetauscht?»

Sibylla schlug die Augen nieder. Wie sollte sie ihm mit Blicken erklären, was ihr schon mit Worten nicht möglich war?

«Ja, ich entwerfe nun auch Gewänder. Meister Schulte näht sie in meinem Auftrag. Wenn Eure Braut möchte, so kann ich ihr gern bei der Auswahl ihrer Garderobe behilflich sein.»

Sibylla hatte diese Worte an Kopper gerichtet. Auch Isabell sah ihren zukünftigen Gatten erwartungsvoll an. In ihren Augen lag Zustimmung, doch der Brauch verlangte es, dass der Bräutigam das Kleid bezahlte und deswegen auch bei der Wahl des Stoffes und der Werkstatt ein Mitspracherecht hatte. Kopper räusperte sich, dann antwortete er: «Ich bewundere Euern guten Geschmack, Meisterin Schieren. Doch ich glaube nicht, dass er dem Wesen meiner Braut entspricht. Wir werden das Hochzeitskleid aus Florenz kommen lassen. Eine gute Freundin, Ihr kennt sie, Meisterin, wird Isabells Kleid fertigen.»

Sibylla wich bei diesen Worten zurück, als hätte ihr jemand einen Eimer mit kaltem Wasser über den Kopf gegossen. Wenn sie bis vor wenigen Minuten der Meinung gewesen war, dass auch Isaak Kopper noch etwas für sie empfand, so war diese herbe Zurückweisung doch eindeutig. Verletzt sah sie ihn an. Wie kann ich bei dir nähen lassen, da du mich doch um deines Geschäfts willen zurückgestoßen hast?, fragten seine Augen.

Mühsam rang sich Sibylla ein Lächeln ab. «Nun, Doktor Kopper», sagte sie überaus freundlich. «Ich werde nicht Gleiches mit Gleichem vergelten und weiterhin nach Euch schicken lassen, wenn es in unserem Hause Arbeit für einen hervorragenden Arzt gibt.»

Isabell, die nicht verstand, warum Kopper Sibylla eine Abfuhr erteilt hatte, legte der jungen Pelzhändlerin leicht eine Hand auf den Arm. «Ich würde mich freuen, wenn Ihr mich nach der Hochzeit einmal in meinem neuen Heim in der Schäfergasse besuchen wolltet. Und vielleicht gibt es ja dort recht bald ein Kinderzimmer herzurichten.»

«Das würde mich freuen», erwiderte Sibylla steif, lächelte noch einmal mit viel Anstrengung, dann eilte sie mit einem «Ich muss nach meinem Mann sehen» davon.

Beinahe floh sie aus den Räumen. Ohne auf Bekannte zu achten, eilte sie durch die Säle. Tränen ließen ihren Blick verschwimmen. Sie sah die festliche Tafel nicht, in deren Mitte ein gebratener Schwan prangte, spürte nicht die Hände, die sie aufhalten wollten. Wie von allen Teufeln gehetzt, verließ sie das Haus, vergass sogar ihren Umhang und flüchtete, nur im Kleid, auf die Gasse, in der noch immer ausgelassene Stimmung und festliches Treiben herrschten.

Sibylla drängelte sich durch die Menschen, hörte auch hier nicht die Scherzworte der anderen, spürte ihre Stöße nicht. Sie wollte nur weg, heim in die Stille ihrer einsamen Kammer in der Krämergasse. Doch es gab kaum ein Durchkommen. Sibylla wurde von einer Schar umringt, die mit Trommeln ein Fastnachtslied spielte und um sie herum tanzte.

«Kommt, schöne Frau, feiert mit. Die Nacht ist noch jung», rief einer, doch Sibylla stieß ihn so heftig zur Seite, dass der Kostümierte zurücktaumelte. Endlich hatte sie eine stille Seitengasse, die ruhig und verlassen lag, erreicht. Sie lehnte sich an eine Hauswand und rang erschöpft nach Atem. Für einen Moment schloss sie die Augen. Doch plötzlich spürte sie die Nähe eines anderen Menschen. Sie öffnete die Augen – und wich schreiend zurück. Vor ihr stand eine mannshohe Krähe, die mit ihrem Schnabel heftig nach Sibyllas Gesicht hackte.

Sie erstarrte. Die Krähe kam näher und näher. Schon berührte der Schnabel beinahe ihr Gesicht. Da ertönte ein Lachen, das an Häme nicht zu übertreffen war.

«Jetzt habt Ihr Angst, nicht wahr, Kürschnerin? Jetzt fühlt Ihr Euch hilflos und ohnmächtig?»

«Was wollt Ihr von mir? Wer seid Ihr?», fragte Sibylla mit vor Furcht bebender Stimme. Sie hatte erkannt, dass das Krähengewand nur eine makabre Verkleidung war, unter der sich ein groß gewachsener Mann verbarg.

«Gekommen bin ich, Euren Hochmut zu strafen. Zeigen werde ich Euch, wie ein Weib sich zu verhalten hat. Eine Lehre werde ich Euch erteilen. Eine Lehre, die Ihr nicht so schnell vergessen werdet.»

Mit diesen Worten griff er nach Sibyllas Kleid und zerriss es. Derbe Hände packten ihre Brüste und quetschten sie so, dass Sibylla vor Schmerz kaum atmen konnte. Sie ahnte, dass der Mann sie nicht zufällig als Opfer ausgewählt hatte. Seine Stimme kam ihr bekannt vor, sie konnte sie aber nicht zuordnen.

Ihre Hand schnellte vor, um dem Fremden die Maske vom Gesicht zu reißen, doch der Kostümierte war schneller und verdrehte Sibylla das Handgelenk so sehr, dass ihr die Tränen in die Augen schossen und sie meinte, die Knochen brechen zu hören. Aber sie gab nicht kampflos auf. Mit der anderen Hand schlug sie nach dem Mann, ihre Füße traten nach ihm, versuchten, die verletzlichste Stelle zu treffen. Doch der Mann lachte nur roh, verdrehte ihr auch die andere Hand und stand mit weit gespreizten Beinen da, sodass Sibyllas Tritte ins Leere trafen.

«Du kannst kratzen und treten, so viel du willst. Es wird dir nichts helfen. Du hast meine Ehre beschmutzt, und jetzt hole ich mir die deine. Ehrlos wirst du sein, wenn ich mit dir fertig bin. Ehrlos wie eine Wäscherin.»

Wieder zerrte er an ihrem Kleid, zerriss auch das Mieder, sodass Sibylla mit bloßen Brüsten stand. Tränen der Scham, der Wut und der Ohnmacht flossen über ihre Wangen. Doch der Kostümierte kannte kein Erbarmen.

«Heul nur, ja, heul ruhig. Deine Tränen sind Balsam für meine Seele», höhnte er und riss ihr Kleid noch weiter entzwei. «Rache will ich. Rache für mich und für deinen Mann.»

«Hat er Euch geschickt?», flüsterte Sibylla mit kraftloser, rauer Stimme.

«Seit Jahren warte ich schon darauf, Euch zu strafen für das, was Ihr mir einst angetan habt. Euer Mann hat mir nur die richtige Gelegenheit genannt. Und die werde ich nutzen.»

Mit einem Ruck zerriss er den Rest des Kleides. Ein Wimmern kam aus ihrer Kehle, dem des Kätzchens gleich, das sie einst vor den Krähen gerettet hatte. Doch hier war niemand, der ihr helfen konnte. Die Gasse lag verlassen und dunkel. Von weitem nur war der Fastnachtslärm zu hören.

Das Knie des Fremden drängte sich hart zwischen ihre Schenkel, drückte sie auseinander. Schon befingerte er grob ihren Schoß, hörte nicht auf ihr Bitten und Flehen. Mit einer Hand drückte er Hals und Kopf brutal gegen die Hauswand, sodass Sibylla sich nicht rühren konnte.

Der kalte Februarwind strich über ihren entblößten Körper. Sibylla hörte das Klappern ihrer eigenen Zähne und wusste, dass es nicht nur von der Kälte kam. Die Angst hatte sich wie ein dunkler Schleier über ihren Verstand gelegt und alle Gedanken zum Erliegen gebracht.

«Bitte nicht», flehte sie. «Bitte lasst mich!»

Doch der als Krähe kostümierte Fremde lachte nur roh.

«Hast mein Bitten damals auch nicht erhört. Warum soll ich jetzt barmherzig sein?»

Der Druck auf Sibyllas Hals wurde stärker. Sie rang mühsam nach Luft, doch das Atmen fiel ihr schwer. Plötzlich sah sie alles nur noch wie durch eine Nebelwand. Alles schien weit, ganz weit weg zu sein. Nur aus der Ferne hörte sie ein Rufen, der Griff um ihren Hals lockerte sich. Der Fremde lachte meckernd, riss sich die Maske vom Gesicht. Sein Gesicht näherte sich dem ihrem, und eine Erinnerung überflutete ihr Gedächtnis. Dann hörte und sah sie nichts mehr, spürte die Kälte nicht mehr ...

«Sibylla! Sibylla!»

Sie spürte, wie jemand auf ihre Wangen schlug und ihr ein Tuch mit wohlriechenden Essenzen unter die Nase hielt. Mühsam schlug sie die Augen auf.

Ein Gesicht beugte sich über sie, doch sie erkannte es nicht. Ganz langsam nur wurde ihr klar, dass es Isaak Kopper war. Schlagartig kehrte die Erinnerung und mit ihr das Zittern und Zähneklappern zurück.

«Ist er weg?», fragte Sibylla angstvoll und mit schmerzender Kehle. Kopper nickte: «Ja, du kannst ganz ruhig sein. Er ist weg.»

Er zog seine Schaube aus, hüllte Sibylla darin ein und strich ihr beruhigend über die Wange.

«Hat er ... konnte er ...?», stammelte sie angstvoll.

«Nein, du brauchst dir keine Sorgen zu machen. Als ich die Gasse betrat und laut rief, hat er dich losgelassen und ist in die andere Richtung geflohen. Weißt du, wer es war?»

Sibylla versuchte sich zu fassen. «Ich habe für einen Moment sein Gesicht gesehen. Ich habe ihn erkannt, wusste, wer es ist. Doch jetzt ist die Erinnerung weg.»

«Sie kommt wieder», tröstete Kopper und wiegte Sibylla, der Tränen über die bleichen Wangen liefen, in seinen Armen.

Er fasste nach ihren Händen, um ihr aufzuhelfen, doch Sibylla schrie vor Schmerz laut auf. Kopper betastete vorsichtig die Gelenke.

«Es ist nichts gebrochen», stellte er fest. «Kalte Essigumschläge soll man dir machen.»

Sibylla stöhnte, rappelte sich mühsam mit Koppers Hilfe auf und lehnte sich für einen Augenblick an ihn, um nicht zu schwanken. Sein Geruch drang in ihre Nase und beruhigte sie. Sicher und geborgen fühlte sie sich. Er war da, war bei ihr, und sie musste keine Angst mehr haben.

«Wie bist du hierher gekommen?», fiel ihr plötzlich ein.

«Du hattest deinen Umhang vergessen. Isabell war es, die mich beauftragt hat, dir nachzugehen und ihn dir zu bringen.»

«Isabell. Ach ja, deine zukünftige Frau», erwiderte Sibylla matt und schluchzte auf.

«Komm, ich bringe dich nach Hause», sagte Kopper, legte ihr einen Arm um die Hüfte und trug sie mehr, als dass er sie führte, in die Krämergasse.

Barbara, die zu Hause geblieben war, um das Heim zu hüten, öffnete mit einem Aufschrei.

«Was ist geschehen?», fragte sie und brach sofort in lautes Jammern aus.

«Mach ihr Essigumschläge um die Handgelenke und

sorge dafür, dass sie Ruhe hat», ordnete Kopper an. «Morgen schicke ich Ida, damit sie nach der Meisterin sieht.»

Er half Barbara, Sibylla in ihr Zimmer zu bringen und aufs Bett zu legen. Als Barbara in die Küche eilen wollte, um die Essiglappen zu holen, machte auch Kopper Anstalten zu gehen.

«Isaak, bitte bleib noch einen Augenblick», bat Sibylla. Und als Barbara außer Hörweite war, fügte sie hinzu: «Bitte küss mich noch ein letztes Mal, bevor du gehst und bald eine andere zur Frau nimmst.»

Doch Isaak Kopper schüttelte traurig, aber entschlossen den Kopf. «Nein, Sibylla. Ich werde dich nicht küssen. Isabell ist meine Braut, und ich werde ihr nicht dasselbe Leid antun, das du mir angetan hast.»

Er blickte Sibylla an, und sie sah die Liebe, aber auch die Kränkung in seinen Augen.

«Leb wohl, Sibylla», sagte er leise, dann drehte er sich um und ging.

Kapitel 16

In den frühen Morgenstunden, noch bevor die Dämmerung die Stadt aus dem Schlaf weckte, schrak Sibylla schweißgebadet hoch. Sie hatte geträumt, von einem Mann im Kostüm einer Krähe, der nach ihren Brüsten griff, sich ihres Schoßes bemächtigen wollte. Immer näher kam sein Gesicht, die Maske fiel herab, und leicht hervorquellende blaue Augen sahen sie voller Bosheit und Gier an. Sibylla hatte geschrien und war davon erwacht. Plötzlich wußte sie wieder, wer sie überfallen hatte. Sie sah die Szene vor sich, als wäre es gestern gewesen.

Sie hatte in der Werkstatt von Meister Sachs gestanden, die Hände bis zu den Ellbogen in der Gerblohe aus Tierkot gesteckt. Und sie hörte ein Gelächter und die Worte: «Seht Euch die Theilerin an. Wie eine Wäscherin hantiert sie in der Beize. Als hätte sie ihr Leben lang nichts anderes gemacht.»

Der Gerbermeister hatte darauf erwidert: «Schluss jetzt, Thomas. Ich kann es mir nicht leisten, einen Gesellen zu beschäftigen, der mir die Kundschaft verscheucht. Der geringste Vorfall noch, und du wirst dir einen anderen Meister suchen müssen. Deinen Lohn aber für die nächsten drei Monate wirst du der Theilerin als Schmerzensgeld geben.»

Jetzt wusste Sibylla, wer der Mann war, der ihr in der letzten Nacht Gewalt antun wollte. Und mit wem Schieren neulich vor der Haustür gesprochen hatte.

Schieren, ihr Ehemann, der vor dem Altar gelobt hatte, Freud und Leid mit ihr zu teilen, er selbst hatte Thomas, dem Gerber, den Auftrag erteilt, ihr Gewalt anzutun. «Nimm sie richtig ran», hatte er gesagt, und jetzt wusste Sibylla, was er gemeint hatte.

Vor Scham und Wut traten ihr Tränen in die Augen. Was sollte sie jetzt tun?

Am liebsten hätte sie Schieren vor die Tür gesetzt. Doch wenn sie das tat, wenn sie ihn beim Schultheiß anzeigte, dann musste sie auch den Gerber Thomas nennen. Nein, es war nicht die Furcht vor neuerlicher Rache, die Sibylla innehalten ließ. Es war der Gedanken daran, dass der Gerber damals die Wäscherin in ihr erkannt hatte. Der gesetzliche Weg, sich Genugtuung zu verschafffen, würde ihr verschlossen bleiben. Sie würde den Gerber Thomas strafen, würde ihm zeigen, was mit Männern passierte, die sie schänden und ihr die Ehre rauben wollten. Das schwor sich Sibylla in diesen frühen Morgenstunden des Fastnachtsdienstags in Frankfurt am Main des Jahres 1472. Sie war eine ehrbare Frau, eine verheiratete Handwerksmeistergattin und keine gemeine Wäscherin, keine Pestmarie oder freie Frau ohne Rechte.

Doch sie musste überlegt handeln, und dazu brauchte sie Zeit. Sie würde gründlich nachdenken, wie sie den Gerber strafen konnte und Wolfgang Schieren am besten gleich mit. Es waren nur noch drei Wochen bis zu seiner

Abreise, und Sibylla beschloss, zunächst gar nichts zu unternehmen. Sie würde einfach so tun, als wäre sie in der letzten Nacht unbehelligt vom Haus des Ratsherrn Willmer zurück in die Krämergasse gelangt. War Schieren erst weg, hatte sie mehr Handlungsfreiheit. Und wer wusste schon, ob er überhaupt jemals wieder zurückkommen würde?

Sie wickelte ihre Handgelenke, die blau und leicht geschwollen waren, aber nicht mehr so stark schmerzten, aus den Essiglappen, dann stand sie auf, wusch sich und zog ein Kleid mit sehr langen Ärmeln an, die die Handgelenke bedeckten. Dann machte sie sich auf den Weg in die Küche zu Barbara.

«Kein Wort über die letzte Nacht, hörst du?», wies sie die Magd an. «Sprich mit niemandem darüber, was du gesehen hast, und vergiss am besten auch, dass Isaak Kopper mich nach Hause gebracht hat.»

«Aber warum?», wollte Barbara wissen. «In dieser Stadt gibt es Recht und Gesetz. Ihr könnt nicht wollen, dass Euer Peiniger ungeschoren davonkommt.»

«Lass das meine Sorgen sein, Barbara. Ein jeder kriegt, was er verdient. Manchmal aber muss man warten können.»

Auf der Treppe erklangen Schritte, und Sibylla erkannte den leicht schleifenden Gang ihres Mannes. Die Tür öffnete sich, und als Schieren Sibylla erblickte, riss er erstaunt die Augen auf.

«Du in der Küche?», fragte er töricht und gab Sibylla damit den letzten Beweis für seine Mitschuld.

«Natürlich», antwortete sie unbefangen und zwang sich, ihren Mann anzulächeln. «Du selbst warst es, der mich hierher verbannt hat. Was also verwundert dich an meiner Anwesenheit?»

«Nichts, nichts», stammelte Schieren und kratzte sich am Hinterkopf. «Ich dachte nur, dass du heute vielleicht etwas länger schläfst nach der anstrengenden Rosenmontagsnacht.»

«Ich lag gestern pünktlich im Bett», erwiderte Sibylla. «Deshalb kann ich auch zu den gewohnten Zeiten aufstehen und meiner Arbeit nachgehen.»

Sie setzte sich an den Tisch und aß, ohne Schieren weiter zu beachten, ihre Grütze.

Die nächsten Wochen gingen viel zu langsam vorüber. Sibylla zählte die Stunden, die sie noch mit Schieren unter einem Dach verbringen musste. Sie stürzte sich in die Arbeit für die Fastenmesse, bei der sie wieder mit einem Stand, der von Jahr zu Jahr größer und prächtiger wurde, vertreten war. Diesmal gingen nicht nur Bestellungen für Pelzwaren ein, nein, auch für die Einrichterei gab es mehr als genug zu tun, sodass Sibylla sogar daran dachte, einen Gehilfen oder, besser noch, eine Gehilfin einzustellen. Auch Meister Schulte konnte sich nicht über mangelnde Arbeit beklagen. Die Willmerin hatte Wort gehalten und ihre Freundinnen zu Sibylla geschickt.

Der griechische Stil hatte die Frankfurter Modewelt erobert, und Meister Schulte blieb kaum Zeit für den Kirchgang. Doch auch Sibyllas Rechnung mit der Ausgestaltung des ratsherrlichen Esszimmers war aufgegangen. Die namhaften Frankfurter Familien rannten Sibylla schier die Tür ein, um sich ebenfalls einen Raum im florentinischen Stil herrichten zu lassen.

Und dann endlich war der Abreisetag für Wolfgang Schieren gekommen. Sibylla fühlte sich, als ob eine zentnerschwere Last von ihren Schultern genommen würde. Endlich konnte sie wieder frei atmen, im Haus und in der Werkstatt selbst bestimmen, endlich brauchte sie keine Angst mehr zu haben.

❧

An einem lauen Maitag, Meister Schieren war noch nicht lange weg, klopfte es an der Haustür. Barbara war auf dem Markt, und so öffnete Sibylla die Tür. Vor ihr stand ein Mädchen, ein Kind fast noch, und weinte herzzerreißend.

«Ist Meister Schieren zu Hause?», fragte das Mädchen mit zaghafter Stimme. «Kann ich ihn sprechen? Sagt, Sophie sei hier.»

Sibylla schüttelte den Kopf. «Schieren ist auf Monate weg. Eine Reise in die Ostländer. Kein Mensch weiß, wann er wieder kommt.»

Das Schluchzen des Mädchens wurde heftiger. «Oh, Gott, ich bin verloren», weinte sie.

«Kommt erst einmal herein und trinkt einen Becher Wasser», beschwichtigte Sibylla sie. «Und dann berichtet, was Euch zu Meister Schieren führt. Ich bin seine Frau und vertrete ihn in allen Angelegenheiten.»

Das Mädchen sah sie mit vor Schreck weit aufgerissenen Augen an. «Seine Frau seid Ihr?»

«Ja. Was verwundert Euch daran?»

«Aber Ihr seid jung und schön», erwiderte die Kleine schluchzend.

«Na und?» Sibylla lachte. «So mancher Frankfurter hat

ein Weib zur Frau genommen, das gut seine Tochter sein könnte. Das ist kein Anlass, überrascht zu sein.»

Sie nahm das noch immer heftig weinende Mädchen am Arm, führte es in die Küche und reichte ihm einen Becher Apfelsaft.

«Da, trinkt das und dann erzählt», forderte Sibylla sie auf und setzte sich ihr gegenüber.

Gehorsam nahm das Mädchen den Becher und trank. Dann wischte es sich mit dem Ärmel das Gesicht trocken und sah Sibylla schweigend an.

«Was ist? Hat es Euch die Sprache verschlagen?», fragte sie.

Die Kleine schüttelte den Kopf und sah betreten auf die hölzerne Tischplatte.

«Ihr bekommt ein Kind, nicht wahr?», riet Sibylla.

Das Mädchen nickte und begann erneut zu weinen.

«Ist das der Grund für Eure Tränen?»

Wieder nickte die Kleine, die fast selbst noch ein Kind war.

«War es Schieren, der Euch geschwängert hat?», hakte Sibylla nach und legte dem Kind beruhigend eine Hand auf den Arm. Das Mädchen zitterte, und ihr ganzer Körper bebte vor unterdrücktem Schluchzen. Endlich nickte sie, wagte es jedoch nicht, den Blick zu heben.

«Wie ist es passiert?», fragte Sibylla und streichelte das Mädchen. «Du kannst Vertrauen zu mir haben. Niemand kennt Schieren besser als ich. Also sag mir, wie es geschehen ist.»

«Ich arbeite im ‹Neuen Heißenstein›», stammelte das Kind. «In der Spielstube am Stadtgraben. Die Wäsche besorge ich dort und helfe abends in der Schankstube aus.

Schieren kam jeden Abend. Einmal ist er mir in den Weinkeller nachgestiegen. Er hat mir erzählt, dass ich verbotene Dinge tue und mich strafbar mache, weil ich hier arbeite. In den Turm müsste ich oder gar ins Stadtgefängnis, wenn der Schultheiß erführe, was ich im ‹Neuen Heißenstein› tue. Ich bekam Angst und bat ihn, niemandem etwas zu erzählen. Er sagte darauf, dass sein Schweigen einen Preis hat, den ich zahlen müsste. Dann hat er mich gegen ein Fass gepresst und mir die Röcke gehoben. Ich habe es geduldet, obwohl es wehgetan hat. Ich muss doch leben, brauche die Arbeit, um Holz und Brot zu kaufen.»

Die Stimme des Mädchens war tränenerstickt. Sie konnte kaum weitersprechen.

«Pscht, pscht, beruhige dich», sagte Sibylla leise und tätschelte ihr die Hand.

«Zwei Wochen später ist meine Periode ausgeblieben. Da bekam ich Angst und schnürte mir den Leib. Doch die Übelkeit macht mir zu schaffen. Immer, wenn ich Branntwein rieche, muss ich erbrechen, und heute Morgen hat mich mein Herr vor die Tür gejagt. Eine Wäscherin, die die Wäsche schmutziger macht, als sie war, und ein Schankmädchen, das sich erbricht, wenn es bedienen soll, kann er nicht brauchen, hat er gesagt.»

«Und du bist hergekommen, weil du dachtest, Schieren würde dir helfen?», fragte Sibylla.

Das Mädchen nickte zaghaft. «Er ist doch ein Mann von Ehre, ein Bürger von gutem Ruf.»

«Pah!» Sibylla lachte laut auf. «Schieren ist ein Schwein», stellte sie mit Nachdruck richtig. «Niemals würde er dir helfen.»

Bei diesen Worten ließ das Mädchen den Kopf auf die Tischplatte sinken und weinte so herzzerreißend, dass Sibylla beinahe selbst die Tränen in die Augen traten.

Arme Kleine, dachte sie. Bist eine Wäscherin wie ich, eine freie Frau selbst als Jungfrau schon. Sibylla wusste genau, was in dem Mädchen vorging. Kein Tag, den sie als Wäscherin gearbeitet hatte, war vergessen. Und wie oft hatte sie es erlebt, dass die anderen Mädchen guter Hoffnung waren und vor Verzweiflung ihrem Leben ein Ende gesetzt hatten, um ihrem Elend zu entfliehen. Armes Ding, dachte Sibylla. So jung du auch bist, so verpfuscht ist schon dein Leben. Keinen frohen Tag wirst du mehr haben und dein Kind ebenfalls nicht. Ein Hurenbalg, ein Bastard wird es bleiben vom ersten bis zum letzten Lebenstag. Sie blickte auf die Hände des Mädchens und erkannte die aufgerissene, spröde Haut und die schmerzenden Risse, die die Seifenlauge hineingefressen hatte.

Sie spürte die Schmerzen an den Händen, die Scham und die Angst vor dem restlichen Leben, als wäre es gestern gewesen, als lägen zwischen ihrem jetzigen Leben und ihrer Zeit als Wäscherin nicht bereits viele Jahre.

Sie war noch einmal davongekommen, hatte eine Gelegenheit erhalten, die sie genutzt hatte. Doch dieses arme Ding vor ihr hatte keine Wahl.

Sibylla erinnerte sich an ihren Schwur, den sie damals in der Kirche, kurz bevor aus der Wäscherin Luisa die Kürschnerstochter Sibylla Wöhler geworden war, geleistet hatte. «Ich will immer reich genug sein, um Gutes zu tun», hatte sie vor Gott geschworen. Jetzt konnte sie das große Glück, das ihr damals in den Schoß gefallen war, teilen. Ja, jetzt war sie so weit, ihren Schwur einzulösen. Für einen Augenblick dachte sie an Martha, ihre Mutter. Mutter, rief sie in Gedanken. Ich bin doch nicht so schlecht, wie du geglaubt hast. Ich werde diesem Mädchen helfen. Für dich tue ich es, für dich, für mich und für Gott, der auch mir damals geholfen hat.

«Ich gehe ins Wasser», heulte das Mädchen. «Ersäufen will ich mich und das Kind unter meinem Herzen.»

«Schluss jetzt mit der Heulerei. Davon ist noch nie ein Kummer vergangen», sagte Sibylla streng, um ihre Rührung nicht zu zeigen.

Das Mädchen fuhr erschreckt auf und sah Sibylla mit angsterfüllten Augen an.

«Du kannst hierbleiben. Ich brauche eine Gehilfin in meiner Einrichterei. Du kennst dich gut mit Wäsche aus, also wirst du mir die Tischdecken und Kissen nähen und besticken. Kannst du das?»

Das Mädchen nickte stumm. Ihre Hände streichelten ihren Leib, der bereits leicht geschwollen war.

«Ich werde dir eine Kammer geben, Essen und Lohn. Bis deine Zeit gekommen ist, werde ich dich anlernen. Wenn es so weit ist, wird dir eine Hebamme bei der Entbindung beistehen.»

Das Mädchen strahlte über das ganze Gesicht, nahm Sibyllas Hand und bedeckte sie mit Küssen.

«Lass das», sagte Sibylla. «Sag mir lieber, wie du wirklich heißt! Sophie sicher nicht! Wie alt bist du, und wann wird deine Zeit kommen?»

«Maria heiße ich, Herrin, und bin 15 Jahre alt. Noch vor der Fastnacht war es, als Schieren zu mir gekommen ist. Im Januar denke ich. Jetzt ist Mai. Das Kind wird wohl im Oktober zur Welt kommen.»

«Gut, Maria. Mach dir keine Sorgen. Für dich und dein Kind wird gut gesorgt.»

Sibylla sah einen Augenblick aus dem Fenster, doch ihr Blick schweifte in die Ferne, nahm nicht das Haus auf der gegenüber liegenden Straßenseite wahr, nicht die Leute, die die Gasse entlangeilten.

«Ich werde das Kind als das Meinige annehmen, nach der Geburt wirst du seine Kinderfrau sein. So kommt dein Kind in den Besitz eines ehrlichen Geburtsscheines, und du kannst es ohne Sorgen großziehen. Natürlich wirst du mir auch weiterhin in der Einrichterei zur Hand gehen. Du wirst ein Zuhause haben, wirst dich nicht mehr um Holz und Essen kümmern müssen.»

«Gott preise Euch, Herrin. Er preise Euch für Eure Güte. Ich weiß nicht, wie ich das verdient habe.»

«Rede nicht. Wir müssen überlegen, wie wir weiter vorgehen. Bis man deinen Bauch sieht, wirst du als Gehilfin für mich arbeiten. Im Sommer dann werden wir dich unter einem Vorwand hinaus aufs Land geben. Zur gleichen Zeit werde ich dafür sorgen, dass man mich für schwanger hält, und kurz vor der Entbindung mit einer Hebamme zu dir aufs Land kommen. Ist das Kind da, kehren wir gemeinsam hierher zurück. Und zu niemandem ein Wort. Wenn du nicht schweigst, so werde ich dich fortschicken müssen. Du weißt, dass ich den Bastard meines Mannes nicht im eigenen Haus dulden kann?»

«Ja, Herrin, ich mache alles, was Ihr wollt.»

Voller Dankbarkeit kniete Maria vor Sibylla nieder und küsste ihr erneut die Hand.

«Hör auf damit», forderte Sibylla wieder. «Du brauchst mir nicht dankbar zu sein.»

In der Tat war Sibylla froh über diese Gelegenheit, ein Kind zu bekommen. Schließlich wollte sie ihre Werkstatt nicht an Schierens Bälger vererben. Maria kam ihr da wie gerufen. Und wenn sie dabei noch Gutes tun konnte, umso besser.

Maria lebte sich schnell in der Krämergasse ein. Sie war hübsch, freundlich und schüchtern. Gegen niemanden erhob sie das Wort, war stets von einer stillen Heiterkeit, die es leicht machte, sie zu mögen. Schon bald hatte sie in Barbara eine Freundin gefunden, die ihr hin und wieder die besten Bissen vom Tisch zusteckte, und in Heinrich einen Beschützer, der ihr die anderen Gesellen und die Lehrbuben vom Hals hielt. Auch Sibylla war mit Maria zufrieden. Sie arbeitete gut und mit großem Geschick. Doch ihr Leib veränderte sich von Tag zu Tag mehr, und bald würde es an der Zeit sein, sie aufs Land zu schicken. Noch schrieb Barbara die Veränderungen an Marias Figur ihrer guten Küche zu, doch sie würde sich nicht mehr lange täuschen lassen. Und auch Sibylla musste bald anfangen, an Umfang zuzunehmen, wenn man ihr eine Schwangerschaft abnehmen sollte.

Doch sie wollte erst noch die Hochzeit Isaak Koppers abwareten. Um keinen Preis wollte sie der Trauungszeremonie im Bartholomäusstift mit gewölbtem Leib beiwohnen.

Sibylla war zwar auch zur anschließenden Feier mit Festschmaus geladen, doch sie hatte sich entschuldigt. Niemand konnte von ihr verlangen, zu feiern, wenn der Mann, den sie liebte, einer anderen die Treue schwor, ihr den Ring ansteckte und mit ihr tanzte.

Noch immer schmerzte jeder Gedanke an Isaak, und sie

wusste, dass er sich tiefer in ihr Herz und in ihre Seele gebrannt hatte als je ein Mensch zuvor.

Doch zur Zeremonie in die Kirche musste sie. Da half alles nichts. Jedes Fernbleiben wäre einer Brüskierung Isaak Koppers und seiner jungen Frau gleichgekommen.

Und da sie schon dabei sein musste, beschloss sie, die Gelegenheit für ihre Zwecke zu nutzen. Schieren war nun weg, doch Thomas lief immer noch frei durch die Stadt. Sie hatte eine Idee, wie sie sich an ihm rächen konnte.

Die Kirche war bis auf den letzten Platz gefüllt. Ganz Frankfurt schien Isaak und Isabell Ehre erweisen zu wollen. Viele waren jedoch aus reiner Neugier gekommen. Man wollte doch zu gern sehen, wen der geheimnisvolle Arzt in sein verwunschenes Haus holte.

Isabell wirkte im weißen Hochzeitskleid noch reiner und unschuldiger als sonst. Das Kleid war über und über mit glitzernden Steinen verziert und lenkte die Aufmerksamkeit vom durchschnittlichen Gesicht der Braut auf den kostbaren Stoff. Sibylla erkannte sofort, dass dieses Kleid Lucias Handschrift trug. Auch die hohe Haube, die der Braut ein bisschen Größe und Haltung verlieh, war eindeutig von Lucia entworfen worden. Nur sie schaffte es, aus jeder noch so unscheinbaren Frau eine aufregende Erscheinung von vollkommener Eleganz zu machen.

Auch Kopper wirkte vornehm in seinem Gewand, doch hoch gewachsen und gut aussehend, wie er war, hätte selbst ein Hafersack seiner Erscheinung keinen Abbruch getan.

Sibylla stand weit hinten in der Kirche und lauschte den Bemerkungen der Umstehenden.

«Hoffentlich wird die Kleine glücklich in diesem Geisterhaus, in dem sich schreckliche Dinge zutragen sollen», flüsterte eine ihrer Nachbarin zu.

«Nun, vielleicht schafft sie es ja, die Grausamkeiten, von denen man sich erzählt, zu verhindern», erwiderte die andere.

«Wisst Ihr mehr, Gevatterin?»

Die eine beugte sich nah zur anderen und wisperte ihr so laut ins Ohr, dass es die Umstehenden gut verstehen konnten: «Leichen soll er dem Henker abkaufen, hörte ich, und sie in seinem Haus zerschneiden. Totgeborene Kinder legt er in Alkohol ein und verwahrt sie in Gläsern. Sechsbeinige Ratten und sogar eine Katze mit zwei Köpfen soll er ebenfalls konserviert haben.»

Die andere erschauerte wohlig und warf noch einmal einen Blick auf Kopper, der neben Isabell vor dem Altar stand.

Warum stehe nicht ich dort?, fragte sich Sibylla in einem Anflug von Verzweiflung. Sie gab sich gleich darauf selbst die Antwort: Weil es nicht ging. Und doch konnte sie es nicht verhindern, dass der Schmerz in ihr fraß und ihr die Tränen in die Augen trieb, als die beiden Brautleute sich gegenseitig das Heiratsversprechen gaben.

Nach der Zeremonie eilte Sibylla als eine der Ersten aus der Kirche und stellte sich so, dass sie den Eingang, aus dem nun die Leute strömten, gut im Auge hatte. Sie suchte den Kürschnermeister Hintz. Den Hintz, der sich vor vielen Jahren mit dem Gerber Sachs um verdorbene Felle gestritten hatte.

Endlich sah sie ihn. Alt war er geworden und gebrechlich. Seine Werkstatt lief gut, hörte man, aber auch, dass seine Pelzwaren in der Verarbeitung nicht die Besten seien. Mehr als einmal hatte es deswegen Klagen vor der Zunft gegeben, und einmal hatte Hintz sogar vor der Lade erscheinen, Besserung geloben und einige Gulden zahlen müssen. Doch hatte er auch den Ruf eines mürrischen und besserwisserischen alten Mannes, so galt aufgrund seines Alters sein Wort in der Zunft.

«Meister Hintz, wie geht es Euch?», sprach Sibylla den alten Mann an. Hintz blickte überrascht auf. Es war selten, dass der mürrische Alte von jemandem ins Gespräch gezogen wurde. Sibylla sah den schmalen Mund und die tiefen Furchen in seinem Gesicht. Er hatte die Augen zusammengekniffen und betrachtete Sibylla misstrauisch.

«Wie soll's schon gehen, Schierin? Ärger hat man, nichts als Ärger.»

«Recht habt Ihr, Meister Hintz», bestätigte Sibylla. «Das Handwerk ist auch nicht mehr das, was es einst war.»

«Wie meint Ihr das?»

Hintz stützte sich auf seine Krücke und legte eine Hand hinters Ohr.

«Nun», Sibylla lachte. «Was sollte ich schon meinen? Die Gerber sind's, die uns das Leben schwer machen. Man gibt gute Ware, teure Felle zu ihnen, und was bekommt man zurück? Nichts als Pfusch. Verfilzte Ware, die man keinem Kunden mehr mit gutem Gewissen anbieten kann. Von Glück kann man reden, wenn die Ware sonst keinen Schaden bringt!»

Sibylla lächelte den alten Mann freundlich an und beugte sich ein Stück zu ihm hinunter. «Auch Ihr hattet schon Ärger mit Sachs, ich erinnere mich noch genau, obwohl es Jahre her ist. Hatte nicht sein Geselle Euch damals die Ware verdorben?«

Sibylla sah die Wut in Hintz auflodern. Der Alte hatte die Schmähung nicht vergessen. Er hob die Krücke und drohte jetzt in Richtung Main, dorthin, wo die Gassen der Gerber lagen.

«Meister Sachs, ja. Betrogen hat er mich. Jawoll, und gedroht außerdem.»

«Nicht Sachs war es, der Euch geschadet hat. Sachs ist ein gutmütiger Mann, der niemandem etwas Böses tut. Einer seiner Gesellen ist's, dem man nicht trauen kann. Mit dem Teufel soll er im Bunde sein, und an Fastnacht erschien er als Krähe. Ein Kostüm wäre es, sagte er. Aber mich konnte er nicht täuschen, nein! Verwandelt hatte er sich in den Unglücksvogel mit des Teufels Hilfe. Mit eigenen Augen habe ich's gesehen», flüsterte Sibylla.

«Was? Wie?», fragte der Alte. «Welchen von Sachsens Gesellen meint Ihr? Welcher ist der Galgenvogel?»

«Kaum wage ich, seinen Namen auszusprechen», wisperte Sibylla und tat, als würde sie sich ängstlich umsehen. «Furcht habe ich, dass er mich straft.»

«Nun sagt es schon, Schierin, wer ist es? Ihr seid doch eine gute, gottgefällige Frau. Braucht nichts zu befürchten.»

«Der, den sie Thomas nennen, ist es», hauchte sie.

«Thomas?», hakte der Alte nach. «Das passt. Der Name sagt es schon. Auch in der Bibel gab es einen Ungläubigen mit diesem Namen.»

«Ist das nicht Beweis genug?» Sibylla gab ihrer Stimme einen ängstlichen Klang.

Der Alte wiegte den Kopf hin und her, und Sibylla drang weiter in ihn: «Thomas heißt er, und alle Felle, mit denen er es zu tun gehabt hat, sind verfilzt und unbrauchbar. Einmal habe ich für eine arme Besenbindersfrau einen Umhang daraus gemacht. Und stellt Euch vor, Meister Hintz, noch nicht eine Woche hatte sie den Umhang getragen, da bekam sie Juckreiz am ganzen Körper. Wenig später war sie tot.»

Sie machte eine kleine Pause. «Froh können wir sein, dass es sich noch nicht herumgesprochen hat, dass Meister Sachs einen Gesellen beschäftigt, der mit dem Teufel im Bunde ist. Stellt Euch vor, Meister, wir verkaufen die Felle weiter, die der Unglücksmensch gegerbt hat. Kein Kunde würde je wieder einen Schritt in unsere Werkstätten setzen, wenn das herauskäme.»

Jetzt nickte der Alte.

«Wisst Ihr von anderen, die den Teufelsbund bestätigen können?»

«Nun», Sibylla tat, als ringe sie mit sich. «Nun, die Verwandlung in die Krähe habe ich allein gesehen. In einer dunklen Gasse zur Fastnacht war es. Auf mich stürzen wollte sich der Vogel, mich mit den Krallen packen und mir mit dem Schnabel die Augen aushacken. Wäre Isaak Kopper nicht rechtzeitig gekommen, ich glaube, es wäre um mich geschehen.»

«Hmm! Ha! Angesehener Mann, der Kopper. Mögen die Weiber auch schwätzen, mich hat er noch immer wieder gesund gemacht», meinte der Alte und strich sich besorgt über sein unrasiertes Kinn. «Werde wohl meine Ware zu einem anderen Lohngerber bringen. Will mich nicht in Gefahr begeben. Und meine Kunden auch nicht. Wer sich in Gefahr begibt, kommt darin um. Heißt es nicht so, Schierin?»

«Ja, Meister Hintz, so heißt es», bestätigte Sibylla.

«Und Ihr? Was gedenkt Ihr zu tun?», fragte der Alte. Offensichtlich wollte er nicht der Einzige sein, der den Gerber Sachs mied.

«Nun, Meister Hintz. Ihr wisst ja, ich bin eine Frau, und mein Mann ist für Monate auf Reisen. Allein kann ich nicht den Gerber wechseln, auch wenn ich Schieren in allen Angelegenheiten vertrete. Aber wenn ich Euch meine Gerbsachen bringe und Ihr sie in meinem Auftrag in Lohn gebt, so wäre mir damit sehr geholfen.»

Der Alte nickte zwar, doch schien er noch immer nicht vollkommen überzeugt zu sein.

Sibylla legte feierlich eine Hand auf ihre Leibesmitte.

«Schwanger bin ich außerdem, Meister Hintz. Die Aufregung schadet dem Kind unter meinem Herzen. Hingehen und nach den Fellen sehen, die in der Lohe liegen, kann ich auch nicht. Womöglich verhext mir Thomas das Kind im Leib.»

Sie seufzte und schaute Hintz wehleidig an. «Nun, es muss halt weitergehen. Geb's Gott, dass er mir den Ehemann bald gesund zurück ins Haus bringt, damit er für Ordnung sorge.»

Der Alte nickte mehrmals und stocherte mit seinem Krückstock im Lehmboden umher. «Will sehen, was ich für Euch tun kann, Schierin», sagte er schließlich. «Ihr habt's auch nicht leicht gehabt. Zuerst der Krüppel und nun ein Mann, der nicht da ist.»

«Dank Euch Gott, Meister Hintz. Dank Euch, dass Ihr Euch für die Schwachen einsetzt. Gleich morgen werde ich Heinrich mit den ungegerbten Fellen schicken. Helfen soll er Euch, die Ware zu einem anderen Gerber zu bringen.»

Sibylla griff nach der Hand, die mit dicken, blauen Adern und Altersflecken übersät war, und schüttelte sie. Dann eilte sie davon, ohne darauf zu warten, dass das Brautpaar aus der Kirche kam.

Beim Mittagessen, zu dem sich alle Angestellten in der Küche versammelt hatten, fragte Barbara nach der Hochzeit: «Nun, Meisterin, welches Kleid trug die Braut? Hat sie geweint in der Kirche? Wer hat sie zum Altar geführt?»

Auch Katharina und Maria wollten Einzelheiten wissen.

Sibylla berichtete ausführlich vom Kleid, der Haube und der Frisur der Braut.

«Und was haben die Leute gesagt?», fragte Katharina weiter.

«Nun», Sibylla zögerte einen Moment. «Ein Gerücht geht durch die Stadt. Ein Gerücht, an dem wohl etwas Wahres dran sein kann. Aber ich werde nichts davon erzählen, denn ich will Euch nicht ängstigen. Ich bin keine Klatschtante.»

Sibylla hätte keine bessere Formulierung finden können, um die Neugier der Frauen anzustacheln.

«Erzählt, Meisterin, bitte!»

Selbst Heinrich, der nicht müde wurde, zu beteuern, wie sehr er Geschwätz verabscheute, war neugierig geworden.

«Ich will auch wissen, was in der Stadt vorgeht», brummte er. «Ahnungslosigkeit hat schon so manchen ins Unglück gebracht.»

Scheinbar angewidert gab Sibylla nach. «Dann werde ich berichten, was ich gehört habe. Aber entscheiden, wie viel Gewicht ihr auf das Getratsch bei einer Trauung legt, müsst Ihr selbst.»

Die anderen nickten. Sie hatten die Löffel neben die Schüsseln gelegt und sahen Sibylla erwartungsvoll an.

«Es geht um einen Mann namens Thomas. Geselle bei Sachs, dem Gerber, soll er sein und mit dem Teufel im Bunde stehen!»

«Haach!», Maria schlug sich die Hand vor den Mund. Voller Entsetzen kreischte sie dann: «Zur Fastnacht habe ich getanzt mit ihm. Kann sein, dass er mich sogar auf die Wange geküsst hat.»

«Ja, die Fastnacht. Als große schwarze Krähe soll er in den Straßen umherspaziert sein, sagt man. Aber ein Kostüm sei es nicht gewesen. Der Teufel soll ihn verwandelt haben und seine Augen zu lodernden Höllenfeuern gemacht haben.»

Maria brach in Schluchzen aus. «Es stimmt», greinte sie. «In seinen Augen haben Feuer gebrannt. Und der Kuss hat mir die Wange versengt, so heiß war er.»

Aufmerksam betrachteten alle Marias Wange, auf der jetzt tatsächlich ein roter Fleck erschien. Wahrscheinlich wegen der Aufregung, doch für die Frauen am Tisch stand fest, dass es sich nur um ein Teufelsmal handeln konnte.

Sibylla lächelte insgeheim. Sie wandte sich an Barbara.

«Sag, hast du auf dem Markt noch nichts davon gehört?»

Barbara schüttelte den Kopf. «Um Koppers Hochzeit ging es und darum, ob es stimmt, dass er einen ganzen gebratenen Hirsch zum Festschmaus auftafeln lässt.»

«Höre dich um, Barbara. Wir wollen doch nicht, dass sich Maria weiterhin zu Tode ängstigt.»

Dass Maria die Teufelsgeschichte bestätigte, passte gut in Sibyllas Pläne. Allerdings musste sie aufpassen, dass sich das Mädchen nicht zu sehr hineinsteigerte und das Kind womöglich Schaden litt.

Sie legte eine Hand auf Marias Arm und tätschelte ihn. «Na, na, sorge dich nicht. Er hat dich nicht verhext. Hättst es längst schon gemerkt, wenn da was wäre. Aber wir werden trotzdem einen Mönch von den Dominikanern kommen lassen, dass er das Haus mit Weihrauch ausräuchert. Sicher ist sicher. Und du gehst bis dahin jeden Tag in die Kirche und stiftest der Mutter Maria ein Licht. Das Geld dafür geb ich dir.»

Maria wollte Sibylla danken, doch diese nickte nur und hob die Tafel auf.

Der erste Schritt ist getan, dachte sie. Um das Weitere werde ich mich kaum zu bekümmern brauchen. Der Aberglaube der Leute und die Angst vor einem Weltuntergang sind zu groß.

Kapitel 17

Es waren noch nicht einmal zwei Wochen seit Koppers Hochzeit vergangen, da wusste bereits jeder in der Stadt, dass Thomas mit dem Teufel im Bunde war. Die Schankstuben, in denen er gewöhnlich sein Bier trank, leerten sich, sobald er eintrat. Die Wirte fürchteten um ihre Kundschaft und weigerten sich, ihm auszuschenken. Überall, wo er auftauchte, leerten sich die Straßen. Die Frauen flüchteten in die umliegenden Gassen, die Männer wechselten die Straßenseite und bekreuzigten sich. Das von Sibylla ausgestreute Gerücht hatte an Umfang zugenommen. Jede Nacht verwandele er sich in den Satan und bedränge Jungfrauen, die so töricht wären, bei offenem Fenster zu schlafen. Alle Pflanzen in Sachsens Garten seien verdorrt, und die Felle zerfielen in der Lohe zu Staub. Eine Frau schwor sogar, sie habe ihn des Nachts auf einem Besen über die Dächer der Stadt reiten sehen, zwei junge Hexen an seiner Seite.

Auch Meister Sachs klagte. Die Kunden blieben weg, ließen anderswo gerben und brachten Sachs an den Rand des Ruins.

Maria hatte ihre Angst nicht verwinden können, sodass

Sibylla eine gute Begründung hatte, das Mädchen aufs Land zu geben.

Sie lebte nun in Ilbenstadt, einem kleinen Dorf in der Nähe des Klosters Engelthal, und Sibylla zahlte jeden Monat einen ganzen Gulden an die freundlichen Bauersleute für Marias Unterkunft.

Sie selbst hatte so oft ihr Unwohlsein betont, dass Barbara schließlich so reagierte, wie Sibylla es erwartet hatte.

«Sibylla, Ihr seid jeden Morgen unpässlich. Kann es sein, dass Ihr guter Hoffnung seid?», fragte sie eines Tages. Sibylla schaute verlegen drein und antwortete: «Ja, Barbara, ich trage ein Kind unter dem Herzen.»

Am Mittagstisch schon sagte Heinrich: «Tja, der Meister ist weg. Also bin ich es, der Euch sagen muss, dass die Dämpfe beim Kochen des Knochenleimes nicht gut für Euch sind, Meisterin. Ihr solltet die Werkstatt meiden.»

Sibylla lächelte, und Katharina fragte neugierig: «Wann ist es denn so weit?»

«Im Oktober», erwiderte Sibylla. «Ich denke, ich werde mich nach der Herbstmesse zu Maria aufs Land begeben und dort das Kind zur Welt bringen. Solange in Frankfurt der Teufel sein Spiel treibt, bin ich in Ilbenstadt besser aufgehoben.»

Die Frauen nickten, und auch die Männer zeigten Verständnis. «Der Teufel, heißt es», plapperte Barbara, «holt sich die Neugeborenen und trinkt deren Blut.»

«Halt die Klappe, Barbara», wurde sie von Heinrich angefahren. «Sei still und mach der Meisterin keine Angst. Und dem Teufel will ich raten, einen Bogen um die Krämergasse zu machen, wenn er nicht mit Kürschnerfäusten Bekanntschaft schließen will.»

Die Frauen lächelten über Heinrichs Wagemut, doch es gefiel ihnen, einen Beschützer im Haus zu wissen.

Der Sommer in diesem Jahr war heiß. So heiß, dass sich selbst die Alten nicht an einen ähnlichen Sommer erinnern konnten. In den Gassen flimmerte die Hitze, die Lebensmittel in den Vorratskammern verdarben von einem Tag auf den anderen, auf den Feldern verdorrte das Korn. Selbst der Main verlor so viel Wasser, dass die Schifffahrt eingestellt werden musste. So mancher Frankfurter verlegte seine Schlafstatt in die kühlen Kellerräume, um wenigstens nachts der Hitze ein bisschen entgehen zu können. Seit Wochen war kein Tropfen mehr vom Himmel gefallen, und der Rat der Stadt hatte beschlossen, an den städtischen Brunnen nur noch zwei Eimer Wasser pro Mann und Tag auszugeben. Die Gerber mussten ihre Arbeit einstellen, ebenso die Färber. Die Badehäuser wurden geschlossen, in den Gassen stank der Abfall zum Himmel und lockte die Ratten in Scharen heran, denen die Hitze nichts auszumachen schien.

Die alten Menschen starben wie die Fliegen, und auch die Jüngeren litten unter vielerlei Beschwerden wie Schwindel und Mattigkeit. Die ganze Stadt schien in eine Art Starre gefallen zu sein. Die Karren rumpelten langsamer durch die staubigen Gassen, viele Marktstände blieben geschlossen, und selbst das Geschnatter der Mägde am Brunnen war beinahe verstummt.

«Der Teufel hat uns diese Hitze geschickt», mutmaßte Barbara und gab damit wieder, was in der Stadt getratscht wurde. «Thomas, der Gerber, hat seine Hand dabei im Spiel. Strafen will er uns. Die Schankwirte hätten ihn nicht wegschicken dürfen. Jetzt rächt er sich für die Missachtung. Den Teufel darf man nicht zu augenfällig schmähen.»

Sibylla machte die Hitze besonders zu schaffen. Sie hatte ein mit Fell gefülltes Kissen unter ihren Kittel geschoben, um die fortschreitende Schwangerschaft für alle sichtbar zu machen. Dadurch schwitzte sie noch mehr als alle anderen. Das Wasser lief ihr die Beine hinab, und ihr Kleid wies nasse Flecken unter den Achseln und auf dem Rücken auf.

«Geht aufs Land, Herrin», schlug Heinrich vor. «Dort ist die Luft noch rein und die Hitze in den Wäldern erträglicher.»

Sibylla schüttelte den Kopf. «Die Messe steht vor der Tür. Ich kann noch nicht weg, muss erst noch die Messgeschäfte erledigen.»

Doch als sowohl Heinrich als auch Barbara und Katharina in sie drangen, sich wenigstens die vielen Stunden am Stand zu ersparen, stimmte sie schließlich zu und nutzte nur die ersten Morgenstunden, um zu sehen, was die Messfremden an Neuigkeiten nach Frankfurt brachten.

Ihre eigenen Geschäfte liefen hervorragend. Meister Schulte war fleißig gewesen und hatte so viele Kleider im griechischen Stil genäht, dass Sibylla zu ihrem alten Stand noch einen weiteren daneben anmieten musste, um auch die Kleider anbieten zu können.

Immer, wenn Sibylla in seine Werkstatt kam, um die Fortschritte ihrer Stieftochter Susanne, die nun als Lehrmädchen bei ihm war, zu begutachten, hatte der Meister beste Laune.

Es schien, als hätte die Vereinbarung, die er mit Sibylla

getroffen hatte, ihn um Jahre jünger gemacht. Heiter und mit großer Ruhe und Sorgfalt ging er seiner Arbeit nach und achtete darauf, dass die Kleider von hervorragender Machart und bester Verarbeitung waren. Ebenso besonnen besorgte er den Messestand und konnte sich über mangelnde Nachfrage nicht beklagen. Es war inzwischen kein Geheimnis mehr, dass Meister Schulte ausschließlich für Sibylla nähte, doch noch immer wusste niemand, dass ihr auch die Gewandschneiderei nebst Haus gehörte. Selbst Susanne, die ihre Augen und Ohren normalerweise überall hatte, hatte keine Ahnung. Sie hatte sowieso andere Sorgen. Bisher war nicht die leiseste Nachricht, nicht die kleinste Zeile von Wolfgang Schieren in Frankfurt eingetroffen. Auch in der Zunft hatte man nichts von ihm gehört. Und während die Kürschner die Hoffnung auf guten Ostgeschäfte aufgegeben hatten, glaubte Susanne fest an die Rückkehr des Vaters, weil sie davon überzeugt war, dass sie als Tochter eines Kürschnermeisters zu fein zum Arbeiten in einer Schneiderei war.

«Wenn Vater erst wieder daheim ist», hatte sie mehr als einmal Sibylla gedroht, «dann wird er Euch dafür strafen, dass Ihr mich in die Lehre gegeben habt. In eine Schule gehöre ich, in ein Kloster, um dort die feine Lebensart zu erlernen. Seht selbst, meine Hände sind schon ganz zerstochen vom Umgang mit der Nadel.»

Sibylla hatte keine Lust, sich auf Streitereien mit diesem undankbaren Geschöpf, das obendrein ebenso eitel und dumm wie sein Vater war, einzulassen. Sie strich ihr das Kleidergeld und erwiderte auf Susannes Aufbegehren: «Du lernst die Schneiderei und kannst dir ab sofort deine

Kleider selbst nähen. Sag Meister Schulte, was du für Stoffe brauchst, und bekümmere dich um den Rest selbst.»

Sibylla hoffte, auf diese Art das Interesse des Mädchens an ihrer Arbeit zu wecken, doch groß war ihre Hoffnung nicht. Wie gut, dass wenigstens Schultes Sohn Volker Begeisterung und Geschick für die Arbeit zeigte, sodass die Werkstatt einen guten Nachfolger haben würde.

Schon jetzt stand Volker neben seinem Vater am Messestand und schmeichelte den Frauen mit schönen Worten, damit sie stehen blieben und die Auslagen betrachteten.

Sibylla lächelte, als sie ihn beobachtete, und bedauerte einmal mehr, keine eigenen Kinder zu haben. Vier Wochen noch, dann würde sich auch dieser Zustand ändern, und sie würde ein Kind haben, das ihren Namen trug und eines Tages ihr Geschäft übernehmen konnte. Sie hoffte nur, dass es Schieren nicht allzu sehr ähneln würde.

Sibylla schlenderte durch die Gassen der Tuchmacher und Leinenweber, kaufte hier einen Ballen bester Spitze, da Gläser aus Böhmen und gutes englisches Tuch. Auf die Fellauktionen hatte sie diesmal Heinrich geschickt. Ihr Geschäft war inzwischen so gewachsen, dass sie für derlei Dinge selbst keine Zeit mehr hatte. Ihre Aufgabe war es, neue, seltene Waren einzukaufen, die großen Verkäufe zu tätigen und sich inspirieren zu lassen.

Die neueste Mode kam diesmal wieder aus Italien und ließ Sibyllas Herz höher schlagen. Lucia hatte ihr über einen Fernkaufmann einen Umhang aus gefärbtem Fell geschickt. Auch auf der Messe sah sie bereits die ersten Italienerinnen, die es sich trotz der ungeheuren Hitze nicht nehmen ließen, gefärbte Felle zur Schau zu stellen.

Gefärbte Felle! Sibylla musste herausfinden, wie dieses

Kunststück gelungen war. Immer wieder kämmte sie den Umhang, doch sie fand keine Hinweise auf den Färbstoff. Safran schied aus, das hatte sie selbst versucht. Die gelbe Tönung machte die Stücke nur unansehnlich. Außerdem war das Gewürz wahnsinnig teuer. Allein dieser Versuch hatte sie ein kleines Vermögen gekostet. Kein Frankfurter würde für ein auf diese Art gefärbtes Pelzwerk einen Preis bezahlen, der weit über dem der ungefärbten Stücke lag.

Sibylla überlegte und probierte weiter. Sie zerstampfte in einem Mörser Unmengen zarter Birkenblätter, doch um einen grünen Farbbrei zu erhalten, mussten sie mit Eiklar gemischt werden, das sich nicht zum Färben eignete. Die Reste würden in den Pelzen hängen und nach kurzer Zeit schon zu stinken beginnen. Auch das Rot der Purpurschnecke war für Pelze nicht geeignet. Fanden die Farbpigmente in Stoffen und Tuchen einen Halt, so verhinderte die Lederhaut der Pelze, dass die Farbe in die Poren drang und die fertigen Schauben oder Umhänge in einem leuchtenden Rot erstrahlten.

Noch einmal nahm sie den Brief Lucias, der den Umhang begleitet hatte, und las ihn:

Liebe Sibylla,
in Florenz ist es jetzt Mode, auch Pelzwerk zu färben. Ich schicke dir einen Umhang mit, den ich beim besten Kürschner der Stadt erworben habe. Natürlich kann ich mir denken, dass du begierig sein wirst zu erfahren, wie man das Pelzwerk färbt. Und so habe ich den Meister gefragt. Du kennst die Handwerker. Ein jeder hat sein Geheimnis und möchte es um keinen Preis der Welt verraten. Glaub mir, ich habe all meinen Liebreiz eingesetzt,

doch der Meister blieb hart. Einzig, dass er eine Waidpflanze zum Färben benutzt, konnte ich ihm entlocken. Ich hoffe, das hilft dir schon.

Ich denke jeden Tag an dich, liebe Freundin, und befehle dich Gott an.

Deine Lucia

Eine Waidpflanze? Sibylla hatte noch nie davon gehört. Was war das? Sie kannte sich nicht mit Kräutern und Pflanzen aus. Doch wenn sie jetzt über die Messe ging und an jedem Apothekerstand nach der Waidpflanze fragte, so wusste bald ganz Frankfurt, dass sich damit ein Geheimnis verband.

Und auch die Kräuterweiber und Zauberschen, die am Rande der Stadt in ärmlichen Hütten hausten, konnten ihre Mäuler schwer halten. Ein Geldstück reichte aus, und jeder, der es wissen wollte, kannte Sibyllas Geheimnis.

Es war nicht nur schön, eine gute und bekannte Werkstatt zu haben. Die Neider lauerten hinter jeder Straßenecke, begierig darauf, alles aufzusaugen, was sie hörten und sahen. Es war ein Wettlauf mit der Zeit. Noch immer war Sibylla die Vorreiterin in Sachen Frankfurter Mode. Doch je rascher die Konkurrenz hinter ihre neuesten Einfälle kam, umso schneller wurde sie kopiert – und das eben zu weitaus günstigeren Preisen. Solange Sibylla die Erste und Einzige war, die eine neue Mode auf den Markt brachte, so lange klimperte es in der Geldkassette. Doch schon ein einziger Nachahmer reichte aus, um ihr die Kunden abspenstig zu machen. Sie konnte also nicht in Frankfurt nach der Waidpflanze fragen, ohne damit Aufsehen zu erregen. Zumal sie wusste, dass die anderen

Kürschner besonders zu Zeiten der Messe ihre Angestellten anhielten, aufzupassen, wo Sibylla sich aufhielt und mit wem sie sprach.

Auch hatte sie keine Zeit, sich während der ganzen Messe nur um diese seltsame Pflanze zu kümmern. Sie musste Geschäfte machen. Auf dem Land dann würde sie die Bauern befragen, und es wäre doch gelacht, wenn es ihr nicht gelänge, zum Ziel zu kommen.

Die Messe war wieder einmal sehr erfolgreich für Sibylla gewesen. Sie hatte genug Geld, um kostbare und seltene fremdländische Dinge einzukaufen, genug Geld auch, um auf den Fellauktionen nur für die beste Ware zu bieten. Ihre Auftragsbücher waren prall gefüllt, und sowohl die Gesellen in der Kürschnerei als auch Meister Schulte fragten sich bang, wie sie die vielen Aufträge erfüllen sollten.

Hatte ein solcher Erfolg in den vergangenen Jahren noch dafür gesorgt, dass Sibylla strahlender Laune war, so hatte sie sich inzwischen daran gewöhnt und wäre höchstens verärgert, liefe das Geschäft weniger prächtig.

Sie begann damit, Vorbereitungen für ihren Aufenthalt auf dem Land zu treffen. Sie hatte es satt, mit einem prall gefüllten Kissen unter dem Bauch umherzulaufen, hatte es satt, sich beständig vorsehen zu müssen. Doch nicht allein das kommende Kind vertrieb Sibylla aus der Stadt. Auf der Messe hatte sie gehört, dass auch Isabell, Isaak Koppers Frau, guter Hoffnung war.

Und den Anblick von Isabell Kopper, die Isaaks Kind trug, war mehr, als Sibylla ertragen konnte. Es gab wohl keinen Tag und keine Nacht, in der Sibylla nicht an Isaak dachte. Sie konnte ihn nicht vergessen. Ihn nicht und auch nicht die Stunden, die sie gemeinsam verbracht hatten. Die Stunden, in denen Sibylla gespürt hatte, was es hieß, eine richtige Frau, ein ganzes Weib zu sein. Sie sehnte sich nach ihm, mehr als nach allem anderen auf der Welt. Und gleichzeitig versuchte sie, diese Sehnsucht zu ersticken.

Morgen früh würde sie aufs Land fahren, und wenn sie mit Maria von dort wiederkam, dann würde sie ein Kind haben. Wenigstens das.

«Uuuuuuuuuuhhhhh! Aaaaaaaaaaaaah! So helft mir doch!»

Maria lag in den Wehen. Seit Stunden war sie damit beschäftigt, ihr Kind zur Welt zu bringen. Die Bauersfrau hatte heißes Wasser und Tücher gebracht, die Hebamme strich mit beiden Händen über Marias gewölbten Leib, durch den der Schmerz in Wellen fuhr und dafür sorgte, dass die junge Frau sich in regelmäßigen Abständen schreiend aufbäumte. Sibylla stand am Kopf des großen Gebärstuhles, der bei jeder Bewegung der Gebärenden leise knarrte, und kühlte mit einem Essiglappen Marias heiße Stirn.

«Ruhig, ganz ruhig», sprach die Hebamme auf die junge Frau ein. «Gleich hast du es geschafft. Noch ein, zwei Wehen, dann kommt dein Kind. Ich kann das Köpfchen schon sehen.»

«Ich will nicht mehr. Ich kann nicht mehr. Sterben will ich», röchelte Maria und schloss, vor Erschöpfung ganz grau im Gesicht, die Augen. Dicke Tränen quollen zwischen ihren Lidern hervor, doch schon überrollte sie eine neue Welle des Schmerzes.

Wieder bäumte sie sich auf und schrie, doch im selben Augenblick griff die Hebamme zwischen ihre weit gespreizten Schenkel und brachte mit geübten Handgriffen das Kind ans Licht der Welt.

Sibylla nahm es entgegen und hüllte den laut schreienden Säugling in warme, weiche Tücher.

«Ein Junge ist es, Maria. Hörst du, ein Junge. Stramm und gesund», sagte sie und machte Anstalten, dem Mädchen das Kind in den Arm zu legen. Maria brach wieder in Tränen aus.

«Nein, nein, ich will den Balg nicht sehen. Ich will ihn nicht. Nehmt ihn, Meisterin. Er gehört jetzt Euch.» Trotz ihrer Erschöpfung kamen die Worte mit großer Entschlossenheit. Dann schloss Maria die Augen, um nichts mehr zu sehen und zu hören.

Die Hebamme sah Sibylla fragend an. Dann versorgte sie das Mädchen, das tat, als ob es tief und fest schliefe.

Sibylla aber hatte den Jungen im Arm und betrachtete ihn ausführlich. Schön war er nicht. Schon jetzt war die aufgeworfene Nase Schierens deutlich an ihm zu erkennen, doch dafür konnte er ja nichts.

Behutsam fuhr sie mit dem Finger über die verschmierte Wange. Die Hebamme trat an sie heran.

«Wir werden das Kind in der Küche baden», flüsterte sie. «Maria braucht Ruhe. Soll sie sich ausschlafen. Ich schaue später nach ihr.»

Behutsam, als hielte sie einen Korb roher Eier, brachte Sibylla den Säugling in die Küche. Die Hebamme badete das Kind, untersuchte es noch einmal nach Auffälligkeiten, dann nickte sie mit dem Kopf.

«Es ist alles in Ordnung. Ein gesunder, kräftiger Knabe.

Doch Maria gefällt mir nicht. Sie lehnt das Kind ab. Wisst Ihr, warum das so ist?»

«Sie ist nicht ganz freiwillig zu dieser Schwangerschaft gekommen», erklärte Sibylla knapp.

Die Hebamme wiegte sorgenvoll den Kopf. «Sie wird ihn nicht annehmen. Was soll aus ihm werden?»

Sibylla betrachtete den Jungen, der ruhig auf einem Fell lag und schlief, ein winziges Fäustchen fest gegen den kleinen Mund gepresst.

«Ich werde das Kind aufziehen», sagte sie und blickte der Hebamme fest in die Augen. «Dankbar wäre ich, wenn Ihr eine Amme wüsstet.»

Die Hebamme nickte. «Das wird das Beste sein. Doch was wird aus Maria?»

«Für ihr Auskommen sorge ich. Sie wird bei mir arbeiten, wird seine Kinderfrau sein.»

Die Hebamme erschrak. «Um Himmels willen nicht. Sie lehnt das Kind ab, wird ihm keine gute Kinderfrau sein können. Sucht Euch eine andere, ich bitte Euch.»

Sibylla bejahte. «Ja, Ihr habt Recht. Das wird wohl das Beste für alle sein.»

In ihrem Kopf reifte bereits ein neuer Plan.

Zwei Wochen später kehrten die beiden Frauen mit dem Säugling in die Krämergasse zurück. Die Amme, ein kräftiges junges Mädchen mit vollen Brüsten, nahmen sie mit. Sie würde für den Jungen sorgen, während Sibylla und Maria ihrer Arbeit nachgingen.

Die Amme ahnte nicht, dass Maria die Mutter des Kindes war. Niemand wusste das außer der Hebamme und der Bäuerin. Doch sie waren gut bezahlt worden, lebten außerdem weit weg von Frankfurt. Maria hatte sich weiterhin geweigert, das Kind auch nur anzusehen.

«Eine Last ist von mir genommen, und ich bin voller Dankbarkeit, dass mein Leib wieder mir gehört», hatte sie entschieden gesagt. «Am liebsten würde ich vergessen, dass ich jemals schwanger war.»

«An mir soll es nicht liegen», erwiderte Sibylla. «Du weißt selbst, dass du besser daran tust, Stillschweigen zu bewahren.»

Heinrich, Barbara und die anderen in der Krämergasse hatten für Sibylla und das Neugeborene einen würdigen Empfang vorbereitet. Eine Kammer für die Amme war hergerichtet worden, Sibylla wurde mit Glückwünschen überschüttet, der Junge bekam Decken aus Fell und sein erstes Pelztierchen, das Heinrich selbst gefertigt hatte.

Schon am ersten Sonntag wurde das Kind in der Liebfrauenkirche auf den Namen Christoph getauft. Christoph Schieren, Sohn der Sibylla und des Wolfgang Schieren. Zu Taufpaten wurden die Ratsherrin Willmer und der Zunftmeister der Goldschmiede Markus Harms bestimmt.

Christoph war noch keine vier Wochen alt, als der Alltag in der Krämergasse wieder Einzug gehalten hatte und Sibylla mit seinen Sorgen, Problemen und Geschäften in Atem hielt.

Die Amme kümmerte sich um das Kind, es wuchs und gedieh prächtig, doch Maria machte Sibylla Sorgen. Schwermütig und lustlos lief sie im Haus umher, bereit, bei der kleinsten Kleinigkeit in Tränen auszubrechen.

«Was hast du, Maria?», fragte Sibylla.

«Der Fastnachtskuss der Krähe», flüsterte das junge

Mädchen. «Der Kuss war es ganz sicher, der bewirkt hat, dass ich das Kind nicht lieben kann. Ich bin eine schlechte Frau, nicht wert, bei Euch zu leben. Verhext bin ich, habe den Teufel im Blut. Seit der Fastnacht, seit dem Kuss des Thomas, habe ich keine Freude mehr gehabt.»

«Unfug!», fuhr Sibylla die junge Frau an. «Du liebst das Kind nicht, weil du den Mann nicht liebst, der es dir gemacht hat. So einfach ist das. Und deswegen ist es auch nicht mehr dein Kind, sondern meins.»

«Ich werde nie mehr ein Kind bekommen», orakelte Maria mit traurigem Blick. «Meine Seele hat der Teufel beschmutzt, als er mich küsste.»

Sibylla sah Maria prüfend an. Es muss etwas geschehen, dachte sie. Und zwar schnell. Das Mädchen ist drauf und dran, wahnsinnig zu werden. Sie musste weg von hier, an einen Ort, wo sie das Kind nicht mehr sieht. Außerdem musste dieser Thomas endlich verschwinden.

Einen Augenblick noch sah Sibylla nachdenklich ins Leere, dann tätschelte sie Maria flüchtig den Arm, schickte sie in die Werkstatt und ging in die Küche zu Barbara.

«Nun?», fragte sie die Magd. «Was gibt es Neues in der Stadt? Geht die Teufelsangst noch um? Was reden die Mägde am Brunnen?»

«Der Teufel verhält sich still. Es ist nichts passiert in der Zeit, in der Ihr nicht da wart. Der Thomas, heißt es, verlässt die Gerberei nicht mehr, und Sachs gerbt jetzt für die armen Kürschner aus der Neustadt. Die Angst ist noch da, sie lauert hinter jeder Mauerecke. Aber Ihr wisst, wie die Menschen sind. Wenn ihnen das Unglück nicht vor Augen steht, so vergessen sie es nur zu gern.»

«Und sonst?»

«Die Magd des Apothekers ist mit der Magd des Advokaten in Streit geraten. Sogar geprügelt haben sich die törichten Weiber. Um einen wandernden Gesellen soll es Streit gegeben haben. Außerdem ist der Bader Meinel betrunken in den Main gestürzt und ertrunken. Seine Leiche fand man unweit der Gerbermühle …»

«Aha», sagte Sibylla, doch sie hörte schon lange nicht mehr zu. Recht geschah es den Trunkenbolden, wenn sie ersoffen, sie hatten es nicht anders verdient. Und prügelnde Mägde hatte es schon immer gegeben und würde es auch immer geben. Sibylla hatte gehört, was sie wissen wollte. Barbara hat Recht, dachte sie. Wer das Unglück nicht vor Augen hat, der vergisst es. Also muss ich dafür sorgen, dass die Augen etwas Teuflisches zu sehen kommen.

Sibylla holte ihren Umhang, nahm einen Korb und verließ das Haus. Auf dem Markt kaufte sie einen ganzen Kalbsfuß, an dem selbst der Huf noch dran war, und zwei Liter Ochsenblut.

«Wollt Ihr eine Suppe kochen, Meisterin?», fragte die Krämersfrau. «Ja, eine gute, kräftige Suppe. Ich bin noch schwach von der Geburt, und Ochsenblut soll die Kräfte wiederbringen, hörte ich.»

«Ochsenblut?», fragte die Krämerin. «Ich habe gehört, das Blut junger Kälber wäre richtig, um wieder zu Kräften zu kommen.»

«Gut, dann füllt mir einen Liter Kalbsblut in eine Kanne.»

Dann kaufte Sibylla noch ein Huhn und alle anderen Zutaten, die in der Küche für die Zubereitung einer kräftigenden Suppe notwendig waren. Zu Hause wartete sie, bis Barbara die Küche verlassen hatte, und legte ihre Einkäufe heimlich in die Regale der großen Vorratskammer. Den Kalbsfuß aber und das Blut brachte sie unbemerkt in ihre Kammer.

Sie wartete, bis die Stadt still und dunkel im nächtlichen Schlaf lag. Als die Turmuhr elfmal schlug und der Nachtwächter gerade auf seinem Rundgang die Krämergasse verlassen hatte, hüllte sie sich in einen dunklen Umhang, packte das Blut und den Kalbsfuß in einen Weidenkorb und verließ heimlich das Haus.

Im Schutz der Hausmauern eilte sie die Krämergasse hinunter bis zur Gasse der Gerber. Der Mond leuchtete ihr den richtigen Weg zum Haus des Gerbers Sachs.

Einige Meter davor hielt sie inne, stellte den Korb ab und sah sich nach allen Seiten um. Kein Laut war zu hören, kein Mensch war zu sehen. Sibylla zog die Kapuze vorsichtshalber über ihren Kopf, dann holte sie den Kalbsfuß heraus, stippte ihn in das Blut und drückte ihn anschließend auf die Gasse. Schon war ein blutroter Hufabdruck im gestampften Lehm zu sehen. Sibylla tunkte den Fuß erneut in das Ochsenblut, und nach einer guten halben Stunde richtete sie sich auf, streckte den schmerzenden Rücken und betrachtete im fahlen Mondlicht ihr Werk. Rings um das Haus des Meisters Sachs zog sich nun eine blutige Hufspur. Eine Spur, die aussah, als wäre der Teufel selbst zu Besuch in der Gerbergasse gewesen. Sibylla lächelte zufrieden, dann nahm sie ihren Korb und machte sich auf den Weg zurück in die Krämergasse. Den Kalbsfuß warf sie unterwegs in der Gasse der Metzger in einen Abfallgraben. Das restliche Blut schüttete sich in einen anderen Graben, wo es zwischen den Metzgereiresten unsichtbar versickerte.

In der Küche wusch sie die Kanne sorgfältig aus, stellte sie zurück an ihren Platz, verstaute auch den Weidenkorb, dann ging sie zu Bett.

Am nächsten Morgen kam Barbara sehr verstört von ihrem Brunnengang zurück und verbreitete beim Frühstück die neuesten Nachrichten.

«Der Teufel selbst war bei Sachs», erzählte sie mit vor Aufregung roten Wangen. «Eine blutige Hufspur zog sich um das ganze Gebäude, und an der Tür soll eine gekreuzigte Katze gehangen haben.»

Barbara bekreuzigte sich. «Die Mägde erzählen, dass Sachs nach dem Priester geschickt hat, um den Teufel zu vertreiben. Doch der Priester sei nicht gekommen. Erst müsse der Teufel, der im Haus wohne, weg, dann würde er kommen. Keine Stunde früher.»

«Und Sachs?», fragte Sibylla und warf einen Seitenblick auf Maria, die schon wieder mit den Tränen kämpfte. «Was hat Sachs dann getan?»

«Nichts», erwiderte Barbara. «Was soll er schon tun? Jammern, Klagen und Beten sind das Einzige, was ihm noch bleibt.»

Sibylla lächelte zufrieden. Ein paar Tage nur noch, dachte sie, dann habe ich es geschafft. Dann würde der Rat zusammentreten, und sie würde dafür sorgen, dass er Thomas aus der Stadt verbannte. Dann würde sie ihn nie wieder zu Gesicht bekommen, und Maria würde es danach sicher besser gehen.

Am nächsten Morgen hing der Himmel grau und schwer wie ein nasses Tuch über der Stadt. Die Kälte hatte über Nacht Einzug gehalten in Frankfurt, und die Luft roch nach Schnee. Raben und Krähen saßen krächzend auf den Dächern, und Sibylla erschauerte, als sie auf die Krämergasse hinaustrat. Heinrich, der neben ihr ging, um ungegerbte Felle zu Hintzens Werkstatt zu bringen, sah prüfend zum Himmel.

«Es scheint, als käme der Winter in diesem Jahr zu früh. Ich kann mich nicht erinnern, dass es einmal vor Dezember Schnee gegeben hat», sagte er.

«Auch der Sommer war ungewöhnlich», antwortete Sibylla. «Es würde mich nicht wundern, wenn es heute noch Schnee gäbe.»

«Meint Ihr, der Teufel habe damit zu tun?», fragte Heinrich und betrachtete die Raben, die es sich auf dem Dach eines Bäckerhauses bequem gemacht haben.

«Ich weiß es nicht», erwiderte Sibylla. «Doch eines ist sicher: Seit der Teufel in der Stadt ist, spielt sogar das Wetter verrückt. Wundern würde es mich nicht, wenn statt Schnee Blut vom Himmel fiele.»

«Zeit wird es, dass der Rat einschreitet», brummelte Heinrich und zog fröstelnd die Schultern zusammen.

Sibylla aber beschloss, der Ratsherrin Willmer einen Besuch abzustatten. Auf der Messe hatte sie einige kostbare Stücke aus venezianischem Glas eingekauft. Diese würden ihr als Vorwand dienen, um die Willmerin aufzusuchen.

Doch die Willmerin hatte kein Interesse an venezianischem Glas, betrachtete gleichgültig die geschliffenen Schalen und Karaffen.

«Nein, Schierin. Glas ist nicht das Richtige für mein Haus. Dinge aus Gold suche ich. Eine fein zieselierte Kanne, ein gravierter Leuchter. Glas ist zu zerbrechlich.

Außerdem hält der Glanz nicht lange. Bald werden die Schalen blind sein.»

«Ihr müsst sie mit Seifenlauge spülen», erwiderte Sibylla lächelnd. «Der Rauch der Wachslichter setzt sich im Schliff fest.»

«Nein, nein. Glas ist mir nicht geheuer. Findet Ihr es nicht auch seltsam, dass das Kerzenlicht im Glas seine Farben verändert? Grün und blau, rot und gelb schimmert das Glas. In diesen Zeiten bin ich lieber vorsichtig mit Dingen, die ich nicht verstehe. Zu leicht holt man sich den Teufel ins Haus.»

«Habt Ihr auch von den blutigen Hufspuren in der Gerbergasse gehört?», fragte Sibylla.

Die Willmerin nickte. «Angst und bange wird mir, wenn ich daran nur denke», flüsterte sie. «Ich habe schon für alle Kirchen der Stadt dicke Wachslichter gestiftet.»

In diesem Moment segelten die ersten dicken Schneeflocken vor dem Fenster vorbei.

«Seht nur, Willmerin, es schneit!», rief Sibylla in gespielter Angst aus. «Schnee im November! Das hat es seit Jahren nicht mehr gegeben! Der Winter wird wohl genau so unberechenbar werden, wie der Sommer es war. Oh, Gott, welche Sünde hat die Stadt nur auf sich geladen, dass Gott sie so straft!»

Die Willmerin war aufgesprungen und zum Fenster geeilt. «Meint Ihr, der Schnee ist ein Teufelswerk?», fragte sie ängstlich.

Sibylla zuckte die Achseln. «Wer weiß das schon? Es ist ein Kennzeichen des Teufels, dass er sich nicht leicht zu erkennen gibt.»

Sie stand auf und trat neben die Willmerin ans Fenster.

«Der Schnee ist rein und weiß», sprach sie, wie zu sich selbst. «Gut geeignet, die Spuren des Teufels zu verwischen.»

Die Willmerin schrak zusammen. «Ihr habt Recht, Schierin. Das ist die einzige Erklärung.»

Ihre Stimme bebte, und auch ihr Busen wogte, als sie sich bekreuzigte. Sibylla tat es ihr nach. Die Tür des Esszimmers öffnete sich leise, und der Ratsherr betrat den Raum. Seine Frau war noch immer so betroffen, dass sie sein Erscheinen nicht bemerkte, doch Sibylla hatte aus den Augenwinkeln die große Gestalt gesehen. Aber auch sie tat, als hätte sie nichts bemerkt. Sie legte der Willmerin tröstend eine Hand auf den Arm und sagte: «Der Rat sollte etwas unternehmen. Es ist nicht gut für die Stadt, wenn sich herumspricht, dass der Teufel darin ein und aus geht. Die Messfremden werden wegbleiben. Aus Florenz hörte ich, dass einige Kaufleute bereits Anstalten treffen, auf den Messplatz in Leipzig auszuweichen.»

«Woher wisst Ihr das?»

Die dunkle Stimme des Ratsherrn dröhnte wie ein Donnerschlag durch das Zimmer. Die Willmerin schrak erneut zusammen und fuhr herum.

Der Ratsherr war näher gekommen und stand nun vor Sibylla. «Woher wisst Ihr, dass die Florentiner nach Leipzig wollen?»

«Nun», sagte Sibylla langsam. «Ich habe eine Freundin in Florenz. Lucia heißt sie. Vielleicht kennt Ihr sie sogar. Vor wenigen Jahren hat sie für einige Monate in Isaak Koppers Haus Aufenthalt genommen. Sie schrieb mir, dass auch die Florentiner Angst vor dem Teufel hätten. Gedruckte Zeichnungen werden in Florenz von Hand zu

Hand gereicht. Ein Nürnberger, Albrecht Dürer mit Namen, soll sie gemacht haben. Apokalypse heißen die Blätter und zeigen den Teufel, der Tod und Verderben über das Land bringt.»

«Solche Zeichnungen gab es schon immer», erwiderte Willmer.

«Schon», gab Sibylla zu. «Doch da sich Dürer der neuen Druckkunst bedient, erfahren seine Blätter weite Verbreitung. Selbst bis nach Florenz sind sie schon gekommen.»

«Hm», machte Willmer. «Es wär wahrlich schlecht, wenn die Stadtkasse Schaden nehmen würde, weil die Messfremden wegen des Teufels nicht nach Frankfurt kämen.»

«Schnell handeln müsst Ihr», drängte Sibylla. «Schon ist es November. Bedenkt selbst, wie lange es braucht, bis eine Nachricht die Alpen überquert hat. Wenn Ihr jetzt etwas unternehmt, so könntet Ihr noch rechtzeitig nach Florenz berichten, dass in Frankfurt der Teufel ausgetrieben ist.»

Willmer betrachtete Sibylla mit einer Mischung aus Bewunderung und Misstrauen. «Ihr seid ein kluges Weib, Schierin», sagte er schließlich, doch in seinen Worten klang neben der Bewunderung auch Vorsicht.

«Der Rat wird sich noch heute Nachmittag im Römer zusammenfinden. Wir alle wissen von den blutigen Hufspuren und den anderen Ereignissen um den Gerber Thomas. Die Männer im Rat sind nicht dumm und glauben längst nicht jeden Brunnentratsch. Doch wenn es so ist, wie Ihr sagt, Schierin, wenn uns die Messfremden wegbleiben, so müssen wir handeln.»

«Die Frauen der Stadt werden es Euch danken, Ratsherr Willmer. Seht selbst, wie die Angst im Gesicht Eurer Frau geschrieben steht.»

«Ach!» Willmer machte eine wegwerfende Handbewegung. «Das Weib ist dumm. Sie fürchtet gar den Schatten an der Wand.»

«Fragt Kopper, wenn Ihr Bestätigung für meine Worte braucht. Er kennt die Florentiner besser als jeder andere in der Stadt.»

Willmer nickte und musterte Sibylla wieder voller Misstrauen. «Es ist nicht gut, wenn ein Weib so klug ist wie Ihr», sagte er, dann verließ er das Zimmer.

Kapitel 18

Am nächsten Tag war Ratssitzung. Ein große Menge hatte sich vor dem Rathaus versammelt, um den Ausgang der Sitzung abzuwarten. Sie waren alle gekommen, weil sie erfahren hatten, dass es um den Gerber Thomas gehen würde. Sibylla stand in der ersten Reihe. Sie konnte es kaum aushalten vor Spannung, doch die Ratssitzung schien sich länger als sonst hinzuziehen.

Endlich erschien der Rat und verkündete das Ergebnis seiner Beratungen. Der Gerber Thomas wurde für immer aus Frankurt ausgewiesen. Sollte er je wieder einen Fuß in Frankfurter Stadtgebiet setzen, so drohte ihm die Verbrennung auf dem Scheiterhaufen. Sibylla war erleichtert. Jetzt war der Albtraum vorbei, und sie musste nie wieder Angst vor ihm haben. Endlich konnte sie wieder unbeschwert durch die Gassen gehen.

Sie wollte schon gehen, als sie Meister Sachs sah. Er stand abseits, wurde von der Menge gemieden. Sein Gesicht war grau und eingefallen. Tiefe Sorgenfalten hatten seine Stirn gefurcht.

«Es tut mir Leid, Meister Sachs», sagte ihm Sibylla.

Sachs schüttelte müde den Kopf. «Nur Unglück hat mir

dieser Kerl gebracht. Nur Kummer und Sorgen. Vom ersten Tag an. Alle Kunden hat er mir vertrieben. Ich weiß kaum noch, wovon ich Brot kaufen soll. Werde wohl die Stadt verlassen müssen. Wer wagt sich schon in ein Haus, in dem der Teufel zugange war?»

«Ihr seid ein gottesfürchtiger Mann, Meister Sachs. Die Leute wissen, dass Ihr nichts Unrechtes getan habt. Bald schon werden sie Euch wieder ihre Felle zum Gerben bringen.»

«Euer Wort in Gottes Ohr, Schierin. Doch ein neues Haus bräucht ich mindestens, um weiterleben zu können. Das Geld dafür fehlt mir.»

«Kommt morgen zu mir in die Krämergasse», schlug Sibylla vor. «Ich glaube, ich kann Euch helfen.»

Am nächsten Tag erschien Meister Sachs wie vereinbart nach dem Frühstück bei Sibylla. Sie ging mit ihm in die Meisterstube, weil sie nicht wollte, dass die Gesellen und anderen Angestellten im Haus ihr Gespräch verfolgten.

Meister Sachs wirkte noch immer bekümmert.

Sibylla bot ihm einen Becher Wein an, dann sagte sie: «Ich könnte Euch helfen, Sachs. Ihr habt immer gute Arbeit geleistet, wart immer freundlich und ehrlich.»

Sachs schaute Sibylla erwartungsvoll an.

«Ich kaufe Euch ein Haus mit neuer Werkstatt», sagte sie. «Die Besitzerin der Gerberei Sachs bin dann ich. Ihr gerbt allein meine Sachen, und ich zahle Euch einen Lohn dafür. Euern Sohn verheiratet Ihr mit Maria. Wenn Ihr nicht mehr seid, wird er die Werkstatt weiterführen.»

«Mein Sohn ist versprochen», entgegnete Sachs. «Er soll die Tochter des Färbers Wiedmann heiraten. Die

Zunft hat schon Kenntnis davon, das Verlöbnis ist bekannt gemacht, der Junge soll die Färberei übernehmen. Froh bin ich, dass ich ihn untergebracht habe.»

«Hhhm», überlegte Sibylla. «Und wie sollte es mit Eurer Gerberei weitergehen?»

Sachs zuckte mit den Achseln. «Die Zünfte der Färber und Gerber liegen dicht beieinander. Es ist nicht unüblich, dass eine Färber- mit einer Gerberwerkstatt zusammengeht. So ist's auch abgesprochen mit Wiedmann. Und ich gedenke mich an diese Abmachung zu halten.»

«Wollt Ihr dem Buben das Teufelshaus mit in die Ehe geben?», fragte Sibylla mit leisen Spott.

Sachs hob die Arme. «Ein anderes habe ich nicht. Und einen Käufer dafür werde ich auch nicht finden.»

Wieder überlegte Sibylla. Unvernünftig wäre es, Sachs noch weiter zu drängen. Ich muss mir etwas anderes überlegen, um in den Besitz einer Gerberei zu gelangen. Sachs ist ein Ehrenmann. Er soll nicht noch mehr Schaden haben.

«Wenn Ihr mir wirklich helfen wollt, Schierin, so habe ich da einen Einfall, der vielleicht etwas taugt», brachte sich Sachs wieder in Erinnerung. «Der Teufel, sagte man, hat keine Macht über ein Haus, in dem eine Jungfrau lebt. Wenn Ihr eine Jungfrau wüsstet, die ich in Ehren bei mir aufnehmen kann, so könnte ich die Werkstatt und das Haus halten.»

«Eine Jungfrau?», fragte Sibylla. «Woher soll ich eine Jungfrau nehmen?»

Sachs zuckte mit den Achseln. «Ich weiß es nicht, Schierin. Wüsste ich mir einen Rat, so hätte ich ihn längst befolgt.»

«Gut», erwiderte Sibylla. «Ich werde darüber nachdenken. Kommt morgen zu selben Zeit noch einmal. Vielleicht weiß ich dann, was zu tun ist.»

Unruhig lief Sibylla in der Meisterstube auf und ab. Woher sollte sie eine Jungfrau nehmen? Und überhaupt: Was nützte es ihr, wenn Sachs eine Jungfrau bekam? Deshalb hatte sie noch immer keine Gerberei, die sie ihr Eigen nennen und deren Preise sie bestimmen konnte. Auf der anderen Seite tat Sachs ihr Leid. Er hatte es wahrlich nicht verdient, unter Thomas leiden zu müssen. Sibylla hatte ihre Rache, hatte den Mann, der sie schänden wollte, bestraft. Doch Sachs hatte es auch getroffen. Sibylla fühlte sich verantwortlich. Sie würde Meister Sachs helfen. Das war sie ihm schuldig. Schuldig war sie es auch Gott, vor dem sie vor vielen Jahren einen Schwur getan hatte.

Den halben Tag lief sie nachdenklich in der Werkstatt auf und ab. Als die Dämmerung sich gerade über die Stadt senkte, wusste sie, was zu tun war.

Wieder hüllte sie sich in ihren Umhang und eilte die Krämergasse entlang. Meister Schulte saß noch bei der Arbeit, als sie in seinem Haus eintraf.

«Nach Susanne, der Stieftochter, wollt ich sehen und hören, wie sie sich macht», sagte Sibylla und hielt Ausschau nach dem Mädchen.

Schulte seufzte. «Was soll ich sagen, Meisterin. Sie ist Eure Stieftochter. Wäre sie es nicht, hätte ich sie längst davongejagt.»

Sibylla nickte. «Hat sie nichts gelernt bei Euch?»

Schulte schüttelte betrübt den Kopf. «Wie soll ich ihr etwas beibringen, wenn sie den ganzen Tag im Bett verbringt?»

«Faul ist sie also, Meister Schulte? Faul in der Werkstatt und auch im Haus?»

«Ja», bestätigte Schulte. «Wenn ich daran denke, dass mein Sohn sie zum Weib bekommen soll, dann bedaure ich den Jungen schon heute.»

Wieder nickte Sibylla. Sie wusste, dass Susanne ein faules, eitles Weibsstück war, das in dem Glauben lebte, zu Besserem geboren zu sein.

«Es ist an der Zeit, dass ihr jemand Gehorsam beibringt», überlegte Sibylla laut.

«Wie wäre es, wenn ich sie mitnehme und Euch stattdessen Maria schicke? Sie ist jung und von guter Wesensart, fleißig und anstellig. Ihr könntet sie gut in der Werkstatt gebrauchen, und auch für den Haushalt wäre gesorgt. Und Euer Sohn wäre auch besser beraten, sie zu heiraten als diese faule Trine von Stieftochter, die mir Schieren ins Haus gebracht hat.»

«Wir haben eine Abmachung, Meisterin», erwiderte Schulte. «Darin steht, dass mein Sohn Susanne heiraten muss. Fändet Ihr aber eine bessere Frau, so wären wir nicht unglücklich darüber.»

«Dann werde ich sie noch heute mitnehmen. Zeigt mir den Weg zu ihrer Kammer.»

Schulte tat, wie ihm geheißen, und Sibylla betrat ohne anzuklopfen die Kammer. Susanne lag im Bett, die Arme unter dem Kopf verschränkt, und schrak zusammen, als sie ihre Stiefmutter plötzlich vor sich stehen sah. Doch sie fasste sich sofort und sagte frech: «Seid Ihr gekommen, um mich endlich aus dieser ärmlichen Hütte wegzuholen? Bestimmt habt Ihr Nachricht von meinem Vater, der es befohlen hat.»

«Pa!» Sibylla lachte auf. «Es gibt keine Nachricht von deinem Vater. Niemand hat seit seinem Weggang von ihm gehört. Froh und dankbar kannst du sein, wenn du ihn überhaupt jemals wiedersehen solltest. Du hast Recht, ich bin gekommen, dich zu holen.»

Susanne überlegte und kam rasch zu der Erkenntnis, dass ihrer jetzigen Bleibe eine noch üblere folgen würde, ginge sie mit ihrer Stiefmutter.

«Ich bleibe hier», verkündete sie trotzig. «Ich gehe nicht mit Euch.»

«Oh, doch, mein Kind», entgegnete Sibylla eisig, öffnete die Kleidertruhe und fuhr Susanne an: «Pack deine Sachen und ziehe dich an. Ich gebe dir nicht viel Zeit. Wenn ich mit Meister Schulte alles Notwendige besprochen habe, kehre ich zurück und nehme dich mit, egal, ob angezogen oder im Nachtgewand.»

Mit Meister Schulte wurde sich Sibylla schnell einig. Maria würde schon am nächsten Tag einziehen.

«Was wird aus Susanne?», fragte Meister Schulte.

Sibylla zuckte mit den Achseln: «Ich gebe sie zu Gerbermeister Sachs. Er ist ein gütiger, aber strenger Mann. Vielleicht schafft er es, dass etwas Rechtes aus ihr wird.»

Schulte bejahte. «Sie wird es gut haben bei ihm.» Damit war die Sache für ihn abgeschlossen.

Sibylla nickte, dann ging sie in Susannes Kammer. Das Mädchen war fertig angezogen und saß wartend auf der Kleidertruhe.

«Komm!», sagte Sibylla, fasste nach ihrer Hand und zog die Widerstrebende, die sofort erfahren wollte, was mit ihr geschehen würde, mit sich fort, ohne ihr eine Antwort zu geben.

Erst in ihrem Haus in der Krämergasse rief sie Susanne und Maria in die Meisterstube und teilte den Mädchen Folgendes mit:

«Du, Maria, wirst ab morgen im Hause des Meisters Schulte leben. Sein Lehrmädchen wirst du sein und eines Tages seinen Sohn heiraten. Ihr werdet eine gut gehende Werkstatt führen, die Euch zeitlebends genügend Geld einbringen wird, um ordentlich leben zu können. Sobald Schultes Sohn den Meisterbrief errungen hat, heiratet ihr, und du bekommst das Bürgerrecht. Was sagst du dazu?»

Maria wirkte verstört, aber nicht unglücklicher als sonst.

«Seid Ihr nicht zufrieden mit mir, Meisterin?», fragte sie nach.

«Doch, Maria, sehr sogar. Und gerade deshalb biete ich dir die Möglichkeit, eines Tages eine eigene Werkstatt und einen eigenen Haushalt zu führen. Du wirst einen guten Mann haben und vielleicht auch Kinder. Aber das Wichtigste: Du wirst eine ehrbare Frau sein.»

«Womit habe ich das verdient?», Maria konnte es kaum fassen. «Warum seid Ihr so gut zu mir?»

Weil ich weiß, woher du kommst, und weil ich die Möglichkeit habe, dir das Schicksal einer Wäscherin zu ersparen. Weil es mir selbst ähnlich gegangen ist und ich vor Gott einen Schwur getan habe, dachte Sibylla. Aber auch, weil du mir im Schulte-Haus noch gute Dienste leisten kannst. Doch laut sagte sie, ohne dabei zu lügen: «Ich habe dich lieb gewonnen, Maria. Lieb wie eine Schwester, die ich nicht habe. Ich möchte, dass es dir gut geht.»

Schon wieder kämpfte das empfindsame Mädchen mit den Tränen, doch an großartigen Dankesbezeigungen wurde sie von Susanne gehindert.

«Und ich? Was geschieht mit mir? Komme ich jetzt endlich in ein Kloster, um eine vornehme Erziehung zu genießen?»

«So ähnlich», antwortete Sibylla. «Ich habe tatsächlich beschlossen, aus dir einen Menschen zu machen, der etwas taugt. Doch nicht in einem Kloster, nein. Du gehst ab morgen zum Gerbermeister Sachs und wirst ihm als Magd dienen.»

«Niemals!», schrie Susanne und stampfte vor Wut mit dem Fuß auf. «Niemals gehe ich als Magd! Ihr wisst wohl nicht, wen Ihr vor Euch habt? Ich bin die Tochter eines Kürschnermeisters! Bin nicht zur Magd geboren.»

Sibylla zuckte gleichgültig mit den Achseln. «Du wirst es nicht verhindern können», entgegnete sie. «Dein Vater, der Kürschnermeister, ist nicht da, wie du weißt. Ich vertrete ihn in allen Angelegenheiten. Und wenn ich bestimme, dass du für einige Zeit als Magd zu Sachs gehst, so wirst du es wohl oder übel tun müssen. Vielleicht zeigst du dich anstellig, sodass ich dich eines Tages zu mir in die Werkstatt nehmen kann. Aber noch bist du dafür zu dumm und zu ungehorsam.»

Wieder stampfte das Mädchen mit dem Fuß auf: «Ich gehe nicht zu Sachs, nein!»

«Gut. Wie du willst. Ich habe dir die Möglichkeit gegeben, eines Tages die ehrbare Frau eines Handwerksmeisters zu werden. Du hast diese Gelegenheit nicht genutzt. Nun wirst du tun, was ich sage, oder aber versuchen, dich auf eigene Faust durchs Leben zu schlagen. Mach, was du willst.»

«Ich werde zu meinem Paten gehen. Ich werde mich beschweren!», kreischte Susanne.

«Tu das», antwortete Sibylla ruhig. «Doch mit deinem Paten, dem Zunftmeister Wachsmuth, habe ich bereits gesprochen. Auch er ist nicht gewillt, dich aufzunehmen. Er nicht, und die anderen Kürschnermeister auch nicht. Niemand möchte sich ein junges Weib ins Haus holen, das keinen roten Heller besitzt und obendrein noch dumm und faul ist. Froh kannst du sein, dass Sachs dich will. Er braucht eine Jungfrau im Haus, um den Teufel zu vertreiben. Ich denke, dafür bist du genau die Richtige.»

Jetzt, da Susanne merkte, dass es keine Rettung für sie gab, verlegte sie sich aufs Bitten.

«Stiefmutter, ich gelobe Besserung. Schickt mich zurück zu Schulte. Ich werde alles tun, was er sagt, werde fleißig und strebsam sein. Maria ist keine von uns. Ihr könnt sie doch nicht mir vorziehen.»

«Du hast die Gunst des Augenblicks nicht genutzt. Jetzt nimm, was du noch kriegen kannst. Wenn du dich übers Jahr gebessert hast, dann sehen wir weiter», erwiderte Sibylla unnachgiebig und beendete damit das Gespräch.

Schon am Mittag des nächsten Tages war der Tausch vollbracht. Meister Sachs nahm Susanne sofort mit, auch wenn das Mädchen sich dagegen wehrte.

Maria dagegen packte ihre wenigen Sachen und lächelte zum ersten Mal seit Monaten wieder, als Volker, Schultes Sohn, sie in ihr neues Zuhause geleitete.

Jetzt, nachdem alle Angelegenheiten zu Sibyllas Zufriedenheit gediehen waren, der kleine Christoph noch immer prächtig wuchs und gedieh und jedes Mal lächelte, wenn Sibylla ihm und der Amme einen Besuch abstattete, konnte sie sich wieder um ihre Geschäfte kümmern.

In der Kürschnerei lief dank Heinrichs alles wie am Schnürchen. Die Gesellen erledigten ihre Arbeiten pünktlich und ordentlich, und Pelzwaren aus dem Haus in der Krämergasse erfreuten sich nach wie vor des besten Rufes. Endlich kamen nun auch die Kunden, die Sibylla seit Jahren herbeisehnte. Die meisten der angesehenen Familien Frankfurts kauften inzwischen bei ihr und ließen sich auch die Wohnungen richten. Doch noch immer gab es einige wenige, deren Namen nicht auf ihrer Kundenliste auftauchten. Die reiche Kaufmannsfamilie Heller gehörte dazu, die Familien Stalburg und von Melem, die von Holzhausen und von Metzler. Doch diese, hieß es, ließen zumeist in Italien fertigen.

Ich muss die italienische Mode nach Frankfurt bringen, überlegte Sibylla und erinnerte sich wieder an die gefärbten Pelze, die auf der letzten Messe für Aufsehen gesorgt hatten.

Noch einmal ging sie in Gedanken alle Möglichkeiten der Färberei durch, die sie kannte. Da war zum Beispiel der rote Farbstoff, der aus dem Drüsensekret der Purpurschnecken gewonnen wurde. Doch für ein einziges Gramm benötigte man 12 000 Schnecken, darum war Purpur auch unglaublich teuer.

Eine andere Möglichkeit, rote Farbe aus Tieren herzustellen, bot der Kermesscharlach. Er wurde aus Schildläusen gewonnen, die im April und Mai von den Blättern gekratzt und anschließend getrocknet wurden. Aber jeder wusste, dass Kermesscharlach weitaus weniger kräftig färbte als Purpur.

Die Krappwurzel hingegen war ein gutes Färbemittel, wenn man sie trocknete, zerkleinerte und aufkochte.

Doch auch sie färbte rot, und die Kleiderordnung verbot Rot für Schauben und Umhänge, denn das war noch immer die Farbe der Könige.

Außerdem waren die gefärbten Pelze aus Italien blau und grün gewesen. Sibylla holte noch einmal Lucias Brief hervor und erinnerte sich dabei wieder an die Waidpflanze. Sie hatte bei ihrem Aufenthalt auf dem Land vergessen, danach zu fragen, doch sie ahnte, dass sie aus der Wetterau keine Hilfe bekommen hätte.

Wer könnte etwas über die Waidpflanze wissen? Wer?

Sibylla überlegte, und plötzlich fiel ihr Ida ein. Ida, die Hausangestellte Isaak Koppers. Wenn jemand in Frankfurt etwas über diese geheimnisvolle Pflanze wusste, dann sie. Und bei Ida konnte sich Sibylla obendrein ganz sicher sein, dass sie nicht darüber schwatzte.

Doch sollte sie wirklich zu Kopper gehen? Sie musste damit rechnen, ihm zu begegnen. Oder, was vielleicht noch schlimmer war, seiner schwangeren Frau. Und was dann? Würde sie es ertragen, Kopper glücklich zu sehen? Würde sie es aushalten, zu erfahren, dass Isaak sie und die wunderbare einzige Nacht, die sie gemeinsam verbracht hatte, vergessen hatte?

Unentschlossen ging Sibylla zu Bett und fiel in einen unruhigen Schlaf. Nach einer langen Zeit der Ruhe träumte sie wieder. Zuerst von der Wahrsagerin, die ihr einst, als sie Lucia kennen gelernt hatte, aus der Hand gelesen hatte.

«Die Liebe ist das Wichtigste im Leben. Wenn Ihr sie verschmäht, so verschmäht Ihr das Leben. Ohne sie werdet Ihr niemals heil werden. Sie ist es allein, die Euch helfen kann», hatte die Alte gesagt.

Sibylla hatte die Liebe verschmäht. Hatte sie damit auch die Möglichkeit verspielt, jemals glücklich zu werden?

Dann kam die tote Sibylla. Sie trug das Kostüm einer Krähe, hackte mit dem Schnabel nach ihr. «Du bist nicht wie ich, wirst niemals sein wie ich. Eine Diebin bist du, hast mir den Tod gestohlen, kannst auf Erden nicht glücklich sein.»

Doch dann tauchte die Wahrsagerin wieder auf und widersprach: «Die Liebe kann sie heilen, einzig die Liebe.»

Schweißgebadet erwachte Sibylla. Obwohl es noch nicht einmal dämmerte, stand sie auf und setzte sich in der Meisterstube über die Kontorbücher. Floh vor ihren Träumen, ihrem Geheimnis, das sie immer begleitete, wohin sie auch ging.

Zwei Tage lang überlegte sie, doch dann gewannen die geschäftlichen Interessen und ihre Neugierde.

Am Abend, nach vollbrachtem Tagwerk, machte sie sich auf den Weg in die Schäfergasse. Ihr Herz schlug rasend schnell, und Sibylla wusste nicht, welche Gebete sie im Gehen vor sich hin murmeln sollte: «Lieber Gott, mach, dass Isaak auf Reisen und nicht zu Hause ist» oder «Lieber Gott, mach, dass er da ist und ich ihn sehen kann»?

Viel zu rasch war sie vor dem Haus angelangt. Der Weg schien diesmal sehr viel kürzer als sonst. Vorsichtig schaute sie zu den Fenstern hinauf. Das Haus lag im Dunkeln, die Räume waren nicht erleuchtet.

Sibylla atmete auf, gleichzeitig wurde sie wehmütig. Er ist nicht da, dachte sie. Sie wusste nicht, ob sie froh oder traurig darüber sein sollte, doch sie beschloss, sich nicht länger Gedanken darum zu machen. Sie wollte zu Ida, wollte das Geheimnis der Waidpflanze lüften. Deshalb war sie hergekommen, und das allein zählte in diesem Augenblick. Ida würde da sein. Einer musste das Haus hüten. Wo sollte sie auch sonst sein?

Es war kalt, der eisige November war in einen noch kälteren Dezember übergegangen. Der Wind heulte durch die Gassen, löschte die wenigen Fackeln und zerrte an Sibyllas Umhang. Sie atmete noch einmal tief durch, dann betätigte sie den Türklopfer und lauschte, ob sich im Haus etwas rührte. Alles blieb still. Nur der Wind jammerte und heulte.

Noch einmal packte sie die Messingschlange und schlug sie, diesmal kräftiger, gegen den Beschlag an der Haustür. Endlich hörte sie Schritte. Schnelle, kraftvolle Schritte waren es, und noch ehe Sibylla begriff, dass sie nur von einem Mann stammen konnten, öffnete sich die Tür, und Isaak Kopper stand vor ihr.

«Sibylla? Du? Ist etwas passiert?», fragte er verwundert und trat einen Schritt zur Seite, sodass sie schnell an ihm vorbei in die wohlige Wärme des Hauses schlüpfen konnte.

«Es ist nichts passiert, Isaak. Und guten Abend auch. Ich möchte zu Ida, wollte sie etwas fragen.»

Isaak hob bedauernd die Achseln. «Ida hat Isabell ins Haus ihrer Eltern begleitet. Die Entbindung steht bevor, und Isabell wünscht sich den Beistand ihrer Mutter.»

«Ich verstehe», erwiderte Sibylla mit heiserer Stimme. «Dann habe ich wohl Pech gehabt und muss später noch einmal wiederkommen.»

«Es ist schön, dich zu sehen», murmelte Isaak so leise, dass Sibylla ihn kaum hören konnte. Dann sagte er laut: «Kann ich dir nicht helfen? Frag mich, was du Ida fragen wolltest.»

«Ach», winkte Sibylla ab. «Ich glaube nicht, dass du dich so gut in der Pflanzenwelt auskennst.»

Isaak lachte. «Was meinst du wohl, wie ein Arzt zu seinen Arzneimitteln kommt? Die meisten Heilmittel werden aus Pflanzen gewonnen. Ein schlechter Arzt wäre ich, kennte ich mich damit nicht aus.»

Behutsam nahm er ihr den Umhang von den Schultern und führte sie in das elegante Wohnzimmer, das noch genauso aussah, wie Lucia es eingerichtet hatte. Isabell hatte darin keine Spuren hinterlassen, und obwohl Sibylla dies merkwürdig fand, freute sie sich darüber. Hier hatte sie sich immer wohl gefühlt, tat es auch jetzt wieder.

«Leistest du mir bei einem Glas Glühwein Gesellschaft?», fragte Isaak Kopper und warf noch einige Holzscheite in den Kamin.

Sibylla nickte. Die Wärme im Zimmer machte sie schläfrig. Am liebsten wäre sie für alle Zeiten hier sitzen geblieben. Einfach nur in die lodernden Flammen sehen und keinen Gedanken an Geschäfte verschwenden. Wie schön das wäre.

Isaak war hinunter in die Küche gegangen, um den Wein zu bereiten. Jetzt kam er zurück, reichte Sibylla einen Becher und setzte sich neben sie auf die Bank. Sie trank einen Schluck. Das Getränk war köstlich, schmeckte nach Nelken und Zimt und wärmte ihren ganzen Körper. Sibylla genoss es, neben Isaak zu sitzen, seine Nähe zu spüren. Wieder überkam sie große Wehmut, als sie daran dachte, dass sie selbst die Möglichkeit, immer in Isaaks Nähe zu sein, verschenkt hatte. Doch geschehen war geschehen. Nichts ließ sich mehr rückgängig machen, und es war dumm, vertanen Gelegenheiten hinterherzutrauern.

Schweigend tranken sie die Becher leer.

«Was also wolltest du mich fragen?», erinnerte Isaak Sibylla an den Grund ihres Besuches.

Sibylla blickte ihn an. Seine maingrünen Augen sahen sie so intensiv an, dass sich Sibylla fragte, ob man mit Blicken streicheln konnte. Ein wohliger Schauer lief ihr den Rücken hinab.

«Ich habe zur Messe gefärbte Pelze aus Italien gesehen, und Lucia hat mir einen blauen Umhang geschickt und dazu geschrieben, er wäre mit Hilfe der Waidpflanze eingefärbt worden. Ich kenne diese Pflanze nicht, weiß nicht, woher ich ihr Pulver bekommen kann, wie man mit ihr färbt.»

«Ich kenne die Waidpflanze», sagte Isaak. «Sie kommt aus Thüringen. Der Waid gehört zur Familie der Kreuzblütler und ist in der Lebensdauer zweijährig. Der Farbstoff wird aus den Blättern der Pflanze gewonnen. Seine Herstellung ist sehr aufwändig und zeitraubend. Nach der Ernte werden die Blätter in einem Fluss oder Bach gewaschen und auf Wiesen zum Trocknen und Anwelken ausgebreitet.

Dann werden sie auf speziellen Mühlen zu einer breiartigen Masse zerrieben. Aus den zerquetschten Blättern formen Frauen von Hand ungefähr faustgroße Waidballen, die nach ihrer Trocknung von den Bauern auf den Markt in der Stadt gebracht werden. Der Ballenwaid stellt ein Halberzeugnis dar, das die Bauern nicht weiter aufbereiten dürfen, da auch in Thüringen das Gesetz gilt, dass Gewerke und Gewerbe nur in Städten betrieben werden dürfen.

Waidhändler kaufen den Ballenwaid und verarbeiten ihn in den Herbst- und Wintermonaten zu Farbpulver.

Dazu werden die Waidballen zuerst mit Hämmern zerschlagen und dann mit großen Mengen heißen Wassers begossen. Dadurch beginnt unter starker Dampf- und Hitzeentwicklung ein Gärungsvorgang, der sich über mehrere Wochen hinzieht. In dessen Verlauf wird die Waidmasse mehrmals gewendet, zerkleinert sowie erneut aufgehäuft und mit Wasser befeuchtet. Entscheidend für die Färbekraft des erzeugten Pulvers ist die Einhaltung einer gleichbleibenden Wärme.

Der blaue Farbstoff wird erst während der Gärung sichtbar. Nach der Trocknung und Siebung wird das fertige Waid-Farbpulver, das wie Taubenmist aussieht, in Fässern aus Tannenholz verpackt.

Das Färben mit Waid ist ein schwieriger Vorgang, für den jeder Färber seine eigenen Rezepturen hat. Die Färbebrühe wird mit warmem Wasser in Kupfergefäßen angesetzt und enthält neben dem Waidpulver Zusätze von Kleie, Krapp und vor allem Pottasche. Krapp und Kleie fördern die Gärung, während die Pottasche der Vernichtung der bei der Gärung entstehenden Säuren dient. Abhängig von der Dosierung des Farbpulvers, von der Nutzungsdauer der Brühe und der Menge des zugefügten Krapps, werden mit Waid die Farben Schwarz, Blau, Braun und Grün erreicht.»

Sibylla lächelte. «Du hast mich überzeugt. Ich glaube dir nun, dass du dich bestens mit Pflanzen auskennst.»

Isaak lachte. «Verzeih mir, wenn ich wie ein Priester oder Schulmeister gesprochen habe.»

«Gibt es in Frankfurt einen Färber, der den Umgang mit der Waidpflanze kennt und auch das nötige Farbpulver hat?»

Isaak Kopper überlegte einen Augenblick, dann schüttelte er den Kopf. «Ich glaube nicht», sagte er. «Vor Jahren holte sich mancher das Pulver vom Niederrhein, doch die Farbe war wenig kraftvoll, also ließ man es bald wieder.»

«Das heißt also, dass es in Frankfurt kein Waidpulver gibt?», fragte Sibylla mutlos. «Womit soll ich dann meine Felle färben?»

Isaak Kopper war aufgestanden. Er reichte Sibylla seine Hand und forderte sie auf: «Komm mit!»

Gehorsam ließ Sibylla sich hochziehen, ging an Isaaks Hand die Treppe hinunter in seine Laborräume und sah zu, wie der Arzt in einem großen Schrank mit unzähligen kleinen Laden kramte.

«Hier ist es», murmelte er und holte ein Leinensäckchen von der Größe eines kleinen Stubenkissens hervor.

Er reichte es Sibylla, und sie las den kleinen Zettel, der am Zugband des Säckchens befestigt war: «Waidpulver.»

«Oh, Isaak!», entfuhr es ihr, und ehe sie sich's versah, warf sie sich auch schon dankbar in seine Arme. Wie von selbst fanden ihre Lippen seinen Mund, ihr Atem verschmolz mit seinem, ihre Körper drängten sich aneinander und wurden zu einem Leib.

Es dauerte lange, bis sie sich wieder ihrer Umgebung bewusst wurden.

Zärtlich umfassten Isaaks Hände Sibyllas Gesicht. Leise sagte er: «Ich liebe dich noch immer, Sibylla. Obwohl ich es nicht will. Ich lebe mit Isabell und kann doch nur dich lieben. Gott verzeih mir.»

«Es ist besser, wenn ich jetzt gehe», erwiderte Sibylla, doch das Zittern ihres Körpers, ihr verlangender Blick straften ihre Worte Lügen.

Isaak räusperte sich, ließ Sibylla los und trat einen Schritt zurück. Seine Miene war ernst.

«Ja, es ist wohl besser, wenn du gehst», wiederholte er Sibyllas Worte. «Nimm das Waidpulver mit und versuche, die Pelze zu färben.»

Noch einmal tauschten sie einen Blick, in dem alles geschrieben stand, was sie einander niemals gesagt hatten. Dann flüchtete Sibylla aus dem Keller, eilte in die Diele, riss ihren Umhang vom Haken und stürmte in die kalte Winternacht hinaus, in der Hoffnung, dass diese ihr das heiße Blut kühlen würde.

Kapitel 19

Am nächsten Abend wartete sie, bis Stille im Haus eingekehrt war. Es war Samstag, die Gesellen hatten frei, saßen bei Bier und Apfelwein in der Zunftstube. Katharina besuchte ihre Mutter, die in einer Kate in der Neustadt lebte, und auch Barbara hatte das Haus verlassen. Sibylla war allein im Haus. Aus der Küche holte sie Zuber und Kessel in verschiedenen Größen. Sie hatte Isaak gut zugehört, wusste, dass sie das Waidpulver zusammen mit Kleie, Krapp und Pottasche in einem Kupferkessel über dem Feuer erhitzen musste. Nur das Verhältnis, mit denen Kleie, Krapp, Pottasche und Waidpulver gemischt werden mussten, war ihr unbekannt. Sie würde es ausprobieren müssen und dabei jedoch darauf achten, nicht zu viel von dem blauen Pulver zu verschwenden. Eine schwierige Aufgabe. Sibylla nahm den Kessel vom Feuer, als das Wasser begann, Blasen zu werfen. Dann holte sie die Apothekerwaage, die sie heute gekauft hatte, herbei und wollte gerade damit beginnen, die einzelnen Zutaten abzumessen und die Maße zu notieren, als sie meinte, ein vorsichtiges Klopfen an der Tür gehört zu haben.

Sie lauschte, doch das Geräusch wiederholte sich nicht.

Dennoch ging Sibylla neugierig zur Tür und öffnete. Niemand stand davor. Sie trat einen Schritt hinaus und blickte sich nach allen Seiten um. Am Ende der Gasse sah sie eine Gestalt, die ihr wohlbekannt war.

«Isaak!», rief sie.

Er drehte sich um, rannte mehr, als er lief, zurück zu Sibyllas Haus und blieb atemlos vor ihr stehen.

Diesmal war es Sibylla, die ihn aus der Wärme in die Kälte zog. Kaum war die Tür hinter ihnen ins Schloss gefallen, gab es kein Halten mehr. Wie Ertrinkende klammerten sie sich aneinander, als hinge ihr Leben davon ab.

Ihre Leidenschaft ließ für nichts anderes Raum. Vergessen waren Sibyllas Geschäft und die schwangere Isabell. Vergessen war alles, was zwischen ihnen stand. Nur sie beide zählten.

Isaak hob Sibylla hoch, trug sie die Treppe hinauf zu ihrer Schlafkammer und legte sie behutsam aufs Bett. Seine Blicke streichelten ihr Gesicht, seine Hände streiften ihr langsam die Kleider vom Leib, bis sie schließlich nackt und bloß vor ihm lag.

Isaak stand auf und entzündete einen fünfarmigen Leuchter.

«Was machst du?», fragte Sibylla.

«Ich möchte dich ansehen, möchte mich an deiner Schönheit freuen», antwortete Isaak.

Im ersten Moment empfand Sibylla Scham, doch als sie die Liebe und Bewunderung in seinen Augen sah, vergaß sie sie und zeigte sich ihm.

Sie räkelte sich, streckte sich wie eine Katze vor Wohlbehagen, sonnte sich in seiner Bewunderung.

«Ich möchte, dass du dich berührst», bat Isaak leise.

Sibylla hielt abrupt in ihren Bewegungen inne.

«Das ist Sünde», sagte sie, doch Isaak schüttelte den Kopf.

«Es ist keine Sünde, sich an der Schönheit zu erfreuen. Berühre dich, streichle dich, zeig mir damit, was du fühlst, was du dir wünschst.»

Nur einen Augenblick hielt Sibylla inne, doch dann tat sie, was Isaak sich wünschte. Behutsam streichelte sie ihre Brüste und bemerkte lächelnd, wie sich ihre Brustwarzen unter der zärtlichen Berührung aufrichteten. Dann nahm sie ihre Brustwarzen zwischen Daumen und Zeigefinger und rieb sie so heftig, dass ihr ein leiser Schrei, eine Mischung aus Schmerz und Lust, über die Lippen kam.

Unwillkürlich hatten sich ihre Schenkel geöffnet. Ihre Augen waren geschlossen, sie gab sich ihrer Lust hin.

Isaaks Atem ging heftig. Mit behutsamen Fingern streichelte er zuerst mit unendlicher Langsamkeit ihre Schamlippen, dann die zarte Knospe, in der die Lust der Frauen ihr Zuhause hatte. Sibyllas Seufzen wurde zum Stöhnen, ihre lustvollen Bewegungen heftiger. Sie strich über ihren Leib, presste Isaaks Hand noch drängender gegen ihren heißen Schoß. Doch plötzlich hörte Isaak auf sie zu streicheln.

«Nicht!» Sibyllas Stöhnen klang wie ein leiser Schrei. «Komm zu mir, bleib bei mir!»

Er beugte sich vor, strich mit der Zunge behutsam über ihre Schamlippen, sodass die Lust in Wogen durch Sibyllas Körper tobte. Dann umschlossen seine Lippen sanft ihre Knospe und saugten daran.

Sibylla hielt es nicht mehr aus. «Komm, Isaak», keuchte sie mit einer Stimme, die vor Lust ganz dunkel klang.

Mit einem kräftigen Stoß drang er in sie ein, nahm sie mit starken, langsamen Stößen, trieb sie behutsam, aber unaufhaltbar dem Höhepunkt ihr Lust entgegen.

Atemlos lagen sie wenig später beieinander, hielten sich umschlugen wie zwei verlorene Kinder im Wald, die nur sich hatten, die einander alles waren.

Von nun an kam Isaak, immer wenn Sibylla allein war.

«Mein Schicksal ist es, dich immer lieben zu müssen, aber nicht mit dir leben zu können», sagte er, und seine Stimme klang rau vor Schmerz, Schuld und Scham. «Gott weiß, dass ich versucht habe, dich zu vergessen. Gott weiß, dass ich geglaubt habe, meine Sehnsucht nach dir mit Geißelung und Fasten auslöschen zu können. Doch alles war vergebens. Ich habe Schuld auf mich geladen, Schuld Isabell gegenüber und auch Gott, der da sagt: Du sollst nicht ehebrechen.»

Sibylla sah, dass Isaak unter ihrer Liebe litt. Wie gern hätte sie ihm das Leben erleichtert. Doch das hieße, ihn aufgeben zu müssen. Und das konnte sie nicht. Sie liebte ihn mit Leib und Seele, mit Haut und Haaren. Aber auch sie litt, wenn sie sich nicht sehen konnten, sie fühlte sich ohne Isaak leer und hohl. Nur mit aller Kraft gelang es ihr, sich auf ihre Arbeit und das Geschäft zu konzentrieren. Dabei hatte die Liebe ihrem Einfallsreichtum neuen Auftrieb gegeben. Ihr Kleider wurden sinnlicher, gewagter. Sie lagen wie eine zweite Haut am Körper und waren aus fließenden, weichen Stoffen gearbeitet, die die Haut der Frauen streichelten. Ein Kleid von Sibylla verlieh jeder Frau eine weibliche Ausstrahlung, ließ jeden Mann schlucken und nach Atem ringen. Und die Frankfurterinnen ließen sich von Sibyllas heimlicher Glut anstecken und rissen ihr schier die Kleider aus den Händen.

Aber Isaak war nicht nur für die sinnlicheren Kleider verantwortlich, er half ihr auch dabei, die richtige Zusammensetzung für den Farbstoff der Waidpflanze zu finden. Schon bald war das erste Stück Pelz blau eingefärbt, und ganz Frankfurt bejubelte die Tatsache, dass die begehrte italienische Mode endlich auch ihre Stadt erobert hatte.

Um ihr Geheimnis für sich zu behalten, sandte Sibylla einen Boten nach Thüringen, um neues Waidpulver zu erstehen, ließ hinter ihrem Haus auf dem gepflasterten großen Hof ein Werkstattgebäude errichten und stellte einen wandernden Färbergesellen ein, der sich um die Färbung kümmerte.

Die Zunft hatte es längst aufgegeben, Sibylla die Vermischung der einzelnen Gewerke zu untersagen. Sie zählte inzwischen die einflussreichsten Frankfurter zu ihren Kunden und konnte sich über Zunftbräuche hinwegsetzen. Dabei half auch der große Batzen Gulden, den sie gespendet hatte, und die Tatsache, dass sie das Zunfthaus der Kürschner so prächtig neu eingerichtet hatte, dass es nun sogar prunkvoller war als das Haus der Goldschmiede.

Doch Sibylla war immer noch vorsichtig, reizte die Zunft nicht über das Maß hinaus. Sie wusste genau, wie schnell sich das Blatt wenden konnte.

Jetzt hatte sie fast alles erreicht, was sie sich vorgenommen hatte, war stolze Besitzerin der besten Kürschnerei, der besten Gewandschneiderei und beschäftigte neben Kürschnern, Pelznäherinnen und dem Färber inzwischen auch zwei Einrichterinnen, eine Putzmacherin, eine Weißstickerin und eine Perlenstickerin. Wieder drohte das

Haus aus allen Nähten zu platzen, doch Sibylla gelang es ohne große Mühe, ein weiteres Haus in der Krämergasse zu erwerben.

In Frankfurt hatte sie alles erreicht, was zu erreichen war. Und doch war sie ruhelos. Noch immer litt sie unter der Schuld, die sie auf sich geladen hatte, um die zu werden, die sie jetzt war.

Und seit sie Isaak Kopper liebte, quälte sie eine Frage immer wieder. Eine Frage, auf die es keine Antwort gab: Würde Isaak sie auch lieben, wenn er sie als Wäscherin Luisa, als arme, verachtete und unehrenhafte Frau kennen gelernt hätte? Oder liebte er die Sibylla in ihr? Liebte er das Leben, das sie einer anderen nach deren Tod gestohlen hatte?

Isabell Kopper hatte inzwischen einen Sohn zur Welt gebracht. Er wurde auf den Namen Adam getauft, zählte nun schon ein halbes Jahr. Isaak liebte ihn zärtlich.

«Wenn ich Isabell auch nicht so lieben kann, wie sie es verdient hat, so werde ich doch dafür sorgen, dass es ihr an nichts fehlt», sagte er eines Tages zu Sibylla. «Sie ist die Mutter meines Sohnes. Allein dafür gebührt ihr ein Platz in meinem Herzen.»

Ein leiser Stich der Eifersucht durchdrang Sibylla. Doch Isaak sprach weiter: «Auch du bist verheiratet, Sibylla. Das dürfen wir nie vergessen.»

Sibylla nickte. Insgeheim hoffte sie jedoch, dass Schieren niemals zurückkehren würde. Noch immer gab es keine Nachricht von ihm. Ein Jahr schon war er weg, und Sibyllas Hoffnung, dass er verschollen bleiben würde, wuchs mit jedem weiteren Monat.

Doch an einem Tag kurz vor der Herbstmesse stand er plötzlich vor der Tür. Er war mit einer der Händlerkolonnen gekommen, die sich vor Monaten aus dem Osten auf den Weg nach Frankfurt gemacht hatten. Sibylla gelang es nur schlecht, ihren Unmut über seine Rückkehr zu verbergen, doch Schieren schien es nicht zu bemerken.

In der Zunft wurde er mit Jubel begrüßt, jeder lauschte den unglaublichen Geschichten, die er erlebt haben wollte. Er war der Mann der Stunde, sonnte sich im Erstaunen seiner Mitmenschen und brüstete sich mit Versprechungen, die ihm die Menschen im Osten gemacht hatten. Schiffsladungen voller seltener Pelze würden kommen und dafür sorgen, dass Frankfurt seinem Namen als Hauptplatz der Rauchwarengewerke alle Ehre machte.

Am meisten interessierten seine Kumpanen jedoch seine Geschichten über die Frauen im Osten. Mehr als ein schlüpfriges Erlebnis habe er mit ihnen gehabt. Das sei dort üblich als Zeichen der Gastfreundschaft. Außerdem würde ein Mann sich dort wie im Paradies fühlen, war es ihm doch gestattet, gleichzeitig mehrere Frauen zu haben. Über den Brunnentratsch drangen diese Anekdoten auch zu Sibylla. Doch was immer Schieren im Osten auch getrieben haben mochte, Sibylla war es gleichgültig, solange er sie nur in Ruhe ließ.

Und das tat er. Nur selten richtete er das Wort an seine Frau, hielt sich im Hause mit seinen Erzählungen zurück, kam nur zum Essen und zum Schlafen in die Krämergasse. Seinem Sohn Christoph schenkte er nicht die geringste Beachtung, fragte nicht einmal, woher dieses Kind so plötzlich kam, hatte er doch mit seiner Frau nur wenige Male das Lager geteilt.

Einzig als er hörte, dass Susanne als Magd bei Sachs lebte und unter seiner Obhut zu einer anstelligen jungen Frau heranwuchs, bekam er einen Wutanfall.

«Wie kannst du meine Tochter, mein Fleisch und Blut, zu einem Gerber geben! Und noch dazu als Magd! Schande und Verderben über dich, verfluchtes Weib, dreckige Schlampe.»

Er holte aus, als wolle er Sibylla schlagen, doch Sibylla zuckte nicht, wich nicht zurück. Vielleicht erinnerte er sich daran, dass sie schon einmal zurückgeschlagen hatte. Er ließ den Arm sinken und sagte lediglich drohend: «Gleich holst du sie von dort. Schon morgen wirst du ihr die schönsten Kleider anmessen und dafür sorgen, dass sie wie eine vornehme junge Frau ihres Standes gehalten wird.»

«Nichts dergleichen werde ich tun», beharrte Sibylla und verschränkte die Arme vor der Brust. «Und wenn du mich zwingen willst, du verdammter Hurenbock, so versuche es ruhig. Während du weg warst, habe ich deinen Bastard, den du mit Maria, der Wäscherin aus dem ‹Neuen Heißenstein›, gezeugt hast, als unser eigenes Kind ins Haus genommen und dafür gesorgt, dass Maria, die Frau, die du geschändet und um ihre Ehre gebracht hast, ein gutes Unterkommen hat. Deine Tochter aber, der ich ein Leben als Handwerksmeisterin beim Gewandschneider Schulte bestimmt hatte, war so faul und dumm, dass dieser sie am liebsten auf die Straße gejagt hätte. Also habe ich sie zu Sachs gegeben, und du kannst froh und dankbar darüber sein, dass sich überhaupt jemand gefunden hat, der sie wollte.»

«Hhmm», brummte Wolfgang Schieren und ging mit

keinem Wort auf Sibyllas Worte ein. Stattdessen fragte er: «Wie viele Jahre zählt sie nun? Hat sie das Heiratsalter schon erreicht?»

« 14 Jahre ist sie.»

Schieren überlegte. Auch er wollte Susanne nicht im Haus haben, hatte sich ohnehin nie um seine Kinder gekümmert. Im Grunde war es ihm herzlich gleichgültig, was aus seinen Nachkommen wurde. Einzig das Gerede der Leute machte, dass er sich nach ihnen erkundigte.

«Soll sie bleiben, wo sie ist», bestimmte er schließlich. «Doch übers Jahr wird sie heiraten. Ich selbst will ihr den richtigen Mann suchen.»

Sibylla nickte. «Wenn du meinst», erwiderte sie. «Aber woher willst du die Aussteuer nehmen, die sie sich erträumt? Im Moment wirst du sie gerade mal an einen Gesellen los.»

Schieren knurrte zur Antwort, doch dann erinnerte er sich an seinen Sohn Johannes. «Ist er schon in die Lehre gegeben?»

Sibylla nickte. «Beim Zunftmeister Wachsmuth ist er untergebracht.»

«Warum nicht hier? Er wird eines Tages die Werkstatt übernehmen. Soll er von Anfang an hier arbeiten.»

Sibylla schüttelte den Kopf. «Du irrst, Schieren, wenn du glaubst, dass ein Nichtsnutz wie dein Sohn die Werkstatt erben wird. Mein Besitz geht auf Christoph über, der als unser gemeinsames Kind gilt und so das Vorrecht hat.»

«Du hast meine Abwesenheit gut für dich ausgenutzt», fauchte er, doch er wusste, dass er nichts gegen Sibylla unternehmen konnte. Schließlich gehörten Haus und Werkstätten ihr, und da er aus den Ostländern lediglich mit tausend Versprechungen zurückgekehrt war, bleib ihm vorerst nichts, als abzuwarten und darauf zu hoffen, dass sich diese in bare Münze verwandelten oder dass Sibylla starb und er sie als ihr Ehemann beerben konnte.

Doch Sibylla lebte, stand jung und schön, entschlossen und tatkräftig vor ihm. Gedemütigt und in seiner männlichen Würde beschmutzt fühlte er sich jedes Mal, wenn er mit seiner Frau sprach. Zu deutlich ließ sie ihn spüren, dass er für sie nichts als ein dummer, eitler, alter Mann war, dem sie keine Liebe, noch nicht einmal die geringste Zuneigung entgegenbringen konnte.

Ihr Hochmut und seine eigene Ohnmacht brachten ihn derart in Harnisch, dass er wieder die Hand gegen Sibylla erhob.

Sie bewegte sich nicht, sagte nur gefährlich leise: «Erinnerst du dich an Thomas, den Gerber?»

Schieren schrak zusammen. Natürlich erinnerte er sich an den Mann. Schließlich war er es, der Thomas den Auftrag gegeben hatte, seine Frau zu schänden. Was wusste Sibylla davon?

«Was ist mit ihm?», fragte Schieren mit gespielter Arglosigkeit, doch Sibylla entging nicht, dass feine Schweißperlen auf seiner Oberlippe standen.

«Nun, er war mit dem Teufel im Bunde. Man hat ihn aus der Stadt getrieben, nie wieder darf er Frankfurt betreten.»

Schieren wurde blass. «Mit dem Teufel im Bunde?», fragte er töricht.

Er schluckte. Sibylla trat ganz dicht an ihn heran und flüsterte beinahe unhörbar: «Und ich schwöre dir, dass es jedem so ergehen wird, der mir etwas anhaben will. Jeder

Mann, der sich mir in den Weg stellt, ist mit dem Teufel im Bunde. So wahr mir Gott helfe.»

Ein Blick in sein Gesicht zeigte ihr, dass er genau verstanden hatte, was ihm geschehen würde, sollte er sich gegen Sibylla stellen.

«Ich verfluche den Tag, an dem ich dich geheiratet habe», erwiderte er mit gepresster Stimme. Dann drehte er sich um und ging.

Von diesem Tag an ging er ihr aus dem Weg. Und Sibylla war klug genug, dafür zu sorgen, dass er immer genügend Geld in der Lade vorfand, um sich in den Spielstuben und Badehäusern, in den Schankwirtschaften und im Zunfthaus zu berauschen.

Sie gab ihm alles, was er brauchte, und war froh und dankbar, dass er sie in Ruhe ihrer Arbeit nachgehen ließ und das Haus in der Krämergasse nur noch zum Essen und zum Schlafen betrat. Auch in der Kürschnerei vermisste ihn niemand. Heinrich ersetzte den Meister in jeder Hinsicht so vollkommen, dass Sibylla seinen Lohn um einiges aufgestockt und ihn damit zu einem der reichsten Gesellen in der Stadt gemacht hatte. Von Barbara hatte sie erfahren, dass er sich sogar mit dem Gedanken trug, eine Frau zu nehmen und sich ein kleines Häuschen in der Neustadt, wo dies auch ohne Bürgerrecht möglich war, zu kaufen.

Und doch hatte Schierens Rückkehr alles verändert. Isaak Kopper konnte nicht mehr ins Haus kommen, ihre Treffen wurden seltener.

«Ich muss dich sehen, Sibylla», drängte er, als sie sich zu später Abendstunde am verlassenen Mainufer trafen. «Ich kann es nicht ertragen, deine Haut nicht mehr zu fühlen, will dich nicht hinter den Büschen lieben, als wärst du eine Magd und ich ein Knecht.»

«Aber was sollen wir tun? Es gibt keinen einzigen Platz in der ganzen Stadt, an dem wir unsere Liebe leben können.»

Isaak nickte, und Sibylla hüllte sich tiefer in ihren warmen Pelz. Wieder war es Dezember, wieder heulte der Wind und peitschte das Wasser des Flusses, dass dieser Wellen schlug. Ein Jahr lang dauerte ihr Verhältnis nun schon, und beide wussten, dass sie ohneeinander nicht leben konnten.

Ein Zimmer in einer Herberge konnten sie nicht mieten. Nicht für Stunden, nicht für eine Nacht. Zu bekannt waren beide – Isaak als Ratsherr und Professor an der Frankfurter Lehranstalt, Sibylla als Besitzerin der größten Einrichterei und Kürschnerei –, als dass sie auf diese Art und Weise einen Platz gefunden hätten.

Ehebruch! Das Wort hing über ihnen wie ein flammendes Schwert. Käme heraus, was sie beide miteinander verband, so wäre ihnen die Exkommunikation sicher. Sie würden aus der Kirche verstoßen werden, verlören Bürger- und Stadtrecht, ihren Besitz und müssten sich wie fahrende Zigeuner auf den Landstraßen ein neues Zuhause suchen.

«Es muss sich etwas ändern. Im Frühjahr, gleich nach der Schneeschmelze, werde ich nach Florenz gehen», sagte Isaak, und Sibylla erschrak bei diesen Worten.

«Du kannst mich nicht hier allein lassen, Isaak», erwiderte sie angstvoll.

«Nein, das werde ich nicht tun», antwortete er, nahm

ihr Gesicht in seine Hände und wärmte es sorgsam und sanft.

«Ich werde dich mitnehmen. In Florenz können wir uns lieben, können zusammen sein, wann immer wir wollen. Wenigstens für eine kurze Zeit wünsche ich mir, so mit dir zusammenzusein wie ein Ehemann mit seiner Frau. Komm mit, Sibylla. Begleite mich nach Florenz.»

«Und was wird aus meinem Geschäft? Was aus Isabell?»

«Isabell scheut die weite Reise. Adam ist noch klein. Wir könnten ihn unmöglich mitnehmen. Deshalb wird Isabell mit dem Kind in Frankfurt bleiben.»

«Aber mein Geschäft! Meine Kunden! Die Aufträge! Was wird daraus?»

«Heinrich wird dich bestens vertreten in der Kürschnerei. Das weißt du. Und auch die beiden Einrichterinnen verstehen ihr Handwerk. Schließlich hast du es ihnen beigebracht.»

Isaak lächelte. «Denk an all die vielen Dinge, die du in Florenz einkaufen kannst», sprach er weiter. «Der Anspruch deiner Kunden an dich wird größer. In Florenz wirst du Dinge erwerben können, die von den Frankfurtern heiß begehrt werden. Es gibt eine deutsche Faktorei in Florenz. Viele einflussreiche Kaufleute aus dem ganzen Land wirst du dort treffen und, wenn das Glück dir hold ist, weitere Kunden finden. Nicht nur in Frankfurt wirst du bekannt sein, nein, ganz Deutschland wird deine Pelze kaufen wollen, wenn du sie in Florenz vorstellst.»

Sibyllas Augen leuchteten. Isaaks Argumente überzeugten sie, doch ein leiser Zweifel blieb.

«Was werden die Leute sagen, wenn ich mit dir auf Reisen gehe und mein Geschäft anderen überlasse?»

«Nichts. Schließlich gehst du doch wegen des Geschäftes auf Reisen. Dein Mann hat schließlich dasselbe getan, als er nach Osten aufbrach.»

«Ich träume schon lange von Florenz», seufzte Sibylla. «Und ich würde Lucia wiedersehen, die einzige Freundin, die ich je hatte.»

«Wir werden in ihrem Haus Unterkunft nehmen. Sie ist eine angesehene Frau in Florenz. Auch die Deutschen in der Faktorei machen mit ihr gute Geschäfte. Es gilt als große Ehre, bei ihr wohnen zu dürfen.»

Jetzt strahlte Sibylla. Ganz fest schmiegte sie sich an Isaak, sah in sein Gesicht mit den streichelnden Augen.

«Ich liebe dich», sagte sie, und es war das erste Mal in ihrem Leben, dass sie diese Worte aussprach.

«Ich liebe dich, Isaak. Mehr, als ich es sagen kann.»

«Ich liebe dich auch, Sibylla. Liebe dich mehr als mein Leben. Lieb und Leid in einem bist du mir. Bist mir die Luft zum Atmen, bist mir Wasser und Brot, Sonne und Regen. Ich würde sterben, müsste ich dich lassen.»

Kapitel 20

Florenz! Die Stadt der Künste und Wissenschaften, der schönen Dinge, der Feste und Gelehrsamkeit, Heimat Brunelleschis und Botticellis, Heimat auch der Mode und des guten Geschmacks.

Sibylla war glücklich. Hand in Hand lief sie mit Isaak Kopper von einem Ort zum anderen, über den Ponte Vecchio, auf dem die Florentiner Metzger mit ihren Verkaufsständen zu finden waren. Auch die ersten Goldschmiede hatten sich bereits hier niedergelassen, und alles deutete darauf hin, dass sie die Metzger bald verdrängen würden.

Hinter der Brücke bogen sie nach rechts ab und gelangten zu einem großen Platz, von dem es hieß, dass die Medici hier einen Bau planten, der nicht nur sämtliche Ämter des Großherzogtums der Toskana aufnehmen sollte, sondern überdies Platz bieten würde für die umfangreichste und prächtigste Gemäldesammlung Italiens. Sogar der Name stand schon fest, obwohl der Bau noch nicht begonnen worden war: Palazzo degli Uffizi.

Sibylla lief mit weit aufgerissenen Augen neben Isaak her, der Florenz gut kannte, und bewunderte alles, was sie sah. Auf der Piazza della Signoria, dem Dreh- und Angelpunkt des Florentiner Lebens, kauften sie Oliven und ließen sich auch etwas von dem kostbaren Öl auf ein Stück Brot, das die Italiener Ciabatta nannten, tröpfeln. Im Dom Santa Maria del Fiore staunte Sibylla mit offenem Mund über dessen gigantische Ausmaße.

«30 000 Menschen, das ist die gesamte Bevölkerung von Florenz und doppelt so viele, wie Frankfurt Einwohner zählt, finden hier im Dom Platz. Vor fünfzig Jahren noch fanden hier auch die öffentlichen Versammlungen des Stadtparlaments statt«, erklärte Isaak.

Doch Sibylla hörte nicht zu. Diese moderne Stadt mit ihren neuen Prachtbauten und Gärten überwältigte sie. So etwas Schönes hatte sie noch nie gesehen. Doch nicht allein die Gebäude und Parks faszinierten Sibylla. Auch die Menschen kamen ihr freundlicher, freier und fröhlicher vor als die Bewohner ihrer Heimatstadt. Keine Gasse, in der nicht von irgendwo ein Lachen oder ein Lied erklang. Kein Mädchen, das nicht ein strahlendes Lächeln im Gesicht trug. Kein Mann, der eine schöne Frau ohne Kompliment an sich vorbeigehen ließ.

Florenz! Für Sibylla eine Stadt wie aus einem Traum. Kaum glaubte sie, was sie sah: die reich geschmückten Palazzi, die Fresken in den Kirchen, die Steinmetzarbeiten. Und immer wieder auch die wunderschönen Kleider der Frauen, in denen sich der Sommer verewigt hatte. Weich und leicht schwangen sie um die Körper, ließen Kurven erahnen, doch verhüllten im letzten Augenblick alles, was anstößig wirken konnte.

«Die Kleider sind wie Spiele. Die florentinische Mode ist ein einziges Spiel», stellte Sibylla fest.

«Ein Spiel womit?», fragte Isaak.

«Ein Spiel mit der Liebe, mit der Schönheit, mit der Leichtigkeit des Seins», erwiderte Sibylla und schmiegte sich glücklich an ihn.

Plump und ärmlich, einfallslos und schwer kamen ihr dagegen die Kleider der Frankfurterinnen vor. Wenig vornehm und einfallslos selbst das Kleid, das sie trug.

Lucia lachte, als Sibylla der Freundin ihr Leid klagte.

«Die Sonne ist es», sagte sie. «Die Sonne und der gute Rotwein aus dem Chianti bewirken, dass das Leben in Florenz leichter und fröhlicher ist als anderswo. Natürlich sieht man diese Leichtigkeit auch in den Kleidern der Frauen, an ihren Frisuren, Hauben, am Schmuck und ihren Schuhen. In Florenz ist es einfach, schön zu sein. Unsere Mode verleiht ihren Trägerinnen Weiblichkeit. Ausstrahlung und Sinnlichkeit, das sind unsere Geheimnisse.»

Lucia lachte wieder und zog Sibylla vor einen kostbaren Spiegel: «Da, sieh dich an. Auch du bist hier eine andere als bei dir zu Hause.»

Sibylla nickte, doch tief in ihrem Inneren wusste sie, dass es Isaaks Liebe war, die sie schöner und unbeschwerter sein ließ. Es war eine neue Erfahrung für Sibylla. Hier, Seite an Seite mit Isaak, erfuhr sie zum ersten Mal, welche Macht die Liebe wirklich hatte. Vergessen war Frankfurt, vergessen Wolfgang Schieren, vergessen bisweilen sogar die Geschäfte.

Sie lebte im Augenblick, fragte nicht nach gestern und morgen, freute sich an allem, was ihr begegnete, besonders aber am Zusammensein mit Isaak.

Lucia hatte in ihrem Haus für Sibylla und Isaak stillschweigend und nur mit einem feinen Lächeln ein gemeinsames Schlafzimmer reserviert, in dem ein über die Maßen großes und breites Bett stand.

«Ich hoffe, Ihr fühlt euch wohl bei mir», hatte sie bei der herzlichen Begrüßung gesagt und den beiden Gästen dann den Rest des Hauses gezeigt.

Lucias Haus strahlte eine ebenso sommerliche Leichtigkeit aus wie die ganze Gegend. Große Fenster aus hellem Glas ließen das Licht bis in den hintersten Winkel scheinen. Die Böden waren aus Stein in einem roten Farbton, den die Florentiner Terra di Siena nannten. Die Wände waren nicht mit schweren Teppichen versehen, sondern hell verputzt. In Frankfurt wäre es ein Zeichen von mangelndem Reichtum, die Wände unbedeckt zu lassen, aber hier wirkt es edel und vollkommen. Zeichnungen und Gemälde in kostbaren Rahmen waren der einzige Wandschmuck. Die Möbel wirkten weniger schwer und plump, obwohl auch sie aus edlen Hölzern und mit kostbaren Schnitzereien versehen waren. Ein besonderes Kennzeichen waren die Mosaiken aus blauem gebranntem Ton, den die Florentiner Keramik nannten. Eine mit wunderbaren Mustern bemalte Leiste verzierte die Küche. Sie passte hervorragend zu den blank geputzten Kupferkesseln, die an einem Gestell neben der gemauerten Feuerstelle hingen und die die Strahlen der Sonne aufleuchten ließen. Die Fenster waren von Vorhängen aus leichten Stoffen umrahmt, die sich im Wind anmutig bauschten. Kein schwerer Samt, kein fester Brokat durchbrach die Schwerelosigkeit und Frische der Einrichtung. Im Hof standen Pflanzen in großen Terrakotta-Töpfen und erfüllten die Luft mit ihrem süßen Duft.

«Oleander und Lavendel», erklärte Lucia. «Meine Lieblingspflanzen. Hier wachsen sie überall. Ich liebe ihren Geruch, kann nicht genug davon bekommen.»

Doch auch die Küche barg für Sibylla so manche Überraschung. Hatte sie gestern noch über die seltsamen kirschgroßen schwarzen und grünen Früchte, aus denen man Öl gewinnen konnte, gestaunt, so entzückte sie heute ein Kraut, das von Lucia Basilikum genannt wurde und so aromatisch war, wie es Sibylla aus Deutschland nicht kannte.

Isaak begleitete Sibylla überallhin, freute sich an ihrem Staunen, an ihren glänzenden Augen, an ihrer Lebenslust.

«Oh, Isaak, ich wünschte, wir könnten immer in Florenz bleiben», sagte sie und meinte für einen Augenblick sogar, was sie sagte.

«Ja», erwiderte Isaak. «Das wünsche ich mir auch. Doch du selbst weißt, dass das nicht möglich ist.»

Sibylla nickte, und ein Schatten fiel auf ihr Gemüt.

Natürlich wusste sie, dass sie wieder zurück nach Frankfurt mussten, doch sie fühlte sich hier so wohl wie nie zuvor in ihrem Leben.

Die Wochen vergingen viel zu schnell, und bald blieben nur noch wenige Tage bis zu ihrer Rückreise.

Isaak musste noch einige Schriften in der Bibliothek studieren und ließ Sibylla in Lucias Obhut zurück. Lucia nahm die Freundin mit in ihr Schlafzimmer, in dem ebenfalls ein großes Doppelbett stand.

«Ein Doppelbett für dich allein?», fragte Sibylla.

Lucia lachte: «Das Leben ist kurz, also nutze ich die Freuden, so gut ich kann.»

Sibylla zögerte, dann fragte sie: «Und dein Ruf?»

Lucia legte Sibyllas den Arm um die Schultern: «Ich genieße den besten Ruf, liebe Freundin. Die Leute werden nach Erfolg und Reichtum bewertet, nicht nach ihrer Tugend.»

«Ich weiß. In Frankfurt ist es nicht anders. Hast du was, bist du was. Doch gilt das auch für Frauen?»

«In Florenz ja, aber in Frankfurt? Ich glaube nicht. Die Florentinerinnen sind anders als die Frankfurterinnen.»

Sibylla nickte: «Ja, das habe ich bemerkt. Doch worin liegt der Unterschied?»

Lucia führte Sibylla in eine bequeme Sitzecke, schenkte Wein ein, lehnte sich zurück und wirkte plötzlich unvermutet ernst.

«Die Zeit ist im Wandel», erklärte sie schließlich nachdenklich. «Und der Wandel geht von Italien aus.

Die Kirche hat an Macht verloren. Schuld daran ist der Klerus. Niemand betreibt mehr Völlerei und Hurerei als die Geistlichen. Selbst der Papst hat uneheliche Kinder. Die Gesetze der Bibel, die zehn Gebote haben an Gültigkeit verloren, die Predigten an Glaubwürdigkeit eingebüßt. Ja, es gibt in Florenz sogar zahlreiche Gelehrte – die meisten, so vermute ich –, die nicht mehr an einen Gott glauben.»

«Da hat der Teufel seine Hand im Spiel. Er versucht immer wieder, die Menschen vom Glauben abzubringen.»

Lucias Lächeln war fein. «Vielleicht», entgegnete sie. «In den Palazzi und unter der Gelehrten diskutiert man genau diese Fragen.»

«Was reden die Leute denn?», hakte Sibylla nach. Sie war noch immer wissbegierig. Gleichgültig, um welches

Gebiet es sich handelte, sie war immer bereit, Neues zu lernen.

«Die Frage, die die Gelehrten stellen, lautet: Was ist, wenn der Teufel alle seine Sünden bereut?»

Sibylla überlegte nicht lange. «Die Menschen werden gut und ohne Sünde sein», erwiderte sie überzeugt.

«Wenn alle Menschen gut, gerecht und gottgefällig leben, dann brauchen sie keinen Gott mehr, oder?»

Wieder dachte Sibylla nach, doch diesmal länger. Schließlich gab sie zu: «Du hast Recht, die Menschen brauchen Gott nur, wenn es ihnen schlecht geht. Ein glücklicher Mann, eine glückliche Frau hat keinen Wunsch nach der Fürsorge und dem Schutz Gottes. Die Gebete glücklicher Menschen wären wunschlos, die Beichtstühle blieben leer. Niemand brauchte mehr Predigten, es gäbe keine Ablässe mehr, keine Angst vor dem Fegefeuer oder der ewigen Verdammnis.»

«Richtig. Du siehst also, dass es ohne den Teufel kein Bedarf für Gott mehr gibt. Wem nützt der Teufel also?»

Sibylla erschrak. «Gott selbst und der Kirche», flüsterte sie.

«Siehst du. Und liegt es da nicht nahe, anzunehmen, dass Gott und der Teufel eine Person sind? Zwei Seiten einer Medaille?»

«Aber es ist Gotteslästerung, so etwas anzunehmen und auszusprechen», entgegnete Sibylla. Sie war etwas blass und sprach leise, als hätte sie Angst.

«Trotzdem ist es so. Gott und der Teufel brauchen einander. Einer ist ohne den anderen nicht vorstellbar, unbrauchbar, überflüssig. Gott ohne den Teufel hat keinen Wert. Er ist da, die Sünden zu vergeben. Wenn es aber keine Sünden gibt? Auch Jesus ist ohne den Teufel überflüssig. Es heißt, er trüge die Schuld der Welt auf seinen Schultern, ist für uns am Kreuz gestorben. Doch ohne Schuld kein Kreuz. Ohne Kreuz keine Auferstehung.»

Sibylla schüttelte den Kopf. «Deine Worte verunsichern mich. Es ist bestimmt nicht recht, solche Reden zu führen.»

Lucia lachte. «In Florenz spricht man so, diskutiert man so, denkt man so.»

«Habt ihr euch denn von Gott abgewandt?»

«Nein», widersprach Lucia. «Wir haben uns nicht von Gott abgewandt. Sieh selbst: In Florenz gibt es prächtige Kirchen. Doch die Moral ist eine andere. Die Gelehrten haben die Antike wiederentdeckt. Man diskutiert über griechische Philosophen, über das Leben in der Antike, erweckt die Kunst der Zeit wieder zum Leben. Überall in Italien ist dieser Einfluss spürbar.»

Lucia machte eine kleine Pause, dann sprach sie weiter: «Nicht nur die Männer beteiligen sich an Gesprächen über Philosophie, Kunst, Literatur und Politik. Auch die Frauen äußern ihre Meinung.»

Sibylla lachte. «Die Frauen auch? Dann werden sich die Männer schön auf die Schenkel klopfen, wenn die Frauen ihre Meinung kundtun.»

Lucia lächelte nicht mehr: «Nein, Sibylla. Die Männer hören ihnen zu. In Florenz darf eine Frau nicht nur schön sein; sie muss außerdem klug sein, sich in den schönen Künsten auskennen, vielleicht sogar selbst ein wenig schreiben oder malen. Durch die Auseinandersetzung mit der Kunst haben sich auch die Sitten verfeinert. Geschliffene Reden, tadellose Manieren, galanter, höflicher Umgang, das lieben die Florentiner, ja, sie machen sogar aus dem gesellschaftlichen Umgang eine Kunst. Wir Italiener sind der Schönheit verpflichtet. Es gibt kein Ideal, das uns erstrebenswerter erscheint. Deshalb auch die Hochachtung vor den Frauen, die Anmut, Schönheit, Witz und vor allem Klugheit und Tüchtigkeit in sich vereinen.»

Sibylla riss die Augen auf. «Haben die Männer denn keine Angst davor, dass sie von den Frauen übertrumpft werden, dass sie an Macht und Einfluss verlieren, den Gehorsam der Frauen aufs Spiel setzen?»

«Ich frage zurück: Glaubst du, dass Frauen weniger wert sind als Männer? Weniger fähig, Geschäfte und Politik zu betreiben? Weniger klug? Weniger einfallsreich?»

«Nein», gab Sibylla zu. «Ich kenne einige Männer, die dümmer sind als ich.»

«Siehst du!»

«Aber ich kenne außer dir keine Frau, die wirklich klug und geschäftstüchtig ist, dazu noch schön und anmutig», gab Sibylla zu bedenken.

«Das liegt an den Frauen. Du selbst hast es den Männern in Frankfurt gezeigt. Du machst bessere Geschäfte als sie, bist weitaus klüger als die meisten Männer. Doch du bist nicht stolz darauf, zeigst deine Kunst und dein Wissen zu spärlich. Ja, ich glaube sogar, du schämst dich für das, was du erreicht hast. Auf eine bestimmte Art schämst du dich dafür, hältst dich wahrscheinlich für vermessen, für anders als die anderen Frauen, für schlechter sogar.»

«Woher weißt du das?»

Erschrocken sah Sibylla die Freundin an, doch Lucia antwortete nicht auf ihre Frage, sondern sagte: «In Florenz sind die Frauen den Männern in vielen Dingen gleichgestellt. Zumindest in unserem Stand. Bald schon wird es in Frankfurt ähnlich sein, Sibylla. Dann wirst du dich nicht mehr schämen müssen, wirst niemals mehr glauben, dass du schlechter bist als die anderen Frauen, weil du anders bist.»

Mit diesen Worten stand Lucia auf und ließ Sibylla für eine kleine Weile allein. In Sibyllas Kopf summten die Gedanken wie in einem Bienenkorb. Lucia hatte Recht. Immer hatte Sibylla gewusst, dass sie anders war als die anderen Frauen in Frankfurt. Sie hatte immer genau gewusst, was ihr gefiel, was sie ablehnte. Sie hatte schon immer einen Sinn für Schönheit gehabt und etwas daraus machen wollen. Wenn Lucia Recht hatte, wenn es wirklich keine Sünde war, den Männern nachzueifern, dann war sie in Frankfurt vielleicht einfach nicht am rechten Platz. In Florenz, dachte Sibylla, würde ich nicht nur widerwillig von den Zünften, den anderen Handwerkern und dem Rat respektiert, sondern wäre geachtet und bewundert. Ich würde mich nicht mehr verstecken müssen für das, was ich kann und weiß, ich würde mich nicht mehr verstellen müssen. Ich wäre frei und unabhängig, den Männern gleichgestellt. Lucia hatte sich das verwirklicht, von dem sie träumte. Florenz, die Stadt, die ja sagt zum Leben. Frankfurt, die Stadt, die das Leben eindämmt, verdüstert und beschwert.

Und so wie die Städte war eben auch ihre Mode.

Sibylla stand auf und sah sich noch einmal genau in Lucias Schlafraum um. Sie ging zu einer kleinen Kommode, auf der ein wunderbar eingefasster Spiegel aus blitzendem Kristallglas stand. Bewundernd betrachtete sie die vielen kostbaren Schönheitsmittel, die auf der Kommode standen. Da gab es eine rote Paste, die auf die Wangen und die

Brüste aufgetragen wurde. Verzierte Behälter aus Silber, Gold und Elfenbein bargen Salben, die den Teint weich und glatt machten, kostbare Puder, die einen sinnlichen Schimmer auf die Haut zaubern konnten, standen daneben. Dazu kamen unzählige Flakons, die mit edlen Duftwässern gefüllt waren. Rosenöl, Mandelöl, Sandelholzduft, Pfirsichkernduftwasser, Lavendelwasser. Nicht nur Lucia, nein, alle Florentinerinnen liebten es, sich mit Düften zu umgeben, die wie feine Nebelschleier durch die vielen, engen Gassen zogen und den üblichen Gestank nach Abfall und Verwesung überdeckten.

Sibylla betrachtete gerade hingerissen den zahlreichen Schmuck, den Lucia in einer Kassette aus edlen Hölzern mit Einlegearbeiten aufbewahrte, als Lucia zurückkam.

«Nun, wie gefällt dir mein Schlafzimmer?», fragte sie beim Eintreten.

«Es ist wunderschön. Und herrlich sind die Dinge, die du besitzt. All die Düfte, Schönheitsmittelchen, all der Schmuck.»

«Sieh dir alles genau an. Wenn du willst, dann helfe ich dir beim Einkaufen. Du wirst in Frankfurt damit für Aufsehen sorgen. Doch jetzt zeige ich dir die allerneueste Florentiner Mode.»

Lucia kramte in einer Lade und holte ein spitzenbesetztes Tüchlein aus feinstem Linnen hervor, das mit Goldfäden durchsetzt war, und reichte es Sibylla.

«Was ist das?»

«Ein Tüchlein, um sich die Nase damit zu putzen. Es nicht vornehm, einfach in die Hand oder das Tischtuch zu schnäuzen. Nur die Bauern tun das noch. Die höheren Stände haben nun ein Nasentuch.»

Bewundernd betrachtete Sibylla das parfümierte Tüchlein.

«Ich schenke es dir», sagte Lucia. «Ich habe ein ganzes Dutzend davon für dich bestellt. Und wenn wir in den nächsten Tagen zum Ball der Medici gehen, so wirst du sehen, dass alle Florentiner solch ein Tüchlein besitzen.»

«Meinst du, auch die Frankfurter ließen sich belehren, das widerliche Schnäuzen zu unterlassen und solche Tüchlein zu benützen?»

Lucia lachte. «Ich bin mir sicher. Wenn du wieder zu Hause bist, trage es stets bei dir, benütze es in Gesellschaft, erzähle, dass dies die feine Lebensart ist.»

Lucia holte aus einem winzigen bestickten Täschlein, das sie am Gürtel ihres Kleides trug, ihr eigenes Nasentuch und zeigte Sibylla noch einmal, wie man es benutzt.

«Ich habe auch ein Dutzend Nasentücher für Isaak. Er wird dafür sorgen, dass die vornehmen Herren sich an den Umgang damit gewöhnen.»

Wenige Tage später brachen sie bei Einbruch der Dunkelheit zum Ball der Medici auf. Der Palazzo leuchtete ihnen schon von weitem entgegen. Rings um das Gebäude waren Fackeln angebracht, von allen Seiten strömten festlich gewandete Gäste herbei.

Sibylla trug ihr schönstes Kleid. Sie hatte es für sich selbst entworfen, doch bisher niemals getragen. Es kam ihr für Frankfurter Verhältnisse zu gewagt vor. Doch jetzt fühlte sie sich in dem lindgrünen Kleid wohl, das ihren Oberkörper eng umschloss und in losen Falten bis auf den Boden fiel. Auch, weil sie Isaaks bewundernde Blicke bemerkt hatte. Jetzt schritt sie an seinem Arm zum Palazzo.

Ihr Herz schlug schnell vor Aufregung. Ein Ball der Reichen und Anmutigen, ein Ball der Schöneit und Gelehrsamkeit. Noch nie hatte sie so etwas erlebt. Lucia hatte ihr geholfen, sich zu schminken. Geduldig hatte sie ihr rote Farbe auf Wangen und Brustansatz getupft, mit einem Kohlestift die Augen umrandet und auch die Lippen mit einer roten, fettigen Paste bemalt. An Sibyllas Hals aber glänzte ein ganz besonderes Schmuckstück. Ein Kettenanhänger, so kostbar und selten, dass er selbst in Florenz einmalig war. Isaak hatte ihn ihr geschenkt. Vor vielen Jahren war er in Jerusalem gewesen und hatte einigen Ausgrabungen beigewohnt. Eine Glasscherbe aus dem Römischen Reich war dabei gefunden worden. Sie war an die 1000 Jahre alt und hatte verschiedene bunte Einschlüsse.

Isaak hatte sie mitgenommen und in Florenz von einem der besten Silberschmiede einfassen lassen. Ein schmaler Silberrahmen, oben durch eine Blattranke verziert, hielt die Scherbe und ließ sie im Kerzenlicht geheimnisvoll schimmern. Kurz vor dem Ball hatte Isaak ihr diesen Schmuck geschenkt und dazu gesagt: «Eine Glasscherbe, die von Jahr zu Jahr schöner wird, kann nur von einer Frau getragen werden, die selbst von Tag zu Tag an Schönheit gewinnt. Möge unsere Liebe genauso lange dauern wie das römische Glas.»

Und jetzt trug Sibylla die Kette, fasste ein ums andere Mal danach, als hätte sie Angst, den Schmuck zu verlieren.

Staunend betrat Sibylla den Palazzo. Noch nie hatte sie so ein schönes und prachtvolles Gebäude gesehen. Keines der Frankfurter Häuser, nicht einmal der Nürnberger Hof des reichen Kaufmanns Jakob Heller, konnte da mithalten: Ein Labyrinth von weitläufigen Räumen durchzog das Haus, alle ausgestattet mit Säulen, Kassettendecken, Wand- und Deckenmalereien und Stuckreliefs. Die Fußböden waren aus Marmor oder glasierten Kacheln. Tische, Stühle, Truhen und Schränke von eleganter Form und edelster Machart. Kostbare Teppiche und Wandbehänge machten die Räume wohnlich. Gemälde, wertvolle Folianten, Plastiken, Bronzeabgüsse und Statuen aus Marmor zeugten vom Kunstsinn und Geschmack der Besitzer des Palazzo. Große Kaminfeuer verbreiteten Wärme, Lampen, Fackeln und Kandelaber sorgten für Licht und Glanz, Orleanderbüsche und Lavendel in Kübeln für Wohlgeruch.

Hunderte von elegant gekleideten Menschen flanierten durch die langen, weitläufigen Gänge des Palazzo, begrüßten einander und betrachteten die Kunstgegenstände.

Auch Isaak traf viele Bekannte. Sibylla fühlte sich ein wenig verloren an seinem Arm, wenn er sich in schnellem Italienisch mit Bekannten unterhielt und sie einzig mit ihrem Lächeln sprechen konnte, da sie die italienische Sprache nicht beherrschte.

Doch schon gingen sie weiter, kamen in den Festsaal, der beinahe so groß wie ein Marktplatz war. Musikanten spielten auf, die Menschen standen in Grüppchen zusammen, und an einer Längsseite war ein Buffet aufgebaut, wie Sibylla es noch nie gesehen hatte. Die Tische bogen sich unter den Platten und Schalen. Seltene Früchte waren zu wahren Kunstwerken aufgebaut, dreistöckige Torten, Butter in der Form von Schwänen und anderen Tieren, duftendes Brot, gewürzte Braten, Käselaibe, die aussahen wie Sonne, Mond und Sterne, getrocknete Früchte und andere Süßigkeiten bedeckten die lange Tafel. In der Mitte jedoch stand ein nackter Knabe, von oben bis unten mit

Goldfarbe bestrichen, der anmutig Pfeil und Bogen hielt und Amor, den Gott der Liebe, darstellte.

Sibylla war sprachlos. Diese Pracht war eines Königs würdig. Aber war Lorenzo de Medici nicht so etwas wie ein König? Wenigstens in Florenz, wenn nicht gar in ganz Italien? Kaufmann von Geburt zwar, doch so gelehrt, reich und mächtig, dass er die Geschicke der Stadt bestimmte und dafür gesorgt hatte, dass Florenz zur Drehscheibe der schönen Künste, der Wissenschaften und Gelehrsamkeit wurde und sein Ruf durch die ganze Welt erklang. Erschöpft von all den Eindrücken, die auf sie einstürmten, ließ sich Sibylla von Isaak zu einer marmornen Bank unter einer Säule führen, die mit bequemen Kissen aus rotem Samt belegt war. Isaak reichte ihr Wein in einem Silberbecher, der ähnlich, nein, viel köstlicher noch schmeckte als der, den sie in seinem Haus in der Schäfergasse geschmeckt hatte. Doch die Schäfergasse, Frankfurt, alles, was Sibyllas Leben ausgemacht hatte, schien plötzlich unendlich weit weg. Als hätte es diese Orte nie in ihrem Leben gegeben.

Allmählich erholte sich Sibylla. Der Wein belebte sie, färbte ihr die Wangen rot, ließ ihre Augen leuchten.

Mit klopfendem Herzen betrachtete sie die Frauen und Männer, die ihr sämtlich von großer Schönheit und Anmut erschienen. Die Kleider der Frauen waren sehr vornehm, einige trugen besonders gewagte Schöpfungen. Beinahe mit offenem Mund betrachtete Sibylla eine junge Frau von vielleicht 18 Jahren, deren Kleid die Schultern freigab. Ihren langen weißen Hals hielt sie so anmutig wie ein Schwan. Langes, blondes Haar fiel ihr in dicken Strähnen bis zur Hüfte hinab.

«Sandrina Algari», tönte plötzlich eine Stimme neben ihr. Sibylla schrak zusammen, und Lucia lachte. Unbemerkt hatte sie sich neben der Freundin niedergelassen. Mit einer Kopfbewegung deutete sie auf die junge Frau mit dem wunderbaren Haar und wiederholte: «Sandrina Algari, die Tochter des städtischen Schankmeisters. Sie spielt hervorragend die Harfe und malt wunderschöne Miniaturen. Neben der italienischen und lateinischen Sprache spricht sie Französisch und ein wenig Deutsch. Man sagt, dass Lorenzos Neffe beim nächsten Turnier ihr Wappen tragen wird. Zumindest aber tauschen sie bereits Gedichte.»

«Das heißt, sie wird bald heiraten?», fragte Sibylla und fügte hinzu: «Wie schade, dass sie ihr prachtvolles, goldenes Haar dann unter einer Haube verstecken muss.»

Lucia kicherte. «Nein, meine Liebe, sie wird ihn nicht heiraten. Dazu besteht kein Anlass. Er verehrt sie, und sie genießt es. Das treibt den Brautpreis in die Höhe. Doch für Lorenzos Neffen ist längst die Schwester eines Veroneser Grafen bestimmt. Und das Haar, liebe Sibylla, ist gefärbt und mit fremden Zöpfen versetzt.»

«Gefärbt? Fremde Zöpfe? Wie das?»

Lucia legte Sibylla einen Arm um die Schultern. «Alle Italiener lieben blonde Frauen. Deshalb bleichen die Italienerinnen ihr Haar. Sie benutzen dafür eine stark verdünnte Mischung aus Alraune und lassen es in der Sonne trocknen. Die Bäuerinnen aber verkaufen auf dem Markt nach der Hochzeit ihre Zöpfe. Und die Florentinerinnen kaufen sie und befestigen sie mit Nadeln im eigenen Haar.»

Sibylla nickte und ließ ihre Blicke weiter über die Festgesellschaft schweifen.

«Sieh mal. Schau diese Frau an!», brachte sie plötzlich aufgeregt hervor und deutete auf eine blutjunge Dame, die mit entblößtem Busen ging. Ihr Kleid wurde unter der Brust durch ein Samtband gehalten, die Brüste lagen frei, die Höfe waren mit roter Farbe geschminkt, die Warzen vergoldet!

«Sieh doch!», rief Sibylla wieder aus und hatte vor Aufregung nicht bemerkt, dass ein Mann hinter ihrer Bank stand.

«Je mehr Geld zur Verfügung steht, desto ausschweifender werden die Bedürfnisse», sagte der Fremde.

Sibylla drehte sich erstaunt nach ihm um. Lucia war aufgestanden, küsste ehrfurchtsvoll den Ring an seiner Hand und nannte ihn «Il Magnifico». Es war Lorenzo de Medici.

Auch Sibylla beugte sich über seine Hand.

«Bitte, meine Damen, ich bitte Euch, wieder Platz zu nehmen.» Dann wandte er sich an Sibylla und fragte auf Deutsch mit deutlichem Akzent: «Ihr seid doch Deutsche, nicht wahr? Kamt Ihr nicht in Begleitung unseres hochgeschätzten Arztes und Wissenschaftlers Isaak Kopper?»

«Ja», erwiderte Sibylla. «Ihr habt Recht. Ich komme aus Deutschland, bin Koppers Begleiterin. Aber solch eine Pracht habe ich noch nie gesehen. Ganz Florenz scheint nur für die Schönheit und das Vergnügen zu leben.»

Il Magnifico lachte. «Epikur, ein griechischer Philosoph, hat vor rund 800 Jahren erkannt und verkündet, dass alle Vergnügungen erlaubt und als unschuldig gelten dürfen, bis das Gegenteil bewiesen ist.»

Lorenzo nickte einer Frau zu, die ebenfalls mit entblößtem Busen einherschritt, und sprach weiter zu Sibylla:

«Deshalb triumphiert auch die Anziehungskraft des Weiblichen über alle Verbote der Kirche. Ich sage es noch einmal: Je mehr Geld zur Verfügung steht, desto ausschweifender werden die Bedürfnisse.»

Sibylla betrachtete eine Frau, deren Jugend längst vergangen war und die sich trotzdem nicht scheute, ihre Schultern und Brüste zur Schau zu stellen.

«Nur wächst in manchen Fällen der Geschmack leider nicht im gleichen Maß wie der Geldbeutel», entgegnete sie.

Lorenzo lachte, nahm ihre Hand und küsste sie.

«Ihr habt Recht. Doch auch hier soll gelten, dass alles für unschuldig gehalten wird, bis das Gegenteil bewiesen ist.»

Sibylla errötete. Ihre Bemerkung kam ihr töricht und anmaßend vor, und sie befürchtete, durch ihre ungeschickten Worte den Gastgeber beleidigt zu haben.

Doch Lorenzo de Medici betrachtete Sibylla mit Wohlgefallen.

«Erzählt mir von Euch», bat er. «Wie lebt Ihr im fernen Frankfurt? Was tut Ihr da? Womit verbringt Ihr Eure Zeit?»

«Mit den schönen Dingen beschäftige ich mich leider viel zu wenig», gestand Sibylla. «Es fehlt die Zeit. Ich bin Geschäftsfrau, kümmere mich um eine Kürschnerei, eine Einrichterei und auch um eine Gewandschneiderei.»

Lucia legte Sibylla eine Hand auf den Arm, um sie zu unterbrechen.

«Il Magnifico. Sibylla ist nicht irgendeine Frankfurter Geschäftsfrau. Ihre Werkstätten sind die größten und anerkanntesten der Stadt. Die einflussreichsten Familien gehören zu ihren Kunden. Nach Florenz ist sie gekommen, um sich neue Impulse zu holen.»

Lorenzo nickte wohlwollend. «Und habt Ihr Anregungen gefunden, Sibylla?»

«Oh, ich bin überwältigt. Mein Kopf schwirrt vor neuen Einfällen. In den nächsten Tagen werde ich viele Dinge einkaufen, um sie mit nach Deutschland zu nehmen und sie dort bekannt zu machen.»

Lorenzo lächelte. «In unserer Lucia habt Ihr eine gute Beraterin. Doch erlaubt mir, Euch heute Abend noch einem guten Freund vorzustellen, der Euch vielleicht nützlich sein kann. Wenn Ihr wollt, so bitte ich ihn, Eure Waren mit der nächsten Kolonne von Florenz nach Deutschland zu schicken.»

«Ich danke Euch, Il Magnifico», erwiderte Sibylla und betrachtete noch einmal den Mann, dessen Name in aller Welt nur mit Ehrfurcht ausgesprochen wurde. Lorenzo de Medici war kein schöner Mann. Groß war er, aber hager und von beinahe asketischer Magerkeit. Seine große Hakennase ragte wie ein Raubtierschnabel aus seinem Gesicht. Doch sein Wesen war freundlich und sein Handeln von den besten Idealen geprägt.

«Kommt», sagte er und reichte Sibylla seinen Arm. «Da drüben steht der Mann, dessen Bekanntschaft Ihr unbedingt machen solltet.»

Er führte Sibylla geschickt durch das Gewimmel im Saal, grüßte nach rechts und links, und schließlich erreichten sie einen schmächtig aussehenden Mann, der den Redefluss eines dicken Mannes über sich ergehen ließ. Sein schmaler Mund, die eng stehenden Augen und das kantige Kinn verrieten Entschlossenheit und große Tatkraft.

«Darf ich bekannt machen?», fragte Lorenzo und unterbrach die Unterhaltung.

«Das ist die Geschäftsfrau Sibylla Schieren aus Frankfurt, die mit edlen Pelzen, Einrichtungsgegenständen und Gewändern handelt und sie in eigenen Werkstätten herstellt.»

Der fremde Mann verbeugte sich galant vor Sibylla und ließ ein mageres Lächeln um seine schmalen Lippen gleiten.

«Und das, Sibylla, ist der Augsburger Kaufmann Jakob Fugger.»

Sibylla musste an sich halten, dass ihr der Mund nicht sperrangelweit offen stand. Jakob Fugger, der große Augsburger, der reichste Kaufmann, den es gab. Jakob Fugger, der Kupferminen in der ganzen Welt sein Eigen nannte, mit dessen Geld die Mächtigen zu ihren Ämtern kamen, mit dessen Geld Kriege geführt und verhindert werden konnten. Jakob Fugger, dessen Name in Deutschland nur flüsternd ausgesprochen wurde. Jakob Fugger, dieser kleine und doch so große Mann, stand vor ihr und führte ihre Hand zu einem Kuss an seine schmalen, energischen Lippen.

«Es freut mich, Euch kennen zu lernen», sagte er und fragte sogleich weiter: «Wart Ihr schon in der Florentiner Faktorei der Deutschen? Kenne ich Eure Waren?»

«Nein», gestand Sibylla. «Leider nicht. Meine Reise nach Florenz diente in erster Linie der Anregung. Ich habe nur einige Pelze aus meiner Werkstatt dabei.»

Fugger musterte die junge Frau von oben bis unten, tauschte einen Blick mit Lorenzo de Medici und sagte schließlich: «Ihr müsst eine wirklich gute Geschäftsfrau sein, wenn Il Magnifico auf Euch aufmerksam geworden ist. Eure Kleidung verrät Geschmack und Stil. Seltene Tugenden in Deutschland. Kommt morgen zu mir in die Faktorei Tedeschi. Ich möchte Eure Pelze sehen. Schon lange suche ich nach einer Schaube, die ein bisschen anders ist als die gewöhnlichen Umhänge der deutschen Kaufleute, die einander zum Verwechseln ähnlich sehen.»

Sibylla konnte nur nicken. Zu groß war ihre Überraschung, zu groß die Freude darüber, Jakob Fugger vorgestellt worden zu sein. Ihm einen Pelz zu verkaufen, Jakob Fugger zu ihren Kunden zählen zu dürfen, das war eine Gelegenheit, von der sie nicht zu träumen gewagt hatte.

So fern ihr eben noch Frankfurt und die Geschäfte dort waren, so nah rückten sie jetzt wieder. Jakob Fugger, Jakob Fugger. Der Name kreiste ihr wie schwerer Wein im Blut, verursachte ein ähnliches Prickeln.

Hatte sie sich zu Beginn des Abends zwischen all der Pracht und all der Schönheit noch unzulänglich gefühlt, so schwebte sie jetzt über allem. Sie genoss die Artigkeiten der Männer, denen sie vorgestellt wurde, bewunderte neidlos die Garderobe der Damen – und stellte gleichzeitig mit maßlosem Erstaunen fest, dass sie, die sich bisher für klug gehalten hatte, in Florenz auf dem Ball der Medici von Mädchen übertroffen wurde, die bedeutend jünger waren als sie. Lucia machte sie mit einer jungen Frau bekannt, die Sibylla schon mehrmals aus den Augenwinkeln gemustert hatte. Ihre Anmut zog den gesamten Festsaal in ihren Bann. Die Männer verschlangen sie mit Blicken, doch ihr Benehmen war trotz des entblößten Busens untadelig.

«Thalia, meine Freundin», stellte Lucia vor. Die beiden Frauen gaben einander die Hand, lächelten sich an.

«Ihr seid zum ersten Mal auf einem Ball in Florenz?», fragte die schöne Thalia, und Sibylla bejahte. «Beabsichtigt Ihr, noch eine Weile zu bleiben?»

«Nur noch wenige Tage», erwiderte Sibylla. «Unsere Kolonne verlässt leider schon in einer Woche diese wunderschöne Stadt.»

«Nun, vielleicht habt Ihr noch Zeit, mich einmal zu besuchen. Ich bewohne den Palazzo d'Igli. Übermorgen Abend empfange ich mehrere Gelehrte und Künstler zu einem literarischen Zirkel. Wenn Ihr die Literatur ebenso liebt wie ich, dann seid Ihr herzlich eingeladen.»

Sibylla nickte schüchtern. Als Thalia gegangen war, fragte Sibylla die Freundin: «Sie ist sehr gebildet, nicht wahr?»

«Oh ja», sagte Lucia. «Thalia liest und schreibt Gedichte, sie spielt die verschiedensten Musikinstrumente und veranstaltet gebildete Gespräche. Außerdem sammelt sie Bilder und Skulpturen, seltene Bücher und Graphiken.»

Mit Bewunderung und leisem Neid sah Sibylla der schönen Frau hinterher.

«Wie glücklich wird sie einst ihren Mann machen, wenn sie erst verheiratet ist.»

Lucia brach in Gelächter aus. «Nein, Sibylla. Thalia wird wohl nicht so schnell heiraten. Vielleicht sogar nie. Sie ist eine Kurtisane und genießt als solche höchsten Respekt.»

«Eine Kurtisane? Eine Dirne? Eine unehrenhafte Frau?» Sibylla glaubte ihren Ohren nicht zu trauen.

«In Florenz gibt es Kurtisanen, die es an Reichtum, Bildung und Manieren mit den Damen der feinsten Gesellschaft aufnehmen können. Kein Mensch würde darauf kommen, sie zu verachten. Im Gegenteil: Thalia kann sich vor Bewunderern kaum retten.»

Sibylla fühlte plötzlich eine große Müdigkeit. Die vielen Eindrücke erschöpften sie langsam. Auch das Fest schien seinem Ende entgegenzugehen.

Lorenzo hatte seine Dienerschaft angewiesen, die Gäste hinaus in den Garten zu geleiten. Isaak nahm Sibyllas Arm. «Hat es dir gefallen?», fragte er. «Hast du dich gut unterhalten? Ich hatte Lucia gebeten, sich um dich zu kümmern. Es tut mir Leid, dass ich nicht den ganzen Abend bei dir sein konnte.»

«Das macht nichts, Isaak. Ich habe viele interessante Leute kennen gelernt. Lorenzo hat mich Jakob Fugger vorgestellt. Morgen Vormittag soll ich in die Faktorei der Deutschen kommen; er möchte meine Pelze sehen.»

«Jakob Fugger?»

Auch Isaak war erstaunt. «Wenn es dir wirklich gelingen sollte, dass Jakob Fugger deinen Pelz trägt, so wird das für Aufruhr im ganzen Land sorgen. Nicht nur die Frankfurter werden bei dir kaufen, auch die Augsburger, die Nürnberger, Aschaffenburger, Mainzer und Kölner.»

«Wir werden sehen», erwiderte Sibylla skeptisch.

Der nächste Augenblick ließ sie das alles vergessen. Lorenzo hatte für seine Gäste ein Feuerwerk entzünden lassen. Tausend Sterne stoben in die Nacht, leuchteten für einen Augenblick und verloschen dann für immer. Und wieder ging eine Kaskade Feuerregen in den Himmel auf, wieder erstrahlte alles ringsum – und verlosch.

«Es ist Zauberei, Isaak, nicht wahr? Zauberei, wie alles hier in Florenz?», fragte Sibylla und schmiegte sich fest an den geliebten Mann.

«Die größte Zauberin bist du, Sibylla», flüsterte Isaak zurück. «Wenn wir zusammen sind, regnet es Sterne. Ich bin glücklich, Sibylla. So glücklich wie nie zuvor in meinem Leben.»

«Ich bin es auch», erwiderte Sibylla. «Hier mit dir in Florenz fühle ich mich ganz mit mir im Reinen. Das macht deine Liebe.»

Für einen Augenblick dachte sie an die Wahrsagerin. Hatte die alte Zigeunerin Recht gehabt? Ja, die Liebe gab ihr alles, was sie brauchte. Ihre Seele war erfüllt von Schönheit, Freude und Liebe. War sie jetzt heil? War sie jetzt den Schatten entkommen? Beinahe schien es so. Seit sie mit Isaak zusammen war, mit ihm in einem Bett schlief, waren ihre Träume von Glück erfüllt. Keine Tote störte ihren nächtlichen Schlaf. Sibylla Wöhler war nicht mit nach Florenz gekommen. Zum allerersten Mal in ihrem Leben war Sibylla mit sich und der Welt ganz und gar im Reinen und von tiefem Glück und Dankbarkeit erfüllt.

Sie stand da, mit dem Rücken an Isaaks Brust gelehnt, von seinen Armen umschlungen, sah in den funkelnden Sternenregen, lauschte dem Beifall der Gäste und dankte Gott aus ganzem Herzen.

Kapitel 21

Am nächsten Morgen gingen Sibylla und Isaak in die Faktorei der Deutschen, die sich nahe am Fluss Arno unweit der großen Palazzi befand.

Ein Träger, der die ausgesuchtesten Stücke aus Sibyllas Kürschnerei schleppte, zeigte ihnen den Weg.

«Ich habe schon auf Euch gewartet», begrüßte Jakob Fugger die junge Frau und stellte sich Isaak Kopper vor.

«Doktor Kopper, viel habe ich in den gelehrten Zirkeln der Stadt von Euch gehört. Es heißt, Ihr zähltet zu den besten Ärzten in ganz Deutschland und verstündet Euch auf alle Arten von Krankheiten. Man erzählt sich, dass Ihr Euch in der Pflanzenkunde hervorragend auskennt und so manches neue Heilmittel gefunden hättet.»

«Ihr schmeichelt mir», erwiderte Kopper. «Meine Aufgabe ist es, den Kranken zu dienen. Mit allem, was ich habe, und mit allem, was ich bin.»

Fugger musterte Kopper aufmerksam. «Ich glaube Euch», sagte er schließlich. «Euch geht es nicht um den Ruhm. In Euren Augen fehlt die Eitelkeit.»

Kopper lächelte und verbeugte sich. Fugger ließ Getränke bringen, und Sibylla betrachtete aufmerksam die Einrichtung des Fugger-Kontors. Es war von überraschender Bescheidenheit. Fugger residierte hinter einem großen Tisch, der zwar aus edelstem Holz, aber von einfacher Machart ohne Schnitzereien war. Die Wände waren mit den besten Hölzern vertäfelt, aber frei von Gemälden oder Behängen. Der Boden war mit dicken Teppichen belegt, sodass es dem Raum trotz aller Schlichtheit nicht an Wärme fehlte.

Während Jakob Fugger sich weiter mit Isaak Kopper über medizinische Neuheiten unterhielt – auch Fugger war ein überaus gebildeter Mann mit großem Interesse an den Wissenschaften –, trat Sibylla an eines der großen Fenster und blickte neugierig hinunter in den großen Hof der Faktorei, auf dem es zuging wie zur Messe auf dem Römerberg. Wagen wurde be- und entladen. Knechte schleppten Tuchballen, rollten Fässer, Kontorschreiber standen mit dicken Büchern neben der riesigen Waage. Rufe und Lachen schallten über den Hof.

Fugger und Isaak gesellten sich schließlich zu ihr. «Ihr seht den Mittelpunkt des deutschen Handels in Italien», erklärte Fugger. «Jeder Kaufmann, der im Ausland Geschäfte macht, hat hier ein eigenes Kontor.» Er zeigte mit dem Finger auf das gegenüber liegende Gebäude. «Seht, da drüben ist das Kontor der Welser aus Augsburg, links davon haben die Hellers aus Frankfurt ihre Zelte aufgeschlagen. Daneben findet Ihr die Pforzheimer Goldschmiede, die Leipziger Buchdrucker und die Diamantenschleifer aus Idar-Oberstein.»

Beeindruckt sah Sibylla sich um. Wer hier in der Faktorei Tedeschi, der deutschen Handelsniederlassung, sein

Kontor hatte, der galt in der Welt der Kaufleute etwas, war weit über die Grenzen seiner Stadt hinaus bekannt.

«Nun», erinnerte Fugger an den Grund ihres Besuches. «Habt Ihr einige Pelzwaren, die Ihr mir zeigen könnt?»

Sibylla nickte. Sie fühlte sich plötzlich befangen. Für Frankfurter Verhältnisse reichte ihr Können allemal aus, aber konnten sie und ihre Waren in der Faktorei bestehen? Würde sie sich nicht blamieren?

Schüchtern wies sie den Träger an, die Pelze auszubreiten.

Fugger trat hinzu, befühlte jedes Stück, musterte das Futter, die Verarbeitung mit kundigem Blick.

«Ausgezeichnete Ware, beste Verarbeitung», sagte er schließlich anerkennend. «Eure Leute verstehen ihr Handwerk.»

«Danke», erwiderte Sibylla. Vor Stolz schoß ihr das Blut in den Kopf und färbte ihre Wangen rosig.

Fugger wandte sich ab, ging zu einem großen Kontortisch und begann, ein Formular auszufüllen.

«Mir gefällt der Schnitt. Ich schreibe Euch eine Geldanweisung. Ihr könnt sie in Frankfurt einlösen. 200 Gulden. Dafür bestelle ich bei Euch eine Schaube von Hermelin. Sie ist für meine Gattin, die denselben Vornamen trägt wie Ihr. Sibylla. Doch nicht nur der Name erinnert mich an meine Gattin. Ihr ähnelt Euch auch in der Figur. Fertigt die Schaube also nach Euren Maßen an.»

Sibylla fehlten die Worte. Eine Schaube für die Fuggerin! Sie hatte es geschafft! Jakob Fugger hatte ihr einen Auftrag erteilt.

Ihre Stimme zitterte, als sie fragte: «Wann soll die Schaube fertig sein?»

Fugger überlegte einen Moment. «Nun, wir haben Juni. Im Spätsommer, vielleicht auch im Herbst werdet Ihr zurück in Frankfurt sein. Macht Euch nur gleich an die Arbeit, denn der Mantel soll ein Weihnachtsgeschenk für meine Frau sein. Ihr solltet bereits gegerbte Felle zur Herbstmesse ordern. Ich gebe Euch ein Empfehlungsschreiben mit, sodass Ihr sicher sein könnt, von den Lübecker Kaufleuten wirklich hervorragende Waren zu bekommen. Die Order dafür könnt Ihr noch heute von hier aus erteilen. Nachher zeige ich Euch das Kontor der Lübecker Hanse. Kürzlich erst ist ein Schiff aus dem Russischen mit feinstem Hermelin in Rostock eingelaufen, hörte ich. Die Lübecker werden veranlassen, dass ausreichend Felle zu Euch nach Frankfurt gebracht werden.»

Sibylla konnte nur nicken. Sie musste nach Isaaks Arm fassen, um sich zu vergewissern, dass dies kein Traum war.

«Ihr werdet zufrieden sein», versprach Sibylla.

Fugger sah sie an. «Ich bin sicher, dass Ihr mir beste Arbeit liefert. Doch einen Wunsch habe ich noch: Färbt mir das Fell blau ein, wie es hier in Florenz Mode ist.»

«Euer Wunsch ist mir Befehl», erwiderte Sibylla. «Ich habe ausreichend Erfahrungen mit Waid.»

«Mit Waid? Sagt nur, Ihr färbt noch mit Waid?», fragte Fugger erstaunt.

«Womit sonst?» Sibylla war verblüfft. Gab es denn etwas anderes, mit dem man Felle blau einfärben konnte?

Fugger ging zu einem großen Regal und entnahm diesem ein Säckchen von Leinen. Er schnürte es auf und schüttete ein wenig Pulver in seine Handfläche.

«Das ist Indigo», erklärte er. «Ein Farbstoff, der über die Meere zu uns gekommen ist. Seine Leuchtkraft übertrifft die des Waides um ein Vielfaches. Auch der Färbevorgang vereinfacht sich erheblich, denn eine Gärung, die den Pelz doch immer etwas angreift, ist mit Indigo nicht mehr vonnöten.»

Behutsam griff Sibylla ein wenig von dem Pulver, zerrieb es zwischen Daumen und Zeigefinger und roch daran. Mit Erstaunen nahm sie zur Kenntnis, dass ihre Finger bereits blau verfärbt waren.

Fugger lachte. «Da seht Ihr selbst, welche Kraft der neue Farbstoff hat. Da, nehmt das Säckchen. Es reicht aus, um mindestens zehn Schauben einzufärben. Doch nun kommt mit zu den Lübeckern.»

Höflich geleitete Fugger Isaak und Sibylla aus seinem Kontor und führte sie in das gegenüber liegende Gebäude. Ehrfürchtig wurde er von den Kaufleuten der Hanse empfangen. Mit kurzen, knappen Worten schilderte er seine Wünsche und blieb, bis die Lübecker Kaufleute alle für den Hermelinkauf notwendigen Papiere ausgestellt hatten.

«Noch heute schicken wir einen Boten nach Lübeck. Unser bester Pelzhändler vor Ort wird die Felle für Euch ordern», versprach einer der Lübecker Kaufleute namens Hansen. «Pünktlich zur Herbstmesse wird der Hermelin fertig gegerbt in Frankfurt sein.»

Sie gaben sich die Hand, um das Geschäft zu besiegeln, dann wünschte Fugger Sibylla und Isaak eine gute Heimreise und verabschiedete sich.

Sibylla war überglücklich. Sie konnte es immer noch nicht fassen. Eine Schaube für die Fuggerin. Selig lief sie durch Florenz, strahlte jeden an und gab jedem Bettler ein Geldstück.

Doch der Abschied rückte unaufhaltsam näher. Die nächsten Tage war Sibylla beschäftigt mit dem Einkauf verschiedenster Dinge für die Einrichterei. Sie erstand eine komplette Wagenladung: feinstes Geschirr, kostbare Stoffe, Döschen und Schönheitsmittel, falsche Zöpfe, Dutzende von Nasentüchern, Kämme aus Elfenbein, Schuhe mit Brokat- und Spitzenbesatz und andere Kostbarkeiten, die die Herzen der Frankfurter würden höher schlagen lassen.

Isaak verbrachte die Tage an der medizinischen Fakultät der Florentiner Universität und tauschte sich mit den einheimischen Ärzten aus. Unzählige Rollen Papier schrieb er voll, und am Abend hatte sich an seinem rechten Zeigefinger eine Blase vom Halten der Feder gebildet.

Lorenzo de Medici hatte Sibylla eine schwere Truhe mit kostbarem Silbergeschirr und feinstem Leinenzeug schicken lassen, und Sibylla bedankte sich bei ihm mit einer warmen Kopfbedeckung aus Zobel, die mit Goldfäden bestickt war.

Doch dann waren alle Einkäufe erledigt, alle Gespräche geführt. Nur noch drei Tage, dann würde die Kolonne nach Deutschland zurückreisen.

«Ich habe eine Überraschung für euch», verriet Lucia am Abend, als sie, erschöpft vom Tagesgeschäft, bei einem Glas Rotwein aus dem nahen Chianti beisammensaßen.

«Eine Überraschung?», fragte Isaak.

Lucia nickte. «Eine Stunde von hier entfernt habe ich ein kleines Landhaus, das ganz versteckt liegt. Nur Olivenhaine und Zypressen sind die Nachbarn. Gleich wird eine Kutsche kommen, um euch für die letzten zwei Tage dort hinauszubegleiten. Die Köchin hat bereits Körbe mit Speisen und Getränken gepackt.»

«Stören wir dich?», fragte Sibylla mit leisem Schreck.

«Aber ganz im Gegenteil, meine Liebe. Am liebsten würde ich euch für immer in meiner Nähe behalten wollen. Doch eure Zeit in Florenz war anstrengend. Bald seid ihr wieder in Frankfurt, müsst getrennte Wege gehen. Ich schenke euch zwei Tage ungestörte Zweisamkeit und wünsche euch, dass euch diese beiden Tage in ewiger Erinnerung bleiben.»

Lucias Landhaus lag auf einer Anhöhe und bot eine großartige Ausschicht auf die wundervolle Landschaft der Toskana. Sibylla stand neben Isaak und betrachtete die Hügel am Horizont, die sich wie Perlen einer Kette aneinander reihten. Der Himmel war tiefblau, die Sonne brannte. Vor ihnen lag ein Olivenhain. Mannshohe ausladende Bäume, deren silberne Blätter leise im Wind raunten. Lerchen erfüllten die Luft mit ihrem Gesang, Grillen zirpten, die Zypressen warfen lange Schatten.

«Es ist wunderschön hier», sagte Sibylla verträumt, reckte sich genüsslich und sah Isaak an.

Sie hatten eine wundervolle Nacht verbracht, die sie einander noch näher gebracht hatte.

Bald nach ihrer Ankunft hatten sie die Körbe, die mit leckersten Speisen und köstlichem Wein gefüllt waren, geöffnet und unter einem Olivenbaum ein fürstliches Picknick veranstaltet.

«Ich fühle mich wie im Paradies», hatte Sibylla gesagt. Und Isaak hatte erwidert: «Aber Adam und Eva waren nackt. Zieh 'dich auch aus, damit ich dich im Abendlicht betrachten kann.»

Sibylla hatte gezögert. Es ziemte sich nicht, sich nackt

und ohne Scham vor einem Mann zu zeigen. Doch sie waren in Italien, und Lorenzo de Medici war es, der ihr den Satz von Epikur gesagt hatte: Jedes Vergnügen darf als unschuldig gelten, bis sein Gegenteil bewiesen ist. Doch sie zögerte noch immer.

«Was ist, wenn jemand hier vorbeikommt?»

«Wer soll vorbeikommen? Es gibt nur uns hier.»

Langsam öffnete Sibylla ihr Kleid und streifte es über die Schultern.

«Warte einen Augenblick», sagte Isaak. Er nahm eine Himbeere aus dem Korb und fuhr ihr damit über die Schultern. Die rote, pralle Furcht strömte einen berauschend süßen Duft aus und hinterließ ein zartes rotes Muster auf ihrer weißen Schulter. Isaak zog das Kleid bis zu ihren Hüften hinab und fuhr mit der Himbeere zwischen ihren Brüsten entlang. Ein Schauer durchrieselte Sibylla, als die kühle Frucht mit der empfindlichen Haut ihrer Brüste in Berührung kam. Sie schloss die Augen, doch Isaak hielt ihr die Himbeere unter die Nase.

«Da, riech. Das ist dein Geruch.»

Sibylla ließ sich die Himbeere auf die Zunge legen.

«Da, schmecke. Das ist dein Geschmack.»

Nie hatte ihr etwas besser geschmeckt. So wie die Sünde: Die süße Frucht, die ihr im Munde zerging, schmeckte wie die Sünde. Wild und köstlich.

Mit langsamen Bewegungen entkleidete Isaak sie, bis sie nackt vor ihm stand. Die Sonne war inzwischen untergegangen, und die Dämmerung war wie ein schützendes Tuch über sie hereingebrochen.

«Warte einen Augenblick», sagte Isaak und lief zum Haus.

Wenig später kam er zurück, steckte Fackeln in einem Kreis in die warme Erde, die den Geruch des Sonnentages gespeichert hatte, und entzündete sie.

Dann umkreiste er langsam die Geliebte, betrachtete sie von allen Seiten. Sibylla fühlte seine Blicke auf ihrer Haut. Sie erschauerte.

«Du bist schön. Schön wie eine griechische Göttin», sagte Isaak. Er kam näher und verband ihr mit einem Stück weichen Stoffes die Augen.

«Ich möchte, dass du die Nacht auf deiner Haut spürst. Der Wind soll deinen Leib streicheln, die Flammen der Fackeln ihn erwärmen, die Düfte sich mit deinem vermischen. Ich möchte, dass du dich mit allen Sinnen spürst. Diese Nacht soll sich dir in die Haut, in die Seele, in das Gedächtnis brennen. Nie sollst du sie vergessen, nie nackt sein können, ohne an diese Nacht denken zu müssen.»

Er nahm ihre Hand und half ihr, sich in die Mitte des Fackelkreises zu legen. Und Sibylla lag da mit verbundenen Augen und spürte die warme Erde unter ihrem Rücken, unter ihrem Po, unter den Schenkeln. Sie fühlte den Wind, der ihren Körper mit zärtlichen Händen streichelte, und die Wärme der Fackeln, die ihren Leib golden färbten.

Wie von selbst suchten ihre Hände ihren flachen Bauch und streichelten ihn selbstvergessen. Alle Scham war von ihr abgefallen wie Blätter von einem herbstlichen Baum. Sie war geschützt durch den Kreis der Fackeln, durch die Dunkelheit, geschützt und geborgen in Isaaks Liebe, der schweigend neben ihr saß und ihr selbstvergessenes Spiel betrachtete.

Isaak musste an sich halten, um seine Hände nicht neben ihren auf dem nackten Körper tanzen zu lassen. Eine wilde Woge der Erregung packte ihn, ließ ihn schwindeln. Er beugte sich über Sibylla. Und sie wölbte sich ihm entgegen, umklammerte mit ihren Schenkeln den Körper des Geliebten. Wie junge Tiere oder spielende Kinder umschlangen sie sich, hielten sie sich, als wäre eines ohne den anderen verloren.

Isaak rollte herum, sodass er nun auf dem Boden lag und Sibylla auf ihm. Mit einer Hand riss er ihr die Augenbinde weg, nahm ihr Gesicht in seine beiden Hände und sah ihr so tief in die Augen, dass seine Blicke sich bis in die Tiefen von Sibyllas Seele bohrten und dort einen unauslöschbaren Abdruck hinterließen.

«Ich liebe dich», sagte er mit rauer Stimme, in der Traurigkeit und Verzweiflung klangen. «Ich liebe dich mehr als irgendetwas sonst auf der Welt.»

Langsam, den Blick nicht von seinem nehmend, beugte sich Sibylla über ihn und ließ ihr langes Haar wie ein dichtes Zelt herabfallen. Sie legte ihre heißen Lippen auf die seinen, schmeckte Himbeeren und Sommer, und schon vereinigten sich ihre Münder in einem Kuss, der nicht enden wollte.

Wildes Begehren ließ ihre Körper erzittern. Sie hatten alles rings um sich vergessen. Alles in Sibylla drängte danach, sich mit ihm zu vermischen, zu vereinen, unauflösbar eins zu werden mit ihm.

Ganz fest packte Isaak sie nun an den Hüften, hob sie hoch und setzte sie auf sein langes, schweres Glied, das sofort ihre warme Höhle fand. Sibyllas Aufschrei vermischte sich mit dem Zirpen der Grillen, mit den Geräuschen der

Nacht. Wie sehr hatte sie sich danach gesehnt, vom ihm genommen zu werden.

Mit langsamen Bewegungen überließ sich Sibylla der Erregung. Isaaks Hände griffen nach ihren Brüsten, umfassten die empfindsamen Spitzen, streichelten sie sanft, rieben sie fester, während Sibylla auf seinem Leib tanzte, immer schneller, mit keuchendem Atem, bis sich ihre Lust schließlich in einem gemeinsamen Schrei entlud, der durch das Tal irrte und den Schlafenden unruhige, sinnliche Träume bescherte.

Jetzt, einen Tag später, standen sie an beinahe derselben Stelle und lauschten dem Rascheln der Olivenblätter, die ihr Geheimnis kannten.

«Lass uns ein Stück spazieren gehen», schlug Isaak vor. Sibylla nickte. Hand in Hand schlenderten sie durch den Olivenhain. Sie waren still. Die Nähe des anderen reichte aus zum Glück.

Doch dann begann Isaak zu sprechen. «Erzähl mir von dir», bat er. «Wie warst du als Kind? Was hast du dir gewünscht damals? Wovon hast du geträumt?»

Sibylla erschrak, und Isaak spürte ihre Furcht.

«Und du?», fragte sie zurück. «Wovon hast du geträumt? Wie warst du als Kind?»

Isaak sah sie einen Augenblick lang an, dann begann er zu erzählen: «Wir lebten schon damals in der Schäfergasse. Mein Vater war Arzt. Arzt wie ich. Er hieß Adam, wie mein Sohn. Auch er wollte den Menschen helfen, konnte seine Ohnmacht beim Anblick der Krankheiten, die er nicht heilen konnte, kaum ertragen. Darum suchte er nach einer Kräuterkundigen, die mit ihm zusammen nach neuen Heilmitteln forschte. Schließlich fand er Ida. Sie war die Tochter eines Apothekers, ein hässliches junges Mädchen, von dem niemand glaubte, dass es je einen Ehemann finden würde. Also kam sie zu uns ins Haus. Mein Vater und Ida gingen häufig in die Wälder, suchten Kräuter und Pflanzen, trockneten sie, zerrieben sie zu Pulver, mischten sie. Sie arbeiteten gut miteinander. Oft lachten sie gemeinsam in der Küche, Ida sang. Sie waren erfolgreich. Ihre Hustentropfen, die sie aus Fenchel, Honig und Thymian brauten, halfen vielen Frankfurtern. Sogar den Kindern, die die Süße der Tropfen liebten.

Meine Mutter duldete die Zusammenarbeit der beiden, doch ich glaube, in der Tiefe ihres Herzens bedauerte sie es sehr, dass Ida meinem Vater wichtiger war als sie.

Auch der ehrbaren Frankfurter Gesellschaft war die Freundschaft zwischen meinem Vater und Ida ein Dorn im Auge. Ein anderer Arzt war es wahrscheinlich, der Adam Kopper seinen Erfolg neidete und ihn darum beim Rat anzeigte. Mein Vater wurde beschuldigt, mit zwei Frauen unter seinem Dach eheliche Beziehungen zu unterhalten. Es kam zu einer Untersuchung, bei der auch meine Mutter befragt wurde. Doch sie schwieg, obwohl sie hätte bestätigen können, dass zwischen Ida und Adam nicht mehr bestand als eine tiefe Freundschaft und gegenseitige Achtung.

Ida wurde ins Kloster geschickt. Sie kam nach Engelthal, sosehr sich mein Vater auch gegen diese Entscheidung des Rates sträubte.

Viele Jahre blieb Ida dort. Meine Mutter starb, kurz darauf mein Vater. Ich war inzwischen erwachsen, studierte schon die medizinische Wissenschaft. In einem Buch hat mein Vater alle Rezepte seiner Heilmittel aufgeschrieben, die er zusammen mit Ida hergestellt hatte. Ich arbeite noch heute nach diesen Rezepten.

Vor einigen Jahren dann – es muss kurz nach deiner Hochzeit mit Jochen Theiler gewesen sein – traf ich am Stadttor eine alte abgerissene Frau in verschmutzter und zerrissener Nonnentracht. Ich erkannte Ida sogleich. Man hatte sie aus dem Kloster verstoßen, ihr vorher die Zunge herausgerissen.»

«Warum?», fragte Sibylla, die zu zittern begonnen hatte, als Isaak das Kloster Engelthal erwähnte.

«Tja, warum?», wiederholte Isaak und sah Sibylla aufmerksam an. Was weiß er?, dachte Sibylla und wich seinem Blick aus.

«Es gab dort ein Mädchen. Eine Klosterschülerin aus Frankfurt. Kürschnerstochter soll sie gewesen sein. Eines Tages war sie schwanger. Niemand wusste, von wem sie ein Kind erwartete. Das Mädchen selbst sagte nichts, verlor sich im Schweigen. Nicht einmal Schläge vermochten es, ihr das Geheimnis ihres Leibes zu entlocken. Dann kam die Geburt. Ida war dabei, half. Es war eine schwierige Geburt, bei der das Mädchen viel Blut verlor und der Säugling starb. Die Nonnen, die um ihren Ruf fürchteten, ließen das Mädchen verbluten und bestatteten sie neben ihrem toten Kind. Ida begehrte dagegen auf, beschuldigte die Nonnen, einen Mord begangen zu haben, indem sie dem Mädchen die Hilfe verweigert hatten. Sie drohte damit, zum Erzbischof zu gehen und zu erzählen, was in Engelthal vorgefallen war. Sie wollte es um des Mädchens willen, ahnte längst, dass es aus Angst verschwiegen hatte, wer der Vater des Kindes war. Sie muss das Mädchen sehr gern gehabt haben, wollte unbedingt seinen Tod klären, um sicher sein zu können, dass es seinen Platz im Himmel fand. Nun, die Äbtissin des Klosters verbot ihr die Reise. Doch als Ida sich nicht abhalten ließ, schmuggelte man ihr einen goldenen Kelch in ihre Kammer, beschuldigte sie daraufhin des Diebstahls. Ein Gericht tagte. Ida wurde für schuldig befunden, und zur Strafe wurde ihr die Zunge herausgerissen.»

«Diese Strafe ist bei Diebstahl nicht üblich», warf Sibylla ein. «Man hackt den Dieben die Hände ab, nicht die Zunge.»

«In diesem Falle war es anders. Man wollte ja verhindern, dass Ida erzählen konnte, was in Engelthal vorgefallen war. Deswegen die Zunge.

Ida verließ das Kloster, sobald sie konnte, und kam nach Frankfurt. Dort traf ich sie dann und holte sie nach Hause in die Schäfergasse.»

«Woher weißt du, was ihr widerfahren ist?», fragte Sibylla noch immer ängstlich. Konnte es vielleicht sein, dass es Sibylla Wöhler war, die im Kindbett gestorben war? Was wusste Isaak?

«Ida hat es mir aufgeschrieben.»

«Hat sie den Namen des Mädchens genannt?», fragte Sibylla. Ihr Herz schlug jetzt so stark, dass sie befürchtete, Isaak könnte es sehen. Und er bemerkte es. Er blieb stehen, zog Sibylla zu sich heran und legte ihr eine Hand auf das wild klopfende Herz.

«Warum erregst du dich so?», fragte er und sah ihr in die Augen.

«Ich weiß nicht», stammelte Sibylla.

«Warst du nicht auch in Engelthal?», sagte Isaak leise. «Du musst also wissen, was dort geschehen ist.»

«Ich … ich war nicht lange dort, war sicher schon zurück in Frankfurt, als das geschehen ist», stotterte Sibylla und wich seinem Blick aus. «Ich weiß nichts von einer schwangeren Klosterschülerin, weiß nichts von ihrem Tod. Es ist lange her. Warum fragst du jetzt danach?»

Isaak antwortete nicht. Noch immer sah er sie an. Schließlich nahm er ihre Hand und zog sie weiter. Nach einer Weile erst sagte er einen Satz, der Sibylla zu Tode erschreckte.

«Ida kennt dich. Das merke ich an ihrem Verhalten, obwohl sie niemals ein Wort darüber verloren hat. Und sie mag dich», sagte Isaak. Er blieb stehen und nahm ihr Gesicht in seine Hände.

«Ich liebe dich, Sibylla. Es ist mir egal, wer du früher gewesen bist. Ich liebe dich jetzt und werde dich immer lieben. Du brauchst keine Angst zu haben. Nichts wird meine Liebe zu dir schmälern können. Nichts, hörst du, gar nichts. Ich liebe die, die du heute bist, liebe deinen Leib, deinen Geist und deine Seele.»

Isaak atmete tief durch, dann sagte er leise und mit fast verschwörerischer Stimme:

«Lass uns in Florenz bleiben, Sibylla. Für immer. Ich bin bereit, Isabell und Adam zu verlassen, um für immer mit dir leben zu können. Lass uns hier bleiben. Ich habe auch hier einen guten Ruf als Arzt. Wir könnten uns ein Haus in Lucias Nähe kaufen. Vielleicht kannst du sogar mit ihr zusammenarbeiten. Bitte, Sibylla. Nur in Florenz können wir zusammenleben. Sag ja, Sybilla. Lass uns zusammen ganz neu anfangen und ein Leben führen, in dem die Liebe die Essenz ist.»

Sibylla erstarrte. Ihre Seele schrie auf vor Verlangen. Sie

wollte mit Isaak in Florenz bleiben, mit ihm ein neues Leben beginnen. Doch ihr Verstand widersprach, gewann nach kurzem Kampf die Oberhand und führte Sibyllas Antwort.

«Es geht nicht, Isaak. Ich kann mein Geschäft nicht im Stich lassen. Jahre habe ich gebraucht, um es hochzubringen. Jetzt gehöre ich zu den angesehensten Handwerkerinnen Frankfurts. Hier in Florenz hat sich mein größter Wunsch erfüllt. Jakob Fugger hat mir einen Auftrag erteilt. Nein, Isaak, ich kann nicht hierbleiben. So gern ich es möchte. Das Geschäft braucht mich. Versteh doch, der Auftrag Fuggers.»

Bei diesen Worten zerriss etwas in ihr. Doch sie war an Frankfurt wie mit eisernen Ketten gefesselt. Das Geschäft, ihre Vergangenheit. Sie musste zurück, musste zu Ende bringen, was sie vor Jahren als falsche Sibylla begonnen hatte. Erklären konnte sie es nicht, da sie es selbst nicht verstand. Hier, in Florenz, war sie zum ersten Mal in ihrem Leben glücklich gewesen. Glücklich und ganz und gar im Frieden mit sich selbst. Und doch musste sie zurück. Musste den Weg, den sie mit 16 Jahren eingeschlagen hatte, bis zu Ende gehen.

Sie wagte nicht, Isaak anzusehen, bemerkte jedoch, wie auch er sich plötzlich versteifte.

«Ich hatte gehofft, dass die Liebe dir mehr wert ist als Geld und Ruhm», sagte er und löste sich aus ihren Armen.

«Nein, Isaak, das ist es nicht. Es geht mir nicht um Geld und Ruhm.»

«Worum geht es dir dann?», fragte er.

Sibylla schwieg. Was sollte sie ihm antworten? Worum

ging es ihr denn? Ihr ganzes Leben lang hatte sie gekämpft. Ja, aber wofür?

Unabhängigkeit. Befreiung von den Schatten. Anerkennung und Achtung. Liebe. Auch das.

Und jetzt hatte sie das alles, und doch reichte es ihr nicht. Was wollte sie noch?

Ich bin nicht für das Glück gemacht, dachte sie. Ich darf nicht glücklich sein auf Dauer, ich kann es auch nicht. Zu sehr habe ich gesündigt. Habe mich selbst an einen Platz gestellt, der mir nicht zustand. Nun muss ich an diesem Platz verharren. Das ist wohl der Preis.

Kapitel 22

Übelkeit quälte Sibylla. Immer wieder musste sie sich erbrechen.

Sechs Wochen waren sie nun schon unterwegs, hatten Italien hinter sich gelassen, die Alpen überquert. Im Bayerischen waren sie inzwischen, die große Stadt war München ganz in der Nähe.

Das Rütteln der Wagen auf den unbefestigten Straßen steigerte ihr Unwohlsein. Blass und elend lehnte sie in der Ecke des Wagens. Auch die Hitze machte ihr zu schaffen. Nur wenig half es, dass Isaak ihr Luft zufächelte.

Er reichte ihr ein kleines Fläschchen. «Hier, riech daran, dann wird es dir besser gehen.»

Sibylla lächelte. Sie wusste, dass ein Auszug aus Pfefferminze nichts gegen ihre Übelkeit ausrichten würde. Doch sie nahm das Fläschchen, roch daran, verrieb einige Tropfen auf ihrer Stirn.

Sie gab Isaak das Fläschchen zurück, schloss die Augen. Das gleichmäßige Rattern der eisenbeschlagenen Wagenräder machte sie müde. In Gedanken kehrte sie zurück nach Florenz, zurück in die Toskana. Sie dachte an die beiden Tage, die sie mit Isaak in Lucias Landhaus verbracht hatte, an das seltsame Gespräch über Ida und die Vorkommnisse in Engelthal. Wie oft hatte sie sich seither gefragt, ob und was Isaak von ihr wusste. Er liebte sie, liebte sie von ganzem Herzen und mit aller Kraft. Jeden Tag konnte sie es spüren. Doch mit keinem einzigen Wort hatte er seinen Vorschlag, mit ihr für immer in Florenz zu bleiben, noch einmal erwähnt. Es war, als hätte er dieses Gespräch vergessen, als hätte es nie stattgefunden.

«Was wird aus uns?», hatte er nur gefragt. «Wie geht es weiter, wenn wir wieder in Frankfurt sind? Ich kann nicht leben ohne dich, brauche dich wie die Luft zum Atmen.»

«Ich weiß es nicht. Alles wird sich finden», hatte Sibylla erwidert – und gelogen. Denn sie wusste längst, dass es nicht weitergehen konnte, nicht weitergehen durfte mit ihnen. Der Grund dafür war die Übelkeit. Sie war schwanger von Isaak seit der Nacht im Olivenhain. Eigentlich fühlte sie sich für eine Schwangerschaft zu alt. Sie war jetzt 28 Jahre, hatte ein großes Geschäft zu führen. Da blieb keine Zeit, kein Raum für ein Kind. Sie hatte sogar überlegt, zu einer Zauberschen zu gehen, um das Kind wegmachen zu lassen. Doch dann hatte sie diesen Gedanken verworfen. Das Kind würde das Einzige sein, das ihr von Isaak blieb. Selbst wenn er nie davon erfahren würde, dass es sein Kind war. Ja, Sibylla war fest entschlossen, die Schwangerschaft zu verheimlichen. Isaak hatte eine Frau. Isabell wartete in Frankfurt auf ihn. Auch einen Sohn hatte er, Adam, benannt nach Isaaks Vater. Sibylla hatte kein Recht, ihn diesen beiden zu nehmen. Berichtete sie ihm von der eigenen Schwangerschaft, so brachte sie ihn damit in die allergrößte Verlegenheit. Vielleicht würde er auch in Frankfurt mit ihr leben wollen, seine Familie verlassen.

Das aber würde die Kirche niemals dulden. Ehebruch wurde mit Exkommunikation bestraft, Isabell wäre zum Gespött der Leute gemacht, und Isaak würde seinen Beruf nicht mehr ausüben können, seinen Platz im Rat räumen müssen. Wer würde sich schon von einem Arzt behandeln lassen, den die Kirche verstoßen hatte?

Auch sie selbst hätte nur Nachteile. Schieren würde sie verstoßen und das Geschäft behalten. Alles, was sie in den letzten Jahren geschaffen hatte, wäre umsonst gewesen. Eine neue Werkstatt konnte sie nicht eröffnen, noch immer war Frauen in Frankfurt so etwas verwehrt. Überdies hatte sie keinen Meistertitel. Würde überhaupt jemand bei einer Frau kaufen, die sich des Ehebruchs schuldig gemacht hatte? Auch sie würde exkommuniziert werden. Besser war es für alle, wenn alles so blieb, wie es bisher war. Wenn sie es gewusst hätte, wäre sie dann mit Isaak in Florenz geblieben? Wahrscheinlich. Doch die Gelegenheit war vertan, würde nicht wiederkommen. Nein, Isaak durfte nicht erfahren, dass Sibylla von ihm schwanger war. Sie musste sich von ihm trennen, durfte ihn niemals wiedersehen, sobald sie in Frankfurt eingetroffen waren. Das war sie ihm schuldig. Eine Trennung aus Liebe. Ja, sie würde sich von Isaak trennen, weil sie ihn liebte, weil sie nicht wollte, dass er ihretwegen Nachteile erlitt, in Unfrieden mit der Kirche, den Nachbarn, in Unfrieden auch mit Isabell und Adam lebte. Er brauchte seine Arbeit wie sie die ihre. Sie wollte nicht, dass er litt, wollte ihn um keinen Preis unglücklich machen. Sie liebte ihn mehr als sich, das wusste sie nun, doch sie war nicht geschaffen, glücklich zu sein. Deshalb würde sie auf ihn verzichten. Auch, wenn es ihr das Herz brach. Auch, wenn sie noch nicht wusste, wie

Wolfgang Schieren auf ihre Schwangerschaft reagieren würde. Und auch, wenn Isaak sie hassen würde, weil sie ihn verlassen hatte.

Wieder stieg eine Welle der Übelkeit in Sibylla auf. Nur mühsam gelang es ihr, dem Kutscher ein Zeichen zu machen, dass der Wagen halten sollte.

Sie erbrach sich im Straßengraben, Isaak hielt sie, reichte ihr einen Krug Wasser. Jede seiner Berührungen spürte sie mit doppelter Heftigkeit. Jedes Mal fragte sie sich, wie oft er sie noch berühren konnte. Und bereits jetzt spürte sie den großen Kummer, der sie überrollen würde, wenn sie sich von ihm getrennt haben würde. Doch sie wollte das Kind, wollte es von ganzem Herzen. Wollte es als Beweis ihrer Liebe, als lebendige Erinnerung.

Viel zu früh näherten sie sich den Stadttoren Frankfurts. Noch ein letztes Mal ließ Isaak Kopper den Wagen halten. Ein letztes Mal gingen sie ein kleines Stück in den Wald hinein, eine letzte innige Umarmung, ein letzter Kuss.

«Es ist kein Abschied für immer», beteuerte Isaak Kopper und hielt Sibylla so fest an sich gepresst, dass es ihr beinahe die Luft nahm. «Wir werden uns so oft sehen, wie wir können. Und wer weiß, vielleicht führen uns unsere Geschäfte schon bald wieder nach Florenz. Ich vertraue auf Gott und bin sicher, dass er einen Weg findet, uns eines Tages zusammenkommen zu lassen.»

«Ja», erwidertete Sibylla. «Auch ich vertraue auf Gott.»

Als Isaak zum letzten Mal Sibyllas Gesicht in seine Hände nahm und mit dem Finger behutsam die Umrisse ihrer vollen Lippen nachzeichnete, glänzten Tränen in seinen Augen.

Sibylla aber war stumm, ihre Augen trocken. Keine

Träne rollte über ihre Wangen, kein Seufzer stieg aus ihrer Brust auf. Der Kummer, das bevorstehende Leid hatten sie schon jetzt erstarren lassen. Von nun an würde sie in der Erinnerung leben und die Last eines großen Geheimnisses allein tragen müssen. Sie wusste, wie schwer es sein würde, damit zu leben, ahnte auch, dass der Schatten wiederkommen würde. Isaaks Liebe hatte sie vor der echten Sibylla Wöhler geschützt. Bei ihm konnte sie die sein, die sie war. Niemals hatte sie sich verstellen müssen, niemals lügen. Er liebte sie, und Sibylla war beinahe sicher, dass er sie auch lieben würde, wenn er das Geheimnis ihrer Herkunft kannte. Beinahe sicher. Ein Rest Zweifel jedoch blieb, würde an ihr zu nagen beginnen, sobald sie Isaak und seine Liebe verloren gab, und würde bleiben bis an das Ende ihres Lebens. Die Wahrsagerin hat Recht gehabt, dachte Sibylla und zog noch einmal den vertrauten Duft des Geliebten ein. Niemals wollte sie ihn vergessen. Nur die Liebe kann mich heilen. Ich habe es erlebt. In Florenz, das schattenlos und voller Freude für mich war. Jetzt wird der Schatten zurückkehren, und ich muss damit leben.

«Gott schütze dich, Isaak», sagte Sibylla und löste sich langsam aus seinen Armen. «Gott schütze und behüte dich.»

Wenig später fuhren die Wagen rumpelnd durch die Tore der Stadt Frankfurt.

«Du Hure, du verdammtes Flittchen. Ich prügele dir den Hurenbalg aus dem Leib, Dirne, verfluchte.»

Wolfgang Schieren schäumte. Sein Gesicht war puterrot, an seiner Schläfe hatte sich eine dicke Ader gebildet, in seinen Mundwinkeln stand weißer Schaum.

Er stand vor Sibylla, griff nach ihren Haaren und zog sie daran vom Stuhl hoch.

«Raus hier. Raus aus diesem Haus», fluchte er. «Sonst schlage ich dich tot, und dein Bastard verreckt mit dir.»

Sibylla entwand sich seinem Griff.

«Gar nichts wirst du tun», zischte sie zurück. «Nichts, gar nichts. Alles hier gehört mir. Ich habe die Werkstätten zu dem gemacht, was sie sind. Ohne mich bist du nichts. Ein aufgeblasenes, eitles Nichts, das schon bald alles ruiniert haben wird. Du brauchst mich, Schieren. Ich bin lebensnotwendig für dich. Also lass mich los, sonst schreie ich die ganze Gasse zusammen.»

«Dann schrei doch, du Hure. Schrei, so laut, du kannst. Soll ruhig jeder hören, dass du mit einem Bastard aus Italien zurückgekehrt bist.»

«Ich warne dich, Schieren. Ein Wort, und die ganze Stadt erfährt von deinem Bastard. Christoph ist durch eine Vergewaltigung entstanden, Schieren. Ich habe ihn als meinen Sohn anerkannt. Und dasselbe wirst du mit meinem Kind tun. Hast du verstanden? Du hast keine andere Wahl. Also halt dein verdammtes Maul und gehe mir aus dem Weg. Ich habe keine Zeit, deinem dummen Geschwätz zu lauschen. Arbeiten muss ich, damit du auch morgen noch Geld hast, das du in die Schankstuben, Würfelbuden und Badehäuser tragen kannst.»

Schieren fuhr zurück. Noch immer kochte die Wut in ihm, wurde gar noch größer, als er begriff, dass er wirklich keinerlei Handhabe gegen Sibylla hatte. Ihr gehörte alles, und selbst wenn sie wegen Ehebruchs davongejagt würde, hülfe ihm das nichts. Sie war es, die die Werkstatt groß gemacht hatte. Ohne sie konnte er den ganzen Laden dichtmachen. Schieren wusste das. Oh, und wie er das wusste! Kein Tag verging, an dem er nicht auf irgendeine Art und Weise daran erinnert wurde, dass er voll und ganz von Sibylla abhängig war. Er verfluchte den Tag, an dem er sie geheiratet hatte, doch es half nichts.

«Dann entschädige mich für die Hörner, die du mir aufgesetzt hast», verlangte er jetzt und sah sie fordernd an.

«Dich entschädigen? Ha, dass ich nicht lache! Du selbst hast mir einen Hurenbalg ins Nest gesetzt. Hast du mich dafür entschädigt?»

«Geld will ich. Viel Geld. Und dann gehe ich wieder auf Reisen. Es ist kein Auskommen mit dir. Weg will ich. So schnell wie möglich. Oder dachtest du etwa, ich würde mit dem Bastard unter einem Dach leben wollen?»

Sibylla dachte einen Augenblick nach. «Gut», sagte sie schließlich. «Ich bin einverstanden. Geh auf Reisen, geh, wohin du willst. Das Geld gebe ich dir. Reichlich sogar.»

«Und ich will, dass Susanne ebenfalls erbberechtigt ist. Setz Susanne und Johannes den beiden Bastarden gleich, dann werde ich schweigen.»

«Lass mir ein paar Tage Zeit», erwiderte sie kühl. «Ich werde dir meine Entscheidung mitteilen. Aber verlange nicht zu viel für deine Brut. Am Ende bekommst du gar nichts. Meine Großzügigkeit ist nicht an eine Schuld, die ich dir gegenüber empfinde, gekoppelt.»

Damit ließ sie ihn stehen und begab sich in die Meisterstube. Stundenlang blätterte sie in den Kontorbüchern. Die Geschäfte hatten unter ihrer Abwesenheit nicht gelitten. Im Gegenteil. Zwei Wochen waren vergangen, seit sie wieder die Zügel im Haus in der Krämergasse in der Hand hatte. Heinrich hatte hervorragende Arbeit geleistet, und auch die anderen Gesellen waren fleißig gewesen. Die Gewandschneiderei unter Meister Schultes Aufsicht lief ebenfalls hervorragend. Maria war glücklich dort, zeigte sich geschickt und anstellig, wo immer man sie brauchte. Barbara hatte sogar leise berichtet, dass sich wohl zwischen ihr und dem Meisterssohn Volker etwas entspann, das noch mehr zum Glück im Schultehaus beitrug. Wie lange noch wird es dauern, bis ich ihre Hochzeit ausrichten kann?, dachte Sibylla. Sie freute sich von Herzen, dass Maria endlich glücklich war, doch gleichzeitig schmerzte sie das Glück der anderen.

Sie hatte ihren Schwur eingehalten und Isaak Kopper nicht wiedergesehen. Sibylla lauschte den Schlägen der Turmuhr, die den Feierabend verkündeten, und seufzte tief. Jetzt, in diesem Augenblick, wusste Sibylla, würde Isaak am Mainufer auf sie warten. Vergeblich auf sie warten, wie an jedem Abend seit ihrer Rückkehr. Das Wissen schmerzte. Zu gern wäre sie jetzt bei ihm, würde am liebsten die Gassen hinunterrennen, sich in seine Arme stürzen, ihn umschlingen und niemals wieder loslassen.

Es klopfte an der Haustür. Sibylla ging hinunter und nahm das Schreiben entgegen, welches ein Bote ihr brachte. Sie nahm es mit in ihre Schlafkammer, setzte sich auf das Bett, brach das Siegel auf und las:

Geliebte Sibylla, meine Liebste,
wo bist du? Ich warte so sehr auf dich. Was ist mit dir? Warum kommst du nicht? 13 Mal schon stand ich am Mainufer, zitternd vor Vorfreude auf dein Kommen. 13 Mal war meine Vorfreude vergebens. Jetzt weiß ich nicht

mehr, was ich tun soll. Ich fühle mich am Rande eines Abgrundes, dessen Tiefen den Tiefen der Hölle gleichen.
Warum lässt du mich warten? Warum erhalte ich kein Wort, kein Zeichen von dir?
Sibylla, ich flehe dich an: Komm zu mir. Bitte.

Isaak

Tränen stiegen in Sibyllas Augen. Sie weinte so lange, bis sie keine Tränen mehr hatte. Dann griff sie entschlossen nach Papier und Feder und schrieb:

Lieber Isaak,
Florenz war ein Traum, aus dem ich nun erwacht bin. So hoch die Flammen der Liebe und Leidenschaft auch dort gelodert haben, so verloschen ist jetzt alles Feuer in mir, die Glut zu kalter Asche geworden.
Nein, Isaak, ich werde dich nicht mehr sehen. Du brauchst nicht mehr am Mainufer zu warten, denn ich werde nicht kommen. Schenk deiner Frau die Liebe, die für mich bestimmt ist, und ich versichere dir, du wirst eines Tages glücklich werden.
Es ist vorbei, Isaak. Für immer vorbei.

Sibylla

Sibylla, mein Herz, mein Leben,
ich glaube nicht, was du mir geschrieben hast. Es kann nicht sein, dass die Glut in dir erloschen ist, dein Herz erkaltet. Deine Worte waren wahr und ehrlich. Du bist keine Lügnerin. Ich weiß nicht, aus welchem Grund du mich nicht sehen möchtest, doch ich flehe dich an:

Komm nur einmal noch. Sprich noch einmal mit mir, ich bitte dich.

Oder, Sibylla, beweise mir, dass alles, was in Florenz zwischen uns geschehen ist, nur ein grausames Spiel von dir war, jedes Wort eine Lüge, jede Liebkosung ein Verrat. Beweise es mir, indem du mir schreibst, dass du mich nicht mehr liebst, dass du mich nie geliebt hast.

Isaak

Isaak,

es ist wahr. Ich habe gelogen in Florenz. Doch jetzt spreche ich die Wahrheit: Ich liebe dich nicht, habe dich nie geliebt.

Und trotzdem: Gott schütze und behüte dich.

Sibylla

Sibyllas Tränen tropften auf das Papier, als sie diese Worte schrieb. Ihre Hand zitterte. «Verzeih mir, Isaak, verzeih mir, wenn du kannst. Ich muss dir Schmerz zufügen, um dir größeres Leid zu ersparen. Um uns größeres Leid zu ersparen. Unsere Liebe hat hier kein Zuhause, und ich kann nicht darauf hoffen, dass sich das jemals ändert. Gott schütze dich und Gott vergebe mir», flüsterte sie leise vor sich hin, während ihr die Tränen heiß über die Wangen rannen.

Dann faltete sie das Schreiben, siegelte es und ließ einen Boten kommen, den sie in die Schäfergasse schickte. Zum letzten Mal. Sie wusste es.

Die nächsten Monate ließen Sibylla um Jahre altern. Zwar wuchs der Umfang ihres Leibes, doch der Rest des Körpers wurde immer schmaler. Ihre Augen blickten glanzlos und beinahe erloschen in die Gegend, ihre Lippen waren farblos, die Haare stumpf. Doch das Schlimmste war Sibyllas Schweigen. Hatte sie früher manchmal zu viel geredet, so sprach sie jetzt nur noch das Allernötigste. Seit sie aus Florenz zurückgekehrt war, hatte man sie nicht lachen und nicht singen gehört.

«Was ist Euch in Italien geschehen?», fragte Barbara besorgt.

«Nichts. Es ist alles in Ordnung», erwiderte Sibylla und verließ die Küche, ohne den neuesten Brunnenklatsch abzuwarten.

Dabei hätte Barbara so viel zu erzählen gehabt! Die Kunde, dass Sibylla von Jakob Fugger den Auftrag für einen Mantel erhalten hatte, war inzwischen bis zu den Mägden am Brunnen gedrungen. Ein Kaufmann aus Lübeck hatte abends in einer Schankwirtschaft mit seinem Wissen geprahlt, und Barbara hatte es bestätigen können. Ja, es stimmte, die Kürschnerei in der Krämergasse war dabei, einen Mantel aus blau gefärbten Hermelinfellen für die Fuggerin in Augsburg zu fertigen.

Barbara war stolz auf ihre Herrin, stolz darauf, in einem so vornehmen Haus zu arbeiten. Und sie war sich sicher, dass die Neuigkeit vom Fugger-Mantel dafür sorgen würde, dass das Geschäft von nun an noch besser lief.

Und sie behielt Recht. Hatten sich die Kunden früher schon die Klinke gegenseitig in die Hand gegeben, so strömten sie jetzt in Scharen herbei.

«Wir brauchen noch ein, zwei Kürschnergesellen», stöhnte Heinrich. Sibylla schwieg, nickte und beauftragte Heinrich schließlich, selbst nach guten Leuten Ausschau zu halten. Doch nicht nur die Kürschnerei, auch Meister

Schulte und die Einrichterei erzielten Vorteile durch den neuen, berühmten Kunden.

Dazu kamen die vielen kostbaren und seltenen Dinge, die Sibylla aus Florenz mitgebracht hatte. Das Nasentuch erfreute sich bald allergrößter Beliebtheit, und auch Schulte musste seine Werkstatt vergrößern, um aller Aufträge Herr zu werden.

Und Schieren drängte.

«Hast du es dir überlegt? Wirst du meine Kinder als Erben einsetzen?»

«Ja, ich habe darüber nachgedacht», erwiderte Sibylla, als sie eines Abends in ihrem Wohnzimmer beieinander saßen. Beinahe wie ein richtiges Ehepaar. Selten, äußerst selten hatten sie so gesessen. Aber sie waren ja auch keine Eheleute, liebten sich nicht, achteten sich nicht, begegneten sich mit großer Gleichgültigkeit, wenn nicht gar Hass und Verachtung. Sibylla hatte nicht vergessen, dass es Wolfgang Schieren gewesen war, der den Gerber Thomas beauftragt hatte, sie zu schänden. Nichts hatte sie vergessen.

«Und? Zu welchem Entschluss bist du gekommen?», fragte Schieren lauernd. «Ich warne dich, versuche nicht, mich zu übervorteilen.»

«Christoph wird die Kürschnerei übernehmen. Das Kind, welches kommen wird, erhält die Einrichterei. Johannes ist bei einem Kürschner in der Lehre. Ist er erst Geselle und wirbt um ein Weib, nun, so kann er in eine andere Stadt gehen und sich eine Werkstatt einrichten. Das Geld dafür erhält er als Erbe. Und Susanne wird an einen Handwerksmeister verheiratet und bekommt eine Aussteuer. Bring du mir einen Mann, der sie will, dann bringe ich die Aussteuer.»

«Es gibt einen Mann, der sie heiraten würde», erklärte Schieren. «Schon im nächsten Jahr kann sie mit ihm vor den Altar treten.»

«So?» Sibylla riss erstaunt die Augen auf. «Wer ist es?»

«Unser Junggeselle. Heinrich wird bald aufs Altenteil gehen. Der Junggeselle wird dann Altgeselle und kann die Werkstatt übernehmen, sobald ich mich zur Ruhe setze. Heiratet er Susanne, bekommt er meinen Meistertitel und Susanne die Kürschnerei.«

«Das hast du dir schön ausgedacht, Schieren. Doch so wird es nicht kommen. Ich denke nicht daran, eine meiner Werkstätten an deine Bälger zu vererben. Bring mir einen Handwerksmeister eines anderen Gewerkes, dann bezahle ich die Aussteuer. Die Kürschnerei aber bekommt Christoph.»

Schieren überlegte. Er wusste genau, dass Sibylla alles daransetzen würde, die Kürschnerei, solange es ging, in den eigenen Händen zu halten. Sie gehörte ihr. Mit allem, was darinnen war. Das Einzige, wofür sie ihn brauchte, war sein Meistertitel.

«Wenn du Susanne die Werkstatt nicht gibst, gut. Damit habe ich gerechnet. Dann erhält Christoph jedoch auch nicht meinen Titel.»

Sibylla zuckte nur mit den Achseln. «Ein Meistertitel ist käuflich. Du weißt es selbst, Schieren. Ein Sack Gulden in die Lade, eine eigene Werkstatt, und schon ist er ein Meister. Wir brauchen dich nicht, Schieren. Ich hoffe, du vergisst das nicht. Mein letztes Wort: Ich richte deinem Sohn eine Werkstatt ein und gebe Susanne eine Aussteuer im selben Wert. Zu mehr bin ich nicht bereit. Nicht jetzt und nicht später.»

Schieren nickte. «Gut», sagte er schließlich. «Das letzte Wort darüber ist noch nicht gesprochen. Gib mir nun Geld für meine Reise. Ich habe mit der Zunft gesprochen. Jakob Heller schickt eine Handelskolonne nach Spanien. Ich werde mich ihnen anschließen.»

Sibylla lachte leise. «Was willst du in Spanien?»

«Auch in Spanien ist es nicht das ganze Jahr über warm. Du weißt selbst, dass Pelze nicht nur zum Wärmen, sondern zum Zeigen getragen werden. Gib Heinrich Anweisung, mir eine Wagenladung zusammenzustellen, dann bist du mich los.»

Sibylla überlegte nicht lange. Im Lager waren noch einige Stücke, die sich in Frankfurt nicht mehr mit gutem Gewinn verkaufen ließen. Die Mode änderte sich zu schnell. Waren vor fünf Jahren noch schmale Kragen modern, so trugen die Damen und Herren nun nur noch Pelze mit breiten Kragen und gepolsterten Schultern. Auch Hauben und Umhänge aus Schafs- und Marderfell waren noch da.

«Gut, Schieren. Ich gebe dir statt des Geldes die Waren aus dem alten Lager. Verkauf sie und lebe von diesem Geld während deiner Reise.»

Noch eine Weile stritten die Ehegatten, doch schließlich waren sie sich einig. Schieren würde nach Spanien gehen. Noch bevor die ersten Oktoberstürme einsetzten, würde er Frankfurt verlassen und ein Schiff bestiegen haben, das ihn den Rhein hinauf bis ins Elsass brachte. Den Winter über würde er in Straßburg bleiben und mit Frühjahrsbeginn nach Spanien aufbrechen.

Die Heirat seiner Tochter Susanne sollte bis zu seiner Rückkehr aufgeschoben werden. Dann würde er erneut mit Sibylla über die Erbfolge verhandeln. Insgeheim hoffte Schieren, dass Sibyllas Kind tot zur Welt kommen würde oder dass Sibylla den Gebärstuhl nicht lebend verlassen würde. Er musste Geduld haben. Eines Tages würde seine große Gelegenheit kommen, es seiner Frau heimzuzahlen. Und vielleicht gelang es ihm sogar, mit den Spaniern so gute Geschäfte zu machen, dass er seine Frau übertrumpfte?

Kapitel 23

Im März des Jahres 1475 brachte Sibylla ein Mädchen zur Welt. Das Kind wurde in Abwesenheit seines erklärten Vaters Wolfgang Schieren unter Zeugenschaft der Paten auf den Namen Eva getauft. Hatten sich die Frankfurter zunächst noch darüber verwundert, dass Sibylla gerade mal 7 Monate nach ihrer Rückkehr aus Italien ein Kind gebar, so verstummten sie, als sie sahen, dass der große Jakob Fugger persönlich das Kind über das Taufbecken hielt.

Seine Gattin Sibylla, die ihren Mann zur Messe begleitete, trug während der Feierlichkeiten in der Liebfrauenkirche einen Mantel aus blau gefärbtem Hermelin, der eine kleine gelbe Sonne als Markenzeichen trug.

Nie zuvor waren Kleidungsstücke mit der gelben Sonne so begehrt. Die Werkstätten platzten aus allen Nähten. Erneut musste Sibylla sich um gute Mitarbeiter kümmern, doch schon drei Jahre später gab es keinen freien Flecken mehr im Haus in der Krämergasse.

In regelmäßigen Abständen hielten Wagen vor dem Haus, um bestellte Waren nach Nürnberg, Bamberg, ins Preußische und Sächsische, ja sogar bis ins Niedersächsische und Holsteinische zu liefern.

Wolfgang Schieren, von dem man seit seiner Abreise im Herbst 1474 keine Nachricht erhalten hatte, war in seiner Abwesenheit zum Ratsherrn aufgestiegen. Sibyllas Ruhm hatte ihren absoluten Höhepunkt erreicht. Die Musterbücher mit ihren Entwürfen wurden in Gold aufgewogen, sie war führend in allen Sachen der Mode und Einrichtung. Überall im Lande versuchten andere Schneider und Kürschner, Sibyllas Stücke zu kopieren, doch nur, wer ein Teil mit einer kleinen eingestickten gelben Sonne sein Eigen nannte, durfte sich zu den wahrhaft Reichen mit einem hohen Sinn für Stil und Geschmack rechnen.

In Florenz unterhielt Sibylla zwar inzwischen kein eigenes Kontor, doch ihre Waren wurden dort von Jakob Heller vertrieben.

Sibylla war inzwischen zur Berühmheit aufgestiegen. Sie wurde mit Einladungen überschüttet. Doch sie verließ ihr Haus und die Werkstätten kaum noch. Obwohl sie erst 32 Jahre zählte, fühlte sie sich alt und müde.

Sie besaß mehr Geld, als sie ausgeben konnte, war die erfolgreichste Frau der Stadt, doch gelacht hatte sie schon lange nicht mehr. Erste Falten hatten sich in ihre Stirn eingegraben, die Lippen waren schmaler geworden, der Busen drohte nicht mehr das Mieder zu sprengen.

Es schien, als hätte sie, die Frau, die von allen beneidet wurde, keinen Funken Lebensfreude mehr in sich. Sie regierte ihre Werkstätten mit strenger Hand, die einzigen Zärtlichkeiten, die sie austeilte, galten den Stoffen und Pelzen. Nur wenn sie ihre Kinder, den siebenjährigen Christoph und die dreijährige Eva, in ihrer Nähe wusste, glätteten sich ihre Züge ein wenig.

Die Angestellten, die im Hause wohnten, hörten sie oft

des Nachts im Haus umherirren, doch niemand wusste, was ihr den Schlaf raubte. Es waren die Schatten, die wieder gekommen waren, seit sie Isaaks Liebe verloren hatte.

Beinahe jede Nacht erschien ihr Sibylla Wöhler. Blass und im Totenkleid stand sie da, hielt ein Wachslicht in den Händen und schwieg. Doch manchmal sprach sie auch im Traum zu Sibylla. In diesen Nächten floh Sibylla dem Schlaf und irrte unstet durch das Haus, als sei sie auf der Flucht.

«Nun, Sibylla?», fragte die Tote im Traum. «Du hast mir den Tod gestohlen, damit dein Glück im Leben versagt. Wer das Leben eines anderen lebt und auf das eigene verzichtet, ist nicht bestimmt, glücklich zu sein. Nie wirst du mich erreichen, mich nie bezwingen. Du bist ich geworden, wir sind Schwestern, Zwillinge. Untrennbar verbunden durch nur ein Leben. Ich bin du und du bist ich. Nur durch die Liebe oder durch den Tod kannst du mir entkommen.«

Und Sibylla flüchtete aus ihrem Zimmer, stürzte sich in ihre Arbeit, setzte sich an den großen Entwurfstisch und ersann ein Kleidungsstück nach dem anderen. Kleider, die so waren, wie sie sich das Leben für sich erträumt hatte. Hell, leicht, farbenfroh und voller Sinnlichkeit. Kleider, die ihre Trägerinnen schöner machten, doch ihre Schöpferin von Tag zu Tag müder. Sibylla kämpfte gegen diese Müdigkeit, gegen diesen Überdruss, an manchen Tagen sogar gegen eine Todessehnsucht. Denn was nützten ihr all das Geld und all der Ruhm, was galten Erfolg und Macht, wenn man nicht geliebt wurde und nicht wiederlieben durfte?

Isabell Kopper hatte inzwischen zwei weitere Kinder geboren, von denen eins noch im ersten Monat starb. Maria hatte Schultes Sohn Volker geheiratet und war glücklich, zufrieden und von großer Dankbarkeit und Zuneigung Sibylla gegenüber.

Barbara war alt geworden, sodass Sibylla ihr weitere Mägde zur Seite gestellt hatte, deren Arbeit sie nur noch zu überwachen brauchte. Heinrich hatte endlich ein eigenes kleines Haus kaufen können und liebäugelte damit, eine Witwe zu ehelichen, die von heiterem Wesen und großer Gemütlichkeit war. Johannes hatte seine Lehre beendet und war als Geselle auf Wanderschaft gegangen. Susanne lebte noch immer im Haus des Gerbers Sachs, der inzwischen wieder einen guten Kundenstamm aufbauen konnte, und wartete auf die Rückkehr ihres Vaters, um endlich den jungen Kürschnergesellen heiraten zu können.

Es war noch gar nicht lange her, da hatte Susanne Sibylla einen Besuch abgestattet. Sibylla war erstaunt über den Wandel der jungen Frau. Ihre Eitelkeit war geblieben, doch die Liebe hatte sie verändert. Hübsch war sie geworden und freundlich im Wesen. Sachs war voll des Lobes über sie, und das Mädchen selbst schien alle Höhenflüge vergessen zu haben. Das Einzige, das sie begehrte, war, die Frau des jungen Gesellen zu werden und mit ihm Kinder zu haben. Nicht mehr Aussteuer und Ansehen waren das Wichtigeste für Susanne, allein um das Zusammensein mit dem geliebten Mann ging es ihr.

Aber selbst wenn Sibylla gewollt hätte, Susanne musste mit der Heirat warten, bis Schieren zurückgekehrt war. So war es vereinbart, und nur ein Ratsbeschluss konnte Schierens Anweisung aufheben. Doch für einen Ratsbeschluss musste das Wohl der Stadt auf dem Spiel stehen. Das war es jedoch nicht. Also blieb Susanne nur das Warten.

Die Zeit verging, und von Schieren kam keine Nachricht. Wieder war ein Jahr vergangen, und es wurde wieder Zeit, sich um ein neues Gebäude zu kümmern.

Am Römer war ein großes, mehrstöckiges Haus frei geworden. Sibylla plante, dieses Haus zu kaufen und darin sowohl die Schneiderei als auch die Kürschnerei zu vereinigen.

Einige Umbauarbeiten waren notwendig, doch bald war alles so, wie Sibylla es sich gewünscht hatte. Der Umzug konnte vonstatten gehen.

Das neue Domizil war prächtiger als die meisten anderen Frankfurter Handelshäuser. Nur den Nürnberger Hof von Jakob Heller übertraf das Schierenhaus nicht.

Das gesamte Erdgeschoss bestand aus Verkaufsräumen. In einem Raum wurden nur Pelze ausgestellt, im nächsten die Arbeiten aus der Gewandschneiderei, im dritten alles, was zur Einrichtung eines vornehmen Haushaltes gehörte, im vierten Putz, Zierrat, falsche Zöpfe, Nasentücher und ähnliche Kleinigkeiten mehr.

In den Hintergebäuden waren die Werkstätten untergebracht. Sibylla hatte sich nicht gescheut, auch die Gewandschneiderei aus dem Schulteschen Haus offiziell als ihre eigene in dem Gebäude unterzubringen.

Doch kaum war dies geschehen, so hagelte es Klagen von der Schneiderzunft. Auch die Weber und Seidensticker erhoben Klage gegen Sibylla, die ohne Meister und außerhalb der Zunft entsprechende Waren anbot.

Die Kürschnerzunft aber schwieg. Zu groß war Sibyllas Einfluss. Von ihr stammte ein Großteil des Geldes, mit dem das neue Zunfthaus gebaut wurde. Der Rat der Stadt schließlich wurde einberufen, um eine Entscheidung zu treffen. Durfte Sibylla außerhalb der Zunft eine Werkstatt gründen und damit gegen das allgemeine Zunftrecht verstoßen? Oder wurde sie zurückbeordert an den Platz, der ihr gebührte? Waren ihr Erfolg und ihr Einfluss auch groß, so ließ sich doch nicht vergessen, dass sie eine Frau war.

Die meisten Mitglieder des Rates waren zwar selbst Kunden bei Sibylla, doch so mancher von ihnen neidete ihr den Reichtum. Auch wenn das Unternehmen auf Schierens Namen lief, so wusste doch jeder, wem der Erfolg zu verdanken war: einer Frau, die sich anmaßte, zu leben und zu handeln wie ein Mann, und die zu vergessen haben schien, wo ihr eigentlicher Platz war. Nämlich in der Küche, in der Kirche oder aber im Kindbett.

Sibylla war sich der Gefährlichkeit ihres Unternehmens wohl bewusst. Doch was hatte sie zu verlieren? Gar nichts. Die Leute würden weiter zu ihr kommen, um zu kaufen. Gleichgültig, ob sie die Gewandschneiderei öffentlich in ihrem Haus betrieb oder unter einem Vorwand Meister Schulte dafür in Anspruch nahm. Sie hatte keine Furcht vor der Ratsversammlung. Vielleicht hatte sie diese unbewusst herbeigeführt, um endlich, nach so vielen Jahren, Isaak Kopper wiederzusehen?

Wie oft schon hatte sie es bereut, nicht mit ihm in Florenz geblieben zu sein?

Einmal war sie zu seinem Haus in der Schäfergasse gegangen, eine Decke aus kostbarem Marderfell für das Neugeborene unter dem Arm und einen mit Perlen bestickten Gürtel für Isabell. Doch nicht die üblichen Bräuche waren der Grund für Sibyllas Gang gewesen. Nein, die Sehnsucht nach Kopper hatte sie verzehrt. Es fiel ihr unendlich schwer, dieser Sehnsucht Herr zu werden. Einmal nur war sie hervorgebrochen, als die inzwischen siebenjährige Eva in aller Unschuld nach ihrem Vater fragte. Sie kannte Schieren nicht, der nun schon über acht Jahre auf Reisen war.

«Erzähl mir von meinem Vater», hatte die Kleine gebeten und Sibylla mit ihren großen flussgrünen Augen, die denen von Isaak glichen, angesehen.

Sibylla war zusammengefahren, bis ins Mark erschrocken gewesen. Schließlich hatte sie das kleine Mädchen auf ihren Schoß gehoben und erwidert: «Dein Vater ist vor langer Zeit fortgegangen, um sein Glück zu suchen. Er kommt wieder, wenn er es gefunden hat. Du musst nur warten können. Im Leben muss man immer warten können, und niemand weiß vorherzusagen, ob es nicht vergebens ist.»

Doch sie selbst hatte an diesem Tag nicht länger warten können. Die Sehnsucht war aus ihr herausgebrochen wie Mehl aus einem kaputten Sack. Sie hatte die Decke und den Gürtel zum Vorwand genommen und war in die Schäfergasse gelaufen.

Als sie die Schlange aus Messing, die noch immer als Türklopfer diente, gegen das Blatt schlug, öffnete sich die Tür so schnell, als hätte Ida dahinter gestanden. Stumm hatte die Alte Sibylla angesehen, ihr das Gesicht gestreichelt und das Kreuzzeichen auf ihre Stirn gemalt. Dann hatte sie nach ihrer Herrin geläutet.

«Schierin, wie schön, dass Ihr es doch einmal geschafft habt, uns Eure Aufwartung zu machen», war sie von Isabell begrüßt worden. «Mein Mann ist für wenige Tage weggefahren, um in den Bergen des Taunus nach neuen Kräutern zu suchen. Wir sind also ganz ungestört.»

Und Sibylla war sich so fehl am Platz vorgekommen, dass sie Isabell mit beinahe unhöflicher Hast die Geschenke in die Hand gedrückt hatte und aus der Schäfergasse geflohen war.

Einige Tage später brachte der Bote einen Brief. Mit klopfendem Herzen brach Sibylla das Siegel auf, erkannte sogleich Koppers Schrift.

Hochverehrte Meisterin,
ich bedanke mich für die Zuwendungen, die Ihr meiner Familie zuteil werden ließet, und möchte meinen Gefallen an diesen hervorragenden Arbeiten äußern, jedoch nicht ohne zu betonen, dass diese Geste Eurerseits überflüssig war.
Ich wünsche Euch allezeit gute Geschäfte und bedaure es, Euch nicht in mein Haus einladen zu können, da mich meinerseits die Geschäfte daran hindern, Zeit für eine Begegnung mit Euch zu finden.

Isaak Kopper

Sibylla erkannte die endgültige Zurückweisung, die in diesem Brief stand, doch sie weinte nicht, denn Tränen hatte sie schon lange keine mehr. Ich habe es verdient, hatte sie gedacht und war noch tiefer in ihrer Traurigkeit versunken.

Doch jetzt, wenn der Rat der Stadt über Sibyllas Gewandschneiderei entscheiden würde, würde sie Isaak sehen. Er konnte dem Rat nicht fernbleiben. Er musste kommen, wie auch sie gezwungen war, in dieser Angelegenheit zu erscheinen. Diesmal würde er ihr nicht ausweichen können.

Sie kleidete sich sorgfältig, wie schon lange nicht mehr, benutzte gar die Schönheitsmittelchen, die Lucia ihr immer wieder aus Florenz schickte.

Mit klopfendem Herzen betrat sie den Versammlungssaal im Römer und setzte sich auf den ihr zugewiesenen Platz am unteren Ende der großen Ratstafel.

Sie betrachtete die Gemälde an den holzvertäfelten Wänden, wunderte sich über die Unbequemlichkeit der hohen Lehnstühle, doch dann endlich sah sie Isaak Kopper.

Auch er war älter geworden. Weiße Strähnen durchzogen das Haar des nun 46-Jährigen. Tiefe Falten hatten sich links und rechts neben seinem Mund eingegraben.

Er grüßte sie nur mit einer knappen Kopfbewegung und versagte sich jeden weiteren Blick auf die Frau, für die er einst bereit gewesen war, ein neues Leben zu beginnen.

Schon schlug der Saaldiener mit einem Hämmerchen auf den Tisch und verkündete damit den Anwesenden den Beginn der Versammlung.

Zuerst brachten die Zunftmeister ihre Klagen vor, dann rühmten die Kürschner Sibyllas Verdienste. Schließlich beschloss der Vorsitzende der Versammlung, dass darüber abgestimmt werden sollte, ob es rechtens war, dass Sibylla eine eigene Gewandschneiderei ohne Meistertitel in der Familie führen durfte.

Rasch hoben sich die Hände, rasch ward gezählt. 14 Stimmen sprachen zugunsten Sibyllas, 14 dagegen, nur einer hatte sich bisher enthalten.

«Doktor Kopper», sprach der Vorsitzende. «Um zu einer Entscheidung zu kommen, bitte ich nun Euch um eine Antwort.»

Kopper nickte. Auch er wirkte erschöpft. Sein Gesicht zeigte eine plötzliche Blässe. Er sah auf, seine Augen suchten Sibylla. «Warum?», fragte sein Blick. «Warum hast du mich verlassen?»

Sibylla fühlte, wie all ihre Liebe zu Isaak wieder emporflammte und ihr die Wangen rötete. Stumm sah sie ihn an.

«Nun», fragte der Vorsitzende. «Wie habt Ihr Euch entschieden, Doktor Kopper?»

Kopper räusperte sich. «Ich bin dafür, dass die Schieren'schen Werkstätten um eine Gewandschneiderei erweitert werden dürfen. Der Familie ist es zu verdanken, dass Frankfurts Ruhm im Rauchwarenbereich gewachsen ist. Doch gegen die Regeln der Zünfte darf nicht verstoßen werden. Geschieht das, so haben wir bald eine allgemeine Gesetzlosigkeit, in der ein jeder nach eigenem Gutdünken waltet und schaltet. Deshalb verbinde ich meine Zustimmung mit der Vereinbarung, dass Susanne Schieren einen Gewandmeister heiratet und die Werkstatt von diesem geführt wird. Eigentümer der Werkstatt kann die Familie Schieren bis zu ihrem Tode bleiben, dann geht die Werkstatt auf die Familie der Susanne über. Damit, so denke ich, wird den Zünften Genüge getan, und auch die Familie Schieren erhält keinen Nachteil.»

Den letzten Satz sprach Kopper beinahe schon im Stehen. Noch bevor die endgültige Entscheidung gefallen war, verließ er mit einer Entschuldigung den Saal, ohne Sibylla noch einmal anzublicken.

«Liebe, Liebe! Ich höre immer nur Liebe! Unfug ist das. Es gibt keine Liebe! Und wenn doch, so ist sie nicht das Wichtigste im Leben. Geschäfte gehen vor. Immer! Merk dir das!»

Sibylla glaubte selbst nicht, was sie da sagte, doch warum sollte es Susanne besser gehen als ihr? Hatte sie nicht auch wegen des Geschäftes auf die Liebe verzichtet? Und war sie daran gestorben? Nein! Also!

«Ihr könnt nicht von mir verlangen, dass ich den jüngeren Sohn von Meister Schulte heirate, meine Liebe zum Gesellen vergesse, und das alles nur, damit Ihr noch reicher werdet.»

«Susanne, es geht hier nicht um meinen Reichtum. Überleg doch selbst. Wenn du den Gesellen heiratest, wirst du immer ein bescheidenes Leben führen. Wirst du aber die Frau des jüngsten Schulte, so wird dir, dank meiner, eines Tages ganz Frankfurt zu Füßen liegen.»

«Das bedeutet mir nichts», begehrte Susanne auf. «Vielleicht war ich früher vom Reichtum und schönen Dingen geblendet. Doch Geld macht nicht glücklich. Mich jedenfalls nicht. Ich will nicht heiraten, den Ihr mir bestimmt, sondern den, den ich liebe. Lange genug habe ich darauf gewartet.»

«Nun, jetzt hat das Warten ein Ende. Du heiratest im nächsten Monat Gabriel Schulte, und damit basta!»

«Basta! Wir sind nicht in Italien, Stiefmutter. Ich werde warten, bis mein Vater wiederkehrt.»

Sibylla zuckte mit den Achseln. «Dein Vater ist seit sieben Jahren auf Reisen. Die Chancen, dass du ihn jemals wiedersiehst, sind denkbar gering. Bedenke dein Alter. Die meisten 21-Jährigen sind lange verheiratet, die ersten bereits Witwen. Meinst du, der Geselle wartet, bis dein Schoß vertrocknet ist?»

«Wir sind verlobt! Ich bin ihm versprochen!»

«Eine Verlobung kann man auflösen. Ich werde den Gesellen auszahlen. Nach Leipzig soll er gehen und sehen, ob er dort zu einer Werkstatt kommt.»

Susanne brach in Tränen aus. «Bitte, Stiefmutter, tut mir das nicht an!»

«Zu spät!» Sybilla versuchte, ihrer Stimme einen beruhigenden Klang zu geben. «Der Rat hat den Beschluss deines Vaters bereits aufgehoben und seine Zustimmung zur Hochzeit mit dem Schultesohn gegeben. In einem Monat bist du seine Frau.»

«Aber er ist doch viel jünger als ich!»

«Na und? Ich bin 22 Jahre jünger als dein Vater. Niemand hat sich bisher daran gestört. Sei froh, dass du einen so jungen Mann bekommst. Oder wäre dir ein Greis lieber gewesen?»

Susanne weinte noch immer. Doch sie wusste, dass sie Sibylla und dem Beschluss des Rates gehorchen musste. Wolfgang Schieren würde nicht rechtzeitig zurückkehren, das war auch Susanne klar.

«Na, na, na. Du wirst sehen, alles wird gut. Bald schon wirst du den Geselllen vergessen haben und froh sein, die Frau eines Schneidermeisters zu sein.»

Susanne schüttelte die Hand ihrer Stiefmutter ab und blickte mit leeren Augen auf.

«Ich verstehe dich gut, mein Kind», versuchte Sibylla sie zu trösten. «Ich werde dir ein paar neue Kleider schicken, das wird dich von deinem Schmerz ablenken.»

Susanne fuhr bei diesen Worten vom Stuhl hoch: «Ihr

wisst nicht, was Liebe ist. Sonst versuchtet Ihr nicht, mich mit ein paar Kleidern abzulenken. Für Euch zählt nur Euer Geschäft. Die Menschen sind Euch herzlich gleichgültig.

Liebe deinen Nächsten wie dich selbst, steht in der Bibel geschrieben. Doch Ihr, Stiefmutter, liebt niemanden. Nicht einmal Euch selbst. Wie wollt Ihr da verstehen, was Ihr mir antut? Tauschen möchte ich nicht mit Euch. Alles Geld und aller Reichtum, alle Macht und aller Erfolg können mir den Liebsten nicht ersetzen.»

«Schluss jetzt! Es reicht!»

Sibyllas Ausruf drang wie ein Böllerschuss durch den Raum. Sie schlug mit der Hand hart auf die Tischplatte, sodass Susanne zusammenzuckte.

«Du heiratest, und Schluss.»

War Sibylla vorher streng gewesen, so wurde sie jetzt, nachdem der Umzug geglückt und die Gewandschneiderei einverleibt war, hart. Die Falten, die sich von der Nase zum Mund zogen, wurden so tief wie bei einer alten Frau. Ihre Lippen, einst voll und sinnlich, welkten zu blassen schmalen Strichen, die sich nach unten zogen.

Das Leuchten ihrer Augen war verloschen, unnachgiebig sahen sie nun jeden Fehler, den ihre Angestellten machten.

Beinahe 100 Leute beschäftigte sie nun, doch die wenigsten hatten jemals ein Lob von ihr gehört. Wie ein Richter eilte sie durch Räume und Werkstätten. Ihr Gekeife schallte durch das Haus, und die Mitarbeiter duckten sich und zogen die Schultern ein, sobald Sibylla im Türrahmen erschien.

Selbst Heinrich, der immer gut mit ihr ausgekommen war, lernte nun eine andere Sibylla kennen.

«Lasst Schieren für tot erklären», schlug er vor. «Ihr verbittert, obwohl Ihr die 40 noch nicht erreicht habt. Seid eine Frau in den besten Jahren. Kein Wunder, dass Ihr mürrisch werdet, wenn niemand Euer Bett teilt. Frauen brauchen das, ich weiß, wovon ich rede.»

«Halt den Mund, Heinrich», fuhr Sibylla ihn an. «Du bist für die Kürschnerei zuständig. Um meine Bettangelegenheiten kümmere ich mich alleine.»

«Es ist nicht gut für Euch, allein zu leben», ließ der Alte nicht locker. «Auch nicht gut fürs Geschäft. Die Kunden fürchten Euch. Schon gibt es Gerede in der Stadt. Ihr müsst aufpassen, Meisterin.»

«Was für ein Gerücht? Sag schon!», herrschte Sibylla ihn an. Doch Heinrich stand auf.

«Nichts für ungut, Meisterin. Ich habe es nur gut gemeint. Fragt Barbara, wenn Ihr wissen wollt, was über Euch geredet wird.»

Er verließ die Meisterstube, und Sibylla machte sich auf in die Küche, um Barbara zur Rede zu stellen:

«Los, erzähl mir, was am Brunnen über mich getratscht wird», forderte sie die alte Magd auf.

«Ach, die Leute sind neidisch», beschwichtigte Barbara. «Ihr wisst doch, wie es ist. Ein jeder will etwas gehört haben und bauscht es auf.»

«Ich will keine Ausflüchte hören. Berichten sollst du, was die Leute reden.»

Barbara seufzte. Schließlich wich sie einen Schritt zurück und brachte den Tisch zwischen sich und die Meisterin. Erst dann begann sie zu sprechen:

«Hartherzig seid Ihr, erzählen sich die Mägde. Gefühllos und so kalt wie der Schnee im Winter. Keine Liebe hättet Ihr für andere, kein Wohlwollen und kein Mitleid für irgendjemanden. Als Ihr aus Italien gekommen seid, wart Ihr schon verändert, doch nun wird es von Jahr zu Jahr schlimmer. Die Menschen fürchten Euch, gehen Euch aus dem Weg. Sie meiden es, in der Kirche in Eurer Nähe zu sitzen, wechseln die Straßenseite, wenn sie Euch auf der Gasse erblicken. Ein hartherziges Weib wäret Ihr, sagt man, dem der Teufel das Herz im Leib versteinert hat.»

«Und die Kunden?»

«Nun, auch die Kunden versuchen, Euch zu meiden. Habt Ihr nicht bemerkt, dass die Frankfurterinnen mit ihren Kleiderwünschen lieber zu Maria gehen und sich von ihr Maß nehmen lassen?»

«Es ist Marias Aufgabe, das zu tun», widersprach Sibylla.

«Ja, und sie tut es gern. Doch auch die Hellerin, die Stalburgin und einige andere, die zu den besten Kunden zählen und die allein Ihr betreuen wollt, gehen nun zu Maria.»

«Maria ist Bestandteil des Geschäftes. Es ist ihre Pflicht, die Kunden aufs Beste zu bedienen.»

«Ja, da habt Ihr wohl Recht, Meisterin. Doch ihr freundliches, liebenswertes und fröhliches Wesen zieht die Leute an wie der Honig die Bienen.»

«Was ist daran schlecht?»

«Nichts», erwiderte Barbara zaghaft. «Es ist ein Glück, dass wir sie haben.»

«Na, also», beendete Sibylla abrupt das Gespräch und verließ die Küche.

Wie früher nahm sie ihren Umhang und ging hinunter

zum Mainufer. Sie musste nachdenken, obwohl sie nicht wollte.

Susanne, Barbara, Heinrich, die Mägde am Brunnen – sie alle hatten Recht, dachte Sibylla. Ich habe mich verändert. Hart bin ich geworden, habe das Lachen verloren, die Fähigkeit zur Freude. Wann war es, dass ich das letzte Mal gesungen habe?

Sie brauchte nicht lange zu überlegen. In Florenz war es. Mehr als acht Jahre waren seither vergangen. Damals war sie geliebt worden, hatte geliebt, auch sich selbst. Und damit auch die anderen Menschen. Jetzt waren die Menschen ihr gleichgültig. Alle. Nur Eva und Christoph gelang es hin und wieder einmal, ihr ein flüchtiges Lächeln zu entlocken.

Sie hatte alles so satt. Alles, das ganze Leben, in dem ein Tag dem anderen glich, einer so grau wie der andere verlief. Es gab keine Höhepunkte in Sibyllas Leben. Sie hatte alles erreicht, was sie sich vorgenommen hatte. Doch glücklich war sie nicht geworden. Einzig der Schatten war ihr treu geblieben.

Ist das der Preis, den ich zahlen muss, weil ich Sibylla Wöhler den Tod gestohlen und mir ihr Leben angeeignet habe? Habe ich die einzige Gelegenheit, das Glück beim Schopfe zu fassen, verspielt?

In Gedanken versunken, schlenderte sie am Ufer entlang und sah in den grünen Fluss, als wüsste er die Antwort. Schließlich gelangte sie zu einem Stein, der groß genug war, um darauf sitzen zu können. Früher habe ich oft hier gesessen, erinnerte sich Sibylla. Früher, als ich verzweifelt war und glaubte, unglücklich zu sein. Hätte ich damals gewusst, dass die Zeit, die mir so schwer und dunkel erschien, im Grunde meine beste war, wie wäre mein Leben dann verlaufen? Es gab keine Antwort auf diese Frage. Sie war allein. Allein, verlassen, von niemandem geliebt, wie dieser graue, alte Stein, der wie sie verdammt schien, auf ewig an seinem Platz verharren zu müssen.

Ich habe keine Freude mehr, erkannte Sibylla. Keine Freude und bald auch keine Freunde mehr. Nichts von dem, was ich habe, kann mich glücklich machen. Glück kann man nicht kaufen. Und Liebe auch nicht. Unbezahlbare Güter sind es, die man nur geschenkt bekommen kann. Und die man festhalten muss. So fest, wie man nur kann. Oder man endet am Schluss wie dieser Stein.

Sibylla sah hoch und entdeckte in einiger Entfernung zwei Wäscherinnen, die sich abmühten, die großen Leintücher auf die Steine zu schlagen. Plötzlich hielt eine der Wäscherinnen inne, strich sich eine nasse Haarsträhne aus der Stirn, sah zu der anderen und begann zu singen. Zuerst leise und getragen, dann lauter und inbrünstiger.

«Es ist ein Schnee gefallen, und es ist noch nit Zeit. Ich wollt zu meinem Buhlen gehen, der Weg ist mir verschneit.»

Hier fiel die andere ein, und zusammen sangen sie nun weiter: «Mein Haus hat keinen Giebel, es ist mir worden alt, zerbrochen sind die Riegel, mein Stübel ist mir kalt.

Oh, Lieb, lass dich erbarmen, dass ich so elend bin. Nimm mich in deine Arme, so geht der Winter hin.»

Ja, das Lied spricht die Wahrheit, dachte Sibylla und betrachtete die Wäscherinnen, die nun in ein fröhliches Gelächter ausbrachen und sich voller Übermut und Heiterkeit mit Wasser bespritzten.

Es ist Winter geworden in mir. Schnee ist in meine Seele gefallen und will und will nicht tauen. Noch bin ich im Sommer des Lebens, doch in meinem Inneren herrscht schon lange Winter.

Erneut schallte das Gelächter der Wäscherinnen zu ihr herüber. Sibylla saß da, betrachtete neidvoll das frohe Treiben. Plötzlich richtete sie sich erschrocken auf.

Ich beneide die Wäscherinnen, dachte Sibylla und begann zu zittern. Wie viele Jahre habe ich gebraucht, um diesem Leben zu entfliehen! Und jetzt, nachdem ich alles erreicht habe, was zu erringen war, sehne ich mich zurück?

Energisch stand sie auf, verbot sich jeden weiteren Gedanken daran. Ohne noch einen Blick auf die Wäscherinnen zu werfen, eilte sie mit schnellen Schritten zurück in ihr großes, prächtiges Haus am Römerberg.

Kapitel 24

Wir werden eine Modevorführung veranstalten», verkündete Sibylla am nächsten Tag ihren Mitarbeitern. «Wir werden die Verkaufsräume mit duftenden Blumen schmücken, werden erlesene Speisen und Getränke anbieten. Die Musik wird spielen. Ein Fest für die Frankfurter werde ich veranstalten. Sehen sollen sie, dass Freude und Heiterkeit in meinem Hause herrschen. Damit das Geschäft jedoch dabei nicht zu kurz kommt, werden die Frauen unter Euch die neuesten Kleider und Pelze für die Damen vorstellen, die Männer aber werden den Herren die neueste Mode vorführen. Gleich morgen werde ich Einladungen drucken lassen und sie an alle unsere Kunden verteilen.»

Sibylla betrachtete die verblüfften Gesichter ihrer zahlreichen Mitarbeiter und lachte. Doch es klang ungewohnt und schrill.

«Öffentliche Vorführungen sind nur zur Dippemess, zu Pfingsten und Fronleichnam erlaubt. Die aufgeführten Stücke müssen einen religiösen Inhalt haben. Ich glaube nicht, dass der Rat ein Fest gestattet, bei dem die Kirche keine Rolle spielt», wagte Heinrich einzuwenden.

Auch Meister Schulte äußerte Bedenken. «Ein Passionsspiel muss sein. Im Rat sitzt auch der Klerus. Eure Verkaufsabsichten dürfen nicht an erster Stelle stehen. Das ist nur zur Messe erlaubt.»

«Gut», entschied Sibylla. «Dann wird es eben auch ein Passionsspiel geben.»

Sie wandte sich an Katharina. «Sorg dafür, dass sich Leute finden, die ein solches Stück aufführen. Sag ihnen, sie werden gut dafür bezahlt.»

Katharina nickte. Sie selbst hatte beim letzten Passionsspiel zu Pfingsten auf dem Römerberg mitgewirkt.

Wenige Tage später waren die Einladungen gedruckt und in der ganzen Stadt verteilt. Doch wenn Sibylla mit großer Begeisterung gerechnet hatte, so sah sie sich nun bitter enttäuscht.

Überall, wo sie hinkam, wurde hinter der vorgehaltenen Hand getuschelt. «Eine Vorführung wie bei den Gauklern», hieß es, «eine Schande für die Stadt ist dieses geplante Vagabundentreiben auf dem Römerberg.»

Die Wortführerin der Gegner war Christine Geith. Die Geithin, mit der Sibylla früher einmal befreundet gewesen war und die seit der Pest, die Jochen Theiler und Martha das Leben gekostet hatte, kein gutes Haar mehr an Sibylla ließ. Das war das erste Mal, dass Sibylla den Neid eines anderen Menschen zu spüren bekommen hatte. Und dieser Neid war über die Jahre gewachsen, wurde noch genährt durch jeden neuen Erfolg Sibyllas.

«Zeigt der Schierin, dass wir anständigen und ehrbaren Frankfurter Zigeunergebaren in der Stadt nicht dulden. Zerreißt die Einladungen, geht nicht zu der Vorführung», geiferte die Geithin durch die ganze Stadt. Sie fand Anhänger. Viele gönnten Sibylla den Erfolg nicht. Jetzt bekam Sibylla deutlich zu spüren, dass ihr nicht alle Frankfurter wohlgesinnt waren.

Sogar bei der Zunft wurde die Geithin vorstellig, doch dort beschied man ihr, dass die Zunft nicht zuständig sei für die Feste, die nicht in den Zunfträumen ausgetragen wurden.

«Es steht Euch frei, Meisterin Geith, in Eurem Hause selbst ein Fest zu veranstalten», erklärte ihr der Zunftmeister Wachsmuth, Schierens Vetter, der sich hütete, es sich mit der besten Kürschnerwerkstatt in ganz Frankfurt, die obendrein noch das meiste Geld in die Lade brachte, zu verderben.

«Sie achtet die Bräuche nicht, schadet der Zunft. Das hat sie schon immer getan. Angefangen hat es mit der Hochzeit von Theiler, dem Krüppel, die auch unrechtmäßig zustande gekommen ist. Habt Ihr nicht den Mumm, der Schierin ihr wüstes Treiben zu verbieten, Zunftmeister?»

Wachsmuth schüttelte den Kopf. «Sie hat bisher nichts Unrechtes getan», erklärte er ihr. «Selbst der Vereinigung zweier Zünfte unter ihrem Dache lag ein Ratsbeschluss zugrunde. Ich weiß nicht, was Ihr wollt, Geithin. Sibylla hat Euch und der Zunft nie Schaden zugefügt, soviel ich weiß. Warum also sollen wir sie vor die Lade bringen und ihr etwas verbieten, was uns vielleicht eines Tages noch einmal von Nutzen sein kann?»

«Nutzen? Wer soll davon Vorteil haben? Nur die Schierin!»

«Sie ist eine Geschäftsfrau, Meisterin Geith, wie Ihr selbst. Und eine jede hat ihre eigenen Mittel. Gebt also

Ruhe und bescheidet Euch mit dem, was Euch möglich ist.»

«Sie hat uns die Kunden genommen», klagte die Geithin weiter. Wachsmuth zuckte mit den Achseln.

«Die Kunden haben sich ihre Meister schon immer selbst herausgesucht. Die Schierin hat für die Zunft nur Gutes gebracht. Auch Kaufleute aus anderen Städten erledigen ihre Einkäufe in Frankfurt. Nicht nur bei der Schierin.»

«Und uns hat sie das Kroppzeug aus der Neustadt überlassen. Umhänge aus Schaffell fertigen wir. Noch immer stehen wir heute dort, wo die Schierin vor Jahren angefangen hat.»

«Das ist allein Eure Sache, Geithin. Es steht Euch frei, auch mit anderen, besseren Kunden Geschäfte zu machen.»

Damit beendete der Zunftmeister Wachsmuth das Gespräch und schickte die keifende Geithin zurück nach Hause.

Doch nicht alle waren ihrer Meinung. Einige waren von der Idee einer Modevorführung auch begeistert. «Endlich nicht mehr die Katze im Sack kaufen, sondern vorher schon sehen, wie das eigene Kleid am Ende aussehen wird.»

Die adelige Frau des Zunftmeisters Harms war die Anführerin dieses Lagers, unterstützt von der Willmerin: «Schon immer war es unsere Sibylla, die mit ihrem Einfallsreichtum dafür gesorgt hat, dass wir ebenso vornehm gekleidet waren und gewohnt haben wie die Italienerinnen. Und nun eine öffentliche Vorführung der Kleider und Pelze. Wie lange haben wir darauf schon gewartet!

Dankbar können wir ihr sein, dass sie uns damit die Gelegenheit gibt, in Ruhe zu wählen und auf den teuren Kauf von Musterbüchern verzichten zu können.»

Doch diese Stimmen waren in der Unterzahl, und so blieb es unsicher, wie das Fest verlaufen würde.

Sibylla wusste um die Bedeutsamkeit ihrer geplanten Aufführung. Sie war ein gewagtes Spiel eingegangen. Ein Spiel, bei dem sie alles verlieren könnte.

Wenn es der Geithin gelang, die Frankfurter davon abzuhalten, ihre Einladung anzunehmen, so war sie auch vor ihren Kunden bis auf die Knochen bloßgestellt. Wenn niemand zur ihrer Vorführung kam, so bedeutete das für ihr Unternehmen das Schlimmste. Wenn die Frankfurter sie mieden, so würde ihr auch kein Jakob Fugger mehr helfen können. Wenn, wenn, wenn …

Doch Sibylla hatte sich auf diese Zerreißprobe eingelassen. Nicht, weil es ihr auf noch mehr Geld und Ruhm ging. Nein, diese Dinge hatten vor langer Zeit schon ihren Reiz für sie verloren.

Sibylla ging es einzig und allein darum, zu zeigen, dass sie alles andere als hartherzig und mürrisch war. Unter Beweis stellen wollte sie ihre Fröhlichkeit und Freigebigkeit. Sehen sollten die Leute, dass es ihr gut ging. Gut an Leib, Seele und Geldbeutel. Ihre Neider sollten keinen Anlass zum Triumph haben und ihre guten Kunden keinen Anlass, sie zu meiden.

Diesmal ging es Sibylla nicht ums Geschäft. Diesmal ging es nur um sie – als Person, als Frau.

Erzwingen wollte sie die Aufmerksamkeit und richtig stellen, was über sie erzählt worden war. Nein, sie war nicht hartherzig. Oder doch, das war sie. Aber mehr noch als alles andere war sie müde. Des Geschäfts, der Sorgen und Anstrengungen, ihres ganzen Lebens müde. Einmal noch, bei diesem Fest, würde sie es allen zeigen. Einmal noch würden die Frankfurter sie in aller Pracht und allem Glanz sehen.

Und dann ist Schluss, nahm sie sich vor. Dann habe ich genug getan. Christoph ist dreizehn Jahre alt. Sobald er seinen Gesellenbrief hat, werde ich ihn bei der Zunft zur Meisterprüfung anmelden. Die Zeit der Wanderschaft soll er sich sparen. Er wird hier gebraucht. Susanne ist unter der Haube. Für Eva muss ich noch sorgen. Sie ist erst acht. Dann habe ich meine Aufgabe auf dieser Erde erfüllt.

Dieses Fest, diese Vorführung soll der Schlusspunkt sein. Dann ziehe ich mich zurück. Ich werde mich nicht länger um neue Aufträge bekümmern. Die Kürschnerei läuft hervorragend ohne mich. Es reicht aus, wenn ich hin und wieder die Arbeiten kontrolliere und mich ansonsten nur noch den Kontorbüchern widme. Auch die Einrichterei braucht mich nicht mehr. Katharina hat sich gut gemacht in den letzten Jahren. Sie wird nach dem Fest auch die großen Kunden betreuen. Sobald Eva zwölf Jahre alt ist, wird Katharina sie ausbilden. Die Werkstatt werde ich ihr jedoch schon sehr bald überschreiben. Für die Schneiderei ist gesorgt. Maria und Susanne ergänzen sich gut, verstehen sich. Bald wird Susanne so viel wissen, wie sie braucht. Wenn ihr Mann seinen Meisterbrief erworben hat, werden wir die Werkstätten trennen. Die Gewandschneiderei wird Susanne und ihrem Mann gehören, Maria und Volker werden sich auf die Herstellung von Wäsche konzentrieren. Maria hat die notwendige Sinnlichkeit, um Frauen und Männer auch für nachts und unter dem Gewand schöner zu machen.

Sibylla saß in ihrer neuen Meisterstube und sah aus dem Fenster hinaus auf den Römer, während sie nachdachte. Es war gerade Wochenmarkt, und das Geschrei der Händler drang bis in ihre Stube. Sie stand auf, stellte sich ans offene Fenster und betrachtete das Geschehen auf dem Platz. Mägde standen mit vollen Körben in kleinen Grüppchen zusammen, um den neuesten Tratsch auszutauschen. Zweimal blickten sie hoch zu Sibyllas Fenster. Sibylla rührte sich nicht. Früher hätte sie ihnen zugewinkt. Doch jetzt war sie zu müde, um die Hand zu heben. An einem Stand stritt eine Hausfrau mit der Krämerin. Ein Marktwächter zog einen Jungen kräftig am Ohr, den er beim Diebstahl eines Apfels erwischt hatte.

Ein altes, verhutzeltes Weib saß am Rand des Marktes auf dem Boden und bettelte. Kaum einer der Vorübergehenden, schenkte ihr Beachtung. Sibylla hätte der Alten gern einen Gulden in die hohle Hand gelegt. Doch sie war zu müde, das Geld aus ihrem Beutel zu holen und nach einer Magd zu rufen, damit sie diese Aufgabe für sie erledigte.

Vor einem Mönch hatte sich eine kleine Schlange aus Wartenden gebildet. Jeder von ihnen hielt ein Schriftstück in der Hand oder ein leeres Blatt Papier. Gegen ein Entgelt las der Mönch den Lese- und Schreibunkundigen vor, was man ihnen per Boten mitgeteilt hatte, und verfasste, wenn notwendig, die Antworten.

Jetzt brach die Sonne durch die Wolken und tauchte alles in ein goldenes, mildes Licht. Die blassgelben Käselaibe erhielten eine satte Farbe, die braunen Kleider der Krämersfrauen und Mägde bekamen einen roten Schimmer, die getönten Butzenscheiben der reichen Häuser erstrahlten.

Ich sollte dies alles hier schön finden, dachte Sibylla. Doch das kann ich schon lange nicht mehr. Meine Entwürfe schaffe ich aus der Erinnerung an die schönen Dinge, die ich früher kannte. Jetzt scheint mir alles hässlich. Ich sehe selbst in den jüngsten, anmutigsten Mädchen bereits die Gesichter, die sie als alte Frauen haben werden. Abgearbeitet, faltig, mit schlaffer Haut und stumpfem Haar. Ich sehe in den Knospen der Blüten bereits die welken, graubraun verfärbten Blätter, höre im Lachen der Kinder die Schreie der Angst heraus.

Doch auch meine Erinnerung an die schönen Dinge verblasst. Längst habe ich den Geruch des Oleanders in Florenz vergessen, kann mich nicht mehr an Hände erinnern, die meinen Leib streichelten und umschmeichelten, wie ich mir das von den Stoffen wünsche. Jeder Stoff, den ich in die Hand nehme, fühlt sich gleich an. Trocken wie Staub, der die Haut ausdörrt.

Wie lange werde ich überhaupt noch in der Lage sein, Kleider und Einrichtungen zu entwerfen?

Sibylla wandte sich vom Fenster ab, schloss die Flügel, sperrte das heitere Marktgeschehen aus und setzte sich hinter den Kontortisch.

Sie stützte den Kopf in die Hände und starrte auf das dunkle Holz. Bald habe ich es geschafft, dachte sie und versuchte vergeblich, die Müdigkeit zu vertreiben. Nur das Fest werde ich noch veranstalten, dann ziehe ich mich zurück, werde schlafen, schlafen, endlos schlafen …

Die Vorbereitungen zum Fest waren im vollen Gange. Sibylla selbst suchte die Hübschesten und Anmutigsten ihrer Angestellten heraus und stellte die Kleider zusammen, die diese vorführen sollten. Die Blumen waren verteilt, die Verkaufsräume hergerichtet. Überall standen silberne Kandelaber bereit, um das Fest, das in wenigen Stunden stattfinden sollte, ins beste Licht zu rücken.

Barbara überwachte in der Küche die unzähligen Helfer, die dabei waren, die Speisen zuzubereiten. Spanferkel, gewürzte Braten vom Schwein, Rind und Lamm, Gebäck, Kuchen, Torten, Gemüse in Hülle und Fülle wurden zubereitet und verbreiteten im ganzen Haus einen köstlichen Duft.

Sibylla roch nichts, sah nichts. Sie machte sich Sorgen. Würden die Frankfurter ihre Einladung annehmen? Würden sie kommen? Oder würde sie allein mit all den Köstlichkeiten und vornehmen Kleidern bleiben? Was würde passieren, wenn niemand käme?

Sibylla wusste es. Blieben die Frankfurter weg, dann würde eine lange Durststrecke kommen. Niemand kaufte gern bei jemandem, der zu hoch gespielt und verloren hatte. Die Menschen mieden Verlierer, als wäre Verlust ansteckender als die Pest. Viel Zeit würde sie brauchen, um sich ihren Platz unter den Frankfurter Handwerkern neu zu erkämpfen. Doch sie war so müde. Einen Misserfolg konnte sie sich nicht leisten.

Die Angst hockte ihr in den Knochen, ließ sie frieren, obwohl der Winter noch eine ganze Weile auf sich warten lassen würde. Hatte sie zu hoch gespielt?

War sie nicht schon dabei zu verlieren? Noch einmal dachte sie daran, wie wenig ihr Geld und Erfolg noch bedeuteten. Doch sie konnte nicht aufhören, sich nicht zurückziehen, ohne noch ein letztes Mal zu zeigen, was sie konnte. Diesen letzten Sieg brauchte sie. Seit sie Isaak vor beinahe neun Jahren aufgegeben hatte. Ja, sie wusste es. Aber glauben konnte sie es nicht. Ihr ganzes Leben wäre umsonst gewesen, jeder Sieg im Grunde eine verlorene Schlacht. Ein einziges Mal noch musste sie sich in der Bewunderung der anderen, in deren Lob sonnen. Ein letzter Sieg, der ihr zeigte, dass doch nicht alles umsonst gewesen war.

Wieder eilte sie durch die Räume. Die Turmuhr schlug die siebte Stunde. Sibylla ging in ihre Kammer und zog sich um. Sie wählte ein Kleid aus grüner Seide, das von oben bis unten mit winzigen Perlen bestickt war. Dann holte sie ihr silbernes Schmuckkästchen hervor und überlegte, was für einen Schmuck sie dazu tragen sollte. Sie nahm eine Perlenkette heraus, hielt sie sich an und legte sie zurück. Dann probierte sie einen Rubin, doch auch dieser gefiel ihr nicht. Sie durchwühlte ihre ganze Schatulle und stieß schließlich auf die Kette mit der römischen Glasscherbe.

Sie sah sich mit Isaak in Florenz, hörte ihn noch einmal sagen: «Eine Glasscherbe, die von Jahr zu Jahr schöner wird, kann nur von einer Frau getragen werden, die selbst von Tag zu Tag an Schönheit gewinnt. Möge unsere Liebe genauso lange dauern wie das römische Glas.»

Kurz schloss sie die Augen, umfasste den Anhänger und presste ihn gegen ihre Brust. Dann legte sie ihn sich um den Hals.

Als sie ihr Haar bürstete, begann sie, leise vor sich hin zu summen. Das Lied der Wäscherinnen vom verlorenen Liebsten, das sie am Main gesungen hatten.

Als sie es bemerkte, verstummte sie wie ertappt und eilte hinunter in die Verkaufsräume, um die Kandelaber zu entzünden. Wieder schlug die Turmuhr und verkündete die achte Abendstunde.

Doch kein einziger Gast war bisher ihrer Einladung gefolgt.

Die Tafeln waren gedeckt, die Musiker waren da. In den Hinterräumen warteten die Angestellten fertig angezogen darauf, dass die Vorführung begann. Die Beteiligten am Passionsspiel saßen in der Küche, bereit für ihren Einsatz.

Doch niemand kam. Die große Tür blieb geschlossen, und auf dem Römer waren keine Schritte zu hören.

«Was soll nur aus den ganzen schönen Braten werden?», hörte Sibylla Barbara jammern. «Wer soll die ganzen Kuchen essen? Wer den Wein und das Dünnbier trinken?»

«Halt den Mund, Weib», schalt Heinrich sie und sagte so laut, dass Sibylla es gut hören konnte: «Die Frankfurter haben es nicht mit der Pünktlichkeit. Oder hat jemals einer erlebt, dass eine Ratssitzung pünktlich begonnen hätte?»

Unruhig lief Sibylla auf und ab. Die Musiker begannen leise zu murren. «Für wen sollen wir aufspielen?»

Noch immer war es draußen vor dem Haus so still wie auf einem Friedhof. Keine Sänfte wurde herbeigetragen, keine Wagenräder rumpelten holpernd über das Pflaster, keine Schritte störten die abendliche Stille.

Sibylla rang die Hände. Wieder ertönte die Turmuhr, zeigte an, dass eine weitere Viertelstunde vergangen war.

Ich habe verloren, dachte Sibylla und spürte, wie die Müdigkeit sich bleischwer auf sie senkte. Zu gern wäre sie hinaufgelaufen in ihre Schlafkammer, hätte sich unter dem dicken Daunenkissen versteckt und die Welt sich selbst überlassen. Doch sie war zu müde, auch nur einen Schritt zu tun.

Doch plötzlich hörte sie doch Schritte. Feste energische Männerschritte, dazu die trippelnden einer Frau. Die Tür öffnete sich – und Isaak Kopper betrat das Schierenhaus, Arm in Arm mit seiner Frau Isabell.

Schlagartig fiel alle Müdigkeit von Sibylla ab. Ihr Blick fing Koppers Blick ein. Sie sah, dass er die Kette an ihrem Hals bemerkte. Er nickte ihr nur kurz zu, dann geleitete er seine Frau zu den Stühlen in der ersten Reihe vor der aufgebauten Bühne.

Und es war, als wäre Koppers Erscheinen ein geheimes Zeichen für alle anderen Frankfurter gewesen. In Scharen strömten sie nun herein und stürzten sich auf die Speisen und Getränke. An den Fenstern drückten sich die Nichteingeladenen die Nasen platt, drängelten und stießen einander die Ellbogen in die Rippen, um besser sehen zu können.

Fröhlicher Lärm und Musik schallten durch das Haus über den ganzen Römer hinweg und kündeten vom Frohsinn im Schieren'schen Hause.

Sibylla aber stand verborgen hinter einer Säule und sah immer wieder zu Isaak Kopper. Und dann, als die Vorführung längst unter lautem Beifall zu Ende gegangen war und das Passionsspiel begonnen hatte, drehte er sich um und sah sie an.

Sie lächelte ihn an, und ihre Lippen formten ein einziges Wort: «Danke.»

Kapitel 25

Acht Jahre waren seit dem Fest vergangen. Acht Jahre, in denen Sibylla sich tatsächlich mehr und mehr aus dem Geschäft zurückgezogen hatte.

Christoph führte nun die Kürschnerei, würde bald seinen Meisterbrief in der Tasche haben. Heinrich kam nur noch ab und zu, um, wie er sagte, nach dem Rechten zu sehen. Vor zwei Jahren war er auf das Altenteil gegangen, doch ohne Arbeit konnte er nicht leben.

Auch Barbara hatte Sibylla verlassen, lebte nun in einem Haus, dass von den Beginen, einer christlichen Frauenvereinigung, geführt wurde.

Eva arbeitete bei Katharina in der Einrichterei. Von Anfang an hatte sie großes Geschick bewiesen. Bald würde sie heiraten. 16 Jahre alt war sie nun.

Susanne hatte zwei Kinder geboren, einen Sohn, den sie nach ihrem Vater, der nie aus Spanien zurückgekehrt war, Wolfgang nannte. Einmal nur war ein wandernder Geselle gekommen und hatte von einem Frankfurter Kürschnermeister erzählt, der sich im elsässischen Straßburg niedergelassen haben sollte, nachdem er zu Fuß den berühmten Pilgerweg nach Santiago de Compostela gegangen war.

Liebe Sibylla,
Isaak ist krank. Er hat sich bei den Blatternkranken, die er behandelt hat, angesteckt. Gestern musste er ins Feldsiechenhaus gebracht werden. Du weißt selbst, dass Blatternkranke nicht in der Stadt verbleiben können.
Er wird wahrscheinlich sterben, Sibylla. Und vielleicht ist es auch besser so. Er sucht den Tod, schon seit Jahren.
Geh zu ihm, Sibylla, wenn du ihn noch einmal sehen willst. Ich weiß, dass er auf dich wartet. Schließe deinen Lebenskreis, dann wirst auch du Frieden finden.

Ida

Isaak! Sibylla erschrak. Plötzlich waren alle Müdigkeit, alle Schwere verflogen. Jetzt wusste sie, was sie zu tun hatte. Sie musste Isaak retten. Er durfte nicht sterben. Sie rief nach der Magd, ließ nach Eva schicken, einen Wagen holen. Eilig suchte sie nach ihrer Schmuckschatulle, der Kette mit der römischen Glasscherbe. Behutsam packte sie den Anhänger in ein kleines, mit Samt ausgeschlagenes Kästchen und verstaute ihn in ihrem Beutel.

Als der Wagen vor dem Haus stand, Eva unten auf sie wartete, nahm Sibylla ihren Umhang und sah sich noch einmal in dem Zimmer um, das sie seit Jahren bewohnt hatte. Es war ein Abschiedsblick. Sibylla würde nie wieder hierher zurückkehren. Jetzt, nach Idas Brief, wusste sie endlich, was sie zu tun hatte. Ja, sie würde ihren Lebenskreis schließen. Würde dorthin zurückkehren, wo sie hergekommen war. Ins Feldsiechenhaus vor den Toren Frankfurts. Ins Feldsiechenhaus nach Hofheim.

Ein Lächeln stand auf Sibyllas Gesicht.

Sie war den Weg gegangen, den sie vor vielen Jahren, als 16-Jährige eingeschlagen hatte. Jetzt war sie an der letzten Weggabelung angelangt. Isaak rief nach ihr. Diesmal würde sie in die richtige Richtung gehen. Als Sibylla hatte sie alle Aufgaben erfüllt. Es gab hier nichts mehr für sie zu tun.

Mit leichten Schritten, die ihr Alter vergessen ließen, lief sie die Treppe hinunter. Im Vorübergehen warf sie noch einen letzten Blick in die Verkaufsräume, in denen ein reges Treiben herrschte. In ihrem Blick lag keine Wehmut. Sie war bereit, Abschied zu nehmen. Jetzt würde sie nur noch für Isaak leben, ihn nie wieder im Stich lassen.

Eva wartete bereits. Sibylla nahm wortlos ihren Arm und bedeutete ihr, in die Kutsche zu steigen.

«Wohin fahren wir, Mutter?», fragte das Mädchen.

«Zu deinem Vater», antwortete Sibylla. Und dann erzählte sie Eva von Isaak Kopper, erzählte ihr die ganze traurige Geschichte einer verlorenen Liebe, die nun ihr gutes Ende finden sollte.

Kurz vor Hofheim ließ Sibylla den Wagen halten. Das letzte Stück wollte sie zu Fuß gehen. Genauso wie damals, als Martha sie aus dem Feldsiechenhaus geholt hatte.

Sie dachte an Martha, die alles geopfert hätte, sogar das eigene Leben, um ihrer Tochter das harte Los einer Wäscherin, einer Frau ohne Ehre und Bürgerrecht, eines Bastards zu ersparen.

Du hast dieses Opfer nicht vergebens gebracht, Mutter. Und doch kehre ich zurück, woher ich gekommen bin. Ein gestohlenes Leben ist kein Leben, in dem das Glück zu Hause sein kann.

Dann waren sie am Feldsiechenhaus angelangt, einem

zweistöckigen Bau, der schon von weitem den Eindruck von Krankheit und Tod erweckte.

Entschlossen nahm Sibylla ihre Tochter bei der Hand und betätigte den Türklopfer.

Ein Bediensteter in abgerissener und schmutziger Kleidung öffnete ihr.

«Was wollt Ihr? Hier ist das Siechenhaus. Ihr müsst Euch verlaufen haben.»

«Zu Isaak Kopper wollen wir», erwiderte Sibylla ungerührt. «Ich weiß, dass er hier ist.»

Der Bedienstete stellte sich breitbeinig in die Tür und versperrte den Zugang.

«Kopper ist krank. Ich kann Euch nicht zu ihm lassen. Ihr könntet Euch anstecken und die Krankheit in die Stadt einschleppen.»

Sibylla lächelte und griff fester nach Evas Hand.

«Das Mädchen ist seine Tochter. Er hat sie noch nie gesehen.»

Der Bedienstete biss sich auf die Unterlippe.

«Vielleicht kann man ihn zum Fenster tragen», überlegte er. «Aber hinein dürft Ihr nicht.»

«Ich habe verstanden», erwiderte Sibylla. «Doch vielleicht sucht Ihr noch eine Wäscherin?»

«Pah! Wie meint Ihr das? Wollt Ihr etwa als Wäscherin zu uns kommen? Wisst Ihr überhaupt, wie man wäscht? Ihr seht nicht aus, als wären Eure Hände jemals mit Seifenlauge in Berührung gekommen.»

«Ihr irrt Euch, Mann. Ich war jahrelang Wäscherin. Früher, als ich so alt war wie meine Tochter jetzt. Hier habe ich gelebt und gewaschen. Hier in diesem Haus. Und ich bin zurückgekommen. Zu Isaak Kopper will ich. Mein ganzes Leben lang habe ich ihn geliebt, ohne mit ihm gelebt zu haben. Doch sterben soll er nicht allein. Und da ich nicht zurück in die Stadt kann, so werde ich eben hier bleiben und mein Brot als Wäscherin verdienen.»

Der Bedienstete betrachtete die vornehm gekleidete Frau von oben bis unten.

«Ihr seid entschlossen, wie?», fragte er.

«Ja», erwiderte Sibylla. «So entschlossen, wie man nur sein kann.»

Der Bedienstete trat beiseite und ließ Sibylla eintreten, während Eva vor dem Haus stehen blieb.

Der Bedienstete wies Sibylla den Weg zu Isaaks Kammer.

Mit klopfendem Herzen, aber so froh wie seit Jahren nicht mehr, betrat Sibylla den Raum.

In einem Bett lag eine dürre Gestalt und schien zu schlafen.

«Isaak», rief Sibylla leise.

Mühsam öffnete der Angesprochene die Augen.

«Sibylla», flüsterte er mit rauer Kehle. «Bist du es, oder gaukelt mir der Fieberwahn ein Bild vor?»

Vorsichtig setzte sich Sibylla auf den Rand von Isaaks Schlafstatt, nahm seine Hand in die ihre und streichelte sie.

«Ich bin es wirklich, Isaak. Ich bin gekommen, um zu bleiben.»

Die Sonne fiel durch das Fenster und schien das Gesicht des Kranken zu glätten.

«Warum?», fragte Isaak. «Warum hast du mich damals verlassen?»

«Ich war schwanger, Isaak, habe unter Olivenbäumen ein Kind von dir empfangen. Wir haben eine Tochter, Isaak. Eva heißt sie und ist inzwischen 16 Jahre alt.»

«Eva?», fragte er. «Eva? Mein Sohn heißt Adam. Habe ich wirklich zwei Kinder mit Namen Adam und Eva? Adam und Eva, vertrieben aus dem Paradies?»

«Nein, Isaak. Adam und Eva, geboren, um das Paradies neu zu bauen.»

Isaak lächelte.

«Sie steht draußen, unsere Eva. Ich werde einen Pfleger rufen, damit du sie sehen kannst.»

Gemeinsam mit dem Pfleger half Sibylla dem Kranken, der nur noch aus Haut und Knochen zu bestehen schien, auf die Beine. Beinahe trugen sie ihn zum Fenster. Die Anstrengung trieb ihm den Schweiß auf die Stirn. Er stöhnte, und immer wieder mussten sie auf den wenigen Metern innehalten. Doch dann, als er sein Kind, seine Tochter Eva vor dem Fenster in der Sonne stehen sah, wirkte er stärker als zuvor.

«Sie ist schön», flüsterte er. «Schön wie ihre Mutter.»

«Und gut wie ihr Vater», ergänzte Sibylla.

Sie rief den Namen ihrer Tochter. Und Eva kam näher, war nur wenige Meter von ihrem Vater entfernt.

«Guten Tag, Vater», sagte sie und winkte ihm zu.

Als sie die Tränen sah, die dem alten Mann über die eingefallenen Wangen liefen, da weinte auch sie.

«Wir sehen uns wieder, Vater», sagte sie.

«Gott behüte dich, mein Kind.»

Vor Anstrengung versagten dem Kranken die Beine. Zusammen mit dem Pfleger schleppte Sibylla den kranken Liebsten zurück auf sein Lager.

Dann schickte sie den Pfleger hinaus, um mit Isaak ungestört sein zu können, und gab Anweisungen, dass Eva mit einem Wagen zurück in die Stadt gebracht wurde.

Als die Dämmerung hereinbrach, waren sie endlich allein. Allein nach so vielen Jahren.

«Ich liebe dich, Isaak», sagte Sibylla. «Ich habe dich immer geliebt. Kein Tag in meinem Leben verging, ohne dass ich an dich gedacht habe.»

«Auch ich liebe dich, habe nie aufhören können, dich zu lieben, Sibylla. Gebetet habe ich jeden Tag, dass du zu mir zurückkehren würdest. Nun hast du es getan.»

«Ja, Isaak. Ich bin zurückgekommen. Zurück zu dir und zurück von dort, woher ich einst gekommen bin. Zurück auch zu mir.»

Sie nahm Isaak in die Arme. Sein Atem ging schwer, doch ein Lächeln lag noch immer auf seinem Gesicht.

«Wie gern würde ich noch einmal deine Haut spüren.»

Sibylla lachte und weinte zugleich, als sie diese Worte hörte. Sie stand auf, zog ihre Kleider aus. Dann schälte sie auch Isaak vorsichtig aus dem weißen, weiten Krankenkittel, bis auch er so nackt und bloß war, wie er zur Welt gekommen war.

Sie schlug die Decke zurück, schlang ihre Arme um den mageren Körper, der sich im Fieber schüttelte, und wärmte seinen Leib mit ihrem. Ihre Hände streichelten beruhigend über seinen Rücken, ihre Beine umklammerten seine kalten Schenkel. Sie spürte die Wärme seines Leibes, roch seinen vertrauten Geruch. «Wie schön», flüsterte sie. «Zum ersten Mal in meinem Leben bin ich so glücklich, dass ich wunschlos bin. Alles ist, wie es sein soll.»

Behutsam strich sie dem Liebsten über die Wangen, sprach leise auf ihn ein: «Die Liebe ist stärker als der Tod. Isaak, du wirst wieder genesen, und wir werden ein neues Leben weit weg von hier anfangen. Wir werden die Jahre, die uns noch bleiben, glücklich miteinander verbringen, du wirst sehen. Ich weiß es, Isaak.»

Sie schloss die Augen, spürte die Nähe des Geliebten mit jeder Faser ihres Körpers. Plötzlich stieg ein Bild aus ihrem Inneren hoch. Sie sah eine Frau in einem weißen Kleid, die ein Wachslicht in den Händen hielt. Sibylla Wöhler. «Ich lasse dich jetzt», sagte die Tote, die niemals richtig gestorben war. «Jetzt bist du mehr als ich, bist über mich hinausgewachsen. Ich habe nie geliebt. Der Tod hat keine Macht über die Liebe. Auf Wiedersehen, Sibylla-Luisa.» Das Bild löste sich auf, die wahre Sibylla entschwand. Sie öffnete die Augen und betrachtete Isaaks Gesicht. All ihre Liebe lag in diesem Blick.

Isaak lächelte. «Ja, lass uns weit weggehen. Nach Florenz, um die Sonne auf unserer Haut zu spüren, um das Leben zu fühlen.»

Er schloss die Augen und schlief ein. Sibylla schmiegte sich an ihn, froh, dass sie ihren Geliebten endlich wieder in den Armen hielt.

Epilog

Langsam rumpelte der Wagen die Anhöhe hinauf. Sibylla sah Isaak an: «Wir haben es geschafft.»

«Ja», er strich ihr zärtlich über die Wange: «Tatsächlich, den ganzen Weg von Frankfurt bis hierher.»

Sibylla half Isaak aus dem Wagen, er war nach seiner Krankheit noch sehr schwach, doch nichts hatte ihn davon abhalten können, mit Sibylla nach Italien zu reisen. Es war ein Wunder gewesen, dass er überlebt hatte. Niemand hatte mehr daran geglaubt, am wenigsten er selbst. Doch Sibyllas Erscheinen an seinem Krankenbett hatte in dem Kranken ungeheure Kräfte freigesetzt. Die Todessehnsucht, die er jahrelang mit sich herumgetragen hatte, war verschwunden und hatte Platz gemacht für Lebenslust und Energie. Langsam war es ihm wieder besser gegangen, und jetzt, über ein Jahr später, zeugten nur noch die Narben in seinem Gesicht von der überstandenen Krankheit.

Gemeinsam hatten sie beschlossen, Frankfurt hinter sich zu lassen und nach Italien zu fahren, in Lucias Landhaus, das sie Isaak hinterlassen hatte und in dem sie die glücklichsten Stunden ihres Lebens verbracht hatte.

Sie genossen den Ausblick über die toskanischen Hügel, die Olivenhaine und die Zypressen. Sibylla dachte an das letzte Mal, dass sie hier gestanden hatten, und sah Isaak an. «Weißt du noch?»

Isaak lächelte und zog sie an sich.

«Natürlich.»

Nachwort

Sibylla gab es tatsächlich. Sie hieß in Wirklichkeit Margaretha Weickmann, lebte und starb in Frankfurt. Doch obwohl ihr Leben sicherlich nicht so verlaufen ist, wie ich es beschrieben habe, lassen die Urkunden im Institut für Stadtgeschichte doch vermuten, dass es ein ganz und gar ungewöhnliches Leben war, das sich wenig um Sitten, Gebräuche und Zunftregeln kümmerte.

Unter der Urkundennummer *Lit. G. Nr. 73* findet sich der Eintrag über das Haus Zum Greiffenstein in der Schnurrgasse, damals eine noble Gegend. Margaretha Weickmann und ihr Mann Bechthold kauften dieses Haus für 1200 Gulden von Daniel von Hynsperg. Es war sehr ungewöhnlich, dass ein Kürschner, der seine Werkstatt weder vom Vater geerbt hatte noch zu den Mitgliedern des Rates gehörte, in relativ kurzer Zeit und unter Umgehung der damaligen «Karriereleiter» in den Zünften zu einem so großen Vermögen kam. Doch da wir seit Adam und Eva wissen, dass hinter jedem erfolgreichen Mann eine starke Frau steht, vermuten wir auch hier wohl zu Recht, dass Margaretha über Begabungen verfügte, die für eine Frau des ausgehenden Mittelalters nicht alltäglich waren.

Einige Jahre später wird unter der Signatur / 2275, Bl. 17 vermerkt, dass der Richter Sebastian Schirrer im Auftrag das Nachbarhaus der Weickmanns in der Schnurrgasse an die «Geselschafft vff dem Kauffhaus» verkauft hat. Hinter der «Gesellschaft auf dem Kaufhaus» verbirgt sich niemand anderes als Margaretha Weickmann, inzwischen verwitwet. Dieser Urkundeneintrag ist von ungeheurer Bedeutung. Eine Witwe, die eine Kaufhausgesellschaft besitzt! Nie zuvor hat es das in Frankfurt gegeben. Spätestens mit diesem Eintrag steht fest, dass Margaretha Weickmann eine ganz besondere Frau war. Sie fand sich nicht mit der Rolle des gehorsamen und untertänigen Eheweibes ab, sondern führte eigenständig als Frau ein Unternehmen in einer Männerwelt, in der das Wort einer Frau nicht mehr galt als das Bellen des Hofhundes. Wie hat sie das geschafft? Wir wissen es nicht, doch es ist zu vermuten, dass sie rege Kontakte nach Italien unterhielt. Italien war nicht nur maßgeblich in allen Dingen, die die Mode und Lebenskunst betrafen, Italien war auch das Land, das den Frauen ein gewisses Maß an Freiheiten gestattete, von denen man in Deutschland nur träumen konnte. Margaretha Weickmann begnügte sich wahrscheinlich nicht mit einem Traum. Sie setzte alles dafür ein, ihre eigenen Ziele zu verwirklichen. In dieser Hinsicht ist sie uns ähnlich, ihr Denken und Handeln ist uns vertraut, ihr Mut und ihre Stärke könnten uns als Vorbild dienen, obwohl uns 500 Jahre von ihr trennen.

In anderen Urkunden wird der Name Katharina Weickmann erwähnt. Ihr Alter lässt darauf schließen, dass es sich um eine Tochter der Margaretha handelt, die während der Witwenschaft geboren wurde.

Doch viele Lücken im Leben der Margaretha Weickmann bleiben. Lücken, die heute nur noch mit Hilfe der Phantasie geschlossen werden können. So ist ein Roman entstanden über eine außerordentlich unabhängige Frau im ausgehenden Mittelalter, der beschreibt, wie sie gelebt haben könnte.

Ich möchte mich an dieser Stelle bei allen bedanken, die mir bei diesem Roman geholfen haben. Zuallererst bei meiner Agentin Frau Anja Kleinlein, Bergisch Gladbach, die mich dazu ermuntert hat, gerade dieses Thema zu wählen, bei Frau Marion Rohland, Frankfurt, die mir bei allen Fragen zum Kürschnerhandwerk eine große Hilfe war. Herrn Dr. Roman Fischer verdanke ich die unkomplizierte und stets freundliche Hilfe bei der Erkundung der Akten im Institut für Stadtgeschichte Frankfurt, Jochen Schneider danke ich für steten Zuspruch, immer währende Unterstützung und noch viel mehr, meiner Tochter Hella dafür, dass sie jederzeit bereit war, sich meine Aufmerksamkeit mit den Romanfiguren zu teilen.

Ein besonders herzliches Dankeschön geht an meine Lektorin Frau Kathrin Blum, die mit großem Engagement und Fachwissen, sehr viel Einfühlungsvermögen und Inspiration diesen Roman ganz entscheidend mitgeprägt und dafür gesorgt hat, dass am Ende alles gut wird.

Die Silberschmiedin

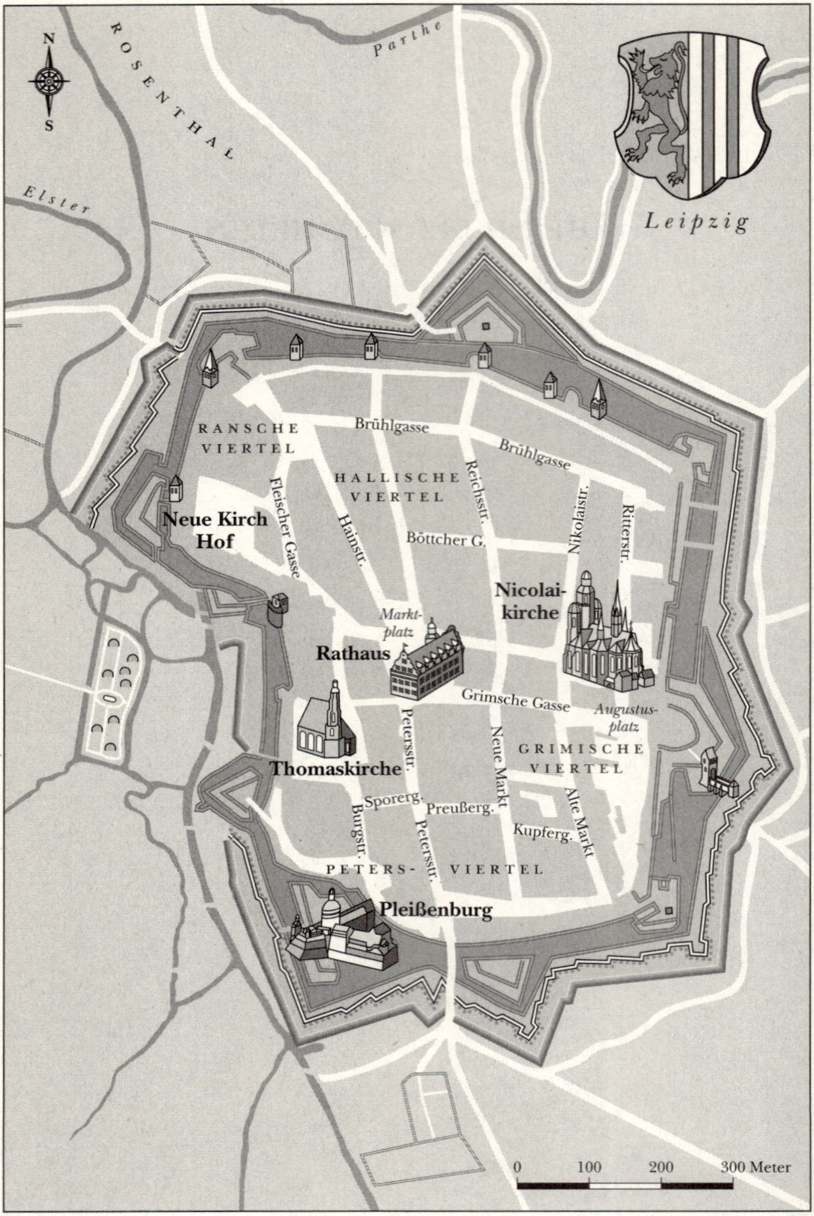

N
S
ROSENTHAL
Parthe
Elster
Leipzig
RANSCHE VIERTEL
Brühlgasse
Brühlgasse
HALLISCHE VIERTEL
Fleischer Gasse
Hainstr.
Reichsstr.
Nikolaistr.
Ritterstr.
Böttcher G.
Neue Kirch Hof
Nicolai-kirche
Markt-platz
Rathaus
Grimsche Gasse
Augustus-platz
Petersstr.
Neue Markt
GRIMISCHE VIERTEL
Thomaskirche
Alte Markt
Sporerg.
Preußerg.
Burgstr.
Peterssstr.
Kupferg.
PETERS- VIERTEL
Pleißenburg
0
100
200
300 Meter

Teil eins

Prolog

Wir hatten uns einen ruhigen Schlaf angewöhnt. Wir lebten mit der Möglichkeit der Verdammnis und in der tiefen Gewissheit, dass die Verdammnis an uns vorüber ginge. Warum auch nicht? Hatten wir nicht stets nach dem Guten gestrebt?

Ich, Johann von Schleußig, würde gern behaupten, dass es so war. Das Leben war nicht leicht, aber übersichtlich. Es gab gut und böse, schwarz und weiß, und jeder, der wollte, hatte das Werkzeug, die Dinge zu unterscheiden.

Dann kam das Silber in die Stadt. Schwarz und weiß waren nicht mehr voneinander zu trennen, alles war zu Silber geworden.

Silber ist Schweigen, heißt es nicht so?

Mit dem Silber gingen die Worte. Sie verloren ihre Bedeutung, wechselten plötzlich den Sinn. Aus Liebe wurde Mut, aus Mut wurde Angst. Aus Angst wurde Tod.

Die Worte standen zwischen den Zeiten. In diesem Zwischenraum suchten die Menschen nach sich selbst und ihrem Platz in der neuen Zeit. Sie lebten, liebten, arbeiteten; sie gewannen und sie scheiterten.

Am Ende stand ein Anfang.

Ich, Johann von Schleußig, möchte die Geschichte der Silberschmiedin erzählen, weil sie exemplarisch ist für das Leben in dieser Zeit. Es ist nicht alles so gewesen, wie ich es erzähle, doch es hätte alles so gewesen sein können. Ich möchte kein Urteil fällen über das, was geschehen ist.

Kapitel 1

Frankfurt am Main im August 1494

Die Hitze der letzten Augusttage hatte der Stadt Frankfurt und ihren Bewohnern zugesetzt. In den Straßen und Gassen stank es zum Gotterbarmen. Abfälle verrotteten in den Gräben zwischen den Häusern, Myriaden von Fliegen schwirrten umher, setzten sich in die Augen der räudigen Hunde, die erschöpft am Rande der Gassen lagen. Die Luft war stickig, machte das Atmen schwer, Haut und Haar klebrig. Händler stritten mit Hausfrauen, Ehemänner versetzten ihren Frauen Maulschellen, Mägde zogen einander an den Haaren, und die alten Leute liefen in die Kirchen und stifteten Kerzen, wo selbst der Priester nur stöhnte und sich den Schweiß vom Gesicht wischte.

Doch plötzlich schlug das Wetter um. Die Wolken, die schwer und träge wie nasse Wäschestücke über den Dächern hingen, ballten sich zu wütenden schwarz-violetten Gebirgen zusammen. Wind kam auf, hetzte durch die Straßen und riss an den Hauben der ehrbaren Frauen. Die Menschen zogen den Kopf zwischen die Schultern und hasteten heimwärts, den Blick fest auf die Gassen gerichtet.

Die Händler auf dem Markt packten ihre Siebensachen zusammen, ließen die letzten Kunden einfach stehen und beeilten sich, als stünde das Jüngste Gericht bevor. Ein seltsames schwefelgelbes Licht lag über der Stadt. Unheilvolle Ahnungen wurden flüsternd weitergegeben. Zürnte ihnen Gott? Schickte er eine neue Sintflut?

Am Main zogen die Fischer ihre Kähne weit auf die Uferwiesen hinauf und banden sie mit dicken Seilen an die wenigen Bäume. Doch plötzlich ließen sie alles stehen und liegen, vergaßen ihre Befürchtungen und eilten ans Ufer.

Eva saß im Wohnraum des reichen Bürgerhauses in der Krämergasse an einem Schreibpult, an dem ihre Mutter für gewöhnlich die Korrespondenz erledigte. Sie spielte mit einem Gänsekiel, dessen Spitze von der Tusche ganz schwarz war, und sah zu ihrer Mutter.

Sibylla stand am Fenster und spähte durch die gelben Butzenscheiben. Eine ältere, überaus unansehnliche Magd stand hinter ihr, hielt einen Rosenkranz zwischen den Fingern und murmelte ununterbrochen Gebete: «Herr Jesus, verschone uns vor dem Jüngsten Gericht. Wir alle sind Sünder, vergib uns unsere Schuld, wie auch wir vergeben unsern Schuldigern. Behüte, beschütze und beschirme die Männer, Frauen und Kinder dieser Stadt.»

Die Mutter sah die Magd von der Seite an. «Hast du die Wäsche ins Haus gebracht?», unterbrach sie die Litanei.

Die Frau zuckte zusammen. Sie sah mit erschrockenen Augen hoch und schüttelte den Kopf.

Eva lächelte. Sie kannte ihre Mutter so gut, dass sie

genau wusste, was diese gleich sagen würde. Ich bezahle dich nicht fürs Beten.

«Dann hole sie. Aber eile dich. Gleich wird es sintflutartig gießen. Du bekommst deinen Lohn für deine Arbeit, nicht fürs Beten und Barmen.»

Eva hätte am liebsten aufgelacht, doch sie beherrschte sich.

«Aber … es heißt … der Teufel geht um, bevor ein Gewitter kommt», stammelte die Magd angstvoll.

Gleich wird sie sagen: Dann kannst du ihn dir ja mit dem Kreuz um deinen Hals vom Leibe halten, dachte Eva.

«Du kannst ihn ja mit deinem Rosenkranz abwehren», erwiderte die Mutter. Eva schlug sich die Hand vor den Mund, um nicht zu kichern.

Die Magd verzog das Gesicht, als wolle sie weinen, und trat von einem Fuß auf den anderen. «Der Teufel geht um. Ich weiß es. Die ganze Stadt spricht darüber. Ich habe Angst. Wegen ein paar Stück Wäsche setze ich meine Seele nicht aufs Spiel», beharrte die Magd.

Plötzlich drang Lärm bis in die Stube hinauf. Das Geschrei kam von der Straße. «Eine Tote am Mainufer. Man hat eine Tote gefunden!»

Eva eilte ans Fenster und öffnete es. Ein Junge lief durch die Gasse und verkündete aus Leibeskräften die Neuigkeit. Plötzlich war das drohende Gewitter vergessen.

Die Mutter öffnete das Fenster: «Was ist los?», rief sie.

«Ein totes Mädchen ist am Mainufer angeschwemmt worden. Nicht weit vom Hafen. Ein Gesicht ganz von Silber soll sie haben. Eine Wasserhexe vielleicht oder ein

Kind der Sterne», antwortete der Junge und rannte weiter.

Diese Nachricht goss Öl in die aufgeflackerte Neugierde. Aus allen Häusern strömten die Menschen. Niemand wollte sich das Spektakel entgehen lassen, welches größer zu werden versprach als ein heftiges Sommergewitter.

«Ein silbernes Gesicht? Das glaube ich nicht. Ich möchte selbst sehen, was da los ist», sagte auch Eva.

«Warte, ich komme mit.»

Mutter und Tochter eilten gemeinsam die Krämergasse hinunter, die Magd keuchte hinterdrein. Sie überquerten den Römer, hasteten am Bartholomäusdom vorbei und hatten endlich das Mainufer erreicht.

Die halbe Stadt hatte sich bereits versammelt.

Energisch bahnte sich die Mutter mit ihren Ellbogen einen Weg durch die dicht gedrängte Menge. Eva und die Magd folgten ihr.

Als Eva die Tote sah, schrie sie leise auf. Sie war nackt und vollkommen haarlos. Die Beine waren schlank und fest, die Scham sah so unschuldig aus wie bei einem kleinen Mädchen.

Ihr Leib war jung, gerade erst erblüht und ohne Zeichen des Welkens.

Über dem Gesicht aber prangte eine silberne Maske.

Eva und die Mutter standen starr. Auch den anderen Schaulustigen hatte es die Sprache verschlagen. Stumm machten sie der Stadtwache Platz, die mit umgehängten Hakenbüchsen nach vorn drängte.

Selbst diese beiden Männer waren für einen Augenblick wie gelähmt. Dann aber erinnerte ein Donnergrollen an das bevorstehende Gewitter. Ein Wachmann beugte sich über die Tote und löste vorsichtig die Maske vom Gesicht. Die Umstehenden stöhnten auf. Was zum Vorschein kam, hatte keine menschlichen Züge mehr. «Die Fratze des Teufels», keuchte die Magd und bekreuzigte sich.

Anstelle von Augen sah man nur dunkle Löcher. Die Haut hing in Fetzen und entblößte das Fleisch, die Lippen waren verbrannt und gaben die Zähne frei. Ihr Haar aber war grau wie das einer alten Frau und stand in einem schmerzhaften Widerspruch zu ihrem jungen Leib.

Voller Grauen wandte Eva den Blick ab. Sie musste ein Würgen unterdrücken.

«Es scheint, als hätte tatsächlich jemand ihr Gesicht mit heißem Silber überzogen. Oder einen Abdruck von Ton genommen und ihn direkt auf der Haut gebrannt», stellte ihre Mutter fest. «Sie muss unendliche Schmerzen dabei gelitten haben. Das Blut hat ihr sicher in den Adern gekocht, falls sie noch gelebt hat, und die Augen sind ihr in den Höhlen geschmolzen.»

Eva schüttelte den Kopf. «Wer tut so etwas? Das kann kein Mensch gewesen sein!»

«Das Ende der Welt ist nahe», vermutete die Magd. «Die ersten Boten des Satans mischen sich unter das Volk und verüben ihre grausigen Werke. Besonders vor einem Unwetter, ich sage es ja.»

Sie nickte zufrieden und ließ den Rosenkranz durch ihre Hände gleiten. Jetzt würde die Herrin bestimmt nicht mehr von ihr verlangen, dass sie vor dem Gewitter noch die Wäsche holte.

«Wie kann so etwas passieren?», fragte Eva fassungslos.

Sie betrachtete das Mädchen, das sehr schön gewesen sein musste und dem die silberne Maske, die der Wachmann wieder zurückgelegt hatte, nun etwas Königliches verlieh.

«Wie ist sie nur in diese Lage gekommen?»

«Tja, wie ist die Maid da wohl hingeraten?», wiederholte die Magd Evas Frage. «Sie wird sich wohl mit einem Burschen herumgetrieben haben, einem Satansjünger. Mit ihren festen Brüsten wird sie gewippt haben, wenn er in der Nähe war, den Hintern wird sie geschwenkt haben, wenn er hinter ihr ging. So lange, bis ihm der Sabber aus dem Mund lief. Als er sich dann holen wollte, was ihm zustand, hat ihm das Mädchen eine Abfuhr erteilt. Auch der Satan ist ein Mann, der zum Knüppel greift, wenn ihm die Frau nicht zu Willen ist. Ihre Unschuld hat sie bewahren wollen, so wie es Gott will, das gute Kind. Sie ist lieber in den Tod gegangen, als mit dem Teufel zu buhlen.»

«Schluss jetzt!», unterbrach Sibylla das Geschwätz. «Du gehst zurück und holst die Wäsche. Sofort!»

Die Magd setzte zu einer Antwort an, doch als sie Sibyllas Blick sah, machte sie sich wortlos auf den Weg.

Eva aber starrte noch immer auf die Tote.

«Eines ist gewiss: Wer immer das Mädchen dort so zugerichtet hat, er versteht etwas vom Umgang mit Silber», überlegte Sibylla.

Die Mutter hatte sich gefasst und betrachtete die Tote wie einen Gegenstand.

«Ein Silberschmied also?», fragte Eva schaudernd.

Die Mutter zuckte die Achseln. «Ein Silberschmied, ein Kannengießer, ein Waffenschmied, ein Bronzegießer, ein Aufbereiter oder einfach nur ein Verrückter.»

Eva schluckte und legte eine Hand an ihre Kehle: «Kein Mensch hat einen solchen Tod verdient.»

Sie schüttelte sich, dann fragte sie die Umstehenden: «Weiß man, wer sie ist?»

«Ein Mädchen aus einem der Badehäuser. Sie ist wohl erst seit der Fastenmesse in Frankfurt und hatte ungefähr Euer Alter. 18 Jahre, sagte der Besitzer des Badehauses. Ich kannte sie; sie war ein nettes, hübsches Ding», antwortete eine Frau, deren gelber Schleier am Gewand verriet, dass sie selbst in einer Badestube arbeitete.

Wieder grollte ein Donner. Wenige Sekunden später zuckte ein Blitz über den Himmel. Die Leute sahen nach oben und bekreuzigten sich.

Die Mutter zupfte Eva am Ärmel. «Komm, lass uns gehen, bevor der Regen kommt.»

Sie zog Eva davon, doch Eva konnte den Blick nicht von der Toten lassen und folgte ihrer Mutter nur zögernd.

Das tote Mädchen ging Eva auf dem Heimweg nicht aus dem Kopf. Wer konnte so eine Tat begangen haben? Ein Silberschmied? Kannte sie ihn etwa?

In Frankfurt hatten sich nicht allzu viele Silberschmiede niedergelassen. Eva selbst arbeitete in der Werkstatt des Rundscheiner, seitdem sie aus Florenz zurückgekehrt war, wo sie bei dem berühmten Goldschmied Andrea della Robbia ihr Handwerk verfeinert hatte. Außer ihm gab es nur noch wenige Goldschmiede in der Stadt. Ausgerechnet einer von ihnen sollte … «Nein», Eva schüttelte unwillkürlich den Kopf. Es musste ein Kannnengießer oder Waffenschmied gewesen sein, keiner aus ihrer Zunft.

Die ersten Regentropfen fielen, ihre Mutter bemerkte Evas Nachdenklichkeit und forderte sie auf, sich zu beeilen.

Eva gehorchte, und zum wiederholten Mal wunderte sie sich, wie schnell ihre Mutter zum Alltag übergehen konnte. Auch als sie aus Italien wiedergekommen waren, war es Sibylla schnell gelungen, wieder ihre Geschäfte aufzunehmen. Sie hatte fast nahtlos an ihre früheren Erfolge anknüpfen können, die aus einer kleinen Kürschnerei eine weithin bekannte Werkstatt gemacht hatten. Dafür bewunderte Eva ihre Mutter sehr. Doch manchmal war ihr ihr Ehrgeiz unheimlich, und sie fragte sich, was aus der Mutter geworden war, die sie in Florenz erlebt hatte: Liebend und glücklich war sie damals gewesen. Doch all das war mit Isaaks Tod verschwunden, und Sibylla war wieder die eiskalte Geschäftsfrau von früher. Eva selbst war ganz anders. Sie wusste viel über griechische Philosophie, schrieb kleine Gedichte, doch seit ihr Vater tot war, gab es niemanden in ihrer Umgebung, der sich für dieselben Dinge interessierte. Sie hatte keine Freundin. Ihre kleinen Geheimnisse und Sehnsüchte teilte sie mit Adam, ihrem Stiefbruder, der seit dem Eintritt seiner Mutter in ein Kloster mit der stummen Dienerin Ida allein in einem Haus lebte und sich medizinischen Studien widmete. Und manchmal mit Susanne, der älteren Tochter von Sibyllas zweitem Mann Wolfgang Schieren. Doch Susanne war verheiratet, hatte wenig Zeit und Verständnis für das Leben Evas.

Der Regen wurde nun stärker. Sibylla und Eva fingen an zu laufen und erreichten die Haustür gerade noch rechtzeitig, bevor das Gewitter richtig losbrach. Auch der Magd war es noch gelungen, die Wäsche hereinzubringen.

Sibylla gab ihr Anweisungen, zog sich dann mit Eva in den Wohnraum zurück und begann die Kontorbücher zu prüfen.

Eva sah auf die gelb getönten Butzenscheiben, gegen die der Regen trommelte.

«Hoffentlich ist das Mädchen schon in die Krypta der Kirche gebracht worden», sagte Eva seufzend.

Die Mutter sah hoch und betrachtete sie prüfend. «Vergiss die Tote», sagte sie. «Du kannst ihr ohnehin nicht helfen. Es gibt hier genug Dinge, über die du nachdenken kannst. Zum Beispiel, wie es mit dir weitergehen soll. Seit Monaten geben sich die Männer die Klinke in die Hand, die um dich freien wollen.»

«Nun, heute wird sie wohl der Regen abhalten», erwiderte Eva und lächelte schwach.

«Oh, täusche dich nicht, Kind. Wenn Männer etwas wollen, dann lassen sie sich schwerlich von ein bisschen Regen hindern.»

Sibylla öffnete eine der zahlreichen Schubladen ihres kostbaren Schreibtisches, der nach italienischer Machart gefertigt war. Sie entnahm ihr einen Bogen und hielt ihn Eva entgegen.

«Seit unserer Rückkehr aus Florenz haben sich zahlreiche Männer um dich beworben. Die besten Söhne der Stadt sind vorstellig geworden. Ich habe begonnen, eine Liste anzulegen. In dieser Woche haben sich gleich drei angemeldet: Matthias Fürneisen, Schlossermeister und Vize der Zunft, dann Magister Groh und der Apotheker

Kemper aus der Römerapotheke. Auch der Stadtmedicus hat sich nach dir erkundigt.»

«Ich weiß jetzt schon, dass ich keinen von ihnen heiraten möchte», entgegnete Eva und sah weiter dem Regen zu.

«Gestern, als du bei der Zunft warst, kam der Hutmacher Enke. Ich habe dir noch nicht davon erzählt», sprach sie weiter.

«Melchior Enke?»

«Ja, genau der. Er ließ sich melden, kam in den Wohnraum und überreichte mir ein aus Brotteig gebackenes Herz. Als ich ihn fragte, was mir die Ehre seines Besuches verschaffe, begann er hin und her zu hüpfen, bemerkte dann, dass er seinen Hut noch auf dem Kopfe trug. Er riss ihn herunter, brachte dabei sein Haar in Unordnung und wusste offenbar nicht, wohin mit dem Hut. Schließlich knüllte er ihn zusammen und steckte ihn in die Tasche seines Wamses. ‹Gekommen bin ich, Jungfer Eva, um Euch zu fragen, ob Ihr Hüte und Hauben gern mögt.›

‹Ja›, erwiderte ich. ‹Welche Frau hat keinen Sinn für diese Dinge?›

‹Nun›, sprach er weiter. ‹Ich würde für Euch die schönste Haube der ganzen Stadt fertigen.›

‹Und was erwartet Ihr dafür von mir?›

‹Mein Weib sollt Ihr werden, Jungfer Eva.›

‹Was?›, tat ich empört. ‹Ihr wollt meine Unschuld gegen eine Haube eintauschen?›

‹Nein … nein›, stammelte der Mann und strich sich über den Bart. Auf seiner Oberlippe erschienen ein paar Schweißperlen, und seine Wangen färbten sich rot. Er sah sich nach einer Sitzgelegenheit um, doch ich tat, als bemerke ich es nicht. Stattdessen biss ich in das Gebäckstück, das er mir mitgebracht hatte, und fragte ihn.

‹Liebt Ihr mich denn?›

‹Lieben, nun ja. Ich werde Euch ein guter Gemahl sein und Euch jeden Sonntag zur Kirche begleiten, wenn Ihr dafür sorgt, dass das Haus in Ordnung ist, die Kinder wohl versorgt und Ihr mir gehorcht. Es wird Euch an nichts fehlen, Jungfer Eva.›

Ich entgegnete: ‹Meister Enke, mir fehlt es auch jetzt an nichts. Und ich muss mich noch nicht einmal um Haus und Kinder sorgen und brauche auch niemandem gehorchen.›

Und dann widersprach er mir tatsächlich. ‹Frauen müssen immer gehorchen›, wandte er ein. ‹Vor Gericht und vor den Zünften sind Frauen keine eigenen Personen?›

‹Pah›, erwiderte ich. ‹Hat meine Mutter nicht das Gegenteil bewiesen?›

‹Ähem … nun … ja›, stammelte er. ‹Ihr werdet Zeit brauchen, um eine Entscheidung zu treffen. Ich werde Euch gewiss nicht drängen.›

Dann verbeugte er sich und wäre beinahe vornüber gefallen, weil er dabei seinen Hut aus der Tasche zog. Er stülpte sich das lädierte Ding auf den Kopf und stolperte aus dem Haus.»

Die Mutter lachte, als Eva ihre Rede beendet hatte.

«Ich glaube nicht, dass es in Frankfurt auch nur einen Mann gibt, den ich heiraten möchte. Hier werde ich immer die Tochter der Pelzhändlerin Sibylla sein. Nicht ein einziger wird vergessen, wie reich und mächtig du bist. Im Grunde kommen sie alle wegen dir hierher. Würdest du verkünden, dass du einen neuen Ehemann suchst, so würden sie um deine Hand freien», fuhr Eva fort. «Liebe kann ich in dieser Stadt wohl nicht erwarten. Die Männer hier sehen nicht mich, sie sehen nur die Tochter der Pelzhändlerin.»

Die Mutter ließ den Papierbogen sinken: «Ja, das ist leicht möglich. Aber irgendwann wirst du dich für einen entscheiden müssen.»

«Warum? Ich möchte lieber warten, bis die Liebe mich findet. Die Männer, die um meine Hand angehalten haben, wollen ohnehin in erster Linie die reiche Mitgift. Nun, wenn es ihnen schon ums Geld geht, so kann ich doch im Gegenzug Liebe erwarten, oder nicht? Warst du es nicht, die gesagt hat, ein Leben ohne Liebe sei kein Leben?»

Ein Schatten zog sich über das Gesicht der Mutter. Sie wirkte ernst. «Ja, das habe ich in Florenz wohl gesagt», erwiderte sie nachdenklich.

Sie nahm einen Bogen Papier, dessen Siegel aufgebrochen war, und wedelte damit herum. «Hier drin könnte deine Zukunft stehen», sagte sie, doch ihre Worte gingen in einem gewaltigen Donnerschlag unter. Sibylla stand auf und stellte sich neben Eva ans Fenster.

Aus dem Regen war ein Wolkenbruch geworden, der die Gasse in kurzer Zeit in einen Bach verwandelt hatte. Abfälle wurden weggeschwemmt, ein Hund rannte mit eingekniffenem Schwanz und winselnd am gegenüberliegenden Haus vorbei.

Die Frauen standen so nahe nebeneinander, dass sich ihre Schultern berührten. Plötzlich umfasste Sibylla die Hüfte ihrer Tochter.

«Du bist mir gleich, Eva. Und weil das so ist, weil ich in dir lesen kann wie in einem Spiegel, werde ich dich nicht zwingen zu heiraten. Man hat in der Nähe von Leipzig Silbervorkommen entdeckt. Du bist Silberschmiedin. Geh dorthin und gründe eine Werkstatt. Andreas Mattstedt, ein einflussreicher Handelsherr, zu dem ich seit Jahren gute Beziehungen habe, wird dir dabei helfen. Er erwartet dich bereits», sagte Sibylla.

Eva hob den Kopf und sah ihre Mutter von der Seite an.

«Nach Leipzig? Was soll ich in Leipzig? Dein Leben wiederholen, Mutter?», fragte sie. «Soll ich deine Geschäfte bis nach Sachsen ausdehnen? Bin ich dir so ähnlich? Nein, das will ich nicht. Ich bin nicht du. Und deine Pläne sind nicht meine.»

«Rede keinen Unsinn, Kind. Wir sind vom gleichen Blut. Du kannst mein Leben zwar nicht führen, weil die Umstände anders sind, aber wir haben immer dasselbe gewollt. Ich gebe dir die Möglichkeit, die ich nie hatte: Werde, die du bist, und beweise dich. Zeige, was du kannst. Und hüte dich vor den Fehlern, die ich gemacht habe.»

Eva wandte den Blick ab. Das Vertrauen der Mutter ehrte sie, aber sie war sich nicht sicher, ob sie das richtige Bild von ihr hatte. Wusste ihre Mutter tatsächlich, wer sie war? Eher als sie selbst?

Eva sah nachdenklich aus dem Fenster. Das Gewitter

hatte inzwischen aufgehört. Die Straßen wurden von kleinen Rinnsalen durchzogen. Dort, wo kein Pflaster war, stand der Schlamm knöcheltief. Die ersten Kinder waren bereits ihren Müttern entflohen, hüpften durch die Pfützen und bewarfen einander mit Dreck. Der Regen schien jeden Gedanken an die Tote vom Mainufer weggespült zu haben. Der Alltag forderte sein Recht.

Eva gab sich einen Ruck. «Der Gedanke, in Leipzig zu leben, gefällt mir. Dort müsste ich mich selbst behaupten. Niemand wüsste, dass ich die Tochter der Pelzhändlerin und des Arztes Isaak Kopper bin. Ich müsste allein zeigen, was in mir steckt, wer ich bin.»

Eva lächelte, dann gab sie ihrer Mutter einen Kuss auf die Wange. Im selben Augenblick hämmerte unten jemand mit beiden Fäusten gegen die Haustür.

Die Mutter sah Eva fragend an, dann eilte sie die Treppe hinab.

Die Magd hatte den Gewandschneider Schulte bereits hereingelassen.

«Ich muss mit Euch reden», sagte er, als er Sibylla sah. «Es ist dringend.»

«Gut. Gebt der Magd Euren Umhang und kommt hoch. Lasst Euch einen Krug Most geben und bringt ihn mit.»

Wenige Minuten später saß Bernhard Schulte der Mutter gegenüber. Eva hatte wieder am Schreibtisch Platz genommen und betrachtete den Mann ihrer Stiefschwester Susanne mit Neugier. Schulte war eigentlich ein ruhiger Geselle. Aber irgendetwas schien passiert zu sein. Er wirkte nervös und fuhr sich ein um das andere Mal mit der Hand durch die Haare.

«Es ist wegen Susanne», begann er. Die Mutter goss ihm von dem Most ein, und Eva sah zu, wie Schulte den Becher in einem Zug herunterstürzte.

«Was hat das Weib diesmal angestellt?», fragte Sibylla.

«Ihr habt von der Toten mit der silbernen Maske gehört?»

Eva und die Mutter nickten.

«Nun, das Mädchen war zwei Tage vor ihrem Tod bei uns. Ein Kleid, das sie bestellt hatte, gefiel ihr nicht. Es gab Streit. Susanne hat sie aus dem Haus gejagt. Beinahe wäre es zu einer Prügelei zwischen den Frauen gekommen. Eine Nachbarin hat gehört, wie Susanne das Mädchen verflucht hat. ‹Der Teufel soll dich holen›, hat Susanne geschrien.»

«Nun, Susanne hat es noch nie geschafft, ihre Zunge zu zügeln», sagte die Mutter und zuckte mit den Achseln. Eva erinnerte sich an die Erzählungen der Mutter über das kleine Mädchen, welches Wolfgang Schieren mit in die Ehe gebracht hatte. Zwölf Jahre war Susanne damals gewesen, aber schon eitel, aufsässig und anmaßend. Niemand hätte geglaubt, dass Susanne es ob ihrer Trägheit einmal zu einer der besten Köchinnen in Frankfurt bringen würde. Ihr Haushalt war ein Muster der Ordnung. Sie hielt das Geld zusammen und sorgte dafür, dass sowohl Schulte als auch ihre beiden Kinder und sie selbst stets so gekleidet waren wie die Patrizier.

«Ich wünschte, ich wäre dieser Frau niemals begegnet. Die sieben Plagen können nicht schlimmer sein», klagte Schulte und ließ den Kopf hängen. Susanne hatte sich nie damit abgefunden, dass er nur ein Gewandschneider für die kleinen Leute war, und verachtete ihn. Ihr ewiges Gekeife nahm ihm die Ruhe und die gute Stimmung. Inzwischen war er lieber im Gasthaus als in seinem eigenen, aus dem Susanne einen Palast machen wollte.

«Nun, soviel ich weiß, habt Ihr bisher aus dieser Ehe großen Nutzen gezogen. Immerhin habe ich Euch zur Hochzeit die Werkstatt und den Titel verschafft. Ohne mich, Schulte, würdet Ihr Euer Dasein immer noch als Geselle fristen», erinnerte Sibylla.

Schulte sah hoch. «Ja, das stimmt. Aber ich weiß schon lange nicht mehr, ob es das wirklich wert war. Könnte ich, gäbe ich Euch noch heute Werkstatt und Titel zurück, wenn Ihr mich dafür von dieser Frau befreien würdet.»

«Ihr heiratet Susanne, und ich sorge dafür, dass Ihr immer Euer Auskommen habt. So lautete die Vereinbarung, Schulte.»

«Ich weiß. Doch was wird aus der Werkstatt, wenn eine Hexe darin haust?»

«Eine Hexe? Schulte, seid Ihr noch bei Trost?»

Schulte schüttelte den Kopf und beugte sich über den Tisch. Er hob eine Hand und winkte Sibylla mit dem Finger, näher zu kommen: «Sie ist eine Hexe. Ich habe es zuerst nicht glauben wollen, doch die Nachbarn sagen es auch. Jedes Mal, wenn ich ihr zürne, lässt sie die Milch sauer werden. Und vor einer Woche hat sie mir ein Gerstenkorn ans Auge gehext, weil ich mich geweigert habe, ihr Stoff für ein neues Kleid zu geben. Und vorgestern die Auseinandersetzung mit dem Mädchen aus dem Badehaus. Susanne verflucht sie, und zwei Tage später ist sie tot. Ich habe Angst, Sibylla. Angst vor meiner Frau.»

«Ihr seid ein Dummkopf, Schulte. Lasst die Milch nicht ewig stehen, dann wird sie auch nicht sauer. Und ein Gerstenkorn bekommt jeder hin und wieder. Weiß der Himmel, woher das rührt. Susanne mag anmaßend und aufsässig sein, aber eine Hexe ist sie nicht.»

«Wisst Ihr das so genau? Ein Buch ist erschienen, in dem steht, woran man die Hexen erkennt. ‹Der Hexenhammer› heißt es. Und zwei Dominikanermönche reisen damit durch das Land auf der Suche nach Hexen. Die Nachbarin war schon bei den Dominikanern im Frankfurter Kloster und hat sich kundig gemacht. Sie hat Susanne angezeigt. Man will nach den Inquisitoren schicken lassen, sagte sie.»

«Was?»

Die Mutter sprang auf. «Das ist nicht Eurer Ernst, Schulte! Wollt Ihr helfen, Susanne auf den Scheiterhaufen zu bringen?»

Schulte zuckte mit den Schultern. «Was soll ich machen? Ich konnte die Nachbarin nicht aufhalten.»

«Und jetzt kommt Ihr zu mir, damit ich Euch helfe?»

Schulte sackte zusammen und ließ Kopf und Schultern hängen.

«Was soll ich denn tun? Was geschieht, wenn sie doch eine Hexe ist? Was wird aus mir, aus den Kindern und aus der Werkstatt? Seit Susanne die Badedirne verflucht hat, bleiben die Kunden weg. Und heute Morgen stand ein Pentagramm aus Kreide auf der Schwelle.»

«Mutter!», mischte sich Eva jetzt ein, die bis dahin geschwiegen hatte. «Susanne muss da weg. Die Menschen sind dumm genug, sie auf den Scheiterhaufen zu werfen.

Sie wäre nicht die Erste. Wir müssen ihr helfen. Schließlich gehört sie zur Familie.»

Ohne lange nachzudenken, fasste Eva einen Entschluss. «Susanne kann mit mir nach Leipzig kommen, Mutter.»

Sibylla starrte auf die Tischplatte und überlegte.

Schließlich blickte sie auf. «Gut», sagte sie mit entschiedener Stimme. «Susanne wird Eva nach Leipzig begleiten und dort ihrem Haushalt vorstehen. Ihr, Schulte, gebt ihr einen Scheidebrief, in dem steht, dass sie sich nichts hat zuschulden kommen lassen und dass Ihr sie aus der Ehe freigebt. Lasst ihn von zwei Zeugen unterschreiben. Wir werden inzwischen eine Wagenkolonne zusammenstellen, die Waren aus unserem Hause und alles, was Eva braucht, nach Leipzig bringt. Gebt uns zwei Wochen.»

«Und wo soll Susanne die ganze Zeit bleiben? Es ist zu gefährlich für sie, wenn sie weiter bei Schulte wohnt», warf Eva ein.

Sibylla dachte kurz nach und schlug dann vor: «Adam. Susanne wird zu Ida und Adam gehen. Dort ist sie sicher. Und niemand wird sie da vermuten. Schulte, Ihr haltet den Mund. Kommt nur eine Silbe über Eure Lippen, so gnade Euch Gott.»

Eva nickte zustimmend. Bei Ida und Adam würde Susanne in Sicherheit sein. Eva mochte die alte Haushälterin ihres Vaters, die nicht sprechen konnte, weil man ihr die Zunge herausgerissen hatte, als sie noch als Nonne in einem Kloster lebte und dort etwas entdeckt hatte, das unausgesprochen bleiben sollte. Und sie mochte, nein, sie liebte Adam Kopper, ihren Halbbruder. Im Stillen wünschte sie sich, er würde sie nach Leipzig begleiten.

Doch sie wusste, dass er mitten in seinen Studien steckte. Arzt wollte er werden. Wie sein Vater.

Sibylla stand auf und sah Schulte auffordernd an. Der Mann verstand, erhob sich, dankte, grüßte erleichtert und verschwand.

«Schickt Susanne gleich zum Kopperhaus. Hört Ihr? Nicht nachher, nicht morgen, sondern sofort», rief Sibylla ihm nach.

Kaum war Schulte verschwunden, suchte sie nach ihrem Umhang und rief Eva zu sich. «Wir gehen zu Adam und Ida und nehmen Susanne in Empfang. Ich muss mit eigenen Augen sehen, dass sie gut untergebracht ist.»

«Ida wird gut für sie sorgen, Mutter.»

«Als ob es darum ginge!»

Hastig verließen sie das Haus und eilten zum Kopperschen Haushalt in der Schäfergasse. Wenige Minuten später traf auch Susanne ein. Schulte hatte Wort gehalten.

Sibylla unterrichtete Ida und Adam mit wenigen Sätzen über das Vorgefallene. Wie zu erwarten hatten die beiden nichts gegen einen Gast. Dann wandte sich die Mutter an Susanne: «Männer sind unberechenbar. Wer weiß, was Schulte noch alles in den Sinn kommt, Susanne. Ich habe keine Lust, mich wegen dir noch weiter in Unkosten zu stürzen. Dies ist deine letzte Chance, und ich rate dir: Nutze sie!»

Susanne hatte bei diesen Worten den Mund verzogen, aber nichts erwidert. Sie wusste, dass sie gegen Sibylla nichts ausrichten konnte. Das war schon ihr ganzes Leben lang so gewesen.

Als sie 16 war, hatte ihre Stiefmutter sie in ihre Gewandschneiderei zur Lehre gegeben. Zur Lehre! Dabei hätte ihr doch eine feine Erziehung in einem Stift oder Kloster zugestanden. Schließlich war sie eine Schierin und keine gemeine Handwerkerstochter. Sie hatte die Arbeit verweigert, und als Sibylla dahinter gekommen war, hatte sie sie zu einem alten Gerber als Magd geschickt. Das waren die schlimmsten Monate ihres Lebens gewesen. Schließlich war der Gerber gestorben, und Sibylla hatte sie dem jüngeren Sohn des Meisters Schulte zur Frau gegeben – nicht dem älteren, der die feine Werkstatt am Liebfrauenberg geerbt hatte. Statt ihrer hatte sie Katharina vorgezogen, eine simple Näherin, ein Nichts von geringer Geburt. Sie bediente jetzt die vornehmsten Kunden, und sie, eine Schieren, musste sich mit den einfachen Leuten aus der Neustadt begnügen. O ja, Susanne wusste, was sie ihrer Stiefmutter verdankte.

«Hast du mich verstanden?»

Sibylla stand vor Susanne und sah sie drohend an.

«Ja, ich habe verstanden. Ich werde Eva den Haushalt führen. Wenn ich mich noch einmal verheiraten möchte, muss ich mich selbst um eine Aussteuer kümmern. Von dir, Stiefmutter, bekomme ich keinen einzigen Gulden, kein Stück Leinwand, kein Geschirr oder gar Möbel.»

«So ist es», bestätigte Sibylla. «Eva wird dir Lohn zahlen wie einer ganz normalen Haushälterin. Zehn Groschen pro Woche müssen reichen. Damit kannst du dir eine Aussteuer zusammensparen, wenn du dein Geld beieinander behältst. Du bekommst überdies zu Ostern Stoff für ein neues Kleid und zu Weihnachten neue Leibwäsche. Und jetzt hilf Ida beim Abendbrot.»

Mit diesen Worten schickte sie Susanne fort.

Adam, der Sohn Isaak Koppers, hatte dem Gespräch ruhig zugehört. Obgleich er gerade mal so alt wie Eva war, war er ausgeglichen und besonnen wie sein Vater. Er hatte es Sibylla niemals übel genommen, dass sie mit seinem Vater nach Italien gegangen war. Während Sibylla, Isaak und Eva in der Toskana waren, hatte er ein Medizinstudium begonnen und das Kopperhaus verwaltet.

«Es geht mich nichts an, Sibylla», warf er ein. «Trotzdem finde ich, dass du an eine Entwicklung des Menschen glauben solltest. Im selben Maße, wie der Körper altert, sollte der Geist zunehmen. Vielleicht ist Susanne erst jetzt reif für ein Leben in eigener Verantwortung.»

Sibylla lachte und zerzauste ihm das Haar. «Du bist ein echter Kopper, Adam. Hast zwar gerade erst begonnen, Medizin zu studieren, redest aber schon wie ein alter, erfahrener Medicus.»

Adam lächelte die Mutter seiner Halbschwester an und griff nach ihrer Hand. «Du tust immer so streng, Sibylla, aber in Wirklichkeit hast du ein weiches Herz.»

«Rede kein dummes Zeug, Junge, kümmere dich lieber um deine Studien. Gehofft hatte ich, dass du Eva nach Leipzig begleiten kannst, aber ich sehe ein, dass es besser ist, wenn du hier erst einige Erfahrungen sammelst.»

«Sibylla, ich verspreche dir, dass ich nach Leipzig gehen werde, sobald ich kann. Sollte mich Eva vorher dringend brauchen, so weiß sie, dass ich immer für sie da bin.»

Der Tag des Abschieds rückte näher und näher. Es gab so viel zu tun, dass für Wehmut keine Zeit blieb.

Mehrere mit Lederhäuten bespannte Planwagen standen vor dem Haus in der Krämergasse, die zu den teuersten Straßen Frankfurts gehörte. Knechte beluden die Wagen mit schweren Kisten und Truhen. Heinrich, der Altgeselle, der statt Adam die beiden jungen Frauen begleiten sollte, stand daneben und überwachte die Arbeiten.

Gleich morgen früh würden die Wagen sich in einen bewachten Tross einreihen und den langen Weg nach Leipzig antreten.

In derselben Kolonne würden Eva und Susanne in einer Reisekutsche ebenfalls nach Leipzig gelangen.

Der letzte Abend brach an. Sibylla ging zu ihrer Tochter in die Kammer, die so leer war wie ein Vorratsspeicher im Frühjahr.

«Morgen früh wirst du mich verlassen», sagte Sibylla und betrachtete ihre Tochter aufmerksam.

Eva nickte und seufzte lächelnd. Noch einmal sah sie sich in dem kargen Raum um, in dem sie so viele Jahre verbracht hatte. Neben dem Fenster hing noch ein Sträußchen von getrocknetem Lavendel, das sie aus Florenz mitgebracht hatte. Ihr Waschgeschirr stand in einem Ständer neben einem kleinen Wandbord, das mit Erinnerungen an ihre Jugend übersät war: eine getrocknete Feldblume, die ihr beim letzten Maitanz ein Bursche geschenkt hatte, bunte Bänder für das Haar, Glasbehälter, in denen einmal Duftwässer gewesen waren.

Daneben war ein heller Fleck. Evas Bücher, Kostbarkeiten von großem Wert, waren längst in die Reisetruhen verpackt.

«Ich habe ein Geschenk für dich, Eva», sagte Sibylla, nahm ihre Tochter bei der Hand und führte sie in die eigene Schlafkammer.

«Hier, diesen Spiegel aus venezianischem Glas schenke ich dir.»

«Mutter, das ist der Spiegel, den mein Vater für dich anfertigen ließ!»

«Ich weiß, Kind. Und deshalb sollst du ihn auch haben. Ich habe keine Verwendung mehr dafür. Ich weiß, wer ich bin, und kein Spiegelbild wird mich eines anderen belehren. Und ich weiß, wie ich aussehe.»

Eva umarmte ihre Mutter und flüsterte: «Ich werde dich vermissen. Du warst immer mein Vorbild und wirst es bleiben. Aber ich bin nicht so wie du, auch wenn ich deine Tochter bin. Hoffentlich enttäusche ich dich nicht.»

Wenn Evas Worte Sibylla rührten, so ließ sie es sich nicht anmerken. Sie klopfte ihrer Tochter auf den Rücken, dann wand sie sich aus der Umarmung und verließ das Zimmer.

Im Flur hörte Eva sie rufen: «Wo sind die Knechte, he? Sie sollen den Spiegel einpacken. Morgen früh geht er mit Eva auf Reisen. Worauf wartet ihr noch?»

Kapitel 2

Die Sonne war gerade aufgegangen, als die Reisekutsche inmitten eines Trosses von Planwagen und Kutschen von Frankfurt aus aufbrach. Bewaffnete Männer ritten der Kolonne voran. Reisen über Land waren gefährlich. Die Zeiten waren schlecht, viele Bauern waren aufgrund der immensen Abgaben an die Kirche und den Lehnsherrn so in Armut geraten, dass sie ihre Familien nicht mehr ernähren konnten. Diese armen Bauern, aber auch Soldaten, die keinen Feldherrn mehr hatten, entlassene Sträflinge und andere Wegelagerer lauerten entlang der bekannten Strecken.

Dennoch fühlte sich Eva inmitten des bewachten Trosses geborgen. Solange die Kutsche nicht kaputt ging, keine Achse und kein Rad brachen, waren sie, der Hausrat und die Pelze sicher. Angenehm würde diese Reise trotzdem nicht werden. In der Kutsche war es unerträglich heiß und eng.

Eva gegenüber saß Heinrich, der Altgeselle, der von Anfang an für ihre Mutter gearbeitet hatte und Eva in den langen vaterlosen Jahren ein guter Ratgeber geworden war. Nun hatte er die 50 längst überschritten und fühlte sich nach dem Tod seiner Frau, mit der er nur wenige Jahre gemeinsam gehabt hatte, unnütz. Sibyllas Angebot, Eva in Leipzig mit Rat und Tat zur Seite zu stehen, schien ihm ein Wink des Schicksals. Er war zwar Kürschner, doch hatte er, wie die meisten Handwerker, auch ein großes Geschick für andere Gewerke.

Neben ihm hatte eine dicke Spezereienhändlerin Platz genommen, die bis Erfurt ihre Weggefährtin sein würde. Ihr rotbackiges Gesicht mit den wasserblauen Augen sah freundlich in die Gegend.

Eva blickte aus dem Fenster und warf einen letzten Blick auf die Frankfurter Häuser, deren Dächer im Licht der aufgehenden Sonne wie poliertes Kupfer glänzten.

Sie war aufgeregt. Ihre Hände knüllten unentwegt den Stoff ihres Kleides. Zum ersten Mal stand sie allein im Leben.

Nicht ganz, kaum hatten sie die Stadttore hinter sich gelassen, sah sie Susanne vor einer Mühle warten. Sie machte dem Kutscher ein Zeichen anzuhalten.

Kurz darauf drängte Susanne sich auf den Platz neben Eva.

«Gott mit Euch», sagte sie und klopfte Heinrich, der sie verwundert anstarrte, aufs Knie.

«Na, Heinrich, du hättest nicht gedacht, dass wir uns noch einmal wiedersehen, nicht wahr?»

Heinrich blickte Eva vorwurfsvoll an. Sie seufzte. Ihr war klar gewesen, dass die Vorgehensweise den treuen Ehrenmann verletzen würde, aber ihre Mutter hatte den Altgesellen nicht in Susannes Geschichte einweihen wollen, um ihn nicht zu gefährden. Auch die Mitwisserschaft von Hexenwerk und Teufelstun wurde mit dem Tode bestraft. Doch davon konnte er natürlich nichts ahnen. Sie würde es ihm später erklären müssen.

Heinrich fing sich wieder, schob Susannes Hand vom Knie und murmelte missmutig: «Nein, Susanne, das hätte ich wirklich nicht. Und ich glaube auch nicht, dass mir was gefehlt hätte.»

Susanne lachte, dann küsste sie Eva auf die Wange und wandte sich an die Spezereienhändlerin. «Ich bin Susanne», stellte sie sich vor. «Und das hier ist meine Schwester Eva. Unsere Mutter Sibylla Schieren – Ihr werdet sicherlich von ihr gehört haben – hat uns nach Leipzig geschickt, um neue Geschäfte zu tätigen.»

«Aha», nickte die Händlerin und betrachtete die beiden jungen Frauen. «Wie Schwestern wirkt Ihr nicht gerade.»

Ihr war das abgetragene Kleid der Älteren aufgefallen.

«Red keinen Unsinn, Susanne», wies Heinrich sie zurecht.

Sofort brauste Susanne auf: «Neidest mir wohl meine Stellung, was? Wir sind Schwestern, sind gleich, denn schließlich tragen wir denselben Geburtsnamen.»

«Hört auf!», versuchte Eva die Streithähne zu bändigen. So konnte es nicht weitergehen. «Im Augenblick sind wir eine Reisegesellschaft und wollen hoffen, dass wir gesund dort ankommen, wo wir hinwollen.»

«Recht hat die junge Frau», mischte sich die Krämerin ein. «Wir sollten freundlich miteinander sein. Wie schnell kommt doch der Tod. Und wie oft auch unerwartet.»

Ja, sie hat Recht, dachte Eva. Der Tod ihres Vaters fiel

ihr ein. Er war in der Toskana gestorben, wo sie zwei glückliche Jahre verbracht hatten. Evas Gedanken gingen zurück zu dem Abend, der seinem Begräbnis gefolgt war. Sibylla war vor Schmerz fast wahnsinnig geworden. Stundenlang hatte sie mit ihrem toten Liebsten Zwiesprache gehalten. Eva hatte dabeigesessen und die Geschichte ihrer Eltern zum ersten Mal gehört.

Sibylla hatte vor einem Wandschrank gestanden und in den Schubladen gesucht. Dabei hatte sie leise vor sich hin gesprochen: «Wo sind die Lichter? Ich hatte doch Wachskerzen gesehen. Isaak, weißt du, wo unser Lichter hingekommen ist?»

Eva zog eine andere Lade auf und zeigte ihr die Kerzen, die in Reih und Glied lagen. Dann setzte sie sich auf einen Stuhl in eine Ecke und beobachtete ihre Mutter.

Sibylla nahm ein weißes Wachslicht aus der Lade, steckte es in einen Leuchter und entzündete es umständlich mit dem Feuerschwamm. Dann lief sie, den Leuchter vor sich herhaltend, mit langsamen Schritten durch die Wohnstube. «Unsere erste Begegnung, Isaak – erinnerst du dich? –, stand schon im Zeichen des Todes. Ich war schwanger von Jochen Theiler, meinem ersten Mann. Doch als ich dich sah, wusste ich, dass ich Theiler nicht liebte. Du hast mir das Leben gerettet, als der Pöbel mir das Kind im Bauch zerquetschte. Hast mein Leben gerettet, aber meine Seele hielt ich von dir fern. Vom ersten Augenblick an wusste ich, dass du allein in meine Seele sehen konntest.»

Die Mutter hatte den großen Tisch in der Mitte des Zimmers umrundet und war wieder vor der Schublade angelangt. Sie nahm ein weiteres Licht, steckte es in einen Leuchter auf dem Fenstersims und entzündete es. Die Flamme flackerte ein wenig und warf einen goldenen Schein auf Sibyllas Antlitz.

«Als Jochen starb, wolltest du mich heiraten. Ich konnte nicht, Isaak. Wen hätte ich dir zur Frau geben sollen, Isaak? Du hast gedacht, ich sei eine Kürschnermeisterin, erfolgreich, stark und mutig. Doch das war nicht die ganze Wahrheit.

Nein, ich habe dich nicht nur zurückgewiesen, weil ich die Werkstatt behalten wollte und dazu einen Kürschnermeister brauchte. Das war nur ein Grund. Der andere lag tiefer, viel, viel tiefer. Ich war nicht die, die ich zu sein vorgab. Aber dich wollte ich nicht belügen. Also musste ich dich meiden.

Wäscherin bin ich gewesen, Isaak. Das hättest du nicht gedacht, nicht wahr? Durch Betrug bin ich an die Stelle der wahren und toten Sibylla geraten. Luisa hieß ich eigentlich, Isaak. Ich war die Tochter einer Wäscherin, die im Kürschnerhaushalt ihr Brot verdiente.»

Sie entzündete eine weitere Kerze. «Sieh, Isaak, dieses Licht brennt für dich. Du hast die Schatten der Vergangenheit verjagt, ohne sie zu kennen. Ich danke dir dafür, Isaak. Du weißt gar nicht, wie sehr. Und ich habe versäumt, dir zu sagen, wie sehr ich dich liebe. Auch ohne Worte hast du es gewusst, nicht wahr?»

Sibylla hielt sich mit den Händen am Fenstersims und konnte doch nicht verhindern, dass die Kraft sie verließ, als wäre sie ein leckes Gefäß. Langsam rutschte sie an der Wand hinunter auf den Boden und schlief ein.

Eva holte leise ein paar Felle und deckte ihre Mutter damit zu. Dann schloss sie den Holzladen und das Fenster, löschte die zahlreichen Kerzen und verließ auf leisen Sohlen das Wohnzimmer.

Die Stimme der Krämersfrau riss Eva aus ihren Gedanken und verjagte die schmerzliche Erinnerung.

»Habt Ihr von dem Mädchen gehört, das mit einer silbernen Maske gefunden wurde? Eine Hexe war es, die ihr Kind zu Tode gebracht hat, heißt es. Eine Hexe oder der Leibhaftige selbst.»

Bei diesen Worten verfinsterte sich Susannes Gesicht. Eva bemerkte es. Nachdenklich sah sie die Stiefschwester an. Sie glaubte zwar nicht an Hexen. Doch es gab etwas in Susanne, das in ihr ein leises Unbehagen hervorrief. Susanne schien so fest zu wissen, wer sie war und was sie wollte. Nie schien sie Unsicherheit, Zweifel oder gar Ängste zu spüren. Auch jetzt, mit der Inquisition auf den Fersen, saß sie in der Kutsche und sah sich um, als gehöre sie in diesen Tross voll wertvoller Güter.

Um sich von ihren unangenehmen Gedanken abzulenken, blickte Eva aus dem Fenster.

Gerade kamen sie an einem kleinen Weiher vorbei. Eine alte Frau pflückte Pflaumen vom Baum, und bei diesem Anblick stiegen in Eva Erinnerungen an das Pflaumenmus der treuen Köchin in der Toskana auf. Zu dieser Jahreszeit hatte sie es immer auf den Tisch gebracht, und jedes Mal war es ein besonderer Schmaus gewesen.

Fast glaubte sie, es riechen zu können, so deutlich war die Erinnerung daran. Eva musste schlucken. Sie warf noch einmal einen wehmütigen Blick auf die Alte, dann war die Kutsche weitergerumpelt und kam an einem Hügel vorbei, auf dem ein Galgen stand. Ein vor kurzem gehenkter Mann hing daran, Eva konnte die Zunge erkennen, die ihm aus dem Mund hing.

«Ich muss mal. Es ist die Aufregung. Der Kutscher soll anhalten», verlangte Susanne und sah Eva auffordernd an.

Eva schreckte hoch und klopfte an die Wagenwand, um den Kutscher zu verständigen. Sofort zügelte der Mann die Pferde. Susanne sprang heraus, und auch Eva nutzte die Gelegenheit. Sie stieg aus, reckte und streckte ihre Glieder.

Der Mann am Galgen schwankte leise im Wind hin und her, das morsche Holz knarrte. Plötzlich kam ein Raubvogel und setzte sich oben auf den Galgen. Obwohl sie ahnte, was jetzt gleich passieren würde, ging Eva näher heran.

Der Vogel flog auf die Schulter des Gehenkten. Eva sah, wie er mit dem Schnabel nach den Augen des Toten hackte. Unwillkürlich musste sie an das Mädchen vom Flussufer denken.

Heinrich war neben sie getreten.

«Überall Tod und Abschied», sagte Eva traurig. «Es ist, als ob alles zugleich stirbt. Die Blätter fallen von den Bäumen, die Heimat geht verloren, und hinter jeder Wegbiegung lauert der Tod. Vielleicht haben die Priester doch Recht, und der Untergang der Welt ist tatsächlich nahe.»

Heinrich nickte. «Ich habe schon viele Gehenkte gesehen, habe auch schon gesehen, wie Tiere sich an Toten zu schaffen machten. Aber nie so viele wie in diesem Jahr. Die Sünde, scheint es, ist in die Welt gekommen. Wenn der Teufel sich sogar schon die Jungfrauen holt, dann dauert es nicht mehr lange, bis das ganze Land in Flammen aufgeht.»

«Du meinst die Tote mit der silbernen Maske, nicht wahr? Sag, hast du mehr gehört?», fragte Eva.

Heinrich schüttelte den Kopf. «Ich weiß auch nicht mehr als alle anderen.»

«Wie kann ein Mensch nur so grausam sein?», fragte Eva.

Heinrich zuckte mit den Achseln. «Ich weiß es nicht. Vielleicht war es wirklich der Satan oder eine Hexe. Vielleicht aber auch nicht. So manch einer ist besessen, ohne dabei ein Teufel zu sein. Ich habe mal von einem gehört, der jungen Mädchen das Haar abschnitt, um sich ein Kissen damit zu stopfen. Als er deswegen vor Gericht stand, erklärte er, den Duft der Jungmädchenhaare bannen zu wollen, ehe das Alter ihn vernichtet. Bewahrer der Schönheit nannte er sich.»

Heinrich sah sich nach der Kutsche um und nahm Eva behutsam beim Ellenbogen: «Lasst uns zu den anderen gehen. Wir wollen heute noch ein gutes Stück schaffen.»

Der Rest der Fahrt verging bei leisem Geplauder. Hin und wieder schlief einer der Fahrgäste ein, wurden Äpfel verzehrt oder Most aus einem Schlauch getrunken. Am Abend machte man bei einer Herberge Station. Die Pferde wurden ausgespannt, gefüttert und getränkt, die Reisenden saßen in einem Schankraum und erholten sich bei mit Wermut gewürztem Bier und Braten von der Fahrt auf den unbefestigten Wegen, die ihre Glieder gehörig durcheinander geschaukelt hatte. Waren alle satt und zufrieden, verschwanden Eva und Susanne in einer der Kammern zur Nachtruhe, die anderen aber rückten die Tische und Bänke in der Schankstube zusammen und bereiteten sich auf dem Boden ein Nachtlager.

So verging die Reise, bis sie nach einer Woche endlich die Stadt Erfurt erreichten. Die rotbackige Krämerin verabschiedete sich und ging ihrer Wege. Die anderen schlugen ihr Nachtlager diesmal in der Herberge «Zum goldenen Stern» auf.

Susanne, Heinrich und Eva saßen an einem Tisch im Schankraum der Herberge und aßen einen herrlichen Eintopf aus Bohnen und Hammelfleisch, als Eva bemerkte, dass jemand sie anstarrte.

Sie drehte den Kopf und blickte direkt in die grauen Augen eines jungen Mannes mit halblangem dunklem Haar, der von außergewöhnlicher Schönheit war. Stolz wie ein Edelmann sah er aus, wie die Statue eines griechischen Gottes gar, die Eva in Florenz gesehen hatte. Sein Blick war so intensiv, dass Eva meinte, er könne in ihren Kopf hineinschauen und alle Gedanken lesen. Ein wenig erschrocken, aber auch geschmeichelt wandte sie sich ab. Sie wollte weiteressen, als sei nichts geschehen, doch es gelang ihr nicht. Die Bewegungen, mit denen sie den Löffel zum Mund führte, waren seltsam gespreizt. Als Heinrich eine Bemerkung über das Wetter machte, lachte sie übertrieben und warf das Haar über die Schulter auf den Rücken. Wie von selbst drehte sich ihr Kopf immer wieder dem Fremden zu. Er hatte einen Bogen Papier vor sich auf dem Tisch liegen und ein Stück Kohle in der Hand. Als sich ihre Blicke erneut trafen, lächelte er, stand auf und trat an ihren Tisch.

«Verzeiht», wandte er sich an Heinrich. «Ich bin ein wandernder Geselle und habe Unterhaltung nötig. Gestattet Ihr, dass ich mich zu Euch setze?»

Heinrich sah hoch, nickte und wies mit der Hand auf den Platz neben sich. Dann bestellte er einen neuen Krug Würzbier.

Der Fremdling saß Eva nun genau gegenüber, und seine grauen Augen, die die Farbe von unpoliertem Silber hatten, verfolgten jede ihrer Bewegungen.

Eva schluckte, schlug die Augen nieder und war nicht mehr in der Lage, weiterzuessen. Sie schob die Schüssel mit einem heftigen Ruck in die Mitte des Tisches. So heftig, dass sie umkippte, die Suppe sich über den Tisch ergoss und ihren Ärmel braun färbte.

Der Fremdling reagierte sofort und wischte behutsam über die Flecke auf ihrem Kleid.

«Danke», sagte Eva.

«Oh, gern geschehen. Euer Kleid ist hübsch. Aber es passt nicht zur Farbe toten Hammels. Zu diesem Kleid gehört ein Schmuck aus Silber.»

Er lachte laut. Eva lächelte verlegen, wusste nichts zu sagen. Schließlich dachte sie an den Papierbogen.

«Zeichnet Ihr?», fragte sie ein wenig töricht.

«Ja, hin und wieder», erwiderte er. «Ich verdiene mir mit Porträts ein warmes Essen und ein Nachtlager in den Herbergen.»

Als Susanne das hörte, beugte sie sich vor und fragte: «Würdet Ihr mich auch zeichnen?»

Der Fremdling blickte Susanne kurz an und entgegnete: «Was wäre Euch ein Bildnis wert?»

Susanne kicherte und verdrehte die Augen. Sie zupfte sich eine Haarsträhne unter der Haube hervor und wickelte sie um den Finger. Schließlich erwiderte sie mit einem Lachen, das Eva peinlich war: «Ihr habt die Frage falsch gestellt, Fremdling. Es hätte heißen müssen: ‹Ihr seid es wert, für die Ewigkeit gezeichnet zu werden. Darf ich es wagen?›

«Für die Ewigkeit gezeichnet zu werden», wiederholte der Fremdling nachdenklich und betrachtete Susanne so eindringlich, dass sie schließlich den Blick abwandte.

«Merkt ihn Euch gut, diesen Wunsch. Ich bin sicher, eines Tages werdet Ihr für die Ewigkeit gezeichnet werden.»

Susanne zuckte zurück. Etwas Bezwingendes war in der Stimme des Mannes. Sie wagte keine Erwiderung.

Der Fremdling sah Eva an. «Ich habe Euch gezeichnet», sprach er. «Aber ich habe kein Abbild gefertigt, sondern das gezeichnet, was ich in Euch erkenne. Wollt Ihr es sehen?»

Eva schüttelte den Kopf, dann nickte sie und schlug die Augen nieder, kratzte verlegen mit dem Fingernagel an dem trocknenden Suppenfleck herum.

Der Fremdling holte das zusammengerollte Blatt und überreichte es Eva.

«Habt keine Scheu. Seht es Euch an. Es gereicht Euch nicht zum Schaden», flüsterte er, und wieder war es ihr, als könne er bis auf den Grund ihrer Seele schauen.

Zögernd nahm sie das Blatt und entrollte es.

Sie hatte mit vielem gerechnet, doch nicht damit. Eva

ließ die Zeichnung sofort fallen, als hätte sie sich verbrannt.

Ihre Augen verdunkelten sich und schauten starr, ihr Lächeln verschwand.

Heinrich bückte sich, nahm das Blatt und sah darauf.

«Ihr habt sie als Tier gezeichnet!», rief er aus und schüttelte vor Verwunderung den Kopf. «Als Hündin gar! Eine Jagdhündin.»

Susanne lachte schrill auf. «Ihr kennt die Menschen wohl recht gut?», fragte sie lauernd, und die Genugtuung troff aus ihrer grellen Stimme.

Der Fremdling bedachte sie mit einem so kalten Blick, dass Susanne verstummte.

«Möchtet Ihr noch immer von mir gezeichnet werden?», fragte er kühl. Susanne blieb ihm die Antwort schuldig.

«Ich … ich bin kein Tier, schon gar keine Hündin», Eva war noch immer bestürzt. «Was soll das? Warum habt Ihr mich so dargestellt? Wer seid Ihr, dass Ihr so etwas wagt?»

Der Fremdling antwortete leise und mit überraschender Zärtlichkeit in der Stimme: «Damit Ihr versteht, dass Ihr vorbestimmt seid, das zu sein, was Ihr sein wollt.»

Eva wurde wütend. Die Empörung färbte ihr die Wangen rot, und aus ihren Augen schossen blitzende grüne Pfeile. «Ich bin die, die ich bin, und die, die ich sein will. Eine Hündin, die dem Pfiff ihres Herrn folgt, jedoch gewiss nicht.»

«Und wer seid Ihr?», fragte der Fremde weiter. «Wer, wenn kein Tierchen voller Sinnlichkeit?»

«Eine Frau bin ich», erwiderte Eva. «Eine unabhängige Frau, die sich ihren Beruf nach eigenem Willen gewählt hat und dasselbe auch in der Liebe vorhat. Niemandes Hündin bin ich und werde es auch niemals sein.»

«Mitten in die Welt habe ich dich gestellt, sprach Gott», sagte der Fremdling. «Damit du umso leichter um dich schaust und siehst, was darinnen ist. Ich schuf dich als ein Wesen weder himmlisch noch irdisch, weder sterblich noch unsterblich, allein, damit du dein eigner freier Bildner und Gestalter seist. Du kannst zum Tier entarten und zum Gott ähnlichen Wesen dich wiedergebären.» Eva erkannte die Gedanken von Pico della Mirandola. Von seiner Rede «De dignitate homini» hatte sie in Florenz viel gehört. Das war das erste Mal, dass jemand in Deutschland darüber sprach. Doch bevor sie dem Fremdling antworten konnte, stand Heinrich auf und stellte sich drohend hinter den Mann. «Pass auf, was du sagst, Fremdling. Wie leicht gerät man in dieser Zeit wegen ein paar unvorsichtiger Worte an den Galgen. Und ich bin mir gar nicht sicher, ob das nicht der richtige Platz für einen Gotteslästerer wie Euch wäre.»

Eva hielt den Atem an. Sie konnte Heinrich jetzt nicht in den Rücken fallen. Er hatte den Fremdling beleidigt. Zwar schuldete die Jugend dem Alter Respekt, doch der Fremdling pflegte sich nicht an die gemeinen Bräuche zu halten. Würde er einen Händel mit Heinrich anfangen?

Doch der Fremdling lachte aus vollem Halse. «Diese Worte sind nicht von mir, auch wenn ich wünschte, sie wären es. Ein italienischer Philosoph, Pico della Mirandola, hat sie verbreitet. Und eine Vielzahl der italienischen Gelehrten stimmt ihm zu.»

Er erhob sich, stand groß und breitschultrig vor dem

eher schmächtigen Heinrich, klopfte ihm auf die Schulter und sagte: «Nichts für ungut, Herr. Ein jeder erschrickt, wenn er erfährt, dass außer Gott noch ein Tier in seiner Seele haust.»

Er verbeugte sich leicht vor Eva, dann verließ er das Gasthaus. Das Blatt lag unbeachtet auf der Bank, bis Susanne es schließlich an sich nahm.

Am nächsten Morgen stieg Nebel aus den Tälern hervor, überzog die ganze Gegend mit einem Dunstschleier und gab den Menschen einen ersten leisen Vorgeschmack auf den kommenden Winter. In der Kutsche wurde es feucht und kalt. Eva zog die Decke enger um sich und versuchte zu schlafen. Nun, da die Krämerin nicht mehr mit von der Partie war, war die Unterhaltung spärlich geworden. Plötzlich setzte sich Susanne aufrecht hin und riss den ledernen Vorhang, der vor Nässe und Kälte schützen sollte, zur Seite. Sie wies mit der Hand nach draußen und rief: «Schaut mal, wer da läuft! Ist das nicht unser großer Zeichenkünstler von gestern Abend? Geschieht ihm nur Recht, dass er im Nebel waten muss.»

Schadenfroh begrüßte sie ihn: «Na, Fremdling, wer von uns ist jetzt wohl eher ein Tier? Wir oder Ihr?»

Der Fremdling lächelte und wischte sich mit einer Hand die Nässe aus dem Gesicht. «Dass in mir ein Tier steckt, weiß ich. Aber wie steht es mit Euch?»

Susanne fletschte die Zähne, krümmte ihre Finger zu Krallen und fauchte gefährlich. «Reicht Euch das, Fremder?»

«Oh, Ihr seht Euch als wilde Katze? Darauf wäre ich

nicht gekommen. Ich hätte Euch eher für ein Schaf gehalten, das nur im Schutze seiner Herde blökt.»

Heinrich verzog belustigt den Mund, und auch Eva konnte sich ein Lächeln nicht verkneifen. Sie dachte daran, wie er Pico della Mirandola zitiert hatte.

«Wir haben noch Platz», beschloss sie. «Der Kutscher soll anhalten, damit er mit uns fahren kann.»

«Warum denn das?», Susanne war nicht einverstanden. «Er wird uns beleidigen, so wie er das schon die ganze Zeit tut. Ich möchte ihn nicht hier drinnen haben. Außerdem ist er ganz dreckig. An seinen Lederstiefeln hängt der Schlamm fingerdick, sein Umhang ist vollkommen durchnässt. Er wird uns hier drinnen alles verschmutzen.»

Eva ließ sich von Susanne nicht beirren. «Es ist unsere Christenpflicht, anderen zu helfen», sagte sie mit Nachdruck.

Die Kutsche hielt an. Der Fremdling klopfte sich den Schmutz von den Stiefeln, nahm seinen nassen Umhang und rollte ihn zusammen, dann schüttelte er die Nässe aus den Haaren und stieg ein. Er setzte sich neben Heinrich, genau Eva gegenüber.

«David Wolf heiße ich, bin ein Silberschmiedegeselle auf Wanderschaft», stellte er sich vor.

Susanne ergriff sofort das Wort. «Ein Silberschmied seid Ihr? Kommt Ihr aus Frankfurt? Habt Ihr dort Station gemacht?»

David schüttelte den Kopf. «Aus der Nürnberger Richtung komme ich. Warum fragt Ihr?»

«Nun», erwiderte Susanne, «in Frankfurt ist vor ein paar Wochen ein junges Mädchen ans Mainufer gespült worden. Sie war nackt und trug eine Maske von Silber. Habt Ihr auch davon gehört?»

Der Fremdling schüttelte den Kopf. «Nein!»

«Und interessiert Euch nicht, was geschehen ist?» Susanne ließ nicht locker.

«Es gibt jeden Tag Tote. Ich interessiere mich mehr für die Lebenden.»

«Aber Ihr seid ein Silberschmied. Gut möglich, dass es einer von Eurem Gewerke war. Könnt Ihr Euch nicht denken, warum er das getan hat?»

David zuckte die Achseln und sah zu Eva: «Vielleicht hat das Mädchen ihm gefallen? Manche Frauen sind von einer solch seltenen Schönheit, dass man diese bannen sollte, bevor sie vergeht.»

«Hätte es da nicht gereicht, sie zu malen? So, wie Ihr es tut?», fragte Susanne. «Auch, wenn am Ende etwas Verkehrtes dabei herauskommt.»

David schüttelte den Kopf: «Nein. Durch eine Zeichnung wird die Schönheit festgehalten, aber nicht gebannt. Wie schrecklich es doch ist, zusehen zu müssen, wie aus einer reinen und keuschen Schönheit ein unförmiger Leib und ein teigiges Gesicht wird. Meine Seele beginnt zu zittern, wenn ich daran denke, was einst aus dieser schönen Eva hier werden wird.»

Er sah sie ohne das geringste Lächeln an. Eva stockte der Atem. Schon wieder fühlte sie sich entblößt. Wie gern hätte sie etwas Kluges, Schlagfertiges gesagt, um den Fremdling in die Schranken zu weisen, doch ihr Kopf war leer wie ein Brunnen nach einem trockenen Sommer. Verlegen sah sie nach draußen.

Der Nebel hatte sich plötzlich gelichtet. Die Wiesen lagen im satten Grün, die Wege waren etwas weniger verschlammt.

«Seht», sagte Heinrich und wies aus dem Fenster. «Der Himmel ist klar. Ich schlage vor, junger Freund, dass Ihr uns nun wieder verlasst.»

David nickte. «Ihr meint, ich sei nicht die beste Gesellschaft für zwei junge Damen von Stand?»

Sein Mund lächelte bei diesen Worten, doch Eva bemerkte, dass seine Augen einen harten Ausdruck angenommen hatten.

«Ich verstehe nicht viel von der Gesellschaft, die junge Damen brauchen», erwiderte Heinrich. «Ich verstehe nur etwas von Achtung und Ehrerbietung. Und daran mangelt es Euch. Deshalb bitte ich Euch nun, unsere Gastfreundschaft nicht länger in Anspruch zu nehmen.»

Der Kutscher hielt, und David nahm seinen Umhang und sein Bündel. «Die Wahrheit tut weh, nicht wahr, alter Mann?», fragte er zum Abschied, dann sprang er aus dem Wagen und verschwand zwischen den Bäumen am Wegesrand.

Kapitel 3

Leipzig, Winter 1494/95

Am Montag nach dem Tag des heiligen Moritz hat der Rat der Stadt Leipzig den Gold- und Silberschmieden Artikel und Innung bestätigt. Seht, Eva, es steht noch am Rathaus angeschlagen.»

Andreas Mattstedt wies mit der Hand auf die mächtige, mit Eisen beschlagene Tür, zu der einige Stufen führten.

Eva trat einen Schritt näher und las selbst, was dort stand: «Auf Befehl Herzog Albrechts wird verfügt, dass die Chemisten oder Goldmacher als durch welche dem gemeinen Wesen großer Schaden zugefügt wird, nicht allein aus der Stadt Leipzig sollen verwiesen werden, sondern auch nach Befindung der Sachen abgestraft werden.»

Eva lachte: «So ist die Welt. Zuerst kommen die Strafen, dann die Pflichten und am Schluss die Rechte.»

Auch Andreas Mattstedt lächelte. «In dieser Hinsicht stehen die Leipziger den Frankfurtern in nichts nach. Und der Rest wird auch noch kommen. Noch ist Leipzig zwar Hinterland mit noch nicht einmal 8000 Steuerzahlern, von denen allein 400 Scholaren und Magister der Universität sind. Aber durch die im Erzgebirge entdeckten Silber- und Erzvorkommen wird sich die Stadt bald zu einem begehrten Handelsplatz mausern.»

Er wandte sich um und wies mit der Hand über den Marktplatz. «Schaut Euch um, Eva. Händler aus aller Herren Länder kommen schon jetzt zu uns. Vor ein paar Jahren noch wurde hier ab und zu eine Kuh angeboten. Jetzt werden die Rinder herdenweise aus dem Polnischen herangetrieben und für drei Rheinische Gulden das Stück verkauft. Wohin man auch sieht: Fremde, Fremde, nichts als Fremde.»

Eva nickte und betrachtete das emsige Treiben auf dem Markt. Ein Stadtschreiber mit Steuerlisten unter dem Arm eilte von einem Ende des Platzes zum anderen, ein Hauptmann wies gerade seine Büttel zurecht und hieß sie lautstark ihre Hakenbüchsen säubern. Obwohl kein Markttag war und auch die Messe längst vorüber, wimmelte es auf dem großen gepflasterten Platz von Menschen. Inmitten der Menge versuchte ein Wanderprediger die Aufmerksamkeit der Masse auf den drohenden Weltuntergang zum Beginn des neuen Jahrhunderts zu lenken. Doch die meisten Menschen versammelten sich um den Lehrbuben eines Druckers, der immer wieder «Christoph Kolumbus hat die Neue Welt entdeckt. Christoph Kolumbus hat die Neue Welt entdeckt» rief und Flugblätter an alle verteilte.

Eva genoss die angeregte Atmosphäre. Man konnte förmlich spüren, dass eine Neue Zeit anbrach. Und sie würde Teil davon sein.

Ihr Blick glitt über die Häuser der Patrizier, die den Markt umsäumten. Die meisten zogen sich über mehrere Geschosse, einige zählten sogar fünf Stockwerke. Die Fassaden waren hoch gemauert, hatten gestufte Giebel mit reichem Zierrat und Ornamenten. Bleiglasfenster fingen die Strahlen der Sonne auf und warfen sie zurück über den Platz. Die Häuser waren durch Säulen und Bogenhallen miteinander verbunden, die sie an die Arkaden in Florenz erinnerten. Darin hatten die reichen Gewerke, die Drucker und Edelsteinschleifer, die Metallwarenhändler, Kupferstecher, die Perlensticker, Gewandschneider, die Tuchhändler und begüterten Kaufleute ihr Auskommen. Das Rathaus mit dem Spitzdach und der großen Uhr schien dem Glanz der Stadt nicht mehr angemessen zu sein, sodass die Ratsherren schon mehr als einmal darüber gesprochen hatten, ein neues bauen zu lassen. Noch aber fehlte es an Geld dafür, auch wenn die Stadt vor Neuankömmlingen überquoll.

Ein glückliches und stolzes Lächeln überzog Evas Gesicht, als ihr Blick in Richtung Hainstraße schweifte, in der ihr Wohnhaus lag. Auch dieses hatte vier Stockwerke, einen reich verzierten Giebel und vor der Tafelstube sogar einen Balkon. Ein großes gemauertes Hinterhaus sollte schon in wenigen Tagen die Silberschmiedewerkstatt und die Lager beherbergen; die Verkaufsräume jedoch würden unter den Arkaden ihren Platz finden.

«Ach, mir gefällt diese Stadt», brach es aus Eva heraus, dann drehte sie sich mit einem strahlenden Lächeln zu Andreas Mattstedt um.

Der 38-jährige Kaufmann reichte ihr den Arm: «Kommt, Eva, ich habe uns für den Nachmittag beim Feinschmied Nietzsch angemeldet. Er wird die Werkzeuge fertiggestellt haben, die wir für unsere Werkstatt brauchen.»

«Unsere Werkstatt!» Eva kostete das Wort, als wäre es Nektar. Jeden Tag freute sie sich neu an dem Gedanken, von nun an gemeinsam mit Andreas Mattstedt eine Silberschmiedewerkstatt in Leipzig zu besitzen.

Sie ergriff Mattstedts Arm und ließ sich von ihm über den Markt führen. Die Leipziger blieben stehen, die Männer lüfteten die Barette, die Frauen knicksten und warfen Mattstedt bewundernde Blicke zu.

Er war wirklich ein stattlicher Mann. Mit seinen 38 Jahren zählte er zu den reichsten Männern der Stadt. Die Steuerlisten hatten im letzten Jahr 12000 Gulden vermerkt. Reicher waren nur noch die Familie Hummelshain und der Ratsherr Heinz Scherf. Nicht einmal der Buchhändler Andreas Wollensecker, der sich insbesondere als Geldverleiher einen Namen gemacht hatte, kam auch nur in die Nähe dieser Summe. Und das, obwohl der Wucherer 40 von 100 Gulden als Zins nahm.

Überdies hatte Mattstedt ein angenehmes Äußeres. Die dunklen Haare reichten ihm bis zum Kragen und waren tadellos frisiert, der Kinnbart ordentlich gestutzt, sodass er den sensiblen Mund nicht verbarg. Er hatte braune Augen, die jederzeit bereit waren zu lächeln. Die meisten seiner Geschäftspartner ließen sich bei der ersten Begegnung von seiner Größe einschüchtern, denn Mattstedt überragte die meisten anderen Männer um einen halben Kopf. Doch im Wesen war er freundlich, gerecht und überaus besonnen. Schnelle Geschäfte waren nicht seine Sache, dafür lang anhaltende und sich stetig entwickelnde Verbindungen zu den Kaufleuten in aller Herren Länder. Das Gerücht besagte, dass er auf einer

Reise vor einigen Jahren sogar einmal den Zamorin von Calicut, den Herrscher von Südindien, kennen gelernt haben sollte. Ob das stimmte, wusste niemand genau, doch handelte Mattstedt als bisher einziger Kaufmann der Stadt mit so seltenen und kostbaren Gewürzen wie Safran, Ingwer und Kardamom. Sogar Indigo, das neue Mittel, mit dem man Stoffe blau färben konnte, verkaufte er.

Nur in der Liebe schien er bisher kein Glück gehabt zu haben. Noch immer war er unverheiratet, obwohl an Bewerberinnen wahrlich kein Mangel herrschte.

Eva aber hatte ihn vom ersten Augenblick an gemocht. Der Kaufmann erinnerte sie an ihren Vater. Mattstedt strahlte dieselbe Ruhe aus wie Isaak Kopper. Sie wusste, dass sie ihm vertrauen konnte.

Andreas Mattstedt half Eva galant über einen Haufen Pferdeäpfel hinweg, dann gingen sie an der Hauptkirche der Stadt, an St. Nikolai vorbei und bogen dahinter in die Ritterstraße ein, in der der Feinschmied seine Werkstatt hatte.

Die Hitze und der Lärm waren geradezu infernalisch. Mattstedt musste brüllen, damit der Feinschmied sie bemerkte.

Sofort stellte er einen Gesellen an den Amboss, an dem er gerade gearbeitet hatte, klopfte sich die schwere Lederschürze sauber, wusch sich die Hände und bat die Besucher in die gute Stube, die ein Stockwerk über der Werkstatt lag.

Auch hier oben hörte man immer noch das Klopfen der Hämmer. Doch der Raum war gut gelüftet, auf dem

Boden lagen Binsen mit einigen Blüten darin. Es roch nach Scheuerseife und Bienenwachs.

«Nehmt Platz. Setzt Euch, setzt Euch.»

Meister Nietzsch rückte Eva beflissen einen Stuhl zurecht und reichte ihr ein Kissen für den Rücken.

Dann kam die Meisterin und brachte einen Krug mit frischem Apfelmost.

«Macht Euch keine Umstände, Meister Nietzsch», sagte Mattstedt höflich. «Und auch Ihr, Meisterin, braucht Euch nicht um unser Wohl zu sorgen. Wir sind gekommen, um die Werkzeuge zu holen.»

Der Meister erhob sich von seinem Schemel und ging zu einer Anrichte, auf der mehrere Lederbehältnisse lagen. Er brachte sie zum Tisch und legte sie vorsichtig und sorgfältig vor Eva und Mattstedt hin, so als wären es wertvolle Reliquien. Sie gehörten zwar nicht in eine Kirche, doch kostbar waren die zahlreichen feinen Hämmer, die winzigen Stichel, der kleine Amboss, die Silberstifte, Bechereisen, Feilen, Bohrer, Gewindeschneider, der Zirkel und das Bandmaß aus Silber tatsächlich.

Vorsichtig nahm Eva einen Gewindeschneider zur Hand, hielt ihn gegen das Licht und betrachtete das Werkzeug aufmerksam.

«Eine feine Arbeit, Meister Nietzsch», lobte sie, und der Meister atmete auf.

Nach und nach betrachtete Eva alle Werkzeuge. Sie hatte natürlich ihre eigenen Arbeitsgeräte dabei, doch der Meister, der der Werkstatt vorstehen würde, brauchte ebenfalls gute Werkzeuge. Ein Punzeisen schien ihr nicht recht geraten, und Meister Nietzsch versprach, es nachzuarbeiten. Mit dem Bechereisen, dem kegelförmigen Zylinder aus Eisen, der sich nach einer Seite verjüngte und zum Austreiben des Goldes bis zur Halbkugelform diente, war Eva so zufrieden, dass sie gleich eine neue Bestellung in kleineren und größeren Abmessungen aufgab.

Die Schere zum Schneiden feiner Bleche und die kleine Drahtziehbank ließ sie in der Lederhülle, da Meister Nietzschs Arbeiten sie überzeugt hatten.

Mattstedt, dem die neue Silberschmiedewerkstatt gemeinsam mit Eva gehörte, holte einen Beutel hervor und legte 18 Gulden und sieben Groschen als Restzahlung auf den Tisch.

Er hieß Nietzsch auch die anderen Werkzeuge zurück in die Lederhüllen packen und sie nach der Hainstraße bringen zu lassen, dann verließ er mit Eva die Feinschmiede.

«Jetzt brauchen wir nur noch eine Balkenwaage. Am liebsten hätte ich ja eine Kölner, denn die sind am genauesten. Bis auf das Grän genau abzumessen ist schwierig und ohnehin nur für Apotheker und Edelschmiede notwendig. Aber eine echte Kölner Waage kostet ein Vermögen», sinnierte Eva.

Mattstedt lächelte fein und erwiderte: «Ihr wisst, ich habe keine Ahnung von Eurem Handwerk. Sagt mir, was ist ein Grän? Und was ein Lot?»

Eva blieb stehen und runzelte ein wenig die Stirn. Das tat sie immer, wenn sie nachdachte, und Sibylla hatte sie schon oft deswegen gescholten. «Du holst dir noch vor der Zeit Falten auf die Stirn, Kind», hatte die Mutter immer gesagt.

Doch Sibylla war weit weg, und Mattstedt hatte ihr eine Frage gestellt, die er als erfahrener Kaufmann selbstverständlich ohne die geringste Mühe selbst beantworten konnte. Eva fragte sich, warum er das tat. Wollte er überprüfen, ob sie ihr Handwerk beherrschte?

«Grän bezeichnet den Gehalt an reinem Gold oder reinem Silber», erklärte sie. «Und ein Lot sind sechzehn Grän. Man braucht eine Silberwaage, um den Feingehalt zu messen.»

«Nun, jetzt bin ich wesentlich klüger. Ich werde Euch nach Hause geleiten und hoffen, von Euch noch auf einen Becher gutes sächsisches Salbeibier eingeladen zu werden. Ich habe da nämlich eine Überraschung für Euch …»

«Gern», sagte Eva. Sie wollte noch etwas hinzufügen, doch dann fiel ihr nichts mehr ein, und sie gingen schweigend bis zum Haus in der Hainstraße.

Als Eva Andreas Mattstedt in den großen Wohnraum führte, erstarrte sie. Susanne saß mit einer Stickarbeit am Fenster und trug einen von Evas Stirnreifen.

Sie hatte den Ring, ein Geschenk ihres Vaters, in die Stirn gedrückt, damit er das Haar hielt, und auf die Haube verzichtet!

Das war ungeheuerlich. Nicht nur, dass sie den Ring, ohne zu fragen, entwendet hatte, nein, viel schwerer wog, dass sie die Haube, das Kennzeichen einer verheirateten, ehrbaren Frau, einfach weggelassen hatte und sich somit wieder als Jungfrau ausgab.

Eva schluckte. Einen Augenblick erwog sie, Susanne sofort und vor Andreas Mattstedt zur Rede zu stellen, doch dann besann sie sich, verengte die Augen zu schmalen Schlitzen und fragte: «Ist noch etwas Bier im Haus? Wir haben einen Gast, den ich gern damit bewirten möchte.»

Susanne schüttelte den Kopf. «Den letzten Rest habe ich zum Mittag getrunken.»

Eva nickte, als hätte sie auf diese Nachricht gewartet. Es fiel ihr schwer, Susanne die Anweisungen zu geben, die sie einer gewöhnlichen Haushälterin geben würde. Stets, sie wusste es selbst, kamen sie im Ton einer Bitte hervor. Und oft genug überhörte Susanne einfach, was Eva ihr auftrug.

Jetzt – sie wusste selbst nicht, was sie dazu bewog – ging sie einen Schritt auf Susanne zu, blickte auf sie herab und sagte in einem Ton, den sie ihrer Mutter abgelauscht hatte: «Dann wirst du jetzt auf der Stelle in die nächste Schenke gehen und für Nachschub sorgen. Soviel ich weiß, gehören solche Dinge zu den Aufgaben einer Haushälterin. Oder irre ich mich?»

Kaum hatte Eva diese Worte ausgesprochen, hätte sie sie liebend gern zurückgenommen. Was war nur in sie gefahren? Sie tat, als wäre sie Sibylla! Lag es an Mattstedt? Wollte sie ihm beweisen, dass sie genauso gut war wie ihre Mutter?

Eva räusperte sich und versuchte die Worte mit einem Lächeln zu mildern.

Susanne maß sie mit einem langen Blick. Dann ließ sie den Stickrahmen zu Boden fallen, sodass er direkt vor Evas Füße fiel.

Eva machte keine Anstalten, die Stickerei aufzuheben. Schließlich erbarmte sich Mattstedt. Er reichte Susanne die Handarbeit und sagte: «Wegen mir müsst Ihr das Haus nicht verlassen.»

Doch Eva spürte, dass sie sich jetzt durchsetzen musste. Wenn sie jetzt nachgab, würde Susanne ihre Anweisungen nie mehr beachten. Schließlich stand Susanne auf, drehte sich mit einem Lächeln dem Kaufmann zu und fragte höflich: «Bevorzugt Ihr Schwarzbier, oder mögt Ihr das helle Bier lieber? Soll es mit Nelken oder Wacholder gewürzt sein?»

Eva atmete auf. Sie wollte keinen Streit mit Susanne. Befreit legte sie ihre Hand auf den Arm der Stiefschwester und sagte: «Am besten bringst du von jedem einen Krug. Und ich danke dir recht schön.»

Susanne nickte kalt, dann verließ sie das Wohnzimmer.

Eva wartete darauf, dass Mattstedt etwas sagte, doch dieser sah sie nur lächelnd an und holte dann aus einer ledernen Tasche, in der er sonst Papiere zu transportieren pflegte, ein längliches Päckchen, das in Samt gehüllt war.

«Packt es aus, Eva. Dies ist mein Ankunftsgeschenk für Euch.»

Eva sah auf und betrachtete einen Augenblick lang sein Gesicht. «Ihr habt mir ein Geschenk gemacht?» Sie war erstaunt.

Mattstedt nickte. «Und ich hoffe, Ihr gestattet mir auch in der Zukunft, Euch hin und wieder mit einer Kleinigkeit zu erfreuen.»

«Warum?», fragte Eva arglos, griff nach dem Samtpäckchen und wickelte es aus.

«Oh, eine Kölner Waage!», rief sie beglückt und strich

beinahe zärtlich über das kostbare Messinstrument, das so hervorragend gearbeitet war wie ein Schmuckstück, und vergaß darüber ihre letzte Frage. Jetzt wusste sie, warum Mattstedt nach den Maßeinheiten gefragt hatte!

Beinahe wäre sie ihm um den Hals gefallen. Sein begehrlicher Blick hielt sie davon ab. Sie spürte, wie das Blut ihre Wangen rot färbte, und sah verlegen auf die Kölner Waage.

«Ein ausgezeichnetes Stück, Mattstedt. Ich weiß gar nicht, wie ich Euch danken soll.»

Mattstedt nahm ihre Hand und küsste sie, dann sagte er: «Gestattet mir einfach, Zeit in Eurer Nähe zu verbringen. Das ist der größte Dank, den ich mir vorstellen kann.»

Eva entzog ihm ihre Hand und strich noch einmal über die Waage. «Warum macht Ihr mir ein so großes Geschenk?»

«Nun, Ihr scheint mir eine besondere Frau zu sein.»

Eva schaute Mattstedt in die Augen und antwortete mit großem Ernst: «Nein, das möchte ich erst werden.»

Sie hielt inne und ließ den Blick schweifen: «Mitten in die Welt habe ich dich gestellt, sprach Gott, damit du umso leichter um dich schaust und siehst, was darinnen ist. Ich schuf dich als ein Wesen weder himmlisch noch irdisch, weder sterblich noch unsterblich, allein, damit du dein eigner freier Bildner und Gestalter seist. Du kannst zum Tier entarten und zum Gott ähnlichen Wesen dich wiedergebären», zitierte sie mit demselben Ernst, mit dem ein Priester von der Kanzel predigte.

«Pico della Mirandola in ‹De dignitate homini› oder auf Deutsch ‹Über die Würde des Menschen›. Ich kenne diese berühmte Rede, die unter den Theologen und Philosophen für Aufruhr gesorgt hat.»

«Ihr kennt sie?» Eva war erstaunt.

Mattstedt nickte. «Ja, gewiss. Es gibt einige kluge Männer und Frauen in unserer kleinen Stadt, die sich unter anderem auch damit beschäftigen. Der Drucker Kachelofen, Euer Nachbar, hat sie sogar gedruckt. Interessiert Ihr Euch dafür?»

Eva nickte eifrig. «O ja, sehr sogar.»

«Kennt Ihr Mirandola vielleicht persönlich? Das könnte gut sein, schließlich wart Ihr zur selben Zeit wie er in Florenz.»

Eva schüttelte den Kopf. «Nein, wir haben sehr zurückgezogen gelebt. Ich habe nur von ihm reden hören. Mein Lehrmeister, Andrea della Robbia, war sein Anhänger.»

«Nun, wenn Ihr wollt, so kann ich Euch sehr gern ein Exemplar davon besorgen.»

Mattstedt hielt inne, sah Eva an und lächelte: «Nein, besser noch, ich nehme Euch mit in unseren kleinen Kreis. Dort könnt Ihr hören, was andere über Mirandola und die Welt denken.»

«Was ist das für ein Kreis? Und welchem Zwecke dient er?» Eva war neugierig geworden.

«Unsere kleine Fraternität beschäftigt sich mit den neuen Fragen des Glaubens», erklärte Mattstedt.

«Ihr widersprecht der Kirche?»

Der Kaufmann schüttelte den Kopf. «Nein, wir versuchen nur, die Dogmen zu überprüfen. Solange die Bibel nur von den Geistlichen ausgelegt wird, hat die Kirche die Macht. Sie entscheidet, was gut und böse ist, sie legt fest, wer an welchem Platze steht, und kann sich ungestraft am Volk bereichern. Das wollen wir ändern. Das Wort Gottes bedarf neuer Vermittlung, es muss direkt vom Volk erfahrbar sein. Unsere Vorbilder sind die Philosophen aus Italien, die die Welt ganz neu erklären.»

«Ihr wünscht Euch ein Leben, das so frei ist wie in Italien?»

«Ja, Eva. Das wünschen wir uns nicht nur, wir wollen sogar versuchen, unseren bescheidenen Beitrag dazu zu leisten.»

«Gern würde ich Euch zu Eurer nächsten Versammlung begleiten.»

«Es wäre mir eine große Freude, Euch in meinem Haus begrüßen zu dürfen», antwortete Mattstedt und verneigte sich ein wenig.

Eva nahm seine Hand. «Ich danke Euch sehr. Für alles, Andreas Mattstedt. Und ich hoffe, ich kann es Euch eines Tages zurückgeben.»

«Ihr seid mir nichts schuldig, Eva.»

Mit diesen Worten verließ der Kaufmann das Zimmer, ohne darauf zu warten, dass Susanne mit dem Bier zurückkam.

Eva blieb nachdenklich zurück. Sie hatte die Worte des Fremden aus der Kutsche nicht zufällig wiederholt. Und nicht zum ersten Mal. Sechs Wochen war sie nun in der Stadt, und keine davon war vergangen, ohne dass sie nicht an die merkwürdigen Worte des Silberschmiedegesellen gedacht hatte. Oder an seine seltsame Zeichnung, die sie als ein Tier dargestellt hatte.

Gestern hatte Eva am Fenster gestanden und auf die Straße hinuntergesehen. Ein Hündin, abgemagert bis auf die Knochen, hatte im Rinnstein nach essbaren Abfällen gesucht. Ein Lehrbube aus der gegenüberliegenden Kannengießerei war mit einem Stück Brot und einer Scheibe Speck auf die Straße getreten, um sein Mittagsmahl zu halten. Kaum hatte die Hündin den Speck gerochen, war sie zu dem Buben geeilt und winselnd um seine Beine gestrichen. Als der Junge nach ihr trat, sprang sie aufjaulend zur Seite, fletschte die Zähne und knurrte bedrohlich. Der Bube brach ein Stück von seinem Brot ab und hielt es der Hündin hin. Sofort vergaß sie das Knurren und kam schwanzwedelnd näher, doch bevor sie nach dem Brot schnappen konnte, trat ihr der Junge erneut kräftig in die Seite, dass sie aufheulte und ein paar Meter die Gasse entlangflog. Zwei- oder dreimal wiederholte sich dieses grausame Spiel, ohne dass es der Hündin gelang, auch nur einen Bissen Brot zu ergattern. Kopfschüttelnd hatte Eva sich abgewandt. Das unterwürfige Verhalten des Tieres hatte sie angewidert.

Aus dem Erdgeschoss drangen Geräusche in die Wohnstube herauf. Susanne war zurückgekehrt. Am Lärm, den sie in der Küche veranstaltete, erkannte Eva, dass ihre Laune nicht die allerbeste war.

Eva seufzte. Sie sehnte sich nach Frankfurt zurück. In diesem Moment wäre sie am liebsten wieder ein Kind, frei von aller Verantwortung.

Hatte der Fremde Recht gehabt? War sie ein Tierchen? Vielleicht war es so. Aber eine Hündin, die dem schmeichelte, der sie schlug, war sie nicht.

Eva richtete sich kerzengerade auf. «Ich werde die, die ich sein möchte», murmelte sie leise vor sich hin. «Eva nämlich.»

Anders als ihre Mutter. Das, was der berühmten Pelzhändlerin wichtig gewesen war – Ruhm, Erfolg, Macht und Reichtum –, war ihr nicht wichtig. Für sie war die Liebe die Essenz ihres Lebens. Liebe, Geborgenheit und Wärme waren die Dinge, nach denen sie strebte.

«Ich bin anders als meine Mutter», sagte sie halblaut vor sich hin. «Ich werde am Ende meines Lebens nicht mit vollen Händen und leerem Herzen dastehen. Meine Mutter wollte geachtet und gefürchtet werden, ich aber möchte geliebt sein.»

Dann ging sie entschlossenen Schrittes in die Küche.

Als sie Susanne sah, die noch immer den Reif auf dem Kopf trug, flammte wieder Wut in ihr auf. Doch dann besann sie sich auf ihre Worte von gerade eben, und statt Susanne den Ring aus den Haaren zu ziehen, sagte sie nur: «Es ist an der Zeit, dass wir uns um eine Magd und eine Köchin kümmern.»

Susanne nickte: «Allerdings. Ich habe nämlich keine Lust, auch nur noch einen Tag länger das Geschirr zu spülen. Am Ende stehe ich noch am Waschtrog. Ich habe mich heute bereits umgehört. Morgen früh wird ein Mädchen aus dem Umland kommen, um hier als Magd vorzusprechen. Nun, ich habe ihr bereits gesagt, dass sie sechs Groschen Wochenlohn bei freier Kost und Behausung erhält.»

Eva vergaß ihre guten Vorsätze und trat dicht vor Susanne. Sie blickte ihr fest in die Augen und sagte: «Es ist gut, dass du dich gekümmert hast. Doch die Entscheidungen in diesem Hause treffe ich. Ich werde selbst mit ihr sprechen.»

Susanne lachte spöttisch: «Meinst du etwa, du verstündest mehr von der Haushaltung als ich? Nein, meine Liebe, das tust du nicht. Ich habe jahrelang einen Haushalt geführt, ich habe Mägden Anweisungen erteilt, ich kann beurteilen, ob eine zum Arbeiten taugt oder nicht.»

«Mag sein, dass du das alles kannst und weißt, doch die Herrin im Haus bin ich. Und du wirst meinen Anweisungen Folge leisten. Wenn dir das nicht passt, dann ...»

«Ja? Was ist dann? Ich höre? Willst du mich dann rausschmeißen, ja? Die eigene Schwester auf die Straße setzen, wie?»

Susanne hatte die Hände in die Hüften gestützt und den Körper beim Sprechen weit nach vorn gebeugt. Aus ihren Augen sprühten Funken.

Eva fing an zu zittern. Was ist bloß mit mir los?, fragte sie sich. Susanne hat sich an meinen Sachen zu schaffen gemacht. Sie müsste sich schämen.

Eva ballte die Hände zu Fäusten, damit Susanne ihre Unsicherheit nicht spürte. Doch die Stiefschwester schnaubte nur, trat einen Schritt auf Eva zu, die sich bemühen musste, nicht zurückzuweichen, und zischte: «Du sagst ja nichts. Hat es dir die Sprache verschlagen, was? Wolltest Sibyllas Moden hier einführen, wie? Oder hast du gemerkt, dass ich Recht habe? In diesem Hause, Eva, leben zwei Schwestern. Die eine ist für die Werkstatt zuständig, die andere für den Haushalt.»

Eva stand starr. Jetzt war Susanne zu weit gegangen:

«Was glaubst du eigentlich, wer du bist?», rief sie mit vor Wut und Scham dunkler Stimme. «Du kannst mit Ach und Krach lesen und schreiben, hast keinen Beruf, keine Bildung, keine Manieren. Ja, du bist noch nicht einmal hübsch. Deine Haare und deine Augen haben die Farbe von billigem Messing, dein Leib ist schwer wie der einer Metzgersfrau. Dein Vater war ein übler Kerl, der nichts in seinem Leben zustande bekommen hat. Froh solltest du sein, in meinem Haushalt leben zu dürfen.»

Susanne lachte, als wäre Eva ein Scherz gelungen. In ihrem Gesicht entstanden fröhliche Grübchen.

«Ach ja?», sagte sie höhnisch und begann, die Bierkrüge in die Vorratskammer zu schaffen. «Und du, Eva? Was hast du schon erreicht? Deine Bildung, die feinen Manieren und das wohlfrisierte Haar sind dir in den Schoß gefallen. Zeigen, wer du wirklich bist und was du kannst, musst du erst hier. Und da fällt dir nichts Besseres ein, als deine Mutter nachzumachen?»

Susanne lächelte sie überlegen an, und Eva wusste in diesem Augenblick, warum sie ihre Stiefschwester fürchtete: Sie sagte immer das, was sie dachte. Kein Taktgefühl, keine Höflichkeit hielten sie davon ab. Und oft hatte sie Recht damit. Aber wer wollte die Wahrheit schon hören? Die Wahrheit schmerzt. Hatte das auch nicht der Fremde gesagt?

Evas Wut legte sich. Sie betrachtete Susanne, als sähe sie sie zum ersten Mal. Ihre Nase war gerade, doch ihr Mund war schmal; leichte Falten neben den Mundwinkeln ließen sie mürrisch aussehen. Aber wenn die Stiefschwester lachte, dann war sie hübsch.

Sie hat zwei Gesichter. Ein mürrisches und ein liebliches. Ich darf das eine nicht über dem anderen vergessen.

Zaghaft lächelte sie sie an und streckte die Hand nach ihr aus: «Behalt den Reif. Er steht dir ebenso gut wie mir.»

Susanne schüttelte den Kopf, zog den Reif ab und legte ihn vor Eva auf den Tisch. «Du hast Recht, er steht mir nicht schlechter als dir. Aber er gehört mir nicht, und ich muss mich nicht mit fremden Federn schmücken.»

Eva schluckte. «Behalte ihn», bat sie. «Ich bitte dich darum.»

Susanne zog fragend die Augenbrauen hoch. Sie wollte etwas erwidern, doch in diesem Augenblick kam Heinrich nach Hause. Eva atmete auf. Sie war froh, dass die Auseinandersetzung mit Susanne dadurch beendet war.

«Den neuen Meister habe ich mir angesehen», erzählte Heinrich fröhlich. «Ich war im Zunfthaus der Goldschmiede. Meister Faber kommt aus dem Thüringischen. Seine Werkstatt dort ist abgebrannt, Frau und Kinder bei dem Brand gestorben. Er ist nach Leipzig gekommen, weil er hier einen Bruder hat, einen Waffenschmied. Andreas Mattstedt hat für Fabers Meistertitel und die Erlaubnis, einer Werkstatt vorzustehen, bereits Geld in die Innungslade gezahlt. So wie der Brauch es will.»

Eva nickte Heinrich zu. «Ja, ja, ich weiß. Ohne Meister keine Werkstatt.»

Eva hätte die Werkstatt am liebsten allein geleitet, doch die Zunftordnung schrieb vor, dass nur ein Meister einer Werkstatt vorstehen könne. Nun, Eva war Gesellin und würde es niemals zur Meisterin bringen. Nicht, weil sie eine schlechte Gesellin gewesen wäre, sondern einfach deshalb, weil Frauen von der Zunft als Meisterin nicht geduldet waren. Sie hatte schon Mühe gehabt, den Gesellenbrief zu erhalten. In Florenz war dies einfacher gewesen als im Heiligen Römischen Reich Deutscher Nation. In Florenz war überhaupt so vieles anders gewesen. Im Nachhinein hatte Eva den Eindruck, dass dort bereits eine neue Zeit angebrochen war, die in Deutschland noch in weiter Ferne lag. So schnell würde sich hier nichts ändern. Eva seufzte. Hoffentlich war der neue Meister wenigstens nett. Auf ihre Frage hin lachte Heinrich. «Das genaue Gegenteil von Sibylla. Seine Nase ist vom Wein blaurot geworden. Der Wanst hängt ihm über dem Beinkleid und ist auch nicht von einem Gürtel zu halten. Den Verlust seiner Werkstatt und seiner Familie scheint er überwunden zu haben. Gemütlich und fröhlich saß er in der Zunftstube und trank ein Bier nach dem anderen. Am Ende stimmte er sogar ein Lied an. Es heißt, er wäre ebenso fleißig, wie er fröhlich ist. Wir werden gut mit ihm auskommen.»

Eva war beruhigt. «Mattstedt weiß, was das Beste für uns ist. Ich bin sehr gespannt auf Meister Faber. Gleich morgen kann er die Werkstatt begutachten und mit der Arbeit beginnen.»

Sie stellte Heinrich noch einige Fragen, die im Grunde ohne Belang waren. Um keinen Preis wollte sie mit Susanne allein in der Küche bleiben. Als Heinrich sich schließlich zur Nacht verabschiedete, schützte auch sie Müdigkeit vor und eilte an Susanne vorbei in ihre Schlafkammer.

Am nächsten Abend beschloss sie, der Innung einen Besuch abzustatten. Zwar hatte Mattstedt bereits alle Angelegenheiten, die Meister Faber betrafen, geregelt, doch Eva wollte, dass die Werkstatt in der Hainstraße auch mit ihrem Gesicht verknüpft war. Schließlich war sie keine gewöhnliche Gesellin, sondern Mitinhaberin.

Mit einem «Gott zum Gruße, Goldschmiede» betrat sie die Zunftstube. Die Männer, es mochten fünf oder sechs an der Zahl sein, saßen um eine lange Tafel, hatten Bierkrüge vor sich stehen und sahen sie nicht besonders freundlich an.

Der Zunftmeister stand auf.

«Was wollt Ihr hier, Frau?», fragte er und verschränkte beide Arme vor der Brust.

Evas Lächeln gefror. «Nun, ich wollte mich Euch vorstellen. Die Siberschmiedin Eva Schieren bin ich und habe gemeinsam mit dem Ratsherrn Mattstedt die Werkstatt in der Hainstraße.»

Der Zunftmeister verzog spöttisch den Mund. «Silberschmiedin seid Ihr? Soviel ich weiß, habt ihr es gerade zur Gesellin gebracht. Und in der Tür geirrt habt Ihr Euch auch noch. Einem Weib mit so schlechten Augen sollte man das Punzeisen abnehmen.»

Eva neigte den Kopf ein wenig: «Ich verstehe nicht, Herr.»

«Nun, wenn es mit Eurem Gedächtnis ebenso schlecht bestellt ist wie mit Euren Augen, dann müssen wir Euch wohl Nachhilfe erteilen.»

Er sah der Reihe nach die anderen an, die bestätigend nickten.

«Die Zunftstube ist nur für Meister. Gesellen sind hier nicht erwünscht. Und Weiber erst recht nicht. Auch Fremde, die sich in unserer Stadt niederlassen und uns die Aufträge wegschnappen wollen, sind hier nicht gern gesehen.»

Eva verstand. Wortlos drehte sie sich um und verließ die Innungsräume.

Auf dem Rückweg dachte sie an die Bräuche in Florenz. Wie oft hatte sie dort mit den besten Goldschmieden an einem Tisch gesessen? Wie oft war sie nach ihrer Meinung gefragt worden? Nie hatte sie dort den Unterschied zwischen Mann und Frau gespürt.

Sie würde sich gut stellen müssen mit Meister Faber. Ohne ihn und Mattstedt war sie ein Nichts in dieser Stadt.

Nur zwei Tage später klangen die ersten leisen Hammerschläge aus der Werkstatt. Meister Faber verstand sein Handwerk hervorragend. Die Innung hatte als Meisterstück einen Pokal von ihm gefordert. Normalerweise musste jeder Anwärter für den Titel nach der Innungsordnung drei Stücke vorlegen: einen Kelch, einen Ring und ein Siegel mit Helm und Schild. Doch Faber hatte bereits in Erfurt einer Werkstatt vorgestanden, sodass die Innung sich mit nur einem Stück und einem gewaltigen Meisteressen begnügte. Eva würde den Schmaus bezahlen, ohne daran teilnehmen zu dürfen.

Doch im Moment kümmerte Eva das wenig. Sie stand in der Küche und betrachtete die neue Magd, die Susanne eingestellt hatte. Eine unauffällige Frau, die aus dem Heiratsalter lange heraus war. Sie musste an die 30 Jahre zählen und durfte wohl nicht mehr hoffen, einen Ehemann zu bekommen. Ihr Gesicht war von hässlichen roten Flecken übersät, die Zähne standen ein wenig vor, und die Augen quollen aus ihrem Gesicht wie bei einer Kaulquappe. Sie war mager, dürr beinahe, doch ihre Hände waren geschickt, ihre Arme muskulös. Sie konnte zupacken, das sah man ihr an.

«Wie bist du nach Leipzig gekommen?», fragte Eva die Magd, die Bärbe hieß.

«Ich komme aus Zschocher vor den Toren der Stadt.»

Sie sah zu Boden und knetete ihre Schürze zwischen den Fingern. Eva lächelte ihr aufmunternd zu.

«Hast du schon einmal in einem großen Haushalt in der Stadt gearbeitet?»

Die Magd schüttelte den Kopf. «Beim Priester habe ich gelebt. Er ist gestorben, und der neue Priester brauchte mich nicht. Er hatte schon eine Haushälterin, die sogar zwei Kinder mitbrachte.»

«Na gut», beschloss Eva. «Versuchen wir es mit dir. Doch zuerst zeige ich dir das Haus. Die Schultin, meine Schwester Susanne, wird uns dabei begleiten.»

Susanne zeigte Bärbe die Küche und die Vorratskammern, für die sie verantwortlich war. Als sie in die Wohnräume kamen, ergriff Eva das Wort und erklärte Bärbe alles. Vor allem ihre Schlafkammer war ihr besonders wichtig. Sie war genauso eingerichtet, wie Eva es sich wünschte. Die Möbel aus Eichenholz hatte sie aus Frankfurt mitgebracht. Genauso das vierpfostige Bett, über das ein Baldachin aus sonnengelbem Stoff gespannt war. Gegenüber dem Bett stand eine Anrichte und darauf der venezianische Spiegel in einem kunstvoll geschnitzten Rahmen. Alles in diesem Zimmer strahlte Heiterkeit und sonnige Leichtigkeit aus. Eva fühlte sich oft an Florenz erinnert, wenn sie den Raum betrat.

«In meiner Schlafkammer sollte täglich das Bett gelüftet werden», instruierte Eva Bärbe. «Sobald Krümel und Flusen auf den Teppichen zu sehen sind, müssen sie geklopft werden und der Boden gescheuert. Die Borde und Schränke werden alle zwei Tage mit dem Staubwedel bearbeitet.»

Die Magd nickte und ließ ihren Blick durch die Kammer schweifen. Plötzlich ertönte aus ihrem Mund ein Schrei, der die Scheiben in den Fenstern klirren ließ.

«Gott im Himmel, was ist denn los?», fragte Eva erschrocken und zerrte die Magd am Ärmel.

Bärbe war leichenblass und hatte die Hände vor das Gesicht geschlagen. Zwischen den gespreizten Fingern sah sie das eigene Spiegelbild.

Dann bekreuzigte sie sich rasch und stammelte: «Der Herr sagt: Du sollst dir kein Bild machen. Das da ist der Teufel.»

Eva lachte. «Unfug. Das ist ein Spiegel, nichts weiter. Er wirkt so ähnlich wie das Wasser in einem Brunnen. Du kannst dich darin sehen.»

Bärbe schüttelte den Kopf. «Teufelszeug ist es. Du sollst dir kein Bild machen. So steht es in den Geboten.»

«In den Geboten steht, dass du dir kein Bild von Gott machen sollst», widersprach Eva.

Wieder verneinte die Magd. Sie hatte den Kopf gesenkt.

«Du sollst dir kein Bildnis noch irgendein Gleichnis machen, weder von dem, was oben im Himmel, noch von dem, was unten auf Erden ist, steht geschrieben», stieß sie stur hervor. «Wir sollen uns kein Bild von einem anderen Menschen machen. Was das Ding, welches Ihr Spiegel nennt, zeigt, ist Lästerung, ist Teufelszeug.»

Eva lachte. «Du bist ein dummes Ding, Bärbe. Ein Spiegel zeigt dich, wie du wirklich bist. Er zeigt dich von außen. So, wie dich die anderen sehen können. Er zeigt dein Gesicht, deinen Leib. Du kannst daran erkennen, ob das Haarband zu dir passt, das Kleid richtig sitzt. Der Spiegel lügt nicht, lästert nicht. Er spricht die Wahrheit.»

Jetzt ergriff auch Susanne das Wort: «Der Spiegel zeigt nur dein Äußeres, doch die Wahrheit liegt innen drin, in der Seele. Die aber kann der Spiegel nicht sehen. Der Spiegel zeigt nur ein Bild. Es sind die Menschen, die dich umgeben, die dein Inneres spiegeln.» Eva wunderte sich über Susannes kluge Worte. Manchmal unterschätzte sie die Stiefschwester. Doch die Magd war nicht umzustimmen. «Nein», widersprach Bärbe und schüttelte mehrmals den Kopf. «Nein. So ist es nicht. Gott hat die Menschen nach seinem Bild geschaffen. Der Spiegel schafft ein Bild vom Bild. Also ist er Teufelswerk.»

Am Abend betrachtete sich Eva im Spiegel. In ihrer Schlafkammer flackerten nur wenige Lichter. Der Kamin brannte in einer Ecke und verbreitete eine angenehme Wärme.

Eva stand vor dem Spiegel und blickte sich nachdenklich an.

Ihr Haar leuchtete im Feuerschein kupferrot auf und umschloss ihr Gesicht wie ein Schleier aus feinster Seide.

Sie nahm eine Strähne zwischen die Finger und roch daran. Der vertraute Duft der feinen Lavendelhaarseife, die noch aus Florenz stammte, ließ sie lächeln und ein wenig mutiger werden. Sie trat einen Schritt näher an den Spiegel, beugte ihr Gesicht so weit nach vorn, dass sie mit der Nase beinahe an das kalte Glas stieß.

Ein leiser Schauer lief über ihren Rücken. Noch nie zuvor war sie so mit sich allein gewesen. Sie fühlte sich beinahe wie eine Abenteuerin, die aufgebrochen war, neue Welten zu entdecken.

Eva sah sich in die Augen, und ihr war, als stünde eine Botschaft darin. Sie versuchte, sie zu entschlüsseln, beugte sich noch weiter vor, doch es gelang ihr nicht. Sie schrak vor sich zurück, konnte sich plötzlich selbst nicht mehr in die Augen sehen. Denn darin standen Antworten auf Fragen, die sie noch nie zu stellen gewagt hatte. Und auch heute Abend war sie nicht mutig genug.

Sie trat einen Schritt zurück und räusperte sich. Doch die Neugierde ließ sich nicht so leicht vertreiben. Sie betrachtete ihre Augenbrauen. Sie hatten nicht den Schwung, den sie sich wünschte, waren ein wenig zu buschig und zu dunkel. Trotzdem empfand Eva eine plötzliche Zärtlichkeit für diese wenig schönen Brauen. Sie strich sanft mit dem Finger darüber und sah ihren Mund im Spiegel lächeln.

Mit dem Finger fuhr sie die Umrisse ihrer Lippen nach. Ihre Haut begann zu prickeln.

Eva sah sich und spürte sich so heftig wie noch nie zuvor in ihrem Leben. Noch nie war sie sich selbst so nahe gekommen. Ihr war, als wäre sie den ersten Schritt auf einem unbekannten Weg gegangen.

Ihre Hand berührte nun die Halsbeuge, die Finger strichen nach außen bis zu den Schultern. Das Gelenk verschwand in ihrer warmen Hand wie ein Küken unter der Glucke. Eva lächelte bei dieser Entdeckung.

Sie ließ den Zeigefinger ganz sanft von der Schulter bis zu dem kleinen Dreieck unter ihrer Kehle wandern. Dabei fühlte sie die Knochen unter ihrer Haut und sah sich im Spiegel erstaunt zu.

«Wer bin ich?», fragte sie, und zum ersten Mal in ihrem Leben wusste sie den Anfang einer Antwort. «Ich bin …», flüsterte sie, doch im selben Augenblick polterte es im Haus, als fiele jemand die Treppe herunter.

Eva hielt inne, dann stürzte sie zur Tür. «Ist alles in Ordnung?», rief sie.

«Jo! Alles in Ordnung. Mein alter Fuß hat eine Stufe verfehlt», erwiderte Heinrich.

«Gute Nacht dann. Behüt dich Gott», sagte Eva und kehrte zurück in die Heimlichkeit ihrer Stube.

Sie stellte sich erneut vor den Spiegel, doch der Zauber war verflogen. Alles, was sie sah, war ein neuer Fleck auf ihrem Kleid. Sie rubbelte daran herum, richtete eine Strähne des Haares, zog den verrutschten Ärmel über die Schulter nach oben. Jetzt betrachtete sie sich wie eine Käuferin die Waren auf dem Marktstand. War alles frisch? Sauber? Ordentlich?

Alles saß am rechten Platz. Die Augen, die Nase, Ohren, das Haar.

Sie fühlte Bedauern. So, als hätte sie etwas verloren, das sie gerade erst entdeckt hatte.

Eva setzte sich auf ihr Bett und zog langsam die Kleider aus. Ihre Gedanken waren noch immer bei ihrem Spiegel. Vorhin, als sie davor stand, hatte sie den Eindruck gehabt, er wäre ein lebendiges Wesen. Jetzt aber stand er stumm und reglos da.

Der Spiegel, dachte Eva erstaunt, hat Macht über mich. Gerade eben hatte ich nur Blicke für das, was an mir nicht so war, wie es sein sollte: der Fleck im Kleid, der verrutschte Ärmel. Ich sah es und begann sofort, an mir herumzuzupfen. Der Spiegel ist der Hüter der äußeren Ordnung.

Gleichzeitig aber habe ich einen Augenblick lang in mich hineingeschaut – und mich auf einmal neu gesehen. Also ist der Spiegel auch der, der mehr zeigt als nur die Oberfläche.

Auch ein Spiegel hat mehr als nur eine Seite.

Kapitel 4

Sie verkünden das Ende der Welt, versetzen die Leute in Angst und Schrecken und bringen Unheil und Wirrnis ins Land.»

Der Mann, der so sprach, war Johann von Schleußig, der Priester von St. Nikolai. Auf seiner jungen Stirn standen Sorgenfalten. Eva beobachtete ihn interessiert. Trotz seines Gewandes wirkte der Geistliche recht weltlich.

Andreas Mattstedt neben ihm nickte. «Mit der Angst der Menschen lässt sich viel Geld verdienen. Die Kirche und ihre Diener werden immer fetter dadurch. In vielen Ländern brodelt es. Im Elsass haben sich die Bauern zum Bundschuh zusammengeschlossen.»

«Zum Bundschuh?» Eva musste lachen. «Ich habe den Namen schon gehört, doch ich finde ihn seltsam für eine aufständische Rotte.»

«Der Bundschuh ist ein Schnürschuh, der vornehmlich von Bauern getragen wird. Er soll ausdrücken, dass die Bauern sich zusammengetan haben und gemeinsam gegen ihre Herren vorrücken», erklärte Johann von Schleußig und lächelte Eva freundlich an. Eva erwiderte sein

Lächeln. Sie war dankbar für die freundliche Aufnahme, die sich sehr von der in der Zunftstube unterschied.

Mattstedt hatte sie zum ersten Mal zu den geheimen Versammlungen einer kleinen Gruppe von Leipzigern eingeladen. Neben Johann von Schleußig und Andreas Mattstedt waren noch acht weitere Männer – zwei Magister der Universität, der Buchdrucker Kunz Kachelofen, der Stadtmedicus, der Hauslehrer Thanner der Familie Hummelshain, der Stadtschreiber und der Theologieprofessor Lechner – sowie vier Frauen, die wie Eva über eine umfassende Bildung verfügten – in der Tafelstube des Mattstedtschen Hauses anwesend. Der hohe Raum kam Eva sehr männlich vor. Es gab nichts Verspieltes darin. Die Wände waren mit dunklem Holz vertäfelt, die Lehnstühle mit Lederpolstern bezogen, die wenigen Möbel zwar mit kostbaren Schnitzereien versehen, doch alles in allem wirkte der Raum schmucklos und sachlich. Eva ließ ihre Blicke schweifen und stellte sich dort einen silbernen Kandelaber, da ein Sträußchen getrockneter Blumen und an der nächsten Stelle einen Wandbehang vor. Dabei lauschte sie aufmerksam jedem Wort, das gesprochen wurde. Andreas Mattstedt berichtete von weiteren Aufständen.

«Auch in Schlettstadt im Elsass haben sich die Bauern unter der Fahne des Bundschuhs zusammengeschlossen, um gegen das ungerechte Rechtssystem, die hohen Steuern und die Leibeigenschaft vorzugehen», fasste Mattstedt zusammen.

Er kramte in den Papieren, die vor ihm auf dem Tisch lagen, und holte schließlich einen der gedruckten Handzettel hervor, die allerorten verbreitet worden waren.

«Die Ziele des Bundschuhs sind klar und gerecht:
Kein Herr als Kaiser, Gott und Papst,
Kein Gericht soll gelten als das am Wohnort,
Geistliche Gerichte seien auf Geistliches beschränkt,
Sowie die Zinsen die Höhe des verliehenen Geldes erreichen, ist der Schuldner frei,
Fisch-, Vogelfang, Holz, Wald und Weide sollen frei sein,
Jeder Geistliche soll nur eine Pfründe haben,
Verteilung des überflüssigen Kirchengutes an Arme; ein Teil in die Kriegskasse,
Unbillige Zölle und Steuern gelten nicht,
Ewiger Friede in der Christenheit; die Kriegslüsternen schickt man gegen die Heiden.»

«Wie der Aufstand ausgegangen ist, haben wir alle gehört», fuhr Johann von Schleußig fort: «Er wurde rasch niedergeschlagen. 40 Verschwörer wurden hart bestraft, darunter auch die Anführer. Johann Ullmann wurde in Basel gevierteilt. Arme und Beine wurden an Ochsen gebunden, dann trieb man die Tiere auseinander, sodass schließlich der Rumpf des armen Ullmann in der Mitte durchriss. Es heißt, er habe nicht ein einziges Mal geschrien.»

Die Gattin des Theologieprofessors schüttelte sich. «Es ist einfach grauenvoll. Zeit wird es, dass der Mensch wie ein Abbild Gottes behandelt wird. Der Mensch ist doch nicht des Menschen Wolf.»

Der Hauslehrer Thanner klopfte auf den Tisch. «Ja, Zeit wird es, dass sich etwas ändert. Wie aber sieht es in Leipzig aus?»

Der Stadtschreiber fühlte sich aufgefordert, diese Frage zu beantworten. «Der Sommer dieses Jahres war verregnet, die Ernte dementsprechend. Viel Korn ist auf den Feldern verfault, doch wir hatten schon schlimmere Zeiten. Die neue Krankheit, Franzosenkrankheit geheißen, hat Leipzig erreicht.»

Der Stadtmedicus unterbrach den Schreiber: «Ja, fünf Fälle hatte ich schon, doch es gibt kein Mittel dagegen. Vier Männer sind bereits gestorben. Ich befürchte, dass sich die Krankheit zur Seuche auswächst.»

Die Thannerin fragte nach: «Franzosenkrankheit? Was ist das? Wie macht sie sich bemerkbar?» Während sie sprach, kratzte sie sich unablässig am Arm, als spüre sie bereits Anzeichen.

Der Medicus lehnte sich in seinem Stuhl zurück: «Nun, wie es scheint, gibt es mehrere Stadien der Krankheit. Meine fünf Patienten berichteten, dass sie zuerst ein rötliches Geschwür bemerkt hätten, das eine farblose Flüssigkeit abgesondert habe. Dann hätten sie rötlichbraune Flecken auf der Haut bekommen, teilweise auch Haarausfall. Drei Männer hatten hohes Fieber, alle aber klagten über große Mattigkeit, Müdigkeit und Schmerzen am ganzen Körper. Im letzten Stadium schließlich werden die Menschen irr und fangen an, Dinge zu sehen, die es nicht gibt.»

Die Thannerin schüttelte entsetzt den Kopf. «Wie holt man sich die Krankheit?»

«Im Badehaus. Und natürlich in fremden Betten. Die Franzosenkrankheit ist Gottes Strafe für die Unzucht, die überall getrieben wird. Eine verheiratete Frau wie

Ihr braucht keine Angst zu haben, so sie sich an die Tugend hält», beendete der Stadtmedicus seine Ausführungen.

Andreas Mattstedt runzelte die Stirn. «Was gibt es noch an Neuigkeiten?»

Der Stadtschreiber blätterte in den Annalen. «Unser Kurfürst Friedrich ist nach Jerusalem gezogen, und die Barfüßer haben zwischen dem Rheinischen Tor und dem Barfuß-Pfortlein einen Kirchenbau begonnen.»

«Nun, das wissen wir alle. Wie aber sieht es unter den Bürgern aus?», fragte der Theologieprofessor Lechner.

Johann von Schleußig ergriff wieder das Wort. «Wie ich anfangs sagte: Beinahe jeden Tag kommen Wanderprediger und verkünden das Ende der Welt. Die Leipziger haben Angst. Die schlimmsten Gerüchte machen die Runde. Von Blutregen wird erzählt, von Hühnern, die haarige Eier legen, und von Menschen, die sich nachts in Wölfe verwandeln und die Gräber der Totgeborenen plündern. Einzig Gott kann hier noch helfen, verkünden die Prediger von den Kanzeln. Gott, sagen sie, führt die ans Licht, die Buße tun. Ablasszettel gehen weg wie Freibier. So manche Hausfrau spart schon am Essen, um Geld für die Erlassung ihrer Sünden zu haben. Die Kirche wird reich und reicher dabei. Auch in Leipzig.»

Der Magister schüttelte den Kopf. «Ich verstehe es nicht», sagte er. «Auf der einen Seite verändern Entdeckungen die Welt in einem bisher unvorstellbaren Ausmaß – denkt an die Erkundung der Neuen Welt durch den Genueser Christoph Kolumbus, an die Erfindung des Buchdrucks durch Gutenberg, an Behaims Globus. Vergesst auch Italien nicht. Die alten griechischen Philosophen werden neu entdeckt, neue Weltbilder entwickelt. Und auf der anderen Seite nimmt der Aberglaube der Menschen erschreckende Ausmaße an. Scheiterhaufen werden überall errichtet und Frauen verbrannt, weil man sie der Buhlschaft mit dem Teufel bezichtigt!»

«Das ist doch nur so, weil die Menschen zu wenig wissen!», rief Eva aus. Alle Blicke richteten sich auf sie. Eva verstummte und schlug die Augen nieder. Sie fühlte, wie das Blut ihr die Wangen rot färbte.

«Wie meint Ihr das?» Die Stimme Johann von Schleußigs klang freundlich. Auch die anderen Männer und Frauen betrachteten sie mit Interesse. Niemand schalt sie für ihre vorlaute Art, niemand lachte sie aus.

Eva holte tief Luft, dann fing sie an, mit stockender Stimme zu erklären: «In Italien habe ich viel von Pico della Mirandola gehört. Mirandolas These ist, dass der Mensch sein eigener Herr sei, das heißt, dass der Platz des Menschen nicht gottgegeben innerhalb der Ständegesellschaft ist, sondern dass jeder sich seinen eigenen suchen könne. Doch das kann nur gehen, wenn die Menschen mehr wissen und verstehen. Dann wird auch der Aberglauben zurückgehen.»

Stille herrschte nach seinen Worten. Eva errötete noch mehr. Sie bereute es bitter, sich eingemischt zu haben. Himmel, wie konnte sie nur glauben, zu dieser Runde etwas beitragen zu können! Wahrscheinlich hatte sie nicht nur sich, sondern auch Mattstedt bloß gestellt. Doch in den Gesichtern der anderen stand nur wohlwollende Zuneigung.

«Nicht auf die Pfaffen sollst du hören, sondern auf den eigenen Verstand? Ist es das, was Ihr sagen wollt?», fragte Johann von Schleußig.

Eine der anderen Frauen, eine entlaufene Nonne, die jetzt in einem Beginenhaus lebte und Hildegard hieß, ergriff das Wort. «Ihr habt Recht, Eva. Doch wie kann der Mensch den Zwiespalt schließen, der sich ergibt, wenn der Kopf etwas anderes sagt als das Herz?»

«Darauf», erwiderte Eva, «habe auch ich keine Antwort.»

Andreas Mattstedt lächelte sie an. «Nun, dass Ihr genügend wisst, habt Ihr sicherlich bewiesen. Bitte seid auch so klug und bewahrt über alles hier Gesprochene Stillschweigen. Man kann in diesen Zeiten nicht vorsichtig genug sein.»

Zwei Tage später holte Mattstedt Eva zum sonntäglichen Kirchgang nach St. Nikolai ab. Johann von Schleußig würde heute die Predigt halten.

«Willst du dich uns anschließen?», fragte Eva Susanne, die damit beschäftigt war, ihr Haar zu bürsten, damit es Glanz bekam. Sogar ein wenig von Evas roter Paste hatte sie sich genommen und auf Wangen und Lippen verteilt.

Eva verzog den Mund, als sie Susannes bemaltes Gesicht sah. «Musst du dich am Tag des Herrn aufputzen wie eine Magd zum Maitanz?», fragte sie ungehalten.

«Warum nicht?», fragte Susanne zurück. «Noch bin ich jung genug, um meinen Spaß am Leben zu haben. Willst du mir das verbieten?»

«Gott bewahre. Du kannst tun und lassen, was du willst. Die Hauptsache ist, dass du weißt, was du tust.»

Susanne warf Eva einen finsteren Blick zu.

«Mach dir keine Sorgen, kleine Schwester. Ich weiß zu jeder Tag- und Nachtzeit, was für mich gut und richtig ist», erwiderte sie und trug noch etwas mehr von der roten Paste auf die Lippen, sodass ihr Gesicht nun wie eine Fastnachtsmaske aussah.

Eva zuckte mit den Achseln und wandte sich zur Tür.

An Mattstedts Arm schritt sie die Hainstraße entlang und überquerte den Marktplatz. Wie schon beim ersten Kirchgang wurden sie von allen Seiten begrüßt. Sogar die Gassenjungen hielten in ihrem Spiel inne und starrten dem Paar nach.

Jenseits des Marktes nach St. Nikolai zu wurde das Gedränge um sie herum dichter. Aus allen Gassen und Straßen strömten die Leipziger zum Gottesdienst herbei. Handwerker trugen ihre Sonntagswämse und trafen sich an den Ecken mit ihren Zunftgenossen. Die Mägde hatten Bänder in ihr Haar geflochten und warfen den Knechten neugierige Blicke zu. Die Patrizierinnen zeigten ihre neuen Kleider, die Scholaren spreizten sich vor den Bürgerstöchtern und machten galante Bemerkungen, sobald sie außer Hörweite der Professoren waren, die mit ernsthaften Gesichtern ihre Frauen zur Kirche führten. Es war ein Treiben wie vor einem Fest. Die Sonne schien und machte die Menschen beschwingt und übermütig. Alles sprach durcheinander. Eva fühlte sich wohl in dem fröhlichen Trubel und sog alles neugierig in sich auf, als der laute Kommentar einer Krämerin an ihr Ohr drang. «Seht, da geht der

Ratsherr Mattstedt. Eine Braut hat er sich angelacht. Aus dem Hessischen soll sie sein. Als gäbe es in Leipzig keine guten Bräute. Heißt es nicht, Sachsen sei das Land, auf dem die schönen Mädchen auf den Bäumen wachsen?»

«Was sagt Ihr da, Gevatterin?», quäkte ihre Nachbarin und hielt sich die Hand hinters Ohr.

«Der Mattstedt will heiraten? Das junge Ding etwa, das er so stolz spazieren führt? Wer ist sie eigentlich?»

«Die Tochter einer Pelzhändlerin. Eine Werkstatt hat sie. Silberschmiedin soll sie sein. Meister Faber jedenfalls arbeitet für sie. Sie soll Geld wie Heu haben, erzählt man sich, doch die Waren aus ihrer Werkstatt lassen zu wünschen übrig. In Leipzig hat jedenfalls niemand auf sie gewartet.»

Letzteres war so laut gesprochen, dass sich mehrere Kirchgänger umdrehten. Eva erschrak und blickte zu Mattstedt, der diese Bemerkung glücklicherweise nicht gehört zu haben schien, denn auf seinem Gesicht stand ein Lächeln. Eva wandte sich seitwärts, um die Krämerin näher in Augenschein zu nehmen – und erstarrte. Dahinten, an der Ecke zur Ritterstraße lief eine Frau am Arm eines einfachen Handwerkers, der ihr beim Gehen lüstern auf den Hintern schlug, sodass sie aufkreischte und in schrilles Gelächter ausbrach.

Eva hatte die Frau auf Anhieb erkannt. Es war Susanne. Geht sie statt zur Kirche mit einem Mann?, fragte sich Eva und vergaß auf der Stelle die Bemerkungen über ihre Werkstatt.

«Was ist? Was schaut Ihr so?», Mattstedt hatte ihre Unruhe bemerkt.

«Nichts», erwiderte Eva. «Ich hatte mich getäuscht.» Sie

lächelte ihm zu, und wenig später betrat sie an seinem Arm die Kirche St. Nikolai.

Eva wusste, dass sie sich nicht getäuscht hatte. Die bemalte Frau war Susanne gewesen.

Und auch jetzt, an einem Freitagabend, war Susanne nicht zu Hause. Die Nachtwächter machten bereits ihre Runde, die Gaststuben schlossen, doch Susanne war weder in der Küche noch in ihrer Kammer.

Eva schritt in der Küche ungeduldig auf und ab. Dabei konnte sie nicht umhin, zu bemerken, dass Susanne wirklich etwas von Haushaltsführung verstand. Die Kupferkessel über der gemauerten Feuerstelle erstrahlten in reinem Glanz. Der große Tisch, an dem wochentags gemeinsam mit dem Gesinde die Mahlzeiten eingenommen wurden, war ordentlich mit Sand gescheuert, das kostbare Salzfässchen war weggeräumt worden. Mehrere volle Wassereimer aus Rinderhaut standen neben der Feuerstelle, daneben waren Holzscheite ordentlich aufgerichtet. Der Raum wirkte wohnlich und sauber und ließ nichts zu wünschen übrig.

An Susannes Haushaltsführung gab es nichts zu bemängeln, trotzdem war Eva unzufrieden. Es störte sie über die Maßen, dass Susanne sich in Leipzig amüsierte, so gut sie nur konnte. Susanne tat ja gerade so, als wäre sie eine Jungfer auf Bräutigamschau, ledig aller Sorgen und Pflichten, die über den Haushalt hinausgingen.

Auf einmal hörte sie die Haustüre klappern. Wenige Augenblicke später schlich jemand über die Treppe in die oberen Stockwerke hinauf.

Eva riss die Küchentür auf und leuchtete mit der Öllampe in den Gang – Susanne blieb ertappt stehen.

«Komm in die Küche. Ich muss mit dir reden», sagte Eva streng.

«Ich auch mit dir», erwiderte Susanne und baute sich vor Eva auf.

Eva wollte gerade zu ihrer Litanei ansetzen, als Susanne ihr ins Wort fiel: «Ich gehe. Ich verlasse dich und dein Haus, deine Werkstatt, deine Magd, deine Gesellen und alles, was dir sonst noch gehört.»

«Was? Wie bitte? Was soll das? Wo willst du hin?», fragte Eva und presste ihre Hand auf die Brust. Alle Vorwürfe, die sie gerade noch im Sinn gehabt hatte, waren plötzlich verschwunden.

«Mir meinen Platz suchen. Gott hat mich nicht geschaffen, um deinen Haushalt zu führen.»

«Wo willst du hin?»

Susanne zuckte mit den Achseln. «Warum machst du so ein Geschrei? Ich war dir schon immer herzlich gleichgültig. Schwester nennst du mich, wenn du mich brauchst. Aber eine Schwester bist du mir nie gewesen. Sieh uns nur an: Deine Kleider sind aus dem feinsten Stoff. Dein Tagwerk verbringst du mit Gold und Silber, während ich für deine Behaglichkeit sorge. Ich gehe. Schon morgen früh packe ich meine Sachen.»

Eva fuhr zusammen. Schockiert starrte sie Susanne an.

«Freit jemand um dich?», fragte sie und konnte das Zittern ihrer Stimme kaum unterdrücken.

«Pffff», machte Susanne. «Was geht's dich an?»

«Sag schon, ich bitte dich.»

«Ein Bäckergeselle macht mir den Hof. Altgeselle ist er und der Meister bald des Todes. Eine Meisterin gibt es nicht. Kann gut sein, dass der Altgeselle die Backstube bekommt. Herrscherin im eigenen Hause wäre ich. Nicht länger dein Anhängsel, deine Leibmagd.»

Eva erschrak. Sie hatte sich so oft über Susanne geärgert. So oft schon bereut, sie mit nach Leipzig genommen zu haben. Doch jetzt, da sie gehen wollte, überkam sie eine Angst, die sie nicht erklären konnte.

Die Gedanken jagten durch ihren Kopf.

«Geh nicht, Susanne», bat sie unwillkürlich, ohne zu wissen, was sie sagte.

Susanne setzte sich auf die Küchenbank. «So?», fragte sie höhnisch. «Habe ich recht gehört? Du bittest mich zu bleiben?»

Eva schluckte.

«Du kannst tun, was du möchtest», sagte sie leise. «Aber mir wäre es lieber, du bliebest.»

Stimmt es, was ich sage?, überlegte sie. Möchte ich wirklich, dass Susanne bleibt? Warum? Vielleicht weil Susanne das Einzige war, das sie noch mit Frankfurt, mit der alten Heimat, dem alten Leben verband? Vielleicht, weil sie sich fürchtete, die einzige Frau in diesem Haus zu sein? Vielleicht aber auch, weil sie noch immer hoffte, endlich eine Freundin, einen Herzensvertraute zu finden?

«Was gibst du mir, wenn ich bleibe?», fragte Susanne und stützte beide Ellenbogen auf den Tisch. «Eines sei dir gesagt. Gut geht es mir hier nicht. Es gibt wenig Anreiz für mich, hier zu bleiben.»

Eva wollte Susanne nicht ihr Gesicht sehen lassen und

ging zum Fenster und sah auf den dunklen Hof. Nein, sie würde sich nicht von Susanne erpressen lassen.

«Dann geh, wenn du musst. Du weißt aber, dass dir keine Mitgift zusteht.»

Susanne fuhr hoch: «Darum geht es dir also?»

Eva wandte sich um: «Du willst gehen, Susanne. So ist es doch. Aber vergiss eines nicht: In Frankfurt wirst du Hexe geheißen.»

Susanne warf den Kopf in den Nacken, und Eva sah, dass ihr Hals von Liebesmalen übersät war. «Willst du mir drohen?», fragte sie.

Eva deutete mit dem Finger auf die Male: «Sieh dich doch an. Wie eine Hure läufst du durch die Stadt. Ein jeder kann sehen, wohin dich die Liebe gebissen hat.»

«Schämst du dich meiner?», Susanne lachte laut auf. «Ist es das, was dir Sorgen bereitet? Bist du am Ende gar eifersüchtig, weil Mattstedt noch immer nicht um deine Hand angehalten hat? Weil die Leipziger mich grüßen, in dir aber einen Eindringling sehen? Niemand hat in Leipzig auf dich gewartet, Eva. Niemand hier braucht deine Werkstatt.»

Eva machte eine wegwerfende Handbewegung. «Ich bin nicht eifersüchtig, Susanne. Du kannst so viele Männer haben, wie du nur magst. Allein dein Ruf könnte dem Haus und der Werkstatt Schaden bringen.»

«Na und?», Susanne blieb unbeeindruckt. «Gönnst du mir das bisschen Spaß nicht? Mein Ruf ist besser als der deiner Werkstatt.»

Susanne beugte den Oberkörper nach vorn, die Hände zu Fäusten geballt. Eva blieb ruhig. Auf einmal war ihr klar, dass sie die Stiefschwester nicht gehen lassen konnte. Plötzlich streckte sie die Hand aus und berührte Susanne am Arm. «Geh nicht!», wiederholte sie. «Ich mag dich nicht verlieren.»

Susanne lachte: «Mich verlieren? Du meinst eher, du kannst nicht gegen mich verlieren. Das ist es. Deine Mutter hat nie verlieren können, und du kannst es genauso wenig. Ginge ich, wäre ich die Siegerin. Das ist es, was du nicht verwinden kannst.»

Sie stemmte die Hände in die Seiten. «Was gibst du mir, wenn ich bleibe?», fragte sie.

«Du bist meine Schwester. Wir tragen denselben Namen und sollten nicht handeln wie Krämerinnen auf dem Markt.»

«Schwestern, sagst du? Gut, dann möchte ich Kleider, wie du sie trägst. Zwei für die Woche, eins für den Sonntag. Aus dunkelblauem Samt und mit Perlen bestickt. Dazu Haarbänder. Eine weitere Magd soll kommen, dazu eine Wäscherin. Statt des Lohnes will ich an der Werkstatt beteiligt werden. Und zwei freie Tage in der Woche. Am Abend will ich gehen, wohin es mich treibt.»

«Ein Kleid aus Tuch und eines aus einfachem Samt. Zu jedem ein Haarband. Eine zusätzliche Magd kannst du dir auch suchen. Du bekommst statt der 10 Groschen in Zukunft 12 Groschen pro Woche an Lohn, dazu einen freien Tag. Sobald der Nachtwächter seine Runde macht, bist du in deiner Kammer. Machst du uns noch einmal mit den Zeichen der Liebe an deinem Hals lächerlich, so bleibst du im Haus, bis die Flecken verschwunden sind. Das ist mein letztes Wort. Du kannst es dir überlegen.»

Mit diesen Worten verließ Eva die Küche und ging hinauf in ihre Kammer. Sie legte sich ins Bett und löschte das Licht, doch sie war noch viel zu erregt, um schlafen zu können.

Hat Susanne etwa Recht?, überlegte sie. Habe ich sie nicht gehen lassen können, weil ich nicht verlieren kann?

Auf einmal durchfuhr sie ein Gedanke. Sie schoss hoch.

«Ich habe sie gebeten, hier zu bleiben», flüsterte sie in das dunkle Zimmer hinein. «Jetzt bin ich fortan für ihr Glück zuständig. Solange wir unter einem Dach leben, wird sie mich in die Pflicht nehmen.»

Ärger stieg in ihr hoch. Sie schlug mit der flachen Hand auf ihre Bettdecke. «Herrgott nochmal! Ihr ganzes Leben lang hat sie die Schuld für alles, was ihr widerfahren ist, auf andere geschoben. Und jetzt habe ich ihr einen Vorwand geboten, es weiterhin zu tun. Weiß Gott, was mich das kosten wird!»

Nachdenklich starrte sie in die Dunkelheit und sprach nach einer Weile weiter: «Ihre Sinnlichkeit ist mir ein Greuel. Sie ist so triebhaft wie ein Tier. Schamlos ist, was sie treibt. Ein rasendes Weib ist sie, nicht besser als eine läufige Hündin. Sie hat keinen Stolz im Leib, keine Würde und kein Gewissen.»

Eva stockte. «Warum ereifere ich mich so? Kann es mir nicht gleichgültig sein, was sie treibt? Ein jeder muss für seine Sünden selbst bezahlen.»

Als hätte diese Erkenntnis sie beruhigt, legte sie sich wieder hin und war kurz darauf eingeschlafen.

Am nächsten Morgen war Markttag. Eva entschloss sich, Susanne zum Einkauf zu begleiten. Es war wichtig, dass Frieden im Haus herrschte.

Nebeneinander liefen sie die Hainstraße entlang, und Eva wunderte sich über die zahlreichen Männer, die Susanne grüßten.

«Ich habe nicht gewusst, wie bekannt du schon bist», stellte sie fest und drehte sich nach einem Handwerker um, der Susanne auffallend fröhlich zugewinkt hatte.

«Es gibt vieles, was du nicht weißt», erwiderte Susanne. «Du bist ja ständig mit Mattstedt unterwegs, flichst ein Beziehungsnetz zur Leipziger Oberschicht oder hockst bis Mitternacht in der Werkstatt. Wer aber kauft bei dir, ohne dass er von Mattstedt geschickt worden ist?»

Eva hätte gern gefragt, wo Susanne die Bekanntschaften gemacht hatte, doch sie wagte es nicht.

«Sieh, da ist ein Stand mit feinen Tuchen. Lass uns sehen, ob wir dort etwas Passendes für dich finden», sagte sie stattdessen und zog Susanne in das Getümmel des Marktes.

Während Eva die Stoffe befühlte, stand Susanne dabei, strich nur beiläufig über den einen oder anderen Stoffballen.

«Was ist? Gefällt dir hier nichts?»

«Doch», nickte Susanne. «Aber ich werde das Gefühl nicht los, dass uns jemand beobachtet. Lass uns weitergehen, ich bitte dich.»

Eva zuckte mit den Achseln, sah sich flüchtig nach allen Seiten um und folgte Susanne zu einem anderen Stand, an dem Haarbänder, Kämme, Bürsten, Pinsel und ähnliche Dinge zum Verkauf lagen. Diesmal hatte auch sie das Gefühl, beobachtet zu werden. Sie drehte sich um. Nur wenige Meter entfernt stand David, der sie gezeichnet hatte, nickte ihr zu und kam näher.

«Grüß Euch Gott, Silberschmiedin Eva.»

«Seid auch Ihr gegrüßt. Ich hätte nicht gedacht, Euch überhaupt und so bald wiederzusehen.»

David lachte: «Das glaube ich Euch gern.»

Inzwischen war auch Susanne dazugetreten. «Oh, der Tierbändiger!», rief sie aus und fügte hinzu: «Ihr seht schlecht aus. Was ist Euch geschehen?»

Erst jetzt bemerkte Eva, dass der Silberschmied abgerissen und verhärmt aussah. David machte eine wegwerfende Handbewegung. «Nun, die Zeiten sind schlecht. Nur die wenigsten bieten einem wandernden Gesellen ein Nachtlager und eine Schüssel warme Grütze an.»

Eva warf einen Blick auf die Papierbögen von schlechter Qualität, die er unter dem Arm geklemmt hielt.

«Zeichnet Ihr wieder?», fragte sie.

Der Silberschmied nickte. «Von irgendetwas muss der Mensch ja leben. Aber die Leipziger sind Banausen. Sie geben ihr Geld für Tand und Putz aus, anstatt sich zeigen zu lassen, wie sie wirklich sind.»

«Woher wollt Ihr wissen, wie sie wirklich sind? Ist es nicht ein wenig anmaßend, zu glauben, Ihr wüsstet es bei der ersten Begegnung?»

«Mag sein, dass es dreist wirkt. Aber das ist es nicht. Die Menschen verraten sich durch die Augen. Sie sind der Spiegel der Seele.»

Eva erinnerte sich an die Momente vor dem Spiegel, als

sie in ihren Augen eine ganz andere Eva entdeckt hatte. Vielleicht hatte dieser seltsame Geselle ja Recht. Aber was machte er hier auf dem Markt?

«Warum sucht Ihr Euch keine Anstellung in einer Werkstatt?», fragte sie und betrachtete die abgerissene Kleidung und das hagere Gesicht.

Sofort versteifte sich David. Sein Gesicht wurde ausdruckslos, nur in den Augen glomm es. «Ich bin niemandes Knecht und niemandes Herr. Ihr aber, Eva Silberschmiedin, seid die Magd Eures Standes und Eurer Dünkelhaftigkeit.»

«Niemand wird als Knecht oder Herr, als Magd oder Herrin geboren. Habt Ihr nicht selbst gesagt, der Mensch sei fähig, sich seinen Platz zu suchen? Nun, wie ich sehe, habt Ihr Euch einen am Rande des Marktes gesucht. Nicht weit von den Abfällen entfernt.»

Beleidigt raffte Eva ihr Kleid ein Stück in die Höhe und ging an David vorbei. Er griff nach ihrem Arm und raunte ihr ins Ohr: «Ihr seid ein Tier, Eva Silberschmiedin. Ihr wisst es noch nicht, aber ich habe es gesehen. Und Ihr werdet es eines Tages auch entdecken.»

Kapitel 5

Ich weiß nicht, wo mir der Kopf steht», jammerte Meister Faber. Er stand an der großen Arbeitsplatte in der Mitte der Werkstatt und klopfte seine Lederschürze vorsichtig ab, sodass kein Stäubchen Gold oder Silber verloren ging.

«Seit die Silbervorkommen im Erzgebirge entdeckt worden sind, ist in dieser Stadt die Hölle los. Es scheint, als wollten sämtliche Frauen ihren Hausstand neu gründen. Silbernes Geschirr und Bestecke, Leuchter, Kannen und Kelche, goldenen Schmuck und versilberte Pokale wollen sie haben. Und die Kirchen scheinen ebenfalls im Silberrausch zu sein: Tafelaufsätze, Kruzifixe, Monstranzen und Taufbecken sind plötzlich so begehrt wie warmes Brot.»

Er verschwieg, dass er die meiste Zeit mit Nachbesserungen verbrachte. Die Werkstatt bekam Aufträge, weil Mattstedts Name in der Besitzurkunde stand. Doch das Wichtigste fehlte ihr; das, was bloßes Handwerk von Kunst unterschied. Sämtliche Waren waren gut gearbeitet, doch es haftete ihnen nichts Besonderes an. Die gefertigten Kannen und Kelche hätten ebenso gut aus jeder anderen

Werkstatt stammen können. Ja, das war es: die Beliebigkeit. Für einen Kannengießer war Beliebigkeit das tägliche Brot, für eine Silberschmiedewerkstatt der Untergang, sobald es genügend andere in der Stadt gab, die es verstanden, aus einem Kelch eine Kostbarkeit zu machen. Die Zunft wartete nur darauf, Evas Konkurrenten bei der Auftragsvergabe zu bevorzugen.

Eva hielt einen Tontiegel über ein sehr heißes Feuer aus Buchenholzscheiten und schmolz darin Silber. Sie musste gut aufpassen, um den richtigen Zeitpunkt nicht zu verpassen.

«Hmm», murmelte sie deshalb bloß, zog den Tiegel vorsichtig vom Feuer und goss das geschmolzene Metall zu kleinen Kugeln, die sie für die Verzierung eines Pokals brauchte.

Dieser Pokal beschäftigte sie schon seit einigen Tagen. Zuerst hatte sie eine Skizze nach den Wünschen der Patrizierin Hummelshain angefertigt. Sie hatte sogar mit ihr das Musterbuch durchgesehen, in das Eva auch viele Ornamente aus ihrer Florentiner Zeit aufgenommen hatte. Ranken im griechischen Stil, Kränze aus Lorbeerlaub und Rautenmuster italienischer Machart waren darin zu sehen. Die Hummelshainerin hatte sich schließlich für den Lorbeer entschieden, aber gleichzeitig gefordert, dass Edelsteine gut sichtbar auf dem Pokal prangen müssten. Schließlich sollte jeder, der ins Haus kam, auf den ersten Blick sehen, dass dem Handelsherrn Hummelshain ein beträchtlicher Teil einer Silbermine gehörte.

Danach hatte Eva Gewicht und Wandung geschätzt und das nötige Material besorgt.

Anschließend hatte sie zwei Teile Gold mit einem Teil Kupfer und derselben Menge reinen Silbers vermischt, die Metalle erhitzt und zu Platten gegossen. Nach dem diese über Nacht abgekühlt waren, hatte sie die Platten auf einer steinernen Unterlage mit dem Hammer und der Walze zu dünnen Blechen getrieben und anschließend verschlichtet. Dabei hatte Eva die dünnen Bleche nacheinander über ein Sattelholz gelegt und im ersten Durchgang Längsfalten, im nächsten Querfalten hineingeschlagen.

Um den Rohling herzustellen, wurden die Bleche mit verschiedenen, immer kleiner werdenden Hämmern bearbeitet, mit dem Bechereisen wurde die Wölbung hineingetrieben. Im Brennofen musste der Rohling danach wieder und wieder durchgeglüht und anschließend gebeizt werden.

Eva war eine umsichtige Handwerkerin. Nach beinahe jedem Arbeitsgang überprüfte sie sorgfältig die Wölbung und das Maß mit dem Messzirkel und dem Richteisen.

Und heute nun war der Rohling fertig und wartete darauf, verziert zu werden.

Als die Kugeln gegossen waren, wischte sich Eva mit dem Ärmel den Schweiß von der Stirn und sah auf. «Ihr habt Recht, Meister Faber. Allein schaffen wir die Arbeit bald nicht mehr. Auch wenn Heinrich uns hilft, wo er nur kann, so ist er doch kein Silberschmied.»

«Wollt auch keiner werden», brummte der Altgeselle aus Frankfurt.

«Ach, Heinrich, du weißt schon, was du mir wert bist, nicht wahr? Ohne dich wäre es für mich hier in Leipzig einsam.»

Eva stand auf und strich dem Mann über den Arm.

Meister Faber lachte: «Unsere kleine Herrin weiß genau, was wir alten Männer brauchen, nicht wahr, Heinrich?» Dass Evas Freundlichkeit nicht ausreichte, um die Werkstatt zu erhalten, sagte er nicht. Ein Geselle muss her, dachte er, ein Geselle, der das Metall wie Feuer scheinen lässt. Er begutachtete die von Eva gegossenen Kugeln. «Ihr habt gut gearbeitet. Eine Kugel gleicht der anderen.»

Doch nicht mehr als gute Handwerksarbeit, fügte er im Stillen hinzu. Aber ihm selbst ging es ja auch nicht anders. Früher, ja früher, da hatte er dieses Feuer gehabt, doch seit dem Tod seiner Familie war es erloschen. Nach außen wirkte er zwar immer fröhlich und lustig, doch das war nur Fassade, in seinem Inneren sah es anders aus. Er konnte der Werkstatt nicht mehr geben. Sie brauchten wirklich einen neuen Gesellen. Heinrich war keine große Hilfe. Er blickte zu dem Altgesellen, der jedoch ganz andere Sorgen hatte.

«Hmm», brummte er. «Trotzdem wird es Zeit, dass unsere Eva sich einen Mann sucht und Kinder bekommt.»

Bei diesen Worten verschwand Evas Lächeln aus ihrem Gesicht. Andreas Mattstedt hatte sich für den Abend angekündigt, und sie ahnte, was er ihr sagen wollte.

Die Turmuhr von St. Nikolai verkündete die siebte Abendstunde. Das Licht in der Werkstatt wurde schlechter. «Es wird Zeit, für heute Feierabend zu machen», sagte Eva. Sie nickte den Männern zum Abschied zu und ließ sich von der Magd einen Zuber mit heißem Wasser bereiten.

Eine Stunde später saß sie Andreas Mattstedt in der Tafelstube gegenüber. Die neue Magd hatte den Tisch gedeckt, und Eva hatte hier und da noch einen Leuchter hingestellt, die leinenen Mundtücher auf eine besondere Art gefaltet und einige Blütenblätter als Schmuck über das Florentiner Tischtuch gestreut.

Sie trug ihr moosgrünes Kleid und ein einfaches Silberschmuckstück in Form eines Lorbeerblattes, das sie selbst gefertigt hatte und das an ihren Vater erinnern sollte. Auch Mattstedt hatte sich heute herausgeputzt und sah besonders stattlich aus. Irgendwie erinnerte er sie immer an ihren Vater. Mattstedt lächelte sie aufmerksam an. Eva wich seinem Blick aus und sah zu Susanne, die am Kopfende des Tisches saß, weil es sich nicht gehörte, dass ein junges, unverheiratetes Mädchen allein mit einem Mann zu Abend aß. Doch Susanne war mit ihren Gedanken offensichtlich woanders und nicht gewillt, sich an der Unterhaltung zu beteiligen. Jetzt bedauerte Eva es, dass sie Bärbe bereits hinausgeschickt hatte. Andreas Mattstedt bemerkte Evas Verlegenheit und senkte den Blick.

Er übernahm die Aufgabe des Mundschenks, goss Eva, Susanne und sich selbst aus einer Karaffe Wein ein. Dann hob er das Glas: «Es ist schön, bei Euch zu Gast sein zu dürfen. Auf Euer Wohl!»

Sie stießen an, dann wurden die Speisen aufgelegt.

Susanne hatte zur Feier des Tages zarte Täubchen in Rosenwasser gekocht, die mit einer Soße aus Pfeffer und Minze aufgetragen wurden und herrlich mundeten. Es gab verschiedene Brotsorten dazu und ein Gemüse aus Rotkohl mit zerstoßenen Wacholder- und Preiselbeeren darin. Der Rotwein, der von einem Weinhändler aus dem Kaiserstuhl gebracht worden war, schimmerte wie Granat in den Gläsern.

Während des Essens drehte sich die Unterhaltung um Dinge von allgemeinem Interesse. Im Hurenhaus hatte es Streit gegeben; zwei Scholaren hatten sich um ein Mädchen geprügelt. Das Haus des Gerbers Zschernitz war geplündert worden, der Hofhund erschlagen. Der Fluss Elster war nahe an die Ufer gestiegen, für die nächsten Wochen wurde Hochwasser befürchtet, die Preise für Mehl waren in die Höhe geklettert, und die Schwiegertochter der Hummelshain sei gesegneten Leibes. Doch dann war das Essen abgetragen, und die Unterhaltung verstummte. Mattstedt erhob sich:

«Liebe Eva, ich bin heute zu Euch gekommen, um Euch zu fragen, ob Ihr meine Frau werden wollt.»

Er sprach noch weiter, doch Eva hörte seine Worte nicht mehr. Das, was sie gehofft und befürchtet hatte, war eingetroffen. Mattstedt, der attraktive, reiche, kluge, gewandte Mattstedt wollte sie heiraten. Oh, sie fühlte sich geschmeichelt. Der Mann, von dem die Leipzigerinnen träumten, hatte sie, Eva, um ihre Hand gebeten.

Es gab keinen Grund, ein solches Angebot auszuschlagen. Nicht einen einzigen. Mattstedt war der Mann, der selbst vor Sibyllas gestrengem Auge Wohlgefallen gefunden hatte.

Warum also jubelte nichts in ihr?

Eva wusste es nicht. Sie schämte sich sogar, dass sie so unbewegt blieb. Ihr Herz schlug nicht schneller als sonst. Sie sah hoch und lächelte Mattstedt zaghaft an.

«Ihr braucht vielleicht etwas Zeit zum Nachdenken», sagte er verständnisvoll.

Eva reagierte nicht. Nein, es gab wirklich keinen einzigen Grund, Mattstedt nicht zu heiraten. Er würde sie achten und in Ehren halten, wäre bemüht, ihr niemals wehzutun. Mit Sicherheit wäre er ein liebevoller Vater ihrer Kinder, und auch seine Angestellten brauchten nichts von ihm zu befürchten.

Dieser Mann war wie für sie geschaffen. Und er erinnerte sie überdies an Isaak Kopper. Hatte sie ihren Vater nicht geliebt? Doch, natürlich hatte sie das. Warum also sollte das, was sie für Mattstedt empfand, keine Liebe sein?

Eva schüttelte, ohne es zu bemerken, den Kopf und schalt sich töricht. Dann sah sie Mattstedt in die Augen: «Ich brauche keine Zeit zum Nachdenken. Ich würde sehr gern Euer Weib werden.»

Susanne klatschte in die Hände, als gelte es, einem Jahrmarktsgaukler Beifall zu zollen. Sie hörte gar nicht wieder auf, schlug die Hände ein um das andere Mal zusammen und verkündete: «Deine Mutter wäre stolz auf dich.»

Spät in der Nacht, Mattstedt war längst gegangen, saß Eva auf ihrem Bett und betrachtete den Ring, den Mattstedt ihr angesteckt hatte. Es war ein edles Stück aus Gold mit einem großen Karfunkelstein in der Mitte. Hatte Mattstedt geahnt, dass sie Granat liebte?

Sie sah sich im Spiegel und wunderte sich, dass sie immer noch dieselbe war wie gestern. Und doch war sie jetzt verlobt. Mattstedt hatte sie geküsst. Eva strich mit der Hand über ihre Lippen und lächelte. Sein Kuss war sanft gewesen, behutsam. Ihr Vater hatte sie auf ähnliche Weise geküsst, wenn auch nur auf die Wange.

Eva stand auf. Sie würde nicht schlafen können, das wusste sie. Ihr Verstand war hellwach und klar. Warum also sollte sie nicht arbeiten? Es gab genug zu tun. Meister Faber hatte Recht; sie brauchten noch einen Gesellen. Und ihr Pokal, den sie für die Hummelshainerin arbeiten sollte, war auch noch nicht fertig. Sie legte sich einen Umhang über die Schultern und ging die Treppen hinab über den Hof zur Werkstatt.

Dort entzündete sie mehrere Öllampen und erfreute sich am Glanz des Silbers im Kerzenlicht. Behutsam strich sie über den Rohling und genoss das kühle Metall unter ihren Fingerspitzen. Dann hob sie das unfertige Stück an ihr Gesicht und schmiegte ihre Wange daran. Der Geruch des Metalls drang ihr in die Nase. Er war eigentümlich und unverwechselbar, ließ sich nicht so leicht beschreiben. Manchmal schien es Eva, als lebte das Metall. Als habe es eine Seele, die entdeckt werden wollte. Andrea della Robbia hatte in Florenz immer wieder zu ihr gesagt: «Lass das Silber zu dir sprechen. Es trägt die fertige Form bereits in sich. Du musst sie nur erkennen.»

Das war Eva nie gelungen. Sie konnte das Silber riechen und schmecken, konnte es fühlen und sehen, doch seine Seele vermochte sie nicht zu entdecken.

Eva seufzte über ihr Unvermögen. Sie konnte das Silber nicht zum Sprechen bringen. Alles, was sie bisher zustande gebracht hatte, war solide Handwerkskunst. Doch jetzt kam das Schwierigste: die Zieselierung. Sie hatte ein paar Einbuchtungen für geschliffene Steine gelassen.

Die Drähte, die Blattranken darstellen sollten, waren gezwirnt, die Korallen geschnitten, die Lorbeerblätter gegossen, verstiftet und verlötet. Aber egal wie sehr sie sich bemühen würde, das Entscheidende würde doch fehlen. Das wusste sie seit ihrem ersten Tag bei einem Silberschmied.

Es fehlte ihr an Schöpfertum und Wagemut. Gäbe es nicht das Musterbuch mit den italienischen Ornamenten, sie hätte nicht gewusst, wie sie die Rohlinge verzieren sollte.

Plötzliche Geräusche holten sie aus ihren Gedanken. Eva erschrak und lauschte in die Dunkelheit. Aus dem Lager, in dem das Brennholz und das Leder für die Futterale aufbewahrt wurden, kam ein Keuchen.

Sie ging langsam auf die Holztür zu, die nur angelehnt war, und stieß sie vorsichtig auf.

Geräuschlos öffnete sie sich einen Spalt und gab eine Szene frei, bei der es Eva den Atem verschlug. Beinahe wäre ihr das Licht aus der Hand gefallen.

Auf den Tuchballen in der Ecke lag Susanne. Und Susanne war nicht allein. Ein grobknochiger Mann beschlief sie. Sein weißer Hintern hüpfte auf und ab, doch das war es nicht, was Eva entsetzte. Es war Susannes Gesicht. Ihre Züge waren grotesk verzerrt, der Mund stand halb offen, und ein Röcheln und Stöhnen erklang daraus.

Eva fühlte, wie das Blut in ihre Wangen schoss, und schloss die Tür, bevor sie entdeckt wurde. Sie floh aus der Werkstatt, schöpfte erst Atem, als sie in der Sicherheit ihrer Schlafkammer war.

Sie würde bald verheiratet sein, aber sie konnte sich

beim besten Willen nicht vorstellen, dass Mattstedt mit ihr genauso verfuhr wie der fremde Mann mit Susanne. Natürlich hatte die Mutter ihr erzählt, was sich nachts auf den Laken zwischen Mann und Frau zutrug, doch Eva hatte sich diese Sache, die man Beischlaf nannte, anders vorgestellt. Nicht so roh, so … so unbeherrscht.

Ja, tierisch war das richtige Wort. Susanne war so. Ein triebhaftes Tier. Und sie, Eva, wollte niemals so mit verzerrtem Gesicht und dunkler, heiserer Stimme unter einem Mann liegen. Eine Heirat mit Mattstedt schien ihr dafür die beste Gewähr zu sein.

Ein paar Tage später war der Pokal für die Hummelshainerin fertig. Alle Arbeiten waren verrichtet, der Pokal war in einer Weinsteinlösung gesiedet und vom Aufbereiter mit strahlendem Glanz versehen worden.

Eva machte sich selbst auf den Weg in das größte und prächtigste Patrizierhaus der Stadt in der Reichsstraße.

Die Hummelshainerin betrachtete das Stück von allen Seiten und verzog den Mund. «So hatte ich mir das nicht vorgestellt», klagte sie und knallte den Pokal vor Eva auf den Tisch.

«Wieso? Was ist damit?»

Eva nahm das Stück in die Hand und betrachtete es von allen Seiten. Sie konnte keinen Kratzer, keine trübe Stelle entdecken. Die Steine saßen fest in den Ausbuchtungen und wurden von kleinen Silberkrallen gehalten, die Verzierungen waren ordentlich angebracht und verlötet.

«Es fehlt etwas daran», teilte die Hummelshainerin mit. «So will ich ihn nicht. Nehmt ihn wieder mit und lasst den Meister daran arbeiten. Dem Pokal fehlt Feuer. Es ist kein Leben drin, versteht Ihr? Ein toter Gegenstand, der aussieht, als käme er von einem Kannengießer. Ein Stück, das sich nicht von anderen unterscheidet.»

Eva nickte und seufzte. Sie wusste, dass sie das, was der Hummelshainerin am Pokal fehlte, nicht erzeugen konnte.

Dennoch verstaute sie den Pokal im Futteral und versprach, das gewünschte Feuer herzustellen. Sie hatte keine Ahnung, wie sie das bewerkstelligen sollte.

Zurück zur Hainstraße nahm sie den Weg über den Markt. Sie hätte auch durch die Böttchergasse gehen können, das wäre schneller gewesen, aber irgendetwas trieb sie zum Markt.

Erst als sie David an einer Ecke sitzen und die Leute zeichnen sah, wurde ihr klar, warum sie hier war.

Sie ging zu ihm und baute sich vor ihm auf: «Wir brauchen noch einen guten Gesellen. Habt Ihr Lust, für mich zu arbeiten?»

«Oh, ich glaube Euch gern, dass Ihr mich als Knecht haben wollt. Doch ich sagte schon, dass ich niemandes Knecht bin.»

«Redet keinen Unsinn. Ich suche keinen Knecht, sondern einen Gesellen.»

«Ihr sucht einen Untertan. Es ist gleich, ob Ihr ihn Knecht oder Geselle nennt.»

Eva zuckte mit den Achseln. «Ihr seht nicht so aus, als würdet Ihr Euch vor Angeboten nicht retten können. Habt Ihr überhaupt Stücke, die Ihr gearbeitet habt?»

David sah sie an. «Glaubt Ihr, ich wäre ein Lügner?»

«Wer weiß? Schon so mancher hat Dinge behauptet, die er hinterher nicht einhalten konnte.»

Davids Augen bekamen einen harten Ausdruck. Er griff in ein abgewetztes Bündel und holte daraus ein Holzkästchen hervor, das innen ganz mit Samt ausgeschlagen war. «Da, bitte. Seht selbst, ob Ihr mich Lügner heißen dürft.»

Eva nahm das Kästchen und betrachtete den Ring darin. Es handelte sich um eine Schmiedearbeit von höchster Qualität. Der Bernstein in der Mitte war sauber geschnitten und poliert, die Einfassung von zierlich gearbeitetem Blattwerk umgeben. Doch nicht nur die handwerkliche Ausführung war ohne Fehl und Tadel; der Ring strahlte etwas Weiches und Warmes aus. Das ganze Schmuckstück wirkte lebendig, verlockend und hatte genau das, was den Waren aus Evas Werkstatt fehlte.

«Ein wundervoller Ring», sagte sie mit wahrer Begeisterung. «Sünde ist es, dass Ihr mit der Zeichenkohle hantiert anstatt mit dem Punzeisen.»

«Ja, da mögt Ihr wohl Recht haben.»

«Ich biete Euch noch einmal die Stelle des Gesellen an. Wenn Ihr erneut ablehnt, gut, so sei es denn.»

«Wer sagt denn, dass ich ablehne?», fragte David und erhob sich. Er überragte Eva um einen ganzen Kopf. Sie musste zu ihm aufblicken.

«Ich sagte, ich möchte niemandes Knecht sein.»

«Und was heißt das, David?»

«Nun, ich bin ein guter Silberschmied, der seinen Wert sehr wohl kennt.»

«Was das heißt, will ich wissen», beharrte Eva. David sah

sie lächelnd an und ließ sich Zeit. So lange, bis Eva unruhig von einem Fuß auf den anderen trat und sich fragte, warum sie trotz dieser offensichtlichen Ungehörigkeit noch blieb.

Endlich antwortete er: «Einen eigenen Arbeitsplatz verlange ich. Und eigene Aufträge. Eigene Kunden. Kein Meister soll mir Anweisungen erteilen. Ich möchte gleichberechtigt arbeiten, denn ich kann so viel wie jeder Meister hier in der Stadt.»

Eva sah ihn entgeistert an: «Eigene Kunden, eigene Aufträge, einen eigenen Arbeitsplatz. Ihr verlangt viel, David. Seid Ihr es auch wert?»

«Was ich wert bin, werdet Ihr bald erfahren.»

Eva überlegte. Was David forderte, war schlichtweg unverschämt. Doch es herrschte Mangel an Gesellen. Die Silbervorkommen im Erzgebirge und der damit verbundene Reichtum vieler Leipziger hatten den Bedarf an gut gearbeiteten Edelmetallwaren so stark ansteigen lassen, dass die Werkstätten mit den Aufträgen nicht hinterherkamen. Es gab einfach zu wenige Gold- und Silberschmiede in dieser Stadt. Nur deshalb hatte Eva auch die Erlaubnis der Zunft erhalten, als Fremde eine eigene Werkstatt zu eröffnen. David war gut. Sehr gut sogar. Und er schien genau das zu haben, was Eva fehlte.

«Was verlangt Ihr als Lohn?», fragte sie.

«Was bin ich Euch wert?», gab er zurück.

«Wie soll ich das wissen? Ich habe nur den einen Ring gesehen. Woher soll ich wissen, wie Ihr Pokale und anderes arbeitet?»

David lächelte, bückte sich und holte einen kunstvoll

gearbeiteten Becher aus seinem Bündel. Diesmal war nicht das fein ausgeführte Handwerk das Besondere daran, sondern das Neue, die Einlagen aus Emaille.

«Diese Arbeitstechnik ist in Italien zu Hause», sagte Eva verwundert. «Habt Ihr dort gelernt?»

«Ich habe überall gelernt, wo es etwas zu lernen gab. Und ich bin noch lange nicht fertig.»

«Also, wie viel wollt Ihr als Gesellenlohn?»

«Eure Magd bekommt sechs Groschen. Die Haushälterin, die wohl auch Schwester sein möchte, erhält zwölf Groschen. Ich bin mit dreißig zufrieden.»

«Ihr seid verrückt!» Eva lachte hellauf. Dann stutzte sie. Woher wusste er, was Bärbe und Susanne als Lohn bekamen?

«Ihr seid verrückt!», wiederholte sie.

David schüttelte den Kopf. «Ihr wollt nicht nur die Arbeit meiner Hände. Ihr wollt überdies meine Ideen und Gedanken. Nun, das hat seinen Preis.»

Er sah ihr direkt in die Augen. Eva hielt seinem Blick stand.

«Gut», sagte sie schließlich. «So soll es sein. Vier Wochen zur Probe. Genügt Ihr den Ansprüchen der Werkstatt, so sollt Ihr bleiben.»

«Warum sprecht Ihr von den Ansprüchen der Werkstatt, wenn Ihr doch die Euren meint?», fragte David, aber er packte sein Bündel und folgte Eva.

In der Hainstraße angekommen, wies sie ihm eine Kammer im oberen Stockwerk des Hauses zu und zeigte ihm die Werkstatt.

«Dann zeig mal, was du kannst», sagte Meister Faber

und wies David an, den Rohling für einen einarmigen Leuchter herzustellen.

Eva aber packte ihren Pokal aus und sann den ganzen Tag darüber nach, wie sie das Silber zum Sprechen bringen sollte, doch ihr wollte einfach nichts einfallen. Am Abend, als Meister Faber und Heinrich in die Innungsstube gegangen waren, Susanne ebenfalls das Haus verlassen hatte und von David weit und breit nichts zu sehen war, ging Eva noch einmal in die Werkstatt. Sie war noch immer auf der Suche nach einer Idee.

Suchend sah sie sich in der Werkstatt um. Am Rande des Tisches lag Davids Skizzenmappe. Evas Blick blieb daran hängen. Er ist unser Geselle, dachte sie. Er wird gut bezahlt. Seine Einfälle gehören uns. So war es ausgemacht.

Trotz dieser einleuchtenden Begründung sah sich Eva noch einmal nach allen Seiten um, dann prägte sie sich die Lage der Mappe sehr gut ein, bevor sie sie schließlich öffnete.

Was sie sah, ließ ihr den Atem stocken. Seltsame Blüten mit fleischigen Rändern rankten sich über das Papier. Blüten, die fast wie Körperteile von Menschen aussahen. Irgendetwas verursachte Eva Unbehagen, aber sie konnte nicht sagen, was genau es war. Ihre Kehle war trocken, sodass sie sich räuspern musste und das Blatt rasch zur Seite legte. Auf der nächsten Seite fand sie etwas, was sich auf dem Pokal der Hummelshainerin bestimmt sehr gut ausnehmen würde. Es waren Federn. Schlicht und einfach. Kleine, mittlere und große. Eva schüttelte den Kopf. Warum war sie nicht auf so einen Einfall gekommen? Sie holte ein Blatt Papier, zeichnete sorgfältig das Muster ab und brachte es am nächsten Tag mit dem Punzeisen auf den Pokal der Hummelshainerin.

Eine gute Arbeit war es, die sie da zustande gebracht hatte, doch es fehlte noch immer das innere Feuer. Sie konnte den Pokal einfach nicht zum Leuchten bringen! Wie, in Gottes Namen, schaffte es David? Was machte er anders als sie?

Der Geselle war mehrfach an ihrem Platz vorbeigeschlichen, doch Eva war es gelungen, ihre Arbeit vor ihm zu verbergen. Sie war zwar die Herrin der Werkstatt, und er wurde für seine Einfälle bezahlt. Trotzdem wusste sie, dass er bestimmt nicht damit einverstanden gewesen wäre, sein Federmuster auf Evas Arbeit zu finden. Sie verstaute den Pokal am Abend in einer Ecke und traute am nächsten Morgen kaum ihren Augen. Irgendjemand hatte über Nacht ihre Arbeit zu Ende gebracht, hatte dem Pokal Leben eingehaucht, ihn in eine einzigartige Kostbarkeit verwandelt. Die Federn wirkten leicht, so als ob sie jeden Moment davonscheben könnten. Verstärkt wurde dieses Motiv durch zwei Flügel, die rechts und links angebracht worden waren, sodass man bequem daraus trinken konnte.

Und Eva wusste auch, wer das gewesen war. Ihre Augen suchten seinen Blick. Doch David tat, als wäre nichts geschehen.

Von diesem Tag an verwandelten sich die meisten ihrer Arbeiten über Nacht von guten Handwerksstücken in Kunstwerke. Und ihr Name wurde in Leipzig ein Begriff. Die Silberschmiedin wurde sie genannt. Nicht irgendeine Silberschmiedin, sondern DIE.

Kapitel 6

Eva, du kannst einem Gesellen doch nicht mehr Lohn zusichern, als der Meister bekommt! Was hast du dir denn dabei gedacht?»

Andreas Mattstedt, der nun beinahe jeden Abend im Haus in der Hainstraße verbrachte, schüttelte den Kopf.

«Ich weiß, es ist viel Geld. Aber er ist es wert.»

«Was macht dich so sicher?»

Eva zögerte mit der Antwort. Schließlich sagte sie leise: «Meister Faber ist ein guter Goldschmied. Wir hätten keinen besseren finden können. Doch David kann mehr. Er versteht es, dem Silber Leben einzuhauchen.»

Mattstedt griff nach ihren Händen. «Aber Eva, das kannst du auch!»

Am liebsten hätte sie den Kopf geschüttelt und gesagt: «Nein, Andreas. Ich bin nicht die, für die man mich hält. Mein Ruhm ist Davids Verdienst.» Doch sie tat es nicht. Kein Wort kam über ihre Lippen. Niemand außer David sollte von ihrem Unvermögen wissen. Darum nickte sie nur und sagte leise: «Ach, das verstehst du nicht.»

Dann entzog sie ihm ihre Hände, ging zum Fenster und sah hinaus. Sie konnte ihm nicht in die Augen schauen.

Mattstedt schüttelte den Kopf, trat hinter sie und legte ihr die Hände auf die Hüften.

«Nein, ich verstehe es wohl nicht, Eva. Aber ich werde mich immer bemühen, dich zu verstehen.»

«Ich weiß, Andreas», erwiderte sie. «Ich weiß es.»

Dann schloss sie die Augen und ließ sich an die breite Brust des Mannes fallen, von dem sie wusste, dass er sie behüten und beschützen konnte.

Eine Weile standen sie schweigend. Schließlich fragte Mattstedt: «Wer ist dieser David eigentlich? Wo kommt er her? Welche Referenzen hat er?»

«Er hat die beiden Stücke und die Dinge, die er bisher für uns gearbeitet hat. Reicht das nicht?»

Mattstedt drehte Eva zu sich um: «Eva, wir haben eine Werkstatt. Ein Geschäft. Einen Ruf. Wir können niemanden einstellen, der außer ein paar Arbeiten von geringem Wert und zwei Silbersachen, von denen wir nicht einmal mit Sicherheit wissen, woher sie stammen und wo sie gearbeitet worden sind, nichts vorzuweisen hat. Welcher Abkunft ist er? Wir müssen auch der Zunft Rechenschaft ablegen.»

Eva machte sich von Mattstedt los.

«Die Zunft! Denen ist es sicher gleichgültig, woher ein Geselle stammt. Für sie gilt: Ein schlechter Geselle ist immer noch besser als die beste Gesellin.»

Sie war in Fahrt gekommen: «Bei den Fraternitätstreffen sprichst du von gleichem Recht für alle. Abstammung und Herkunft sollen keine Bedeutung mehr haben. Der

Mensch und sein Können sind die Dinge, die zählen. So redest du, wenn Johann von Schleußig am Tische sitzt. Und hier?»

«Eva, hier geht es nicht um Philosophie. Hier geht es ums Geschäft. Ich will Ordnung haben in diesen Dingen. Und die Ordnung bestimme nicht ich. Die Zunft schreibt sie vor, das weißt du genau.»

Eva sah Mattstedt mit funkelnden Augen an. «Hört deine Gesinnung bei der Geldkatze auf?»

Mattstedt seufzte. Er ging zu ihr, griff wieder nach ihren Händen. «Eva, höre mir doch zu. Die Zunft hat Regeln. Du kennst sie ebenso gut wie ich. Niemandem nützt es, wenn wir dagegen verstoßen. Es ist mir gleich, wo der neue Geselle herkommt. Aber ich möchte es gern wissen. Er kann meinetwegen der Sohn eines Abdeckers sein, ein Schlitzohr zum Vater haben oder eine Dirne zur Mutter. Ich werde ihn deshalb nicht schlechter sehen als vorher. Aber ich möchte es wissen, Eva.»

Er sah sie an und wartete auf eine Antwort. Eva wich seinem Blick aus. Sie wusste, dass Mattstedt es gut meinte, und wollte sich nicht mit ihm streiten. Nach einer kleinen Weile sagte sie leise: «Ich habe dir Unrecht getan, nicht wahr?»

Mattstedt schüttelte den Kopf. «Nein, das hast du nicht.»

Dann küsste er sie auf die Lippen, und wieder war Eva überrascht über die Zartheit seines Mundes, über die Sanftheit seiner Berührung.

«Wir sollten ihn mitnehmen zur Fraternität», sagte sie, als ihre Lippen wieder ihr gehörten. «Er ist klug, weiß mehr, als ein Gold- und Silberschmied gemeinhin wissen muss. Er würde gut dorthin passen, und du, Andreas, hättest Gelegenheit, dir ein eigenes Bild zu verschaffen.»

Mattstedt zog die Augenbrauen ein wenig zusammen. «Warum liegt dir so viel an diesem Mann? Er ist doch nur ein einfacher Geselle, gehört zu einer anderen Schicht, kennt nur ein Leben, das ganz anders ist als das unsrige.»

«Ja und nein», erwiderte Eva. «Ein Geselle ist er wohl, doch einfach sicher nicht. Vertraue meinem Urteil, Andreas.»

Wenige Tage später erhielt Eva Besuch von der Frau des Theologieprofessors. Ute Lechnerin war ein paar Jahre älter als Eva und hatte bereits zwei Kinder.

«Es ist schön, Euch in Leipzig zu wissen, Kopperin», sagte sie und betrachtete die Tafelstube mit Wohlgefallen. Sie schlenderte zu einem offenen Schrank, in dem Eva ihre Bücher untergebracht hatte.

«Ihr lest viel, nicht wahr?», fragte die Lechnerin und fügte schnell hinzu: «Lasst uns einander du sagen und mit dem Vornamen ansprechen. Das Lesen verbindet uns. Es gibt hier nur wenige Frauen, die mächtig und willens sind, ihre Zeit mit Büchern zu verbringen.»

«Gern», stimmte Eva zu und lachte froh. «Ich hatte schon befürchtet, auch in Leipzig niemals eine Freundin zu finden.»

Ute blieb ernst. «Die neue Zeit kann nicht allein von Männern gestaltet werden», sagte sie. «Sonst geraten wir Frauen wieder ins Hintertreffen. Ich habe erst von meinem Mann das Lesen gelernt. Meine Erziehung habe ich in einem Kloster genossen. Die Nonnen hielten uns von den Schriften fern, als säße der Teufel darin. Es hat lange gedauert, bis ich verstanden habe, warum das so ist.»

«Weil mit den Büchern die eigenen Gedanken kommen, nicht wahr? Wer liest, glaubt nicht mehr alles, was er hört», vervollständigte Eva die Gedanken der Freundin.

«Ja», bestätigte Ute. «Und wer eigene Gedanken hat, kann nicht mehr blind gehorchen. Nicht den Ehemännern und nicht der Kirche.»

«Meine Mutter», sagte Eva, «hat ihr ganzes Leben lang nur auf sich selbst gehört. Sie wusste alles, nur von der Liebe hat sie nichts gewusst.»

Ute lachte: «Meinst du etwa, die Liebe verträgt sich nicht mit Gelehrsamkeit? Oh, du täuschst dich. Wer viel weiß, weiß auch mehr über sich.»

«Und die Wollust?», fragte Eva besorgt. Sie dachte an Susanne, die nur so wenig wusste, aber die Liebe genau zu kennen schien.

«Liebe und Wollust sind zwei unterschiedliche Dinge. Die Liebe ist eine Fähigkeit. Man kann sie erlernen wie ein Handwerk. Die Wollust aber haust in dir und will von dir beherrscht werden, sonst beherrscht sie dich.»

Eva spürte Utes Blicke auf sich. «Ich werde Mattstedt heiraten. Er hat um meine Hand angehalten.»

«Das freut mich sehr», erwiderte Ute. «Wenn er auch ein Kaufmann vom alten Schlag ist, so versucht er doch, mit der neuen Zeit Schritt zu halten. ‹Er geht in Fuggers Schuhen›, sagt man in der Stadt über ihn.»

In der Werkstatt herrschte große Hitze.

Meister Faber schmolz über einem Feuer riesige Mengen Kupfer, Gold und Silber für das neue Taufbecken. Eva bemühte sich, mit Hilfe eines Zieheisens aus wenig Silber einen langen Draht zu ziehen.

David war mit der Verschönerung eines Steckkammes beschäftigt. Zuvor hatte der Kammmacher die Wölbung eines Frauenkopfes ins Horn gebogen, danach jeden Zahn einzeln ausgesägt, den Kamm mit einer Paste aus Hirschöl und Kreide geglättet und poliert, und nun lag er vor David, damit er ihn in Silber einfasste und mit Verzierungen versah.

Als es zu Mittag läutete, gingen Meister Faber und Heinrich hinüber ins Haus und ließen sich am großen Küchentisch nieder, während Bärbe ihnen die Schüsseln mit dampfender Suppe füllte.

Eva aber blieb in der Werkstatt. Sie wollte zuerst mit ihrer Arbeit fertig werden, bevor sie ihr Mittagessen zu sich nahm.

David saß ihr gegenüber und tat, als hätte er nicht bemerkt, dass die beiden anderen Männer gegangen waren.

Er fuhr mit dem Stichel über den Kamm, sodass sich ein Silberspan wie ein Wurm vor dem Metall ringelte. Plötzlich rutschte er ab, ein winziges Silberteilchen flog durch die Luft und direkt in Evas Auge.

Sofort kniff sie die Lider zusammen, rieb und wischte daran herum.

David sprang auf, lief um den Tisch herum.

«Lasst mich sehen», sagte er. «Wir müssen den Splitter vorsichtig entfernen.»

Stöhnend öffnete Eva das rechte Auge, David hielt es mit zwei Fingern offen. In der anderen Hand hatte er ein Tuch und wischte vorsichtig an Evas Auge herum.

«Jetzt habe ich ihn», sagte er.

«Danke», erwiderte Eva und konnte nicht verhindern, dass ihr die Tränen aus den Augen quollen und über die Wangen liefen.

Sie hob die Hand, um sie abzuwischen, als sie den Gesellen plötzlich sagen hörte: «Lasst sie laufen.»

Eva sah auf. «Wie bitte? Was sagt Ihr da?»

«Ich möchte Euch weinen sehen. Und Eure Tränen in Silber gießen. Ein Glockenspiel aus Euren gefrorenen Tränen möchte ich schaffen.»

Eva traute ihren Ohren nicht. Sie suchte in Davids Gesicht ein Zeichen dafür, dass sie diese Worte nur geträumt hatte. Doch er sah sie an mit einem Blick, den sie noch niemals an ihm gesehen hatte. Ein leiser Schauer jagte über ihren Rücken.

Sie stand auf und räumte auf dem Tisch herum. Der Draht, der aus dem Zieheisen kam, brach. Eva warf ihn weg und musste plötzlich an sich halten, um nicht wie ein Kind mit dem Fuß aufzustampfen. Der Geselle hatte sie durcheinander gebracht.

David schwieg.

«Könnt Ihr nicht zu Tisch gehen?», schrie sie ihn an und fegte unbeherrscht ein Werkzeug vom Tisch. «Geht! Geht rüber in die Küche und esst Euer Mahl.»

David sah kurz verwirrt aus. Doch seine Züge strafften sich sofort, nahmen einen hochmütigen Ausdruck an. «Wie Ihr wollt», erwiderte er. Dann schüttelte er leicht den Kopf und fügte hinzu: «Das Tier in Euch lauert dichter unter der Oberfläche, als ich gedacht hatte.»

Kaum war er weg, schloss Eva die Augen und atmete tief ein und aus. Sie musste sich mit beiden Händen am Tisch festhalten. Ihre Knie waren plötzlich weich, ohne dass sie wusste, warum.

Dann aber warf sie den Kopf nach hinten, reckte den Hals und ging mit energischen Schritten zum Mittagstisch.

Schon von draußen hörte sie Susannes Lachen. Schrill klang es in ihren Ohren. Sie riss die Tür mit einem solchen Schwung auf, dass die Gespräche am Tisch verstummten und alle Blicke auf sie gerichtet waren.

Sie räusperte sich, wünschte: «Gesegnete Mahlzeit» und setzte sich neben Meister Faber.

David sah sie von der Seite an. Sie fühlte seinen Blick, doch erwiderte ihn nicht.

Bärbe füllte ihre Schüssel mit Grütze, reichte ihr die Platte mit den gebratenen Speckscheiben, Heinrich schob das Salzfässchen näher.

«Was ist mit Eurem Auge, Eva?», fragte er besorgt.

«Ein Span ist mir hineingeflogen. Das ist alles.»

Eva begann zu essen. Sie hielt den Blick starr auf die Schüssel gerichtet.

«Nun, wir kommen mit der Arbeit gut voran. Ich denke, der Pokal, den David gerade verziert, werden wir zum Wochenende fertig haben», brach Meister Faber das Schweigen.

Eva sah hoch. «Seid Ihr mit seiner Arbeit zufrieden? Ihr wisst ja, er ist zur Probe hier.»

Sie wusste, dass es David kränken musste, wenn sie über ihn sprach, als sei er nicht anwesend. Meister Faber zog ein wenig die Augenbrauen hoch, als er nach einem Blick zu David sagte: «Er ist sehr geschickt. Bisher gibt es keinen Grund zur Klage.»

Eva nickte und löffelte weiter, doch nach ein paar Bissen schob sie die Schüssel von sich.

«Von mir gibt es auch keine Klagen», mischte sich Susanne kichernd ein. «Er isst seine Schüssel immer leer.»

Eva verzog den Mund und sah in Susannes lachendes Gesicht. Susanne stand auf, trat hinter David und beugte sich so über ihn, dass ihre Brüste seine Schulter streiften.

Heinrich schüttelte den Kopf. «Du benimmst dich wie ein Weib, dass mit gerafften Röcken auf der Ofenplatte hockt.»

Eva konnte ein Kichern nicht unterdrücken. Susanne aber richtete sich auf und stemmte die Fäuste in die Hüften. «Du hast gut reden und gut lachen», fauchte sie. Gerade noch war sie bester Laune gewesen, doch nun war ihre Stimmung ins Gegenteil umgeschlagen. «Wem habe ich es denn zu verdanken, dass ich jetzt hier bin und wie eine bessere Magd gehalten werde, hej?»

Noch ehe die anderen den Mund für eine Antwort geöffnet hatten, brach es aus ihr heraus: «Deine Mutter hat mein Glück verhindert!» Mit dem Finger zeigte sie auf Eva. «Hat mir nicht zugestanden, was mir von Rechts wegen gebührte.»

«Schweig!», mahnte Heinrich. «Eva und ich wissen sehr genau, warum du hier bist. Sibylla, meine Liebe, hat dir womöglich das Leben gerettet.»

David drehte sich um. Er blickte Susanne aufmerksam an, dann sagte er: «Eva und ihre Mutter tragen keine Schuld an deinem Schicksal. Du hast nur nicht verstanden, dass du vorbestimmt bist, das zu sein, was du sein willst. Du musst nehmen, was dir gefällt. Es ist falsch, darauf zu warten, dass es dir in den Schoß fällt.»

«Was weißt du schon?», herrschte Susanne ihn an, dann raffte sie ihr Kleid und stürmte aus der Küche.

Am Abend, Mattstedt war gerade gegangen, kam Susanne in Evas Zimmer. Sie setzte sich unaufgefordert aufs Bett und fragte: «Was hältst du von David?»

Eva war verwundert über Susannes Auftauchen. Normalerweise hätte sie sie nach der Szene heute gemieden. Susanne musste irgendetwas wollen. Eva zuckte die Achseln. «Für die Werkstatt ist er gut.»

«Magst du ihn?», fragte Susanne nach.

Eva, die gerade dabei war, ihr Haar zu lösen, hielt in der Bewegung inne.

«Ob ich ihn mag, fragst du?»

«Ja. Ist das so schwer zu beantworten?» Susanne wurde ungeduldig.

Eva ließ die Arme sinken. «Ja, denn ich weiß nicht, ob ich ihn mag oder nicht.»

Sie setzte sich neben Susanne aufs Bett. «Er hat etwas an sich, das mich neugierig macht. Etwas, das ich noch nie bei einem anderen Menschen bemerkt habe. Etwas Zwingendes, das ich nicht besser erklären kann. Manchmal macht er mir Angst.»

Susanne lachte fröhlich und ließ sich nach hinten auf

das Bett fallen. «Mir gefällt er», erklärte sie und legte eine Hand auf die Stelle, wo ihr Herz schlug. «Er ist ein gut aussehender Mann. Hast du seinen Brustkorb schon einmal gesehen? Gestern Morgen hat er sich vor Tau und Tag am Brunnen im Hof gewaschen.»

«Und … und du hast ihm dabei zugesehen?» Eva schluckte.

«Ja, oder meinst du vielleicht, ich lasse mir so einen Anblick entgehen? Oh, er sah wundervoll aus. Wie eine Statue!»

Eva hätte sich am liebsten die Ohren zugehalten, das wollte sie nicht hören. Susanne plapperte ununterbrochen weiter: «Wie Mattstedt morgens am Brunnen aussieht, möchte ich lieber nicht wissen. Aber zu dir passt er gut. Ihr seid vom selben Schlag. Und David und ich auch. Er ist nur zwei Jahre jünger als ich.»

Sie lachte wieder. «Wir beide gäben ein schönes Paar ab.»

«Aber mich hat er gezeichnet», widersprach Eva mit überraschender Heftigkeit. «Mich. Nicht dich.»

Susanne setzte sich auf. «Ja. Als Hündchen. Ich weiß nicht, ob du dir darauf etwas einbilden solltest.»

Im selben Augenblick verkündeten die Glocken von St. Nikolai die zehnte Stunde. Susanne sprang auf, als hätte sie darauf gewartet.

«Schlaf gut, Eva. Und gräme dich nicht. Junge Hunde sind meistens süß.»

Ehe die Jüngere etwas erwidern konnte, war Susanne aus der Kammer.

Eva sah auf die geschlossene Tür, ihr Mund öffnete

sich zu einer Antwort. Doch Susanne war weg, ihre Worte verschwendet. Was hatte Susanne mit diesem Besuch bezweckt? Wollte sie sich wirklich an David heranmachen? Gedankenverloren zog Eva sich aus. Als sie nach ihrem Nachtgewand griff, fiel ihr Blick auf den Spiegel. Die Kerze davor flackerte ein wenig.

Zögernd ging Eva näher und schloss die Augen. Sie hatte sich noch nie nackt im Spiegel betrachtet. Und auch jetzt wagte sie es nicht. Sie griff nach einem Fell, das auf einer Wandbank lag, und hielt es vor sich. Dann öffnete sie die Augen, trat zaghaft einen Schritt näher. Sie fletschte die Zähne und versuchte zu knurren wie ein Hund, doch ihre Stimme versagte. Plötzlich hatte sie Tränen in den Augen. Sie ließ das Fell fallen und sah im Spiegel eine junge Frau mit herabhängenden Schultern, das Gesicht vom Weinen leicht verzerrt.

Wieder flackerte die Kerze und warf unruhige Schatten an die Wand. Und auf einmal änderte sich Evas Blick. Sie sah nicht mehr sich, sie sah eine Fremde.

Neugierig ging sie noch einen Schritt näher zum Spiegel, ganz nah heran, sodass ihr Atem auf dem Glas zu sehen war. Sie betrachtete die Tränen, die ihr über die Wangen liefen. Vorsichtig tupfte sie eine mit dem Finger ab und kostete davon, nahm sich die nächste und bestrich damit ihre Lippen. Der Geschmack ihrer Tränen. Sie hatte erwartet, dass sie salzig schmeckten, aber das taten sie nicht. Eva schmeckte Metall, Silber sogar. Die Kerze verlosch, die Kammer lag im Dunklen. Nur das Mondlicht drang durch das Fenster und versilberte ihre Tränen.

Plötzlich empfand sie sich als kostbar. Im doppelten

Sinne. Kostbar wie Gold oder Silber. Kostbar wie etwas, das man schmecken konnte.

Es war das erste Mal, dass sie so empfand, und es machte sie glücklich und aufgeregt.

Niemals würde ihre Mutter so vor einem Spiegel stehen und ihre Tränen kosten. Sie war anders, und sie wollte, dass es jemand erfuhr. Jetzt. Sofort.

Sie warf sich einen Umhang über und verließ die Kammer. Ohne weiter darüber nachzudenken, lief sie die Treppe hoch. Es gab nur einen, dem sie sich so zeigen wollte. Oben angekommen, verharrte sie. Hier lagen die Zimmer der Dienstboten. Heinrich, Bärbe und auch David wohnten hier. Alles lag ruhig. Unter keiner Türritze drang ein Lichtstrahl hervor. Sie wünschte sich, eine ganz bestimmte würde sich öffnen, aber alles blieb still.

Sie würde sie selbst öffnen müssen, und sie verachtete sich schon dafür, bevor sie es getan hatte.

Es knarrte ein wenig, als sie die Klinke herunterdrückte. Die Tür schwang auf, und sie trat hastig ein, schloss sie und lehnte sich, plötzlich atemlos, mit dem Rücken dagegen.

Ihr Blick war auf Davids Bett gerichtet. Er drehte sich um und sah sie an. Evas Herz schlug so heftig, dass es alle anderen Geräusche übertönte.

Sie wünschte sich zurück in ihr Bett, unter den Schutz der Decke. Irgendetwas musste jetzt geschehen. Irgendwas. Er musste aufstehen und zu ihr kommen oder wenigstens fragen, was sie hier wollte. Doch er tat nichts davon. Alles blieb ruhig und bewegungslos im Zimmer.

Ich muss mich umdrehen und gehen, dachte sie, doch ihre Füße bewegten sich nicht.

Sie wandte den Kopf zur Seite – und sah ein Kleid auf dem Boden liegen, das sie schon einmal an Susanne gesehen hatte. Tränen stiegen in ihr auf. Tränen der Scham und der Ohnmacht.

Sie griff nach der Klinke, drückte sie hinunter und floh.

Kapitel 7

Ach, Eva, ich wusste, dass du mir keine Schande hier machst, dass ich mich auf dich verlassen kann.»

Die Mutter, die nach Leipzig gekommen war, um sich mit eigenen Augen davon zu überzeugen, dass alles so lief, wie sie es geplant hatte, drückte Eva an sich. Seit über einem halben Jahr hatten sich Mutter und Tochter nicht mehr gesehen. Inzwischen war der Winter vergangen und ein neues Jahr angebrochen. Der Frühling stand in voller Blüte, und auch Sibylla wirkte, als könne sie ihren Tatendrang kaum bändigen.

Eben war sie mit Adam der Kutsche entstiegen, und nun sah sie sich neugierig um. Adam hatte den Arm um Eva gelegt und drückte sie leicht an sich.

«Es ist schön, dich zu sehen, Eva. Ich musste einfach nach Leipzig kommen. Frankfurt ohne dich ist eine einsame Stadt.»

Eva lächelte ihn an. «Auch ich bin froh, dich hier zu haben, Adam. Ich bin sicher, du wirst dich an der Leipziger Universität wohl fühlen.»

Sie machte den Knechten Platz, die die schweren Truhen mit Adams Gepäck in den ersten Stock brachten, in dem Adam von nun an wohnen sollte, um seine Studien in Leipzig fortzusetzen. Er hatte sie in Frankfurt nicht beenden können, da dort der Stadtmedicus verstorben war.

Die Mutter ließ die Knechte passieren, reichte dann Bärbe ihren Umhang und stieg, ohne die Magd weiter zu beachten, die Treppe zu Evas Räumlichkeiten hinauf.

Schweigend sah Eva zu, wie ihre Mutter jedes Detail der Inneneinrichtung prüfte. Schließlich wandte Sibylla sich um und sagte: «Du bist meine Tochter, Eva, wahrhaftig. Ich hätte diesen Raum nicht besser einrichten können. Doch jetzt lass dich anschauen.»

Sie fasste Eva bei den Schultern und musterte sie.

«Nun sag, Eva, bist du glücklich mit Mattstedt? Oh, ich war so froh, als ich die Nachricht bekam. Ich wusste von Anfang an, dass ihr füreinander geschaffen seid. Mattstedt erinnert mich in manchen Dingen an Isaak. Er wird dir gut tun. Findest du nicht auch, Adam?»

«Ja, Mutter», erwiderte Eva.

«Ja, Sibylla», antwortete Adam.

Sibylla fuhr fort: «Mattstedt ist ein guter Geschäftsmann, und ich bin sicher, dass er bereits mit dem Gedanken spielt, sich im Erzgebirge hervorzutun. Selbst einige Frankfurter wollen sich in die Silberminen einkaufen. Doch das Geschäft ist nicht ohne Fallstricke. Mattstedt tut wohl besser daran, sich eine Saigerhütte zu kaufen.»

«Ja, Mutter», erwiderte Eva.

«Ja, Sibylla», antwortete Adam.

Eva sah zu ihrem Stiefbruder, der ihr zuzwinkerte, und unterdrückte ein Kichern.

«Nun», die Mutter rieb sich die Hände. «Jakob Fugger ist in der Stadt. Ich habe ihn bereits für heute Abend eingeladen. Wie läuft die Werkstatt?»

Noch ehe Eva etwas erwidern konnte, schnitt ihr Sibylla das Wort mit einer Handbewegung ab. «Sag nichts. Ich werde mich selbst davon überzeugen.»

Und schon raffte sie die Röcke, rauschte aus dem Wohnraum, die Treppen hinunter und über den Hof zur Werkstatt. Eva und Adam hasteten ihr hinterher.

«Schierin!», rief Heinrich aus, als er Sibylla sah. Er strahlte, und jeder konnte die Bewunderung, die er für die Frau hegte, an seiner Nase ablesen.

Eilfertig kam er hinter der Werkbank hervor und schüttelte ihr überschwänglich die Hand.

«Heinrich, wie geht es dir?», fragte Sibylla, doch ihre Blicke eilten bereits durch die Werkstatt.

Sie ließ Heinrich stehen und ließ sich von Meister Faber begrüßen, dann blieb sie vor David stehen, der zwar bei ihrem Eintreten aufgestanden war, doch sich in seiner Arbeit nicht unterbrechen ließ.

«Du musst der neue Geselle sein, nicht wahr?», fragte Sibylla.

David nickte. «Das bin ich. Und Ihr müsst demzufolge die Mutter unserer Herrin sein.»

Sibylla runzelte die Stirn. Sie war es nicht gewohnt, so angesprochen zu werden. Doch sie wies den Gesellen nicht zurecht, sondern beugte sich über seinen Platz und studierte die Zeichnungen, die er um sich ausgebreitet hatte, auf das genaueste. «Das da!» Sie zeigte mit dem Finger auf ein Blatt. «Was soll das sein?»

«Was seht Ihr darin?», fragte David zurück. Sibylla maß ihn mit einem Blick, der schon so manchen zum Schweigen gebracht hatte, nicht aber David.

«Was seht Ihr, wenn Ihr das Blatt betrachtet?»

«Ich bin nicht zum Raten hier. Sehen will ich, dass die Werkstatt gut läuft und die Angestellten ihre Arbeit tun.»

David ließ sich auch von dieser offensichtlichen Rüge nicht beirren.

«Ich habe schon viel von Euch gehört. Besonders Euer Einfallsreichtum ist immer wieder gelobt wurden. Nun, ich bin sehr neugierig, was Ihr in meinem Blatt seht.»

Sibylla trat einen Schritt zurück und maß den Gesellen mit einem langen, strengen Blick. «Wer bist du und woher kommst du?», verlangte sie zu wissen.

«David nennt man mich. Und ich komme von dort, wo auch Ihr herstammt.»

Bei diesem Satz wich Sibylla einen Schritt zurück. Sie kniff die Augen leicht zusammen, und ihre Hand fasste nach der Tischkante. Ihr Mund wurde noch schmaler, und die Wangen wirkten plötzlich blass. Nur aus ihren Augen schlugen Flammen.

«Was fällt dir ein?», fuhr Heinrich den Gesellen an. «Wenn du mit deinesgleichen so reden kannst, dann tue es. Hier aber stehst du einer Dame gegenüber. Du bist es nicht einmal wert, dieselbe Luft zu atmen wie sie. Also reiß dich zusammen und benimm dich, wie es sich für einen kleinen Gesellen schickt.»

«Lass, Heinrich», bestimmte Sibylla und wedelte mit der Hand. «Ich kann gut für mich selbst sprechen.»

Sie trat zu David und betrachtete den Leuchter, an

dem er arbeitete. Es war ein Prachtstück, was Sibylla sofort auffiel. Das Silber funkelte wie alle Sterne am Himmel, doch das Augenfälligste daran war eine Verzierung aus Emaille.

«Ein schönes Stück», sagte sie. «Wo hast du die Kunst des Emaillierens gelernt? Selbst in Florenz habe ich nur selten Emaille auf Silber gesehen. Man sagt, der Silbergrund haftet schlecht.»

«Ich bin weit herumgekommen. Man lernt viel, wenn man die Augen offen hält. Ich bin sicher, Ihr wisst, wovon ich rede.»

Sibylla sah ihn mit einem seltsamen Ausdruck in den Augen an, doch sie antwortete nicht, sondern stand einen Augenblick schweigend in der Werkstatt. Dann nickte sie noch einmal Meister Faber zu, rauschte hinaus und setzte ihren Rundgang fort. Eva eilte hinterher, während Adam sich daranmachte, sein Laboratorium im Keller einzurichten.

«Was meint David damit, dass er von dort kommt, wo auch du herstammst?», fragte Eva. «Kennst du ihn etwa? Weißt du, welcher Abkunft er ist?»

Die Mutter antwortete nicht, doch Eva sah ihrem Gesicht an, dass sie verunsichert war.

«Wie beträgt sich Susanne?», Sibylla ging einfach weiter, ohne auf Evas Frage einzugehen. «Führt sie den Haushalt gut? Ihre Kochkünste sind berühmt. Kommst du zurecht mit ihr?»

Eva zögerte. Sie dachte daran, dass sie selbst Susanne gebeten hatte zu bleiben und damit in ihrer Schuld stand. Und sie erinnerte sich gut an das Kleid in Davids Kammer.

Sie holte tief Luft, dann fragte sie: «Redet man in Frankfurt noch immer von ihr als Hexe?»

«Ach was. Sie war gerade weg, da hatten sich die Tratschweiber schon ein neues Opfer gesucht. Und Schulte war auch nicht faul. Eure Kutsche war kaum in Leipzig, als er sich schon ein Schankmädchen ins Haus geholt hat.»

«Das heißt, sie könnte nach Frankfurt zurück, wenn sie wollte?»

«Susanne ist frei. Schulte hat sie schriftlich aus der Ehe entlassen. Sie kann gehen, wohin sie will.»

Die Mutter blieb abrupt stehen und wandte sich zu Eva um. «Warum fragst du? Gibt es Ärger?»

Eva schüttelte erst den Kopf, dann nickte sie.

«Was denn nun?»

Eva sah ihre Mutter verlegen an. «Ich möchte sie nicht länger im Haus haben.»

«Warum? Du wirst es schwer haben, jemanden zu finden, der deinen Haushalt so vortrefflich versieht.»

Eva zuckte mit den Achseln und schlug die Augen nieder. «Du weißt doch selbst, wie sie ist. Auf Dauer kann man nicht mit ihr auskommen.»

Die Mutter griff unter Evas Kinn und hob es so weit, dass sie ihr in die Augen sehen musste. «Was ist geschehen? Warum willst du Susanne loswerden?»

Eva seufzte, dann brach es aus ihr heraus: «Sie mischt sich in meine Angelegenheiten. Und sie macht den Männern schöne Augen. Nicht einmal der neue Geselle ist vor ihr sicher.»

Die Mutter lachte. «Na, und? Das ist doch nichts Neues.»

«Aber sie treibt sich mit Männern herum. Das schadet unserem Ruf.»

«Sie ist noch nicht alt, Eva. Soll sie wie eine Nonne leben? Vielleicht findet sie auf die Art jemanden, der mit ihr leben möchte. Dann bist du sie von ganz alleine los. Du sagst, sie macht dem Gesellen schöne Augen? Nun, vielleicht heiratet er sie ja.»

«Sie soll weg. Verschwinden soll sie.» Eva machte sich aus dem Griff der Mutter frei und spuckte diese Worte regelrecht aus.

«Was ist los, Eva? Wenn du mir nicht erzählst, was geschehen ist, kann ich dir auch nicht helfen.»

Eva schluckte und schwieg. Sie konnte ihrer Mutter unmöglich erzählen, dass Susannes Kleid in Davids Kammer sie so sehr störte.

«Vielleicht bin ich im Augenblick nur nervös, weil wir einen so hohen Gast wie Jakob Fugger erwarten, und da darf nichts schiefgehen», erwiderte Eva und beendete das Gespräch, in dem sie einfach über den Hof ging und die Tür zur Küche ansteuerte.

Die Mutter sah ihr einen Augenblick hinterher, dann zuckte sie mit den Achseln, eilte Eva nach und sagte, bevor sie das Haus betraten: «Ich erwarte von dir, dass du mit Kleinigkeiten selbst fertig wirst. Du hast Andreas Mattstedt. Er wird dich beraten, wenn es notwendig ist. Gibt es aber größere Schwierigkeiten, dann musst du dich wohl genauer erklären.»

Eva nickte. Um von sich abzulenken, fragte sie: «Die Messe ist vorüber. Was macht Jakob Fugger eigentlich in der Stadt?»

Sibylla lächelte. «Nun, die Kunde von den Silberfunden im Erzgebirge ist natürlich auch bis Augsburg gedrungen. Zeit wird es für ihn, in Leipzig eine Niederlassung zu gründen, die seine Interessen im Erzgebirge vertritt. Er kann sich schließlich nicht um alles kümmern. Der Kaiser bedarf seiner Dienste. Und nicht nur er. Selbst der Papst in Rom lässt ihn hin und wieder zu sich rufen. Dazu die Kupferbergwerke in Ungarn und im Österreichischen. Er braucht einen fähigen Mann vor Ort, einen, auf den er sich verlassen kann, und vor allen Dingen einen, der etwas von Geschäften versteht.»

«Heißt das, er sucht nach dem geeigneten Mann für die Leipziger Faktorei?»

«Richtig, Kind. So ist es. Nun, ich dachte, es wäre an der Zeit, Fugger und Mattstedt miteinander bekannt zu machen.»

Sie lächelte Eva an und tätschelte ihr leicht die Wange: «Wäre es nicht ein wunderbares Verlobungsgeschenk, wenn es mir gelänge, Mattstedt diesen Posten zu verschaffen?»

Eva kam plötzlich ein Verdacht. «Sag, Mutter, hast du mich etwa nach Leipzig geschickt, um Mattstedt in die Familie zu holen und dir dadurch deinen Anteil an den Silbervorkommen zu sichern?»

Sibylla lachte hellauf und blickte voller Stolz auf Eva: «Ich sehe, du denkst wie ich. Mattstedt und du – das ist eine hervorragende Bindung auf allen Gebieten.»

Eva schluckte, dann fragte sie: «Aber hast du nicht gesagt, dass die Liebe das Wichtigste im Leben ist?»

«Natürlich habe ich das, Kind. Ich möchte nichts mehr

als dein Glück. Doch wenn sich die Liebe und die geschäftlichen Interessen miteinander verbinden lassen, so ist das für alle Seiten von größtem Vorteil.»

Sie tätschelte Evas Wange erneut: «So, und nun gehe ich in die Küche, um dafür zu sorgen, dass heute Abend ein köstliches Mahl auf den Tisch kommt. Ich habe den Eindruck, es wird Zeit, dass mal jemand Susanne auf die Finger klopft.»

«Wieso?», fragte Eva voller Hoffnung.

«Nun, sie sieht einfach zu gut aus. Ihr Gesicht ist rosig, die Augen strahlen. Ja, sie hat sogar um die Hüften herum etwas zugelegt. Und sie hat mich vorhin an der Kutsche überaus höflich begrüßt. So kenne ich sie nicht. Und ich möchte wissen, was dahintersteckt.»

Die Mutter hatte die Tür zwischen Tafelstube und Wohnzimmer öffnen lassen, sodass die Räumlichkeiten großzügiger wirkten.

Der große Tisch war ausgezogen und mit dem feinsten Leinen belegt, die Kandelaber mit Asche blank gerieben und mit weißen Wachskerzen bestückt. Davids Leuchter mit der Emailleeinlage stand als Prunkstück mitten auf der Tafel.

In der Küche wurden die Speisen hergerichtet. Sibylla hatte es an nichts fehlen lassen. Sie hatte eingelegte Oliven aus Italien und auch ein kleines Fässchen Chianti mitgebracht. Dazu gab es Braten vom Schwein und Rind, gekochte Täubchen, Kastanienmus und mehrere Sorten Brot, kandierte Früchte und kleine Kuchen, die behutsam mit Rosenwasser bestrichen worden waren.

Der Tisch war von Susanne mit silbernen Tellern gedeckt worden. Neben jedem lag eine zweizinkige Gabel, die als ausgesprochene Kostbarkeit galt und beileibe nicht in jedem Haushalt ihren Platz hatte. Die Gläser waren aus fein geschliffenem Kristall und zersplitterten das Kerzenlicht in hundert feine Sterne.

«Eva, bist du fertig?», rief Sibylla durch das Haus, als sie sah, dass in der Tafelstube alles auf das beste hergerichtet war. Sie wartete nicht auf eine Antwort, sondern eilte zur Kammer ihrer Tochter und betrat, ohne anzuklopfen, das Gemach.

Eva war gerade dabei, ihr hüftlanges Haar in der Mitte zu scheiteln und es mit einem Reif aus Perlen zu schmücken. Die dazu passende Halskette schimmerte bereits im Ausschnitt des Kleides, und auch in den Ohren steckten Perlen. Ihr lavendelfarbenes Kleid, das die Mutter ihr aus Frankfurt mitgebracht hatte, war von der neuesten Mode. Es hatte Schlitze an den Ärmeln und am Mieder, der Rock war mit Borten und bestickten Bändern in dunklem Violett versehen und über ein Gestell gezogen. Der Ausschnitt war ebenfalls mit violettem Samt eingefasst und mit winzigen Perlen bestickt.

«Lass dich anschauen», verlangte Sibylla, fasste Eva an den Schultern und drehte sie einmal um sich selbst. Dann zupfte sie noch ein wenig an den bodenlangen Falten des Rockes herum und sagte schließlich: «Du siehst sehr gut aus. In diesem Aufzug passt du bestens zu Andreas Mattstedt.»

Sibylla selbst war ebenfalls nach der neuesten italienischen Mode gekleidet. Doch sie trug ein Kleid aus schwarzem Samt, einer Farbe, die Witwen vorbehalten war.

«Bist du aufgeregt?», fragte Sibylla ihre Tochter. Eva schüttelte den Kopf. «Warum sollte ich?»

«Nun, dein Verlobter wird heute Jakob Fugger vorgestellt. Für eure Zukunft hängt viel davon ab, welchen Eindruck er von euch gewinnt. Auch als Paar. Ihr habt eure Verlobung zwar bisher noch nicht offiziell gemacht, doch Fugger soll es natürlich erfahren.»

Eva strich sich über ihr Haar. Dann legte sie die rechte Hand in den Bogen zwischen Hals und linker Schulter und legte den Kopf schräg.

«Von mir aus muss es niemand wissen», sagte sie. «Wichtig ist doch, dass wir wissen, was wir wollen.»

Die Mutter runzelte die Stirn und sah Eva fragend an: «Weißt du denn, was du willst?»

Ihr Ton war streng.

«Ja, Mutter», erwiderte Eva. «Ich weiß schon, was das Beste für die Familie und die Werkstatt ist.»

«Na, dann ist es ja gut.» Die Mutter klang noch etwas misstrauisch, doch der Türklopfer, der energisch gegen das Holzblatt geschlagen wurde und die Ankunft der Gäste verkündete, lenkte sie ab.

Wenig später begleitete Sibylla den reichen und berühmten Kaufmann Jakob Fugger in die Tafelstube.

Fugger sah sich aufmerksam um und lobte die Einrichtung, später das Essen und die köstlichen Getränke. Als die Tafel aufgehoben und das Geschirr abgetragen war, kam das Gespräch rasch auf die Silbervorkommen im Erzgebirge.

«Nun», sagte Fugger. «Man erzählt sich, seit dem größten Silberfund in Schneeberg anno 1477 sei man nie wieder auf eine ähnliche Menge an Silber gestoßen. Reich ist jetzt, wer damals in einen Anteil an der Grube, einen Kux, investiert hat. In den letzten Jahren ist der Ertrag der Grube St. Georg jedoch zurückgegangen, der Wert der Kuxe gefallen. Was meint Ihr, Mattstedt? Sollte man sein Geld weiter nach Schneeberg tragen? Wie schätzt Ihr die Lage dort ein?»

«Meiner Meinung nach wird es nicht mehr lange dauern, bis St. Georg eine Zuschusszeche wird und die Anteilseigentümer zahlen müssen. Darum rate ich im Augenblick davon ab, in Schneeberg große Summen zu investieren. Ein Grubenanteil zu St. Georg, der 1478 noch 2000 Gulden gekostet hatte, war 1488 nur noch 181 Gulden wert. Und in diesem Jahr schon wird der Wert unter 100 Gulden gehen.»

«Hmm.» Fugger strich sich über das Kinn und betrachtete Mattstedt nachdenklich.

«Was ist mit den anderen Zechen? Ich hörte, im Obergebirge fänden bereits erste Abstiche statt», warf Sibylla ein. «Oder ist es nicht besser, Anteile an einer Saigerhütte zu erwerben? Dort werden die Metalle voneinander getrennt, das wird man immer brauchen, egal aus welcher Grube das Silber stammt.»

Mattstedt widersprach Sibylla vorsichtig: «Da habt Ihr Recht, doch den größten Gewinn macht man mit Kuxen. Ich selbst werde in Annaberg im Obergebirge einige Anteile kaufen. Es gibt dort einen alten Bergmann, der Silber regelrecht riechen kann. Die Leute halten ihn für einen Verrückten, doch er hat bisher jeden großen Fund vorausgesagt.»

«In Annaberg? Soso.» Fugger war auf einmal ganz Ohr.

«Ich auch», rief Sibylla. «Ich werde auch in Annaberg Kuxe kaufen. Oder besser noch, Mattstedt, Ihr tätigt die Käufe für mich. Im Augenblick ist der Preis für einen Kux sehr niedrig. Gibt es Funde, so machen wir einen riesigen Gewinn. Gibt es keine, nun, so haben wir nicht viel verloren.»

«Ein kluger Gedanke, Sibylla», lobte Fugger. «Auch ich werde Mattstedt beauftragen, dort für mich tätig zu werden. Die Saigerhütten aber laufen uns nicht davon.»

«Die werden mit Sicherheit immer wichtiger werden», warf Adam ein. «Sogar ich benötige Silber, um meine Experimente zu machen. Und Zink, das auch im Erzgebirge gefunden wurde. Zink hilft, Krankheiten zu heilen. Die Bergleute und Knappen, die mit diesem Metall hantieren, haben kaum entzündliche Wunden.»

Eva hatte die ganze Zeit über dabeigesessen und kein Wort gesagt. In der Gegenwart von Jakob Fugger, Andreas Mattstedt und ihrer Mutter glaubte sie nicht, etwas zum Gespräch beitragen zu können.

Also ließ sie ihre Gedanken schweifen, spielte dabei an Davids Leuchter herum, der direkt vor ihrem Platz stand.

«Nun, Eva, träumt Ihr?»

Jakob Fuggers Stimme riss sie aus ihren Gedanken. Sie schrak zusammen und stieß dabei den Leuchter um, sodass er vor Fugger umfiel.

Fugger nahm ihn zur Hand und betrachtete die Arbeit sehr genau.

«Ein seltenes Stück», sagte er und strich mit dem Finger über die Emailleeinlagen. «Hier ist ein wahrer Künstler am Werk gewesen. Woher habt Ihr den Leuchter?»

«Ein neuer Geselle in unserer Werkstatt hat ihn gemacht», antwortete Sibylla. «Kann schon sein, dass er ein begabter Silberschmied ist, doch mangelt es ihm dafür an anderen Stellen.»

Sie guckte dabei so säuerlich, dass Fugger auflachte. «Was hat er Euch getan?»

Sibylla zuckte mit den Achseln. «Es fehlt ihm an Ehrerbietung.»

Auch Mattstedt mischte sich nun ein: «Ich möchte ihn auch nicht länger in der Werkstatt haben. Er ist mir unheimlich.»

«Aber er ist ein guter Silberschmied. Der Beste, den es in ganz Leipzig derzeit gibt», warf Eva ein, doch niemand schenkte ihren Worten Beachtung.

Fugger drehte noch immer den Leuchter in der Hand. «Ich würde ihn gern kennen lernen, diesen seltsamen Gesellen. Vielleicht ist es auch möglich, noch andere Sachen von ihm zu sehen?»

Eva nickte eifrig. «Ich werde ihn holen.»

Noch ehe Sibylla oder Mattstedt widersprechen konnten, war sie bereits aus der Stube geeilt und kam kurz darauf mit David zurück.

Die anderen hatten sich unterdessen erhoben und betrachteten einen silbernen Kelch, der vor dem Spiegel auf dem Kaminsims stand.

«Hast du ihn gefertigt?», fragte Fugger, der Davids Eintreten im Spiegel verfolgt hatte, und wandte sich um.

David schüttelte den Kopf. «Nein. Er ist nicht schlecht, aber ich kann es besser.»

Fugger zog die Augenbrauen hoch und betrachtete ihn aufmerksam von oben bis unten.

«Hier!» David stellte ein mit Stoff ausgeschlagenes Kästchen auf die abgeräumte Tafel und holte daraus den Ring und den Pokal hervor, die er Eva auf dem Marktplatz gezeigt hatte.

Fugger nahm die Gegenstände in die Hand und betrachtete sie ausführlich. Auch Sibylla und Mattstedt bekundeten ihr Interesse.

«Hm», sagte Fugger schließlich und reichte die Silberwaren zurück. «Es sind in der Tat bemerkenswerte Arbeiten.» Er nickte anerkennend. «Wo willst du hin? Was willst du erschaffen, Geselle?»

David lächelte, als hätte er diese Frage erwartet. «Beweisen werde ich, dass der Mensch der ist, der er sein will.»

Sibylla zog die Stirn in Falten und setzte zu einer Widerrede an, doch Mattstedt legte ihr beschwichtigend eine Hand auf den Arm.

Fugger aber nickte. «Ich verstehe, was du meinst, Silberschmied.»

Eva war die Einzige, der auffiel, dass Fugger David plötzlich Silberschmied und nicht mehr Geselle nannte.

Fugger fuhr fort: «Möge unsere unsterbliche Seele vom heiligen Ehrgeiz ergriffen werden, nichts Mittelmäßiges anzustreben, sondern das Höchste zu ersehnen und mit aller Kraft anzustreben, dies zu erreichen.»

David lächelte. «Ich sehe, auch Ihr kennt Pico della Mirandola.»

«O ja, ich denke, ich kenne ihn nicht nur, sondern habe ihn auch verstanden.»

Fugger lachte. Sibylla und Mattstedt hingegen verfolgten mit wachsendem Unwillen den Wortwechsel.

David sah es. Er trat einen Schritt vor und sah Eva fest in die Augen. «Ich werde beweisen, dass ich mich selbst an den Platz zu stellen vermag, der mir gefällt.»

«Aber nicht in diesem Hause!»

Sibyllas Worte klangen streng. Sie musterte den Gesellen von oben bis unten, betrachtete jeden Fleck auf seiner Arbeitskleidung mit großer Strenge. Schon öffnete sie den Mund für eine weitere Zurechtweisung, da trat Mattstedt an sie heran, und Eva konnte diesmal deutlich hören, was er sagte: «Lasst uns später reden.»

«Du kannst gehen, Geselle, wir brauchen dich hier nicht mehr», bestimmte Sibylla und wedelte mit der Hand, als wolle sie eine Fliege verscheuchen.

Eva sah, dass sich das Gesicht Davids verfinsterte. Seine Lippen waren fest zusammengepresst, als wolle er seine Worte daran hindern, voreilig aus dem Mund zu springen. Er verneigte sich kurz, nickte Fugger noch einmal grüßend zu und verließ die Tafelstube ohne weitere Worte.

Wenig später verkündete Sibylla mit übertriebener Munterkeit die Verlobung von Andreas Mattstedt und ihrer Tochter. «Noch ehe dieses Jahr zu Ende geht, werden Eva und Andreas heiraten.»

Als die Gäste endlich gegangen waren, atmete Eva auf. Sie eilte in ihr Zimmer und stellte sich vor den Spiegel. Wer war sie? Wer wollte sie sein? Davids Worte gingen ihr nicht aus dem Kopf. War sie nur die Tochter der Pelzhändlerin? Plötzlich wurde ihr klar, dass sie mehr werden musste als die Tochter ihrer Mutter. Sie musste Eva werden. Und als Eva musste sie ihr eigenes Schicksal wählen. Sie trat näher an den Spiegel. Auf einmal sah sie sich ganz anders. Und sie wusste, dass ihr altes Leben jetzt zu Ende war.

Von draußen verkündeten die Schläge der Kirchenuhr Mitternacht. Der alte Tag endete hier, der neue begann.

Als sie energische Schritte die Treppe heraufkommen hörte, schrak sie zurück. Gleich darauf wurde an ihre Tür geklopft.

Sie trat vom Spiegel zurück, sammelte sich und rief: «Herein!»

«Ich dachte mir, dass du noch nicht schläfst», sagte die Mutter.

«Der Abend war anregend. Er klingt noch in mir nach», erwiderte Eva.

Die Mutter setzte sich auf die gepolsterte Truhe und schob sich ein Kissen in den Rücken. Dann klopfte sie mit der Hand auf den freien Platz neben sich. Eva gehorchte.

Sibylla redete über den geplanten Kauf der Kuxe in Annaberg.

«Die Hälfte der Kuxe wird dir gehören. Dir allein, die andere Hälfte Adam. Ich werde die Kuxe auf deinen Namen eintragen lassen und dafür sorgen, dass auch eine Heirat nichts an den Besitzverhältnissen ändert.»

«Warum das?», fragte Eva. «Traust du Andreas Mattstedt plötzlich nicht mehr?»

Die Mutter lachte, aber es klang schrill und keineswegs fröhlich. «Du liebst Mattstedt nicht, Eva.»

Sie sah Eva an, doch Eva schwieg und senkte den Blick.

Die beiden Frauen saßen eng beieinander, doch plötzlich fröstelten sie.

«Aber du wirst ihn trotzdem heiraten. Der Appetit kommt beim Essen», bestimmte die Mutter. «Tust du es nicht, so enterbe ich dich. Du wirst alles verlieren: Mattstedt, die Werkstatt, dein lebenslanges Auskommen. Nichts wirst du mehr haben von dem, was dir in die Wiege gelegt wurde.»

Eva nickte. Die Gewissheit, dass die Mutter mit allem, was sie sagte, Recht hatte, ließ sie seufzen. Sie war nicht mehr die Tochter der Pelzhändlerin, sie war Eva. Und das hieß, dass sie allein war. Dieser Gedanke erschreckte sie so sehr, dass sie ihre Mutter ansah und fragte: «Du gebietest mir, Mattstedt zu heiraten, und willst den Gesellen, den ich mir gesucht habe, aus der Werkstatt verbannen. Kann ich dir denn gar nichts recht machen? Was hat David dir getan?»

«Anmaßend ist er. Anmaßend und überheblich. Ein Emporkömmling, der mehr will, als ihm zusteht. Am Ende wird er noch über Leichen gehen, um zu kriegen, was er haben will. Froh bin ich, dass ich Adam überreden konnte, nach Leipzig zu gehen. Er wird ein Auge auf diesen David haben.»

«Was glaubst du denn, Mutter, was er haben will? Meinst du, er neidet uns die Werkstatt?»

«Dich will er haben, Eva. Es geht um dich. Aber er wird dich nicht bekommen. Du wirst Mattstedt heiraten. Gott hat die Menschen an den Platz gestellt, an den sie gehören.»

Eva lachte auf. «Das sagst ausgerechnet du? Du? Eine ehemalige Wäscherin aus dem Feldsiechenhaus, die es nur durch Betrug dahin gebracht hat, wo sie jetzt ist. Oh, Ihr seid Euch so ähnlich, Mattstedt, Fugger und du. Auf Kosten anderer habt ihr es geschafft, steht jetzt an dem Platz, den ihr euch erschlichen habt, und wollt jeden Tag noch ein Stückchen näher zur Sonne. David steht noch am Anfang seines Weges. Er sagt, was er will. Nichts geschieht heimlich, nichts wird erschlichen. Die junge Frau, die du einmal warst, ähnelt ihm, und deshalb magst du ihn nicht.»

Kapitel 8

Eigentlich wollte Eva abwarten, bis sie nach dem sonntäglichen Mittagsmahl mit Mattstedt und Sibylla allein war. Doch als Sibylla vor den versammelten Dienstboten Pläne für die Hochzeit machte, hielt sie es nicht länger aus.

Sie holte tief Luft, dann sagte sie, zu Mattstedt gewandt: «Andreas, ich bitte dich sehr, die Hochzeit zu verschieben.»

Vor Verblüffung fiel Mattstedt die Gabel aus der Hand und landete klirrend auf dem Silberteller. Von einem Augenblick auf den anderen wurde er blass.

«Was hast du da gesagt, Eva? Du willst die Hochzeit verschieben? Aber warum, in Gottes Namen?»

Eva sah kurz zu ihrer Mutter, die sie empört anfunkelte, dann sagte sie: «Ich bin gerade 20 Jahre alt. Vor zwei Jahren noch war ich in Florenz. Es sind erst ein Herbst und ein Winter vergangen, seit ich in Leipzig bin. Ich fühle mich einfach zu jung zum Heiraten. Viel zu jung.»

Mattstedts Gesichtszüge verformten sich wie ein Silberblech beim Verschlichten. Man konnte ihm die Mühe, die es ihn kostete, die Beherrschung nicht zu verlieren, regelrecht ansehen. Die anderen am Tisch schwiegen und sahen betreten auf ihre Teller. Nur Susanne blickte neugierig von einem zum anderen.

Mattstedt räusperte sich, trank einen Schluck vom Wein und nahm einen neuen Anlauf: «Gut, Eva. Lass uns später darüber sprechen. Hier ist nicht der richtige Ort.»

Sibylla war nicht zu beruhigen. «Nichts wird verschoben! Was glaubst du denn, wer du bist? Das kommt gar nicht infrage!», bestimmte sie und schob ihren Teller energisch von sich. «Du wirst Andreas Mattstedt heiraten. So, wie es abgemacht war. Ich lasse nicht zu, dass du unserem Ruf und dem Geschäft Schaden zufügst. Und zu jung bist du auch nicht. In wenigen Wochen wirst du 21 Jahre alt. Schon fast zu alt zum Heiraten.»

Eva hätte gern geantwortet, doch wollte sie den Streit mit ihrer Mutter nicht vor Andreas Mattstedt und den anderen austragen. Sie schwieg, schüttelte jedoch nachdrücklich den Kopf.

Die Mutter beugte sich über den Tisch: «Eva, komm zur Vernunft! Tust du es nicht, so werde ich dich zwingen müssen.»

Der Kaufmann war feinfühlig wie immer. Er tupfte sich mit einem Tuch den Mund ab, schob seinen Teller zur Seite, leerte das Glas und stand auf.

«Entschuldigt mich bitte», sagte er. «Ich hatte ganz vergessen, dass ich mit Johann von Schleußig noch etwas Wichtiges zu besprechen habe. Nun, da der Gottesdienst vorbei ist, bin ich sicher, ihn zu Hause anzutreffen.»

Er verbeugte sich kurz vor Sibylla und Eva und schritt

mit etwas hölzernen Schritten hinaus. Niemand hielt ihn auf.

Die Mutter warf wütend das Mundtuch auf den Tisch. «Du hast uns unmöglich gemacht. Ich hoffe, dir ist klar, dass du dich noch heute bei Andreas Mattstedt entschuldigen wirst. Gott sei Dank ist er ein Ehrenmann und wird dir deinen kindischen Ausbruch nicht nachtragen.»

«Nein, Mutter. Ich habe genau das gesagt, was ich gemeint habe, und Andreas Mattstedt hat es auch verstanden. Ich möchte ihn nicht heiraten, denn ich liebe ihn nicht. Du selbst hast gesagt, dass du vor lauter Geschäftssinn deine Liebe viel zu kurz gelebt hast. Die Liebe ist die Essenz des Lebens, das waren deine Worte. Aber du hast nie danach gelebt. Ich aber bin anders als du, Mutter. Ich bin das Kind einer neuen Zeit, in der die Herkunft des Menschen keine Rolle mehr spielt. Du aber klebst am Alten.»

Damit stand Eva auf und verließ den Raum, ohne dass es der Mutter gelang, sie zurückzuhalten.

In ihrer Kammer schritt sie aufgeregt auf und ab. Zum ersten Mal hatte sie sich gegen ihre Mutter gestellt. Zum ersten Mal hatte sie nicht das getan, was die Mutter von ihr erwartet hatte. Doch der Himmel war ihr nicht auf den Kopf gefallen. Gott hatte sie nicht zu Stein erstarren lassen. Zum ersten Mal war Eva sie selbst gewesen und nicht die Tochter der Pelzhändlerin. Sie warf einen Blick in den Spiegel. Das Lächeln, das sie darin sah, war stolz, aber nicht frei von Wehmut.

Am Nachmittag versuchte Sibylla Eva noch einmal umzustimmen. Als Eva keiner ihrer Drohungen nachgab, kündigte sie ihren Rückzug an. Mit den Worten: «Schon morgen werde ich abreisen», verließ sie wutschnaubend Evas Kammer. «Und sobald ich in Frankfurt bin, ändere ich alles. Du wirst nichts erben.»

Eva ließ sich von den Drohungen der Mutter nicht beeindrucken. Sie wusste, dass sie den einmal eingeschlagenen Weg nicht wieder verlassen konnte.

Der Abschied am nächsten Tag verlief außerordentlich kühl. Heinrich war der Einzige, dem es Leid tat, dass Sibylla so schnell schon wieder abreiste.

Über Evas Ausbruch wurde nicht mehr gesprochen, es war, als hätte es ihn nie gegeben. Noch nicht einmal Susanne wagte es, Eva deswegen aufzuziehen.

Eva war froh darüber. So genau sie wusste, dass ihre Entscheidung richtig gewesen war, so sehr war es ihr jetzt lieb, in aller Ruhe nachzudenken, wie es weitergehen sollte.

Sie war dabei, das Haus zu einem kurzen Spaziergang zu verlassen, als sie auf der Schwelle den Abt des Dominikanerklosters traf.

«Behüt Euch Gott, Silberschmiedin», grüßte der Kirchenmann. «Ich habe einen Auftrag für die Werkstatt. Mit Euch und dem Meister selbst möchte ich reden.»

«Jederzeit gern, Pater Ignatius. Kommt herein.»

Als der Mönch in der Werkstatt war, sah er sich in aller Ruhe um. Einige Waren standen auf einem Schränkchen an der Wand. Gerade waren sie vom Aufbereiter gekommen, der die Stücke im Weinsteinbad gesiedet und danach mit Blutstein und Eberzähnen poliert hatte, sodass sie jetzt im reinsten Glanz erstrahlten.

«Wer hat diese Stücke gemacht?», fragte er und zeigte

auf einen Willkomm-Becher und zwölf kleine silberne Tafelbecher.

Meister Faber trat hinzu. «Es sind schöne Stücke, nicht wahr? Unser Geselle hat sie gemacht.»

Der Dominikaner nickte. «Ich habe bereits von ihm gehört. In Straßburg hat er schon einmal für die Dominikaner gearbeitet und auch für unsere Brüder in Frankfurt. Gut, dann soll eben dieser Geselle für unsere Klosterkirche eine Monstranz fertigen und dazu ein mannshohes Kruzifix aus purem Silber.»

Einen so großen Auftrag hatte die Werkstatt noch nie erhalten! Und auch die anderen Gold- und Silberschmiede in Leipzig konnten nur davon träumen. Eva fiel es schwer, sich ihre Überraschung nicht anmerken zu lassen.

«Was ist mit den Rohstoffen?», fragte sie. «Wir benötigen für einen solchen Auftrag große Mengen an Silber. Auch Kupfer müssen wir kaufen, am besten aus dem Mansfeldischen, denn reines Silber ist zu weich, um daraus eine Monstranz und ein Kreuz zu schmieden.»

Der Dominikaner erwiderte: «Nun, wie ich höre, unterhaltet Ihr gute Beziehungen zu Andreas Mattstedt. Auch an der Werkstatt ist er wohl beteiligt. Er wird Euch sicherlich dabei behilflich sein, das notwendige Material zu beschaffen. Ich habe bereits mit ihm gesprochen.»

«Die Juwelen können wir auf der Frühjahrsmesse kaufen. Sie beginnt in ein paar Tagen, und ich bin sicher, dass die Florentiner Händler auch dieses Mal einige wunderbare Stücke mitbringen werden.» Eva war jetzt ganz Geschäftsfrau. Nur am Rande fragte sie sich, wieso David für die Frankfurter Dominikaner gearbeitet haben sollte, obwohl er doch selbst gesagt hatte, niemals dort gewesen zu sein. Doch das große Geschäft erforderte ihre ganze Aufmerksamkeit, und die Frage geriet in Vergessenheit.

Es dauerte nicht lange, dann war alles besprochen: der Termin für die Vorlage der Entwürfe, der Zeitraum der Herstellung und schließlich sogar die Bezahlung.

Der Dominikaner ging mit zufriedener Miene, Meister Faber sah ihm lächelnd nach, sogar Heinrich wirkte leutselig. Nur David saß an der Werkbank und tat, als ginge ihn das alles nichts an. Aber auch Eva konnte sich nicht von Herzen freuen, wusste sie doch genau, dass der Auftrag nur durch die Vermittlung Mattstedts ins Haus gekommen war. Dennoch, das war eine große Chance für sie.

«Ihr werdet die Entwürfe machen», ordnete Eva an, und Meister Faber nickte dazu. «Schließlich hat der Abt ausdrücklich darum gebeten, dass Ihr die bestellten Waren schmiedet.»

David nickte, doch seine Begeisterung hielt sich zu Evas Überraschung in Grenzen.

«Zwei Wochen Zeit gebe ich Euch dafür. Alle anderen Arbeiten könnt Ihr während dessen ruhen lassen. Gebt Euch Mühe. Die Entwürfe müssen etwas ganz Besonderes sein, ohne durch übertriebene Eigenwilligkeit hervorzustechen.»

David nickte, nahm seine Skizzenmappe und verließ ohne ein weiteres Wort die Werkstatt. Meister Faber und Heinrich sahen ihm kopfschüttelnd nach. «Wenn er nicht so ein ausgezeichneter Silberschmied wäre …», sagte Meister Faber, doch er beendete den Satz nicht, als er Evas Gesicht sah.

In den nächsten zwei Wochen kam David nicht in die Werkstatt. Manchmal saß er bis zum Mittag in seiner Kammer, und niemand wusste, was er dort trieb. Dann sah man ihn durch die Flussauen streifen, Papier und Zeichenkohle in der Hand. Doch an beinahe jedem Abend verließ er das Haus und ging hinunter zum Rahnstädter Tor, hinter dem das Leipziger Hurenhaus lag.

Die beiden Wochen vergingen, ohne dass David Anstalten machte, sich mit dem Auftrag zu beschäftigen. Nach drei Wochen hatte Eva endgültig genug. Als sie ihn eines Morgens im Hausflur traf, stellte sie ihn zur Rede: «Habt Ihr die Entwürfe fertig? Ich möchte sie sehen. Auch Meister Faber zeigt Eile. Die Silber- und Kupferbarren warten darauf, gekauft zu werden, die Juwelenhändler sind nicht mehr lange in der Stadt. Viel Geld für neue Werkzeuge haben wir bereits ausgegeben. Es wird höchste Zeit, dass wir daran verdienen.»

Davids Miene war abweisend und von einem Eigensinn geprägt, den Eva sich nicht erklären konnte.

«Was ist?», fragte sie ein wenig ungeduldig. «Wann können wir die Entwürfe sehen? Jetzt gleich wäre mir am liebsten.»

David lachte auf. «Das Besondere braucht seine Zeit», erwiderte er knapp. «Und es kostet Geld. Die besten Rohstoffe brauche ich und nicht das minderwertige Zeug, das Mattstedt aus den eigenen Gruben heranlkarren lässt.»

Eva setzte zu einer empörten Widerrede an, doch David trat so nahe an sie heran, dass ihr die Worte im Munde stecken blieben.

«Ihr wollt das Beste von mir, doch Ihr haltet mich nicht entsprechend. Wenn ich leben muss wie ein einfacher Geselle, nun, so bringe ich auch nur die Arbeit eines einfachen Gesellen zustande. Hieltet Ihr mich wie einen Meister, so könnte ich wohl Meisterstücke fertigen. Und gäbe es jemanden, dem ich ein König wäre, so wären meine Silberwaren auch eines Königs würdig.»

«Ihr seid verrückt!»

«Nicht verrückter als Eure Mutter, nicht verrückter als Fugger und Mattstedt. Nicht verrückter als Ihr selbst, Eva. Überlegt Euch, was ich Euch wert bin.»

Mit diesen Worten drehte er sich um und verließ das Haus.

Susanne hatte durch die offene Küchentür jedes Wort gehört.

Sie lehnte sich mit verschränkten Armen an die Tür und lachte lauthals. «So muss man es machen! Von nichts kommt nichts. Hat schon mein Vater gesagt, bevor er deine Mutter heiratete.»

«Was soll das denn heißen?», fragte Eva.

Susanne lachte noch heftiger. «David weiß genau, wie er mit dir umgehen muss.»

«Was meinst du damit?», fragte Eva. Für einen Augenblick befürchtete sie, dass Susanne, vor deren Augen nichts verborgen blieb, wusste, wer des Nachts ihren Arbeiten zu Glanz verhalf.

Susanne lachte noch immer. «Das soll heißen, dass unser David Wasser predigt und Wein säuft. Ihm ist die Abkunft nicht egal, ganz im Gegenteil. Sein ganzes Sinnen ist darauf gerichtet, einen höheren Stand zu erlangen.

Du, Eva, hilfst ihm dabei nur zu willig. Er braucht dich nur anzusehen, und schon machst du alles, was er will.»

Eva atmete auf und erschrak gleichzeitig. Sie war erleichtert, dass Susanne ahnungslos war. Doch im selben Augenblick wurde ihr auch bewusst, dass sie, die Herrin, sich von einem Gesellen abhängig gemacht hatte und alle es wussten.

Dennoch – sie musste David seine Wünsche erfüllen, niemand sonst konnte den Auftrag des Klosters ausführen – sie selbst am wenigsten, das wusste sie nur zu genau, darum erwiderte sie trotzig:

«Lass die beiden Kammern, in denen meine Mutter bei ihrem Besuch gewohnt hat, herrichten. Unter einer Daunendecke soll er schlafen und ein großes Kissen haben. Mit Fellen sollen die Kammern bestückt werden, und ein großer Tisch, an dem er zeichnen kann, muss herbeigebracht werden.»

«Sollten nicht auch die Truhen geleert und der Schrank mit Leinenzeug gefüllt werden?», spottete Susanne. «Sollen wir von heute an die Tafel mit Silber decken? Oh, ich kann den Gesellen reden hören: ‹Wer Silber schmieden soll, soll auch von Silber essen. Und wer Meisterstücke fertigen soll, soll auch wie ein Meister gekleidet sein.›»

Susanne wurde ernst. «Und ich?», fragte sie. «Was ist mit mir? Bin ich weniger wert als er? Soll ich weiterhin in der Dienstbotenkammer schlafen? Gib mir auch zwei Räume wie dem Gesellen.»

«Nein!» Eva schüttelte den Kopf. «Du hast, was du brauchst. Bist ohnehin die meisten Nächte nicht in deinem Bett.»

«Ach, so ist das?», klagte Susanne. «Hast du vergessen, dass du mich daran gehindert hast zu gehen? Auf deinen Wunsch hin habe ich mein Glück in den Wind geschlagen. Du bist mir dafür etwas schuldig. Der Bäckergeselle hat eine andere geheiratet, die jetzt an meiner Stelle die Herrin spielt.»

Eva betrachtete die Stiefschwester mit Abneigung. Dann sagte sie: «Such dir meinetwegen einen Gürtel von mir aus.»

«Und eine Haarspange», verlangte Susanne.

Eva nickte müde. «Meinetwegen. Und jetzt sieh zu, dass der Geselle bekommt, was er verlangt.»

«Ist nun alles nach Euren Wünschen?», fragte Eva am Abend, als sie David seine neuen Kammern zeigte, die sich im selben Stockwerk befanden wie ihre Schlafkammer, die Wohn- und die Tafelstube und die beiden Kammern ihres Bruders.

«Wir sind auf dem besten Weg», erwiderte David und betrachtete jeden Winkel seiner neuen Behausung. Er fuhr mit der Hand über die Möbel, als wolle er die Politur prüfen. Dann stand er auf und betrachtete die beiden Öllämpchen und den Kerzenleuchter. Er nahm das Talglicht heraus, reichte es Eva und sagte: «Wachskerzen möchte ich. Aber es eilt nicht.»

In Eva wallte Empörung auf, doch David sah sie mit einem zwingenden Blick an, der jedes Wort in ihr erstickte. Dabei kam er immer näher. Eva dachte nicht einen Moment daran zurückzuweichen. Wie festgenagelt stand sie da.

Als er sie an sich zog und sie an seinen Körper presste,

erschrak sie nicht einmal. Sein Kuss war fordernd. Nichts Zärtliches war daran. Er legte seine Lippen so fest auf ihre, dass sie kaum atmen konnte.

Sie versuchte dem Griff seiner starken Hände zu entkommen, doch er hielt sie fest. Schließlich gab er sie frei. Sie riss sich los und sah ihn mit funkelnden Augen an. Dann drehte sie sich abrupt um und rannte in ihre Kammer.

Es dauerte eine kleine Weile, bis sie wieder zu Atem kam. Das Herz schlug ihr bis zum Hals.

Im Spiegel sah sie ihr Gesicht. Sie kam sich verändert vor. Doch ihre Augen waren klar und voller Glanz. Wie gern hätte sie darin das Wissen um etwas gesehen. Eine Erkenntnis, die sie sich von den Augen ablesen konnte, bevor ihr Verstand sie begriff.

«Warum, Eva? Sag mir einen einzigen Grund, warum du unsere Hochzeit verschieben willst», bat Andreas Mattstedt, als er mit Eva am nächsten Sonntag im nahen Rosenthal vor den Toren der Stadt spazieren ging.

«Ich fühle mich zu jung zum Heiraten. Ich kann mir nicht vorstellen, das Haus zu hüten und Kinder großzuziehen, wie es die Ute Lechnerin tut», wiederholte Eva störrisch die Worte, die sie ihm bereits gesagt hatte.

Mattstedt schüttelte verständnislos den Kopf.

Er verstand einfach nicht, was in Eva vorging. Er hielt an und sah ihr in die Augen, als könne er so ihre Gedanken lesen, doch es gelang ihm nicht.

«Ich verstehe dich nicht, Eva. Es war doch alles geregelt. Oder hat dir der neue Geselle einen Floh ins Ohr gesetzt?»

Mattstedt fasste nach ihrer Hand. Eva antwortete nicht.

«Was ist los mit dir, Eva? Du kommst mir so verändert vor.»

«Vielleicht werde ich ja erwachsen?», fragte sie und versuchte gar nicht erst, das Schnippische an ihren Worten zu verbergen.

Mattstedt seufzte. Dann fragte er: «Was machen die Entwürfe, Eva? Wie weit ist er damit? Die Dominikaner drängeln. Gestern erst war der Abt bei mir zu Gast und berichtete, dass aus der Werkstatt nichts Neues zu hören sei.»

«Gut Ding will Weile haben», erwiderte Eva mit unbewegtem Gesicht. «Kreuz und Monstranz sollen etwas ganz Besonderes werden. Nun, das Besondere braucht seine Zeit.»

Mattstedt nickte. Er hatte begriffen, dass Eva im Augenblick für seine Worte taub war. Und er ahnte auch den Grund dafür. Dass Eva diesem Gesellen Rechte einräumte, wie sie nicht einmal Meister Faber zustanden, hatte sich bereits bis zu ihm herumgesprochen.

Für den Rest des Spazierganges behielt Mattstedt seine Gedanken für sich. Er brachte Eva nach Hause und ging von der Hainstraße auf direktem Weg zum Haus der Goldschmiedeinnung im Goldhahngässchen, das zwischen der Reichsstraße und der Nikolaistraße lag.

Er hatte Glück, der Zunftmeister saß an einem langen Tisch und trank in aller Gemütsruhe sein Sonntagsbier.

«Oh, der Ratsherr Mattstedt gibt uns die Ehre», sagte er leutselig und rief dem Schankmädchen zu, dass es einen weiteren Bierkrug bringen solle. «Setzt Euch, Ratsherr, und erzählt, was Euch hierher führt. Habt Ihr Ärger mit Eurer kleinen Gesellin? Ich habe Euch doch gesagt, dass es Unrecht ist, wenn eine Frau das Wort in der Werkstatt hat. Und eine Fremde noch dazu. Also, Ratsherr, was führt Euch her?»

«Nichts Besonderes, Zunftmeister. Zeit ist es, ab und an mal nach dem Rechten zu sehen. Es gab doch keinen Ärger bisher, oder?»

Der Innungsmeister schüttelte den Kopf. «Eurer Werkstatt geht es prächtig, Mattstedt. Und Ihr könnt mir nicht erzählen, dass Ihr das nicht wisst. Die meisten Aufträge sind nicht über unseren Zunfttisch gegangen, wie es die Sitte verlangt. Ihr habt sie Euch selbst in die Tasche geschoben.»

Er lachte jovial und breitete die Arme aus: «Aber wer bin ich schon, dass ich Euch Vorschriften machen könnte? Ein Zunftmeister ist nicht halb so viel wert wie ein Ratsherr mit eigenen Kuxen.»

Mattstedt stimmte in sein Lachen ein. «Mein Besuch hat einen anderen Grund. Ich komme wegen David, unserem Gesellen.»

«Was ist mit ihm?»

«Fragen wollt ich, ob seine Papiere in Ordnung waren. Was wisst Ihr über seine Herkunft?»

Der Innungsmeister zuckte mit den Achseln. «Ich weiß nicht mehr als Ihr, Ratsherr. Die Zunft in Nürnberg hat ihm bescheinigt, dass er bei einem der Ihren gearbeitet hat. Nun, die Nürnberger haben weit größere Zunfterfahrungen als wir. Es wird schon seine Ordnung haben mit dem Gesellen. Schließlich haben die Nürnberger ihm eine Referenz geschrieben. Und Ihr selbst wart es, der Geld für ihn in die Zunftlade gezahlt habt.»

Mattsstedt nickte. «Auch Ihr wisst also nichts über die Herkunft?»

Der Innungsmeister schüttelte den Kopf. Mattstedt trank das Bier in einem Zug aus und stand auf. «Nun, dann werde ich wohl selbst nach Davids Abkunft suchen müssen. Falls Euch etwas zu Ohren kommt, so seid Ihr gut beraten, wenn Ihr es mir berichtet.»

Der Innungsmeister nickte gleichgültig. «Vielleicht kommt er aus dem Hallischen. Mein Weib, das auch von der Saale stammt, sagte, er hätte, wenn er dem Bier gut zuspricht, einen Hallischen Zungenschlag. Und einmal hat er berichtet, dass er das Leder für die Futterale selbst gegerbt hat.»

Mattstedt hob dankend die Hand und ging.

Wenige Tage später ging Eva in die Werkstatt, in der festen Absicht, David zur Rede zu stellen. Die Entwürfe mussten jetzt endlich fertig sein. Kunstwerk hin, Kunstwerk her, die Dominikaner waren die Auftraggeber und hatten ein Recht darauf, endlich die Blätter zu sehen. Schließlich war es ihr Geld. David saß bereits am Arbeitstisch, als Eva die Werkstatt betrat. Wenigstens ist er da, dachte sie und reckte kampflustig das Kinn.

«Die Entwürfe müssen heute fertig sein. Wir können die Dominikaner nicht länger hinhalten. Habt Ihr sie bis heute Abend nicht, nun, so wird jemand anderes diese Arbeit übernehmen.»

David lächelte, klappte wortlos seine Skizzenmappe auf und breitete einige Blätter auf dem Tisch aus.

Eva betrachtete jedes einzelne Blatt – und war sprachlos!

Schließlich fasste sie sich: «Der Christus am Kreuz ist vortrefflich. Er zeigt den Sohn Gottes, der sich dagegen wehrt, ans Kreuz geschlagen zu werden. Ein Mann in endloser Qual. Ein Mann, der nicht unter der Marter bricht, sondern am Unverstand und Verrat seiner Umgebung.»

Ein Strahlen ging über ihr Gesicht: «Der Entwurf des Kreuzes ist wunderbar, David. Besser, als ich je gedacht hätte.»

Doch dann verdüsterte sich ihr Blick. Sie tippte mit dem Finger auf den Entwurf der Monstranz.

«Adam und Eva? David, wisst Ihr nicht, dass eine Monstranz ein liturgisches Gefäß ist, welches den Leib Christi in Form einer Hostie in sich trägt?»

«Natürlich weiß ich das.»

Eva runzelte die Stirn. «Dann müsstet Ihr eigentlich auch wissen, dass zwei nackte Menschen nichts auf einer Monstranz verloren haben.»

«Und wenn Ihr so klug seid, wie Ihr vorgebt, dann müsste ich Euch nicht sagen, dass Gott in Jesu zum Menschen geworden ist. Indem wir die ersten beiden Menschen der Schöpfungsgeschichte abbilden, ehren wir auch Gott und vor allem seinen Sohn.»

Heinrich trat hinzu und sah lange auf die Blätter, während David und Eva sich anfunkelten.

Schließlich räusperte Heinrich sich und fragte mit dem harmlosesten Gesicht der Welt: «Kann es nicht auch sein,

Geselle, dass du dich selbst auf der Monstranz feierst? Du, der du ja verkündet hast, Gott nahe kommen zu wollen. David und Eva als Hüter der Hostie? Ihr könnt sagen, was Ihr wollt: Für mich ist diese Monstranz Blasphemie.»

Und auf einmal sah es auch Eva: Adam trug Davids Gesichtszüge und Eva ihre.

Teil zwei

Kapitel 9

Davids Monstranz hatte Eva verwirrt. Bei einem ihrer Besuche vertraute sie sich ihrer Freundin Ute an, die David von den Abenden in der Fraternität kannte, zu denen Eva ihn gegen Andreas Mattstedts Widerstand mitgenommen hatte. «Der Geselle ist seltsam, irgendwie anders als die anderen Männer. Findest du nicht auch?», fragte sie die Freundin.

Die Lechnerin lächelte: «Wie meinst du das?»

Eva zuckte mit den Achseln. «Ich weiß es nicht genau. Er erinnert mich ein wenig an die Gold- und Silberschmiede in Italien. So belesen wie er ist sonst kein Handwerker hier. Und er schert sich wenig um Sitten und Bräuche.»

«Außerdem sieht er sehr gut aus», ergänzte Ute und zwinkerte Eva zu.

«Ja», gestand Eva. «Ja, da hast du Recht.»

«Mir gefällt dieser Mann. Immer, wenn ich ihn sehe, bereue ich, dass ich schon verheiratet bin. Obwohl ich es wahrlich hätte schlechter treffen können als mit Lechner.»

«Du magst ihn?», fragte Eva verblüfft.

«Warum nicht?», wunderte sich Ute. «Der Mann ist eine Bereicherung für die Fraternität.»

Sie lächelte und beugte sich ein wenig zu Eva vor. «Er ist wirklich ein Mann, der die Neue Zeit verstanden hat. Die unsrigen reden zwar davon, doch sie mögen sich nicht vom Alten trennen.»

Eva kicherte. «Du meinst Mattstedt, nicht wahr?»

«Mattstedt und Kunz Kachelofen, den Schreiber und sogar den Medicus. Nicht zu vergessen die Magister der Universität. Sie gefallen sich in ihren klugen Reden, aber genau da liegt der Hund begraben. Sie reden. Sollten sie einmal handeln müssen, werden sie sich schnell auf das herrschende Recht und die Ordnung berufen und die Traditionen bemühen. Wir Frauen sind da vielleicht anders. Sieh dir Hildegard an. Als ihr das Klosterleben nicht mehr richtig erschien, warf sie den Schleier hin.»

«Und du meinst, David redet nicht nur wie die anderen?», fragte Eva.

Ute schüttelte den Kopf. «Nein, das tut er nicht. Es fehlt ihm an Unterwürfigkeit. Er wird immer das tun, was ihm richtig erscheint.» Sie brach ab, sah aus dem Fenster und fügte dann hinzu: «Dein Bruder Adam und der Geselle ähneln sich. Sie sind beide vom Neuen besessen, wobei dein Bruder nicht so ein Hitzkopf wie David ist.»

«Du meinst wirklich, sie sind sich ähnlich?»

Ute nickte: «In beiden brennt der Hang zum Neuen. Was der eine mit Silber versucht, probiert der andere in der Medizin. Sie gleichen sich, als wären sie Brüder. Nur ihr Temperament ist verschieden.»

Eva nickte. «Du hast Recht», sagte sie. «Sie sind sich ähnlich. Vielleicht können sie sich deshalb nicht leiden. Wahrscheinlich stören den einen die eigenen Eigenschaften am anderen. Was man sich selbst mit Mühe nur verzeihen kann, nimmt man dem anderen gleich doppelt übel.»

Ute lachte. «Männer werden leicht zu Gegnern, sobald es um eine Frau geht. Selbst, wenn es nur die eigene Schwester ist.»

Eva sah durch ihre Freundin hindurch. «Ja», sagte sie verträumt. «David weiß genau, was er willl. Ob er wohl ein Liebchen hat?»

Unbemerkt hatte Susanne die Wohnstube betreten. Bei Evas Worten lachte sie laut auf. «Warum sollte er kein Liebchen haben? Er ist ein gesunder und stattlicher Mann. Soll er seine Lust durch die Rippen schwitzen?»

Sie blickte Eva herausfordernd an, dann drehte sie sich um und schlüpfte aus dem Raum. Die Tür fiel geräuschvoll hinter ihr ins Schloss.

Ute kicherte. «Siehst du, deiner Magd gefällt er auch. Die meisten Frauen sind von David entzückt. Nur die Männer betrachten ihn mit Argwohn.»

«Warum?», fragte Eva. «Warum mögen sie ihn nicht?»

«Er ist anders als sie. Das macht ihnen Angst. Alles, was anders ist, ängstigt. Sie wollen die Neue Zeit herbeireden, aber das Alte nicht hergeben. David aber stößt sich am Alten. Er tritt ihnen auf die Füße. Er entlarvt sie, und das verzeihen sie ihm nicht.» Sie lachte und fügte hinzu: «Außerdem sieht er zu gut aus.»

Die Lechnerin verabschiedete sich und ließ Eva nachdenklich zurück. Sie ging hinunter in den Verkaufsraum und fing an, die Silberwaren zu ordnen. Sie wollte allein sein. Doch kaum hatte sie mit ihrer Arbeit begonnen, wurde sie von Heinrich unterbrochen, der den Raum durch die hintere Tür betrat.

Er brachte zwei Fibeln und einen Haarreif. «Der Geselle hat gesagt, Ihr sollt die Sachen ausstellen.»

Eva nickte und wischte mit einem weichen Tuch vorsichtig über das Silberzeug. Heinrich blieb stehen und trat unruhig von einem Bein auf das andere.

«Ist noch etwas?», fragte Eva.

«Wegschicken solltet Ihr den Kerl endlich. Seit Ewigkeiten arbeitet er an den Dominikaneraufträgen, ohne dass viel dabei herausgekommen wäre. Jeder andere hätte in derselben Zeit noch ein Taufbecken dazu geschmiedet.»

«Er arbeitet gut, Heinrich, und das weißt du auch. Seine Art ist es, die dich immer wieder in Unmut bringt.»

Sie dachte an die Worte der Freundin. «Er hält sich nicht mit dem Alten auf; er ist ein Mann der Neuen Zeit. Das macht dir Angst, Heinrich.»

«Angst? Ha! Das Haus bringt er in Verruf, Eva. Habt Ihr gesehen, was er noch so alles geschmiedet hat? Eine Buchschließe für den Drucker Kachelofen, darauf ein Reigen tanzender Mädchen. Nackt, Eva, nackt.»

Sie zuckte mit den Achseln. «Nun, er wird in Italien gewesen sein. Hinter den Alpen ist es üblich, den Menschen nackt darzustellen. Nur bis hierher ist die neue Mode noch nicht gekommen. Es ist nichts Schlechtes daran, Heinrich.»

«Trotzdem», beharrte der Alte. «Die Leute brauchen Geschirr und Schmuck, keine Kunstwerke. Mag sein, dass die Italiener sich an der Blöße der Menschen erfreuen.

Hier aber herrscht noch Zucht und Ordnung, und ich bete jeden Tag, dass dies so bleibt.

Außerdem», er zögerte verlegen. «Was außerdem?», fragte Eva ungeduldig. Heinrich wurde rot. «Sorgt dafür, dass er sich einen Waschzuber in seine Kammer holt, Eva.»

Verwundert sah sie ihn an. «Tut er das nicht?»

Heinrich schüttelte den Kopf. «Er wäscht sich mit nacktem Oberkörper am Brunnen im Hof. Beinahe jeden Morgen. Susanne steht pünktlich am Fenster und sieht ihm dabei zu.»

«Nun, die Feuerschlucker auf dem Jahrmarkt tragen auch keine Wämse.»

«Sind wir hier etwa auf dem Jahrmarkt?», gab Heinrich erbost zurück. «Nein, das sind wir nicht. Und die Weiber auf der Kirmes halten sich zurück, während Susanne erst heute Morgen ihr Mieder aufgeschnürt und ihre nackten Brüste wie Äpfel in der Auslage hergezeigt hat.»

Eva schüttelte den Kopf. «Du musst dich getäuscht haben, Heinrich.»

Doch Heinrich hatte sich in Rage geredet. «David ist voller Sünde, Eva. Das musst du doch auch sehen.»

Er hielt inne und sah sie lange und eindringlich an. «Eva, ich kenne Euch seit dem Tag Eurer Geburt. Ihr seid mir lieb wie eine eigene Tochter, die der Herrgott mir versagt hat. Verschmäht den Ratsherrn Mattstedt nicht länger. Ein guter Herr und Ehemann wäre er. Zucht und Ordnung würde herrschen, wäre er der Hausherr.»

«Ach, Heinrich», sagte Eva und drückte dem alten Mann einen Kuss auf die stoppelige Wange. Sie dachte an die Briefe, die Sibylla ihr allwöchentlich schrieb und die sie nicht mehr zu Ende las. Jedes Mal drängte ihre Mutter darauf, endlich die Hochzeit mit Mattstedt anzusetzen. Mal bat sie, dann wieder verlangte sie oder drohte gar. Doch Eva hatte sich bisher einfach nicht durchringen können, der Mutter zu Willen zu sein. Und nun fing auch noch Heinrich an. Sie nahm einen weichen Lappen und polierte an einem silbernen Krug herum.

Heinrich verstand und ließ Eva allein.

Eva fuhr fort, die Kanne zu bearbeiten. Schließlich hielt sie es nicht mehr aus. Schon das Kleid in seiner Kammer war ein deutlicher Hinweis gewesen, und nun auch noch das. Hatte sie es bisher nur nicht wahrhaben wollen? Eva verschloss die Tür mit einer Kette und eilte zu Susanne in die Küche.

«Stimmt es, dass du ihm deine bloßen Brüste zeigst, wenn er sich am Brunnen wäscht?»

Susanne fuhr herum. «Wer sagt das?»

Eva zuckte mit den Achseln. «Du weißt doch, dass früher oder später alles ans Tageslicht kommt. Sag, gefällst du ihm so, dass er dir den Hof macht? Bist du das Liebchen, welches nur darauf wartet, dass er die Bettdecke lüpft?»

Susanne lächelte überlegen: «Das, Eva, geht dich nichts an. Ich bin zwar deine Magd, nicht aber deine Sklavin. Wenn ich Lust habe, mir einen Mann zu suchen und ihm schönzutun, dann tue ich es, und du kannst es mir nicht verbieten.»

Eva nickte. Diese Antwort war eindeutig. Susanne selbst war das Liebchen, von dem sie gesprochen hatte. Aber wurde sie auch von ihm geliebt?

Von draußen drangen die Glockenschläge von St. Nikolai herein, die die Mittagsstunde verkündeten. Bevor Eva weiter nachfragen konnte, fuhr Susanne fort: «Davon abgesehen habe ich jetzt keine Zeit für Geschwätz. Die Männer werden gleich kommen. Ich muss das Essen auf den Tisch bringen.»

«Gut», erwiderte Eva. «Ich werde dich nicht stören.»

Sie setzte sich an den Tisch, rückte dort eine Schüssel, da einen Becher gerade und beschloss, sich heute mit eigenen Augen davon zu überzeugen, was im Hause vor sich ging. Liebte David Susanne?

Ihre Gedanken schweiften ab. Wie lange war es her, dass er sie geküsst hatte? Und wann hatte David ihr gesagt, wie schön sie war?

Plötzlich hielt sie es nicht mehr aus. Nein, sie wollte sich nicht mit eigenen Augen davon überzeugen, wie Susanne sich ihm schamlos darbot.

Sie stand auf und holte sich einen leichten Umhang.

«Ich werde später essen», war alles, was sie hervorbrachte, dann eilte sie aus dem Haus. Ohne einen Blick auf die prächtigen Häuser zu werfen, eilte sie die Hainstraße entlang über den belebten Marktplatz, auf dem ein Holzgerüst für die bevorstehenden Passionsspiele aufgebaut wurde, und bog in ein kleines Gässchen ein, das zur Kirche St. Nikolai führte.

Als sie die Kirche betrat, atmete sie erleichtert auf. Endlich Ruhe. Die Stille umfing sie und beruhigte sie. Eva beobachtete hingerissen, wie feine Stäubchen im Licht der Sonnenstrahlen tanzten, die durch die hohen Fenster in die Kirche fielen.

«Eva», rief eine gedämpfte Stimme. Sie schreckte hoch

und erkannte Johann von Schleußig, der am Altar hantierte.

«Was führt Euch hierher?», fragte er. «Für die Frühmesse seid Ihr zu spät und für die Nachmittagsmesse zu früh.»

«Ich …», Eva holte tief Luft. «Ich möchte beichten.»

«Jetzt gleich?»

Eva nickte.

Wenig später kniete sie im Beichtstuhl.

«Vater, ich habe gesündigt.»

Eva sah ihren Beichtvater nur undeutlich. Umso leichter fiel es ihr, sich ihre Nöte von der Seele zu reden.

«Sprich, meine Tochter.»

«Ich soll Andreas Mattstedt heiraten. Die Hochzeit war geplant, ist verschoben worden. Meine Mutter drängt, und auch ich möchte Mattstedt nicht länger im Unklaren lassen.» Sie seufzte. «Ich liebe Mattstedt nicht. Er ist mir teuer wie ein Vater, aber ich liebe ihn nicht, und deshalb kann ich ihn nicht heiraten.»

«Ist das alles, meine Tochter?»

Die Stimme Johann von Schleußigs klang freundlich und warm. Kein Vorwurf schwang mit. «Dass Ihr Mattstedt nicht heiraten wollt, kann Euch die Kirche nicht vergeben. Es ist keine Sünde. Aber bedenkt, meine Tochter, dass er ein Ehrenmann ist. Ihr solltet Eurer Mutter die Entscheidung überlassen, da Ihr ja keinen Vater mehr habt.»

«Ich habe unkeusche Gedanken», bekannte Eva weiter.

«Wart Ihr schon einmal mit einem Mann zusammen?»

«Nein, natürlich nicht.»

«So spreche ich dich los von deinen Sünden. Im Namen

des Vaters und des Sohnes und des Heiligen Geistes. Betet zehnmal auf den Knien ‹Gegrüßet seist du, Maria›.»

«Danke, Vater», flüsterte Eva und wollte sich erheben.

«Halt, wartet noch. Was sagt Eure Mutter dazu, dass Ihr den Ratsherrn verschmäht?»

«Meine Mutter möchte mich lieber heute als morgen mit Andreas Mattstedt verheiraten. Aber ich liebe ihn nicht.»

«Ihr liebt einen anderen, meine Tochter, nicht wahr?»

Diese Frage kam so überraschend, dass Eva keine Zeit hatte, darüber nachzudenken. «Ja», sagte sie und begriff erst später, was sie da gesagt hatte.

«Und den Mann, den Ihr liebt, könnt Ihr nicht heiraten?»

«Nein, wohl nicht.»

«Ist er bereits verheiratet?»

«Nein, auch das nicht. Er … er … er ist von niederem Stande. Ein Habenichts, dessen Abkunft im Dunklen liegt.»

«Ich kann Euch nicht raten, meine Tochter. Vielleicht nur dies: Bedenkt, dass die Liebe kein Ding ist, das kommt und geht, wie es will. Lieben, Eva, ist eine Fähigkeit, die nicht jeder beherrscht, der ein Herz im Leibe hat. Lieben ist eine Tätigkeit, die erlernt und gehütet werden muss. Auch wenn ich ein Mann der Kirche bin, so weiß ich doch, wovon ich spreche. Denkt darüber nach, Eva. Ich werde für Euch beten.»

Gleich darauf hörte Eva, wie Johann von Schleußig den Stuhl verließ und mit eiligen Schritten durch die Kirche hastete.

Sie wartete, bis die Tür zur Sakristei zufiel, dann kam sie ebenfalls aus dem Beichtstuhl und ging zu einer kleinen Seitenkapelle, in der eine hölzerne Statue der Jungfrau Maria stand. Dort kniete sie nieder, bekreuzigte sich und tat die aufgetragene Buße, doch noch immer herrschte in ihrer Brust Aufruhr.

Ich liebe ihn, dachte sie. Doch das ist nicht das Schlimmste. Schlimm ist, dass ich es ausgesprochen habe. Solange man die Dinge nicht in Worte kleidet, gibt es sie nicht. Jetzt ist die Liebe da, und ich kann sie nicht mehr rückgängig machen.

Der 26. März 1496, Evas 21. Geburtstag, fiel auf einen Samstag. In der Nacht hatte es geregnet, doch nun zeigte der Himmel sich frisch gewaschen im strahlenden Blau. Eva stand auf dem Balkon und atmete mit tiefen Zügen die duftende Frühlingsluft ein.

Ich bin großjährig, dachte sie und reckte ihr Gesicht der Sonne entgegen. Ab heute darf ich allein entscheiden, wer ich bin und wer ich sein möchte. Ab heute wird mein Leben so sein, wie ich es haben will, auch wenn ich noch immer unter Vormundschaft stehe. Doch was macht das schon? Alle Frauen stehen schließlich unter Vormundschaft. Und die meisten von ihnen haben sehr viel weniger Rechte als ich.

Sie hatte Lust zu feiern, doch es war nicht Brauch, den Geburtstag in besonderer Art zu begehen. Fest und Geschenke gab es nur zum Namenstag.

Eva beschloss, ihren Geburtstag mit bester Laune zu begrüßen.

Susanne überraschte Eva mit einem Kuchen, Meister Faber brachte der frisch gebackenen Großjährigen ein Frühlingssträußchen, und Heinrich erfreute sie mit einem Stein, der die Kraft haben sollte, bösen Zauber abzuwehren. Adam umarmte sie und überreichte ihr eine Geldkatze aus weichem Ziegenleder.

David aber tat, als wüsste er nicht, was so Besonderes an diesem Samstag sein sollte. Immer wieder huschten Evas Blicke zu ihm, doch den Gesellen schien es nicht im Geringsten zu bekümmern, dass für seine junge Herrin ein neuer Lebensabschnitt begann.

Andreas Mattstedt kam und überbrachte Eva ein wertvolles Buch, das Meister Kachelofen gedruckt hatte und das mit einer wundervollen Schließe versehen war.

Aus Frankfurt traf eine Sendung ein, in der sich neben einem Brief ihrer Mutter eine Urkunde befand, die ihr einen Anteil an Annaberger Kuxen übereignete. Eva freute sich über die Urkunde, die Mutter hatte ihre Meinung geändert und sie doch nicht enterbt.

Den Brief hingegen zögerte sie aufzumachen. Sie ahnte, dass das Papier nicht nur mit Glückwünschen beschrieben war. Doch schließlich brach sie das Siegel: «Meine liebe Eva», schrieb Sibylla.

«Du bist nun groß und darfst, solange du nicht verheiratet bist, einige Entscheidungen ohne meine Einwilligung treffen. Ich bin sicher, dass du verantwortungsvoll handeln und Andreas Mattstedt sehr bald heiraten wirst. Den Gesellen aber schicke fort. Der Auftrag der Dominikaner ist ausgeführt. Er passt nun nicht mehr in deine Werkstatt …»

Eva faltete den Bogen zusammen, ohne ihn zu Ende zu lesen. Dann seufzte sie. «Warum wollen ihn alle weghaben?», fragte sie leise. «Es ist wohl wirklich so, wie Ute gesagt hat. Heinrich, Mattstedt und meine Mutter gehören zur Alten Zeit. Sie wollen, dass alles so bleibt, wie es ist. David stört dabei, denn er lässt nichts, wie es war. Und Adam geht ihm aus dem Weg, weil sie sich so ähnlich sind.»

Erst als sie diese Worte leise aussprach, wurde ihr bewusst, dass sie den ganzen Tag auf ein Zeichen des Gesellen gewartet hatte.

Nun, jetzt war der Abend hereingebrochen, und Eva beschloss, den Tag in angenehmer Gesellschaft ausklingen zu lassen. Die Fraternität würde sich heute bei Mattstedt treffen, und Eva war sicher, dass die Gespräche dort sie auf andere Gedanken bringen würde. Ihr Bruder war heute Abend ebenfalls eingeladen.

Und wer weiß? Vielleicht würde der Geselle sie ja gemeinsam mit Adam nach Hause begleiten? Vielleicht würde er nur auf einen Augenblick warten, um mit ihr allein zu sein? Sie schalt sich eine törichte Gans. Susanne war Davids Liebchen, das wusste sie doch eigentlich, seit sie ihr Kleid in seiner Kammer gesehen hatte. Trotzdem konnte sie nicht aufhören zu hoffen.

«Der Mensch ist das Maß aller Dinge.»

Die Fraternitätsschwestern und -brüder schreckten hoch. Verstört sahen sie Johann von Schleußig an. Ausgerechnet er, der im Dienste der Kirche stand, für die Gott das Maß aller Dinge war, wagte es, so etwas zu behaupten?

«Wer sagt so etwas?», fragte die Begine Hildegard aufgebracht.

Johann von Schleußig lächelte fein. «Der Satz stammt von einem griechischen Philosophen, von Protagoras, der ungefähr 2000 Jahre vor uns gelebt hat.»

«Nun», die Begine entspannte sich sichtbar. «Die griechische Antike ist untergegangen. Und ich muss sagen, zu Recht. Solche Sätze dienen niemandem. Sie verführen nur zur Überheblichkeit.»

Die anderen nickten. Der Hauslehrer Thanner stieß sogar seine Gattin ein wenig mit dem Ellbogen an.

«Nein! Protagoras hat Recht!»

David war empört aufgesprungen.

«Der Mensch als vernunftbegabtes Wesen muss verantwortlich mitbestimmen können über das, was mit ihm und mit der Natur geschieht.»

«Aber dann brauchten wir keinen Gott mehr!»

Mattstedt schlug mit der flachen Hand auf den Tisch. Sein Gesicht war blass, die Kinnpartien wirkten kantig. Eva, die neben ihm saß, legte einen Hand auf seinen Arm, doch Mattstedt schüttelte sie ab.

«Wir treffen uns hier, um über den rechten und wahren Glauben zu sprechen. Es ist nicht Sinn unserer Fraternität, Gott zu verdammen oder gar zu töten, wie Ihr, Geselle, es tut.»

«Da habt Ihr mich falsch verstanden, Ratsherr Mattstedt. Ich nehme Gottes Worte ernst. Vielleicht sogar ernster als Ihr. Er hat den Menschen mit Vernunft ausgestattet und ihm den Auftrag erteilt, der zu werden, der er ist. Der Mensch ist verpflichtet, sich selbst an den Platz zu stellen, den er auf dieser Erde am besten ausfüllen kann. Damit dient er Gott am besten.»

David stützte die Hände auf den Tisch und sah jeden Einzelnen nacheinander an. «Schaut Euch doch an», sprach er leise weiter. «Jeder von Euch ist den ganzen Tag nur mit sich selbst beschäftigt. Die Fragen, um die sich unser Leben dreht, werden nicht in der Bibel oder von Gott gestellt. Wie werde ich reicher, mächtiger, schöner?, fragt Ihr Euch. Ich aber frage: Was ist der Sinn unseres Lebens? Ich sage es Euch: Sucht den Platz, den Ihr für Euch wünscht. Erst wenn Ihr ihn gefunden habt, seid Ihr Gott nahe.»

Johann von Schleußig hob die Hand: «Ihr seid zwar ein Eiferer, David, doch sind Eure Worte sicherlich wohl überlegt. Der Mensch muss nach Vollkommenheit streben. Wie aber wollt Ihr beweisen, was Ihr sagt? Wie wollt Ihr beweisen, dass zum Beispiel ein Abdecker ein ebenso guter Ratsherr sein könnte wie unser Andreas Mattstedt?»

Bei diesen Worten Johann von Schleußigs stand Mattstedt auf und forderte David stumm heraus. Sie kreuzten ihre Blicke wie Schwerter.

Eva beobachtete die beiden Männer. Bevor einer der beiden das Wort ergriff, stand sie auf. Sofort wandten sich alle ihr zu.

«Ich werde es beweisen», sagte sie und atmete tief durch. «Ich werde beweisen, dass der Mensch sich seinen Platz selbst suchen kann.»

Mattstedt lachte, doch es klang nicht fröhlich. Er fasste Eva am Ärmel.

«Was soll das?», fragte er mit väterlicher Strenge. «Wie willst du das anstellen?»

«Gleich morgen gehe ich vor die Tore der Stadt und suche mir einen Lehrling von unehrlicher Abkunft. Beweisen werde ich, dass dieser sich ebenso zum Silberschmied eignet wie die Lehrbuben, die einen Silberschmied zum Vater haben», sagte sie mit fester Stimme.

«Und die Zunft?», fragte Mattstedt. «Sie wird niemals einen Unehrlichen zulassen. Möglich wäre es sogar, dass sie dich aus der Zunft ausschließen.»

Eva zuckte mit den Achseln und lächelte. «Es gibt zu wenige Gold- und Silberschmiede in der Stadt. Jede Hand wird gebraucht. Schon so mancher Gulden in der Zunftlade hat Unmögliches möglich gemacht.»

Sie sah in die Runde, doch erst als Ute Beifall klatschte und David einstimmte, atmete sie auf.

«Ihr könnt auf mich zählen», versprach die Begine Hildegard. «Wenn Ihr mit einem weiblichen Hauslehrer vorlieb nehmen wollt, so stehe ich gern zur Verfügung.»

Evas Herzschlag hatte sich noch immer nicht beruhigt, als sich wenig später Johann von Schleußig von ihr verabschiedete. «Ihr seid eine mutige junge Frau», sagte der Geistliche und drückte ihre Hand. «Passt gut auf Euch auf.»

Eva dankte, froh über seine Unterstützung. Sie sah ihm nach, bis er um die nächste Hausecke verschwunden war. Dann hakte sie sich bei Adam ein und sagte: «Ja, vielleicht werde ich eines Tages tatsächlich eine mutige Frau sein. Aber mein Mut ist von anderer Art als der meiner Mutter.»

Adam lachte. «Damit aus deinem Mut nicht Tollkühnheit wird, werde ich dich morgen vor die Stadttore begleiten. Es ist gefährlich für eine junge Frau wie dich, dorthin allein zu gehen.»

Inzwischen waren sie zu Hause angelangt. Adam küsste Eva auf die Stirn, wünschte ihr eine gute Nacht und verschwand noch einmal in seinem Laboratorium.

Sie wollte gerade die Tür zu ihrem Schlafgemach öffnen, als David plötzlich neben ihr auftauchte. Eva erschrak, denn sie hatte keine Schritte gehört.

«Ich habe Euch nicht gehört, Geselle», sagte sie und presste eine Hand auf ihr klopfendes Herz. David lachte leise: «Ich wollte Euch nicht erschrecken, nur aufschrecken.»

«Was meint Ihr?», fragte Eva.

Er sah sie so lange an, bis Eva schließlich den Blick abwandte.

«Ihr werdet es bald erfahren», sagte er schließlich. «Doch Ihr wisst ja: Gut Ding will Weile haben.»

«Gute Nacht, Geselle», sagte Eva und griff nach der Klinke, doch David zog ein kleines Kästchen aus seinem Wams und hielt es Eva hin.

«Ich wünsche Euch Segen auf allen Wegen», sagte er dazu.

Eva legte den Kopf ein wenig schief und lächelte. Er hat mich doch nicht vergessen, dachte sie. Ich wusste es.

Langsam und mit klopfendem Herzen öffnete sie das Kästchen und holte ein silbernes Kettchen mit einem Anhänger daraus hervor.

«Der Anhänger soll Euch auszeichnen», sagte er, dann drehte er sich um und verschwand, noch bevor Eva ihm danken konnte, in seiner Kammer.

Eva sah ihm verwundert nach, dann betrachtete sie das Schmuckstück und strich zärtlich darüber. Der Anhänger zeigte ihr Gesicht. Ihre Schönheit war unter Davids Händen sichtbar geworden. Sie lächelte glücklich, dann betrat sie ihr Gemach, entzündete mehrere Lichter und stellte sich vor den Spiegel, um sich die Kette um den Hals zu legen.

Plötzlich stutzte sie. Der Spiegel offenbarte ihr, dass David seine Initialen in ihr Anhängergesicht gemeißelt hatte. Und jetzt erst verstand Eva den Satz. Indem er seinen Namen in ihr Antlitz geschrieben hatte, hatte er sie ausgezeichnet vor allen anderen Frauen – und gezeichnet für sich.

Kapitel 10

Der nächste Morgen kam trübselig daher. Die Wolken hingen wie schwere, graue Tücher über den Dächern und nahmen der Stadt ihren Glanz. Eva aber war bester Laune. Sie trug das Kettchen um den Hals, berührte es hin und wieder, als wolle sie sich versichern, dass David ihr auf diese Art nahe war.

Obwohl es noch sehr früh war, eilten sie und Adam bereits die Hainstraße entlang, bogen nach rechts in den Brühl ein und erreichten schließlich linker Hand die Hallische Gasse, die zum Hallischen Tor und an der Wach- und Zollstelle vorbei hinaus aus der Stadt führte.

Hier, hinter den Stadtmauern, wohnten die Ärmsten der Armen. Die Gerber hatten ihre Katen am Ufer des Flüsschens Parthe aufgeschlagen. Daneben wohnten die Färber, die Wäscherinnen, der Henker und Scharfrichter, die Abdecker, Abortreiniger, die Verfemten und die Tagelöhner. Fahrendes Volk hatte seine Planwagen am Flussufer aufgeschlagen, eine junge Frau mit sehr brauner Haut und schwarzem Haar bürstete einen Umhang aus und rief ihnen Worte in einer fremden Sprache zu.

Auch das Hurenhaus, das unter der Aufsicht des Henkers stand, befand sich hier. Davor standen zwei grell geschminkte junge Frauen und bewarfen Hunde, die sich um einen verfaulten Kohlstrunk balgten, mit Steinen.

Eva sah sich um. Die windschiefen Katen duckten sich eng aneinander, ein paar magere Hühner kratzten auf der vergeblichen Suche nach Körnern im Lehm, eine dürre Katze strich miauend um Evas Beine. Am Rande der Gasse spielten ein paar Kinder in zerrissenen, schmutzigen Kleidern. Es roch nach Kot und Urin, den die Bewohner einfach auf die Straße schütteten, dazwischen hing der Aasgeruch aus den Gerbereien, die die Gerblohe mit Hundekot und Taubendreck ansetzten. Fliegen schwirrten in dichten Schwärmen umher, ab und zu rannte eine Ratte über die Straße und verschwand zwischen den Katen. Aus einer offenen Tür drang das Gekeife einer Frau, kurz darauf stürzte ein weinendes Kind mit grindigem Kopf auf die Gasse.

Eva setzte behutsam einen Schritt vor den anderen und war gottfroh, dass sie heute die Trippen, kleine Klötze aus Holz, unter ihrem Schuhwerk befestigt hatte. Mit gerafften Kleidern schritt sie durch den Lehm und bemerkte die offenen Mäuler der Kinder nicht, die ihr staunend hinterhersahen.

Nach ein paar Metern blieb Eva stehen und sah sich um. «Noch nie zuvor in meinem Leben war ich in solch einem Viertel», sagte sie, und Entsetzen lag in ihrer Stimme.

«Hast du Angst?», fragte Adam. «Die Leute mögen arm sein, doch sie sind nicht schlechter als die Reichen.»

Eva schüttelte den Kopf. «Mich schreckt der Dreck und das Elend. Wo sollen wir hier einen Lehrling finden?»

Ein altes Mütterlein mit zahnlosem Mund und unzähligen Falten im Gesicht schlurfte langsam auf Eva zu. Auf dem Rücken trug sie einen löchrigen Weidenkorb, in dem ein paar Äste und ein wenig Moos lagen.

«Habt Ihr Euch verlaufen, Herr?», fragte sie, an Adam gewandt, und kicherte dabei.

Adam schüttelte den Kopf, während Eva die Alte betrachtete, die mit ihren gichtigen Händen nach dem Stoff ihres Kleides fassen wollte. Erschrocken trat Eva einen Schritt zur Seite und fasste nach Adams Arm.

«Meine Schwester sucht ein Kind, welches bei ihr in die Lehre gehen will», erwiderte Adam schließlich. Die Alte brach in heulendes Gelächter aus. «Seid Ihr verrückt, oder hat Euch der Herrgott persönlich geschickt?», fragte sie. «Niemand hier hat einen ehrlichen Geburtsschein. Niemand hat das Bürgerrecht, denn sonst würden wir innerhalb der Stadtmauern leben. Seid Ihr gekommen, um uns zu verhöhnen?»

Die Alte kniff die wasserblauen, blutunterlaufenen Augen zusammen und sah argwöhnisch zu Eva auf.

«Nein. Ich spotte nicht. Eine Silberschmiedewerkstatt in der Hainstraße gehört mir, und ich suche einen Lehrling», antwortete Eva mit fester Stimme.

«Wenn Ihr nicht verrückt seid, dann hat Euch wirklich der Herrgott geschickt.»

Die Alte legte den Kopf schief, dann sprach sie weiter: «Ihr seht nicht aus wie eine Verrückte. Vielleicht seid Ihr mit Dummheit geschlagen, doch das ist Eure Sache. Geht zum Henker. Seine Frau ist gestorben und hat ihn mit zwölf hungrigen Mäulern allein gelassen. Dort findet Ihr bestimmt jemanden, der froh ist, aus der Gerberstraße wegzukommen.»

Die Alte schüttelte den Kopf, dann schlurfte sie weiter, blieb jedoch nach jedem Schritt stehen und sah den Geschwistern nach, die sich durch den Lehm kämpften.

Schließlich standen sie vor der Kate, die aus Lehm und Stroh bestand und deren Tür nur lose in den Angeln hing. Ohrenbetäubender Lärm kam aus dem Inneren. Kinder weinten und schrien, dazwischen versuchte eine Männerstimme barsch Ordnung zu schaffen. Adam klopfte energisch gegen die Tür, doch niemand hörte sie. Also gingen sie einfach hinein.

Die Kate bestand aus einem einzigen Raum. In einer Ecke lagen Strohsäcke auf dem Boden, darauf zwei kleine Kinder, die zu schlafen schienen. Ein hölzerner Tisch stand in der Mitte des Raums, um ihn herum saßen weitere Kinder und ein Mann. Ein etwa vierzehnjähriges Mädchen verteilte eine wässrige Suppe in die einfachen Holzschüsseln, ein anderes Mädchen war mit dem Feuer beschäftigt.

Auf der anderen Seite des Raumes stand ein hölzerner Verschlag, in dem ein paar Hühner durcheinander liefen und ein zum Gotterbarmen mageres Schwein in den Ecken schnüffelte. Ein unbeschreiblicher Gestank herrschte hier, sodass Eva kaum zu atmen wagte. Ihr war unbehaglich zumute. Sie trat von einem Fuß auf den anderen, stets darauf bedacht, auf der schmierigen gestampften Erde, die hier als Boden diente, nicht auszurutschen.

«Grüß Euch Gott», sagte Eva in den Lärm hinein und

wäre wohl wieder nicht gehört worden, hätte der Mann nicht zufällig in ihre Richtung geblickt.

«Ruhe, zum Teufel noch eins!», schrie er mit Donnerstimme, stand auf und ging auf die beiden Besucher zu.

«Was führt Euch zu mir?», fragte er. «Wozu benötigen Herrschaften, wie Ihr es seid, einen Scharfrichter? Oder kommt Ihr wegen der Huren?»

Eva schüttelte den Kopf.

Der Mann flößte ihr Furcht ein. Sie wusste nicht, ob es an seiner Erscheinung oder an seinem Beruf lag. Er war nicht besonders groß und älter, als sie es sich vorgestellt hatte. Unauffällig sah Eva auf seine Hände. Hände, die mit einem Schwertstreich Köpfe abgetrennt hatten. Hände, die Schlingen geknüpft und Scheiterhaufen entzündet, die gerädert, geteert und gefedert, gepfählt, gestochen, gebrannt und gebrochen hatten. Hände mit abgebissenen Nägeln und Fingern, die viel zu feingliedrig und schmal wirkten, als dass man damit Menschen quälen konnte.

«Also, was wollt Ihr?», wiederholte er seine Frage ungehalten. Adam wollte antworten, doch Eva legte ihm eine Hand auf den Arm und bedeutete ihm zu schweigen.

Sie sah dem Henker fest in die Augen und sagte: «Fragen wollt ich Euch, ob Ihr nicht einen Jungen habt, den Ihr zu mir in die Lehre schicken wollt.»

Der Henker starrte sie ungläubig an. Ein ungefähr dreizehnjähriges Mädchen hatte sich zu ihnen gesellt und das kurze Gespräch verfolgt.

«Nehmt mich!», sagte sie und drängelte sich vor Eva.

Eva sah sie an und lächelte. «Du weißt doch gar nicht, für welches Handwerk ich einen Lehrbuben suche.»

Das Mädchen zuckte mit den Achseln. «Das ist mir gleichgültig. Ich möchte alles lernen. Alles.»

«Warum?», fragte Eva. «Du solltest heiraten und Kinder bekommen.»

Das Mädchen schüttelte den Kopf. «Wen soll ich heiraten? Den Sohn des Abdeckers vielleicht? Oder das Hurenbalg aus dem Frauenhaus? Nein. Ich möchte lernen und eine Bürgersfrau werden. Außerdem kann ich nicht heiraten, weil ich nur eine halbe Seele habe.»

Jetzt mischte sich der Henker ein: «Halt den Mund! Du kannst nicht gehen. Bist ein Zwilling. Gäbe ich dich weg, so verlöre deine Schwester einen Teil ihrer Seele.»

Eva sah ihn erstaunt an: «Ihr habt Zwillinge?»

Der Henker nickte: «Ich weiß nicht, warum Gott uns so gestraft hat. Zwillinge, Brut des Teufels! Meine Frau ist nie darüber hinweggekommen. Und doch haben wir ihnen alles gegeben, was nötig war. Wisst Ihr, Herrin, wie schwer es ist, dafür zu sorgen, dass Zwillinge, denen der Herrgott eine gemeinsame Seele gegeben hat, zusammenzuhalten?»

Er seufzte. «Verheiraten werde ich sie wohl nie. Wie auch? Sie müssen doch beieinander bleiben. Weiß der Himmel, was aus ihnen wird, wenn ich nicht mehr bin.»

Er sah in die Richtung, in der das Frauenhaus lag, und Eva ahnte, was er dachte.

Das Mädchen war zum Tisch gegangen, und jetzt erst sah Eva, dass dort ihr Spiegelbild saß. Adam war fasziniert und betrachtete die beiden Mädchen mit großem Interesse. Ja, er setzte sich sogar dazu und studierte beider Gesichter, als hätte er noch nie Kinder gesehen.

«Wie heißen die Mädchen?», fragte er den Henker.

«Wir hatten Glück», erwiderte der Scharfrichter. «Sie sind am 25. Tag nach Weihnacht geboren. An diesem Tag haben zwei Heilige ihren Namenstag: Priska und Regina. So haben wir sie genannt.»

«Und sie sind sich wirklich in allem ähnlich?», fragte Adam weiter. «Sie haben zur selben Zeit das Laufen erlernt, haben gemeinsam das erste Wort gesprochen und die Zähne verloren?»

Der Henker zuckte mit den Achseln. «Ich habe zwölf Kinder und bin der Henker der Stadt. Auch um die Huren muss ich mich kümmern. Die Mädchen gleichen sich wie ein Ei dem anderen, aber ob sie sich in allen Dingen ähnlich sind, vermag ich nicht zu sagen.»

Adam wandte sich an die Kinder. «Habt ihr häufig dieselben Gedanken oder denkt die eine das, was die andere nicht zu denken wagt? Sind eure Seelenhälften identisch oder unterschiedlich?»

Die Mädchen starrten Adam an. Noch nie hatte ihnen jemand solche Fragen gestellt, und sie wussten nicht, was sie darauf antworten sollten.

Adam sah Eva an. Sie nickte, und so unterbreitete er dem Henker ihr Angebot: «Überlasst uns die Zwillinge. Wir nehmen sie mit in die Stadt, und meine Schwester bildet sie zu Silberschmiedinnen aus.»

Der Henker schüttelte den Kopf. « Mädchen sind dazu da, gute und gehorsame Eheweiber zu sein. Was sollen sie mit einem Beruf?»

«Nun, Ihr sagtet selbst, dass es schwer wird, sie zu verheiraten. Bis an Euer Lebensende werden sie Euch auf der Tasche liegen.»

Der Henker kratzte sich am Bart. «Da habt Ihr wohl Recht. Aber wollt Ihr nicht lieber meinen Ältesten? Ein kräftiger Bursche, 14 Jahre alt ist er schon.»

Adam schüttelte den Kopf: «Die beiden Mädchen wollen wir.»

«Was gebt Ihr mir dafür?», forderte der Henker.

Eva lachte. «Nichts. Ich werde sie kleiden und nähren. Sie werden in meinem Haus eine Kammer bewohnen und tags in der Werkstatt arbeiten. Am Sonntag aber können sie Euch besuchen, wann immer sie wollen.»

Der Henker sah Eva nachdenklich an. «Aber mir fehlen vier Hände im Haus. Wer soll sich um die Kleinen kümmern? Meint Ihr vielleicht, ich könnte eine Kinderfrau halten?»

«Nein. Aber Ihr könnt kommen und mit eigenen Augen sehen, wie es Euren Mädchen geht. In der Hainstraße wohne ich, Eva Kopper ist mein Name.»

Der Henker nickte. «Habe schon gehört von Euch. Gebt mir einen halben Gulden für jedes Kind, dann sollen sie mit Euch gehen.»

Adam und Eva sahen sich an. Schließlich zückte Eva ihre neue Börse, die sie am Gürtel trug, und reichte dem Henker einen halben Gulden.

«Einen halben Gulden für beide. Dies ist mein letztes Wort. Es wird hier sicher noch mehr Kinder geben, die gern innerhalb der Stadtmauern leben würden.»

Der Henker seufzte und reichte Eva die Hand. «Lasst uns unser Geschäft mit dem Handschlag besiegeln.»

Eva zögerte kurz und dachte an das viele Blut, das schon an dieser Hand geklebt hatte, doch dann schlug sie ein.

«Gut, Henker, dann sagt den Mädchen, dass wir sie sogleich mitnehmen werden.»

«Mit denen werden wir unseren Spaß haben», sagte Susanne nur. Eva hatte mit heftigem Widerstand gerechnet, doch erstaunlicherweise lächelte Susanne die beiden Mädchen freundlich an. Vielleicht vermisste Susanne ihre eigenen Kinder doch mehr, als sie sich anmerken ließ. Sie hatte ihnen zur besseren Unterscheidung Bänder in die Haare geknüpft. Regina trug ein rotes, Priska ein blaues Band. Und während Regina Susanne sofort mit Fragen überfiel, sah sich Priska scheu um.

Eva legte dem Mädchen eine Hand auf die Schulter. «Fürchtest du dich?», fragte sie. Priska schüttelte den Kopf und lächelte zaghaft.

«Nun, unsere Magd Bärbe wird mit euch zusammen eure Kammer einrichten. Unterdessen werde ich mit Susanne auf den Markt gehen und sehen, ob wir für euch ein wenig Kleiderstoff bekommen.»

«Ich will ein rotes Kleid», rief Regina und sah Eva herausfordernd an. «Ein rotes Kleid mit einem blauen Rand.»

Eva runzelte die Stirn. «Wir werden sehen, was sich machen lässt.»

Dann wandte sie sich an Priska. «Und du? Was möchtest du?»

Priska zuckte mit den Schultern. «Ich habe noch nie ein neues Kleid gehabt. Die alte Lotte hat uns immer die Kleider der älteren Schwestern ausgebessert. Regina und ich mussten immer gleich aussehen. Dann werde ich wohl ebenfalls ein rotes Kleid haben müssen.»

Adam, der die Zwillinge gespannt beobachtete, mischte sich ein. «Möchtest du das? Möchtest du das gleiche Kleid haben wie Regina?», fragte er Priska. «Findest du es wichtig für die geteilte Seele, dass ihr gleich aussehen müsst?»

Priska nickte. «Was der Vater im Himmel geteilt hat, müssen wir wieder zusammenfügen. Aber die Hauptsache ist, dass ich nicht darin friere.»

Susanne strich Regina über das Haar. «Wir werden schon einen Stoff finden, der zu euch passt», sagte sie. Dann gab sie Regina einen kleinen Schubs und befahl Bärbe: «Nimm die Mädchen mit und siehe zu, dass sie es wohnlich haben. Sieh im Lagerraum nach, dort findest du alles, was du brauchst.»

Bärbe nahm die beiden Mädchen mit, Susanne und Eva machten sich auf den Weg zum Markt. Meister Faber gesellte sich zu ihnen, um ein paar einfache Werkzeuge für die beiden Lehrmädchen zu erstehen.

Unterwegs fragte Susanne: «Hast du dir das recht überlegt? Zwei Mäuler mehr im Hause machen sich bemerkbar.»

Eva nickte und erwiderte: «Ihr alle sprecht davon, dass ihr euch euren Platz selbst suchen wollt. Ich gebe den Mädchen die Möglichkeit dazu.»

«Gut, aber bedenke dabei, dass ich nicht als Kinderfrau bei dir bin.»

«Du brauchst dich darum nicht zu sorgen. Hildegard wird die Mädchen unterrichten, Ute ihnen die städtische Lebensart beibringen, und Adam möchte herausfinden, wie sehr sich Zwillinge ähneln.» Eva lachte. «Er ist wohl noch immer auf der Suche nach der Seele. Du aber wirst sie alles lehren, was sie über Haushaltsführung wissen müssen.»

«Wenn ich mit ihnen mehr Arbeit habe als ohnehin schon, so wirst du mich dafür bezahlen müssen», stellte Susanne hartnäckig klar.

Eva schüttelte den Kopf und wollte gerade zu einer Erwiderung ansetzen, als Susanne sie am Arm packte und mit sich zog.

Vor ihnen auf dem Markt schrie eine Frau so entsetzlich, als würde sie abgestochen.

Eva und Susanne drängten sich durch die Menge und erblickten schließlich eine Frau, die heulte und winselte wie ein getretener Hund. Ihr Kleid war vollkommen zerfetzt, dennoch konnte man den gelben Schleier, das Zeichen der Huren, erkennen. Das Gesicht der Frau war zerstört. Brandblasen bedeckten die Haut, an manchen Stellen war das rohe Fleisch zu sehen. Ihre Wimpern und Augenbrauen waren verbrannt, die Augen trübe. Meister Faber stand wie erstarrt. Sein Gesicht war kalkweiß, die Lippen bewegten sich, aber er brachte keinen Ton hervor. Eva strich ihm über den Arm. «Ihr denkt an Eure Frau und die Kinder, nicht wahr, die bei einem Brand in Eurem Haus ums Leben gekommen sind?»

Faber nickte, doch sein Blick war fest auf die verbrannte Frau gerichtet.

Plötzlich kam die Hure auf Eva zu und blieb so dicht vor ihr stehen, dass Eva ihren Atem spüren konnte. «Eine Maske sollte ich werden», zischte sie. «Mein Gesicht hat er verbrannt, der Satan.»

Eva wich erschrocken zurück.

Susanne fasste sich rasch: «Von wem sprichst du?», fragte sie. «Wer wollte eine Maske von dir machen?»

«Der Satan war es», flüsterte die Hure und blickte irre um sich. Sie fasste nach Susannes Haar und zog daran. «Er hatte den Ton schon angerührt. Und dich, Schönchen, wird er auch noch holen.»

«Ein Mann war es, sagst du?», fragte Susanne. «Wo ist dir das geschehen? Hier in der Stadt?

Die Hure schüttelte den Kopf. «Kein Mann, kein Weib. Der Satan war es. Nicht hier, nicht dort. In der Hölle war es.» Sie zeigte mit dem Finger nach Norden, wo das kleine Wäldchen Rosenthal lag.

Eva sah, wie Meister Faber würgen musste. Er zitterte, ein feiner Schweißfilm hatte sich auf seiner Oberlippe gebildet.

Die Frau lachte irre und begann zu tanzen. Zwei Fuhrleute schnalzten mit der Zunge, einer von ihnen streckte die Hand aus, um sie zu packen. Da kreischte sie schrill auf, warf sich auf den Boden und wälzte sich kreischend im Dreck. «Der Satan will mich holen», schrie sie. «Der Satan!»

Sie wies mit dem Finger auf Susanne: «Und dich auch, Liebchen. Er ist dir näher, als du denkst.»

Susanne wich zurück. Aus ihrem Gesicht war alle Farbe verschwunden. Auch Eva verspürte Übelkeit. Warum bereitete denn niemand dieser schrecklichen Szene ein Ende? Schließlich kamen die Stadtknechte hinzu.

«Steh auf, Weib», brüllte einer von ihnen und versuchte, sie am Arm hochzuziehen. Doch als der Mann sie berührte, brach die Frau in ein solches Geheul aus, dass der Stadtknecht sie auf der Stelle losließ.

«Sie ist verrückt», sagte er zu dem anderen. «Sie muss ins Irrenhaus gebracht werden.»

Der andere nickte, trat an die Frau heran und wollte sie packen, doch das Weib schlug um sich, zerkratzte dem Stadtknecht das Gesicht, trat ihn, wo immer sie traf. Der andere riss nun auch an ihr, doch es gelang ihnen nicht, die Frau zu beruhigen. Im Gegenteil, ihr Gebrüll wurde lauter, weißer Schaum bildete sich um ihren Mund. Plötzlich tauchte Johann von Schleußig neben den Stadtknechten auf. Er nickte den beiden Männern zu und kniete sich neben die Frau in den Dreck. Ganz behutsam, und ohne sie zu berühren, sprach er auf sie ein. Niemand hätte zu sagen vermocht, ob es die Priesterkleidung oder die freundliche Zusprache war, was die Frau schließlich so weit beruhigte, dass sie nur noch leise wimmerte wie ein Kind.

Johann von Schleußig half ihr auf die Beine, bedeckte ihre Blöße mit seinem Umhang und führte sie davon.

Die Menge zerstreute sich, nur Eva stand da wie angewurzelt und starrte unentwegt auf den Boden, wo sich die Hure gewälzt hatte. Sie hörte Meister Fabers unterdrücktes Schluchzen neben sich.

«Hast du gehört?», fragte sie Susanne, und in ihrer Stimme klang Entsetzen. «Sie hat davon gesprochen, dass der Satan sie in eine Maske verwandeln wollte.»

«Ja, ich habe es gehört. Meinst du, der Mörder der Badedirne von Frankfurt ist nach Leipzig gekommen?»

Eva zuckte mit den Schultern. «Ich weiß es nicht, Susanne. Ich weiß es wirklich nicht, aber ich habe Angst.»

In den nächsten Tagen hatte Eva nicht viel Zeit, um über den Vorfall auf dem Marktplatz nachzudenken. Die beiden Mädchen nahmen ihre ganze Aufmerksamkeit in Anspruch.

Hildegard hatte Wort gehalten. Jeden Morgen kam sie und brachte den Zwillingen in der Wohnstube das Lesen und Schreiben bei. Während Priska eifrig die Buchstaben auf einem Stück Schiefer nachschrieb, träumte Regina oft vor sich hin.

«Warum schreibst du nicht?», fragte Hildegard. «Willst du nichts lernen?»

Regina sah auf: «Meine Schwester und ich teilen uns eine Seele. Es reicht, wenn sie lesen und schreiben kann.»

Ute hatte Kleider und Wäsche von ihren Kindern für die Zwillinge gebracht. Oft kam sie nun auch am Nachmittag, um mit den Mädchen Manieren zu üben. Sie zeigte ihnen, wie man eine Serviette benutzte, brachte sie davon ab, sich in die Hand zu schnäuzen, erklärte, wie man das Messer und die Gabel handhabte.

Hier war es Regina, die durch Eifer hervorstach, während es Priska reichlich Mühe bereitete, beim Essen nicht zu schlingen und das Fingerschälchen zu benutzen.

Als die Mädchen sich allmählich in der Hainstraße eingelebt hatten, sagte Hildegard zu Eva: «Sie sind zwar Zwillinge, aber sie könnten nicht unterschiedlicher sein. Während Regina einfach nur aus der Vorstadt rauswollte und es ihr letztlich gleichgültig ist, auf welche Weise, so ist Priska bemüht zu lernen. So jung sie noch sind, sie beginnen bereits jetzt, sich ihren Platz zu suchen.»

Eva nickte: «Eigentlich war das ja auch das Ziel. Ich

gebe ihnen eine Möglichkeit, und es ist an ihnen, diese zu nutzen. Trotzdem muss ich zugeben, dass mir Priska näher ist als Regina, die wohl eher in Susanne eine Lehrmeisterin gefunden hat.»

Heinrich und Meister Faber hatten – wie vorauszusehen – Einwände gehabt.

«Wir schaffen die Arbeit auch ohne die beiden Blagen kaum noch. Sie werden uns im Weg rumstehen und die teuren Metalle mit ihren Fingernägeln verkratzen. Einen kräftigen Lehrbuben hätten wir gut brauchen können. Die beiden aber sind nicht einmal in der Lage, ein heißes Feuer am Brennen zu halten», hatte Heinrich geklagt.

Doch Eva hatte ihn angelächelt. «Dann sorge dafür, Heinrich, dass sie es lernen.»

David hatte die beiden interessiert betrachtet und der lebhaften Regina alles erklärt, was sie wissen wollte.

«Wie viele Gulden kostet ein Ring? Bekommt jede Frau von ihrem Mann zur Hochzeit ein Schmuckstück? Wie zeigt man seine Haarspangen, wenn man als Ehefrau doch eine Haube tragen muss? Was ist wertvoller: Gold oder Silber?»

Priska hingegen fragte nie etwas. Doch sie stand oft neben Meister Faber und verfolgte jede seiner Bewegungen. Eva war davon überzeugt, dass sie auf diese Weise mehr lernte als die lebhafte Regina, deren Fragen keine Grenzen kannten. So zeigte sie auch auf Evas Kette und fragte: «Wer hat dieses Schmuckstück gefertigt? Habt Ihr es geschenkt bekommen, obwohl Ihr keinen Mann habt? Oder musstet Ihr es Euch selbst fertigen, Silberschmiedin?»

Eva konnte nicht verhindern, dass ihr die Schamröte ins Gesicht stieg. Auch Meister Faber, Heinrich und die anderen Gesellen sahen sie plötzlich sehr interessiert an.

«Ich … ich …», stotterte Eva herum. «Ich habe die Kette und den Anhänger zum Geburtstag bekommen.»

Regina trat einen Schritt näher und tippte ganz vorsichtig gegen das kleine Silberstück. «Es ist hübsch. Zum Namenstag wünsche ich mir auch so eines», verkündete sie selbstbewusst. «Ich wette, Adam wird es mir schenken.»

«Wie kommst du darauf, dass Adam dir eine Kette schenken wird?», fragte Eva.

Regina kicherte, während Priska verlegen auf den Boden sah.

«Wollt Ihr mir nicht antworten?», hakte Eva nach und sah Regina dabei an.

«Er holt uns in sein Laboratorium», erzählte Regina.

«Na, und? Was ist daran merkwürdig? Adam wird bald ein Arzt sein. Er interessiert sich für Menschen. Ist es verwunderlich, wenn er sich da für Zwillinge interessiert?»

«Er sucht nach unserer geteilten Seele», fuhr Regina fort. «Er misst alles an uns: Die Nase, die Ohren, die Abstände zwischen den Augen, die Arme, die Beine.»

«Nun, dann wollen wir hoffen, dass er eure Seele findet», sagte Eva und wandte sich wieder ihrer Arbeit zu.

Sie sah, dass Meister Faber und Heinrich sich viel sagende Blicke zuwarfen, doch sie schwieg und nahm Priska mit an ihren Arbeitsplatz, um ihr die Unterschiede zwischen Gold, Silber, Bronze, Kupfer und Messing zu erklären.

«Schau her, Priska. Das ist ein einfacher Leuchter aus Bronze. Bronze ist eine Legierung aus vier Teilen Kupfer und einem Teil Zinn. Es ist etwas härter als Kupfer und wird für Gegenstände im Haushalt benutzt. Messing ist zwar ebenfalls eine Legierung aus Kupfer und Zinn, der Kupferanteil muss jedoch mindestens die Hälfte betragen. Es ist härter als Kupfer, aber nicht so hart wie Bronze. Sieh genau her, du kannst an den Farben den Kupferanteil erkennen. Ein hoher Anteil verleiht einen warmen Goldton, ein niedriger Anteil hat ein helles Gelb. Die Metalle werden bei sehr heißem Feuer zusammengeschmolzen.»

Sie hatte diesen Satz noch nicht zu Ende gesprochen, als sie wieder an die junge Frau mit dem durch Flammen verwüsteten Gesicht denken musste. Was war ihr zugestoßen?

Die Frage ging ihr den ganzen Tag nicht aus dem Kopf, und am Abend besprach sie den Vorfall mit Mattstedt, der zu Besuch gekommen war. Auch der Ratsherr hatte inzwischen von dem Vorfall gehört. «Kannst du dir vorstellen», fragte sie ihn, «dass der Mörder von Frankfurt nach Leipzig gekommen ist?»

Mattstedt zuckte mit den Achseln. «Es muss jemand aus den Schmiedezünften sein. Ich werde in der Innung Bescheid geben und darum bitten, dass jeder neue Geselle aufmerksam geprüft wird. Beruhigt dich das, Eva?»

Nein, das tat es nicht, doch sie nickte. Vielleicht war alles ja wirklich nur ein dummer Zufall. Vielleicht hatte sich die Hure an kochendem Wasser verbrannt oder war einem Feuer zu nahe gekommen. Wahrscheinlich war sie eine Verrückte, die nicht wusste, was sie sagte.

«Du solltest endlich diesen David wegschicken», wechselte Mattstedt das Thema. Sie ließ den Stickrahmen sinken und trank einen Schluck von dem weißen Wein, der von der Unstrut kam und in Leipzig gern getrunken wurde.

«Warum, Andreas? Er ist gut für die Werkstatt. Ohne ihn könnten wir so manchen Auftrag nicht ausführen. Die Dominikaner haben nicht mit Lob gegeizt, als er ihnen Kreuz und Monstranz übergab.»

«Das mag sein, doch niemand ist unersetzlich. Ich habe einen anderen Gesellen gefunden. Einen kräftigen Kerl, der aus dem Erzgebirge stammt und hier sein Glück machen will.»

«Andreas, wir brauchen keinen neuen Gesellen. Ich bin zufrieden mit David. Es gibt keinen Grund, ihn fortzuschicken.»

«Nun, mir scheint, Eva, du weißt nicht, was in deiner eigenen Werkstatt geschieht.»

Eva hob fragend die Augenbrauen.

«Noch immer wissen wir nicht, wo er herstammt. Es ist etwas Dunkles um ihn herum, das die Frauen zugleich anzieht und ängstigt. Man sagt, er geht ins Hurenhaus und bezahlt die Dirnen dafür, dass er zeichnen darf, was zwischen ihren Beinen ist.»

Eva brach in Gelächter aus. «Deshalb willst du ihn wegschicken? Die meisten Männer gehen zu den Freudenmädchen.»

Mattstedt schüttelte den Kopf. «Darum geht es nicht, Eva. Sondern um seine Art.»

Mit diesen Worten nahm er einen Brief aus der Tasche seines Wamses und reichte ihn ihr.

Eva erkannte auf den ersten Blick die Schrift ihrer

Mutter. Sie entfaltete den Bogen und las: «Lieber Mattstedt, endlich habe ich Nachricht aus Florenz bekommen. Ein Edelschmied mit Namen David ist nirgends bekannt. Ein anderer Deutscher war da, der auf den Namen Thomas hörte. Er hat sich bei einem Goldschmied verdingt, um das Emaillieren zu erlernen. Eines Tages aber war er weg und mit ihm eine beachtliche Menge an Silber. Niemand weiß, wo er hingegangen ist und was er jetzt tut.»

Eva las nicht weiter. Empört ließ sie den Bogen sinken und sah Mattstedt an. «Nun, unser Geselle heißt David. Ein ordentlicher Silberschmied ist er, die Nürnberger Zunft hat es bestätigt. Was wollt ihr noch, du und meine Mutter?»

«Du solltest weiterlesen», drängte Mattstedt.

Widerwillig nahm Eva den Bogen auf. «Eva soll nach Frankfurt kommen. Wenn es Euch nicht gelingt, den Gesellen wegzuschicken, so muss ich auf sie einwirken. Gebt ihr diesen Brief und sorgt dafür, dass sie nach Frankfurt kommt.»

Eva sah hoch. In ihren Augen funkelte Wut. «Ich werde nicht nach Frankfurt gehen. Niemals!»

«Deine Mutter befiehlt es. Du wirst fahren müssen, Eva.»

Sie schüttelte störrisch den Kopf. «Nein, ich bleibe, wo ich hingehöre: in meiner Werkstatt in Leipzig. Sie kann mich nicht zwingen, ich bin großjährig. Außerdem bin ich sicher, dass du keine Zeit versäumen wirst und David wegschickst, wenn ich der Werkstatt auch nur einen einzigen Tag den Rücken kehre.»

Sie sah Mattstedt trotzig an und war fest entschlossen, weder ihm noch ihrer Mutter zu gehorchen.

«Eva, jetzt sei doch vernünftig!» Mattstedt beugte sich nach vorn und legte Eva seine Hand auf den Arm. «Einer wie er passt nicht hierher. Das musst du doch einsehen. Er bringt alles durcheinander, wiegelt am Ende gar noch die Leute auf. Wir aber wollen Ruhe und Ordnung.»

Eva schüttelte seine Hand ab. Mattstedt schien ihre Verärgerung nicht zu bemerken, er lächelte sie liebevoll an und sagte leise: «Eva, wir könnten es zusammen so schön haben. Heirate mich, und du wirst sehen, dass dein Leben genau so wird, wie deine Mutter sich das immer für dich gewünscht hat.»

Eva hielt es nicht länger auf ihrem Platz. Sie stand auf, trat ans Fenster und sah hinaus auf die abendlich stille Gasse. In einer Nische gegenüber küssten sich zwei junge Leute. Eva erkannte in dem Mädchen die Magd des Nachbarn.

«Ich liebe dich nicht», sagte Eva leise. Sie wagte nicht, dem Kaufmann ins Gesicht zu sehen. «Wenn ich dich heirate, Andreas, handle ich wie meine Mutter und werde, was immer mir auch sonst im Leben gelingt, am Ende mit leeren Händen dastehen. Ich werde das Leben führen, das sich meine Mutter für mich gedacht hat. Aber es hat nichts mit dem Leben zu tun, das ich mir wünsche.»

Sie wandte sich um, ging zu Mattstedt, kniete vor seinem Stuhl und fasste nach seinen Händen. «Andreas, du hast eine Frau verdient, die dich liebt, die dir Ehre macht.»

Mattstedt sah sie nicht an. «Ist Liebe eine Voraussetzung, um miteinander glücklich zu werden, Eva?»

«Ja. Daran glaube ich.»

Der Ratsherr nickte und seufzte. «Ich wünschte, ich könnte dich eines Besseren belehren.»

Eva schüttelte den Kopf. «Es fängt eine neue Zeit an, in der die Liebe wichtiger ist als alles andere. Du, Andreas, siehst die neue Zeit nur von der kaufmännischen Seite. Der Adel verliert an Macht, die Bürger kommen zu Geld und wollen damit auch Einfluss. So macht es Fugger vor, so willst auch du das Alte abschaffen und für dich mehr Vorteile erringen. Ich aber möchte etwas anderes. Ich möchte alles zeigen, was in mir steckt, möchte meine Möglichkeiten ausschöpfen und mich der von Gott geschenkten Seele würdig erweisen.»

«Woran willst du messen, wie weit du deine Möglichkeiten ausgeschöpft hast?», fragte Mattstedt. Eva hörte seine Kiefer mahlen.

«Du meinst», fragte sie, «Geld?» Sie schüttelte den Kopf. «Nein, Andreas. Geld ist nicht das, was zählt.»

Jetzt sah er sie direkt an. Seine Blicke fuhren suchend über ihr Gesicht. «Gibt es einen anderen Mann?», fragte Mattstedt schließlich.

Eva seufzte. «Ich will dir nicht wehtun, Andreas.»

«Ach?», fragte der Kaufmann. «Hast du das nicht bereits getan? Ich habe ein Recht darauf, es zu wissen.»

«Ja», Eva hielt seinem Blick stand. «Ja, ich liebe einen anderen. Du kennst ihn. Es ist David. Und ich werde ihn fragen, ob er mich heiraten möchte.»

«Weiß er schon von seinem Glück?»

Die Frage knallte wie ein Peitschenschlag durch den Raum. Eva fuhr erschrocken herum.

Susanne hatte sich angeschlichen, ohne dass sie es bemerkt hatten.

Eva machte den Mund auf, um sie zurechtzuweisen, doch Susanne sah sie so hasserfüllt an, dass sie schwieg.

«Weiß David schon, dass du beschlossen hast, ihn zu heiraten?», fragte Susanne erneut.

Eva schüttelte den Kopf. «Ich werde mit ihm sprechen.»

«Nun, dann gehe ich, ihm die frohe Botschaft zu bringen: «David, der Heiland ist zum zweiten Mal vom Himmel auf die Erde gestiegen. Er bringt dir große Freude: Du bist ausgesucht, die Meisterin zu heiraten.»

«Sei still», befahl Eva. «Halt den Mund und geh!»

«Wie du willst», erwiderte Susanne und verschwand.

Mattstedt war inzwischen aufgestanden und zupfte an seinem Wams.

«Eva, noch kannst du zurück. Noch ist nichts geschehen. Ich könnte vergessen, was du gesagt hast.»

Eva schüttelte den Kopf und starrte auf den Boden.

«Du machst einen großen Fehler», sagte Mattstedt leise, dann hörte sie seine Schritte, das Klappen der Tür und das Knarren der Treppenstufen.

Eva schluckte. Einen Augenblick lang war sie versucht, Mattstedt zurückzurufen, doch dann fiel ihr Susanne ein. Sie wagt es nicht, zu David zu gehen, dachte Eva, aber sicher war sie sich nicht. Eva eilte aus der Stube hinauf zu seiner Kammer.

Susanne war ihr doch zuvorgekommen. Sie redete auf David ein, der am Fenster stand, sodass Eva seine Gesichtszüge nicht erkennen konnte. Als sie die Stiefschwester hereinkommen hörte, drehte Susanne sich um und sah Eva spöttisch an.

«Ich muss mit Euch reden, Geselle», sagte Eva. David nickte und machte eine einladende Handbewegung. Eva schüttelte den Kopf. «Allein möchte ich mit Euch reden. Ich warte in meiner Wohnstube auf Euch.»

Sie wollte sich umdrehen und gehen, doch Susanne kam ihr zuvor. «Ich gehe. Du kannst bleiben», zischte die Stiefschwester und schlüpfte an Eva vorbei. Bevor sie den Raum verließ, hielt sie inne und sagte wie zu sich selbst: «Mancher Traum wird zum Albtraum, wenn er in Erfüllung geht.» Dann lachte sie hämisch und verschwand.

David bot Eva einen Platz auf der gepolsterten Wandbank an.

Eva setzte sich und musste zu ihm hochsehen. «Ich habe mich entschlossen, Euch zu heiraten. Das Bürgerrecht wird Euch zuteil, und der Meisterbrief ist Euch auch gewiss.»

David lachte. «Und wenn ich nicht will? Was dann, Silberschmiedin?»

Eva erstarrte. War Susanne wirklich sein Liebchen? Wollte er lieber die Stiefschwester heiraten? Nicht einen einzigen Augenblick lang hatte sie die Möglichkeit in Erwägung gezogen, dass er ihr Angebot ablehnen könnte!

In diesem Augenblick beugte er sich zu ihr herab, barg ihr Gesicht zwischen seinen warmen Händen und sah ihr tief in die Augen. «Wollt Ihr wirklich den Platz verlassen, an dem Ihr jetzt steht?»

Plötzlich war sich Eva ganz sicher.

«Ja, David. Ich bin bereit, diesen Platz zu verlassen, mir

den zu suchen, den ich möchte, und die zu werden, die ich bin.» Der Seufzer, den sie ausstieß, kam aus tiefstem Herzen. «Wenn Ihr wüsstet, wie leid ich es bin, immer den Vorstellungen der anderen zu entsprechen. Nein, ich mag nicht länger die Tochter der Pelzhändlerin oder Mattstedts kleine Braut sein. Zeit wird es, Eva zu werden.»

«Das ist gut, Eva», flüsterte der Mann. «Als meine Frau müsst Ihr die werden, die Ihr wirklich seid. Mit einem Abbild gebe ich mich nicht zufrieden.»

Seine Lippen lagen weich auf ihrem Mund. Die Wärme seines Körpers durchströmte sie und wischte jeden Zweifel zur Seite.

Ja, ich werde es allen zeigen, dachte sie. Alle sollen wissen, dass in mir mehr steckt als nur die Tochter der Pelzhändlerin.

Eva verspürte Triumph. Endlich hatte sie einmal etwas gesagt und getan, was weder die Zustimmung ihrer Mutter noch die Billigung Mattstedts fand.

Kapitel 11

Niemand wollte Eva so recht beglückwünschen, auch Adam nicht.

«Eva, ich bitte dich: Der Geselle ist doch kein Mann für dich! Du brauchst einen, der mit Geschick deine Geschäfte leitet, der dich schützt und für dich sorgt. David aber hat anderes im Kopf. Der interessiert sich doch nur für seine eigenen Projekte», versuchte Adam sie zu belehren.

Eva stand in seinem Laboratorium, betrachtete die zahlreichen Gefäße und rümpfte die Nase über den Geruch, der ihre Schleimhäute kitzelte.

«Dasselbe kann man auch von dir sagen, Adam. Du holst die Zwillinge zu dir, wann immer du sie brauchst. Du stellst ihnen Fragen über ihre Kindheit, schreibst sogar ihre Träume auf. Du vermisst ihre Körper, und Regina tratscht überall herum, dass sie dir ihre knospenden Brüste zeigen mussten, damit du sehen kannst, ob auch sie gleich sind.»

«Ich habe die Mädchen nicht angerührt», wehrte sich Adam und hob beide Hände. «Eine Mannslänge entfernt habe ich gestanden, als sie ihre Kleider hoben.»

«Was fasziniert dich nur so an ihnen?», fragte Eva.

«Zwillinge sind selten. Für einen Medicus ist es ein Glücksfall, sie beobachten und untersuchen zu können.»

«Was sollen die Leute denken, wenn sie erfahren, dass du bald jeden Abend mit ihnen hier unten bist?»

«Eva, versteh doch: Es ist mir vollkommen egal, was die Leute denken. Ich kann darauf keine Rücksicht nehmen. Außer den Mädchen habe ich erst ein einziges Mal Zwillinge gesehen, allerdings ein Pärchen. Die meisten sterben bei der Geburt. Aber Priska und Regina leben! Ich muss sie untersuchen!»

Eva nickte und wanderte durch den Raum. «Ich verstehe dich, Adam. Doch bist du genauso wie David. Beide wollt ihr euch nicht einschränken lassen, beide seid ihr bereit, alles andere für das Neue zu opfern. Nun, ich werde dich bestimmt nicht bei deinen Zwillingsforschungen stören, doch dafür verlange ich, dass du dich aus meinen Heiratsplänen heraushältst.»

Meister Faber nahm die Nachricht von der bevorstehenden Verlobung ohne die geringste Reaktion entgegen. Mit unbewegter Miene fragte er, ob David dann auch Meister würde. «Ich bin alt, Eva. Froh wäre ich, könnte ich ein wenig Verantwortung abgeben. David ist ein hervorragender Silberschmied. Über alles andere habe ich nicht zu befinden.»

«Ihr braucht keine Sorge zu haben, Meister Faber. Zwei Jahre wird es nach der Hochzeit noch dauern, ehe David Anspruch auf den Meistertitel hat. Und ich wäre dankbar, bliebet Ihr uns so lange erhalten.»

Regina zupfte Eva am Arm: «Müssen wir weg, wenn Ihr verheiratet seid?», fragte sie.

«Wie kommst du darauf?»

«Ihr werdet eigene Kinder haben. Vielleicht stören wir dann.»

Eva setzte sich hin und sah die Zwillinge an. «Ihr seid meine Lehrmädchen, nicht meine Töchter. Meine Heirat hat nichts mit euch zu tun. Ihr seid hier, weil ich beweisen möchte, dass die Herkunft keine Rolle spielt, dass Mädchen aus der Vorstadt zu Bürgerinnen taugen.»

«Oh, ich kann schon jetzt so gehen wie eine Bürgerin mit Trippen an den Füßen. Ich weiß, dass mich die Lehrbuben zuerst grüßen müssen, wenn ich ihnen auf der Gasse begegne. Und dass ich die Augen niederschlagen muss, wenn mir einer ins Gesicht sieht.»

Eva runzelte die Stirn. «Du bist oft bei Susanne, nicht wahr, Regina?»

Das Mädchen lächelte stolz und nickte. «Wenn ich weiter so fleißig rohe Eier esse, sagt Susanne, dann werde ich bald einen ebenso großen Busen haben wie sie.»

«Ist es das, was dir wichtig ist?», fragte Eva ungläubig. Regina nickte. «Einen Mann will ich haben. Und mit einem großen Busen kriege ich einen, auch wenn ich ein Zwilling bin. Ihr habt mich aus der Vorstadt geholt, und ich werde Euch beweisen, dass ich eine gute Bürgersfrau abgeben werde.»

«Und du, Priska? Was willst du?»

«Eine Silberschmiedin werden wie Ihr.»

«Zeigt mir, was ihr in den letzten Wochen gelernt habt», forderte Eva. Regina zeigte ein verbogenes Blechstück hervor.

«Was soll das sein?», fragte Eva.

«Ich habe verschlichtet», behauptete das Kind voller Stolz.

«Und du, Priska?»

Das Mädchen senkte den Blick zu Boden und sagte leise: «Meister Faber hat mir gezeigt, wie man das Feuer so heiß schürt, dass man darauf schmieden kann. Man muss Buchenholzscheite nehmen und dann mit dem Blasebalg das Feuer von drei Seiten zugleich schüren. Nur so wird es schnell so heiß, dass man Metalle darauf schmelzen kann.»

Regina lachte höhnisch und zeigte mit dem Finger auf ihre Schwester: «Willst du etwa ein Feuerknecht werden? Wozu ist Heinrich da? Es ist seine Aufgabe, Scheite zu schlagen, zu schleppen und den Brennofen zu heizen.»

Regina schubste ihre Schwester in die Seite.

Eva aber strich Priska über den Kopf. «Du machst es richtig. Nur der, der alle Handgriffe in einer Werkstatt beherrscht, wird ein guter Gold- und Silberschmied werden.»

Reginas Gelächter verstummte. «Wir werden ja sehen, wer eher eine Bürgersfrau wird: Priska mit dem Herdfeuer oder ich», sagte sie mit finsterer Miene.

Eva wollte zu einer Erwiderung ansetzen, als Susanne die Werkstatt betrat.

Regina strahlte über das ganze Gesicht, als sie Susanne sah. Sie schmiegte sich an sie, und Susanne strich ihr über den Kopf. Priska stand daneben, kratzte mit dem Fuß auf dem Boden herum und hielt den Blick gesenkt.

Eva sah es, doch sie sagte nichts dazu. Stattdessen blickte

sie Susanne fragend an. Susanne übergab ihr einen Brief, den ein berittener Bote aus Frankfurt gebracht hatte. Eva nahm ihn und ging damit in ihre Kammer. Das würden bestimmt keine Glückwünsche sein.

Sie brach das Siegel und las:

Eva,
warum bist du nicht nach Frankfurt gekommen, als ich dich rief? Aber zum Glück ist noch nicht alles verloren. Deine Heiratsabsichten schaden zwar dem Unternehmen, doch du bist jung, und man wird dir verzeihen. Frage den Gesellen nach seinen Papieren. Du wirst sehen, dass er keine hat. Du kannst ihn also nicht heiraten. Für seine Anwesenheit in Leipzig besteht danach keinerlei Grund mehr.
In der Anlage schicke ich dir die Kopie einer Urkunde unseres Notars. Bis du wieder zur Vernunft gekommen und die Frau von Andreas Mattstedt geworden bist, gilt dieser Vertrag. Ich habe verfügt, dass dein Bruder Christoph die Frankfurter Besitztümer allein erbt, während du nur eine kleine Mitgift und erst nach meinem Tod die Werkstatt samt dem Wohnhaus erben wirst. Die Anteile an den Silberminen verbleiben in meinem Besitz und unter der Obhut von Andreas Mattstedt.
Sobald ich die Nachricht habe, dass der Hochzeitstermin mit Mattstedt an der Kirche angeschlagen steht, wird dieser Vertrag unwirksam, und dir steht – wie bisher – die Hälfte aller Besitztümer nach meinem Tod zur Verfügung.

Also eile dich und mache gut, was du angerichtet hast. Ich werde dir verzeihen und bin sicher, dass du in Zukunft mehr Vernunft walten lässt.

Deine dich liebende Mutter.

Eva ließ den Bogen sinken. Alle sind gegen ihn, dachte sie. Vor allem diejenigen, die ihm ähnlich sind. Sibylla. Adam. Sie haben alle Angst vor ihm. Es ist, als fürchteten sie sich vor sich selbst.

Eva trat ans Fenster und atmete die würzige Mailuft ein. Die Abenddämmerung senkte sich über die Dächer der Stadt. Das Licht wurde weich und die Geräusche in den Straßen gedämpfter. Drei Tage waren vergangen, seit sie David gebeten hatte, sie zu heiraten. Drei Tage, an denen sie kaum eine gemeinsame Minute Zeit füreinander hatten. An denen niemand ihre Entscheidung gutgeheißen hatte.

Ute war die einzige Ausnahme gewesen. Sie hatte sie umarmt und ihr von Herzen Glück gewünscht. «Du wirst dir dein Leben so bauen, wie du es möchtest», hatte sie gesagt. «Und David wird dir dabei zur Seite stehen. Nicht seine Magd wirst du sein, nicht nur die Mutter seiner Kinder, sondern eine Partnerin in allen Fragen.»

«Ja», hatte Eva genickt. «So wird es sein. Nur mit ihm kann ich alles leben, was in mir steckt.»

Jetzt trat Eva zum Spiegel, und ihr war, als sähe sie heute darin eine Frau. Nicht mehr das Mädchen, nicht mehr die Tochter ihrer Mutter. Ich bin erwachsen, dachte sie, von sich selbst überrascht.

Sie strich über ihre Brüste und bemerkte mit Erstaunen, dass sie sich unter der Berührung regten.

Plötzlich klopfte es an ihrer Tür.

Bevor sie hereinrufen konnte, war David in ihre Kammer getreten.

«Betrachtet Ihr Euer Abbild?», wollte er wissen und deutete auf Evas Spiegelbild.

Scham schoss in Eva hoch. «Nein», erwiderte sie. «Ich betrachte mich.»

David nickte. «Warum ich?», fragte er.

Eva sah ihn an. «Was meint Ihr?»

«Warum wollt Ihr mich heiraten?»

Eva blickte zu Boden. Sie wusste nicht, was sie antworten sollte. David hatte sie so förmlich angesprochen, wie es zwischen Meisterin und Gesellen üblich war, nicht aber unter Liebenden. War er gekommen, um ihr einen Korb zu geben?

«Wollt Ihr mich um meinetwegen oder Euretwegen heiraten?», fragte David weiter.

«Das ist eine seltsame Frage», versuchte Eva abzulenken.

«Das ist die wichtigste Frage überhaupt», setzte er nach. «Erst, wenn Ihr sie mir beantwortet habt, werden wir uns verloben.»

«Und Ihr? Warum habt Ihr zugestimmt?». Ärger stieg in Eva hoch. Reichte es ihm nicht aus, dass sie sich den Zorn der Mutter und das Unverständnis der Übrigen zugezogen hatte? Was wollte er denn noch? Sah er denn nicht, dass sie die Grenzen ihres Standes überschritten hatte und bereit war für das Neue? Und was war mit ihm?

«Wollt Ihr mich Euretwegen oder meinetwegen heiraten?», gab sie die Frage zurück.

Er sah sie an, doch sein Blick war nicht weich und schmeichelnd, sondern prüfend. «Ich habe dich für mich gezeichnet. Schon als ich dich das erste Mal sah.»

Plötzlich lächelte er. Seine Hand strich sanft über ihre Wangen. «Du bist schön. Dein Gesicht und dein Körper sind voll unentdeckter Reize. Aber wie schön ist deine Seele?»

Mit dieser Frage ließ er Eva allein zurück.

Sie sah ihm nach, dann wandte sie sich erneut dem Spiegel zu. Davids Frage ging ihr nicht aus dem Kopf. «Wollt Ihr mich meinetwegen oder Euretwegen heiraten?»

Sie sah in den Spiegel und antwortete leise: «Deinetwegen, David. Weil ich dich liebe.»

Während sie diese Worte sprach, wurde ihr bewusst, dass es nicht stimmte. Sie schlug die Augen nieder.

Ich lüge, dachte sie. Ich belüge mich selbst. Nicht um seinetwegen will ich ihn heiraten, sondern um meinetwegen. Sie hob den Blick und betrachtete sich erneut im Spiegel. Ihr war, als hätte sie ihre Unschuld verloren. Bis zu diesem Augenblick hatte sie geglaubt, David zu erhöhen und sich der neuen Zeit damit würdig zu erweisen. Doch sie hatte sich geirrt.

Sie atmete tief ein, schloss für einen kurzen Moment die Augen, dann trat sie einen Schritt näher und sah sich an. «Ich heirate ihn meinetwegen. Der Mensch ist das Maß aller Dinge. Mein Maß aber soll David sein.»

Die Worte kamen ihr so richtig vor. Sie fühlten sich beim Sprechen gut an.

«So ist es!», sagte sie, fühlte sich auf einmal leicht und gut, lächelte sich an, dann wandte sie sich um, um David die Antwort zu bringen.

Wie vor drei Tagen stand er mit dem Rücken am Fenster. Er hatte keine Lichter angezündet, nur der Mond überzog die Kammer mit einem silbernen Schein. Eva trat unsicher näher. Wie gerne hätte sie jetzt seine Augen gesehen. Doch sie musste es ihm sagen. «Ich möchte dich um meinetwillen heiraten.» Kaum hatte sie diese Worte ausgesprochen, breitete er die Arme aus, und sie flog an seine Brust.

«So ist es gut, Eva», flüsterte er und presste seine Lippen auf ihr Haar. «So soll es sein. Du musst mir immer die Wahrheit sagen, hörst du?»

Sie löste sich von ihm, sah ihm in die Augen und nickte: «Ja, David. Ich werde dir immer die Wahrheit sagen. Du sollst wissen, wie und wer ich wirklich bin.»

Er nahm sie in seine Arme und küsste sie. Dieses Mal war der Kuss warm und sanft.

Die Verlobung sollte ein großes Fest werden. Alle sollten sehen, wie glücklich Eva war. Doch damit alles den rechten Weg ging, musste David seine Papiere vorweisen. Bisher hatte er noch keine beibringen können. Andreas Mattstedt spottete schon: «Du wirst sehen, dass er keine hat. Und ohne Nachweis einer ehrlichen Abkunft kannst du ihn nicht heiraten.» Eva ging nicht darauf ein und hielt Mattstedt entgegen: «Es ist alles so, wie es sein soll.» Da dem noch nicht ganz so war, nahm sie am Abend ihr Herz in beide Hände.

«Hast du Papiere?», fragte sie David beinahe ängstlich.

David lächelte. «Ändert es etwas, wenn ich keine habe?»

«Dann können wir uns nicht ordentlich vermählen», antwortete Eva, und die Furcht kroch ihr den Rücken hinauf. «Wir würden kein Bürgerrecht bekommen, und ich würde die Werkstatt verlieren.»

Sie seufzte und sah ihn an. «Aber ich würde dich trotzdem heiraten und, wenn es sein muss, mit dir vor den Toren der Stadt wohnen.»

David nickte, als wäre dies genau die Antwort gewesen, auf die er gewartet hatte. Er griff in die Tasche seines Wamses, zog die Papiere hervor und reichte sie Eva.

«Du stammst aus Halle an der Saale?», staunte sie. «Die Urkunde ist von zwei Männern in Halle bezeugt.»

David nickte. «Aus der Nähe, ja.»

«Dein Vater ist Gerber?»

Wieder nickte er.

«Ich möchte ihn kennen lernen», bat Eva. «Halle ist nicht so weit. Wir könnten zu ihm reisen, oder besser noch, wir werden ihn zur Hochzeit einladen.»

«Nein, das werden wir nicht!», erwiderte David in einem Ton, der keinen Widerspruch duldete.

«Aber warum nicht?»

«Ich habe meinen Vater seit Jahren nicht gesehen. Alles, was ein Vater und ein Sohn einander zu sagen haben, ist bereits ausgesprochen. Es gibt keinen Grund für eine Einladung.»

Eva wunderte sich ein wenig, doch da es ihr mit ihrer

Mutter ähnlich ging, bestand sie nicht darauf. Ohnehin war sie viel zu froh, dass David Papiere vorweisen konnte und seinen Gegnern vorerst das Maul gestopft war.

Es dauerte eine Zeit lang, bis alle Verwaltungsnotwendigkeiten geregelt waren. Bis sämtliche Verfügungen getroffen, die Verlobung bekannt gemacht und die Mitgift vereinbart war, war es Juni geworden. Die Verlobung sollte am Johannistag stattfinden. Susanne und Bärbe begannen bereits am frühen Morgen, Tische und Bänke in den Hof zwischen Wohnhaus und Werkstatt zu stellen. Zwei junge Birken wurden mit weißen Bändern geschmückt, für das Johannisfeuer wurde ein großer Reisighaufen aufgeschichtet, der nach Einbruch der Dunkelheit entzündet werden würde.

Die Tafel bog sich unter der Anzahl der Speisen, die Bärbe und Susanne seit Wochen vorbereitet hatten. In der Mitte stand ein gebratenes Ferkel, drum herum fanden sich Platten mit gekochtem Rindfleisch und gebratenen Hühnern. Kleine Gefäße mit gewürzten Soßen aus Salz, Pfeffer und Kräutern waren über den Tisch verteilt, daneben standen Körbe mit Gersten- und Weizenbroten – die bevorzugte Speise der Reichen.

Vervollständigt wurde der Überfluss durch Schüsseln mit frischem oder eingelegtem Gemüse aus Pastinaken, Pferdebohnen, Rüben und Zwiebeln sowie mit frischem Obst gefüllte Weidenkörbchen. Brezeln, kleine Kuchen aus weißem Mehl und kandierte Nüsse rundeten das Mahl ab.

Zum Trinken gab es Weizen- und Haferbier, das mit Dost und Schlehen gewürzt war. Die Gäste trafen am

Nachmittag ein. Angelockt von dem guten Essen, kamen alle bis auf einen: Mattstedt hatte sich wegen dringender Geschäfte entschuldigen lassen.

Die Stimmung war übermütig. Als nach dem Mahl die Musikanten zum Tanz aufspielten, gab es kein Halten mehr.

Regina war die Erste, die von der Tafel aufstand. Sie zog Heinrich von der Bank, verhakte seinen linken Arm mit ihrem und begann sich zu drehen.

«He, Mädchen, nicht so schnell», keuchte Heinrich, lachte aber und wirbelte das Kind herum. Er war gegen die Verlobung gewesen, doch er hatte sie nicht verhindern können. Das Leben war jedoch zu kurz, um sich lange um so etwas zu bekümmern. Heute war der Abend lau, das Bier stark, und die Musik fuhr ihm in die alten Beine. Meister Faber hatte sich Bärbe gegriffen und schwenkte sie herum, ein Feuerknecht hatte die Lechnerin von der Bank gezogen.

David, der eine wunderschöne Rosenblüte in Evas Haar gesteckt hatte, lächelte seiner Braut zu, stand auf und führte sie zum Tanz.

Niemand hatte bemerkt, dass Susanne verschwunden war. Doch plötzlich stand sie hinter Eva und forderte: «Lass mich mit deinem Bräutigam tanzen. Bald hast du ihn ohnehin für dich.»

Da im selben Augenblick die Musik aussetzte, konnte jeder diese Sätze hören.

Es war nichts Unschickliches daran. Auf jeder Verlobung mussten Braut und Bräutigam mit jedermann tanzen. Doch dies hier war anders. Eva drehte sich zu Susanne herum – und erstarrte. Susanne aber warf den Kopf in den Nacken.

«Zieh dieses Kleid sofort aus!», fauchte Eva und stieß Susanne leicht an. «Geh und zieh es aus!»

«Warum?», fragte Susanne laut. «Warum willst du, dass ich mich umziehe?»

Die anderen Gäste unterbrachen ihre Gespräche. Stille herrschte plötzlich, die Fröhlichkeit war verflogen.

«Das Kleid gehört mir!» Eva spuckte die Worte aus. «Die Spange in deinem Haar gehört ebenfalls mir. Der Gürtel, die Kette, die Bänder in deinem Haar – all das gehört mir. Und deine Frisur ist die, die ich trage.»

«Na, und?» Susanne lachte laut und schrill. «Warum darf ich nicht, was du darfst? Glaubst du etwa nicht an das, was du täglich verkündest? Dass jeder sich den eigenen Platz suchen kann?»

Eva begann zu zittern. Sie öffnete den Mund und schloss ihn wieder. Rote Flecke zogen sich über ihren Hals und den Ausschnitt.

«Du hast wahr gesprochen, Susanne», mischte sich endlich David in das Gespräch. Niemanden verwunderte es in diesem Augenblick, dass er sie duzte. «Den eigenen Platz sollst du dir suchen. Du aber tust dies nicht. Du willst Evas Platz einnehmen. Und das steht dir nicht zu.»

Susanne zuckte die Achseln und sah Eva verbittert an. Dann wechselte ihr Gesichtsausdruck wie der Himmel nach einem Gewitter, sie zog einen Schmollmund, streckte den Arm nach David aus und bat mit leiser Stimme: «Tanz mit mir.»

David schüttelte stumm den Kopf, legte Eva einen Arm

um die Hüfte und geleitete sie zurück zu ihrem Platz. Noch immer herrschte Schweigen.

«Was glotzt Ihr so?», schrie Susanne plötzlich. Sie stand in der Mitte des Hofes, alle Blicke waren auf sie gerichtet. Sie sah von einem zum anderen.

Dann breitete sie die Arme aus und begann die Stille mit einem Lied zu füllen:

«Es ist ein Schnee gefallen,
und es ist noch nicht Zeit.
Ich wollt zu meinem Liebsten gehen,
der Weg ist mir verschneit.

Mein Haus hat keinen Giebel,
es ist mir worden alt,
zerbrochen sind die Riegel,
Mein Stüblein wird mir kalt.

Ach, Lieb, lass dich erbarmen,
dass ich so elend bin,
nimm mich in deine Arme,
so geht der Winter hin.»

Sie drehte sich dabei im Kreise, die Tränen liefen ihr über das Gesicht. Die anderen Gäste wendeten die Blicke ab und rutschten auf den Holzbänken hin und her. Heinrich griff nach einem Stück Brot und zerbröselte es in den Händen, Meister Faber trank sein Bier in einem Zug aus. Jeder vermied es, Susanne zuzusehen.

«Hör auf!», schrie Eva und wollte aufstehen, sich auf

die Schwester stürzen und sie wegzerren, zum Schweigen bringen. Doch David hielt sie fest und rief: «Musik. Spielt auf, Musikanten!» Die Musiker gehorchten. Einer schlug das Mohrenpäuklein, ein anderer blies in die Schalmei, und eine Flöte erklang.

Schon sprang David auf, nahm Eva bei der Hand und zog sie in den Kreis. Plötzlich waren auch die anderen wieder da, drehten sich und tanzten, stampften mit den Füßen und klatschten in die Hände.

Susanne aber blieb stehen. Ihr Gesicht war von Tränen überströmt. Sie sah sich um, ihre Blicke suchten Halt, doch niemand wagte es, sie anzusehen. Schließlich raffte sie das Kleid und stürzte ins Haus.

Wie gut, dachte Eva, dass Andreas Mattstedt nicht gekommen ist. Sie sah hoch zum Fenster von Susannes Kammer. Doch David drehte ihren Kopf zu sich. «Kümmere dich nicht um sie», sagte er. «Sie weiß genau, was sie tut.»

Eine Frage konnte Eva jetzt nicht mehr unterdrücken. «War sie dein Liebchen?», fragte sie leise.

David lachte. Er nahm Evas Gesicht in seine Hände und sah sie an. Diesmal war sein Blick voller Zuneigung. «Nein, Eva, mein Liebchen war sie nicht.»

Obwohl sein Ton liebevoll war, wusste Eva immer noch nicht, ob er Susanne geliebt hatte oder gar immer noch liebte. Das Einzige, was sie wusste, war, dass er für Susanne die Bettdecke gelüpft hatte.

David bemerkte Evas Irritation und fuhr mit dem Daumen glättend über ihre Stirn. «Ich liebe dich, Eva», sagte er.

Es war das erste Mal, dass er diese Worte aussprach. Eva

lächelte befreit und bemerkte erst jetzt, dass sie niemals sicher gewesen war, ob David ihre Gefühle erwiderte.

Das Fest war vorbei, und Eva war froh darum. Susannes Tanz hatte einen Schatten auf die Stimmung geworfen. Zwar wurde weiter getanzt, die Bierkrüge geleert und gute Worte für das Paar gesprochen, trotzdem kam Eva die Heiterkeit plötzlich falsch und aufgesetzt vor.

Sie atmete auf, als der Nachtwächter seine Runde drehte und das Fest beendet wurde.

Eva fühlte sich so müde und erschöpft, als hätte sie den ganzen Tag damit verbracht, Wassereimer vom Brunnen auf dem Markt in die Hainstraße zu schleppen.

Sie stand vor dem Spiegel und bürstete mit langsamen Strichen ihr Haar. David hatte ihr noch keine gute Nacht gewünscht, und sie ahnte, dass er noch einmal in ihre Kammer kommen würde.

Und richtig. Wenige Sekunden später klopfte es an ihrer Tür.

«Komm schnell rein», rief Eva. «Und sei bitte ganz leise.»

David schlüpfte geräuschlos in den Raum, denn obwohl sie seit heute miteinander verlobt waren, ziemte es sich nicht, zu nächtlicher Stunde zu zweit in einer Kammer zu sein.

David stellte sich hinter Eva, nahm ihr die Bürste aus der Hand und fuhr mit langsamen, festen Strichen über ihr Haar, das leise knisterte.

Seine linke Hand lag in ihrem Nacken und strich über die angespannten Muskeln. Eva schloss die Augen und seufzte. Dies war wohl der schönste Augenblick des heutigen Tages. Sie hatte das dringende Bedürfnis, auszuruhen. Sie war so müde.

«Ich möchte, dass du ab morgen auf Haarbänder, Schmuck und allen Zierrat verzichtest, Eva.»

Sie öffnete die Augen, drehte sich um und sah ihn an.

«Warum das?», wollte sie wissen.

David lächelte. «Weißt du es nicht?»

Eva schüttelte den Kopf.

«Ich möchte dich ab sofort nur noch in schlichten Kleidern sehen. Keine Stickereien, keine Perlen, keine Borten oder Bänder. Deine Kleider sollen aussehen wie die Gewänder der Nonnen. Gleich morgen wirst du dir einige davon bei einem Gewandschneider bestellen.»

«David, warum?»

«Damit du aus eigener Kraft zeigen kannst, wer und was du bist.»

Wieder schüttelte Eva den Kopf, doch diesmal energischer. «Soll ich mein Licht unter den Scheffel stellen? Soll ich mich verunstalten? Darf ich mich nicht schmücken wie alle anderen auch? Nein, David, das kannst du nicht von mir verlangen. Mein Wesen hängt doch nicht von der Kleidung ab. Willst du vielleicht, dass die Leute in der Stadt mich mit meiner eigenen Magd verwechseln?»

«Nicht mit einer Magd, Eva. Mit einer Nonne.»

Der Blick seiner Augen war so hart, dass Eva schluckte. Was war mit ihm los?

«Warum soll ich mich weniger schmücken als die anderen Frauen?», fragte sie und hob die Schultern. «Warum soll ich so tun, als trüge ich den Schleier?»

«Wenn du es nicht verstehst, dann muss ich es dir zeigen», erwiderte David. Er griff nach der Kette an ihrem Hals – einem Schmuckstück, das ihr Vater ihr in Florenz geschenkt hatte – und riss es mit einem Ruck entzwei.

Eva war geschockt. Doch schon drehte David sie an den Schultern um, sodass sie ihrem Spiegelbild gegenüber stand.

«Sieh deinen Ausschnitt an», sagte er. «Gerade noch wurden die Blicke auf die Kette gelenkt. Nun ist dein weißes Fleisch ohne Ablenkung zu sehen. Es ist wunderschön. Es braucht keinen Schmuck.»

Eva sah hin und musste unwillkürlich nicken. Das Kerzenlicht überzog ihre Haut mit einem goldenen Schimmer. Die Ansätze der Brüste wirkten rein und strahlend. Während sie ihr Spiegelbild betrachtete, nahm David sich eine Schere, kniete vor ihr nieder und schnitt sämtliche Bordüren von ihrem Kleid.

«Nicht!», bat Eva und schlug die Hände vor das Gesicht. «Nicht! Ich bitte dich!»

Doch David hörte nicht auf sie. Im Gegenteil, er wurde immer schneller. Eva sah ihm mit weit aufgerissenen Augen zu, unfähig, ein Wort zu sagen und dem Treiben Einhalt zu gebieten. Die Perlen fielen leise klappernd zu Boden.

«Bitte, David, hör auf!», bat sie noch einmal.

Doch vergebens. Schließlich hatte er sein Werk vollendet. Er richtete sich auf, packte sie fest um die Hüften und riss so heftig am Gürtel, dass Eva ins Taumeln geriet. Schere und Gürtel fielen scheppernd zu Boden.

Er trat schräg hinter sie und wickelte sich ihr langes

Haar so fest um die Hand, dass Eva das Ziehen bis in den Haaransatz spürte.

«Sieh dich an», sagte er mit heiserer Stimme und wies mit dem Kinn in Richtung Spiegel.

Eva gehorchte. Sie sah sich an und stieß ein leises «Ah!» aus.

So hatte sie sich noch nie gesehen!

Ihr Gesicht war so frei und offen, dass sie glaubte, sie könne durch die Haut hindurch bis in ihren Kopf blicken. Sie sah jede einzelne Ader auf ihrer Stirn, das sanfte Heben und Senken der Nasenflügel, jeden Lidschlag. Ihr war, als hätte jemand einen Vorhang zur Seite gezogen. Nackt und bloß war ihr Gesicht nun. Eva hob die Hand und strich sich ganz zart über ihre Wangen.

So verletzlich hatte sie sich noch nie gesehen. Kostbar, dachte Eva. Ich bin kostbar. Und David hat es vor mir gewusst.

Sie sah ihn im Spiegel an und lächelte.

«Danke», sagte sie. «Du hast mir gezeigt, wie ich aussehe. Du hast das richtige Bild von mir gemalt.»

Er schüttelte den Kopf. «Noch ist es nur ein Bild, das täuschen kann. Du siehst nur dein Äußeres. In einem Spiegel sieht man nur die Hälfte. Du siehst nur deine Vorderseite. Alles andere liegt im Dunklen.»

Eva nickte und betrachtete sich noch einmal. Sie fühlte sich, als hätte sie ein sehr wertvolles Geschenk erhalten. «Ich bin schön», sagte sie leise. «Und du hast es mir gezeigt.»

David nickte. «Ja, Eva, du bist schön. Du bist wie ein weißes Blatt, das darauf wartet, beschrieben zu werden.

Vom Leben und der Liebe beschrieben zu werden. Ausgelöscht ist jetzt deine Herkunft, deine Vergangenheit, dein Erbe. Glanzlos wie eine Nonne siehst du aus und zugleich strahlend in der dir eigenen Schönheit. Jetzt, Eva, bist du verdammt, die zu sein, die du bist.»

Mit diesen Worten nahm er ihr Gesicht in seine Hände und küsste behutsam jeden Zentimeter. Ein Schauer lief Eva dabei über den Rücken.

Sein Geruch, eine Mischung aus Metall und Kraft, machte sie schwindelig. Sie schloss die Augen, atmete seinen Duft ein, überließ sich seinen Händen und seinen Lippen und flüsterte dabei: «Mit dir möchte ich ein neues Leben beginnen, David. Ich habe meinen Platz gefunden, den Platz an deiner Seite.»

David erwiderte leise: «Der Liebende ist in Gott und Gott ist in ihm und Gott und er sind eins. Nichts, was zwischen uns jemals geschieht, kann Sünde oder falsch sein.»

Am nächsten Tag schon ließ sie den Notar rufen und verfügen, dass ihre Anteile an der Werkstatt sogleich nach der Hochzeit auf David übertragen würden.

«Wir sind Liebende vor Gott», erklärte sie Mattstedt, dem es nicht gelang, sie davon abzuhalten. «Wir wollen auch gleich sein vor den Menschen. Es kann nicht angehen, dass die Frau des zukünftigen Meisters über mehr Besitz verfügt als der Meister selbst.»

«Hat er dich darum gebeten?», fragte Mattstedt.

Eva schüttelte den Kopf. «Nein, er würde mich niemals um Dinge bitten, die man mit Geld kaufen kann.»

Kapitel 12

Wem würde es einfallen, eine Rose mit Schmuck zu behängen? Wer wollte einer Lilie die weißen Blätter mit Schminke bestreichen? Wer würde einer Schwalbe Bänder an die Flügel nähen, um sie zu zieren?

Nur ein Narr. Und nur eine Närrin würde deinen weißen Busen mit Ketten behängen, deine schimmernde Haut mit roter Paste bestreichen und Bänder an deine Kleider nähen. Du bist schön, Eva. Immer wenn ich ein Silberstück vor mir habe, suche ich darin dein Bild. Ja, du bist wie Silber. Wie glitzerndes, weißes, reines Silber, das unter meinen Händen seine Form erhält ...»

Eva lächelte und ließ den Bogen sinken. Seit ihrer Verlobung schrieb David ihr jeden Tag.

Einmal hatte Eva Ute daraus vorgelesen.

«Ich beneide dich um diesen Mann», hatte die Freundin gesagt. «Doch ich gönne dir diese Liebe von Herzen. Nicht jede wird so reich beschenkt damit.»

«Liebst du den deinen nicht?», fragte Eva.

«Ich bin anders als du, Eva. So, wie David der Richtige für dich ist, ist der Lechner der Richtige für mich.»

Utes Worte machten sie stolz. David! Immer wieder sprach sie leise seinen Namen aus.

So glücklich musste die Mutter in den beiden Jahren mit Isaak gewesen sein. Eva war fest entschlossen, mit David ihr ganzes Leben so zu verbringen.

«Wenn ich nur wüsste, was dich an diesem Mann so fesselt.» Trotz ihrer Abneigung hatte es sich Sibylla nicht nehmen lassen, zur Hochzeit nach Leipzig zu kommen.

«Ich liebe ihn. Er allein weiß, wer und wie ich wirklich bin. Nur mit ihm wird ein Leben in Liebe möglich sein.»

Die Mutter klappte die Lade mit dem Leinenzeug zu, die sie gerade überprüft hatte, und setzte sich darauf.

«Ach, ja?» Sie runzelte die Stirn. «Dein David ist nicht Gott. Und Liebe empfindet er nur für die Geldlade.»

Sie lachte auf. «Macht will er. Nichts als Macht, und Geld.»

Eva reichte es. Ihre Wangen wurden rot, ohne dass sie sie mit einer Paste bestrichen hätte.

«Und das musst gerade du sagen?», fragte sie erbost. «Du, für die doch immer nur Geld gezählt hat. Du hast die Liebe nur in Florenz gelebt. Jetzt bist du wieder die, die du immer warst. Du weißt nichts von der Liebe, Mutter. Gar nichts! Siehst du denn nicht, wie sich alles verändert? Spürst du nicht den Atem der neuen Zeit, die den Menschen in den Mittelpunkt stellt?»

Evas Busen wogte unter dem schmucklosen Gewand, das sie seit der Verlobung immer trug.

«Die neue Zeit.» Sibylla winkte ab. «Was soll das sein? Die teuren Gewürze und Stoffe aus der neuen Welt? Die

Bauern, die sich nach der Taube auf dem Dach strecken und alles Alte hinwegfegen wollen? Die Türkensteuer etwa, die jeden Bürger, Bauern und Handwerker verpflichtet, von 1000 einen und von 500 einen halben Gulden und 14 Pfennige zu zahlen?»

«Geld, Geld, immer nur Geld. An etwas anderes kannst du nicht denken! Weißt du nicht, warum die Bauern sich erheben? Siehst du nicht, dass das Ende der Welt naht, weil es zu wenig Liebe gibt?»

«Sagt das David?»

Eva schüttelte den Kopf. «Nein, das sage ich. Auch Johann von Schleußig und die, die sich in der Fraternität sammeln, denken so. Nicht Gott hat Bauer, Edelmann, Kaufmann oder Kaiser an ihren Platz gestellt. Die Kirche war es, die Arme und Reiche, Gute und Böse geschaffen hat. Doch das ist nun vorbei. Jeder bestimmt selbst, was er tut. Der Mensch ist dazu verdammt, frei zu sein.»

«Weißt du überhaupt, was du da redest?» Sibylla stand auf, fasste Eva bei den Schultern und schüttelte sie. «Diese Liebe hat dich blind und taub gemacht, Eva. Du bist nicht mehr du selbst.»

«Oh, doch, das bin ich. Mehr als jemals zuvor in meinem Leben.»

Die Mutter sah Eva prüfend an, dann ließ sie sie los und verließ das Zimmer. Beim Mittagsmahl aber nahm sie das Gespräch wieder auf und scherte sich keinen Deut darum, dass die Bediensteten dabei waren.

«Ich werde dich enterben, wenn du David heiratest. Falls du eines Tages Geld benötigst, musst du dich an Andreas Mattstedt wenden, ihn habe ich zum Verwalter des

Leipziger Vermögens bestimmt und ihn mit allen Vollmachten ausgestattet.»

Eva lachte auf und wechselte einen Blick mit David, der belustigt wirkte. «Zu spät, Mutter. Ich habe David bereits meine Anteile überschreiben lassen. Das kannst du nicht mehr rückgängig machen.»

Die Mutter wurde blass und biss sich auf die Unterlippe. Dann erwiderte sie, ohne ihren künftigen Schwiegersohn zu beachten: «Mag David auch der Meister der Werkstatt sein, Vermögensverwalter wird Mattstedt. Und die Kuxe bleiben ebenfalls in seiner Hand. Du, Eva, bist von Mattstedt abhängiger als von deinem zukünftigen Ehemann. Es wird die Zeit kommen, in der du mir für meine Vorsorge dankbar sein wirst.»

David ergriff nun das Wort: «Euer Geld ist mir gleichgültig, Sibylla. Die Wahrheit ist ohnehin unbezahlbar.»

«Adam ist Gott sei Dank hier», beharrte Sibylla. «Er wird dafür sorgen, dass kein Schaden entsteht.»

David beachtete Sibylla nicht und lachte nur: «Das Haus ist groß genug. Wir haben die Zwillinge, Geschwister und die Angestellten bei uns. Das ist gut so. So ist das allgemeine Augenmerk nicht nur auf uns gerichtet.»

«Wie meinst du das?», fragte Eva und war überrascht, wie gelassen David Sibyllas Opposition aufnahm.

«Wir können unsere Liebe leben, wie wir es wollen. Hast du noch nicht bemerkt, dass die meisten Menschen um uns herum ohnehin nur mit sich selbst beschäftigt sind?»

David hatte scheinbar nur zu Eva gesprochen, doch war klar, dass seine Worte an die Mutter gerichtet waren.

Wenige Tage später wurde die Hochzeit im großen Stil gefeiert. Es war ein Fest ohnegleichen. Sibylla hatte es an nichts fehlen lassen. Bereits eine Woche vorher hatte sie zwei weitere Köchinnen aus dem besten Gasthaus der Stadt kommen lassen. Die Lechnerin hatte ihre Magd zur Hilfe geschickt, und die Zwillinge halfen unter Bärbes Aufsicht, jeden Winkel des Hauses zum Glänzen zu bringen.

Jetzt war das ganze Haus mit weißen Bändern und Blumenkübeln geschmückt, die einen zarten Duft verströmten.

Die Tafeln bogen sich unter den köstlichsten und ausgefallensten Speisen. Es gab Wildbret aus den Auen, Fische aus der Elster und als Krönung der Tafel einen gebratenen und mit Blattgold belegten Schwan. Getrocknete Früchte aus der neuen Welt wurden aufgetragen, dicke Soßen aus seltenen Gewürzen dazu gereicht, und nicht einmal ein dreistöckiger Kuchen aus dem überaus kostbaren Marzipan fehlte.

Der Wein floss in Strömen, das beste Geschirr und das feinste Leinen waren aufgedeckt, die für diesen Tag bestellten Dienstmädchen trugen weiße Schürzen und schwitzten schon, bevor das Fest begonnen hatte. Die mächtigsten Männer und Frauen der Stadt kamen. Ein Zeremonienmeister kündigte jeden Gast mit Namen an.

Sogar Jakob Fugger war gekommen, doch jeder wusste, dass er nicht allein wegen seines Patenkindes auf dieser Hochzeit tanzte. Zwar galt es als überaus unhöflich, auf einem solchen Fest über Geschäfte zu sprechen, dennoch verfolgten alle Augen neugierig den Augsburger Kaufmann. Mit wem sprach Fugger? Wie oft tanzte er mit wessen Frau? Wem lachte er zu, wem legte er gar freundschaftlich die Hand auf die Schulter? Und das Wichtigste: Was schenkte er dem Brautpaar? Der Tisch, auf dem die Gaben gestapelt wurden, bog sich beinahe. Meister Faber hatte einen Satz silberne Tafelbecher gefertigt, der Drucker Kunz Kachelofen kam mit einer Bibel, Ute brachte einen Satz Tischwäsche mit, Mattstedt hatte mehrere Fässer Wein aus der Toskana geschickt, die Begine Hildegard einen Kissenbezug. Die reichen Familien wie die Hummelshains schenkten schön besticktes Leinenzeug, der Stadtmedicus eine Karte von der neuen Welt, und der Stadtschreiber legte zwei nagelneue Kladden aus bestem Papier auf den Gabentisch. Jakob Fugger aber übergab dem Paar einen Bettüberwurf aus kostbarem Brokat, der mit echten Perlen bestickt war. Die Frauen brachen in Rufe der Bewunderung aus, als sie das Prachtstück sahen, und auch Eva strich immer wieder hingerissen über den kostbaren Stoff.

Sie war restlos glücklich, obwohl sie noch am Morgen eine Auseinandersetzung mit ihrer Mutter gehabt hatte.

Sibylla hatte ihr ein mit silbernen Fäden durchzogenes Kleid aus weißem Mailänder Samt mitgebracht. Goldene Bordüren und unzählige Glassteine waren darauf gestickt, sodass das Kleid wie ein Sternenhimmel funkelte. Doch Eva hatte es nicht angezogen.

Stolz war sie in ein weißes Kleid aus einfachem Tuch geschlüpft, das ganz ohne Zierrat auskam und die Formen ihres Körpers verbarg.

«Willst du wie eine Begine auf deiner Hochzeit aussehen?», hatte die Mutter ungläubig gefragt.

Eva hatte genickt und das Prachtstück aus Mailänder Samt nicht einmal berührt.

«Ja», sagte sie schlicht. «Das möchte ich.»

Sie schüttelte stumm den Kopf, als ihr die Mutter das Kleid auf den ausgestreckten Händen hinhielt und einen bittenden Ausdruck im Gesicht hatte.

«Nein, Mutter», wiederholte sie. «Ich weiß, dass du nur mein Bestes willst, aber du verstehst darunter etwas anderes als ich.»

Eva bereute ihre Enscheidung nicht. Ganz im Gegenteil. An Davids Miene erkannte sie, dass sie für ihn heute die Schönste war. Nichts anderes hatte Eva gewollt. Sie übersah den abfälligen Blick der Hummelshainerin genauso wie das Kopfschütteln ihrer Mutter, die wohl bis zum letzten Augenblick gehofft hatte, Eva würde sich doch im Mailänder Samt zeigen.

Sibylla hatte sich auch schnell wieder gefangen. Eva sah, dass sie sich angeregt mit Jakob Fugger unterhielt, lachte, Andreas Mattstedt mit ins Gespräch zog und sich so gab, als wäre die Welt in der allerbesten Ordnung und gehorche ihren Wünschen.

Später wurde das Paar, wie es Brauch war, zur Hochzeitsnacht geleitet. Johann von Schleußig weihte das Bett, die anderen ergingen sich in Anspielungen, doch dann waren David und Eva endlich allein.

Ihre Mutter hatte ihr erklärt, was in der Nacht zwischen den Laken geschah, doch trotzdem verspürte Eva eine unbestimmte Furcht. Das Herz schlug ihr bis zum Hals, und ihr Mund war so trocken, dass sie nach dem Wasserkrug griff, sich mit zitternden Händen einen Becher voll schenkte und ihn in einem Zug austrank.

«Komm her zu mir», sagte David und zog Eva vor den Spiegel. Er öffnete ihr Gewand und ließ es über ihre Schultern gleiten.

Langsam und bedächtig streifte David ihr ein Kleidungsstück nach dem anderen vom Leib, bis sie schließlich nackt vor dem Spiegel stand.

Eva bedeckte ihre Brüste mit dem rechten Arm, verbarg ihren Schoß unter der linken Hand. Scham stieg in ihr auf und ließ sie erröten. Nie zuvor hatte ein Mann sie so nackt und bloß gesehen. David kniete sich vor ihr hin und ließ seine Blicke bewundernd über ihren Leib wandern.

«Wie schön bist du! Meine Freundin: du bist schön!
Deine Augen glänzen wie Taubenaugen
hinter deinem Schleier hervor.

Dein Haar wallt vom Haupte, einer Herde Ziegen
gleich,
die vom Berge Gilead herabsteigt.

Deine Zähne sind wie eine Herde
frisch geschorene Schafe, die der Schwemme
entsteigen,
und jedes Muttertier hat Zwillinge.
Keines ist ohne Lämmer.

Deine Lippen gleichen scharlachfarbenen
Schnüren,
und dein Mund ist beim Plaudern so lieblich.

Es leuchten deine Wangen hinter deinem Schleier
hervor,
gleich dem Granatapfel, wo er aufgesprungen ist.

Deinen Hals vergleiche ich mit dem Turm Davids,
der mit seinen Zinnen zur Wehr gebaut ist.
Tausend Schilde hängen daran,
lauter Tartschen der Helden.

Deine Brüste sind zwei junge Kitzböcklein,
Zwillinge der Gazelle, die bei Lilien Nahrung
finden.

Bevor sich der erste Morgenwind erhebt
und der Tag graut,
will ich zum Myrrhenberge gehen
und zum Weihrauchhügel.

Du bist wirklich schön, meine Freundin,
und es findet sich kein Makel an dir.»

Eva kannte das Hohelied des Salomo. Doch dass David dieses vor der ersten gemeinsamen Nacht zitierte, machte sie glücklich und nahm ihr die Angst.

Wenn diese Dinge bereits so in der Heiligen Schrift standen, dann konnte nur Gutes daraus entstehen.

«Dein Leib ist eine Kathedrale der Liebe», sagte er heiser und betrachtete mit brennenden Augen ihre Brüste. «Jetzt bin ich dein Mann und du bist meine Frau.» Er stand auf und sah ihr in die Augen und sprach weiter: «Du sollst dich mir ganz herschenken in dieser Nacht. Nichts sollst du zurückhalten, und auch ich werde dir alles geben. Du bist mein und ich bin dein. Schenk mir die Obhut über dich, über deinen Leib, deinen Geist und deine Seele. Willst du mir ganz gehören?»

Eva nickte. Ihr stockte der Atem. «Ja. Alles will ich dir sein. Alles, was du möchtest. Alles werde ich dir geben, was du verlangst.»

Und in Gedanken führte sie die Sätze fort: Besser machen werde ich es als meine Mutter. Nichts will ich zurückhalten, alles herschenken, wieder und wieder und wann immer er es verlangt.

David hob Eva hoch und legte sie auf das Bett. Dann holte er einen kleinen Lederbeutel hervor, öffnete ihn und bestreute ihren Leib mit dem feinen Silberstaub, den er in den letzten Wochen sorgsam aus seiner Lederschürze gebürstet hatte. «Dies ist mein Geschenk für dich.» Der Mond schien durch das Fenster und brachte Evas Körper zum Funkeln.

Sie sah an sich herunter, betrachtete den glitzernden Bauch, die strahlenden Brüste und den silbernen Schoß. «Komm zu mir», flüsterte sie.

David stieg aus seiner Kleidung und kniete sich neben Eva ins Bett. Eva umfasste sein Gesicht mit ihren Händen und bedeckte es mit leichten Küssen. David legte sich auf sie. Sie ließ ihre Hände über seinen Rücken gleiten. Seine

Haut war seidig und glatt, sie fühlte sich wie Samt an. David stützte den Oberkörper mit den Armen ab, sodass sein Gesicht über ihrem war und seine langen Haare ihre Wangen berührten. Eva legte ihre Hände auf seine wenig behaarte Brust, strich sanft darüber und war erstaunt, dass sich seine Brustwarzen unter ihren Händen aufrichteten wie bei einer Frau. Sie spürte, wie die Lust in ihr erwachte. Sein Gesicht näherte sich ihrem, sodass Eva nichts sah als die Zärtlichkeit in seinen Augen, nichts hörte als seine Stimme, die ihr Koseworte flüsterten, nichts roch als seinen metallischen Männerduft, nichts spürte als seine Haut und nichts schmeckte als ihn.

Eva erwachte, noch bevor die ersten Hähne den Anbruch des neuen Tages verkündeten. Ihr Körper schmerzte. Vorsichtig drehte sie sich um und betrachtete David, der ruhig wie ein Kind neben ihr schlief. Behutsam, um ihn nicht zu wecken, stand Eva auf, öffnete die Fensterläden einen Spalt, sodass das erste Licht die Kammer in ein weiches Grau tauchte.

Eva stellte sich vor den Spiegel und zog vorsichtig das Nachthemd aus. Als sie ihren Leib sah, musste sie einen Aufschrei unterdrücken. Er war von blauen Flecken übersät. Außerdem hatte sie unzählige rote Stellen von der Art, wie Susanne sie am Hals getragen hatte. Sie war von der Liebe und der Leidenschaft gezeichnet.

Sie hatte nicht bemerkt, dass David erwacht war. Plötzlich stand er hinter ihr, drehte sie zu sich um, sodass sie sich nicht mehr sehen konnte.

«Du hast meinen Körper makellos genannt, doch dann

hast du ihn entstellt und mit Flecken bedeckt», sagte sie anklagend und sah an sich herab.

«Es sind keine Flecken», sagte er mit weicher Stimme. «Es sind Blumen der Liebe, mit denen ich dich bekränze.»

Sofort verflog Evas Scham. Wie hatte sie nur so erschrecken können. Sie wusste doch, dass mit David alles anders sein würde als mit anderen Männern.

Sie sah zu ihm hoch, strich sanft über sein Gesicht.

«Ich möchte dich neben mir im Spiegel sehen», sagte sie leise.

Aber David schüttelte den Kopf.

«Genierst du dich?», fragte sie und lachte ein wenig. «Hältst auch du den Spiegel für ein Werkzeug des Teufels, für den Satan selbst gar?»

«Der Teufel hat kein Spiegelbild», erwiderte David. «Daran erkennt man ihn.»

Er ließ Eva los und holte aus einer Truhe ein schwarzes Tuch. Damit verhängte er den Spiegel.

«Was machst du?», fragte Eva fassungslos.

«Du brauchst ihn nicht mehr», entgegnete er. «Dein Spiegel werden meine Augen sein. In ihnen kannst du lesen, wer und was und wie du bist.»

Mit diesen Worten verließ er das Zimmer. Eva blieb ratlos zurück. Sie hüllte sich in einen Morgenrock und starrte auf das schwarze Tuch. Gerade wollte sie danach greifen, als es an der Tür klopfte. Sibylla trat ein.

«Ich habe deinen Mann bereits auf dem Hof am Brunnen gesehen und wollte wissen, ob du gut geruht hast.»

Die Mutter betrachtete Eva prüfend. Eva lächelte so glücklich, wie sie nur konnte.

«Es geht mir gut, Mutter. Mir ist es noch nie besser gegangen.»

Die Mutter wies auf den Spiegel. «Wer hat ihn verhängt und warum? Die Juden tun so etwas, wenn jemand in ihrem Hause gestorben ist. Wir aber haben keine Toten zu beklagen. Also nimm das Tuch dort weg. In diesem Hause muss nichts versteckt werden. Zumindest war es bisher nicht so.»

Eva schüttelte den Kopf und hielt Sibyllas Hand fest, die nach dem Tuch greifen wollte.

«Ist es so, dass du es nicht ertragen kannst, Dinge zu verstecken, die als wertvoll gelten? Ein Spiegel ist eine Kostbarkeit, doch ich brauche ihn nicht mehr, um mich darin zu sehen. Ich habe heute Nacht Davids Augen gesehen.»

Am Nachmittag ging das Fest weiter. Diesmal waren die Tische und Bänke in den begrünten Hof getragen worden, und das eigene Hauspersonal bediente.

Die Mutter hatte die gesamte Kaufmannschaft der Stadt zum Resteschmaus eingeladen. Auch Jakob Fugger war wieder dabei, ebenso Andreas Mattstedt. Die Gäste wussten, dass nun der geschäftliche Teil an der Reihe war.

Eva hatte darauf bestanden, dass auch Ute noch einmal kam, obwohl ihre Familie nicht zu den Kaufleuten zählte.

Ute nahm sie zur Seite und sah sie liebevoll an. «War es schön mit David?», fragte sie leise. «Ich habe die ganze Nacht an dich denken müssen. War es so, wie du es dir vorgestellt hattest?»

Eva schüttelte den Kopf. «Es war ganz anders, weil David ganz anders ist.»

Ute lächelte. «Er hat dir wehgetan, nicht wahr? Tröste dich. Die Schmerzen und das Blut kommen nur beim ersten Mal. Du wirst sehen, von jetzt an wird es von Nacht zu Nacht schöner.»

«Ich danke dir, Ute», erwiderte Eva. «Es ist gut, eine Freundin wie dich zu haben. Und nein, ich glaube nicht, dass es noch schöner werden kann.»

Sie beobachtete die Kaufleute, die in kleinen Gruppen zusammenstanden. Jeder versuchte, sich bei Jakob Fugger lieb Kind zu machen.

Der Augsburger würde sich heute für den Vorsteher seiner gerade in Leipzig gegründeten Faktorei entscheiden. Dieser Posten war nicht nur mit Geld, Macht und Einfluss verbunden, sondern sicherte den Leipzigern obendrein über den Zugriff auf das Kupfer aus Mansfeld auch noch das Kupfer aus Ungarn und die Erze aus Österreich, für die der Kaufmann aus Augsburg das Monopol besaß. Derjenige, den Fugger auserkor, würde innerhalb kurzer Zeit sein Vermögen vervielfachen können. Fugger plante, die Erträge aus den östlichen Ländern auf der Leipziger Messe zu verkaufen, und hatte sich deshalb sogar an Kaiser Maximilian I. gewandt, um für die Stadt weitere Messeprivilegien zu erwirken. Auch um den Titel «Reichsmesseplatz» bemühte er sich beim Kaiser.

«Das Stapelrecht bringt Leipzig ungeahnte Vorteile», erklärte Fugger der Hummelshainerin, die so tat, als hätte sie noch nie etwas Spannenderes gehört. «Jeder Kaufmann, jeder Handwerker, jeder Händler ist dadurch verpflichtet, seine Waren für wenigstens drei Tage hier in der Stadt zum Verkauf anzubieten, selbst wenn er nur auf der Durchreise ist. Zwar hat der Kurfürst Friedrich dieses Niederlags- und Stapelrecht bereits 1464 verfügt, doch was nützt es, wenn wichtige Rohstoffe und Waren auf anderen Handelsplätzen angeboten werden?»

Dass seine Faktorei unter einem geeigneten Vorsteher gehörig von den kaiserlichen Privilegien profitieren würde, erwähnte er nicht.

David saß Fugger gegenüber und sog jedes seiner Worte in sich auf. Noch während des Festmahls flüsterte er Eva zu: «Es wäre schön, wenn Fugger mich zu seinem Vorsteher machte.»

Eva sah ihn verwundert an. «Du bist Silberschmied, David, kein Kaufmann. Was willst du mit diesem Posten?»

«Wäre ich Leiter der Fuggerei, so lägen mir Berge von Kupfer und Silber zu Füßen. Wir wären nicht länger von Mattstedts Erträgen und denen deiner Mutter aus den erzgebirgischen Minen abhängig. Ich selbst könnte bestimmen, was in der Werkstatt verarbeitet wird. Frei wären wir, Eva. Frei von deiner Mutter und Mattstedt.»

Eva zögerte, doch dann sprach sie aus, was sie dachte: «Es geht um mehr als um die Rohstoffe für unsere kleine Schmiede. Fugger kontrolliert den gesamten Markt im Römischen Reich. Kaufmännisches Geschick ist erforderlich und gute Verbindungen ins ganze Reich.»

«Traust du mir eine solche Aufgabe nicht zu?», fragte er.

Eva lächelte ihn an. «Ich weiß so wenig von dir. Doch ich bin mir sicher, du würdest deine Sache gut machen.»

David bemerkte Evas Zögern. «Ich würde mir Mattstedt

als Hilfe holen, bekäme ich die Fuggerei. Auch er würde sein Säckchen füllen können.»

Eva nickte. Ihre Mutter würde alles tun, um zu verhindern, dass David diesen Posten bekam. Aber David war ihr Mann. Es war ihre Pflicht, seiner Bitte nachzukommen.

Später tanzte sie mit Mattstedt. Der Kaufmann wusste, dass es zwischen Fugger und seinem Patenkind ein besonderes Verhältnis gab.

«Eva, wenn Fugger dich fragen würde, wem er die Faktorei geben sollte, was würdest du dann sagen?»

Eva vermied es, ihn anzublicken. Sie wusste, dass Mattstedt derjenige in Leipzig war, der sich im Metallhandel am besten auskannte, der Beziehungen in alle Länder des Römischen Reiches unterhielt, der in Flandern ebenso bekannt war wie in Burgund, in Lissabon und in London.

«Fugger wäre schlecht beraten, würde er mich fragen», erwiderte Eva ausweichend.

Doch später, als sie am Arm Fuggers die Farandola tanzte, einen Kettentanz, fragte er sie tatsächlich: «Eva, wen hieltet Ihr für den besten Vorsteher der Fuggerei?»

Eva schluckte. Sie wusste, dass sie jetzt für David sprechen müsste, doch sie tat es nicht. Sie stand in Mattstedts Schuld, hatte ihn zurückgewiesen, die Verlobung platzen lassen. Nur seiner Großzügigkeit war es zu verdanken, dass nicht auch noch ihre Freundschaft zerbrochen war.

«Andreas Mattstedt ist der Mann, der sich von allen Leipzigern als Kaufmann und im Metallwarenhandel hervorgetan hat. Es gibt niemanden, der mir besser geeignet erscheint. Doch ihr müsst bedenken, dass es mir an Kenntnissen fehlt.»

Fugger legte den Kopf schief. «Ihr sprecht für Mattstedt und nicht für den Eurigen?»

Eva schwieg und war froh, dass die Farandola es verlangte, zum nächsten Partner zu wechseln.

Adam Kopper saß neben Sibylla an der Tafel und betrachtete die Tanzenden.

«Was ist mit David, dass du mich gebeten hast, ihn im Auge zu behalten?», fragte er Sibylla. «Was weißt du über ihn?»

Sibylla wies mit einer Handbewegung durch den Hof. «Er stammt aus der Gegend um Halle. Die Stadt ist noch nicht einmal einen Tagesritt entfernt. Doch er hat niemanden aus seiner Verwandtschaft zur Hochzeit geladen.»

Adam blickte Sibylla belustigt an. «Ist das für dich ein Grund zur Besorgnis?»

«Nein, Adam. Das ist es nicht. Aber David verschweigt sein früheres Leben. Niemand weiß, was er erlebt hat, woher er kommt. Er muss in Italien gewesen sein, in Nürnberg. Doch er spricht niemals darüber.»

Adam sah zu seinem Schwager, der gerade mit Susanne tanzte, sich von seinen Zunftbrüdern jedoch fern hielt. «Seine Papiere werden in Ordnung gewesen sein, sonst hätte die Stadt ihm nicht mit der Hochzeit das Bürgerrecht verliehen.»

Sibylla lachte auf. «Er wird Geld in die Innungslade gezahlt haben. Aber du hast Recht, an seinen Papieren war nichts auszusetzen. Er hat einen Gesellenbrief vorgelegt, ausgestellt auf den Namen David in der Stadt Halle an der Saale. Außerdem hat er Referenzen von der Wanderschaft.

Er hat in Pforzheim Station gemacht, war in Straßburg und Nürnberg, vielleicht sogar in Florenz. Der Goldschmied in Pforzheim ist übrigens inzwischen verstorben.»

«Woher weißt du das, Sibylla?»

Sie lächelte hintergründig: «Ich hatte ihm geschrieben. Die Zunft teilte mir mit, dass er nicht mehr lebt, doch sie bestätigte das Referenzschreiben für David.»

«Kundschaftest du ihn aus?», wunderte sich Adam über Sibyllas Neugier.

Sibylla zuckte mit den Achseln. «Ich muss wissen, wen meine Tochter in die Familie bringt. Und ich befürchte, dass dieser Mann ein Blender ist. Ein Hochstapler, der es auf mein Geld abgesehen hat, und sonst gar nichts. Er ist nicht gut für Eva. Ich fühle es. Hast du nichts Seltsames an ihm entdeckt?»

Adam schüttelte den Kopf. «Er ist jung und ehrgeizig. Aber sind wir das nicht alle?»

Beide sahen nun zu David, der ihre Blicke bemerkte, sich jedoch nicht darum zu scheren schien. Er führte Evas Freundin Ute Lechnerin zum Tanz, die gerade über etwas, das er zu ihr sagte, hell auflachte.

Plötzlich setzte sich Sibylla kerzengerade auf. Ihr Gesicht war blass geworden. Sie kniff die Augen zusammen.

«Was ist mit dir?», fragte Adam.

«David erinnert mich an einen Mann, den ich früher einmal gekannt habe. An einen Gerber. Jetzt erst sehe ich es. Heute trägt er das Haar offen bis auf die Schultern. Mit dem Pferdeschwanz, den er gewöhnlich bindet, habe ich ihn nicht erkannt.»

Sie lächelte dünn. «Der Gerber, Thomas hieß er wohl,

hatte sich mit dem Teufel verbündet. Man hat ihn gebrandmarkt und aus der Stadt getrieben.»

«Nun», bemerkte Adam. «So etwas geschieht häufig. David aber hat sich nichts zuschulden kommen lassen. Sein Ohr ist ohne Makel.»

«Ich weiß», erwiderte Sibylla. Alle Gesellen ließen sich bei Beginn der Wanderschaft einen kleinen goldenen Ohrring fertigen. Verstießen sie unterwegs gegen geltendes Recht, so wurde ihnen dieser aus dem Ohr gezogen – und sie waren ab diesem Zeitpunkt als Schlitzohren gekennzeichnet. Ein Schlitzohr hatte wenig bis keine Möglichkeiten, irgendwo eine Anstellung zu finden.

«Sein Sohn könnte er sein», murmelte Sibylla.

«Wessen Sohn?», fragte Adam. «Der Sohn des vertriebenen Gerbers? Kanntest du ihn denn?»

In diesem Augenblick kam Jakob Fugger und bat Sibylla um den nächsten Tanz. Sie tippte Adam beim Aufstehen auf die Schulter und versprach: «Wir reden später darüber.»

Und das tat Sibylla auch, allerdings nicht mit Adam, sondern mit Andreas Mattstedt.

«Trotz seiner Papiere traue ich ihm weniger denn je», besprach sie sich einige Tage später mit Mattstedt.

Mattstedt nickte bestätigend. Auch er traute dem Gesellen nicht.

«Nach Florenz werde ich schreiben. Die dortige Faktorei der Deutschen muss etwas über ihn wissen. Erkundigt Ihr Euch in Halle nach seinem Vater. Ich vermute, dass dieser aus Frankfurt stammt.»

Mit diesem Auftrag an Mattstedt reiste Sibylla ab. Der Abschied fand unter Tränen statt. «Bleib noch, Mutter», bat Eva ein um das andere Mal. Sie hatte plötzlich das Bedürfnis, die Mutter von ihrer großen Liebe zu David zu überzeugen, wünschte sich ihren Segen.

Doch Sibylla wollte zurück nach Frankfurt. Hier in Leipzig gab es nichts mehr für sie zu tun.

«Ich fühle mich alt, Eva», schlug sie ihr den Wunsch ab. «Ich habe alle Aufgaben meines Lebens erfüllt. Aus einer kleinen Kürschnerei habe ich ein großes Unternehmen gemacht. Nun bin ich müde und erschöpft. Ich möchte endlich zu Isaak, möchte in Ewigkeit mit ihm vereint sein.»

Sie umarmte Eva, dann wandte sie sich an Susanne, die neben der Silberschmiedin stand und den Abschied mit bitterer Miene verfolgte. «Es wird Zeit, dass auch wir unseren Frieden machen, Susanne.»

Sie holte aus der Tasche einen bestickten Lederbeutel und hielt ihn Susanne hin: «Hier ist Geld. Es reicht für eine neue Aussteuer. Suche dir einen Mann und beginne endlich das Leben, das du für dich erträumt hast.»

Susanne nahm den Beutel und befühlte ihn gründlich. «Du schuldest mir mehr als die paar Gulden im Säckchen hier», erwiderte sie. «Eines Tages werde ich alles bekommen, was mir zusteht.»

Kapitel 13

Kurz nach Sibyllas Abreise hatte Jakob Fugger Andreas Mattstedt zum Vorsteher der Leipziger Faktorei ernannt. Am selben Abend kam es zum ersten Streit zwischen Eva und David.

«Du hast Fugger angeraten, Mattstedt den Posten zu verleihen, nicht wahr?», fragte David.

Eva bemerkte eine dicke blaue Zornesader an seiner Schläfe. So hatte sie ihn noch nie gesehen. Sie legte ihm eine Hand auf die Brust, um ihn zu besänftigen.

«Ich war es Mattstedt schuldig. Schließlich habe ich ihn zurückgewiesen. Außerdem ist Fugger ein kluger Mann. Er hat meinen Ratschlag nicht nötig gehabt. Eine Spielerei war es wohl, dass er mich fragte.»

«Spielerei oder nicht: Jetzt bist du mir etwas schuldig. Du hast mich verraten, hast einen Fremden dem eigenen Ehemann vorgezogen. Ein Leib wolltest du sein mit mir, eine Seele. Du hattest es versprochen. Und nun?»

«David, ich wollte dich nicht verraten. Natürlich sind wir ein Leib und eine Seele. Fugger hätte sich auch ohne meine Worte für Mattstedt entschieden.»

David nickte grimmig. «Als ob es darum ginge. Du hast gegen mich gesprochen, gegen deinen eigenen Mann. Das ist Verrat.»

Er schnaubte. «Schön ist dieser Leib», sagte er höhnisch. «Doch deine Seele ist verdorben. Deine Mutter hockt darin und der Dünkel deiner Herkunft.»

«Nein, David, das stimmt nicht.»

«Halt den Mund. Ich weiß es besser. Deine Seele ist niedrig – wie die einer Krämerin. Du bist genauso wie die Kreaturen, die deine Mutter ihre Freunde nennt. Die ihre Herkunft hochhalten und sich einen Dreck um die scheren, die nicht mit einem goldenen Löffel im Maul geboren sind.»

«David, ich habe doch alles, was ich hatte, mit dir geteilt.»

«Pah!» Die blaue Zornesader an seiner Schläfe schwoll noch weiter an. «Geteilt! Dass ich nicht lache! Entscheide dich, Eva. Zu wem willst du gehören? Zu mir oder zu den anderen?»

«Zu dir natürlich. Das weißt du doch!»

Sie schmiegte sich an seine Brust, doch David stieß sie von sich.

«Beweise mir, dass du zu mir gehörst», verlangte er.

«Was soll ich tun?»

«Lass dir den Kopf scheren wie eine Nonne.»

«David! Warum? Warum das Haar?»

«Setze ein Zeichen, dass du darauf verzichtest, anderen Männern zu gefallen oder es ihnen Recht zu machen. Du hast Mattstedt schon oft genug nachgegeben, doch nun gehörst du mir allein. Also werde ich dir das Haar scheren. Du brauchst es nicht mehr.»

Eva schluckte. Sie griff nach ihrem Haar, ließ es durch die Finger gleiten, roch den vertrauten Duft.

«Mein Haar gehört zu mir», widersprach sie. «Es gehört zu mir wie mein rechter Arm oder mein linkes Bein. Warum soll ich es hergeben?»

«Um mir zu zeigen, dass es dir Ernst ist mit deinem Versprechen von einem Leib und einer Seele.»

Er musterte Eva noch einmal von oben bis unten, dann verließ er das gemeinsame Schlafzimmer.

Eva streckte die Hände vergebens nach ihm aus und ließ sie seufzend wieder fallen. Sein Blick war so kalt gewesen, so eisig, dass Eva ein Schauer über den Rücken gelaufen war.

Sie dachte an die Geschichte von Samson und Delila, die im Alten Testament stand. «Wenn ich geschoren würde, so wiche meine Kraft von mir, sodass ich schwach würde wie eine normaler Mensch.» Das waren Samsons Worte zu Delila gewesen.

«Das ist nur Aberglaube», murmelte Eva vor sich hin.

Aber auch Mönche und Nonnen mussten ihre Haare scheren, um zu zeigen, dass sie sich den Ordensgesetzen unterwarfen.

Unterwerfung? War es das, was David wollte? Wollte er sie demütigen?

Eva schüttelte den Kopf. Nein, David wollte mit ihr verschmelzen. Nichts sollte davon ablenken, nichts an ihr von anderen bewundert werden. Langsam beruhigte sich Eva. David wollte nur ihr Bestes, da war sie sich sicher.

Nach dem Nachtmahl, bei dem David kaum mit ihr

gesprochen hatte, trat sie zu ihm und sagte nur: «Ja, ich will.»

Wortlos zog David sie in die Schlafkammern und riss das schwarze Tuch vom Spiegel. Dann holte er das Rasiermesser, gab Seife in eine Schüssel mit warmem Wasser, nahm die Schere.

«Zieh dich aus», befahl er. «Und stell dich vor den Spiegel.»

Eva erschrak. Dennoch folgte sie seinem Befehl.

«Küss mich, David», bat sie. «Sag, dass du mich liebst.»

«Nicht jetzt», sagte er, ohne sie anzusehen. Konzentriert begann er das Rasiermesser zu schleifen.

Eva fühlte sich sehr allein vor dem Spiegel.

Sie schloss die Augen. Nein, sie wollte nicht sehen, wie er ihr Haar abschnitt. Jedes Mal, wenn sie das Klappern der Schere hörte, den kurzen Ruck auf ihrer Kopfhaut spürte und dann das Fallen der Strähnen, zuckte sie zusammen.

Schließlich seifte David ihren Kopf ein und ließ das Rasiermesser über ihre Kopfhaut fahren. Sie biss die Zähne aufeinander, um nicht aufzuschreien.

«Sieh dich an», sagte er endlich.

Eva öffnete die Augen. Ganz langsam, weil sie sich fürchtete vor dem, was sie sehen würde.

Sie erblickte eine glatzköpfige Frau mit riesigen Augen.

«Du bist wunderschön», hörte sie David hinter sich flüstern. Seine Stimme klang rau dabei. Er nahm einen doppelarmigen Leuchter vom Nachtkästchen, entzündete die Lichter darauf und stellte sie vor den Spiegel.

Plötzlich veränderte sich das Bild.

Eva richtete sich auf, zog die Schultern zurück. Ihre Augen begannen zu leuchten. Die Lippen waren rot und prall.

Alles Kleinliche, Kleinmütige, Kleingläubige war wie von Zauberhand von ihr abgefallen.

Sie hob die Hand und strich sich damit langsam über den geschorenen Kopf.

Noch nie hatte sie sich stärker empfunden als in diesem Augenblick. Nichts, was gemeinhin für wichtig galt, zählte in diesem Augenblick. Die Schmiede, ihre Herkunft, der Ärger mit Susanne – nichts von alldem hatte etwas zu tun mit der Frau im Spiegel. Zum ersten Mal in ihrem Leben bekam Eva eine Ahnung vom Sein an sich. Und es machte sie aus tiefstem Herzen ruhig und glücklich.

Sie lächelte und drehte sich zu David um. «Ich bin schön», sagte sie. «Die Nacktheit steht mir gut zu Gesicht.»

David nickte. «Ja, Eva, das bist du. Ich wusste keinen anderen Weg, dir zu zeigen, wer du bist, als den, dir das zu nehmen, was gemeinhin unter Schönheit verstanden wird.»

Mit feierlichem Ernst nahm er ein Krüglein von der Truhe, zog den Korken heraus und goss sich Rosenöl in die Hände.

Dann salbte er Evas Kopf.

«Du bist die Gesalbte unter den Frauen», sagte er, «bist die Ausgezeichnete unter ihnen, bist die mit der göttlichen Gnade.» Und dann legte er Eva auf das Bett und versenkte sich in ihrer Blöße.

Seit einem halben Jahr war Eva nun schon «unter der Haube» und versteckte ihren kahlen Kopf unter einer Haube, wie sie die verheirateten Weiber trugen. 26 Wochen lang. 182-mal hatte Eva die Sonne auf- und untergehen sehen. 182-mal war sie zu David unter die Bettdecke geschlüpft, hatte neben ihm am Frühstückstisch gesessen, in der Werkstatt, war sechsmal mit ihm bei den Fraternitätstreffen gewesen. 182-mal hatte David sie gefragt, ob sie ihn liebe. 182-mal hatte Eva ja gesagt.

Inzwischen schrieb man den 26. März 1497, Evas 22. Geburtstag. David hatte ihr einen Strauß Schneeglöckchen geschenkt, aber das waren nicht die einzigen Blumen, die sie von ihm bekommen hatte. Ihr Leib war wieder einmal von blauen Flecken, Davids Blumen der Liebe, übersät. Doch das spürte sie eher, als dass sie es sah, denn der Spiegel war noch immer verhüllt. Als sie hinunter in die Werkstatt kam, merkte sie, dass niemandem heute zum Feiern zumute war.

Meister Faber nahm sie zur Seite: «Wir haben kein Geld mehr, um neue Rohstoffe zu kaufen», klagte er.

Eva zog die Augenbrauen hoch. «Kein Geld? Wieso?»

Vorwurfsvoll gab Meister Faber zurück: «Ihr habt Euch lange nicht um die Bücher gekümmert. Zeit wird es, dass Ihr unsere Außenstände eintreibt.»

«Die Dominikaner haben noch immer nicht gezahlt, nicht wahr?», fragte Eva und sah sich nach David um.

Meister Faber nickte. «Sie weigern sich, hat mir der Innungsmeister mit Genugtuung erzählt. Den Entwürfen haben sie zwar zugestimmt, doch die Ausführung ist ihnen zu sündig geraten.»

Regina war hinzugetreten und lauschte dem Gespräch mit offenem Munde. «Ist die Werkstatt jetzt in Schulden geraten?», fragte sie.

Eva runzelte die Stirn. «Du hast bisher noch nicht viel für die Schmiede geleistet. Deine Schwester lernt viel mehr als du. Sie wird bald eine Silberschmiedin sein. Du aber hast noch sehr viel nachzuholen.»

Regina verzog den Mund. «Mein Busen ist gewachsen. Ich habe schönere Kleider und werde, wenn ich die Ausbildung beendet habe, das Bürgerrecht erwerben können. Das ist alles, was ich je gewollt habe. Oder meint Ihr, es würde mir gefallen, mein Lebtag in einer Werkstatt zu stehen?»

Eva legte ihr eine Hand auf die Schulter und sagte schroff: «Geh, wenn es dir hier nicht mehr gefällt. Ich halte dich bestimmt nicht. Das Kleid, das du trägst, darfst du behalten. Alles andere bekommt Priska. Du bist es nicht wert, aus der Gosse, aus der du stammst, gezogen zu werden.»

«Was ist?», fragte David, der hinzugekommen war, und tätschelte dem Mädchen beruhigend den Rücken.

«Sie will mir die Hälfte meiner Seele nehmen», jammerte das Mädchen. «Wegschicken will sie mich, während Priska bleiben darf. Sie ist ungerecht, sie zieht meine Schwester mir vor. Ich bin es nicht wert, aus der Gosse gezogen zu werden, hat sie gesagt. Sie glaubt selbst nicht an die Worte, die sie spricht. Mein Platz ist hier. Sie selbst hat mich hierher geholt.»

«Halt den Mund», erwiderte Eva. «Ich habe keine Zeit, mich mit deinen Ansprachen zu befassen.»

Sie sah, dass sich Davids Mundwinkel nach unten verzog, doch sie achtete nicht darauf.

«Du solltest deinen Hochmut nicht an dem Kind auslassen. Es zeugt von niedriger Gesinnung, ihr die Abkunft vorzuwerfen», wies David sie zurecht.

Eva ließ sich nicht einschüchtern. «Ich muss mich um den Erhalt der Werkstatt kümmern und die Dominikaner an ihre Zahlpflicht erinnern.»

David nickte. «Ja, geh und kümmere dich um das Geld. Davon verstehst du ja etwas.»

Eva sah David gekränkt an, doch dann warf sie den Kopf in den Nacken und verließ die Werkstatt.

Wenig später wurde sie dem Präzeptor vorgeführt.

«Pater Ignatius, ich bin gekommen, um den Lohn für unsere Silberschmiedearbeiten zu fordern. Seit acht Monaten warten wir schon auf unser Geld», sagte sie gleich nach der Begrüßung.

Der Präzeptor bot ihr einen Platz an.

«Das ist leicht gesagt, Silberschmiedin. Und schwer getan. Ich mache es kurz: Ihr bekommt Euer Geld nicht.»

«Warum nicht?»

Eva richtete sich auf und versuchte dem Dominikaner direkt in die Augen zu blicken.

«Die Ausführungen gefallen uns nicht mehr. Euer Geselle hat die Sünde auf Kirchengerät gebracht. Überlegt selbst, Silberschmiedin, ob es angeht, dass nackte Menschen auf einer Monstranz tanzen.»

«Gott erschafft die Menschen nicht in Kleidern. Nackt kommen sie zur Welt. Ihre Blöße ist das Zeichen eines Anfangs. Versteht Ihr denn die Botschaft nicht?»

Der Präzeptor schüttelte den Kopf. «Man kann es drehen und wenden, wie man will. Ein nackter Mann und eine nackte Frau haben auf einer Monstranz nichts zu suchen.»

«Ihr habt die Entwürfe abgesegnet, Pater Ignatius. Ihr selbst seid in die Schmiede gekommen und habt sie Euch angesehen.»

Der Pater nickte. «Ja, damals bürgte auch noch Andreas Mattstedt für die Ausführung. Der Geselle war ihm untertan und musste tun, was Mattstedt wollte. Nun ist es anders. Der Kaufmann ist Vorsteher der Fuggerei. Der Geselle ist Euer Mann und Meister.»

«Ändert das etwas an der Güte der Arbeiten?» Eva hatte Mühe, ihren Zorn zu beherrschen.

Pater Ignatius nickte: «Die Dinge stehen nun in einem anderen Licht.»

Eva hatte verstanden. «Gut», antwortete sie. «Dann lasst Kreuz und Monstranz holen. Ich nehme sie wieder mit. Wenn Ihr nicht bezahlt, so sind sie Eigentum der Werkstatt.»

Der Präzeptor lächelte: «So einfach ist es nicht, Silberschmiedin. Die Rohstoffe kamen von Mattstedt. Wenn jemand das Recht hat, das Silbergerät abzuholen, dann ist er es. Doch Mattstedt war so freundlich und großzügig, sie uns leihweise für unsere Kirche zu überlassen.»

«Mattstedt mag der Besitzer der reinen Metalle sein. Uns aber gehört die kunstvolle Anfertigung. Lasst Monstranz und Kreuz holen, Pater Ignatius. Ich werde sie einschmelzen und das Silber dann Mattstedt zurückgeben.»

«Ich verstehe Euren Verdruss, Silberschmiedin, aber

auch das geht nicht. Wir haben eine Urkunde, die uns erlaubt, Monstranz und Kreuz zu benutzen. Und zwar so, wie sie sind. Mattstedt hat sie als Mitbesitzer der Gold- und Silberschmiede unterzeichnet. Die Urkunde ist von einem Advokaten aufgesetzt und rechtsgültig.»

Eva war sprachlos. Ohne ein weiteres Wort stand sie auf und verließ die karge Zelle des Präzeptors.

Sie lief nach Hause in die Hainstraße und war so in Gedanken versunken, dass sie eine Frau anrempelte. Die Frau keifte, doch Eva hörte sie nicht. Nur das Wort «Silbernonne» drang an ihr Ohr.

Sie hielt an und sah der Frau hinterher, die sich schimpfend an einer Haustür zu schaffen machte.

Plötzlich fasste Eva einen Entschluss und machte sich auf den Weg zum Markt, an dem das Patrizierhaus Andreas Mattstedts stand.

Sie hatte Glück, denn es war keineswegs selbstverständlich, dass der Kaufmann und Ratsherr in der Stadt selbst und obendrein in seinem Kontor anzutreffen war.

«Warum?», fragte Eva, ohne auf seine Begrüßung einzugehen. Sie setzte sich nicht auf den angebotenen Platz, sondern blieb einfach vor Mattstedts Schreibtisch stehen. «Warum hast du den Dominikanern Monstranz und Kreuz überlassen, sodass sie nun unsere Rechnung nicht begleichen müssen? Willst du uns die Silberschmiedearbeiten vergüten?»

«Sieh mal, Eva», begann Mattstedt, doch Eva schnitt ihm das Wort ab: «Ich will keine langen Erklärungen. Ich will wissen, warum du uns schadest.»

«Ich schade dir nicht, Eva. Ganz im Gegenteil. Ich versuche dich vor Schaden zu bewahren. Ja, es stimmt, ich habe das Silber den Dominikanern überlassen. Dieses Abkommen ist bereits getroffen worden, bevor ich mich aus den Geschäften der Werkstatt zurückgezogen habe. Es wäre jedoch unklug, zum jetzigen Zeitpunkt auf der Bezahlung der Schmiedearbeiten zu bestehen. Die Dominikaner haben sehr viel Macht. Wir müssen im Umgang mit ihnen Vorsicht walten lassen. Haben sie sich erst an die Sachen gewöhnt, wird es leichter sein, ihnen das Geld aus der Tasche zu locken.»

«Das Einzige, was du willst, ist, David zu schaden. Du willst seinen Ruf ruinieren, um ihn aus der Stadt zu treiben. Du hast nicht verwinden können, dass ich ihn dir vorgezogen habe.»

Mit diesen Worten drehte sich Eva zur Tür und rauschte hinaus. Sie hörte gerade noch, wie Mattstedt ihr nachrief: «Nein, Eva, so ist es nicht.»

Doch Eva ließ sich nicht zurückhalten. Sie hatte genug erfahren. Aber woher sollte sie jetzt das Geld nehmen, das die Werkstatt benötigte? Sie fühlte sich plötzlich unendlich müde und erschöpft.

Mit langsamen Schritten ging sie zurück in die Hainstraße. Sie bemerkte nicht einmal, dass die Leute ihr auswichen, manche sogar stehen blieben und ihr nachsahen.

Im Haus begegnete ihr niemand. Susanne und Bärbe schienen unterwegs zu sein, die anderen waren in der Werkstatt. Eva war froh, für einen Augenblick allein zu sein.

Sie setzte sich an den Küchentisch, stützte den Kopf in die Arme und sann darüber nach, wie die Werkstatt zu retten war. Sie hätte gern mit David darüber gesprochen, doch noch war er nicht zum Meister ernannt. Noch lag die Verantwortung für die Werkstatt ganz allein in ihren Händen. Im Übrigen interessierte sich David nicht für die finanzielle Seite des Geschäftes. Das sagte er zumindest. Doch einmal hatte Eva den Eindruck gehabt, dass jemand an den Auftrags- und Abrechnungsbüchern gewesen war.

Plötzlich hörte sie Geräusche im Flur. Adam kam zur Tür herein.

«Du bist nicht in der Werkstatt?», fragte er. Eva schüttelte den Kopf.

«Was ist los?», hakte Adam nach, als er Evas Gesicht sah. Er setzte sich neben sie und legte eine Hand auf ihren Arm.

«Was ist passiert?»

«Ach, Adam», seufzte Eva. «Wir haben kein Geld mehr, doch wir müssen neue Rohstoffe einkaufen. Ein paar Aufträge sind noch da, aber wir können nicht arbeiten, weil es uns an Gold- und Silberbarren fehlt.»

Adam nickte. «Die Dominikaner haben nicht gezahlt, nicht wahr?»

«Und Mattstedt hat dabei seine Finger im Spiel», ergänzte Eva.

«Du bist in einer schwierigen Lage, Eva. Schreib an deine Mutter. Sie wird dir bestimmt helfen.»

Noch bevor Adam das letzte Wort ausgesprochen hatte, ging die Küchentür auf, und David stürmte herein.

«Nein, Eva. Das tust du nicht. Ich verbiete dir, deiner Mutter zu schreiben. Wir werden die Werkstatt auch ohne Sibyllas Hilfe erhalten.»

Am Abend saß David am Schreibtisch in der Wohnstube und blätterte in den Büchern. Eva saß neben ihm, doch ihre Gedanken drehten sich nur um die Frage, woher sie Geld nehmen sollten.

Sie schreckte auf, als David sie plötzlich ansprach: «Ich möchte, dass sich dein Stiefbruder eine andere Bleibe sucht. In diesem Haus ist kein Platz für ihn.»

«Warum nicht?», fragte Eva.

David sah aus dem Fenster. Der Tag war dabei, sich schlafen zu legen. «Ich traue ihm nicht», antwortete er. «Er hat sich ein Laboratorium im Keller eingerichtet, und ich habe keine Ahnung, was er dort treibt.»

Eva lachte erleichtert auf. «Aber David», entgegnete sie. «Adam studiert Medizin. Er braucht ein Laboratorium, um die Medikamentenherstellung zu lernen. Die Erlaubnis habe ich ihm lange vor unserer Hochzeit gegeben.»

David sah Eva an. «Und dazu benötigt er Silber und Blei?»

Eva zuckte mit den Achseln. «Ich weiß es nicht. Ich habe keine Ahnung, was er dort unten macht, weiß auch nicht, welche Spezereien in den Heilmitteln sind.»

«Hast du dich schon einmal gefragt, warum man ihn noch nie mit einem Mädchen gesehen hat?», fragte David weiter.

«Hast du darüber nachgedacht, was er mit den Zwillingen im Keller macht? Weißt du, dass er ihre Körper vermisst, ihre Brüste und Hinterbacken miteinander vergleicht? Dass er ihre Gedanken aufschreibt, ihre Wünsche und Träume? Die einzigen Weibsbilder, mit denen er sich einlässt, sind Kinder, Eva!»

«Er ist zu beschäftigt für eine Ehefrau. Wahrscheinlich möchte er erst seine Studien abschließen, bevor er sich verheiratet.»

«Adam ist ein Mann voller Saft und Kraft. Es ist nicht natürlich, dass einer in diesem Alter zu keinem Weibe geht. Noch nicht einmal die Schankmädchen und Dirnen interessieren ihn. Aber an den Zwillingen hantiert er wie unsereiner mit dem Gewindeschneider.»

«Nun, er ist halt ein guter Studiosus. Er ist auf der Suche nach der Seele des Menschen. Das weißt du doch.»

«Und was ist er für ein Mann?», fragte David zurück, doch Eva wusste darauf keine Antwort. Adam war ihr Bruder; als Mann hatte sie ihn nie gesehen.

David holte etwas aus seiner Tasche, das die Form eines Knochens hatte.

«Ein Knochen mit einem silbernen Überzug?» Eva erstarrte. «Ist es der Knochen eines Menschen?»

David zuckte mit den Schultern. «Wahrscheinlich. Daraus wollte er bestimmt keine Medikamente machen.»

Eva betrachtete den Knochen. Sie nahm ihn in die Hand, strich behutsam darüber, dann hielt sie ihn an ihren Unterarm. Der Knochen hatte genau dieselbe Länge. Übelkeit stieg in Eva auf. Ein Knochen mit einem Überzug aus Edelmetall. Eva starrte ihn an. In Frankfurt eine Maske aus Silber. In Leipzig eine Frau mit verbranntem Gesicht. Jetzt ein mit Silber überzogener Knochen. Und immer war Adam in der Nähe gewesen.

Kapitel 14

Am nächsten Morgen, noch vor dem Frühstück, ging Eva hinunter in Adams Laboratorium. Sie hatte die halbe Nacht wach gelegen und immer wieder den versilberten Knochen vor sich gesehen.

Eva glaubte nicht, dass ihr Bruder auch nur einer Fliege ein Bein ausreißen könnte, aber sie musste sich mit eigenen Augen davon überzeugen. Das Herz schlug ihr bis zum Hals, als sie die Klinke des Kellerraumes herunterdrückte.

Das Öllicht in ihren Händen warf lange Schatten an die Wand, als sie das Laboratorium betrat. Es roch nach Feuchtigkeit und Vitriol, einer kristallklaren Flüssigkeit, mit deren Hilfe man unedle in edle Stoffe verwandeln konnte.

Eva schwenkte das Licht über den großen Labortisch. Sie sah Kristalle, die in Glasbehältern verschlossen waren, kleine Leinensäckchen mit gemahlenen Kräutern, Blei und Zinkpulver. Daneben ein Fläschchen mit Königswasser, wie es die Alchemisten benutzten, um den Stein des Weisen zu finden. Sie entdeckte Brennkolben, Mörser und Stößel, eine Apothekerwaage, jedoch keine menschlichen Knochen.

An einer Ecke des Tisches lag ein Buch. Eva stellte die Öllampe daneben und begann zu blättern. Sie hätte nicht geglaubt, dass ihr Herz noch schneller schlagen könnte, doch bei den Bildern in «Anatomia» brach ihr Herz in einen wilden Galopp aus.

Nackte Menschen waren darauf abgebildet, aber auch Gerippe, die die Lage jedes einzelnen Knochens anzeigten. Auf einer Seite waren Zeichnungen von Menschen, die mit Geschwüren übersät waren. Daneben stand etwas über Quecksilber, das die Geschwüre zum Abheilen bringen sollte.

Sie überlegte. Hatte Adam versucht, eine Quecksilbermischung herzustellen? Hatte er die Wirksamkeit an einem Knochen ausprobiert?

Nein. Sie schüttelte den Kopf. Wie kann man an einem toten Gegenstand das Abheilen von Geschwüren überprüfen wollen? Und was hatte das alles mit den Zwillingen zu tun?

Sie beugte sich erneut über das Anatomiebuch und blätterte darin herum. Plötzlich erstarrte sie. Sie war auf eine Seite gestoßen, auf der Verbrennungen abgebildet wurden. Das Papier war abgegriffen, als ob die Seite häufig aufgeschlagen würde. Eva schnappte nach Luft, doch es gelang ihr nicht, das Bild der Frau mit dem verbrannten Gesicht zu vergessen.

Hastig, als hätte sie Furcht vor dem, was sie hier noch entdecken könnte, verließ sie das Labor.

Einige Wochen später hatte Eva ihren gesamten Schmuck verkauft. Für das Geld erstand sie neue Rohstoffe für die Werkstatt. Das Silber ließ sie – hinter dem Rücken von Mattstedt und der Mutter – aus den eigenen Kuxen kommen. Sie wusste genau, dass ihr dies nur ein einziges Mal gelingen konnte. Der Mann in der Saigerhütte, der Evas Boten die Anteile aus der Mine in Silberbarren ausgehändigt hatte, war neu und hatte sich mit der Besitzurkunde auf Evas Namen zufrieden gegeben. Doch inzwischen war Mattstedt bestimmt informiert worden, dass Eva ihn als Verwalter und Treuhänder übergangen hatte. Ein schlechtes Gewissen hatte sie deshalb nicht; die Werkstatt schien fürs Erste gerettet.

«Du hast deinen gesamten Schmuck verkauft?», fragte Susanne und schüttelte fassungslos den Kopf. «Du hast Zink und Blei gegen Gold und Juwelen eingetauscht?»

«Ich brauche keinen Schmuck. Für David bin ich auch ohne Geschmeide schön. Seine Liebe ist es, die mich erblühen lässt.»

«Erblühen, ja?» Susanne lachte. «Eva, bist du blind geworden? Hast du dich in den letzten Wochen einmal im Spiegel betrachtet? Du trägst Kleider, die selbst Hildegard verschmähen würde. Deine Haube setzt du nicht einmal mehr im Hause ab. Du färbst dir die Wangen nicht rot, trägst weder Gürtel noch kunstvolle Schließen.»

Sie gab Eva einen Kuss auf die Wange, den ersten seit Evas Hochzeit. Dabei verrutschte die Haube, und Evas Kahlköpfigkeit wurde sichtbar.

Susanne starrte mit weit aufgerissenen Augen auf den nackten Kopf. Sie öffnete den Mund, um etwas zu sagen, dann schloss sie ihn wieder und wandte sich ab. Schweigend ging sie zum Herdfeuer und rührte angelegentlich in einem Topf, als wäre dies die wichtigste Sache der Welt.

Eva saß da und starrte mit brennenden Augen auf Susannes Rücken. Sie hatte mit allem gerechnet: mit Gelächter, mit Vorwürfen, mit Häme, aber niemals mit Schweigen. Die Stille war schlimmer als alles andere.

Am Abend fragte sie David: «Was willst du, David? Was ist dein Ziel?»

Er lächelte spitz.

«Ich habe es dir oft genug gesagt, Eva. Ich werde mich auf den Platz stellen, der für mich geschaffen ist.»

«Welcher Platz, David, ist das? Und welche Rolle spiele ich dabei?»

Sein Lächeln wurde weicher. «Der Platz an deiner Seite, Eva. Als dein Mann, deine Liebe, dein Leben. Untrennbar und für immer vereint.»

Trotz seiner liebevollen Worte blieben seine Augen kalt.

Eva sah es und trat einen Schritt zurück, um sich über Davids Verhalten klar zu werden. Doch die Botschaften widersprachen sich noch immer. Seine Worte passten nicht zu seiner Miene.

Verwirrt wandte Eva sich ab.

Am nächsten Morgen in der Werkstatt kontrollierte sie die Fortschritte der beiden Lehrmädchen. Noch immer war es so, dass Priska mit außerordentlicher Geduld und Sorgfalt sämtliche Arbeiten in der Werkstatt erledigte.

Sie kam am Morgen als Erste, legte die Holzscheite zum Befeuern der Brennöfen zurecht, richtete die Werkzeuge, bürstete vorsichtig den feinen Gold- und Silberstaub von den rauen Lederschürzen und achtete darauf, dass kein Körnchen der wertvollen Edelmetalle verloren ging. Dann füllte sie die Zuber zum Abkühlen der Rohlinge mit Brunnenwasser und fegte zum Abschluss des Tages die Werkstatt.

Regina dagegen hielt jeden Kratzer, den sie auf dem Metall hinterließ, für die Krone der Handwerkskunst.

Der Unterschied zwischen den beiden Mädchen war allen aufgefallen. «Priska ist ein kluges Kind. Ich habe selten ein Mädchen gesehen, das so ernsthaft arbeitet. Vielleicht wäre sie in einem reichen Kloster, in dem es viele Bücher gibt, gut aufgehoben. Regina dagegen wird ihren Weg gehen, gleichgültig, ob sie das Lesen und Schreiben beherrscht oder nicht. Ihre Klugheit besteht im Umgang mit Höheren. Sie versteht es, sich einzuschmeicheln», war Hildegards Urteil gewesen.

«Ja, in der Werkstatt ist es das Gleiche», hatte Eva zugestimmt. «Priska zeigt Eifer und Regina ihre Vorzüge. Selbst Heinrich hat dies schon bemerkt.»

Auch Ute ging es ähnlich mit den beiden. «Warum soll ich Tänze erlernen?», hatte Priska schüchtern gefragt. «Meine Füße taugen nicht dazu.» Regina aber konnte vom Tanz nicht genug bekommen. Der Tanz und der Putz, das war ihre Lust. Doch auch an der Hauswirtschaft zeigte sie Interesse, während Priska die Brote zwar zu kunstvollen Laiben formte, aber häufig die Hefe vergaß.

Adam hatte ebenfalls Unterschiede entdeckt. «Sie sind

nicht gleich, ganz und gar nicht. Reginas Leib ist viel weicher als Priskas. Ihre Brüste wachsen schneller, die Behaarung setzt früher ein. Sie schwitzt auch stärker als Priska. Sogar ihre Gedanken sind verschieden. Während Regina schon das Weib in sich erkannt hat, ist Priska noch immer ein Kind.»

«Du solltest die Mädchen nicht mehr nackt betrachten. Sie werden älter und haben Scham dabei.»

Adam hatte gelacht: «Bei Priska hast du Recht. Aber Regina zeigt keinerlei Verlegenheit.»

Er hatte Eva eindringlich angesehen, dann gesagt: «Ich muss sie weiter beobachten. Wenn es möglich ist, solange sie leben. Doch wenn du glaubst, dass ich Unrecht tue, dann lade ich dich ein, dabei zu sein, wenn die Zwillinge zu mir ins Laboratorium kommen.»

An diesem Morgen bemerkte Eva an den beiden einen weiteren Unterschied. Priska hatte von ihrem Kleid alle Bordüren gelöst und trug weder eine Spange noch einen Gürtel. Nun ähnelte ihr Kleid Evas Gewand. Regina aber hatte sich genommen, was sie greifen konnte, und ihr Kleid mit den zusätzlichen Bordüren geschmückt und trug sogar zwei Gürtel übereinander. Die langen Haare wallten über Rücken und Schultern.

Eva war erstaunt, dass sie wütend wurde, doch sie konnte nicht an sich halten. Mit schnellen Schritten ging sie zu Regina: «Die Werkstatt ist kein Jahrmarkt. Binde dir eine Lederschürze über das Kleid und gieße etwas Blei. Zuvor aber lass dir von Bärbe eine Haube geben. Dein Haar stört beim Arbeiten.»

Regina sah sie mit großen Augen an: «Etwas Neues

möchte ich lernen. Der Meister hat versprochen, mir zu zeigen, wie man eine Haarspange fertigt. Wenn ich geschickt bin, dann darf ich mir selbst eine aus Messing fertigen, hat er gesagt.»

«Stimmt das?», fragte Eva. David nickte, sah aber nicht von seiner Arbeit hoch. Mit dem Punzeisen zog er gerade feine Linien auf eine Brosche.

«Geh jetzt und kleide dich für die Arbeit», befahl Eva, und das Mädchen gehorchte.

«Und was ist mit Priska?», fragte die Meisterin, als Regina verschwunden war.

«Nun, jeder sucht sich seinen Platz selbst. Hast du das noch immer nicht verstanden, Eva?»

Heinrich, der am Schmelzofen beschäftigt war, sah auf. Sein Mund war schmal, doch er blieb stumm, seufzte nur und strich Priska, die ihm die Scheite reichte, über den Kopf.

Eva kam sich in der eigenen Werkstatt überflüssig vor.

«Warum siehst du mich nicht an, wenn du mit mir sprichst?», fragte sie.

David ließ das Punzeisen sinken und sah hoch. «Werden meine Worte wahrer, wenn ich sie dir ins Gesicht sage?», war seine Antwort. Doch dann erschien wieder dieses seltsame Lächeln auf seinem Gesicht. Er fasste nach Evas Hand, strich zart darüber und betrachtete sie, als hätte er sie noch nie gesehen. Als Nächstes holte er den Messzirkel und maß die Länge von Evas Zeigefinger.

«Was soll das?», fragte Eva und wollte ihm die Hand entziehen, doch er hielt sie mit eisernem Griff fest.

«Was dein Bruder kann, kann ich nicht schlechter»,

sagte er. Er stand auf, schob Evas Ärmel bis zum Ellbogen hoch und hielt wieder den Messzirkel an.

«Ich möchte wissen, was das soll», wiederholte Eva.

«Kannst du es dir nicht denken?», fragte David. «Eine Kelle soll ich aus Silber fertigen. Eine große Gabel dazu, um die zarten Bratenstücke von der Platte zu spießen. Nun, dein Arm und deine Hand haben mich auf eine Idee gebracht.»

Er sah sich nach Priska um und winkte sie mit dem Finger zu sich. Das Mädchen gehorchte.

«Rühre Ton an. Ich möchte einen Abdruck nehmen», sagte er. Priska nickte und ging in den Lagerraum. Die anderen schauten stumm auf ihre Arbeit und taten, als hätten sie nichts gehört.

Ohne es zu wollen, begann Eva zu zittern. «Nein, David», flüsterte sie. «Tu das bitte nicht.»

«Warum?», fragte er so laut, dass es alle in der Werkstatt verstehen mussten. «Ist es dir kein Bedürfnis, unsere Waren so gut und außergewöhnlich zu machen, wie wir es uns unserem Ruf schuldig sind?»

Eva sah zu Boden. David hatte sie stumm gemacht. Es gab nichts, was sie darauf erwidern konnte. Ihr Zittern wurde stärker, als Priska mit der Schüssel voll angerührtem Ton kam. Auch Regina war wieder zurückgekehrt, trug jetzt eine Schürze und hatte das Haar zusammengebunden.

«Gib mir deinen Arm», sagte David, doch Eva war nicht in der Lage, sich zu bewegen.

«Lasst doch die Meisterin», mischte sich Heinrich ein. «Wenn Ihr jemanden braucht, dann fragt Regina. Ich bin sicher, sie wartet nur darauf, in Silber gegossen zu werden.»

«Ja», erwiderte Regina und streckte ihren nackten Arm vor. «Ja, nehmt mich, Meister.»

David aber stieß Regina zur Seite, schob Eva einen Schemel hin, drückte sie darauf nieder und begann, die obere Hälfte des Armes mit Ton zu bestreichen.

Als Eva laut aufschluchzte, wurde es ganz still im Raum. Dann verließ Meister Faber die Werkstatt und knallte geräuschvoll die Tür hinter sich zu. Wenig später ging auch Heinrich, und Regina folgte ihm.

Jetzt war Eva mit David allein. Nur Priska war noch da. Sie stand hinter Eva und hatte ihr die kleine warme Hand auf die Schulter gelegt. Eva spürte das Streicheln des Kindes durch den Stoff ihres Kleides.

Dann griff auch Priska wortlos in den kalten Ton und half David, den Abdruck herzustellen.

Danach floh Eva stumm aus der Werkstatt.

Draußen war es neblig. Wie zerrissene Laken hingen die Nebelschwaden an den Hauswänden und ließen alles verschwimmen.

Eva hielt auf dem halben Weg zwischen Werkstatt und Wohnhaus inne.

Sie wusste plötzlich nicht mehr, wohin. Die Arme hingen wie Stöcke an ihrem Körper herunter. Der Nebel hatte alle Geräusche verschluckt. Sie hörte kein Hämmern aus der Werkstatt, keine Küchengeräusche vom Haus.

Für einen Augenblick dachte sie, ganz allein auf der Welt zu sein. Alles war, ohne dass sie es bemerkt hatte, irgendwohin verschwunden. Ihr Arm, an dem noch Spuren von Ton hafteten, begann zu kribbeln. Eva schob den Ärmel hoch, betrachtete ihn wie einen fremden Gegenstand.

Vorsichtig setzte sie einen Fuß vor den anderen und bewegte sich langsam auf das Wohnhaus zu. Alles kam ihr fremd und bedrohlich vor. Als hätte sie ihr Zuhause verloren.

Sie öffnete die Tür und fing an zu laufen. Durch den Hausflur hinaus auf die Hainstraße – immer weiter, bis sie zum Markt kam. Auf einmal hörte der Nebel auf. Eva blieb stehen.

Erst jetzt merkte sie, dass sie keinen Umhang mitgenommen hatte und die Trippen unter den Schuhen vergessen hatte. Fröstelnd näherte sie sich einem Gemüsestand und befühlte mit gesenktem Kopf einen rotbackigen Apfel.

«He, Ihr da. Nehmt die Finger weg. Was angefasst wird, muss auch gekauft werden.»

Die scheltende Stimme der Krämerin ließ Eva aufsehen.

«Ach, Ihr seid es, Silberschmiedin!», rief die Krämerin verwundert aus. «Ich dachte, eine arme Begine oder entlaufene Nonne stünde vor mir.»

Eva sah durch die Krämerin hindurch und nickte.

«Oder seid Ihr es doch nicht? Seid Ihr nicht die Silberschmiedin?»

Die Marktfrau schüttelte den Kopf, verschränkte die Hände unter dem Busen und betrachtete Eva von oben bis unten. «Nun sagt schon: Seid Ihr die Silberschmiedin?»

Obwohl Eva die Frau gehört hatte, konnte sie nicht antworten. Es war, als ob der Nebel jetzt in ihr drin wäre und eine Wand zwischen ihr und der Welt errichtet hätte.

«Ob ich die Silberschmiedin bin?», fragte sie, hob den Arm, schob den Ärmel zurück und zupfte ein paar Krümel Ton von ihrer Haut. «Ich weiß es nicht, gute Frau. Sagt Ihr es mir. Bin ich die Silberschmiedin?»

Die Krämerin legte den Kopf schief und kniff die Augen zusammen. «Geht nach Hause, legt Euch ins Bett und trinkt einen kräftigen Kräutersud. Ihr werdet sehen, morgen sieht die Welt schon anders aus. Geht schon, geht, sonst landet ihr noch im Spital.»

Eva sah die Krämerin an. Auf einmal schien ihr alles klar zu sein. Sie straffte die Schultern, setzte ein stolzes Gesicht auf und sagte: «Ins Spital. Wie die Frau mit dem verbrannten Gesicht. Wisst Ihr, woher sie kam?»

Die Krämerin schüttelte den Kopf. «Ein Leipziger Mädchen war es nicht. Niemand kannte sie hier. Vielleicht war es eine aus dem Hurenhaus vor dem Hallischen Tor. Die Hausmutter dort ist eine gewisse Grete aus Frankfurt. Vielleicht weiß die, woher die Dirne stammte.»

«Grete aus Frankfurt?», fragte Eva. «Wieso aus Frankfurt?»

Die Krämerin lachte. «Wusstet Ihr nicht, dass das Hurenhaus unter Aufsicht dieser Grete steht? Vor Jahren ist sie nach Sachsen gekommen und hat gleich ein paar Mädchen mitgebracht. Den Männern war es gleich.»

Eva nickte und sprach zu sich selbst: «Aus Frankfurt also. Zu Johann von Schleußig muss ich. Vielleicht kann er mir Auskunft geben.»

Ohne sich zu verabschieden, wandte sie sich ab und ging weiter. Sie hörte noch, wie die Krämerin vor sich hin murmelte: «Sie sieht aus wie eine Nonne. Kein Gürtel, keine Kette, nichts. Wer soll ihr Silberzeug kaufen, wenn sie selbst nicht trägt, was aus ihrer Werkstatt kommt?»

Eva schenkte ihren Worten keine Beachtung, sondern lief so schnell wie möglich nach St. Nikolai. Die Kälte ließ sie schlottern, und sie bereute, so überstürzt und kopflos aufgebrochen zu sein. In der Kirche angekommen, sah sie sich um, doch Johann von Schleußig war nirgends zu entdecken. Sollte sie ins Haus des Priesters gehen? Sie musste unbedingt mit ihm sprechen.

Also schlug sie den Weg über den Nikolaikirchhof ein und betätigte am Pfarrhaus den Türklopfer aus Messing.

Die Magd öffnete, sah sie und rief ohne ein weiteres Wort nach dem Priester.

Johann von Schleußig war bestürzt bei Evas Anblick.

«Kommt rein, schnell. Ihr seid ja halb erfroren. Wo habt Ihr Euren Umhang gelassen?»

Er rief in Richtung Küche: «Rasch, Liesbeth, bring eine heiße Milch und gib tüchtig Honig hinein.»

Dann nahm er Eva am Arm, legte ihr eine wollene Decke um die Schultern und geleitete sie in eine karg eingerichtete Wohnstube. Er führte sie zu einer mit Schaffellen bedeckten Sitztruhe und drückte sie vorsichtig darauf nieder. Wenig später kam die Magd mit der heißen Milch.

Eva trank in vorsichtigen Schlucken. Die Kälte wich allmählich aus ihren Gliedern.

Johann von Schleußig betrachtete sie besorgt. «Kann

ich etwas für Euch tun, Eva? Ist alles in Ordung? Warum seid Ihr gekommen?»

Eva rang sich ein Lächeln ab. «Erinnert Ihr Euch noch an die Frau mit dem verbrannten Gesicht, die sich auf dem Marktplatz entblößt hat?»

«Ja, die arme Frau. Ich musste sie ins Hospital St. Georg bringen.»

«Woher kam sie?», fragte Eva.

Johann von Schleußig verzog den Mund ein wenig und schüttelte leicht den Kopf. «Man sagt, sie war auf dem Weg ins Haus der Grete von Frankfurt.»

«Ins Hurenhaus?»

Johann von Schleußig nickte.

«Kann es sein, dass sie ebenfalls aus Frankfurt stammte?», hakte Eva nach.

«Ja, das ist möglich. Einmal sprach sie von einer Toten mit einer silbernen Maske, die ans Mainufer geschwemmt worden war.»

«Was hat sie noch gesagt? Denkt nach, Priester. Ich muss es wissen.»

Johann von Schleußig zog die Stirn in Falten. «Der Teufel sei ihr auf den Fersen. Sie sei um ihr Leben gerannt und ihm im letzten Augenblick entkommen.»

«Hat sie gesagt, ob der Teufel sie in Frankfurt oder in Leipzig geschändet hat?»

Johann von Schleußig schüttelte den Kopf. «Sie war verwirrt, Eva. Wahrscheinlich wusste sie selbst nicht, wo und wann ihr dieses Unglück widerfahren war. Warum fragt Ihr? Kennt Ihr sie etwa?»

Eva atmete tief ein und aus und sagte, ohne auf die Fragen des Priesters einzugehen. «Es kann also sein, dass die Tat schon in Frankfurt geschehen ist?»

«Nun», überlegte Johann von Schleußig. «Der Medicus sagte, die Brandwunden seien nicht mehr ganz frisch. Und Grete wusste nichts von der Ankunft der Dirne. Kann also sein, dass sie gerade die Stadttore passiert hatte. Vielleicht ist es unterwegs passiert.»

«Was ist aus ihr geworden?», fragte Eva.

Johann von Schleußig zuckte mit den Schultern. «Ich weiß es nicht. Sie ist aus dem Spital weggegangen, ohne zu sagen, wohin ihr Weg sie führt.»

Eva nickte und zog den Kopf zwischen die Schultern.

Johann von Schleußig legte seine Hand auf Evas. Als er bemerkte, wie eisig kalt sie war, nahm er sie in beide Hände und rieb sie vorsichtig.

«Warum wollt Ihr wissen, was mit dieser Frau geschah?», wiederholte er leise. «Wovor habt Ihr Angst? Wollt Ihr mir nicht sagen, was Euch bedrückt?»

Sie versuchte zu lächeln: «Was sollte mich bedrücken, Johann von Schleußig? Ich habe eine Werkstatt, einen guten Mann und meinen geliebten Bruder in der Nähe. Mattstedt ist mir ein kluger Ratgeber, und Ihr seid mir ein Freund. Mir fehlt es an nichts.»

Johann von Schleußig ließ ihre Hand nicht los. «Ihr habt Euch verändert, Eva. Früher wart Ihr eine junge und kluge, fröhliche Frau, die die Schönheit zu schätzen wusste. Jetzt sehe ich Euch nur noch selten lachen. Solche Veränderungen kenne ich nur von Frauen, die gesegneten Leibes sind.»

«Nein!», widersprach Eva. «Schwanger gehe ich nur

mit der Neuen Zeit. Die Welt ist entdeckt, es gibt den Buchdruck und den Behaimschen Globus, den die Stadt Nürnberg sich einen ganzen Schatz kosten ließ. Nur die Kirche hält noch am Alten fest. Aber nicht mehr lange. Bald wird sich alles ändern, und der Mensch wird das Maß aller Dinge sein.»

Während dieser kurzen Rede lebte sie auf. Gern hätte sie noch weitergesprochen, um alle und am liebsten sich selbst davon zu überzeugen.

Der Priester nickte. «Recht habt Ihr. Alles ist im Fluss, vieles wird sich ändern, muss sich ändern. Aber es gibt auch Dinge, Eva, die vielleicht bleiben, wie sie immer waren.»

Eva zog die Augenbrauen zusammen und sah Johann von Schleußig zweifelnd an. Seine grauen Augen blickten freundlich.

«Die Würde und der Stolz, Eva. Die Schönheit und das Gute. Und der Alltag, der mit der Frühmesse beginnt und mit dem Abendläuten aufhört. Warum sperrt Ihr Euch so gegen einen Rahmen, der doch auch Halt verspricht?»

«Einen Rahmen? Meint Ihr die Kirche, die Zünfte, die Sitten und Regeln? Oh, ich kenne sie zur Genüge, diese Rahmen und Regeln. Ich will höher hinauf. Zum innersten Kern der Dinge.»

«Führt Ihr denn ein Leben, das Euren Maßstäben gerecht wird?»

Eva seufzte. «Es ist mehr davon und zugleich weniger. Mit David ist nichts gewöhnlich. Er hat mich erwählt und mich ausgezeichnet vor den anderen.»

«Euch ausgezeichnet, in dem er Euch in schlechter Kleidung auf die Straße schickt?»

Jetzt versteckte Eva ihre Zweifel hinter einer hochmütigen Miene: «Kleider sind nur Tand. Oberfläche. Und nur für die von Wichtigkeit, die nicht unter die Oberfläche sehen können.»

In Johann von Schleußigs Augen stand Erschrecken, als er antwortete: «Wenn Euer Mann das sagt, so hat er Unrecht. Die Kleidung ist ein Teil von Euch. Sie zeigt das Innere nach außen. Seht Ihr aus wie eine Nonne, werdet Ihr behandelt wie eine Nonne, nicht aber wie eine Silberschmiedin. Ihr geht wie eine, die ihr Leben einem anderen in die Hände gegeben hat.»

Eva konnte Johann von Schleußig da nur zustimmen. Ja, sie hatte ihr Leben in die Hände eines anderen gegeben. Diesen Platz hatte sie sich selbst gewählt. So war es. Genau so.

«Was ist daran schlecht, Priester? Ihr sagt selbst, dass es die Nonnen tun, und auch Ihr tragt Kleider, die besagen, dass Ihr Euer Leben dem Herrn, unserem Gott, verschrieben habt.»

«Das ist richtig, Eva. Ich habe mein Leben unter Gottes Obhut gestellt. Unter wessen Obhut aber steht Ihr? Der Mensch mag das Maß der Dinge sein, aber Gott ist er nicht.»

Eva stand auf. Die Worte des Priesters hatten sie enttäuscht. «Ich habe mir diesen Platz selbst gesucht.»

Der Priester nickte: «Wenn Ihr dabei Euer Glück findet, dann soll es wohl so sein.»

«Sorgt Euch nicht. Mir geht es gut.»

Auch Johann von Schleußig hatte sich nun erhoben. Er begleitete Eva zur Tür.

«Ich bin nicht nur Euer Beichtvater», sagte er zum Abschluss. «Ich bin auch Euer Freund. Ihr könnt mir vertrauen. Alle Geheimnisse sind bei mir gut aufgehoben. Und auch die Angst weiß ich zu verwahren.»

«Welche Angst?», fragte Eva.

Johann von Schleußig blickte sie nachdenklich an. «Die Angst, die Euch hergetrieben und nach der Frau mit dem verbrannten Gesicht fragen ließ.»

Wenige Tage später waren die Küchengeräte fertig. Die Bratengabel hatte den Umfang und die Größe von Evas Arm. Daraus wuchsen als Zinken ihre Finger, die wie Krallen gekrümmt waren. David hatte die fertige Arbeit mitten auf den Arbeitsplatz gelegt, damit der Aufbereiter ihr zusätzlichen Glanz verlieh.

Eva hatte noch nie ein so hässliches Stück gesehen. Immer wieder betrachtete sie heimlich ihren Arm und ihre Finger.

Am Abend bat sie David: «Nimm sie weg. Ihr Anblick schmerzt mich.»

«Ich weiß», erwiderte David. «Und mich schmerzt, dass du die Dinge mit zweierlei Maß misst. Dein Bruder Adam hat mit Menschenknochen hantiert. Wenn ich aber nur den Abdruck von dir nehme, so kannst du es nicht ertragen. Siehst du nicht den Unterschied? Siehst du nicht, wie ich hinter deinem Bruder zurückstehen muss? Und, bei Gott, ich hatte nichts Schlechtes im Sinn. Deine Schönheit wollte ich bannen für die Ewigkeit. Festhalten wollte ich sie und bewahren. Auch wenn deine Haut faltig und von Altersflecken übersät ist, wird es noch diese Bratengabel geben, die deine Schönheit in reinster Blüte zeigt.»

Eva wusste nicht, was sie darauf erwidern sollte. Was David gesagt hatte, klang gut und richtig. Doch was er getan hatte, fühlte sich weder gut noch richtig an.

David sah Eva prüfend an, dann sprach er weiter: «Ich möchte dir nicht wehtun. Aber ich möchte auch nicht ungerecht behandelt werden. Schick Adam weg, dann trenne ich mich von meiner Schöpfung.»

Eva nickte, dann erwiderte sie: «Ich muss darüber nachdenken», und verließ die Werkstatt.

Am selben Abend noch gab Eva David ihr Einverständnis, für Adam eine neue Bleibe zu suchen.

Obwohl sie nicht glaubte, dass Adam irgendjemandem etwas Übles tun könnte, machten ihr die leisen Zweifel die Entscheidung einfacher. Es würde für alle besser sein, wenn Adam woanders wohnte. Dennoch würde sie ihn vermissen. «Ich möchte ihn in meiner Nähe wissen», bat sie David. «Suche ihm eine Unterkunft, die nicht mehr als ein paar Schritte von unserem Haus entfernt liegt.»

Die neue Bleibe war schneller gefunden, als Eva lieb war.

Sie gab ihm mit, was er tragen konnte, packte stapelweise Wäsche, Leinenzeug und Geschirr für ihn zusammen. Ihr Eifer und ihre Großzügigkeit kamen einer Entschuldigung gleich.

«Du musst mich jede Woche besuchen, Adam», ließ sie sich von ihm versprechen.

Adam nickte. «Ich kann verstehen, dass ein Junggeselle in einem neu gegründeten Haushalt nicht immer wohlgelitten ist», sagte er. «Du hast Recht, mich wegzuschicken. Bald wirst du Kinder haben. Dann wäre ohnehin kein Platz mehr für mich in deinem Haus.»

Er zögerte, dann fügte er hinzu: «Ich werde öfter kommen, als dir vielleicht lieb sein mag. Ich kann nicht von den Zwillingen lassen. Sie bedeuten zu viel für meine Arbeit. Manchmal glaube ich, dass ich ganz nahe daran bin, ihre Seelen zu finden.» Er lächelte und legte Eva eine Hand auf den Arm: «Sie sind nicht wirklich unterschiedlich. Sie haben dasselbe Ziel, Eva. Nur ihre Wege sind verschieden. Ich bin sicher, eines Tages werden sie sich wieder vereinen.»

Die Worte sollten Eva trösten, aber sie beunruhigten sie. Was genau trieb Adam in seinem Labor?

David hielt sein Versprechen. Am Tag nach Adams Auszug schmolz er das Silbergerät ein und formte daraus eine neue Bratengabel, wie sie allgemein benutzt wurde. Eva stand hinter ihm und bewunderte wieder einmal seine geschickten Hände, die eine komplette Jagdszene auf den Gabelgriff brachten.

Im selben Augenblick kam Susanne in die Werkstatt gestürzt. In der Hand hielt sie einen Brief, dessen Siegel aufgebrochen war.

«Eva, Sibylla ist tot», rief sie aus.

Eva wurde blass und ließ sich auf einen Schemel sinken. Ihr Blick war starr auf Susanne gerichtet. Die Haushälterin hielt Eva den Bogen hin. «Hier, lies selbst.»

Bevor Eva danach greifen konnte, nahm David ihn in die Hand und las laut daraus vor:

«Liebe Schwester, der Herrgott hat unsere Mutter zu sich geholt. Sie ist gestorben, wie sie gelebt hat. Während sie in der Kürschnerei über einer neuen Zeichnung für einen wertvollen Mantel saß, hörte ihr Herz auf zu schlagen. Sie war in der Kürschnerkapelle in der Liebfrauenkirche aufgebahrt. Die Zunft hat ihr ein würdiges Begräbnis angedeihen lassen. Nun ist ihre unsterbliche Seele im Himmel und wird von dort über uns wachen.

Ich habe viele Messen für sie lesen lassen. Tu du dies auch.

Dein Bruder Christoph.»

Nun bin ich ganz allein, dachte Eva. David hielt ihr einige Urkunden hin, die das Siegel des Stadtadvokaten von Frankfurt trugen, doch Eva sah sie nicht einmal an. Plötzlich begann sie zu zittern. Ihre Glieder schlotterten, als läge sie ihm schlimmsten Fieber. Die Zähne schlugen klappernd aufeinander.

David sah sie besorgt an. Dann hockte er sich vor sie und nahm ihr Gesicht in seine Hände, doch Eva sah durch ihn hindurch.

Schließlich hob er sie hoch und trug sie aus der Werkstatt über den Hof hinauf zum Schlafzimmer.

Auf der Treppe begegnete ihnen Adam. Susanne hatte Regina zu ihm geschickt, um ihm die Nachricht zu überbringen.

Er sah seine Schwester an, griff nach ihrem Puls.

«Sie ist in einem Zustand, der einer Ohnmacht ähnelt.

Wir brauchen Weihrauch und andere kräftige Gewürze, um sie aufzuwecken», forderte er.

«Lass deine Finger von meiner Frau. Ich weiß genau, was sie jetzt braucht. Weihrauch und Medizin aus deinem Laboratorium gehören nicht dazu.»

David stieß Adam zur Seite, trug Eva nach oben in das erste Stockwerk, legte sie behutsam auf dem Bett ab und verschloss die Tür von innen mit einem Riegel.

Dann beugte er sich über Eva, strich ihr zart über das Gesicht. Sie regte sich noch immer nicht, nur ihre Lider flatterten leicht.

Vorsichtig löste er die Schnüre des Mieders und zog ihr behutsam die Kleider aus. Dann deckte er sie gut zu und entzündete das Kohlebecken. Er stellte das schwere Gefäß dicht neben das Bett, kroch zu Eva unter die Decke und begann sie zu streicheln.

Seine Finger glitten über ihr Gesicht, ihre Brüste, ihren Bauch. Er streichelte ihre Schenkel, die Knie und zum Schluss die Füße. Unter seinen Händen entspannte sich Eva. Ihre Haut wurde rosig, ihr Blick verlor die starre Leere und bekam allmählich Glanz.

Sie sah David an, und die große Zärtlichkeit in seinem Blick tröstete sie mehr als alles andere.

«Meine Mutter ist tot», flüsterte sie.

«Ich weiß», erwiderte David. «Sibylla ist gestorben und mit ihr alles, was dich noch an dein altes Leben gebunden hat. Jetzt erst bist du endlich frei, Eva. Frei, die zu werden, die du sein möchtest.»

«Deine Frau möchte ich sein, David, und ich möchte ein Kind von dir haben.»

Kapitel 15

In den nächsten Wochen war David von großer Zärtlichkeit.

Eva war ihm dankbar dafür. Andreas Mattstedt aber hatte es sich vollkommen mit ihr verscherzt. Sie war inzwischen so wütend, dass sie sogar Johann von Schleußig in der Beichte von ihrem Ärger berichtete.

«Vater, ich habe gesündigt. Ich habe Andreas Mattstedt verflucht. Er kam, um mich davor zu warnen, die Besitztümer, die mir Sibylla hinterlassen hat, auf David übergehen zu lassen. Nun, Sibylla hat mich doch nicht enterbt. Ich habe das Haus und die Werkstatt bekommen, dazu Sibyllas Barschaft von einigen hundert Gulden und die Anteile an den Silberminen. Christoph, mein ehrlicher Bruder, den Frankfurter Besitz.»

«Fluchen ist eine Sünde, Eva. Sprich mit Gott. Bereue vor ihm, und ich bin sicher, er wird dir vergeben.»

«Gott? Wieso Gott? Gekommen bin ich, damit Ihr mir die Sünden erlasst.»

«Nein, Eva. Ihr seid den letzten Fraternitätssitzungen fern geblieben. Sonst wüsstet Ihr, dass Ihr mich und die

Ohrenbeichte nicht braucht. Ihr kennt die Bibel, habt sie sogar zu Hause. Ihr braucht mich nicht als Vermittler zwischen Gott und Euch. Sprecht selbst mit ihm.»

Johann von Schleußig hatte die Worte noch nicht ganz zu Ende gesprochen, da verließ er auch schon den Beichtstuhl. Verwirrt von diesem überstürzten Aufbruch, schlüpfte auch Eva hinter dem dunklen Vorhang hervor.

Der Priester erwartete sie.

«Was ist los? Warum verweigert Ihr mir die Beichte?»

«Gott weiß, dass dies nicht meine Absicht ist, Eva. Aber Ihr könnt selbst mit Gott sprechen. Habt Ihr nicht immer davon geredet, dass die Geistlichen ihre Macht missbrauchen? Nun, die Kirche muss sich wandeln, muss dafür sorgen, dass die Menschen den direkten Weg zu Gott finden. Ich will damit beginnen.»

Eva war stumm vor Erstaunen. Plötzlich fiel ihr ein, dass auch Ute neulich so gesprochen hatte. Von einer neuen Kirche hatte sie erzählt, als sie das letzte Mal bei ihr war und gefragt hatte, warum David und Eva den Sitzungen fern blieben.

Aber selbst mit Gott sprechen? Ihn ansprechen, als wäre er ein Verwandter oder enger Freund? Nein, das wollte sie nicht, das konnte sie nicht.

«Mir werden die Worte fehlen, um mit Gott zu sprechen», sagte sie. «Ich brauche Euch, Johann von Schleußig. Ihr müsst dem Herrn mein Anliegen vortragen. Und Ihr seid es auch, der mir meine Sünden vergeben kann und soll. Wenn ich allein mit Gott spreche, woher weiß ich dann, ob er mir vergeben hat?»

Der Priester lächelte. «Ich verstehe Euch, Eva. Dennoch ist es so, dass Ihr keinen Vermittler zwischen Euch und dem Herrn benötigt. Wenn Ihr aber die Beichte wollt, dann werde ich sie Euch nicht verweigern.»

Eva nickte dankbar. «Vielleicht werde ich eines Tages so mutig sein, um allein mit Gott zu sprechen. Vielleicht werde ich es eines Tages lernen.»

Johann von Schleußig aber hatte noch anderes auf dem Herzen. Stumm wies er auf eine Kirchenbank. Eva nickte und setzte sich neben den Priester. Johann von Schleußig seufzte. «Es fällt mir schwer, es Euch zu sagen, aber ich möchte Euch bitten, die Ratschläge Mattstedts nicht in den Wind zu schlagen.»

«Was wisst Ihr über das Testament meiner Mutter? Hat Mattstedt nicht einmal so viel Ehrgefühl, darüber zu schweigen?»

«Regt Euch nicht auf, Eva. Mattstedt hat nichts dergleichen gesagt. Ihr selbst wisst, dass er kein Schwätzer ist. Er ist ein Ehrenmann, der Euch sehr zugetan ist und sich um Euer Wohl sorgt. Deshalb, Eva, rate ich Euch, auf Mattstedt zu hören.»

Eva senkte den Kopf.

«Mattstedt möchte verhindern, dass ich David das Erbe übergebe», flüsterte Eva. Johann von Schleußig sah nach vorn zum Altar.

«Und David?», fragte er nach einer kleinen Weile. «Hat er das Erbe schon eingefordert?»

«Nun, die Werkstatt ist in eine Krise geraten. Wir brauchen das Geld. David selbst hat mich jedoch nie darum gebeten, ihm das Erbe zu übergeben.»

Sie warf den Kopf in den Nacken. «Und das braucht er auch nicht. Ich bin seine Frau. Was mir gehört, gehört auch ihm. Mattstedt mag ein Ehrenmann sein, doch frei von Eifersucht ist er nicht. Vom ersten Tag an hatte er etwas gegen David. Genau wie Heinrich, meine Mutter und wohl auch Ihr. Aber ich liebe ihn. Er ist mein Mann. Wir sind eine Einheit.»

Eva stand auf und wandte sich mit einer hochmütigen Geste ab.

Sie sah nicht, dass Johann von Schleußig ihr nachsah, den Arm nach ihr ausstreckte und ihn dann hilflos fallen ließ.

Wenige Tage später war Evas Erbe auf David übergegangen.

Nur ein einziges Mal kam ihr der Gedanke, dass sie nun nichts mehr hatte, mit vollkommen leeren Händen dastand. Ihre Mutter war tot, der Stiefbruder ausgezogen, Susanne keine Freundin mehr. Eigentlich hatte sie nur noch sich. Und natürlich David und seine Liebe. Das war es doch, was sie immer gewollt hatte. Aber reichte es auch? Sie verdrängte diese Frage.

Hatte sie Dankbarkeit von David erwartet? Ja. Wenn sie ehrlich zu sich selbst war, dann musste sie sich eingestehen, dass sie nun, da sie alles für ihn gegeben hatte, im Stillen verlangte, er möge sie dafür entschädigen. Seine Liebe sollte all das, was sie aufgegeben hatte, gutmachen. Sie wollte es besser machen als ihre Mutter. Es konnte und durfte nicht sein, dass sie nun ärmer war als je zuvor.

Wenige Wochen später zeigte David ihr seine Liebe nur

noch, wenn er ihr das Haar schor. Ansonsten war er beschäftigt. Er liebe sie, sagte er, wenn Eva ihn fragte. Es gebe keinen Grund, daran zu zweifeln, aber er habe nun mal zu tun. Das war alles. Die Beiläufigkeit, mit der er sie behandelte, schmerzte Eva.

Außerdem war ihr aufgefallen, dass sie nicht mehr von so vielen Leuten auf der Straße gegrüßt wurde.

«Sie ist von Gott gestraft», tratschten die Wäscherinnen am Brunnen, und Susanne hatte nichts Besseres zu tun, als Eva alles zu berichten.

«So lange ist sie schon verheiratet und hat noch immer kein Kind. Und seht nur, wie sie rumläuft! Kein Wunder, dass ihr Mann nackte Menschen auf seine merkwürdigen Sachen bringt. Der Herr hat ihr den Schoß vertrocknen lassen. Weiß der Himmel, wofür sie gestraft wird.»

Offenbar hatte Susanne auch David davon erzählt, denn er fand plötzlich, dass es ihre Schuld sei, dass niemand die Silberwaren aus ihrer Schmiede haben wollte.

«Es ist nicht gut, dass du im Gerede bist. Die Leute wollen nichts kaufen von einer, über die sich die ganze Stadt das Maul zerreißt. Am besten ist es wohl, wenn du dich nicht mehr draußen zeigst.»

Eva war wie vor den Kopf geschlagen. Sie verstand Davids Verhalten nicht.

«Alles würde anders, wenn ich endlich ein Kind hätte, David. Warum verwehrst du mir diesen Wunsch?»

Sie ging auf ihn zu, umklammerte ihn, bedeckte sein Gesicht mit Küssen.

Er stieß sie von sich. «Willst du immer noch mehr, als du schon hast? Reichen dir die Zwillinge nicht?»

«Es ist normal, dass eine verheiratete Frau ein Kind haben möchte. Wie schön wäre es, einen kleinen Jungen oder ein kleines Mädchen zu haben, das unsere besten Eigenschaften in sich vereint.»

David blickte sie abschätzig an. «Du kannst nicht genug bekommen. Ich wusste vom ersten Augenblick an, dass die Wollust in dir haust. Nicht um das Kind geht es dir, sondern um den Samen meiner Lenden. Gut, du sollst bekommen, was du willst.»

Er stieß sie auf das Bett und ging zu der Anrichte. Unter lautem Knarzen öffnete sich eine Lade.

«David. Bitte nicht. Du hast gesagt, wir müssten verhüten, weil die Zeit für ein Kind noch nicht gekommen sei. Jetzt haben wir alles. Bitte, mach die Lade wieder zu.»

David hörte nicht auf Evas Worte.

Sie lag auf dem Bett, unfähig, sich zu rühren. Sie hasste die Mittel, die David zur Verhütung anwandte. Wie oft schon hatte er ihr den Muttermund mit fein gehacktem Gras oder Steinen verstopft? Wie oft schon hatte er Ringe aus Holz oder Leder in ihren Schoß eingeführt?

«Bitte, David, wenn du noch kein Kind haben möchtest, dann nimm die Überzüge aus Tierdarm. Bitte. Die Ringe tun so weh!»

Doch David ließ sich nicht beirren. Er holte die selbst gemachten Pessare aus der Lade, kam zu Eva, schlug den Rock hoch, sodass der Stoff ihr Gesicht verdeckte. Dann spreizte er ihre Schenkel, hantierte an ihrem Schoß. Eva schrie vor Schmerzen auf, als er roh in sie eindrang.

Als es vorbei war, ging er ohne ein Wort.

Einige Wochen später übernahm David die Leitung der Werkstatt. Meister Faber war gegangen, obwohl Eva versucht hatte, ihn zum Bleiben zu bewegen.

«Nein, Silberschmiedin, ich gehe. Von der neuen Zeit, die hier in der Werkstatt Einzug gehalten hat, verstehe ich nichts. Ein guter, ehrlicher und gottesfürchtiger Handwerker war ich mein Leben lang. Mit den Sachen aber, die der neue Meister macht, kann ich nichts anfangen.»

Meister Faber war nicht der Einzige, der so dachte. Die Waren aus ihrer Schmiede verkauften sich nicht. Sie waren aus dem besten und teuersten Material, doch die Leipziger konnten sich wohl mit der Verzierung nicht anfreunden.

Manchmal schien es Eva, als wolle David die Werkstatt ruinieren. Die Rohstoffe, Werkzeuge und all die anderen Sachen, die in einer Silberschmiede gebraucht wurden, waren im Überfluss und in bester Ausführung vorhanden. Doch die Auftragsbücher leerten sich, während die Regale mit den fertigen Waren überquollen.

David hatte alle Feuerknechte, den Aufbereiter, den Gesellen fortgeschickt. Nur Heinrich und die beiden Mädchen behielt er.

Dann beauftragte er Bärbe, die Verkaufsräume zu putzen und zu schmücken. Er verhängte die Wände mit weißen Tüchern, stellte einige ebenfalls mit weißen Tüchern umschlungene Baumstämme und andere Sachen, die als Sockel taugten, in den Verkaufsraum, und verteilte zum Schluss die Gold- und Silberwaren darauf.

Zufrieden stand er im Raum und schenkte den Menschen, die von draußen zu ihm hereinspähten, keinerlei Beachtung.

«Was hast du vor?», fragte Eva.

«Was wohl? Die Messe steht vor der Tür. Fremde werden kommen, die den Geruch der Neuen Zeit mitbringen. Sie werden das Neue an meinen Waren erkennen und sie kaufen, während die tumben Sachsen noch immer das Wort Sünde wie einen fauligen Bissen Fleisch im Munde drehen.»

Eva nickte. Die Geldlade war leer, die Regale waren voll. Um diesen Zustand umzukehren, mussten die Waren verkauft werden. Dann hätten sie keine Sorgen mehr.

Als die Messe begann, kam Ute, um sich den Verkaufsraum anzusehen. Sie ließ ihren Blick auch über Eva schweifen. «Dich bedrückt etwas. Willst du mir nicht sagen, was es ist?»

Eva biss sich auf die Unterlippe und schüttelte den Kopf. «Nein, mit mir ist alles in Ordnung. Nur ein Kind hätte ich gerne.»

«Nicht immer klappt es auf Anhieb. Hab Geduld, Eva. Bald schon wirst du schwanger sein.»

«Das ist es nicht», widersprach Eva leise. «David möchte kein Kind.»

«Nicht?» Ute war bestürzt. «Aber warum denn nicht? Liegt ihm nichts an einem Erben?» Eva schüttelte den Kopf. «Ich weiß es nicht.»

Ute sah die Freundin mitleidig an. «Ich würde dir gerne helfen, aber ich muss jetzt gehen. Die Kinder warten auf mich. Und dem Mann ist es auch lieber, dass ich zu Hause bin, wenn er kommt.»

Eva nickte und verabschiedete Ute an der Haustür.

Auf der Straße vor dem Haus tummelten sich Kaufleute aus aller Herren Länder. Spanier trugen nicht nur ihre Waren, sondern auch ihr Temperament zu Markte. Venezianerinnen prunkten mit Gewändern im griechischen Stil, die Burgunder erkannte man an den vom guten Wein roten Nasen und die Frankfurter, Nürnberger, Augsburger an den dicken Kontorbüchern, die sie unter dem Arm trugen und so sorgfältig wie Säuglinge hielten. Der Buchdrucker Kachelofen rollte ein mit Pech verschmiertes Fass vorbei, in dem er seine kostbaren Bücher aufbewahrte, und Andreas Mattstedt flanierte in Begleitung zweier Herren in teuren Hermelinschauben vorüber. Auch Jakob Fugger war dabei, vertieft in ein gestenreiches Gespräch mit den beiden fremdländischen Kaufleuten, deren slawische Züge ihre Herkunft verrieten. Vor der Eingangstür hielt Mattstedt kurz an, sah hinein und machte Anstalten, den Laden zu betreten. Doch Eva wandte ihm den Rücken zu. Als sie wieder aufsah, war er längst weitergegangen.

Am liebsten wäre sie auf die Straße gerannt, Mattstedt und Fugger hinterher, hätte sich eingehakt bei einem der Männer und wäre die Hainstraße hinuntergeschlendert und hätte alle Grüße erwidert, die man ihr entbot.

Es war lange her, dass sie gegrüßt wurde, dass man ihr Respekt und Achtung für ihre Arbeit gezollt hatte.

Ein Geräusch hinter ihr schreckte sie auf. Es war David, der aus der Werkstatt gekommen war.

«Und?», fragte er und sah sich im Verkaufsraum um. «Wie viele Stücke hast du verkauft?»

Eva zeigte auf die Sockel, die allesamt noch voll gestellt waren. «Sieh selbst!»

David blickte sich um und wurde rot vor Zorn. «Es muss an dir liegen, dass das Zeug niemand haben will», bellte er. «In der ganzen Stadt werden Silberwaren angeboten, die nicht weniger Nackte zeigen als meine Sachen. Die Italiener haben Aquamanilen mitgebracht, auf denen sich die Götter der Griechen in aller Blöße tummeln. Bacchantinnen und Satyrn prunken auf Schalen und Gefäßen. Der Gott Amor schießt seine Pfeile von den Schmuckstücken am Halse der schönsten Damen ab. Nur hier, nur bei uns kauft niemand. Kannst du mir das erklären?»

Eva schüttelte den Kopf und schluckte die Worte, die ihr auf der Zunge lagen, herunter. Sie war ja selbst Silberschmiedin, wusste, dass die Waren der Italiener eine bestimmte Leichtigkeit ausdrückten, eine ätherische Schönheit, die Davids Sachen fehlte. Obwohl er ein Meister seines Faches war, ging von all seinen Stücken etwas Dunkles und Bedrohliches aus. Die Nackten auf seinen Silberwaren hatten etwas Animalisches an sich. Nein, so etwas wollte niemand im Hause haben.

Eva spürte das alles, doch sie wusste, dass David es nicht verstehen würde.

Stattdessen sagte sie: «Fugger und Mattstedt sind eben vorübergegangen», sagte sie. «Es hatte den Anschein, als wollten sie hereinkommen. Zwei Messfremde waren bei ihnen. Sie waren ins Gespräch vertieft. Womöglich statten sie uns auf dem Rückweg einen Besuch ab.»

In Davids Augen funkelte es. «Fugger und Mattstedt?», fragte er nachdenklich.

«Steh auf, steh schon auf», forderte er wenige Augenblicke später.

«Warum?»

«Ich will, dass du dich in die Tür stellst. Nimm einen Pokal oder was immer du willst. Wenn Fugger vorbeikommt, so biete ihm den Pokal als Geschenk an. Gefällt er nicht, gut, so soll er sich etwas anderes aussuchen.»

Eva zögerte. Wenn sie tat, was David verlangte, kam dies einer Bankrotterklärung gleich. Dann war offensichtlich, was alle anderen längst vermuteten: Die Silberschmiede war am Ende.

Doch was sollte sie sonst tun? Es gab wohl keine andere Möglichkeit, um sich ins Gespräch zu bringen. Schlimmer, als es jetzt war, konnte es nicht mehr werden.

Sie stand auf, nahm eine Mantelschließe, die ihr von allen Sachen am gelungensten erschien. Ein Zentaur war darauf abgebildet, dessen Maul gleichzeitig den Verschluss bildete. Das Geschlecht ragte groß zwischen den Hinterbeinen hervor, doch wenn man nur flüchtig hinschaute, dann sah man das Obszöne daran nicht.

«Gut, ich werde es versuchen», sagte Eva, hüllte die Schließe behutsam in ein Läppchen aus Samt und stellte sich in die offene Tür.

Sie fühlte sich ein wenig wie eine der Frauen, die während der Messe in den Torbögen warteten und einen gelben Schal an der Kleidung trugen. Statt des Hurenzeichens hatte sie eine Mantelschließe in der Hand.

Nach einer halben Stunde, die ihr unendlich lang vorkam, tauchten Mattstedt und Fugger mit den beiden Messfremden wieder auf.

Eva brach der Schweiß aus, doch sie konnte Davids Blicke in ihrem Rücken spüren.

«Ah, die Tochter der Pelzhändlerin. Gott zum Gruße», sagte Fugger, als sie zu ihm trat.

Unter seinem Blick fühlte sich Eva noch unbehaglicher. «Wie geht es Euch?», fragte der Augsburger Kaufmann.

«Ich habe alles, was ich mir je gewünscht habe», antwortete Eva und zwang sich ein Lächeln ins Gesicht.

Sie begrüßte die Messfremden, denen das Erstaunen über eine Frau, die wie eine Nonne gekleidet war und den großen Jakob Fugger anzusprechen wagte, anzumerken war. Für Mattstedt aber hatte sie nur ein kurzes Nicken übrig.

«Ich habe ein Geschenk für Euch», sagte Eva steif zu Fugger und reichte ihm die Schließe.

Neugierig schlug er das Läppchen zurück und betrachtete das Schmuckstück.

«Von dieser Art sind also die Dinge, die der Eure macht», sagte er. Sein Gesicht zeigte keine Regung. Er sah sie an, dann reichte er ihr die Schließe zurück.

«Nehmt sie wieder mit, Silberschmiedin Eva. Wie Ihr ausschaut, bekäme es Euch besser, das Stück zu verkaufen. Vergebt mir, dass ich keinen Bedarf an Schließen habe und auch die Eure nicht brauche.»

Scham schoss in Eva hoch. Sie wagte nicht, einen der Männer anzublicken. «Ich habe verstanden», flüsterte sie und wollte sich abwenden. Doch einer der Messfremden hielt sie am Arm fest und drückte ihr einen Goldgulden in die Hand. In seiner Miene sah sie Mitleid. Sie starrte auf das Geldstück in ihrer Hand, dann warf sie es zu Boden, als hätte es ihre Hand versengt, und rannte ohne Gruß zurück ins Haus.

Am Abend holte David sie in die Werkstatt. «Du hast Fugger verprellt», hielt er ihr vor. «Durch deine Ungeschicklichkeit werden wir auf dieser Messe nichts verkaufen. Du bist schuld, Eva. Deiner Mutter wäre das nicht passiert.»

«Warst du es nicht, der gesagt hat, ich solle mich von meiner Mutter lösen?», fragte sie.

«Ja, von ihrem Einfluss. Doch auch Sibylla hatte ihre Stärken.»

Dann rührte er Ton an und begann, Abdrücke von ihren Gliedmaßen zu machen. Eva saß auf dem Schemel und ließ es geschehen. Sie saß da wie tot. Sie fühlte nichts mehr. Keine Scham, keine Kälte, keine Trauer, keine Liebe.

Von diesem Abend an begann David damit, Abdrücke aus Ton von Evas Körperteilen zu nehmen. Aus den Fingern und Armen schuf er im Frühjahr Bestecke und Küchengeräte, die Füße dienten im Sommer als Böden für Pokale, und ihre Hände wurden in den Herbststürmen zu Schalen verwandelt.

Sie hatte aufgehört, sich dagegen zu wehren, weil sie wusste, dass David sie nicht verstand. Doch der Gedanke, dass jeder, der es wollte, ihre Füße, Hände, Finger und Waden berühren konnte, verursachte ihr Ekel. Manchmal wusste sie selbst nicht genau, was sie mehr anwiderte: die Waren oder die wenigen Leute, die diese kauften.

Als der erste Schnee fiel, bekam Eva rote Flecken an den Stellen, mit denen der Ton in Berührung kam. Ihre

Haut wurde trocken und schuppig, juckte und brannte, obwohl sie ihren Körper danach stets mit der Ringelblumensalbe, die Adam für sie hergestellt hatte, einrieb. Zum neuen Jahr waren Evas Waden beide so entzündet, dass David davon keine Abdrücke nehmen konnte.

«Priska», rief David und winkte dem kleinen Lehrmädchen.

Sie kam herbeigeeilt. Er hieß sie, das Kleid bis zu den Knien hochzuziehen, damit er ihre Waden betrachten konnte. Priska tat es zögerlich. Sie wagte nicht, dem Meister zu widersprechen. Ihre Wangen waren vor Scham hochrot, und sie stellte sich so, dass außer David niemand ihr nacktes Bein sehen konnte.

Regina hatte bemerkt, was David vorhatte. «Meister, nehmt mich! Nehmt mich!», bat sie und schubste Priska zur Seite.

«Nimm Regina», mischte sich nun auch Eva ein. «Du siehst doch selbst, dass sie sich danach drängt. Priska würdest du nur quälen.»

«Ach ja? Ist es eine Qual, für die Ewigkeit festgehalten zu werden? Geschieht ihr ein Leid, wenn ich ihre Wade in Silber gieße?»

«Ja!», sagte Eva. «Auch ich möchte meine Glieder nicht in Küchengeräten wiederfinden.»

David erwiderte zornig: «Hast du einen besseren Einfall? Hattest du jemals einen Einfall? Etwas, was aus dir selber kam? Nein! Immer hast du nur gemacht, was andere machen, immer gedacht, was andere denken. Du bist ein Abbild. Mehr nicht, Eva.»

Eva schluckte und schwieg. Es war richtig. Sie hatte

keine Einfälle, verfügte nicht über die Schöpferkraft ihrer Mutter. Wozu war sie eigentlich nütze?

David hatte sich in Rage geredet. «Der Mensch ist das Maß aller Dinge. Daran glaubst doch auch du, Eva? Oder nicht?», fuhr er fort.

Sie nickte.

«Gut. Wenn der Mensch das Maß aller Dinge ist, warum dann nicht auch das Maß für Pokale und Kelche?»

Eva schloss die Augen. Sie wusste nicht, was sie dazu sagen sollte. Wieder klangen Davids Worte richtig, und wieder fühlten sie sich falsch an.

David befahl Priska barsch, sich mit nackten Beinen auf einen Schemel zu setzen. Regina aber, die ihren Anspruch auf Ewigkeit noch nicht verloren geben wollte, brachte eine große Schüssel nassen, kalten Ton und hockte sich neben Priska.

David befühlte die Waden der Zwillinge.

Priska hatte die Augen geschlossen und die Zähne fest zusammengebissen. Ihre Hände krallten sich um den Schemel, sodass ihre Fingerknöchel weiß hervorstachen.

Regina aber kicherte, als Davids Hände sie berührten. Sie rutschte auf dem Hocker bis ganz nach vorn und spreizte die Schenkel ein wenig.

Sie ist von Grund auf verdorben, dachte Eva. Der Geruch der Vorstadt hängt ihr wie Pech in den Kleidern.

Sie trat hinter Priska und streichelte deren Schulter. Tränen quollen zwischen den Lidern der Kleinen hervor.

«Warte, ich helfe dir», sagte sie zu David, kniete sich neben die Tonschüssel und bestrich Priskas Waden.

Am nächsten Morgen in der Werkstatt tat David, als hätte er die Szene vom Vortag vergessen. Er scherzte mit Eva und Regina, lobte Priska für ihre Arbeit und hatte sogar für Heinrich ein freundliches Wort. Gegen Mittag verließ er die Werkstatt, um Besorgungen zu erledigen.

«Warum tut er das?», fragte Priska, kaum dass er weg war.

Eva wusste genau, was das Mädchen meinte.

«Er will Neues schaffen. Überall werden neue Dinge erfunden. Bücher werden gedruckt, neue Länder entdeckt. David ist einer der Ersten, die die neue Zeit in den Alltag bringen wollen. Deshalb nimmt er unsere Glieder als Modell.»

«Meint Ihr, die besten Vorlagen liefert die Natur?»

Eva nickte und konnte die Traurigkeit in ihrer Stimme nicht mehr unterdrücken. «Er möchte die Schönheit festhalten. Bald werden sich unsere Körper verändern. So, wie sie jetzt gerade sind, sind sie nur in diesem Augenblick. Verstehst du das?»

Priska schüttelte den Kopf. «Warum malt er keine Bilder? Warum fertigt er stattdessen Masken von unserem Körper?»

Das Wort Maske traf Eva wie ein Schlag.

«Er macht keine Masken. Gott weiß, dass David so etwas nicht tut. Er nicht und auch kein anderer, den wir kennen. Sag so etwas nie wieder. David fertigt Gegenstände an. Mit Masken hat er nichts zu tun. Genauso wenig wie Adam», fuhr sie auf.

Priska sah Eva an, sagte leise: «Ja, Silberschmiedin», und strich ihr tröstend über den Arm.

Diese Geste erschütterte Eva so, dass sie aufsprang und aus der Werkstatt hinauf in die Schlafkammer floh.

Oben verriegelte sie die Tür. Dann hob sie das schwarze Tuch vom Spiegel und betrachtete sich darin. Sie erkannte sich nicht wieder. War sie diese ausgemergelte Frau in dem schäbigen Gewand?

«Wer bin ich?», fragte sie leise. «Bin ich jetzt Eva?»

Es tat weh, sich so zu sehen. Schließlich nahm sie sogar die Haube vom Kopf.

«Ich habe keine Haare mehr», flüsterte sie. «Meine Glieder gehören nicht mehr mir, sondern der ganzen Stadt. Ich habe nichts mehr. Nur noch Davids Liebe. Warum bin ich nicht glücklich damit? Habe ich nicht das, was ich immer gewünscht habe?»

Plötzlich sah sie im Spiegel, dass der Deckel ihrer Kleidertruhe nicht richtig geschlossen war.

Sie drehte sich um, ging zur Truhe und öffnete sie. Sie war leer. Wo waren ihre Kleider? Ihre Haarbänder, Gürtel, Taschen, Schließen, Umhänge und Schuhe? Der Überwurf aus Pelz? Wo das Kleid aus weißem Mailänder Samt? Eva war entsetzt.

Sie schlug die Truhe zu, verhängte den Spiegel, entriegelte die Tür, setzte sich auf das Bett und wartete.

Es dauerte lange, bis sie Davids Schritte hörte.

«Wo sind meine Kleider? Wo die anderen Sachen, die in der Truhe lagen?», fragte sie, noch bevor er die Tür hinter sich geschlossen hatte.

«Du brauchst sie nicht mehr», antwortete David.

«Sie gehören mir», erwiderte Eva.

«Nein, alles in diesem Haus gehört mir. Auch der Inhalt

der Truhen. Deine Kleider und die anderen Sachen habe ich Susanne geschenkt.»

«Aber es sind meine Kleider», wiederholte Eva bestürzt und trotzig zugleich. «Du hättest sie nicht wegschenken dürfen.»

«Du hast mich», sagte er. «Ist das nicht mehr als das, was Susanne hat?»

Eva nickte.

«Lass mir ein Kleid. Ein einziges nur», bat sie. «Lass mir das, was ich an unserer Verlobung getragen habe. Ich möchte es zur Erinnerung an diesen Tag behalten.»

David sagte nichts.

«Es war der glücklichste Tag meines Lebens», fügte Eva hinzu. «Dieses Kleid soll mich für immer daran erinnern, dass ich früher als deine Verlobte noch auf dem Platz stand, den mir das Leben zugewiesen hat. Nun aber stehe ich auf dem Platz, den ich mir gesucht habe.»

Davids Blicke glitten über ihr Antlitz, als wolle er hinter ihrer Stirn lesen. Schließlich nickte er. «Ich werde Susanne sagen, dass sie das grüne Kleid herausgeben soll. Ohnehin würde es ihr wohl nicht passen.»

«Danke, David.»

«Küss mich!», forderte er, und Eva berührte mit ihren Lippen zitternd seinen Mund.

Am nächsten Tag präsentierte sich Susanne in einem von Evas Kleidern.

«Nun, wie gefalle ich dir?», fragte sie und drehte sich vor Eva. «Steht es mir nicht gut, dieses Kleid? Passt es nicht, als wäre es für mich gemacht?»

Eva schluckte, dann sagte sie tapfer: «Ja, Susanne. Dieses Kleid passt zu der Frau, die du immer sein wolltest.»

Als Eva am Mittag über den Markt ging, traf sie Andreas Mattstedt. Zum ersten Mal seit vielen Monaten erwiderte sie seinen Gruß.

Kapitel 16

Das Jahr 1500 begann, ohne dass das auf Flugblättern verkündete und von der Kanzel gepredigte Weltenende als Strafe für die sündige Menschheit eintraf.

Dafür breitete sich die Franzosenkrankheit in Leipzig aus. Sogar einen Professor der Universität hatte sie geholt. Somit hatten die Priester einen neuen Beleg für die Sündhaftigkeit der Welt und insbesondere des triebhaften Weibes. Die Leute strömten nach jeder Predigt in Scharen zu den Ablassverkäufern.

Im April dann schienen sich die Worte der Geistlichen zu bewahrheiten. Zum großen Entsetzen der Leipziger zeigte sich ein Komet über der Stadt.

War das Weltenende nur verschoben?

Oder war der Komet ein von Gott gesandter Vorbote des Todes von Herzog Albrecht, der am 11. 9. mittags um 11 Uhr starb?

Die Leiche des 58-jährigen Herrschers wurde knapp vier Wochen später mit großem Pomp nach Leipzig gebracht und von dort weiter nach Meißen überführt.

Auch David und Eva waren bei dem Spektakel zugegen.

Eva wäre lieber zu Hause geblieben, doch David hatte ihr befohlen, ihn zu begleiten.

«Willst du dich verstecken?», hatte er gefragt. «Die Leute sollen sehen, dass wir nichts zu verbergen haben. Du kommst mit und wirst jedem zulächeln, der dir begegnet.»

Das hätte Eva gern getan, doch es gab niemanden, der sie ansah. Die Leute wichen ihrem Blick aus. Nicht ein einziger Gruß wurde ihnen entboten. Fast schien es ihr, als bildeten sich überall dort, wo sie gingen, Gassen.

So wie für den Herzog, der tot in seinem Sarge lag.

Sind wir auch tot?, fragte sich Eva. Sie wäre am liebsten davongelaufen, als sie Mattstedt sah. Doch David zerrte sie weiter. «Grüß Gott, Eva. Grüß Euch Gott, Silberschmied», sagte Mattstedt, als sie auf gleicher Höhe waren. Er lüpfte sogar sein Barett und lächelte Eva zu.

Ein paar Handwerker, die vorübergingen, grüßten nun ebenfalls, doch Eva wusste, dass sie das nur taten, weil der Ratsherr in der Nähe war.

Herzog Georg, der Bruder Albrechts, regierte nun allein und verfügte, dass zum Ende des Jahres in Leipzig Goldgulden mit Stadtwappen und Jahreszahl geprägt werden sollten.

Die Werkstatt in der Hainstraße ging bei der Auftragsvergabe leer aus. So wie meist in den letzten beiden Jahren.

David mochte ein guter Silberschmied sein, ein guter Geschäftsmann war er nicht. Gleichgültig schien es ihm zu sein, dass die Waren, die er fertigte, nur selten verkauft wurden. Auch hatte er kein Verständnis dafür, dass man sich mit der Innung, die dafür sorgen sollte, dass alle Aufträge gleichmäßig auf die Werkstätten verteilt wurden, gut stellen musste. Seit Mattstedt sich zurückgezogen hatte, wurde die Silberschmiede in der Hainstraße immer öfter übergangen, und David hatte nichts dagegen getan.

Dazu kam, dass David zu viel Geld ausgab. Nur die besten Rohstoffe und die teuersten Steine waren ihm gut genug. Als das Geld immer knapper wurde, fasste Eva sich ein Herz und versuchte ihn auf diesen Missstand hinzuweisen.

«Willst du mir vorschreiben, wie ich zu arbeiten habe?», war seine einzige Reaktion. Dann wandte er sich wieder einem Aquamanile zu, das niemand bestellt hatte, und versah es mit einer Badeszene. Eva ließ er mit ihren Sorgen allein.

Sie hatten sogar die Erträge der Annaberger Kuxen aufgebraucht. Es war nicht möglich, weiteres Silber aus dem Erzgebirge nach Leipzig zu holen. Ohnehin genügte die Qualität Davids Ansprüchen nicht. Silber aus den Ostländern wollte er. Mit dem Kupfer war es nicht anders. Wollte Eva etwas von dem Mansfeldischen kaufen, so weigerte sich David, dieses zu verarbeiten, und bestellte über die Fugger-Faktorei Kupfer aus dem Ungarischen.

Doch nicht nur in der Werkstatt hatte Eva nichts mehr zu sagen. Sie hatte auch die Macht der Hausfrau eingebüßt. Susanne führte sich als Meisterin auf. Sie brachte auf den Tisch, was immer sie mochte. Die Wäsche wurde gewaschen, wann Susanne es befahl, um neue Kleider wandte sie sich nicht an Eva, sondern an David, der in dieser Beziehung ebenso großzügig war wie beim Einkauf von Edelmetallen.

Eva hatte keine Lust mehr, sich ewig mit Susanne auseinander zu setzen. Sie hatte aufgehört, sich zu beklagen. Stattdessen versuchte sie, ihr aus dem Weg zu gehen.

Sie hatte ja Davids Liebe. Obwohl – so sicher war sie sich da nicht mehr. Schon lange hatte er nicht mehr ihr Lager geteilt. Habe ich ihn verloren?, fragte sie sich und erschrak. Sie hatte doch nur noch ihn.

Eines Abends im Winter nahm sie, als sie zu Bett gegangen waren, ihren Mut zusammen und drängte ihren Körper an den seinen. Ihre Hand glitt über seinen Leib, ihr Mund bedeckte sein Gesicht mit Küssen.

David hielt ihre Hand fest, drehte das Gesicht zur Seite. «Ich bin müde», wies er sie ab.

«Warum weichst du mir aus?», fragte Eva. «Ich will endlich ein Kind von dir.»

David stand auf und entzündete die kleine Öllampe und mehrere Leuchterkerzen.

«Es ist nicht die Zeit für ein Kind», sagte er mürrisch.

«Warum nicht?», fragte sie. «Was muss noch passieren, bis die richtige Zeit gekommen ist?»

David antwortete nicht. Er richtete sich auf. Das Licht fiel auf seine Schamgegend und auf die zahlreichen roten Flecken, die dort entstanden waren. Einige waren so groß, dass sie wie Geschwüre aussahen. Eva erschrak und drehte sich auf die andere Seite.

Kurz darauf stieg auch David ins Bett. Stumm lagen sie da, mit den Rücken zueinander.

Wenige Tage später brach David zu einer Reise ins Erzgebirge auf, um Silber zu beschaffen. Eva hatte nicht gefragt, wie er das bewerkstelligen wolle, sie war froh, ein paar Tage für sich zu sein.

Denn nur, wenn David weg war, wagte sie es, das schwarze Tuch zu entfernen. In Davids Augen, die ihr Spiegel sein sollten, erkannte sie sich schon lange nicht mehr. Nur Teile von sich sah sie darin, als wäre sie für David überhaupt keine Person, sondern bestünde nur noch aus Einzelteilen.

Manchmal dachte Eva an die Zeit vor ihrer Hochzeit zurück. Der Spiegel hatte sie verdoppelt, hatte sie kostbar gemacht. Damals hatte es sie zweimal gegeben. Sie war im Überfluss verhanden und hatte nur darauf gewartet, sich zu verschenken.

Jetzt war das anders. Jetzt hatte sie nichts mehr, was verschenkt werden konnte. Alles gehörte David bereits, alles trug sein Zeichen. Auch ihre Haut.

Doch nicht heute Abend, sagte sich Eva entschlossen und schob alle trüben Gedanken und Sorgen zur Seite.

Heute Abend würde sie mit Andreas Mattstedt zu einem Ball im Rathaus gehen. Sie hatte zwar Furcht davor, sich den Leuten, die sie nicht mehr grüßten, zu zeigen. Doch sie wusste, dass nur ihre Präsenz dieses Verhalten ändern konnte.

Eva hatte das schwarze Tuch vom Spiegel genommen und das grüne Kleid angezogen. Es passte ihr noch, doch der Stoff fiel loser als vor wenigen Jahren.

Sie drehte sich vor dem Spiegel, zupfte den Gürtel zurecht und hätte gern etwas von der roten Paste gehabt, um sich damit die Lippen und die Wangen zu schminken, doch sie besaß keine solche Paste mehr.

Der Abendwind drang durch das geöffnete Fenster ein und fuhr über ihren Ausschnitt. Eva erschauerte. Sonst trug sie ja immer die hochgeschlossenen Gewänder. Sie lächelte, als sie merkte, dass ihre Brustwarzen durch die Kühle fest wurden.

Gern hätte sie auch eine Kette gehabt, um ihren Ausschnitt damit zu schmücken, doch ihren Schmuck hatte sie verkauft.

Einen Augenblick lang überlegte sie, ob sie sich eine Kette aus der Werkstatt «borgen» sollte, doch die von David gefertigten Schmuckstücke waren für einen Ball der Ratsherren nicht geeignet.

Sie betrachtete sich noch einmal im Spiegel und fühlte sich plötzlich so leicht und fröhlich wie schon lange nicht mehr.

Heinrich würde dafür sorgen, dass sie unbemerkt aus dem Hause kam. Er war so froh gewesen, als Eva ihn in ihr kleines Geheimnis eingeweiht hatte. «Geht, Eva, amüsiert Euch. Ihr lacht viel zu selten. Eine junge Frau wie Ihr braucht Feste und schöne Kleider. Überlasst Regina und Susanne nur mir. Wenn der Ratsherr Mattstedt kommt, so könnt Ihr unbesorgt zur Haustür hinausspazieren.»

Eva hörte Schritte auf dem Pflaster vor dem Haus. Gleich darauf wurde der Türklopfer betätigt.

Sie drehte sich noch einmal um sich selbst, betrachtete hingerissen den Schwung des Kleides, dann eilte sie hinaus.

Mattstedt reichte ihr den Arm und half ihr in die Kutsche, mit der sie den kurzen Weg bis zum Rathaus fuhren.

Gemurmel entstand unter den Gästen, als Mattstedt mit Eva am Arm den Festsaal des Rathauses betrat.

«Die Silberschmiedin ohne ihren Gatten?», hörte sie eine Frau ihrer Nachbarin zuflüstern.

Ute umarmte sie herzlich, dann schob sie Eva ein Stück von sich weg und betrachtete sie. «Schmal bist du geworden, Eva. Erst in diesem Kleid sieht man, wie zart du bist. Geht es dir gut?»

Eva nickte. «Ja, Ute. Ich gebe mir alle Mühe. Das Fest werde ich genießen, da bin ich mir ganz sicher.»

Eva hatte sich nicht getäuscht; das Fest machte ihr großen Spaß. Sie tanzte, lachte, scherzte und grüßte möglichst viele Menschen. Keiner ging ihr aus dem Weg, niemand behandelte sie wie eine Ausgestoßene.

Sie war beinahe enttäuscht, als die Musiker ihre Instrumente zur Seite legten und das Fest zu Ende war.

Ausgelassen kam sie in die Hainstraße zurück. Das Haus lag im Dunklen. Kein Kerzenschein schimmerte durch die Ritzen der vorgeschlagenen Fensterläden, kein Geräusch war zu hören.

Beschwingt hastete Eva die Treppe hinauf und summte dabei ganz leise ein Lied, dessen Melodie ihr nicht aus dem Kopf ging.

Sie öffnete schwungvoll, aber leise die Tür zur Schlafkammer – und erstarrte!

David stand im Dunkeln mit dem Rücken vor dem geschlossenen Fenster.

Er sah sie an, doch er sprach kein Wort.

Unwillkürlich bedeckte Eva mit der Hand ihren großzügigen Ausschnitt. Nach einer unerträglich langen Minute des Schweigens fragte sie schließlich: «Du bist schon zurück?»

«Wie du siehst. Ich hatte auf einmal den Eindruck, hier dringender gebraucht zu werden als im Erzgebirge, und siehe da, mein Gefühl hat mich nicht getrogen.»

Eva räusperte sich, dann ging sie zur Anrichte und entzündete zwei Lichter auf dem großen silbernen Kandelaber. Sie hasste es, einem schwarzen Schatten gegenüberzustehen.

Als die Kerzen den Raum erhellten, erschrak sie. Davids Gesicht war kalkweiß. Beinahe hatte sie den Eindruck, seine Zähne mahlen zu hören. Eva atmete tief ein. Dann nahm sie die Haube ab, schmiss sie auf das Bett. Sie warf den kahlen Kopf nach hinten, sah David direkt in die Augen und sagte: «Ja, ich war auf einem Fest. Das erste Mal seit vielen Jahren. Deine Wünsche nach Nonnengewändern erfülle ich dir gern. Nun, jetzt hatte ich selbst einen Wunsch und war so frei, mir ihn zu erfüllen. Ich habe es für die Werkstatt, für uns getan. Die Leute sollten sehen, dass es uns gut geht. Bei fröhlichen Händlern kauft es sich besser.»

Wortlos stieß sich David vom Fensterbrett ab. Er packte Evas Handgelenk, sodass sie vor Schmerz leise aufschrie. Mit großen Schritten ging er zur Tür, zerrte Eva hinter sich her, ohne auf ihr Stolpern zu achten. Er schleifte sie durch den Flur, die Treppe hinunter, über den Hof bis zur Werkstatt. Dort stieß er sie auf einen Schemel, entzündete ein Öllämpchen und verschwand im Nebenraum.

Eva begann zu zittern. Sie wäre am liebsten davongelaufen, doch sie wagte es nicht. Schon kam David zurück, und Eva sah die altbekannte und gefürchtete Schüssel mit kaltem Ton.

«Was hast du vor?», fragte sie und legte ihre Arme schützend um ihren Leib.

David sagte noch immer kein Wort. Er trat dicht vor sie, zwang ihr die Arme auseinander, dann riss er an ihrem Ausschnitt, sodass das Kleid in Fetzen flog und Evas Brüste enthüllte.

David zog ihre Arme nach hinten und band sie mit einem Kälberstrick an den Handgelenken zusammen. In seinen Augen loderte noch immer der Zorn.

Mit beiden Händen griff er in die Schüssel, schmierte ihre Brüste mit dem kalten nassen Ton ein, der auf ihrer Haut brannte. Stumm arbeitete er, ohne sie anzusehen, nahm immer wieder eine Hand voll Ton und bestrich den Leib seiner Frau damit. Eva fror. Vor Müdigkeit schwankte sie ein wenig auf dem Schemel hin und her. Endlich hatte er die Abdrücke genommen und befreite Eva von den Fesseln. Ihre Handgelenke schmerzten. Sie hätte gern geweint, doch sie war zu erschöpft. Kaum hatte ihr Kopf das Kissen berührt, fiel sie in einen tiefen unruhigen Schlaf.

Zwei Tage später richtete David in der Werkstatt das erste Wort an seine Frau. Er zeigt ihr zwei Pokale, die die Form ihrer Brüste hatten.

«Wenn du dich unbedingt zeigen musst, wenn du vielleicht sogar danach gierst, dich berühren zu lassen, so werden diese Pokale dein Begehren für dich ausleben. Viele Männer werden mit beiden Händen nach deinen Brüsten greifen und daraus trinken.»

Eva erstarrte. Sie brachte kein Wort heraus.

David fuhr fort. «Du brauchst dich nicht sicher zu fühlen, wenn du glaubst, ich wolle die Pokale verkaufen. Oh, nein. Ich werde dafür sorgen, dass viele Männerhände dich berühren. Der Innung schenke ich diese Pokale. Der Fleischer- und Schlächterinnung.»

Eva erwachte aus ihrer Erstarrung, lief in ihr Zimmer und verlor das Bewusstsein.

Sie wusste nicht, wie spät es war, als sie wieder zu sich kam. Doch sie wollte die Augen nicht öffnen. Sie hatte Angst zu sehen und vor allem, gesehen zu werden.

Vorsichtig bewegte sie sich.

«Meisterin? Seid Ihr wach?»

Es war Priska. Eva schlug die Augen auf. Vor Priska hatte sie keine Scham. Obwohl die Kleine erst 16 Jahre alt war, hatte Eva den Eindruck, dass sie sie verstand. So, als hätte Priska die Weisheit einer alten Frau.

«Euer Bruder Adam hat nach Euch gefragt», sagte sie.

Eva nickte. «Das ist gut. Kannst du ihn holen? Er soll zu mir in die Kammer kommen.»

«Könnt Ihr noch ein wenig warten, Meisterin? Der Meister wird gleich zurück in die Werkstatt gehen. Es ist besser, wenn ich den Medicus Adam erst dann zu Euch rufe.»

Eva nickte dankbar und streichelte Priska die Hand. Für einen kurzen Moment schmiegte sich die warme Haut des Lehrmädchens an Evas. Es war tröstlich.

Eine halbe Stunde später erschien Adam.

«Wie geht es dir? Was ist geschehen? Bist du etwa guter Hoffnung?», fragte er.

Eva schüttelte den Kopf. «Nein, ich bekomme kein Kind.»

Sie bat Adam, sich neben sie zu setzen, und dann berichtete sie ihm, ohne ihn anzublicken, was David getan hatte.

Als sie fertig war, sprang Adam vom Bett auf und lief im Raum auf und ab. Vor der Anrichte blieb er stehen und hieb seine Faust darauf, sodass der Kandelaber wackelte.

«Ich werde nicht zulassen, dass diese Pokale in die Öffentlichkeit gelangen. Und wenn ich sie eigenhändig einschmelzen muss. Kein Gran nehme ich ihm von seinem Besitz, doch die Würde meiner Schwester werde ich wahren.» Mit diesen Worten lief er aus dem Zimmer.

Eva hatte Angst um ihn. Trotz ihrer Schwäche stieg sie aus dem Bett, atmete tief ein und eilte dann Adam hinterher.

Im Hof bot sich ihr ein denkwürdiger Anblick. Heinrich trat von einem Bein auf das andere. Priska und Regina hielten sich an den Händen, und Susanne hatte das Küchenfenster weit geöffnet und lehnte darin, um der Auseinandersetzung in der Werkstatt zu folgen.

«Eva ist mein Weib und mir untertan. Was ich mit ihr mache, ist allein meine Sache», brüllte David.

Und Adam schrie zurück: «Ich werde verhindern, dass du meine Schwester demütigst.»

«Ha! Und wie willst du das anstellen?»

Plötzlich wurden die Stimmen leiser. Doch Evas Gehör war so gut, dass sie trotzdem jedes einzelne Wort verstand.

«Du bist nicht der, der du zu sein vorgibst, David. An dir ist alles falsch. Und du verbirgst etwas. Ich werde herausfinden, was es ist. Die Stadt Halle liegt nur einen Tagesritt entfernt.»

«Und du, Adam Kopper, hast ebenfalls so einiges zu verbergen.»

An dieser Stelle brach das Gespräch ab, die Tür flog auf, und Adam stürmte hinaus.

Eva sah Heinrich an, und als er nickte, sagte sie laut: «Das Spektakel ist vorbei. Wir sollten nun alle wieder an unsere Arbeiten gehen.»

Sie scheuchte die beiden Mädchen in die Werkstatt, schlug Susanne das Küchenfenster vor der Nase zu und ging zurück ins Haus.

Sie sah gerade noch, wie Adam das Haus verließ.

Gleich darauf schlüpfte auch David aus der Tür. Neugierig lief Eva ans Fenster. Was hatte David vor? Sie spähte hinaus und erschrak. David folgte Adam im Schutz der Häuser. Eva warf sich einen Umhang über und eilte hinaus.

Adam hastete, gefolgt von David, durch einen unbewachten und unverschlossenen Seitenausgang des Rahnstädter Tores aus der Stadt und schlug den Weg zum Rosenthal ein, dem kleinen Wäldchen unweit der Stadtmauer.

Sie bemerkten Eva nicht, die ihnen hinterherschlich. Als Adam in einen kleinen Seitenweg abbog und an eine Holzhütte klopfte, versteckte sich Eva hinter einem Baum.

Ein junger Mann in der Kutte eines Geistlichen öffnete die Tür. Das war ungewöhnlich genug, doch dass der Mann Adam zur Begrüßung um den Hals fiel und seine Lippen fordernd auf den Mund ihres Bruders legte, war nicht nur ungewöhnlich, sondern schlicht unbegreiflich.

Sie schloss die Augen und flüsterte leise ein Gebet vor sich hin. Doch das half alles nichts. Als sie die Augen wieder öffnete, verschwanden die beiden Männer eng umschlungen in das Innere der Hütte, und David stand gebeugt unter dem Fenster und spähte hinein.

Eva legte beide Hände auf die raue Rinde des Baumes, um sich zu beruhigen. Ihr Herz raste. Was hatte das zu bedeuten? Was würde David jetzt tun? Panik überkam sie. Sie riss sich los und floh zurück in die Stadt.

Erst im Schutze des Bettes offenbarte sich das Ungeheuerliche, das sie gesehen hatte, in vollem Umfang.

Ihr Bruder Adam war ein Sodomit, einer, der der größten Sünde frönte, der widernatürlichen Unzucht. Jedes Kind wusste, was geschah, wenn herauskam, dass Adam einen anderen Mann liebte. Der Scheiterhaufen war ihm gewiss. Sodomiten wurden verbrannt, das sündige Fleisch musste zur Asche werden, die sündigen Gedanken zu Rauch.

Der Gedanke an Feuer und Folter schnürte Eva die Kehle zu. Sie musste Adam helfen. Er war ihr Bruder. Und war es nicht gleichgültig, wen man liebte? Sie stockte bei diesem Gedanken. War nicht das, was David mit ihr machte, auch eine Form der Sünde? Versündigte er sich nicht an ihr, wenn er sie ihrer Würde beraubte?

Als sie David nach Hause kommen hörte, stellte sie sich

schlafend und wartete voller Angst und Grauen auf den nächsten Morgen.

Das Frühstück verlief in der gewohnten Schweigsamkeit, nur hin und wieder von Reginas Vorwitz unterbrochen.

Eva beobachtete David aufmerksam. Sie musste herausfinden, was er vorhatte. Aber David war wie immer.

Als das Mahl beendet war, suchte Eva nach einer Gelegenheit, ihren Bruder zu warnen. Doch David ließ sie nicht aus den Augen, als ahnte er, was sie vorhatte. Schließlich wurde es Abend.

Priska fegte die Werkstatt, Eva bürstete die Lederschürzen aus, und Heinrich war im Hof verschwunden, um das Brennholz für den nächsten Tag zu spalten. Regina aber hatte sich schon vor einer ganzen Weile mit der Ausrede, Besorgungen für Susanne erledigen zu müssen, aus dem Staub gemacht.

Plötzlich stand Adam in der Tür. Er zeigte mit dem Finger auf die beiden Pokale. «Ich kaufe sie dir ab», sagte er. «Wie viel willst du für die Würde meiner Schwester?»

David lachte. «Du wagst es, von Würde zu sprechen? Ausgerechnet du! An deiner Stelle würde ich mein Bündel schnüren und zusehen, dass ich noch vor dem Abendrot die Stadttore hinter mir lasse.»

«Ich weiß nicht, was du meinst», erwiderte Adam ruhig. «Nenn mir den Preis für die Pokale.»

«Sie sind nicht verkäuflich. Und schon gar nicht an einen, der widernatürliche Unzucht betreibt.»

David stützte die Fäuste auf seine Werkbank und blickte Adam herausfordernd an.

Adam begann zu zittern. In seinen Augen stand nackte Angst.

«Na, Schwager, was sagst du jetzt? Möchtest du noch immer die ‹Würde› meiner Frau verteidigen?»

David lachte. Der Triumph verwandelte sein Gesicht in eine Fratze.

Adam war blass vor Wut geworden.

«Überlege dir genau, was du tust, Silberschmied. Gib die Pokale heraus, und ich vergesse, was in einem Schreiben vom Rat der Stadt Halle stand, das ich kürzlich erhielt. Es ging darin um einen Goldschmiedelehrling, der aus der Stadt fliehen musste, weil seine unehrliche Abkunft offenbar geworden war. Sogar einen Schandbrief gab es, der an sämtlichen Kirchentüren angeschlagen war. Wie du selbst weißt, kommt ein solcher Schand- oder Schmähbrief einer Morddrohung gleich.»

Jetzt war es David, der blass wurde.

«Ein Exemplar des Briefes fand sich noch in der Zunftlade der Goldschmiede. Er wird gut aufbewahrt, schrieb mir der Zunftmeister. Der Geschmähte, so heißt es weiter, stammte aus Naumburg. Ein Lügner und Betrüger sei er gewesen.»

Mit jedem Wort gewann Adam an Sicherheit zurück.

«Du weißt wohl», sprach Adam weiter und trat auf die andere Seite der Werkbank, «dass es ein Leichtes ist, die nötigen Beweise zu beschaffen. Der Galgen ist dem sicher, David, der sich durch Betrug Heirat, Meisterwürde und Bürgerrecht erschleicht. Ebenso wie mir der Scheiterhaufen.»

Die beiden starrten sich über den Tisch hinweg an.

Schließlich begann David zu lachen. Es klang scheppernd und schrill. «Du bist verrückt, Adam Kopper. Die Unzucht hat dir das Hirn aufgeweicht. Meine Papiere sind in bester Ordnung. Du kannst bei der Innung nachfragen. Der Gesellenbrief ist von der Nürnberger Zunft bestätigt, ebenso die ehrliche Geburt. Willst du etwa das Schreiben des Innungsmeisters einer der größten und prächtigsten deutschen Städte anzweifeln? Oh, nein, Adam. Von dir habe ich nichts zu befürchten. Meine Seele ist so rein wie das erste Schneeglöckchen im Frühjahr.»

Er nahm die beiden Pokale, stellte sie in eine Ecke des Regales und verhängte sie mit einem Tuch. Adam blieb nichts anderes übrig, als seine Niederlage anzuerkennen. Er nickte Eva zu und verließ ohne ein weiteres Wort das Haus.

Kapitel 17

In der Morgendämmerung brach Adam zu einem unbekannten Ziel auf. Niemand, auch Eva nicht, erfuhr, wohin sein Weg ihn führte.

Als sie sich am Stadttor von ihm verabschiedete, drückte er sie fest an sich und flüsterte ihr zu: «Behüt dich Gott, Eva. Alles wird gut werden.»

Dann schob er sie von sich, sah ihr in die Augen und fragte: «Denkst du seit gestern anders über mich?»

Eva schüttelte den Kopf. «Du bist mein Bruder, Adam. Wir sind vom selben Blut. Ich werde immer zu dir stehen, auch wenn ich hoffe, dass sich dein Herz eines Tages von seiner Verirrung löst und sich einer treuen Frau zuwendet.»

Adam lachte bitter. «Man kann sich nicht aussuchen, wen man lieben möchte, Eva. Nicht wir suchen die Liebe, sondern die Liebe sucht uns. Wenigstens kannst du jetzt sicher sein, dass ich mich an den Zwillingen nie vergangen habe.»

Dann küsste er sie noch einmal auf die Stirn und ritt davon.

Eva ging langsam zurück in die Stadt. Die ersten Sonnenstrahlen kamen über den Horizont und verwandelten das Kupferdach von St. Nikolai in einen Scheiterhaufen.

Allmählich belebten sich die Gassen. Handkarren rumpelten über das Pflaster, ein Fuhrknecht fluchte, Fässer wurden vorübergerollt.

Heinrich öffnete ihr das Hoftor. Wortlos ging Eva in die Werkstatt und richtete ihre Aufmerksamkeit auf die winzigen Ringe, die sie zu einer Kette zusammenfasste. Als sie den Verschluss befestigen wollte und so fest an dem Schmuckstück riss, dass dieses in Einzelteile zersprang, fing sie an zu weinen. So wie die Kette war auch ihr Leben in tausend Teile zerfallen. Sie hatte nichts mehr, woran sie sich festhalten konnte.

In den nächsten Wochen wurde es immer schlimmer. David holte sie beinahe jede Nacht in die Werkstatt. Er nahm Abdrücke ihres Pos und fertigte daraus eine Obstschale, verzierte sie mit den üblichen Ornamenten und stellte sie in den Verkaufsraum. Ihre Achselhöhlen rasierte er und fertigte daraus Trinkgefäße, die Knie wurden zu Fingerschälchen, die Schenkel und Waden zu Kannen, der Bauch gar zu einer Pfanne aus Kupfer. Von jedem Ding behielt er ein Stück für sich und verleibte es dem Haushalt ein. Bei jeder Mahlzeit musste Eva erleben, wie die anderen aus ihren Achselhöhlen tranken, mit beiden Händen nach ihren Schenkeln griffen, mit schmutzigen Händen fettige Bratenscheiben von ihrem Bauch fingerten. Sie bekam kaum einen Bissen herunter.

Sie sah, wie Hände nach den Einzelteilen ihres Körpers

auf dem Tisch griffen, und dachte: David hat mich zerlegt. Er hat mich auseinander genommen, in Stücke gerissen.

Jeden Abend betete sie um die Auflösung all ihrer Sorgen. Ihre einzige Hoffnung war, dass ein Kind ihrer aufgewühlten Seele Ruhe und Frieden schenken mochte. Doch David machte keine Anstalten mehr, das Lager seiner Frau zu teilen.

Stattdessen war er jetzt immer mit den Büchern beschäftigt, denn seitdem er auf seine gewagten Verzierungen verzichtete und nur seine Frau und er wussten, was die Vorbilder für die Schalen und Gefäße waren, kauften die reichen Leipziger wieder öfter in der Silberschmiede ein. Die Obstschale gehörte nun gar zum Ratssilber.

Der Gedanke daran, dass unzählige Männer ihre intimsten Stellen berührten, demütigte Eva, doch sie vermochte nichts daran zu ändern.

Eines Sonntags trafen sie Andreas Mattstedt beim Kirchgang.

Mattstedt grüßte und blieb stehen: «Nun, es ist lange her, seid ich Euch meine Aufwartung gemacht habe. Und noch länger ist es her, dass Ihr Gast in meinem Hause gewesen seid.»

«Es hat sich nicht ergeben», erwiderte David und sah über Mattstedts Kopf hinweg zur Kirche. Er unternahm nicht die geringste Anstrengung, das Gespräch in Gang zu halten.

Trotz dieser Unhöflichkeit fuhr Mattstedt fort: «Die Dominikaner haben beschlossen, Kreuz und Monstranz doch zu behalten. Die Zeit der Leihgabe ist abgelaufen.

Sie haben das Geld bezahlt. Ich habe auf Evas Namen dafür einige Anteile einer Saigerhütte im Erzgebirge gekauft.»

Ein gewöhnlicher Satz, im Plauderstil vorgetragen. Doch er enthielt eine explosive Botschaft.

Davids Gesicht rötete sich vor Zorn. Auf seiner Stirn pulsierte die blaue Zornesader.

«Seid Ihr der Hüter meiner Frau, Mattstedt? Wollt Ihr mir die Rolle des Ehemannes streitig machen? An mir ist es, zu bestimmen, was mit dem Geld geschieht.»

Mattstedt lächelte fein. «Nun, man hat mich zu ihrem Vermögensverwalter bestimmt. Der Auftrag, der jetzt bezahlt wurde, stammt noch aus der Zeit vor Eurer Ehe. Also ist es an mir, das Geld zu verwalten.»

In diesem Augenblick begriff Eva, warum der Handelsherr die Dominikaner bisher nicht zur Zahlung gedrängt hatte.

David beugte sich so weit zu Mattstedt, dass sein herabfallendes Haar das Gesicht des Ratsherrn berührte.

«Verschwinde aus unserem Leben, Krämerseele», zischte er. Eva schrie erschrocken auf. «Verschwinde, bevor ein Leid geschieht, und wage dich nicht mehr in mein Haus oder an meine Frau.»

«David!!!», rief Eva und legte eine Hand auf seinen Arm, doch ihr Mann stieß sie grob zur Seite.

Mattstedt ignorierte David. Mit einem traurigen Nicken zu Eva ging er in die Kirche. An der Kirchentür blieb er noch einmal stehen: «Ich bin immer für dich da, Eva. Vergiss das nicht.»

Während der Predigt gelang es Eva kaum, den Worten

des Priesters zu folgen. Sie bemerkte die verstohlenen Blicke der Leute, denn der Vorfall vor dem Kirchenportal war nicht unbeobachtet geblieben.

Noch bevor der letzte Segen erteilt worden war, verließen sie die Kirche und eilten durch die stille Stadt nach Hause.

Eva verschwand ohne ein Wort im Wohnzimmer. Sie kauerte sich in den großen Lehnstuhl, schlang die Arme um die Knie und fing an zu weinen.

Sie hatte sie so lange unterdrückt, doch jetzt brachen die Tränen aus ihr heraus. Sie krümmte sich in dem Sessel zusammen, schlug die Hände vor das Gesicht, doch die Tränen quollen zwischen ihren Fingern hindurch und malten dunkle Flecke auf den Stoff ihres Kleides. Ihre Schultern bebten. Sie bemerkte nicht, dass David sich vor sie kniete und ihre Hände in die seinen nahm.

«Niemand darf sich in unser Leben drängen, Eva. Niemand darf sich zwischen uns stellen und unsere Liebe bedrohen, wie es Mattstedt macht.»

«Welche Liebe?», fragte Eva, zog ihre Hände aus den seinen, stand auf und ging in die Schlafstube.

Bis zum Abend blieb sie beinahe unbeweglich auf dem Armlehnhocker sitzen, der vor dem schwarzen Tuch stand. Sie hatte die Hände gefaltet und wollte gern beten, doch sie wusste nicht, was sie dem Herrn sagen sollte.

Als das Dämmerlicht den Schatten die scharfen Kanten nahm, stand sie auf, verriegelte die Tür und zog das Tuch vom Spiegel weg.

Es war das erste Mal, dass sie dies wagte, wenn David im Haus war.

Eine fremde Frau schaute ihr entgegen.

Bin ich das?, fragte sie sich. Dann wiederholte sie es wie eine Beschwörungsformel: Das bin ich.

Ihre Hände griffen nach dem Glas, so als wollte sie sich selbst festhalten. Die Finger rutschten über den Spiegel, hinterließen Schlieren.

Eva drehte sich mit dem Rücken zum Spiegel. Sie wusste, dass das, was sie vorhatte, kindisch war, doch für sie war es richtig und wichtig.

Sie schloss die Augen und sah in Gedanken die Obstschale vor sich. Dann blickte sie über die Schulter auf ihren Po. «Er ist wieder da», flüsterte sie.

Erneut kniff sie die Lider zusammen und stellte sich die Kannen aus Schenkel und Wade vor. Dann sah sie die Körperteile im Spiegel. «Auch ihr seid wieder da.»

Stück für Stück setzte sie sich zusammen.

Sie unterbrach dieses seltsame Spiel auch nicht, als die Türklinke heftig herunterfuhr und die Tür in den Angeln ächzte.

«Mach auf!», hörte sie David rufen, doch sie achtete nicht darauf. Sie überhörte sein Klopfen, sein Rütteln, sein Rufen.

Irgendwann wurde es wieder still draußen. Schließlich hatte sie alle ihre Körperteile wiedergefunden. Sie drehte sich wieder um und betrachtete sich im Spiegel. Ja, das war sie. Der Spiegel war wieder ihr Freund geworden. Zufrieden legte sie sich schlafen, ohne die Tür zu entriegeln.

Seit die Badestuben in der Stadt wegen der Franzosenkrankheit in Verruf gekommen waren, badeten die meisten Leipziger zu Hause. Einmal in der Woche wurde das Wasser von den Mägden eimerweise vom Brunnen im Hof geholt, über dem Herdfeuer erhitzt und in große Zuber gegossen. Zuerst, so war es Brauch, badete der Hausherr darinnen, danach die Hausfrau mit den Kindern, zum Schluss das Gesinde.

Da Eva keine Kinder hatte, musste sie mit Susanne in den Zuber steigen. Früher hatte sie das gern getan. Sie hatte es genossen, wenn die Stiefschwester ihr den Rücken und das Haar wusch. Seit einiger Zeit aber empfand sie das gemeinsame Bad als Qual. Sie mochte Susannes Körper nicht sehen und schon gar nicht berühren. Die großen Brüste, die an Susanne herabhingen, die Schenkel, deren Fleisch langsam schlaff wurde, und der Bauch ekelten sie an.

Susanne aber fand sich schön, und das verstörte Eva noch mehr. Widerwillig, aber unfähig, den Blick zu lösen, sah sie zu, wie Susanne ihre Brüste wusch und sie dabei herumschwenkte wie lederne Wassereimer. Wie sie sich die Schenkel einseifte, mit der Hand dazwischenfasste und so heftig die Finger bewegte, als schrubbte sie ein Wäschestück.

Und sie ertrug auch Susannes Blicke nicht, die über ihren schmalen Leib huschten, die apfelgroßen Brüste mit verächtlichen Blicken streiften und jede Bewegung verfolgten, wenn Eva sich zwischen den Schenkeln wusch.

Sie hätte liebend gern allein gebadet. Wenn es sein musste, auch als Letzte. Dann, wenn alle schon den Schmutz ihrer Körper im Wasser gelassen hatten. Doch das war leider nicht möglich.

Als wenige Tage später Susanne zu Eva in den Zuber stieg, stockte dieser der Atem. Susannes Leib war mit denselben roten Stellen übersät wie auch Davids Körper. Wie gebannt starrte Eva auf die kreisrunden eitrigen Geschwüre, die Susannes Scham zierten.

Ein Lachen stieg in ihr auf. Eva prustete und kicherte, dabei liefen ihr die Tränen über die Wangen.

Susanne sah sie an, die Augen weit aufgerissen, und bedeckte schließlich die Scham mit den Händen.

Doch Eva konnte sich nicht beruhigen. Erst als Susanne zu weinen begann, hörte sie auf.

«War es das, was du immer gewollt hast?», fragte sie die Stiefschwester.

Susanne senkte den Blick und schwieg.

Eva schüttelte den Kopf, stand auf, trocknete sich ab und ging ohne ein weiteres Wort hinauf in ihre Kammer.

Sie verspürte Erleichterung, doch eher der Art, wie sie ein zum Tode Verurteilter empfinden musste, der sehr lange auf die Vollstreckung des Urteils gewartet hatte und sich nun endlich seinem Henker gegenüber sah.

Eva hatte, dessen wurde sie sich erst jetzt bewusst, schon lange darauf gewartet, dass sie auch noch das Letzte verlor, was sie hatte: Davids alleinige Liebe.

Nun, da ihr dieses Letzte auch genommen war, konnte nichts Schlimmes mehr kommen. Jetzt war sie frei von der Angst, etwas festhalten zu müssen, das sich ihr entzog. Sie hatte nichts mehr.

Eva tupfte sich mit einem Handtuch den weichen Flaum trocken, der ihren Kopf bedeckte, und fuhr mit der Hand darüber.

Sie hatte alles verloren, was sie je besessen hatte: ihre Herkunft, ihre Vergangenheit, die Freunde, die Eltern, ihr Hab und Gut, ihren Körper, ihre Seele. Und zum Schluss auch die Liebe.

Es gab nichts, das sie noch schrecken konnte. Jetzt war sie unverwundbar.

Trotzdem war sie noch nicht restlos frei. Eines musste sie noch wissen, mit eigenen Augen sehen. Sie wollte miterleben, wie Susanne unter Davids Händen zum Tier wurde.

Eva hüllte sich in ein dunkles Gewand und ging lautlos die Treppen hinunter und über den Hof zur Werkstatt. Susannes und Davids Liebesnest war bestimmt im Lager mit den Tuchballen.

Eva kannte die Gewohnheiten ihres Mannes. Das heiße Wasser des Bades hatte ihn immer lüstern werden lassen. Auch heute würde es so sein, da war sie sich sicher. Vorsichtig öffnete sie die Tür zum Lager und versteckte sich zwischen den Tuchballen.

Der Abend dämmerte und brachte die Umrisse zum Verschwinden. Die Glocken läuteten zum Gebet, als Susanne den Lagerraum betrat. Ihr Gesicht wirkte angespannt. Sie schnürte ihr Mieder auf, zog sich die Kleider vom Leib, doch der Übermut war verschwunden. In ihren Bewegungen war keine Vorfreude, keine Lust.

Sie war noch nicht ganz fertig, da kam David. Auch er entledigte sich seiner Kleidung, als handele es sich um eine ungeliebte Pflicht.

Er packte Susanne bei den Hüften, drehte sie so, dass sie wie eine Hündin vor ihm kniete. Kein Kosewort fiel, kein Flüstern der Liebe war zu hören, keine Zärtlichkeiten zu sehen. David rückte Susanne zurecht, als wäre sie ein Gegenstand. Er spreizte ihre Beine im richtigen Winkel, stieß sogar mit der Fußspitze gegen ihren Knöchel, dann kniete er sich hinter sie und packte ihre Hüften.

Grob drang er in sie ein, seine Hände kratzten über ihre Lenden, bis rote Striemen entstanden. Susanne keuchte. Ihre Züge waren verzerrt, die Lippen gaben die Zähne frei, wie bei einer Hündin.

Eva musste an ihre allererste Begegnung denken, damals in der Herberge auf dem Weg von Frankfurt nach Leipzig. Wie lange war das schon her? Mehr als ein Menschenleben schien inzwischen vergangen, doch ein paar Sätze konnte Eva noch gut erinnern.

«Würdet Ihr mich auch zeichnen?», hatte Susanne gefragt. Und David, der Fremde, hatte geantwortet: «Merkt ihn Euch gut, diesen Wunsch. Ich bin sicher, eines Tages werdet Ihr für die Ewigkeit gezeichnet werden.»

Nun, jetzt war es wohl geschehen; David hatte Susanne gezeichnet. Doch so ein Bildnis hatte sich Susanne bestimmt nicht vorgestellt.

David fasste von hinten nach ihren hängenden Brüsten und knetete sie so, dass es wehtun musste.

Seine Fingernägel gruben sich wie Dornen in Susannes Fleisch, als er sich in sie ergoss.

Dann verließ er ihren Leib und wischte mit einem Stück Stoff vom Ballen sein Glied sauber.

Susanne lag auf dem befleckten Stofflager und streichelte mit den Händen über die roten Striemen, die ihre Brüste bedeckten.

«Sorge dafür, dass sie endlich verschwindet», forderte sie. «Ich bitte dich, David. Sie soll gehen.»

David achtete nicht auf ihre Worte. Er richtete sich auf und zog sich an. Dabei sah Eva, dass die roten Flecken nicht mehr nur seinen Schoß bedeckten, sondern sich bis hinab zu den Schenkeln und hinauf bis zum Nabel verteilt hatten.

Sie sind einander verfallen, dachte Eva ohne Genugtuung. Sie sind nicht von den Blumen der Liebe gezeichnet, sondern von der Krankheit, die mit der Neuen Zeit gekommen ist.

Kapitel 18

Eva hatte nicht nur begriffen, dass sie alles verloren hatte. Nein, mehr noch. Sie hatte erkannt, dass sie nirgendwo anders hingehen konnte. Was sie verloren hatte, musste sie sich wiederholen. Eine andere Möglichkeit gab es nicht.

Die Liebe sollte der Mittelpunkt ihres Lebens sein, um den herum sich alles andere gruppierte. Nun, sie hatte Hingabe geübt, doch daraus war unversehens Selbstaufgabe geworden.

Die Liebe, die sie groß, stark und mit Sinn erfüllen sollte, war klein, blass und sinnlos geworden. Nein, das, was David und sie füreinander empfanden, war nicht die Liebe, von der sie immer geträumt hatte, war nicht die Liebe, die ihre Mutter mit Isaak nur viel zu kurz gelebt hatte.

Am liebsten würde ich weit weggehen von hier. Weit weg, dorthin, wo mich niemand kennt, und noch einmal ganz von vorn anfangen, überlegte sie. Doch es ging nicht. Sie konnte es sich noch so sehr wünschen, sie wusste genau, dass sie bleiben musste.

Bleiben, um sich das zurückzuholen, was sie verloren

hatte: ihre Würde, ihre Selbstachtung und den Glauben an die Liebe und die Neue Zeit.

Nirgendwo sonst auf der Welt konnte sie diese Werte zurückerlangen. Finden musste sie sie dort, wo sie sie verloren hatte: hier in Leipzig, hier in der Hainstraße.

Nach der Auseinandersetzung mit Andreas Mattstedt hatte David den sonntäglichen Kirchengang aufgegeben. Eva durfte nur in Begleitung Susannes die Messe besuchen.

Schweigend gingen die beiden Frauen durch die morgendlichen Gassen der Stadt, mischten sich unter die anderen Kirchgänger, froh, im Gedränge nicht miteinander reden zu müssen.

Seit dem Zwischenfall im Zuber hatten sie sich nichts mehr zu sagen. Ihr Verhältnis hatte sich verändert.

Letzte Woche noch war eine ängstliche Eva neben einer stolzen Susanne gegangen. Heute jedoch trug Eva ihr Haupt genauso hoch wie Susanne.

Vor der Kirche trafen sie Andreas Mattstedt. Der Kaufmann nutzte die Abwesenheit Davids und näherte sich Eva. Ihm war aufgefallen, wie dünn sie in der letzten Zeit geworden war.

«Kann ich dir helfen, Eva?», fragte Mattstedt besorgt und fasste nach ihrer Hand.

«Danke, Andreas», erwiderte Eva und lächelte ihn an. «Es geht mir gut. Du kannst mir nicht helfen.»

Mattstedt nickte, doch Eva sah, dass er ihr nicht glaubte.

Susanne wandte sich ab. Regina, die bei ihnen war, hatte ihr etwas gezeigt.

«Ich habe Nachricht von deinem Bruder, Eva», raunte Mattstedt.

Eva sah erfreut auf. «Geht es ihm gut?»

«Ja. Er wird noch nicht gleich zurückkommen. Doch wenn er kommt, wird alles besser werden.»

«Ich kann mir nur selber helfen, Andreas. Aber es tut gut, zu wissen, dass du da bist und dass ich mich nicht um Adam sorgen muss.»

Als sie nach der Messe Johann von Schleußig begegnete, legte sie ihm eine Hand auf den Arm.

«Ich würde gern zur Beichte kommen», sagte sie. «Am liebsten an einem Tag, an dem Ihr viel Zeit habt.»

«Kommt morgen nach der Vesper, wenn Ihr wollt. Dann habe ich so viel Zeit, wie Ihr braucht.»

«Vater, ich habe gesündigt.»

«Sprich, meine Tochter.»

«Als aber die Pharisäer hörten», zitierte Eva eine Stelle aus einem Flugblatt, das sie kürzlich auf dem Markt in die Hand gedrückt bekommen hatte, «dass er den Sadduzäern das Maul gestopft hatte, versammelten sie sich.

Und einer von ihnen, ein Schriftgelehrter, versuchte ihn und fragte:

Meister, welches ist das höchste Gebot im Gesetz?

Jesus aber antwortete ihm: Du sollst den Herrn, deinen Gott, lieben von ganzem Herzen, von ganzer Seele und von ganzem Gemüt.

Dies ist das höchste und größte Gebot.

Das andere aber ist dem gleich: Du sollst deinen Nächsten lieben wie dich selbst.

«Ein Gleichnis aus dem Matthäusevangelium», bestätigte der Priester.

«Ja, Vater. Und gegen dieses Gebot habe ich verstoßen. Ich habe den Herrn nicht von ganzem Herzen und von ganzer Seele geliebt, sondern den, den ich zu meinem Herrn erkoren habe: meinen Mann. Und darüber habe ich vergessen, mich selbst zu lieben und wertzuschätzen. Die Seele, die mir Gott gegeben hat, habe ich nicht gehütet.»

«Erzählt, Tochter, was Euch widerfahren ist.»

Und Eva tat es. Zum ersten Mal, seit sie David kennen gelernt hatte, redete sie sich allen Kummer, alle Ängste und alle Zweifel von der Seele. Sie begann mit ihrer Vorstellung von einem Leben in Liebe. Sie sprach von den Blumen der Liebe, von Susanne, von den Abdrücken. Sogar von ihrem Kinderwunsch erzählte sie und von der Angst um Adam.

Sie wusste nicht mehr, wie lange sie geredet hatte, doch hinterher fühlte sie sich erschöpft und erleichtert zugleich.

Johann von Schleußig schwieg lange. Endlich aber sagte er: «Ihr seid eine mutige Frau, Eva, denn Ihr habt den Mut, Fehler einzugestehen. Das, Tochter, ist ein Kennzeichen der Neuen Zeit. ‹Der Mensch ist das Maß aller Dinge.› Mir scheint, Ihr seid eine der ganz wenigen, die diesen Satz verstanden haben. Mehr noch, Ihr habt ihn ergänzt: Der Mensch und sein Handeln sind das Maß aller Dinge.»

«Danke, Vater», flüsterte Eva.

«Ich werde Euch helfen, Tochter, so gut ich es vermag. Kommt zu mir, wann immer Ihr mich braucht. Wisst Ihr, was Ihr als Nächstes vorhabt?»

«Ja. Ich werde mir zurückerobern, was ich verloren habe. Gott hat David und Eva zusammengeführt. Ich werde seine Liebe wiedergewinnen und werde versuchen, sie mit Leben zu erfüllen. Auch wenn ich dabei erkennen sollte, dass ich mich getäuscht habe. Ich muss an ihm festhalten, Priester, sonst war alles das, was ich bisher gelebt habe, vergebens.»

Johann von Schleußig schwieg wieder eine ganze Weile, ehe er sagte: «Ihr habt den schwierigeren Weg gewählt, meine Tochter. Ihr habt meine Achtung schon immer gehabt, doch erst jetzt weiß ich, wie sehr Ihr sie auch verdient. Gott segne Euch, Eva.»

Mit diesen Worten verließ der Priester seinen Stuhl und sein Amt. Er wartete in einer Seitenkapelle auf Eva.

«Ich habe Euch noch etwas zu sagen, das mir im Beichtstuhl verboten ist», flüsterte er.

«Ja?», fragte Eva.

«Ihr könnt die Ehe annullieren lassen. Wenn Euer Mann Euch ein Kind verweigert, so ist dies ein Grund für die Auflösung der Ehe. Hebt die Pessare und die Überzieher aus Tierdarm gut auf. Womöglich müssen sie Eure Worte beweisen.»

«Annullierung?», fragte Eva.

«Ja. Ihr könnt Euch befreien, wenn Ihr wollt. Und ich bin bereit, Euch dabei zu helfen, auch wenn dies nicht im Sinne der Mutter Kirche ist.»

Am Abend setzte sie sich zu David und Susanne in die Wohnstube. Die beiden taten, als würden sie über das Geld reden, welches der Haushalt wöchentlich verschlang.

Eva sah sich ihre Scharade eine Weile an. Schließlich sagte sie laut und mit ungewohntem Nachdruck: «Susanne, ich möchte mit meinem Mann sprechen. Allein.»

Susanne sah zu David. Erst als dieser nickte, verließ sie das Zimmer.

«So, wie es jetzt zwischen uns steht, sowohl im Haus als auch in der Werkstatt, kann es nicht weitergehen, David.»

David öffnete den Mund zu einer Erwiderung, doch Eva hob die Hand. «Nein. Lass mich ausreden.»

David lächelte, als ob sie ein Kind sei, das etwas ganz und gar Unmögliches versuche, dem man aber trotzdem seinen Willen lasse.

«Ich bin deine Frau», fuhr Eva fort. «Den Platz an deiner Seite habe ich mir gesucht, und ich gebe ihn nicht verloren. Kinder möchte ich haben, bestimmen, was im Haus geschieht, und bei den Dingen, die die Werkstatt betreffen, um Rat gefragt werden. Deine Liebe, David, hat nicht gehalten, was ich mir davon versprach. Das ist nicht allein deine Schuld. Ich habe es wohl versäumt, dich kennen zu lernen. Das Bild, das ich von dir hatte, habe ich geliebt und darüber den Menschen vergessen. Verloren habe ich mich dabei, bin verarmt in deinen Armen.»

«Was redest du da?», fragte David und betrachtete Eva seit langer Zeit einmal wieder mit Interesse. «Bist du nicht fähig, meine Liebe zu dir zu erkennen? Warst du es nicht, die sich mir widersetzt hat? Hast du nicht sogar die Schlafkammertür verriegelt? Du hast mir nicht gehorcht, hast dich anderen Männern gezeigt, unfähig, die Neue Zeit zu begreifen. Sie gehört denen, die sich nehmen, was ihnen zusteht.»

«Nun, ich werde mich der Neuen Zeit gewachsen zeigen. Deshalb fordere ich von dir: Gib mir meine Freunde zurück, meinen Bruder, meine Arbeit, die Stellung im Haus. Hörst du, David, ich bitte dich nicht darum, sondern fordere. Ich möchte ein Kind von dir. Verweigerst du es mir weiter, so werde ich die Ehe annullieren lassen. Du weißt, dass dies möglich ist, wenn einer der beiden Eheleute Vorkehrungen trifft, um die Empfängnis zu verhindern.»

Den letzten Satz sagte Eva mit so viel Nachdruck, dass David begriff, dass sie es ernst meinte.

Mit einem Schlag veränderte sich seine Haltung. Sein Gesicht wurde weich, liebevoll blickte er Eva an, nahm ihre Hände in seine und bat: «Du darfst mich nicht verlassen, Eva. Alles, was ich bin, bin ich durch dich.»

Er nahm ihr Gesicht behutsam in seine Hände und bedeckte es mit Küssen. «Bitte, bleib bei mir», flüsterte er dabei.

Eva hatte nicht mit einer solchen Reaktion gerechnet. Ihr Körper war noch ganz angespannt, ihre Sinne gewappnet. Sie blieb steif in seinen Armen, ließ die Küsse über sich ergehen.

Schließlich machte sie sich vorsichtig von ihm los und stand auf. «Ich möchte ein Kind von dir, David. Und die Herrin im Hause werde wieder ich sein.»

Dann nahm sie ihren Stickrahmen von der Anrichte und begann, mit Nadel und Faden zu hantieren.

In den nächsten Tagen und Wochen bemühte sich David um Eva wie nie zuvor. Er rückte ihr den Sessel zurecht, reichte ihr bei Tisch das Salzfass, überschüttete sie mit kleinen Geschenken. Susanne suchte seinen Blick. Doch David wich ihr aus. Stellte sie eine Frage, so tat er, als habe er nichts gehört.

Eva aber sprach so wenig wie möglich. In der letzten Zeit war sie nur mit sich selbst beschäftigt gewesen. Nun da sie wieder ihren angestammten Platz einnehmen wollte, beobachtete sie die anderen und war erstaunt, was sie auf diese Art erfuhr.

Susanne war nun so abhängig von David, wie sie es gewesen war. Unterwürfig und hungrig waren die Blicke, die sie David zuwarf.

Heinrichs Bewegungen waren eckiger geworden, als sie sie in Erinnerung hatte, die Falten in seinem Gesicht tiefer. Er war alt geworden. Die Falten wurden härter, wenn er mit David sprechen musste. Wandte er sich aber an Priska, so wurden seine Züge weich.

Regina hingegen hatte sich nicht verändert. Ihre Blicke huschten wie Fliegen über den Tisch, nahmen jede Regung der anderen wahr. Sie sprach schnell, als fürchte sie, unterbrochen zu werden. Freundlich war sie zu Susanne und David, Heinrich beachtete sie nicht, Priska und Eva aber mied sie.

Priska war Eva immer mehr ans Herz gewachsen. Sie half jedem im Stillen, reichte das Brot herum, legte Heinrich die guten Bratenstücke auf, füllte seinen Krug mit Bier, holte Wasser für Eva und antwortete nur, wenn jemand das Wort an sie richtete. Eva nahm sich vor, sich mehr um sie zu kümmern. Sie war ihr lieb wie das Kind, das ihr bisher versagt blieb.

David verstärkte seine Aufmerksamkeiten Eva gegenüber. Eines Abends brachte er ihr sogar einen Gürtel mit. Es war ein schlichtes Band aus schwarzem Leder mit einer einfachen Schließe, die jedoch aus reinem Silber und aufwändig gearbeitet war. Eva wusste, dass David diese Schließe selbst gefertigt hatte.

«Wenn du dich unbedingt schmücken möchtest, so will ich dir die Freude nicht vergällen», sagte er und strich ihr zärtlich über die Wange.

Eva schloss die Augen, als seine Hand ihr Gesicht berührte. Für einen Augenblick schmiegte sie ihre Wange an seine Haut.

Es ist fast wie früher, dachte sie. Vielleicht war doch ich es, die alles verdorben hat. Vielleicht habe ich die Größe seiner Liebe nicht verstanden, vielleicht habe ich ihn nicht verstanden.

Vielleicht, dachte sie, ist meine Seele wirklich zu niedrig, viel zu dicht noch mit dem Alten verhaftet, nicht wirklich schön.

Aber hat Gott die Menschen nicht nach seinem Abbild geschaffen? Versucht David mit seinen Reden und seinen Arbeiten nicht Gott? Auch David erschuf Dinge neu. Silber- und Goldwaren, die kein Mensch kaufen wollte, die wie Blei in den Lagern verharrten, weil die anderen am Ende auch zu niedrig waren, seine Größe zu erkennen und ihn zu verstehen?

Und hatte er nicht auch sie, Eva, neu erschaffen? Hatte

David nicht die Frau, das Weib in ihr ans Licht gebracht und ihr gezeigt, wer sie wirklich war?

Aber war sie früher nicht eine ganz andere gewesen? Eine, die sich in dem wohl fühlte, was das Leben ihr schenkte. Im Mittelpunkt steht der Mensch, das war Davids Credo. Aber dort, wo Eva jetzt stand, da war kein Mittelpunkt. Sondern der äußerste Rand.

«Liebst du mich, Eva?», fragte David. «Sag, liebst du mich noch?»

Sie sah zu ihm auf und entdeckte etwas in seinen Augen, das sie nicht recht zu deuten wusste. War es Angst?

«Ja, David, ich liebe dich noch», antwortete sie schließlich und wusste nicht, ob sie log.

Das, was sie für David empfand, wechselte so schnell, dass Eva es selber nicht in Worte fassen konnte.

Doch sie ließ es zu, dass er ihr das Kleid von den Schultern streifte, ihren Körper mit sanften Küssen bedeckte und seine Hände ihren Leib streichelten.

Dieses Mal benutzte er weder einen Überzieher aus Tierdarm, noch zwängte er ihr die schmerzhaften Pessare in den Schoß. Er liebte sie so vorsichtig, als habe er Angst, ihr wehzutun.

Lieber Gott, betete Eva, als er sich in sie ergoss, schenk mir ein Kind. Behutsam strich sie über seine Haut, die überall von Geschwüren bedeckt war. Doch sie hatte keine Angst, sich anzustecken. Die Franzosenkrankheit war die Krankheit, die Gott den Sündigen angedeihen ließ. Aber mit dem eigenen Mann zu schlafen war keine Sünde.

Am nächsten Tag erwachte Eva verwirrt. Eigentlich hätte sie über Davids neu erweckte Zärtlichkeit glücklich sein müssen, doch sie konnte nicht mehr ganz daran glauben. Dazu kam, dass sie sich Sorgen um Adam machte. Schon lange hatte sie nichts mehr von ihm gehört. Auch Mattstedt hatte keine neuen Nachrichten empfangen. Selbst wenn sie sonst nichts tun konnte, so würde sie heute für ihn eine Fürbitte lesen lassen. Gleich nach dem Frühstück lief sie zur Nikolaikirche und besprach sich mit Johann von Schleußig.

Der Priester freute sich sichtlich, sie zu sehen.

«Wie geht es Euch, Eva?», fragte er mit warmer Stimme, nachdem sie über den Anlass ihres Besuchs gesprochen hatten.

Eva fiel zum ersten Mal auf, dass Johann von Schleußigs Augen braun waren. Kein besonderes Braun, nicht zu hell, nicht zu dunkel.

Doch da war etwas, das Wärme in Eva auslöste. Ja, es war, als umfange Johann von Schleußig mit einem Blick aus seinen gewöhnlichen braunen Augen ihre ganze Person.

Und plötzlich erkannte sie etwas Wichtiges: David glaubte, alles über sie zu wissen. Johann von Schleußig aber wusste alles über sie.

Während der eine sah, was er sehen wollte, ein Bild vor Augen hatte und sich nicht die Mühe machte, das Bild mit der Wirklichkeit zu vergleichen, sah der andere die Wirklichkeit – und fand sie offensichtlich gut und richtig, sodass er kein beschönigendes Bild benötigte.

Die Wärme seines Blickes malte ihr ein Lächeln ins Gesicht.

Sie umarmte Johann von Schleußig und flüsterte ihm ins Ohr: «Ich danke Euch sehr für alles. Vielen Dank!»

Dann machte sie sich los und lief fröhlich davon.

Schon von weitem sah sie das Pferd, das vor ihrem Haus angebunden war.

«Adam», flüsterte Eva. «Adam ist zurück.»

Sie raffte ihren Rock mit beiden Händen, beschleunigte ihre Schritte, rannte beinahe und kam atemlos vor dem Haus an.

Regina trat heraus. «Ist Adam da? Ist er zurückgekommen?», fragte sie das Mädchen.

«Hmm», antwortete diese und wollte das Pferd losmachen, doch diesmal griff Eva ein. Sie packte das Kind an den Schultern, drehte es zu sich um. «Wenn ich dich etwas frage, dann antwortest du mir. Ich bin die Meisterin, du das Lehrmädchen. Du tust, was ich dir sage. Hast du das verstanden?»

Regina sah sich unsicher um. «Susanne hat gesagt, es reicht, wenn ich tue, was sie sagt.»

«So? Hat sie das? Dann sage ich dir jetzt, dass ich die Meisterin und Herrin im Hause bin. Wähle selbst, Regina.»

«Ja, Silberschmiedin», hauchte das Mädchen. «Soll ich jetzt den Gaul zum Mietstall bringen, wie Susanne es gesagt hat?»

«Ja. Und dann sieh zu, dass du zurück an die Arbeit kommst.»

Eva stürmte in die Küche, wo sich Adam an einem Becher Most labte, und flog ihm in die Arme.

«Adam, Gott sei Dank, dass du wieder da bist. Komm, ich mache dir etwas zum Essen.»

«In Naumburg war ich», berichtete Adam am Abend, als sich Eva, David und sogar Susanne in der Wohnstube eingefunden hatten. Wein stand auf dem Tisch, und Susanne hatte ein paar kleine Kuchen gebacken, von denen sie wusste, dass David sie besonders gern mochte.

«Naumburg?», fragte Eva. «Was hat dich dorthin geführt?»

David, der neben ihr saß, legte eine Hand auf ihr Knie und antwortete an Adams Stelle: «Es gibt einen berühmten Arzt dort. Adam wird seine Studien bei ihm fortgesetzt haben.»

Adam lächelte. «Ich gebe zu, dass dies wirklich ein guter Grund für meine Reise gewesen wäre, doch ich habe deine Eltern besuchen wollen, David.»

«Davids Eltern?», fragte Eva verblüfft und sah ihren Mann an. «Naumburg? Wieso Naumburg? Ich dachte, du stammst aus Halle?»

Davids Gesicht wurde blass, und sein Körper spannte sich. «Hast du sie getroffen?», fragte er und goss sich aus einer Karaffe Wein in sein Glas. Seine Hand zitterte dabei.

«Nein», erklärte Adam. «Ich habe deine Eltern nicht gefunden. Niemand in Naumburg konnte sich an eine Familie mit dem Namen erinnern.»

Eva sah, dass David aufatmete.

«Nun, die Bewohner in den Städten wechseln häufig. Es ist lange her, dass jeder jeden kannte», erklärte David so beiläufig wie möglich.

«Das mag stimmen», gab Adam zu. «Aber ich traf einen alten Gerber. Er lebt vor den Toren der Stadt, dort, wo die Unehrlichen ohne Geburtsschein, die Ausgestoßenen oder die mit den verfemten Berufen hausen.»

David beugte sich ein Stück nach vorn. «Die Unehrlichen werden nicht umsonst so genannt», erwiderte er. «Man kann ihren Worten keinen Glauben schenken.»

«Der Mann, den ich meine, lag auf den Tod darnieder. Er hatte kein Geld für einen Arzt oder Bader, also sah ich nach ihm. Doch ich konnte ihm nicht mehr helfen. Dem Priester war der Weg hinaus vor die Stadt zu den Verfemten zu weit, und so blieb ich bei ihm und hörte seine Lebensbeichte an.»

«Ich glaube kaum, dass jemand die Geschichte eines Fremden ohne Ehre hören möchte», warf David ein, doch Eva widersprach.

«Ich schon. Ich möchte die Geschichte des Gerbers hören.»

Susanne nickte.

«Der Gerber stammt aus Frankfurt, ist dort geboren, hat dort gelebt und in einer Gerberei gearbeitet, die einem Meister gehörte, der aus dem Sächsischen kam.

Dort, in der Gerberei des Meisters Sachs, traf er die Kürschnersfrau zum ersten Mal. Ein Wortwechsel entstand, und der Gerbergeselle wagte sich zu weit vor. Mit vorlauten Worten verspottete er die Meisterin. Nun, diese ließ sich eine solche Behandlung durch einen Niederen nicht gefallen und sorgte dafür, dass der Gerbergeselle büßen musste. Ein Strafgeld sollte er an sie zahlen. Er tat es, kratzte dafür den letzten Groschen zusammen, den er für seine Heirat aufgespart hatte. Die Heirat fiel ins Wasser, und der Geselle schwor, sich an der Meisterin zu rächen.

Einige Jahre vergingen, dann heiratete die Meisterin einen Mann, der ihr nicht wohl gesonnen war und sie nur vor den Altar geführt hatte, um aus ihrem Reichtum Vorteile für sich zu schlagen. Doch das ließ die Frau nicht zu.

Der Ehemann der Meisterin geriet in Wut und beauftragte den Gerbergesellen, ihr während der Fastnacht eine Lehre zu erteilen.

Der Gerber verkleidete sich als Krähe, lauerte der Frau auf und wollte sie schänden, doch ein Vorbeikommender verhinderte dies. Die Frau aber hatte ihn erkannt und sorgte dafür, dass der Geselle der Buhlschaft mit dem Teufel bezichtigt wurde.

Die Stadtknechte holten ihn, befanden ihn für schuldig. Er wurde mit einem Eisen auf der Wange gebrandmarkt und unter Spott und Gelächter aus der Stadt getrieben.

Mit nichts als seinen Kleidern auf dem Leib schlug er sich einige Jahre am Rande des Hungertodes durch das Leben. Für einen Gebrandmarkten hatte niemand Arbeit, niemand ein gutes Wort, ein Stück Brot oder gar Zuneigung übrig.

In Naumburg traf der Geselle auf eine Kräuterkundige, die ebenfalls zu den Ausgestoßenen gehörte. Sie taten sich zusammen und bekamen einen Sohn.

Noch bevor der Sohn erwachsen wurde, war dem Gerber bereits klar, dass er von seinem eigenen Fleisch und Blut verachtet wurde. Sein ganzes Leben lang ließ es der Knabe an Ehrerbietung fehlen und hatte für Mutter und Vater nur Verhöhnung und Zorn übrig.

«Ihr habt mir mein Leben gestohlen», soll er gewütet haben, als er älter wurde. «Weil Ihr versagt habt, zu blöde ward, Euch zu nehmen, was Euch zusteht, stehe ich nun als Ausgestoßener da.»

Im Zorn hat er die Eltern sogar angespuckt und geschworen, sich an der Frankfurter Meisterin, die er für die Ursache allen Übels hielt, zu rächen. Er sei kein Sohn eines Ausgestoßenen ohne ehrlichen Geburtsschein, sondern der Sohn eines ehrbaren Handwerkers, der nur durch die Ränke dieser Frankfurterin um Ehre und einen ordentlichen Beruf gebracht worden sei. Sein Zorn auf die Frankfurterin war so groß, dass er auf das Kreuz schwor, sie und ihre Nachkommen zunichte zu machen. Der Gerber konnte seinen Sohn nicht davon abhalten, sosehr er es auch versuchte. Kaum war er halbwegs flügge, verließ er die Eltern und zog in die Welt, um seine Aufgabe zu erfüllen.

Der Gerber hätte wer weiß was darum gegeben, die Frankfurter Meisterin zu warnen. Gutmachen wollte er damit an ihr die versuchte Schändung. Doch die Meisterin war inzwischen tot. Der Gerber hatte zu lange gewartet und noch mehr Schuld auf sich geladen. Nun lag er hier auf den Tod und konnte nichts tun, als zu beten und um Vergebung zu bitten.

Nun, ich erteilte ihm den Segen und blieb bei ihm, bis seine Seele in den Himmel aufgefahren war.»

Adam beendete seine Erzählung und trank einen Schluck von seinem Wein.

Die anderen schwiegen. In Evas Gesicht standen Unglauben und Entsetzen geschrieben. Susanne wagte nicht, den Blick zu heben. Nur David sah Adam geradeheraus an.

«Es reicht jetzt», sagte David mit vor Wut heller Stimme.

«Die Geschichte ist noch nicht zu Ende. Was damals geschah, sollte vergeben und vergessen sein. Der Gerber Thomas ist tot, und es ist an dem Sohn, dem Vater zu verzeihen und ihn gebührend zu betrauern. Frieden gibt es nur, wenn der Sohn seine Rachegelüste aufgibt. Tut er es nicht, so wird sein Betrug ruchbar werden.»

David war so weiß wie ein Leichentuch geworden. «Die Geschichten anderer Leute sind interessant, doch sie haben mit diesem Haus nichts zu tun», sagte er so energisch, dass wohl jeder andere darauf geschwiegen hätte.

Doch Eva fragte leise: «Wer war die Frankfurter Meisterin? Und wer ist der Sohn des Gerbers aus Naumburg?»

Adam beugte sich nach vorn und nahm die Hand seiner Schwester.

«Die Frankfurter Meisterin war Sibylla Schieren. Deine Mutter, Eva. Und der Sohn des Gerbers Thomas Wolf heißt David. Dein Mann, Eva.»

Kapitel 19

Es musste mitten in der Nacht sein. Etwas hatte Eva aufgeweckt. Sie lauschte, doch kein Laut war zu hören. Auf den Straßen war Ruhe eingekehrt. Nur von weitem drang das trunkene Lied eines Narren an ihre Ohren.

Eva fasste neben sich, doch Davids Bett war leer. Adam war bald nach dem Ende seiner Enthüllung gegangen. David hatte ihn zur Tür begleitet, und Eva hatte gehört, was die beiden miteinander besprochen hatten:

«Ich werde jetzt zu Mattstedt gehen», hatte Adam gesagt. «Falls mir etwas zustößt, so wird es noch einen geben, der von dir mehr weiß, als du zugeben willst.»

David hatte mit einem Lächeln in der Stimme erwidert: «Wer sich in Gefahr begibt, kommt darin um.»

Kurz danach hatte auch er das Haus verlassen, ohne zu sagen, wo er hinging.

Plötzlich hörte Eva unterdrückte Stimmen, die heftig miteinander stritten. Sie kamen nicht von der Straße, sondern aus dem Haus. Eva warf sich ein Gewand über und schlüpfte leise aus der Schlafkammer.

Als sie sich über das Geländer nach unten beugte, sah

sie im Hausflur einen Mann, der David an den Schultern gepackt hielt und heftig schüttelte: «Ihr wolltet Euch an Sibylla Schieren rächen, wolltet ihren Platz einnehmen, sie vernichten. Nun, es ist Euch gelungen, ihr Geld zu holen und ihre Tochter gefügig zu machen. Beinahe hättet Ihr es geschafft, sie zu zerstören. Doch ich werde verhindern, dass Euch das gelingt. Ich werde dafür sorgen, dass sie unversehrt aus Euren Fängen zurückkehrt und den Platz einnimmt, der ihr zusteht, an den sie gehört. Vor das Halsgericht bringe ich Euch. Hängen werdet Ihr. Wie der gewöhnliche Tagedieb, der Ihr in Wirklichkeit seid.»

Die Stimme kam Eva bekannt vor, doch war sie von Wut verzerrt. Bevor sie weiter darüber nachdenken konnte, sah sie, wie David sich losriss. Plötzlich hatte er einen Schürhaken in der Hand und prügelte damit auf den Mann ein. Der Mann schrie auf, bedeckte die Platzwunde auf der Stirn mit seinen Armen, versuchte vergeblich, den Kopf zu schützen, doch David war wie von Sinnen. Immer wieder ließ er den Schürhaken niederkrachen, hörte auch nicht auf, als der Mann in die Knie ging. Im Gegenteil. Er nahm den Schürhaken in beide Hände, hob ihn hoch über den Kopf und schlug ihn mit voller Wucht auf den Schädel des Gegners.

Eva konnte die brechenden Knochen hören. Sie war wie gelähmt.

Wie angenagelt stand sie da, die Augen vor Entsetzen weit aufgerissen, eine Hand auf die Brust gepresst und die andere vor den Mund, um den Schrei zu unterdrücken.

David ließ den Schürhaken fallen, stieß mit der Stiefelspitze gegen den Mann, beugte sich hinunter, rüttelte an ihm. Doch es war kein Leben mehr in ihm. David starrte auf seine blutigen Hände, versuchte sie am Mantel des Toten abzuwischen, aber ohne Erfolg.

Schließlich sprang er auf und stürzte kopflos aus der Haustür.

Erst jetzt, da alles vorbei und alles zu spät war, erwachte Eva aus ihrer Erstarrung. Sie rannte die Treppen hinunter, als gäbe es noch etwas zu retten. Voll düsterer Ahnungen beugte sie sich über den Toten.

Es war Andreas Mattstedt.

Sie hatte es gespürt. Warum war sie ihm nicht zu Hilfe gekommen, warum hatte sie nicht wenigstens versucht, das Schlimmste zu verhüten? Warum?

Sie kniete neben ihm, flüsterte seinen Namen, doch sie wusste, dass es vergeblich war. Andreas Mattstedt war tot, erschlagen von ihrem Mann.

Plötzlich stand Priska neben ihr.

«Wir müssen ihn vor die Tür legen», sagte das Mädchen einfach. «Helft mir, ihn dorthin zu ziehen.»

Als hätte sie ihr Lebtag nichts anderes gemacht, fasste sie Mattstedt an den Füßen und zog an dem toten Körper, ohne viel auszurichten.

Schließlich packte Eva mit an. Sie schleiften den toten Kaufmann vor die Tür und legten ihn auf der Straße ab. Priskas Ruhe ging auf Eva über. Sie dachte nicht darüber nach, sie erledigte einfach einen Handgriff nach dem anderen, als hätte sie noch nie etwas anderes getan.

«Die Börse, den Ring, den Dolch und die Ratsherrnkette», befahl Eva. Priska löste vom Gürtel, den der Tote unter der Kutte getragen hatte, die lederne Börse, während Eva die Ratskette vom Hals und den Siegelring mit den Initialen A und M von seinem Finger zog.

Zum Schluss zogen sie ihm die Stiefel aus, fanden den fein gearbeiteten Dolch darin, der ebenfalls Initialen auf dem Griff trug.

Als sie ihr Werk vollendet hatten, war es mit Evas Ruhe vorbei.

Sie kniete neben ihm, legte eine Hand auf seine Wange. «Verzeih, Andreas. Bitte vergib mir. Wenn ich Schuld haben sollte an deinem Tod, so bitte ich dich um Vergebung.»

«Kommt», drängte Priska. «Der Nachtwächter muss gleich da sein.»

Sie zog Eva am Ärmel, und beide verschwanden in dem Augenblick im Haus, als der Stadtknecht mit Laterne und Glocke um die Ecke bog.

An die Haustür gelehnt, hörten Eva und Priska, wie die Schritte des Nachtwächters näher kamen.

«Geh zu Bett, Priska. Ich möchte nicht, dass du in diese Sache hineingezogen wirst.»

Das Mädchen widersprach nicht, doch es entfernte sich nicht. Jetzt war der Nachtwächter vor ihrem Haus angekommen.

«Gottsdonner», hörten sie ihn ausrufen. Gleich darauf hämmerte er gegen die Tür.

Priska warf Eva schnell einen Umhang über, der neben der Tür an einem Haken hing.

Eva klammerte ihn mit der Hand vor der Brust zusammen und öffnete dann die Tür.

«Was ist geschehen?», fragte sie so töricht wie eine Frau, die eben aus dem Schlaf geschreckt war.

Der Stadtknecht hielt seine Fackel näher. «Ein toter Mann liegt vor Eurer Tür.»

Eva zeigte Erschrecken, beugte sich zu dem Toten und berührte das blutige Haar. «Oh, mein Gott, wie konnte das nur passieren? Es ist Andreas Mattstedt, der Ratsherr», sagte sie mit überschnappender Stimme. «Ihr müsst ihn wegbringen. Ein Toter vor der Tür bringt großes Unglück.»

«Na, na», machte der Stadtknecht, um Eva zu beruhigen. «Ich werde gleich nach dem Büttel und seinen Knechten schicken. Sie räumen den Mann hier weg. Sorgt Euch nicht. Aber sagt, habt Ihr nichts gehört oder gesehen?»

Eva schüttelte den Kopf. «Ich pflege des Nachts zu schlafen», erwiderte sie mit leisem Hochmut. «Seht zu, dass der Tote hier wegkommt.»

Sie wandte sich um und ging ins Haus zurück.

Innen ließ Eva ihre Blicke in alle Ecken schweifen. Doch sie sah nichts, was sie verraten konnte. Einzig die Wertgegenstände zeugten von dem, was geschehen war. Eva nahm sie an sich und strich Priska, die auf sie gewartet hatte, über das Haar.

«Ich danke dir, Priska», sagte Eva. Das Mädchen lächelte. Da beugte sich Eva über sie und küsste sie sanft auf die Stirn.

«Es wird alles gut, Priska.»

«Ja», erwiderte die Kleine. «Ich weiß. Jetzt wird alles gut.»

Eva legte sich zu Bett und hielt stumme Zwiesprache mit Andreas Mattstedt. Sie hatte einen Freund verloren.

Einen Freund, den sie manchmal nicht richtig geschätzt hatte. Vielleicht wäre sie mit ihm glücklicher geworden. Aber nun konnten sie es nicht mehr ausprobieren.

Nur einen Dienst konnte sie ihm noch erweisen. Sie musste ihr Leben in Ordnung bringen, das hatte sie ihm versprochen, das war sie ihm schuldig.

Als Eva am nächsten Morgen aufwachte, lag David neben ihr. An seinem unregelmäßigen Atem hörte sie, dass er nicht schlief. Sie tat, als bemerke sie es nicht, stand auf und ging hinunter in die Küche.

Susanne, Regina und Heinrich waren bester Laune. Sie hatten ihre Schlafkammern zum Hofe hinaus und so nichts von den Vorfällen in der Nacht bemerkt.

Sie saßen beim Frühstück, als David die Tür aufriss und hereintaumelte. Er ließ sich auf die Bank fallen und starrte stumm vor sich hin. Seine Haut war grau, die Augen rot gerändert, das Kinn stoppelig und das Haar zerzaust.

Bärbe stand auf, füllte eine Schüssel mit Grütze und einen Becher mit Wasser und schob beides vor David.

Ohne aufzusehen, nahm er den Becher und trank ihn in einem Zug leer. Dann fragte er: «Ist etwas geschehen in dieser Nacht?»

Eva schüttelte den Kopf. «Nein. Was sollte denn passiert sein? Ich habe tief und fest geschlafen.»

David nickte und erhob sich. «Ich muss zum Zunfthaus, habe dort etwas vergessen», murmelte er und verschwand schon wieder.

Eva löffelte unbewegt ihre Grütze, und auch Priska schien es zu schmecken.

In der Werkstatt arbeiteten sie schweigend Seite an Seite.

«Er wird auf den Markt gegangen sein», war alles, was Priska sagte.

«Ja. Das wird er», erwiderte Eva, lächelte dem Mädchen zu und reichte ihm einen Rohling, den sie gearbeitet hatte.

Es wurde Nachmittag, ehe David wiederkam. Er ließ sich von Susanne einen Badezuber richten, kam anschließend in die Werkstatt.

«Nun, war alles in Ordnung bei der Zunft?», fragte Eva.

«Andreas Mattstedt ist tot», sagte David mit unbeweglichem Gesicht.

«Mattstedt?», Eva riss die Augen auf und schlug sich die Hand vor den Mund.

David sprach weiter: «Jemand, so hörte ich, hat ihn erschlagen und beraubt. Sein Schmuck und seine Börse fehlten.»

Er schüttelte den Kopf, als könne er nicht glauben, dass so etwas geschehen sei.

Eva seufzte. «Wo? Wo ist es passiert?»

«Hier in der Nähe. Hast du nichts gehört oder gesehen in der Nacht? Gleich neben unserem Haus haben sie ihn gefunden.»

«Ich habe geschlafen», entgegnete Eva. «Die ganze Nacht lang habe ich geschlafen. Tief und fest. Ich habe nicht einmal gehört, wann du nach Hause gekommen bist.»

Sie sah David fest in die Augen: «Doch ich wünschte, ich hätte ihm helfen können.»

Den ganzen Tag hatte sie jeden Gedanken an Mattstedt vermieden. Es tat ihr weh, an ihn zu denken. Sie befürchtete, dass sie zusammenbrechen würde, wenn sie begänne, über die Geschehnisse nachzudenken. Doch jetzt mit der hereinbrechenden Nacht ließen sich die dunklen Gedanken nicht länger verdrängen.

Der eigene Mann als Mörder ihres Freundes. Sie konnte es kaum ertragen.

Ihre Glieder waren so schwer, dass sie kaum in der Lage war, sich zu rühren. Die Augen brannten, in den Ohren rauschte es.

Langsam wie eine alte Frau schleppte sie sich in die Schlafkammer. Auch die anderen im Hause hatten heute vor der Zeit die Betten aufgesucht.

Eva nahm die Haube vom Kopf und strich sanft über den Flaum, der immer länger wurde. Gerade als sie die Schnüre des Mieders öffnete, kam David herein. Auch er sah erschöpft aus. Trotzdem griff er nach ihren Brüsten, wollte sie auf das Bett legen, ihr die Schenkel spreizen. Eva sah die Gier in seinen Augen. Leben wollte er schaffen, um den Tod aus seiner Hand ungeschehen zu machen.

«Lass mich!», befahl sie.

David lachte. «Wir sind wie Adam und Eva. Hast du das vergessen? Willst du mir das Paradies verweigern?»

«An deinem Paradies klebt Blut!»

Eva spuckte ihm die Worte ins Gesicht. Dann machte sie sich los, nahm ihr Bettzeug und verließ die Kammer.

Von nun an schlief sie in der Stube, die einmal für ein eigenes Kind gedacht war.

Kapitel 20

Mattstedts Beerdigung war ein großes Ereignis. Halb Leipzig folgte seinem Sarg. Auch David und Eva waren mit den Zwillingen, Heinrich und Susanne dabei.

Eva hatte einen schwarzen Schleier, der ihr Gesicht bedeckte, an der Haube befestigt. Sie sah, dass David blass und angespannt war. Er hatte Angst, das war klar.

Wenn der Mörder an den Sarg des Opfers tritt, so sagten die Leute, öffnet sich der Deckel.

Aber David kam nicht in die Nähe des Sarges. Er hielt sich fern, und nur Eva und Priska bemerkten es.

Mattstedts Grab lag in einer ruhigen Ecke des Friedhofes. Dort, wo die großen und einflussreichen Familien ihre Gräber hatten. Der Platz unter dem Lindenbaum hätte ihm sicher gut gefallen.

Am liebsten wäre Eva für immer hier geblieben, doch das ging nicht. Als der Sarg mit Erde bedeckt war, verließ sie langsam den Friedhof. Immer wieder blieb sie stehen und drehte sich nach dem Grab um, als hoffte sie, Mattstedt würde wiederauferstehen.

Der oberste Richter der Stadt hatte eine Untersuchung

der Mordes an dem Ratsherrn angeordnet. Zwei Büttel waren in der Hainstraße gewesen und hatten die Bewohner gefragt, ob sie etwas gehört und gesehen hätten.

«Könnt Ihr bezeugen, Silberschmiedin, dass alle Bewohner des Hauses in ihren Betten lagen?», hatte einer der Büttel gefragt.

«Nein, das kann ich nicht bezeugen», hatte Eva geantwortet und dabei kurz zu David gesehen. Der saß am Küchentisch, und seine Finger spielten nervös mit einem kleinen Holzbrett. Als er ihr Nein hörte, fuhr er zusammen.

«Nein», wiederholte Eva. «Ich weiß nicht, wer in dieser Nacht im Haus und wer unterwegs war. Ich weiß nur, wo mein Mann war.»

«Ja?», hakte der Büttel nach.

Eva sah zu David, dessen Finger das Brett fest umklammerten.

«Mein Mann», erwiderte Eva sehr langsam, «lag die ganze Nacht neben mir im Bett. Wir sind zusammen eingeschlafen und zusammen aufgewacht, wie sich das für ein Ehepaar gehört.»

Sie hörte David vor Erleichterung seufzen, doch sie sah ihn nicht an, sondern verließ die Küche und ließ David mit den Bütteln allein.

Sie musste raus aus dem Haus, musste mit jemandem reden. Sie lief zu Adam, den sie in seinem Laboratorium antraf. Doch etwas hielt sie davon ab, ihm alles zu erzählen. Stattdessen fragte sie nach seinen Forschungen.

«Was machst du hier?», erkundigte sie sich und deutete mit der Hand auf all die Gerätschaften, Gläser, Kolben.

«Willst du das wirklich wissen?», gab er zurück.

Eva nickte.

«Nun, wie du weißt, bin ich für die Ehe verloren. Mit meiner Art der Liebe lade ich große Schuld auf mich. Abtragen möchte ich diese Schuld, indem ich ein Mittel suche, das die Franzosenkrankheit heilt. Quecksilber wurde schon oft bei der Behandlung von Krankheiten angewandt. Ich möchte probieren, ob es auch bei der Franzosenkrankheit helfen könnte. Es gibt aber Ärzte, die sagen, Quecksilber zerstöre die Knochen. Ich habe es an einem Knochen aus dem Leichenschauhaus ausprobiert. Er hat keinen Schaden genommen.»

Als Eva das hörte, hätte sie vor Erleichterung am liebsten geweint. Der Knochen! Wie viele schlaflose Nächte hatte Eva deswegen verbracht! Sie strich Adam über den Arm. Endlich konnte sie ihn wieder als Bruder wahrnehmen. Ob er wohl unter seiner Art der Liebe litt?

«Du solltest heiraten», sagte sie. «Damit wären alle Mäuler gestopft.»

Adam schüttelte den Kopf. «Nein, Eva. Das wäre eine Sünde. Ich kann keine Frau heiraten und ihr versprechen, sie zu lieben, wenn ich doch weiß, dass es mir nie gelingen wird. Ich würde die Frau betrügen. Eine Frau hat ein Anrecht auf die Liebe ihres Mannes. Verstehst du?»

«Ja», erwiderte Eva. «Das habe ich auch gedacht. Aber das ist falsch, Adam. Niemand hat ein Anrecht auf die Liebe eines anderen. Und niemand kann sie erzwingen.»

Dabei fiel ihr David mit seinen Drohungen wieder ein. «Hast du Angst vor David? Er könnte dich verraten.»

Adam zuckte mit den Achseln. «Ja, ich habe Angst.

Aber damit muss ich leben. Die Hütte im Rosenthal gibt es nicht mehr. David kann nur mir schaden. Niemandem sonst. Eines Tages wird er es auch tun, da bin ich sicher. Aber noch ist dieser Tag nicht gekommen. Und, wer weiß, vielleicht geschieht noch ein Wunder.»

«Du brauchst keine Angst mehr vor ihm zu haben. Er wird dir nichts tun, das verspreche ich dir.»

Mit diesen Worten drückte sie ihn kurz, dann kehrte sie erleichtert in die Hainstraße zurück. In den nächsten Tagen ging sie häufig zur Beichte. Johann von Schleußig war ein guter Zuhörer. Ihm konnte sie fast alles anvertrauen. Er hatte immer Zeit für sie und verstand ihre Not.

Um ihr finanziell zu helfen, hatte er der Werkstatt sogar einen Auftrag erteilt. Ein Weihwasserbecken wollte er für die Nikolaikirche haben. Ganz aus Bronze sollte es sein, mit einer Legierung von Silber. Statt aufwendiger Ornamente sollte es nur Einlagen aus Emaille haben.

David würde sein Bestes geben müssen, ohne die eigenen Ideen einbringen zu können.

Eines Abends kam der Priester, um mit dem Silberschmied den Auftrag zu besprechen. Eva saß dabei, schließlich war sie die Meisterin.

«Weihwasser ist eines der schönsten Symbole des Christentumes», begann Johann von Schleußig das Gespräch. «Am Eingang jeder Kirche befinden sich Schalen mit Weihwasser. Jeder, der die Kirche betritt, benetzt seine Finger damit und bekreuzigt sich dann. Dies ist für uns ein Zeichen, dass wir nicht irgendeinen Raum oder irgendeine Festhalle betreten, sondern ein Gotteshaus. Das

Weihwasser ist ein Zeichen der Reinigung. Wenn wir uns damit bekreuzigen, beten wir: Lieber Gott, wasche mich rein von meinen Sünden und Fehlern. Vergib mir meine Sünden. Ihr, Silberschmied, dürft dieses Becken schaffen. Seid Euch der Tragweite dieses Auftrags bewusst. Nehmt ihn an als Reinigung Eurer Seele.»

David sah den Priester mit zusammengekniffenen Augen an. Eva konnte seine Angst geradezu riechen. Nachdem Johann von Schleußig sich verabschiedet hatte, eilte sie in ihre neue Kammer. Sie hatte den Spiegel dorthin bringen lassen. Nie wieder sollte das schwarze Tuch ihn verhüllen. Sie riss es hinunter und warf es in die Flammen des Kamins. Gierig fraß sich das Feuer durch den dunklen Stoff.

Dann stellte sie sich vor den Spiegel, betrachtete sich. Die Veränderung war unübersehbar.

Die Ängstlichkeit war aus ihrem Blick verschwunden. Für das, was sie jetzt darin sah, hatte sie keine Worte, aber es gefiel ihr.

Auch die Haltung kam ihr verändert vor. Die Schultern hatten sich zurückgebogen, der Rücken war straffer. Das Haar auf ihrem Kopf hatte inzwischen die Länge eines Daumens. Es fühlte sich gesund und kräftig an.

«Langsam werde ich mir ähnlich», flüsterte sie. Der Satz hallte in ihr.

Was hieß das? Wusste sie jetzt, wer sie war?

Verwundert schüttelte Eva den Kopf. Sie hatte gedacht, in Davids Liebe aufgehen zu können, doch erst jetzt hatte sie ihren wahren Platz erreicht. «Ich bin auf dem Weg, so zu leben, wie ich bin. Und das ist das Wichtigste.»

Ein Klopfen an der Tür unterbrach ihre Gedanken. Sie seufzte. Das war bestimmt David.

Zögernd entriegelte sie die Tür und ließ David ein. Sein Blick fiel zuerst auf den Spiegel.

«Du hast das Tuch entfernt», stellte er fest.

Eva nickte. «Ja, das habe ich. Deine Augen haben als Spiegel meiner Seele ausgedient.»

Sie sah ihn fest an.

«Du hast von meiner Seele nie etwas wissen wollen, David. Sie hat dich nie interessiert. Einzig um Rache geht es dir.»

Er wollte antworten, doch Eva hob die Hände. «Nein, warte, ich bin noch nicht fertig. Du wolltest mich vernichten, willst es immer noch. Doch auch wenn du mich getötet hast, David, wird es dir nicht gelungen sein, Sibylla zu besiegen. Du wirst verlieren, David, was immer du tust. Die Neue Zeit fordert einen neuen Menschen. Das bist du nicht. Du klebst am Alten. Noch fester, als es Mattstedt oder meine Mutter je getan haben.»

«Was redest du da, Eva?»

Davids Stimme klang schmeichelnd. «Was muss ich tun, damit du dich wohl fühlst in diesem Haus? Damit du mir glaubst, dass ich dich liebe?»

Eva lachte auf. «Du?», fragte sie. «Du willst etwas für mein Wohlergehen tun? O nein, David, das kannst du schon lange nicht mehr. Hast du es noch nicht bemerkt? Fragen solltest du mich, was ich für dich tun kann.»

«Du bist meine Frau. Ich bin der Herr in diesem Hause.»

Zorn flammte in ihm auf. Er trat auf sie zu, holte aus

seiner Tasche ein Rasiermesser. «Ich bin gekommen, um dir den Kopf zu scheren. Es ist Zeit dafür, dein Haar ist viel zu lang.»

Eva wich keinen Schritt zurück.

«Du willst mir das Haar scheren?», fragte sie ungläubig.

«Ja!», wiederholte David. «Ich bin dein Mann, habe das Recht dazu.»

Er griff nach Evas Nacken und beugte ihn, sodass Eva den Kopf nicht mehr heben konnte. In der anderen Hand hielt er das Messer, bereit, den ersten Schnitt zu tun.

Doch Eva schlug ihm das Messer aus der Hand.

«Gut», erwiderte sie mit allergrößter Ruhe. Sie ging zum Fenster, öffnete die Sitztruhe, die darunter stand, und entnahm ihr einen Gegenstand.

Mit den Worten «Wenn du mir das Haar scheren willst, dann nur damit» reichte sie ihrem Mann den Dolch von Andreas Mattstedt, auf dem die Initialen A und M blinkten.

David starrte darauf, als handele es sich um eine Erscheinung. Dann sah er Eva an, schüttelte den Kopf, griff sich an die Kehle und floh aus ihrer Kammer.

Wenige Tage später fand auf dem Leipziger Markt eine öffentliche Hinrichtung statt. Die ganze Stadt sprach von nichts anderem, und ein jeder hatte sich vorgenommen, bei diesem Spektakel dabei zu sein.

Die Kunde war sogar ins Umland vorgedrungen. Fahrendes Volk hatte sich eingefunden und unterhielt die wartende Menge am Rande des Marktes mit allerlei Sperenzchen. Ein Feuerschlucker hatte sein Bündel dort abgelegt, wo die Hainstraße in den Marktplatz mündete. Eva stand auf dem Balkon und sah dem Treiben draußen zu.

Geputzte Familien zogen zur Hinrichtung wie zu einem Sonntagsspaziergang. Die Frauen trugen die schönsten Hauben, die Kinder waren sauber und rosig wie Ferkel.

Gesellen aller Gewerke strömten durch die Gassen, scherzten mit den Mägden und hatten sich kleine Sträußchen an die Wämse gesteckt.

Es herrschte eine Stimmung wie auf dem Jahrmarkt. Händler hatten Buden aufgeschlagen und verkauften Würzwein und Most. Bratküchen waren aufgebaut, Krämer hatten ihre Stände mit Tand bestückt.

Unten ging die Haustür auf, und Heinrich trat auf die Gasse. Auch er wollte sich die Hinrichtung nicht entgehen lassen.

Eva kehrte zurück in die Stube und schloss die Tür. Dann ging sie hinunter in die Werkstatt. Nur David war da, alle anderen bereits auf dem Markt.

«Ich möchte, dass du mich zu dieser Hinrichtung begleitest», forderte Eva.

«Was soll ich dort?», fragte David. «Die Arbeit macht sich nicht von alleine.»

«Die Arbeit kann warten. Du wirst mich begleiten.»

David sah seine Frau an, doch er konnte ihrem Blick nicht standhalten. Stumm schüttelte er den Kopf. «O doch, David. Du kommst mit.»

Sie trat dicht vor ihn und sah ihm direkt in den Augen.

«Oder hast du Angst?», fragte sie.

David lachte kurz und schrill. «Gut, gehen wir.»

Wenig später mischte sich das Ehepaar unter die Schaulustigen.

«Wird Zeit, dass es in Leipzig endlich mal wieder eine richtige Hinrichtung gibt», erklärte ein Geselle und nahm einen kräftigen Zug aus einem Weinschlauch.

«Recht habt Ihr», stimmte eine Bäuerin aus dem Umland zu. «Zucht und Ordnung müssen gewahrt werden. Ein Mörder hat nun mal den Tod verdient. Und der Mörder Mattstedts ist auch noch dran.»

Priska stand ganz vorn, nicht um des Vergnügens willen, sondern weil sie ihren Vater sehen wollte. Der Henker trug eine Kapuze über dem Kopf mit nur zwei Löchern für die Augen, doch Priska reichte das.

Regina aber stand in der Nähe einer Bratküche und schäkerte mit zwei Fremden, die niemand zuvor hier gesehen hatte.

Eva zog David nach vorn. Auch ihr ging es nicht ums Vergnügen, sie wollte um jeden Preis, dass David alles genau sehen konnte.

«Was meinst du?», fragte sie ihn. «Ob der Mörder Angst hat? Wie wird es wohl sein im Fegefeuer? Man sagt, unbestrafte Mörder hörten des Nachts die Klagelaute der Gemarterten. Stimmt das, David?»

«Woher soll ich das wissen?», fragte er, doch Eva lächelte nur und sah sich nach allen Seiten um. «Man sieht einem Menschen den Mörder nicht an. So wenig, wie man das Tier im Menschen mit bloßem Auge erkennt. Vielleicht ist Mattstedts Mörder ganz in der Nähe.»

Plötzlich ging die Rathaustür auf, und der Beschuldigte

wurde von zwei Stadtknechten herausgeführt. Seine zerlumpten Kleider waren blutbefleckt. Die Schuhe hatte man ihm abgenommen. Hände und Füße waren mit eisernen Ketten gefesselt.

Die Leute johlten, als sie den Mann sahen. Pferdemist flog, faule Eier und sogar der Inhalt von Nachttöpfen. Der Mörder wurde beschimpft, verhöhnt und angespuckt. Die Leipziger machten sich einen Mordsspaß daraus, ihm auch noch seinen letzten Gang zur Hölle zu machen.

Der Mann hatte den Kopf gesenkt, sah nur auf das Pflaster unter sich. Immer wenn ihn ein Geschoss traf, zuckte er zusammen. Die Stadtknechte trieben ihn unerbittlich weiter durch die Menge.

«Lump», «Schwein» und «Mordbube» wurde er beschimpft.

Beinahe hatte Eva Mitleid mit ihm. Sie sah zu David, der mit erstarrten Gesichtszügen auf den Verbrecher sah.

«Komm, lass uns gehen», bat er. «Ich habe genug gesehen, muss mich nicht am Unglück anderer weiden.»

«Nein», erwiderte Eva. «Wir bleiben. Und diesem Mann dort ist kein Unglück widerfahren. Er hat einen anderen ums Leben gebracht. Und das mit Absicht.»

Endlich hatte der Mann das hölzerne Gestell erreicht, auf dem der Galgen aufgebaut war.

Der oberste Richter der Stadt verlas das Urteil. Als er den letzten Satz gesprochen hatte, brach die Menge in Jubel aus. Wieder flogen Unrat und stinkende Eier. Selbst der Henker entging nur knapp einem Geschoss.

Die Knechte führten den Mann unter den Galgen. Der Henker legte ihm den Strick um den Hals.

Johann von Schleußig stand dabei.

«Bereut Ihr Eure Tat?», fragte er.

Der Mann nickte. Er erhielt einen letzten Segen, dann betätigte der Henker einen Hebel, die Falltür unter dem Mann tat sich auf, der Strick spannte sich, und die, die ganz vorn standen, konnten hören, wie das Genick mit einem leisen Krachen brach.

Der Mann zappelte ein letztes Mal, riss den Mund auf, dann war er tot. Im Sterben ließ er alles von sich. Kot lief ihm unten aus den Beinkleidern heraus und rann auf die Holzdielen.

Die Menge schrie auf. Einige hielten sich die Nase wegen des Gestanks zu. Andere johlten. Einer warf dem Gehenkten einen Haufen Kot ins Gesicht.

«Eine unwürdige Art zu sterben», sagte Eva und sah ihren Mann an. David war bleich wie eine frisch gekalkte Wand.

Als er Eva am Arm packte, spürte sie, dass er zitterte. «Komm weg hier», forderte er, und dieses Mal ließ Eva sich mitziehen.

Sie waren die Ersten, die wieder zu Hause waren. Für die anderen ging das Spektakel jetzt erst richtig los. Man fand sich in Gruppen zusammen und besprach jeden Wimpernschlag des armen Tropfes, der da nun hing und die Hosen voll hatte.

«Hast du mit ihm gefühlt?», fragte Eva.

Sie standen im Korridor vor Evas Kammer.

David musterte sie von oben bis unten, dann packte

er sie bei den Schultern und drängte sie in die Kammer. Er stieß sie auf das Bett, beugte sich über sie und zischte dicht vor ihrem Gesicht: «Die Franzosenkrankheit herrscht in der Stadt. Jeden Tag kommen neue Erkrankte hinzu. Alle anderen haben Angst. Sünde und Fluch schwebt über allen Köpfen. Die Prediger reden von nichts anderem mehr. Und so mancher kauft für den letzen Groschen Ablasszettel. Keine gute Zeit für Männer, die Männer lieben. Sie sind es ja, die die Sünde in die Welt bringen. Was meinst du wohl, Eva, wem man mehr glauben wird? Einem Medizinstudenten, der mit geheimnisvollen Mitteln in einem dunklen Keller herumexperimentiert und sich ansonsten der widernatürlichen Unzucht hingibt, oder einem achtbaren Silberschmied mit ehrlichen Papieren? Ich habe sogar eine Zeugin für Adams sündiges Treiben.»

«Was soll das?», keuchte Eva.

«Das fragst du noch? Entweder du gehorchst mir wieder und kehrst in das gemeinsame Schlafzimmer zurück, oder Adam wird hängen wie der arme Tropf da draußen.»

Mit einem Ruck stieß Eva David weg. Sie lief zum Fenster, öffnete es und ließ den Lärm vom nahen Markt herein.

«Wenn du Adam an den Galgen bringst, David, so wirst du neben ihm hängen. Das ist mein voller Ernst, das kannst du mir glauben.»

Sie wühlte in ihrer Tasche und brachte den Siegelring Andreas Mattstedts heraus. «Mag Adam ein Sodomit sein, du aber bist ein Mörder.»

David starrte den Ring an. «Woher hast du ihn?»

Eva lachte. «Adam wird leben, David. Das schwöre ich bei Gott. Es ist mir egal, wen er liebt. Man kann es sich ohnehin nicht aussuchen. Oder meinst du vielleicht, ich hätte dich immer gern geliebt? Ich habe dich geliebt, aber Gott weiß, wie oft ich mir gewünscht habe, es nicht zu tun.»

Sie schwieg, sah zu Boden und war plötzlich von Traurigkeit erfüllt.

«Ich hatte mir ein anderes Leben gewünscht, David. Die Liebe sollte darin die Hauptsache sein. Nun gibt es keine Liebe mehr. Du bist der Mörder Andreas Mattstedts. Du weißt es, und ich weiß es. Lass Adam in Ruhe, dann werde auch ich nichts sagen.»

David schüttelte den Kopf, breitete die Arme aus, wollte so auf sie zugehen.

«Bleib stehen», rief Eva. «Komm keinen Schritt näher. Ich ertrage deine Beschwörungen und Erklärungen nicht mehr. Ich will leben, David. Leben als die, die ich bin. Geh jetzt.»

Sie wandte sich ab, lehnte sich aus dem Fenster und beachtete David nicht mehr. Er wartete, doch als sie sich nicht mehr rührte, verließ er mit schleppenden Schritten das Zimmer.

Eva drehte sich nachdenklich um. Ich muss mit Adam sprechen, beschloss sie, und machte sich auf den Weg ins Laboratorium. Zu ihrer Überraschung war Adam überhaupt nicht erstaunt, er schien etwas geahnt zu haben.

«Ich habe Furcht um dich, Eva», sagte Adam und griff nach ihren Händen. «Vor mir und meinem Wissen braucht David keine Angst zu haben. Wir sind uns gegenseitig ausgeliefert. Du aber weißt von dem Mord, hast Beweise dafür. Du bist die einzige Zeugin. Wärest du weg, so hätte er nichts mehr zu befürchten. Und er ist nicht der Einzige in diesem Haus, der von deinem Tod Vorteile hätte.»

Kapitel 21

Die nächsten Wochen verbrachte Eva in einer ungeheuren Anspannung. War sie in der Werkstatt oder in der Küche, so achtete sie auf jedes Wort und jede Regung von Susanne und David.

Sie ahnte längst, dass sich die beiden des Nachts wieder zusammenfanden, doch es war ihr gleichgültig.

Eva bestellte sich neue Kleider, dazu Gürtel, Hauben, Schuhe und ein paar Haarbänder sogar. Ihr Haar wurde länger, und bald schon würde sie im Haus ohne Haube gehen können. David sah es, doch er sagte nichts dazu.

Auch in der Werkstatt hatte sie die Zügel in die Hand genommen. Sie ließ David seine merkwürdigen Erzeugnisse nicht mehr durchgehen.

«Du lebst hier, du isst hier. Also wirst du für Essen und Wohnung arbeiten. Was du danach tust, ist mir gleichgültig.»

Alle Sachen, die er einst gefertigt hatte und die sich nicht verkauft hatten, räumte sie aus dem Laden und befahl Regina, die Arbeiten einzuschmelzen. David sah mit zusammengebissenen Zähnen zu.

Danach stellte sie einen neuen Gesellen ein, der mit Priska und ihr die Aufträge der Leipziger besorgte. Auch eine Haushälterin holte sie sich.

Für Susanne und David gab es nichts mehr zu tun. Sie hätten gehen können, und niemandem wäre ihre Abwesenheit aufgefallen. Haus und Werkstatt waren so organisiert, dass sie ohne David und Susanne auskamen. Doch statt froh darüber zu sein, keine Aufgaben mehr zu haben, strengten sich beide auf einmal an. Susanne verbrachte mehr Zeit denn je in der Küche. Sie buk, kochte und versuchte, sich unentbehrlich zu machen. Die neue Haushälterin, eine gemütliche Dicke aus der nahen Muldegegend, ließ sich jedoch von ihr nicht beirren.

David bettelte beinahe darum, arbeiten zu dürfen. Eines Tages kam er sogar und erzählte von einem Auftrag, den die Naumburger Domherren ihm übertragen haben sollten.

Die Statue der Jungfrau Maria solle er schaffen. Ganz aus Bronze und mit einem Überzug von Silber und Blattgold.

«Sie bestätigen den Auftrag schriftlich», erzählte er Eva. «Du wirst sehen, in ein paar Wochen liegt er vor dir.»

«Ach, ja?», fragte Eva und wandte sich ihrer Arbeit zu.

Diese neuen Annäherungsversuche waren ihr nicht geheuer. Was bezweckte David damit? Sie musste mit jemandem darüber sprechen. Am Nachmittag ging sie zu Johann von Schleußig zur Beichte.

«Vater, ich habe Kenntnis von einem Mord. Gesehen habe ich ihn sogar. Mein Mund muss verschlossen bleiben, darf weder den Namen des Mörders noch den des

Opfers nennen. Doch ich habe Angst, selbst umgebracht zu werden.»

«Tochter, in den Geboten steht: Du sollst nicht töten. Ihr müsst zum Richter gehen und ihm alles erzählen.»

«Nein, Vater. Nicht dem Richter will ich alles erzählen, sondern Euch.»

Und dann sprach Eva, erzählte alles, was sich in den letzten Wochen zugetragen hatte, berichtete auch, warum sie bleiben und schweigen musste. Johann von Schleußig war weniger überrascht, als Eva gedacht hatte.

«Ich beneide Euch nicht, Eva», sagte er. «Gott prüft Euch hart. Aber ich bin da, wann immer Ihr mich braucht. Das verspreche ich Euch.»

Und Johann von Schleußig hielt sein Versprechen. Eva ging immer öfter zu ihm ins Pfarrhaus. Sie saßen meist schweigend beieinander, tranken ein Glas Wein. Bei Johann von Schleußig konnte Eva sich ausruhen.

In der Hainstraße war das schon lange nicht mehr möglich. Misstrauisch beobachtete sie jeden Handgriff Davids. Nie fühlte sie sich auch nur einen Augenblick sicher.

Nachts verriegelte sie ihre Kammer, schlief mit Mattstedts Dolch unter dem Kopfkissen, doch der Schlaf war unruhig und brachte keine Erholung.

Neben Johann von Schleußig waren die Sitzungen der Fraternität ihre einzigen Lichtblicke. David ging nicht mehr mit, nur Adam begleitete sie.

«Wie geht es den Zwillingen?», fragte die Thannerin eines Tages mit lauter Stimme.

«Sie sind jetzt schon fast vier Jahre bei Euch. Haben

sie ihren Platz gefunden? Habt Ihr beweisen können, dass die Herkunft keinen Wert hat?»

Eva lächelte. «Ich glaube, das eine wie das andere beweisen zu können. Priska wird eine gute Silberschmiedin werden. Sie kann hervorragend lesen und schreiben, sie beherrscht das Handwerk und lernt jeden Tag dazu. Sie hat ihre Herkunft bezwungen. Ich werde sie als Gesellin übernehmen. Regina aber ist als Weib geboren. Sie ist dafür gemacht, Kinder zu haben und einem Haushalt vorzustehen. Bald schon wird sie einen finden, der sie heiratet. Sie hat inzwischen bessere Manieren als ihre Geschwister in der Vorstadt, doch sie will keine Unabhängigkeit. Ihr Leben wäre dort ähnlich verlaufen. Sie ist die geblieben, die sie war, nur die Umgebung ist weniger ärmlich.»

Ute, Hildegard und sogar Adam bestätigten, was Eva von den Zwillingen berichtete.

«Ist es nun so, dass nicht die Herkunft, sondern der freie Wille den Menschen macht? Ist es das eigene Bewusstsein, das den Weg zum richtigen Platz zeigt?», fragte Johann von Schleußig.

Die anderen nickten. Der Priester, in dessen Haus die Fraternitätssitzungen nun stattfanden, stand auf. «Auch wenn Ihr dieser Meinung seid, so wird es wohl noch lange dauern, bis sich diese Erkenntnis durchsetzt. Ich habe Besuch von weit her, den ich Euch gerne vorstellen möchte.»

Er ging hinaus und kam kurz darauf mit einer Frau wieder, deren Gesicht von Leid und Elend ganz grau war.

«Erzählt, was Euch widerfahren ist, Elsnerin.»

Die Frau setzte sich und nahm einen langen Zug aus

einem Wasserbecher. «Christine heiße ich», begann sie. «Und ich komme aus dem Schwäbischen. Wie Ihr wohl wisst, haben sich dort die Bauern erhoben und sich zum Bundschuh zusammengeschlossen. Der Meine, Joachim Elsner genannt und Wagenmacher von Gewerk, gehörte zu den Anführern einer Rotte, die sich aus mehreren Dörfern und Weihern gebildet hat. Gemeinsam zogen die Bauern zur Burg des Herrn, der uns so viele Abgaben abpresste, dass wir unsere Kinder nicht mehr satt bekamen. Die Rotte war mit Mistgabeln und Stöcken bewaffnet. Als sie zur Burg kamen und nach dem Herrn riefen, schütteten Landsknechte heißes Pech von den Burgzinnen auf ihre Köpfe. Viele starben bereits da, die Rotte zerstreute sich. Am nächsten Tag kamen die Mönche des nahen Klosters. Sie steckten unsere Hütten in Brand und knüpften unsere Männer entlang der Landstraße auf. Auch der Meine war darunter. Mir blieb nur, mich zu verstecken. Das Kind hatte ich an der Brust. Es schrie, als die Männer auch unsere Hütte und die Stellmacherei in Brand steckten. Ich hielt ihm den Mund zu, und es starb mir unter den Händen.»

Die Frau hörte auf zu reden. Tränen liefen über ihr Gesicht. Hildegard füllte ihren Wasserbecher nach. Es dauerte noch eine kleine Weile, bis sie sich beruhigt hatte und weitersprechen konnte: «Ich konnte mich verbergen und fliehen. Tagelang bin ich durch das Land geirrt. Gute Leute gaben mir zu essen und zu trinken. Dann hörte ich, dass in Leipzig die Neue Zeit Einzug hält, und machte mich auf den Weg.»

Christine Elsnerin lächelte: «Wenn hier auch noch vieles so ist wie anderswo, so habe ich doch hier Menschen getroffen, die das Neue wollen.»

Alle hatte die Rede der Elsnerin beeindruckt. Ute stand auf und umarmte sie. «In meinem Haus seid Ihr jederzeit gern gesehen», sagte sie. Auch Hildegard war gerührt. «Ich werde Euch mit in das Beginenhaus nehmen. Dort könnt Ihr bleiben, bis Ihr wisst, wie es mit Euch weitergeht.»

Christine lächelte: «Ich danke Euch, Ihr guten Leute. Und ich gelobe vor Euch, dass ich alles dafür tun werde, dass mein Mann und meine Nachbarn, mein Kind und meine Brüder und Schwestern nicht umsonst gestorben sind.» Damit endete die Sitzung der Fraternität.

Johann von Schleußig ermahnte noch einmal alle Anwesenden, Stillschweigen zu bewahren, dann zerstreute sich die kleine Gruppe, ein jeder von ihnen tief in Gedanken versunken.

David bedrängte Eva wie ein junger Liebhaber.

«Lass uns Susanne fortschicken», schlug er sogar vor. «Wir beide fangen noch einmal ganz von vorne an. Du kannst Kinder haben, so viel du möchtest.»

«Ich muss darüber nachdenken, ich brauche Zeit», hielt Eva ihn hin.

Sie hatte bemerkt, dass ihr Körper sich verändert hatte. Die Brüste waren größer geworden, spannten und schmerzten bei jeder Berührung. Sie hatte schon zwei Monde lang nicht geblutet, und sie wusste, was das bedeutete. Sie war schwanger.

Sie würde ein Kind haben. Konnte sie zulassen, dass dieses Kind keinen Vater hatte? Eva verbrachte lange Stunden vor Mattstedts Grab. Wie sollte sie sich entscheiden? Sie traute David nicht, doch sie wollte nicht, dass ihr Kind wie ein Bastard aufwuchs. Sie beschloss, in Davids Schlafzimmer zurückzukehren, obwohl sie seine plötzlich wieder erwachte Liebe nicht einschätzen konnte. Zu viel war geschehen. Hatte er sie wirklich immer geliebt? Oder war es die Rache, die ihn bewogen hat, sie zu heiraten? Sie versuchte durch seine Augen in seine Seele zu sehen, doch es gelang ihr nicht. Manchmal hatte sie den Eindruck, als wäre seine Liebe zu ihr so unendlich groß und stark, dass sie es kaum fassen konnte. Dann aber dachte sie an die Geschichte Adams – und fürchtete sich.

Wieder war ein neues Jahr angebrochen. Mattstedts Grab lag unter einer dichten Schneedecke.

Es war bitterkalt. In der Vorstadt erfroren einige Menschen in ihren ärmlichen Hütten.

Eva saß nach der Arbeit meist im Wohnzimmer vor dem Kamin und stickte. Fast immer gesellte sich David zu ihr, kurz vor der Fastnacht machte er einen weiteren Annäherungsversuch: «Ich weiß, wie sehr du Feste liebst. Ich werde dir zur Fastnacht eine Maske machen, die schöner wird als alles, was es bisher in Leipzig gab», sagte er und streichelte durch den Stoff des Kleides hindurch ihr Knie.

Dann führte er sie in die Werkstatt und maß mit dem Zirkel in ihrem Gesicht herum. «Ich weiß, dass du es nicht magst, den Ton für einen Abdruck auf deiner Haut zu haben. Deshalb messe ich und werde den Abdruck anhand der Maße herstellen.»

Die Fastnacht kam und mit ihr Wogen von verkleideten Menschen, die sich auf den Straßen und Plätzen der Stadt vergnügten. Alle Schänken hatten geöffnet, der Markt war voller Stände, an denen gewürzter Wein verkauft wurde.

Musikanten zogen durch die Stadt, die Innungen führten Umzüge auf, fremde Menschen fassten sich an den Händen und tanzten in den Straßen und Gassen der Stadt.

Susanne hatte mit Regina und Priska das Haus verlassen. Obwohl ihre alte Fröhlichkeit und die Hochnäsigkeit einen argen Dämpfer erlitten hatten, war Susanne immer noch für jedes Vergnügen zu haben. Sie und Regina hatten sich als Königinnen verkleidet und verrieten damit mehr über sich als mit jedem anderen Kostüm. Priska hingegen war wie immer gekleidet. Eva hatte lächeln müssen, als sie die drei sah.

Auch Heinrich war unterwegs, und Eva ahnte nur, dass er das Fastnachtstreiben nicht allein genießen würde, ebenso wenig wie Adam, der sich dem Umzug der medizinischen Fakultät angeschlossen hatte.

David kam aus der Werkstatt und überreichte Eva die Maske, die er gefertigt hatte. Sie war ganz aus Silber und ging ihr bis zur Nasenspitze. Der Mund war frei, ebenso die Augenpartie. Eva hielt die Maske in der Hand, ungute Erinnerungen stiegen in ihr auf. Doch sie vertrieb die dunklen Gedanken. Zur Fastenzeit trugen alle Masken. Sie setzte sie auf und betrachtete David, der sich eine ebensolche Maske angefertigt hatte. Auch sein Gesicht war bis zur Nase mit Silber bedeckt.

Sie verließen das Haus, tauchten gemeinsam ein in das

Getümmel. Die Nacht war wieder kalt geworden. Schnee fiel in großen Flocken vom Himmel, setzte sich wie Daunenkissen auf die Dächer und verzauberte die Stadt.

Eine Gruppe Narren kam vorbei, umkreiste Eva und David, lachte und zog weiter.

Auf dem Markt kaufte David für Eva ein Herz aus Kuchen, dann liefen sie durch die Petersstraße bis zum Sporergässchen, überquerten den Burgplatz und den Pleißenmühlgraben und waren schließlich in der Pleißenburg angelangt. In allen Gängen und Sälen tummelten sich Maskierte. Eine Frau sprach Eva an, und an der Stimme erkannte sie, dass es Ute war. Sie zog Eva in einen Kreis, der einen ausgelassenen Reigen tanzte. Eva wirbelte herum. Eine Gestalt, deren Gesicht unter einem schwarzen Schleier verborgen war, kam auf sie zu.

«Ich bin der Tod», sagte eine Stimme, die Eva noch nie gehört hatte. «Ich bin gekommen, um dich zu holen.»

Eine Hand griff nach ihrer Maske, und Eva schrie auf. Doch der Tod lachte, ließ sie los und tanzte davon.

Sie sah sich nach David um. Er stand mit dem Rücken zum Fenster, hielt einen Becher heißen Wein in der Hand und betrachtete sie lächelnd.

Sie ging zu ihm. «Der Tod wollte mich holen», sagte sie und lachte, obwohl ihr der Schreck noch immer in den Gliedern saß. «Aber du bist ihm entkommen», erwiderte David und strich über ihr Kinn.

«Amüsierst du dich nicht?», fragte Eva. David schüttelte den Kopf. «Mir ist nicht wohl. Am liebsten wäre ich zu Hause.»

Eva nahm seinen Arm. «Gut, dann lass uns gehen.»

David machte sich los. «Nein, ich möchte dir den Spaß nicht verderben. Bleib du. Ich gehe allein und bitte einen der Stadtknechte, dich später nach Hause zu bringen.»

«Ich gehe mit dir», beharrte Eva.

David streichelte ihren Arm. «Wenn du mit mir gehst, so wird es heißen, ich hielte dich zurück. Es ist besser, wenn du bleibst.»

David küsste sie auf die Wange, dann ging er. Eva aber blieb. An der Seite Utes wandelte sie durch die Gänge, tanzte mit Johann von Schleußig, der sich als Seemann verkleidet hatte und Christoph Kolumbus genannt werden wollte. Sie kostete vom heißen Würzwein, der ihr ein wenig zu Kopfe stieg und sie ausgelassen sein ließ. Sie traf Adam in Begleitung der Begine Hildegard, die sich als Magisterin verkleidet hatte. Als die beiden sich verabschiedeten, trat sie mit einem Glas Wein in der Hand ans Fenster. Der Burgplatz glich einem Jahrmarkt. Überall brannten Fackeln, noch immer schneite es. Eva öffnete ein Fenster und schöpfte tief Luft. Regina ging Arm in Arm mit einem Zimmergesellen, der sich eine Hörnerhaube auf den Kopf und einen Schwanz an den Hosenboden geklebt hatte. Priska trottete nebenher, als bemerke sie den Trubel nicht.

Eva hielt nach Susanne Ausschau, doch sie konnte sie nirgendwo entdecken.

Plötzlich war sie des Treibens müde. Der Wein hatte ihr den Kopf schwer gemacht, der Lärm dröhnte ihr in den Ohren.

Sie nahm ihren Umhang, verabschiedete sich von Ute und verließ die Pleißenburg. Draußen hielt sie Ausschau nach dem Stadtknecht, um sich nach Hause geleiten zu lassen, doch der Büttel war nicht da.

Eva begann zu frieren. Sie mochte nicht länger auf den Büttel warten und beschloss, auf den unbelebten Nebenstraßen nach Hause zu gehen.

Sie eilte die Burgstraße entlang, kam an der Thomaskirche vorbei und bog in die Klostergasse ein. Kein Mensch war weit und breit zu sehen, nur von weit her drang der Lärm des Marktes. Ein unbehagliches Gefühl beschlich Eva. Obwohl die Gasse still und dunkel lag, kam es ihr vor, als wäre jemand ganz in ihrer Nähe.

Sie blieb stehen und drehte sich um. Da war niemand. Sie atmete auf, schalt sich eine törichte Gans, wandte sich wieder um – und schrie auf!

Vor ihr stand ein Mann mit einer silbernen Maske, die bis zum Kinn reichte und sein Äußeres verbarg. Eine Maske, die sie schon einmal gesehen hatte. Die silberne Maske des toten Mädchens von Frankfurt!

Der Mann riss ihr die Verkleidung vom Gesicht und stieß sie zu Boden. Er stand über ihr, hatte plötzlich einen schweren Stein in der Hand, holte aus, um ihr das Gesicht zu zertrümmern. Eva sah die Augen unter der Maske blitzen, schlug die Arme vor das Gesicht und wollte schreien, doch nur ein Krächzen kam aus ihrem Mund. Zitternd wartete sie auf den Schlag. Sie roch den Schnee, fühlte Flocken auf der Stirn, sie wartete – doch nichts geschah.

Langsam nahm sie die Arme vom Gesicht und öffnete die Augen. Über ihr stand David, hielt die silberne Mördermaske in der einen, den Stein in der anderen Hand und starrte sie an.

«Ich kann es nicht», sagte er. «Auch wenn es meinen Tod bedeutet, kann ich dich nicht töten. Ich liebe dich, Eva, habe dich immer geliebt.»

Er legte die Finger der rechten Hand an seine Lippen, hauchte einen Kuss darauf und warf ihn Eva zu, dann wandte er sich um und rannte davon.

Sie blieb liegen. Der Schreck und die Angst hatten ihre Glieder steif gemacht. Sie lag im Dreck, hatte die Augen zum Himmel gerichtet und bemerkte nicht, dass die Schneeflocken ihr Gesicht bedeckten. Sie lag und starrte, unfähig, etwas zu denken, unfähig, sich zu rühren.

Als Johann von Schleußig sich neben sie kniete, sie in seine Arme nahm und darin wiegte, begann sie zu weinen.

«Es ist alles gut, Eva», sagte der Priester. «Ich bin bei Euch. Ich sah vom Fenster, wie Ihr allein über den Burgplatz lieft, und bin Euch gefolgt.»

Behutsam zog er sie hoch, wischte den Schnee aus ihrem Gesicht und legte seinen Umhang um die zitternde Frau. «Ich bringe Euch nach Hause.»

Noch immer hatte Eva kein Wort gesagt. Sie stützte sich auf den Arm des Priesters, zitterte am ganzen Körper, sodass ihre Zähne klappernd aufeinander schlugen.

Als sie endlich das Haus in der Hainstraße erreicht hatten, fanden sie Susanne, die im Flur auf einer gepackten Reisetruhe saß.

Auch ohne dass die Stiefschwester ein Wort sagte, wusste Eva, auf wen Susanne wartete.

«Er kommt nicht», sagte Eva. «Er kommt nie mehr und auch keine Kutsche, die dich zu ihm bringt.»

Susanne nickte. Dann stand sie auf, hüllte sich in ihren Umhang, band die Haube fest und blickte Eva an. «Gott verzeih mir», sagte sie – und ging.

Eva sah ihr nicht nach. Sie schickte auch Johann von Schleußig fort. Dann ging sie in die Werkstatt, zog das Tuch vom Weihwasserbecken und versah es mit Ornamenten.

Epilog

Veränderungen brauchen Zeit.

Bei mir, Johann von Schleußig, kamen die Veränderungen auf so leisen Sohlen daher, dass ich sie kaum bemerkt habe.

Ich war gern Priester, bin es noch. Mein Leben hatte ich dem Glauben zur Verfügung gestellt, und ich schlief, ich sagte es schon, jede Nacht den Schlaf des Gerechten.

Doch mit dem Silber kam die Neue Zeit nach Leipzig. Plötzlich stand der Mensch im Mittelpunkt. Das Wort «Ich» bekam eine Bedeutung.

Das «Ich» war ungewohnt. Wir alle wussten nicht, wie wir damit umgehen sollten.

War das «Ich» das, was man von außen sah? Viele dachten so und drängten danach, das Äußere aufzupolieren. Das Silber gab ihnen das Werkzeug dafür.

Oder war das «Ich» das, was in uns, in unseren Seelen, wohnte?

Wer aber kannte seine Seele? Wer von uns wusste schon, was und wie er war?

Wir alle haben einiges richtig und vieles falsch gemacht.

Ist das ein Wunder?

Ich, Johann von Schleußig, danke Gott besonders für mein Scheitern. Denn nur im Scheitern liegt der Fortschritt.

Auch Eva hat diese Erfahrung gemacht. Und auch sie hat von Gott die Möglichkeit bekommen, aus dem Scheitern heraus einen Neuanfang zu wagen. Ich werde ihr dabei helfen, so gut ich es vermag, denn ich liebe sie, jedoch auf eine Art und Weise, die einem Priester nicht gestattet ist.

Von uns allen hat sich Priska am besten der Neuen Zeit gewachsen gezeigt. Doch auch in ihrer Zukunft hat das Scheitern einen festen Platz. Ich kann den Aufruhr in Priska schon jetzt sehen und fühlen. Und ich weiß, dass ich ihr nur begrenzt helfen kann.

Nichts wird mehr so sein, wie es war. Den ruhigen Schlaf werden wir uns verdienen müssen.

Mein Wunsch für die Zukunft? Ich muss nachdenken. Die Antwort werde ich mit der Zeit erst finden.

Ich habe nur einen Wunsch für uns alle: Gott behüte uns.

Nachwort

Schreiben ist eine einsame Tätigkeit. Man sitzt monatelang allein am PC, allein auch mit seinen Gedanken. Deshalb ist es für mich ungeheuer wichtig, Menschen um mich zu haben, die die Entstehung eines Buches auf die eine oder andere Art begleiten. Und bei diesen Menschen möchte ich mich an dieser Stelle bedanken:

Zuallererst bei meinem Vater Heinz Nichelmann für die umfangreichen Recherchearbeiten, ohne die so manches Detail wohl übersehen worden wäre.

Herrn Dr. Roman Fischer vom Institut für Stadtgeschichte Frankfurt verdanke ich zahlreiche Anregungen und Tipps.

Frau Dr. Sabine Heißler hat mit ihrem ungeheuren Fachwissen in der Geschichte der frühen Neuzeit viel dazu beigetragen, den Roman historisch so genau wie möglich zu gestalten.

Meine Tochter Hella Thorn ist seit Jahren für mich die kritischste Testleserin. Danke, Hella, auch dieses Mal.

Und das letzte Dankeschön geht an meine wunderbare Lektorin Kathrin Blum, die einfach über alle Eigenschaften verfügt, die ein Autor braucht, um jedes Mal vielleicht ein bisschen besser zu werden.